한국 신화의
해명

신연우 지음

 북스힐

머리말

신화는 삶과 세계에 대한 최초의 질문들로 시작되었다. 신화가 마련한 답은 하나가 아니었고 이야기의 틀을 가진 상징으로 제시되었다. 철학과 종교는 이 질문에 대한 정답을 찾아왔다. 정답을 찾았다는 이들은 다른 답은 틀렸다고 하며 인간을 억압해왔다. 신화는 상징으로 된 이야기여서 다른 해답도 얼마든지 가능했다. 논리적으로 인간은 인간이어서 신이나 동물이 아니라고 하겠지만, 신화에서 인간은 동물이기도 하고 신이기도 하다. 단군왕검의 엄마는 곰이었고 주몽은 죽어서 신이 되었다. 이런 이야기는 황당하게 여겨져서 우리는 여기에 억압당하지 않는다. 신화는 이야기로 남아서 또 다른 답을 기다린다.

현대인은 신화를 거짓말 정도로 여기고 또 무의미하다고 무시한다. 지금은 잊혀진 상징이어서 난해하게 여겨지기도 한다. 그렇기에 오히려 누구나 신화에 대한 해석을 마음 가볍게 내놓을 수 있다. 다행히도 모든 신화는 일차적으로 문학이기 때문이다. 문학은 억압하지 않는 것이어서 다양한 시각이 가능하고 그중 어느 정도는 탈 많은 우리 시대에 대한 답으로 유용할 수도 있을 것이다. 인간이 인간으로서만이 아니라, 신이기도 하고 동물이기도 한 다양체라는 점을 이해하는 것이 배타성과 위선, 자연 훼손 등을 치유하는 길일 수도 있을 것이다. 우리 인간은 동물에 비해 잘난 것도 아니고 신에 비해 열등한 것도 아니라는 것을 알 때, 자존감과 함께 동물과 자연, 신에 대한 올바른 태도를 가질 수 있다.

그래도 이런 생각을 체계화하고 이론화하는 것은 정답을 강요하는 것처럼 보일 수 있고, 신화의 가능성을 제한하는 부적절한 노력일 수도 있다. 그보다는 개개 신화에 대해 자신의 생각을 다양하게 펼칠 것이 먼저 요구된다. 그런 뜻에서 이 책은 신화를 문학 작품으로 대하며 상징적 의미를 해명해 보고자 한 글들을 한 자리에 모아 보았다. 1장 우리나라의 구전 창세신화, 2장 무속신화, 3장 바리공주 신화, 4장 신화와 설화, 5장 현대문학의 신화적 면모로 정리하였다. 이들 신화의 난해한 상징들을 나름대로 풀어보고자 한 글들이다. 이 책의 중요한 부분은 창세신화 연구라고 하겠다. 근원적인 질문과 답이 창세신화이기 때문이다. 앞으로 우리 창세신화에 대해 오늘날의 시각으로 더 구체적으로 규명하고 세계 여러 나라의 창세신화와 함께 비교해 살펴볼 필요가 있다. 창세신화를 통해서 인류가 서로 같은 질문을 해왔고 다른 답들을 마련했다는 것을 알 수 있을 것이다. 같은 것이 같으면서 다르고, 다른 것이 다르면서 같다는 것을 아는 것이 오늘의 지혜가 될 것이다.

신화에 깊은 관심을 가지고 책을 엮어 준 북스힐 조승식 사장님과 편집진들에게 고마운 말씀을 드린다.

상상관에서
2024년 10월
신연우

차례

1장

한국 창세신화 연구

<베포도업침>·<천지왕본풀이>의 구조를 통해 본 창세신화와 영웅신화의 관계

1. 서론

　제주도 굿의 첫머리에 놓이는 초감제는 전체적으로 교술무가이지만 그 가운데 <베포도업침>의 일부와 <천지왕본풀이>는 서사무가이다. 이들은 특히 우리나라의 천지개벽 신화여서 더없이 소중한 자료이기도 하다. <베포도업침>과 <천지왕본풀이>에는 다양한 각편이 있다. 그러나 이들은 공통된 화소를 가지고 있고 일정하게 유형화할 수 있게 전개되고 있다. 또 어떤 각편은 초감제 안에 <베포도업침>과 <천지왕본풀이>를 나누기도 하고 나누지 않기도 한다. 초감제라고 하면서 <베포도업침>의 내용만 있기도 하다.

　<베포도업침>에서 형제가 일월조정하는 내용을 <천지왕본풀이>에서 상세화한 것이라고 생각할 수 있다.[1] 그러나 초감제에서 베포도업침은 창세신화의 면모가 뚜렷한 것과 달리, <천지왕본풀이> 신화에는 오히려 영웅신화의 모습으로 전이되는 양상이 뚜렷하기도 하다.[2] 이런 점에서 이 두

---

[1] 김헌선, 「<베포도업침·천지왕본풀이>에 나타난 신화의 논리」, 『비교민속학』 28집. 비교민속학회, 2005. 251면.
　강소전, 「<천지왕본풀이>의 의례적 기능과 신화적 의미」, 『탐라문화』 32호, 탐라문화연구소, 2008. 266면.
[2] 조동일, 『동아시아 구비서사시의 양상과 변천』, 문학과지성사, 1997. 62면.

편의 신화들은 하나로 전해지기도 하고 둘로 전해지기도 한다는 점에 주목하게 된다. 이 두 서사물은 창세신화적 면모와 영웅신화적 면모를 가지고 있는데, 이 두 면모가 둘로 분화되어 있으면서 동시에 그 둘을 하나로 이해하는 것이 이 신화를 이해하는 중요한 발상임을 논하고자 한다. 단적으로 영웅신화에서 영웅의 능력은 어디에서 비롯하는가 라는 질문에 대하여 그 근원은 창세신화에 있다는 것을 밝히고 이 둘이 연결되는 지점을 제시하고자 한다. 영웅이 영웅 되는 것은 창세의 근원을 되풀이하는 동시에 창세의 원리를 내재화하기 때문이라는 것임을 제주도 창세신화를 통해서 구체화할 수 있다.

본고에서 필자는 이런 구상 하에 제주도 창세신화의 구조와 구성 양상을 재조명하고 그 논리와 의미를 천착해 보고자 한다. 임석재[3], 현용준[4], 서대석[5] 등의 연구성과가 여럿 축적되었지만 여기서는 <베포도업침>과 <천지왕본풀이>의 관계에 주목한 연구만 거론한다. 김헌선은 자료에 대한 면밀한 분석을 통해 서로간의 관계를 해명하고,[6] <베포도업침>과 <천지왕본풀이>가 천지혼합에서 천지가 갈라짐, 거인신인 대별왕과 소별왕이 이세상과 저세상을 차지함, 인간세상에 선과 악이 존재함이라는 세가지 항목을 통해 창세신화가 철학적 논의의 매개 역할을 하고 있다고 보았다.[7] 강소전은 기존의 연구가 신화 문학 중심이기에 창세신화가 교술무가로 변하고 말았다는 시각을 보인 것에 반론을 제기했다. 의례의 면에서 보면 <베포도업침>은 천지 인문 사항의 발생을 말하고, 그 안에서 월일광도업과 관련해 구체적으로 <천지왕본풀이>를 구연하는 것임을 지적하였다.[8] 이수자도 의례 순서를 따라가면서 <베포도업침>이 우리 민족이 창안한 천지창조신화이며

---

3) 임석재, 「우리나라의 천지개벽신화」, 『비교민속학』제7집, 비교민속학회, 1991. 147면, 151면.
4) 현용준, 「제주도 개벽신화의 계통」, 『무속신화와 문헌신화』, 집문당, 1992. 262면.
5) 서대석, 「창세시조신화의 의미와 변이」, 『구비문학』4, 한국정신문화연구원 어문연구실, 1981. 18면, 27-28면.
6) 김헌선, 「제주도 지역의 창세신화」, 『한국의 창세신화』, 길벗, 1994. 85-132면.
7) 김헌선, 「베포도업침 천지왕본풀이에 나타난 신화의 논리」, 앞의 책. 257면.
8) 강소전, 「<천지왕본풀이>의 의례적 기능과 신화적 의미」, 앞의 책. 266면.

그 안에 <천지왕본풀이>가 있는 것으로 보았다.9) 김선희는 <천지왕본풀이>보다는 <베포도업침>에 천지개벽, 일월성도업, 일월조정, 인세차지 경쟁의 창조신화적 성격이 잘 나타난다고 하며, 둘인 것들에 주목하여 대극의 갈등과 경쟁이 의식의 출현을 위한 정신활동이라고 심리학적 해석을 펼쳤다.10)

김남연은 천지개벽담 이후의 장자징치담과 천지결연담이 인간세상의 혼돈과 그 정리를 위한 천지의 결합을 나타내는 것이며 영웅신화의 구조를 갖게 된다는 점을 지적하였다.11) 박종성은 우리나라 창세신화의 변천과 계통을 고찰하고 제주의 것은 본토에서 유입되었으며 제석본풀이와 같은 양상으로 변하다가 중단되었다고 보았다.12) 당신본풀이와의 비교를 통해서 지신계의 서수암이 집단이 수신계의 수명장자 집단에 복속되는 사정과, 천신계의 천지왕 집단이 서수암이 집단과 연합하여 대결하여 승리하게 된 역사적 과정을 보여주는 것으로 보았다.13) 이 과정에서 박종성은 "창세서사시에서 영웅서사시로의 변천과 영웅서사시의 창세서사시 수용이라는 두 축"으로 이해할 가능성을 제기하였다.14) 그밖에 김헌선이 "천지왕과 수명장자의 대립은 사회적 빈부 관계를 드러내면서 사회적 악과 우주적 선이 어떠한 관계를 맺고 있는가 보여주는 요소이다. 천지왕과 총맹부인은 우주적 차원의 천부지모 화합을 보여주면서 제 1세대의 문제를 해결하기 위해서 제 2세대의 갈등을 드러내는 것으로 매개작용을 하는 것"15)이라고 지적한 정도가 본고와 연관된다고 보인다. 본고는 우선 자료 열 한편을 들어 그 내용을 제시하고 내용의 동이점을 통해 구성적 특질을 추출하고

---

9) 이수자, 『큰굿 열두거리의 구조적 원형과 신화』, 집문당, 2004. 149-159면.
10) 김선희, 「「베포도업침」의 창조신화적 성격」, 『영주어문』제22집, 2011. 86면.
11) 김남연, 「한국 창세신화 유형담의 전승과 그 변이」, 연세대 석사논문, 1995. 42-43면.
12) 박종성, 『한국창세서사시 연구』, 태학사, 1999. 301-338면.
13) 박종성, 「<천지왕본풀이>의 신화적 의미」, 『구비문학연구』제6집, 1998. 373면.
14) 박종성, 『한국창세서사시 연구』, 태학사, 1999. 356면.
15) 김헌선, 「베포도업침 천지왕본풀이에 나타난 신화의 논리」, 앞의 책, 257면.

그렇게 해서 드러나는 창세신화와 영웅신화가 접맥되는 현상의 의미를 살펴보기로 한다.

이 연구는 특히 김헌선이 1세대와 2세대의 문제와 갈등을 언급하고, 김남연과 박종성 등이 창세신화와 영웅신화를 관계 지어 보고자 한 작업을 잇는다. 이를 위해 우선 자료 <베포도업침>과 <천지왕본풀이> 자료의 양상을 검토하고 서사구조를 살피는 순서로 논의한다.

2. 자료의 양상

<베포도업침>과 <천지왕본풀이> 무가 자료는 이용하기에 편리하게 김헌선이 한 자리에 모아 주었다.16) 이밖에 11번에 든 것은 서순실 심방 구연의 시왕맞이 현장을 그대로 채록한 자료이다.17) 제주도 자료를 순서대로 표로 정리하면 다음과 같다.

번호	무가 이름	구연자	전승지	채록자	발표지	발표연대
1	초감제본 천지왕본			문창헌	풍속무음	1982
2	초감제 천지왕본풀이	박봉춘	서귀포	아끼바 외	조선무속의 연구	1937
3	초감제 천지왕본			김두원	제주무가집	1963
4	천지도업	고대중	구좌면	장주근	한국의민간 신앙	1973
5	베포도업침	강일생	한경면	임석재	제주도17호	1974
6	베포도업침 천지왕본풀이	안사인 정주병	조천	현용준	제주도무속 자료사전	1980

---

16) 김헌선, 제6부 창세신화 자료의 소개와 해설, 『한국의 창세신화』, 앞의 책, 385-481면.

17) 강정식, 강소전, 송정희, 『동복 정병춘 댁 시왕맞이』, 제주대 탐라문화연구소, 2008. 247-250면.

7	천지왕본	이무생	표선면	진성기	제주도무가 본풀이사전	1991
8	초감제	고창학	안덕면	진성기	상동	1991
9	초감제	강태욱	서귀읍	진성기	상동	1991
10	초감제	김병효	한경면	진성기	상동	1991
11	초감제	서순실	조천읍	강정식 외	시왕맞이	2006

각 구연본의 내용을 간략히 정리해 보인다. 앞의 표에는 <초감제>, <베포도업침>, <천지왕본풀이>가 섞여서 쓰였다. 초감제의 내용으로 두 가지 서사가 있는 것이므로 둘로 나누어 내용을 간단히 정리해 보인다.

구연자	베포도업침	천지왕본풀이
1. 문창헌 필사	천지개벽 해 둘 달 둘 뜨니 백성이 죽어서 옥황상제가 영을 내리니 대별왕 소별왕이 일월 조정	수명장자아버지 혼, 제사 못받음 천지왕이 박우왕 집에 유숙. 수명장자, 모래 반 섞인 쌀. 천지왕이 총명이, 결합. 본메 천지왕이 수명장자 징치 아들 형제 하늘로 아버지 찾음. 수수께끼-소별왕이 이김. 꽃피우기-소별왕이 속임수로 이승을 차지
2. 박봉춘	천지가 개벽 동서남북 청의동자 눈으로 해 둘 달 둘을 만든다. 인간이 살 수 없어 천지왕이 강림하여 바지왕과 배필을 무어다가 바지왕이 잉태, 대별왕소별왕 소사났다. 십오세에 아버지 찾아 하늘로 가자 아버지가 무쇠활을 주어, 일월 조정한다.	수명장자- 천왕께 향하여는 날 잡아갈 자가 있으리야 호담. 천지왕이 징치하나 실패. 천지왕이 백주할망 집 유숙. 수명장자에게 쌀 얻어서 식사. 백주노파의 딸과 합궁. 대별왕 소별왕이 옥황에 올라 아버지 찾는다. 수수께끼, 꽃피우기에서 동생이 속임수로 세상 차지, 수명장자 징치. 소별왕은 선악 구별하고 인간차지.

3. 김두원 필사	천지개벽. 반고씨가 나서, 해 둘 달 둘, 사람들이 죽는다. 활 잘 쏘는 유은거처를 불러다가 일월을 조정.	쇠맹이 아버지,제사 못받음 천지왕, 쇠맹이 징치 실패 바구왕 집, 바구왕 총명부인 딸 서수암이 합궁. 대별왕소별왕 형제, 멸시받음. 아버지 찾 아가 부자 확인. 소별왕이 예숙제끼기, 꽃피우기 속이기 로 이승 차지. 이승엔 해 둘 별 둘, 도둑. 나무가 말하고, 귀신 생인 대답하는 세상. 소별왕이 저승 형에게 부탁. 형이 일월조정, 나무들 말 못하게 하는 등 질서 잡는다.
4. 고대중	천지 개벽. 인간사람과 만물이 솟아나니 밤도 낮도 일무꿍. 천지왕이 갑오왕에 장가들 때 지보왕이 기쁜 마음으로 해도 둘 달도 둘 보내니 사람들이 죽는다. 천지왕 아들 대별왕 소별왕이 일월을 조정한다. 천지왕이 소별왕에 저승내주니, 수수께끼. 꽃피우기 경쟁하여 소별왕이 속임수로 이승차지한다.	
5. 강일생	천지 개벽. 반고씨 청의 동자 이마의 눈 둘로 해 둘 달 둘, 인간들 죽음. 천지왕 아들 삼형제 태어난다. 소별왕 수수께끼 제안, 꽃 경쟁으로 이김. 소별왕이 맡은 인간세상은 해가 둘 달이 둘, 어지러운 세상. 형에게 가서 도움 청한다. 대별왕이 큰 법을 마련해준다. 일월조정, 귀신 생인 가름, 짐승도 말 못하게 된다.	
6. 정주병	천지 개벽. 세상이 열리고 해 둘 달 둘로 인간 죽음. 옥황 천지왕이 서이섭지땅 호첩을 두어 대별왕 소별왕으로 활 쏘아 일월조정.	해 둘 달 둘로 인간이 죽어감. 천지왕이 지상 총멩부인에게 유숙. 빌려온 쌀로 밥, 돌이 섭힌다. 수명장자 가족의 악행이 드러난다. 벼락 우레 화덕진군 보내어 수명장자 집을 불 사른다. 천지왕이 총멩부인과 합궁. 대별왕 소별왕 멸시당하고 아버지 찾기. ,하늘 옥황에 올라 아버지에게 활과 화살을 받아 일월조정. 수수께끼, 꽃 속이기로 소별왕이 이승 차지.

7. 이무생		천하거부 쉬맹이 아방. 천지왕이 징치 실패, 천지왕 바구왕 집, 서수암이 합궁. 대별왕 소별왕이 옥황 올라 천지왕 만나 어린애 흉내내기, 다시 태어나기 의례. 소별왕이 예숙제끼기, 꽃 피우기 속임수 로 이승차지. 이승 오니, 해도 둘 달도 둘, 악이 많고 귀신 생인 대꾸하고 무질서. 저승 가서 형에게 도움. 형이 큰 법 마련, 일월조정 질서 마련해줌.
8. 고창학	도수문장이 천지를 나눔. 청의동자 반고씨 이마에 동자 둘로, 해 둘 달 둘. 귀신 생인 혼합, 사람 죽음. 대별왕 소별왕이 생겨나 귀신 생인 나누 고 일월조정. 소별왕이 인간 도업한다.	
9. 강태욱	하늘 땅이 열린다. 반고씨 이마에 동자 둘씩 있어 해 둘 달 둘이 된다. 인간이 살 수 없어 활선생 거저님이 일월 조정한다. 성인들 나서 문화 가르침.	
10. 김병효	하늘 땅 열린다. 반고씨 나와 해 둘 달 둘 세상에 띄운다. 인간 죽어가자 유운거저 불러다가 일월 조정. 성인들 나서 문화 가르침.	
11. 서순실	천지개벽과 일월, 별 도업 등	천지왕이 총명부인 찾아옴, 제인장젓집 이서 모래 섞인 쌀 빌려 밥. 아들 형제 탄생. 수수께끼, 꽃피우기, 속이기, 소별왕이 이승차지하여 이승은 악.

이를 통해 두 신화의 특징 몇 가지를 지적할 수 있다.

첫째, <베포도업침>은 천지개벽과 우주 질서를 다룬 신화이다.
둘째, <천지왕본풀이>는 인간 세상의 질서의 근원을 다룬 신화이다.
셋째, <베포도업침>의 각편 중에는 <천지왕본풀이>와 천남지녀 화소,
　　　일월조정 화소를 공유하는 것이 있다.
넷째, <천지왕본풀이>는 악인 수명장자 징치와 일월조정을 다룬다.
다섯째, <천지왕본풀이>에는 수명장자 징치에 성공하는 것과 실패하는
　　　　것이 있다.
여섯째, 아들 형제가 일월을 조정한다.
　　　　　형의 도움으로 일월을 조정한다. 소별왕이 수명장자를 징치한
　　　　　다.
일곱째, 소별왕의 속임수로 인해 이 세상에는 악이 있다.
여덟째, (일월조정 외에는) 소별왕이 이 세상의 질서를 가져왔다.

　첫째 둘째 특징을 보면 이 두 신화는 다른 신화이다. 그래서 고창학,
강태욱, 김병효 구연본은 <베포도업침>만 있고, 문창헌, 박봉춘, 김두원,
안사인-정주병 본은 둘이 따로 전해진다. 이무생 본은 <천지왕본풀이>만
있다.
　셋째의 특징을 보면 천남지녀와 일월조정 화소를 통해 두 신화가 연결
될 수 있다. 이는 실제 굿에서 <베포도업침>의 일월조정 부분을 <천지왕
본풀이>가 상세하게 확대 진술한 것일 수 있다. 그렇더라도 <천지왕본풀
이>가 천남지녀에 의한 대별왕 형제 화소를 본디부터 가지고 있었다고
만 볼 수는 없다. <베포도업침>만 있는 고창학, 강태욱, 김병효 구연본에
는 천지개벽 후 생긴 해 둘 달 둘을 대별왕 또는 유은거저가 활로 쏘아
조정했다는 내용뿐이다. 여기에 <천지왕본풀이>에서 하늘의 남성과 지
상의 여성의 결합으로 태어난 아들이 아버지를 찾아가는 이야기는 고구

려 주몽신화의 영향을 받았다는 연구를 참조할 때 고창학 등의 <베포도
업침>이 원래의 모습일 수 있다고 보인다. 그래서 <베포도업침>에서
천지왕이 지상녀와 합궁하는 것은 대별왕소별왕의 근원 해명에 대한
압박으로 인해 오히려 <천지왕본풀이>의 영향을 받아 삽입된 것으로
볼 수 있다.

넷째에서 여섯째 특징을 보면, 수명장자를 천지왕이 징치하는 것이
있고 실패하여 후에 아들이 징치하는 것이 있다. 천지왕이 징치하면
아들들은 이승차지 경쟁을 하게 되고, 실패하면 천지왕이 지상 여성과
합궁하여 낳은 아들이 징치하게 된다. 후자의 경우 아들들이 일월조정까
지 하기도 한다. 천지왕이 수명장자를 징치한다는 것과 실패하여 아들이
징치한다는 것 사이에는 논쟁거리가 있다. 일월조정을 천지왕이 한다는
것과 아들이 한다는 것 사이에도 세계관의 차이가 있다. 이에 관해 후술
한다.

일곱 여덟째 특징은 이 세계의 모순을 잘 드러낸다. 질서를 가지고 있으면
서도 무질서와 악이 공존하는 이 세계의 모습을 해명하자는 것이다. 소별왕
의 세계는 일월조정할 능력도 없고 순선하지도 않다. 그러면서도 나름대로
의 질서를 구비하고 있다.

이러한 특징들을 연결하여 <베포도업침>과 <천지왕본풀이>를 하나로
이어볼 수 있다. 현실적으로는 시간에 쫓기거나 하여 <베포도업침>만 연행
하고 지나가는 경우도 많아졌지만 실제로 제주도 굿의 초감제에서는 <베포
도업침>에 이어 <천지왕본풀이>를 구연하는 것이 당연하게 여겨진다. 둘로
구분되면서도 하나로 이어지는 것이다.

김헌선은 "천지개벽의 신화소와 <천지왕본풀이>의 신화소는 서로 독립
되어 구송"되며, 수명장자 징치 화소는 천지개벽 화소 이후에 세계에 대한
의문을 해소하기 위해 구성되어 둘은 배타적인 관계를 보인다고 하였다.[18]

---

18) 김헌선, 『한국의 창세신화』, 위의 책, 124면.

이수자는 <천지왕본풀이>를 <베포도업침>의 한 부분으로 정리하였다.[19] 강소전도 베포도업을 치는 과정의 한 부분이 <천지왕본풀이>로, "월일을 조정한 신의 이야기를 특별히 풀어 말하는 것"이라고 한다.[20]

그러나 <천지왕본풀이>를 <베포도업침>의 한 부분으로 말하기에는 박봉춘 안사인/정주병 등에서 보이는 것처럼 이질성이 너무 크며, 둘을 배타적인 것으로 보기에는 동질성이 강하다는 점이 문제이다. 이수자 강소전처럼 이해하는 것은 서순실 본처럼 천지개벽의 내력을 진술하는 교술인 <베포도업침> 중에서 한 부분을 <천지왕본풀이> 서사로 확대한 것이며, 김헌선처럼 보는 것은 박봉춘 안사인/정주병 본처럼 <베포도업침>도 서사, <천지왕본풀이>도 서사인 점을 부각시킨 것이다. 다른 각편들은 흔히 교술인 <베포도업침>에 미량의 서사적 내용이 포함되고, <천지왕본풀이>는 서사만으로 이루어진다.

이러한 양상은 <베포도업침>과 <천지왕본풀이>의 다양한 자료를 일관되게 이해할 방안을 찾아보기를 우리에게 요구한다. 이를 이해하기 위한 첫걸음으로 11번 자료인 동복 정병춘댁 시왕맞이 굿을 살펴보는 것이 좋겠다. 다른 자료와 달리 굿의 현장을 있는 그대로 구술한 자료이기 때문이다. 2006년 4월 18일-20일 동안 사흘간 벌어진 시왕맞이 굿에서 초감제는 두 차례 연행되었다. 첫날 굿의 첫머리에서 한 차례, 둘쨋날 시왕맞이에서 한 차례이다. 그런데 전체 굿머리의 초감제에는 <베포도업침>에 <천지왕본풀이>가 없다. 시왕맞이의 초감제에는 <베포도업침> 속에 <천지왕본풀이>가 구연되었다.

이는 우선 앞에 소개한 자료들에서 어떤 것은 <베포도업침>만 있고 어떤 것은 둘 다 있는 현상을 이해하게 해준다. 심방은 경우에 따라서 <베포도업침>만 하기도 하고 <천지왕본풀이>를 넣어서 하기도 한다. 예외인 이무생 본은 <천지왕본풀이> 부분만 제시한 것으로 보인다. 강소

---

19) 이수자, 앞의 책, 157면.
20) 강소전, 앞의 논문, 앞의 책, 265면.

전도 <천지왕본풀이>를 할 수도 있고 하지 않을 수도 있다는 심방의 말을 전한다.(266면)

다음으로 생각할 것은 천지개벽신화가 들어 있는 <베포도업침>은 왜 부르는가, 굿에서 천지개벽을 말하는 이유는 무엇인가이다. 서순실이 구연한 굿 첫머리의 초감제는 굿의 목적을 말한다.

> 동복 나주 정씨 집안에, 똘로 소셍헤연, …… 마흔 흔 설 나는 헤에, 남대 죽대 주죽대에, 목으로 피가 터지고, 피골이 양지(낭자) 뒈고, 영 헤여 그 때에 이 신병을 만난, 벡개 신녜안티 문복단점 지난, 피 부뜬 입성 입은 영혼 눌낭내 눌핏내가 탕천헷덴 영 허난, …… 수삼수테 당허난 하늘 フ뜬 친정부모 아바지 수삼수태에 흔 날 흔 시 벡삼십삼 명, 이 세상을 떠나난 이 딸에 원혼 뒈여젼[21]

즉 이 굿은 정병춘 씨 조상과 함께 희생된 4·3 사태의 영혼들을 함께 청하여 위로하고자 한 굿이다. 이러한 사연을 말하고 하늘의 여러 신들을 부르며 하강하기를 바란다는 내용이 이어진다. 굿을 하기 위해 인연을 찾고 택일을 하고 굿을 시작하게 된 사연이 바로 이어진다.

> 흔 번 굿 헤보젠 무흠 먹언, …… 어딜 가민 연연 촛이코, 촛이명 물으멍 촛는 게 신이 성방 촛아, 작연 육섯둘 초싱 연분에, 날 텍일을 받아건, 연양당주 오란 놓아 두어수다. 천왕왕도 느린 날, 지왕왕도 느린 날, 인왕왕도 느린 날, 신전님은 하강일 주순 복덕일을, 받으난에 병술년 쳉명 삼월 스무하루, 어젯날 신의 성방 몸을 받은 연양당 줏문 열렸수다. 몸주문을 열렸수다.[22]

연양당줏문은 심방이 신을 모신 곳이다. 이곳이 열린다는 것은 신들이

---

21) 강정식 외, 앞의 책, 37면.
22) 같은 책, 40면.

내려오고 굿을 시작한다는 말이다. 곧 이어 장구를 치면서, "천지가 혼합시 도업입네다에" 하며 천지개벽의 신화로 들어간다.

굿의 처음을 천지의 처음인 개벽으로부터 시작한다는 것은 엘리아데가 지적한 대로 세상의 처음으로 돌아가 문제의 근원으로부터 다시 시작하여 질서를 잡고 해결하겠다는 의미로 이해된다. 천지 개벽과 산베포 물베포, 별, 일월, 대별왕 소별왕 도업 등을 말하고 수인씨 신농씨 복희씨 등 중국의 전설적 인물과 역사로 이어진다. 이어서 날과 국 섬김, 열명, 연유 닦음으로 계속된다. 이는 모두 교술이다. 그런가하면 둘쨋날의 초감제는 교술인 <베포도업침>을 하고 서사인 <천지왕본풀이>가 구송되고 다시 교술로 <베포도업침>의 후반부, 날과 국 섬김, 연유닦음 등으로 길게 이어진다.

1995년 음력 2월 20일에 와흘에서 있었던 동이풀이의 초감제도 같은 성격이다. 김윤수 심방이 푼 초감제는 몸이 아프고 운수가 나빠서 집안 조상을 위하고 "시국 못만난 인간 떠난 친정 오라방 위해영 저승가는 길을 닦아 드리"고자 택일 받아 의논하여 "오늘 아척 대동 여리 몸받은 당줏문 열렸수다. 몸줏문 열렸수다" 하면서 신들이 "하감협서" 하고 청하면서 천지 개벽의 <베포도업침>으로 들어간다.[23] 이로부터 새ᄃ림까지 이어지는 상 당히 긴 무가인데 모두 교술이다. 이 책은 <천지왕본풀이>는 이중춘 구송으로 따로 제시되어 있다.

이렇게 보면 초감제의 전체적인 성격은 굿을 하게 된 사연과 장소와 사람을 말하고 신을 청하는 긴 교술무가라고 할 수 있다. 그 기본 성격은 천지개벽과 천지도업이다.

여기서 선행연구에서 지적한대로, 그 가운데 일부에서 <천지왕본풀이> 만 특별히 서사로 구성되어 있다고 볼 수 있을 것이다.[24] 교술인 <베포도업 침> 중 일월조정을 해명하기 위한 서사가 <천지왕본풀이>라고 생각해볼

---

23) 문무병,『제주도 무속신화 열두본풀이 자료집』, 칠머리당굿보존회, 1998. 78-79면.
24) 강소전, 앞의 논문, 같은 곳.

수 있다. 그것은 일월조정 화소만 <베포도업침>과 <천지왕본풀이>에 모두
나타나기 때문이다. 다시 말하면, <베포도업침>에 천지개벽 시 해와 달이
둘씩 생겨서 그것을 소별왕대별왕 형제가 조정했다는 교술적 진술을 서사
로 상세화한 것이 <천지왕본풀이>기 때문이라는 것이다. 이렇게 보면 <베
포도업침>은 교술이고 이 중 일월조정 부분만 구체화한 것이라는 선행연구
와도 일치하며, 왜 일월조정만 <베포도업침>과 <천지왕본풀이> 모두에
나타나는지도 해결된다.

그러나 달리 생각하면 <천지왕본풀이>가 <베포도업침>을 상세화한 것
이 아닐 수도 있다. <베포도업침>이 천지개벽과 天地都業을 말하는 교술무
가라면, <천지왕본풀이>는 人文都業을 말하는 서사무가이기 때문이다. 초
감제에서 창세의 천지도업을 말한 후 인세의 인문도업으로 넘어가는 것은
자연스럽다. <천지왕본풀이>는 <베포도업침>의 천지도업 중 일부를 상세
화한 것이 아니라 원래가 인문도업을 말하는 것으로 초감제의 대등한 두
부분이었을 가능성을 생각해볼 수 있다. 서순실 구연본에는 일월조정 화소
가 없다. <천지왕본풀이>에도 단지 수명장자 화소와 이승차지 속임수만
있다. 이는 <베포도업침>은 천지도업, <천지왕본풀이>는 인문도업의 성격
만을 강하게 드러내는 자료라 하겠다.

그러나 다른 자료에는 <베포도업침>에도 서사적인 내용이 있고, <천지
왕본풀이>에 일월조정만 아니라 수명장자 이야기도 있고 이승 차지 이야기
도 있어서 더 자세한 고찰이 필요하다. 왜 이들 자료는 이토록 산만하게
전해지는가? 이 둘은 같은 것으로 이해해야 옳은가 다른 것으로 이해해야
하는가?

3. 서사구조 재구

이런 문제를 해명하기 위해 다시 자료를 다시 검토해야 한다. 먼저 <베포

도업침>은 천지 개벽으로부터 시작한다는 점은 전편에 공통이다. 천지가 나뉘어 닭울음으로부터 시작하는 시간적 관념이 생기고 동서남북의 공간이 나뉘어 우주적 질서가 잡혀가는 모습을 제시하고 있다. 그런데 서순실 본처럼 개벽만 강조하는 각편도 있지만 대부분은 하늘에는 해와 달이 둘씩 생겨나게 되었다는 의외의 사태로 발전한다. 대다수 각편은 거인의 눈을 떼어내서 해 둘 달 둘을 만들었다고 한다. 이것은 문제가 된다. 사람이 타죽고 얼어죽게 되었기 때문이다.

이 문제를 바로 해결하는 각편들이 있다. 해 둘 달 둘이 있어서 인간이 못 살게 되었다는 내용에 바로 이어서 대별왕 소별왕 또는 활 잘 쏘는 유은거처 등이 해 하나 달 하나를 쏘아 문제를 해결하는 것이다. 이렇게 되면 <베포도업침>의 천지개벽 화소는 일단락된다.

그런데 박봉춘, 안사인 본은 일월조정에 앞서 천지왕이 지상으로 내려와 바지왕 또는 서이섭지땅 호첩과 부부를 맺는 것으로 되어 있다. 이는 뒤의 대별왕 소별왕의 등장이 뜬금없기에 그 유래를 제시하는 서사적 안배일 수 있다.

다음으로 <천지왕본풀이>는 좀더 복잡하다. 처음부터 악인이 등장하여 긴장하게 한다. 첫머리에 악인부터 나오는 것은 천지창조가 일단락되어 지상에 사람이 살고 있는 데서 출발하기 때문이다. 수명장자는 죽은 아버지가 제사를 받아먹지 못하게 하는 비인간적인 인물이다. 또는 하늘의 천지왕을 향하여 나를 못 잡아갈 것이라고 호언한다. 이를 징치하기 위해 천지왕이 지상으로 하강했으나 징치에 실패한다. 솥이 걸어다니고 소가 지붕을 넘어다니고 하는 등 이상한 일이 벌어져도 전혀 동요하지 않고 급기야 천지왕이 머리에 철망을 씌워 고통스럽게 하자 하인에게 자기 머리를 도끼로 깨버리라고 하는 지독한 놈이다.[25]

천지왕이 당하지 못하고 징치에 실패하고는 박우왕 또는 백주노파의

---

25) 김헌선, 『한국의 창세신화』, 위의 책. 403면.

딸, 또는 서수암이라는 여성과 배필을 맺는다. 이는 지상의 여성을 통하여 대별왕 소별왕 아들 형제를 얻기 위함이다.

그런데 문창헌, 정주병 본 <천지왕본풀이>에는 수명장자의 악행을 먼저 말하지 않고, 천지왕이 하늘에서 내려와 총멩이, 총멩부인 집에 머물게 되는데 부인이 가난하여 수명장자 집에서 모래 섞인 쌀을 얻어 와서 그 악행이 드러나는 것으로 되어 있다. 이 경우 천지왕은 바로 그의 집을 불살라버림으로써 수명장자를 징치한다. 그리고나서 천지왕은 떠나고 지상의 여성은 아들 형제를 낳게 된다.

이제 다시 이야기는 지상의 아들 형제 이야기로 집중된다. 아들들은 서당 다니면서 멸시를 당하고 아버지에 관해 묻고 아버지를 찾아 하늘로 떠난다. 부친찾기 화소이다. 아버지로부터 받은 활로 이들은 수명장자를 징치하기도 하고 하늘에 둘씩 있던 해와 달을 하나씩 쏘아 일월을 조정한다. 이것으로 하나의 서사가 완결된다고 하겠는데 이야기는 이어진다.

형제는 이승을 누가 다스릴 것인가를 놓고 경쟁을 벌인다. 수수께끼를 하기도 하고 꽃피우기 내기를 하기도 한다. 결국 형이 잠자는 사이에 번성한 꽃을 자기 앞으로 몰래 가져다 놓음으로써 소별왕이 억지 승리를 하고 이승을 차지하게 된다. 그러나 소별왕이 속임수로 세상을 가졌기 때문에 지상에는 살인, 도둑, 사기, 간음 등 각종 악이 존재하게 되었다고 한다.

이제까지 살펴본 것을 다음과 같이 정리해보자.

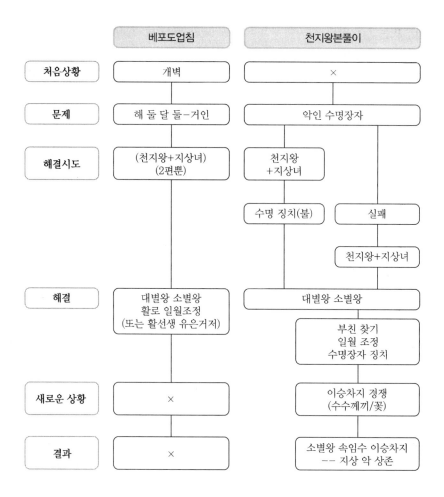

	베포도업침	천지왕본풀이
처음상황	개벽	×
문제	해 둘 달 둘−거인	악인 수명장자
해결시도	(천지왕+지상녀) (2편뿐)	천지왕 +지상녀 / 실패
		수명 징치(불) / 천지왕+지상녀
해결	대별왕 소별왕 활로 일월조정 (또는 활선생 유은거저)	대별왕 소별왕
		부친 찾기 일월 조정 수명장자 징치
새로운 상황	×	이승차지 경쟁 (수수께끼/꽃)
결과	×	소별왕 속임수 이승차지 −− 지상 악 상존

　　<베포도업침>과 <천지왕본풀이>는 어느 각편이나 이 구도 속에 자리잡을 것이다. 그런데 이 두 신화는 닮았다. 같은 점도 있고 다른 점도 있다. 먼저 <베포도업침>이 천지개벽의 내용이라는 점은 확실하다. 마찬가지로 <천지왕본풀이>가 이승의 악의 근원을 해명하는 신화라는 점도 명확하다. 그 사이에 두 신화는 천지왕이 지상 여인과 배필맺기, 대별왕 소별왕의 일월조정 화소를 공유한다. 개벽이 앞에 있고 이승의 악 유래가 마지막에 놓이면 나머지는 그 사이에 놓인다. 그래서 이 화소들은 위 정리의 왼쪽

항에 제시한 바와 같은 구조를 이룬다.

즉 "처음 상황 - 문제 상황 - 해결 시도 - 해결 - 새로운 상황 - 결과"의 순차적 구성을 이루는 하나의 이야기로 정리된다. 그러면서도 <베포도업침>은 일월조정이라는 해결에서 이야기가 완결되는 데 반해 <천지왕본풀이>는 문제가 해결되어도 다시 소별왕으로 인해 새로운 문제가 생긴다고 이야기를 이어 나간다. 이 이야기의 결말은 그래서 지금도 지상에는 악이 상존한다는 것이다. 선악이 공존하는 이승의 현실은 지금도 이어지기에 이야기는 결말에 이르렀어도 의미하는 바는 지속된다. 작품 밖 현실세계로 이어지며 지속된다.

<베포도업침>과 <천지왕본풀이>는 같이 부르기도 하고 따로 부르기도 한다. 같은 내용이기도 하고 다른 내용이기도 하다. 그러나 <베포도업침> 뒤에 이어서 <천지왕본풀이>를 부른다거나 또는 <베포도업침>의 일정 부분을 확대해서 <천지왕본풀이>로 부른다거나, 이 둘이 이어져 있다고 보는 의식은 분명하다. 이 둘은 두 개의 이야기이기도 하지만, 천지개벽으로부터 시작해서 인간 사회의 악의 유래를 해명하는 것으로 끝나는 하나의 이야기로 이해될 수 있는 것이다. 하나이면서 둘인 <베포도업침>과 <천지왕본풀이>가 함께 초감제 아래 하나의 신화를 이루는 것이다.

이 둘을 하나의 신화로 이어지는 것으로 이해하는 시각도 가능할 것이다. <베포도업침>에서 천지왕과 지상여인과 결합하는 각편이 둘뿐이고 일월조정하는 주체가 대별왕 소별왕이기도 하고 유은거처이기도 해서 하나로 정립되어 있지 않은 것을 고려하면, <베포도업침>에서 분명한 것은 천지개벽이 있었고 그때 해와 달이 둘씩 생겼다는 이상상황까지라고 할 수도 있다. 거기에 지상에는 수명장자라는 악인이 있었고 천지왕은 지상으로 하강하여 지상 여인과 배필을 맺는다. 태어난 아들 형제가 일월을 조정하고 수명장자를 징치한 후 이승 차지 경쟁을 하고 소별왕이 속임수로 이승을 차지했다고 하면 전체가 하나의 이야기로 꿰인다.

고대중 강일생 구연본과 같이 둘을 나누지 않고 하나로 보는 자료도 있는 것과 같이, 현대 연구자에게도 이 둘은 하나로 이해되는 것 같다. 『한국민속신앙사전 무속신앙』을 보면 <베포도업침> 항목은 없고 <천지왕본풀이> 항목이 있는데 이를 설명하면서, "<베포도업침>이라고도 한다."고 하고, <천지왕본풀이>의 내용에 <베포도업침>의 천지개벽을 앞머리에 포함시키고 있다. "우주 기원으로부터 시작하여 세상의 질서가 잡혀가는 과정"으로 규정하는 것이다.26)

이제 <베포도업침>과 <천지왕본풀이>를 비교해보자. 우선 구성면에서 <베포도업침>은 우주적 혼합이 세계적 질서로 마감되고, 천지왕본은 무도한 수명장자의 악행에 대한 언급에서 시작하여 인간 사회의 질서가 마련되는 것으로 끝났다. 시작은 일종의 무질서이고 결말은 질서이다. 둘째로 발생한 문제를 해결하기 위해 하늘의 초월적 존재를 아버지로 하고 땅의 지상적 존재를 어머니로 한 자손이 필요했다. 자연의 문제이건 인간의 문제이건 인간이 살아가는 것과 관계된 문제는 하늘의 초월적 능력만으로 충분하지가 않다는 인식이다. 셋째로 그러나 <베포도업침>의 문제는 하늘의 해와 달 즉 자연과 인간의 문제였던 것에 반해 천지왕본의 문제는 수명장자의 무도함 즉 같은 인간의 악행이라는 점이 대조적이다. <베포도업침>에서는 창세 과정에서 하늘에 문제가 있었다면 천지왕본에서는 창세 후 땅에 문제가 있다는 것이다. 그러나 그 해결 과정은 유사했다. 이렇게 정리해보자.

---

26) "천지왕본풀이"(필자 나경수), 『한국민속신앙사전, 무속신앙』, 국립민속박물관, 2009. 853-854면.

	베포도업침	천지왕본
상황	천지개벽	--
문제	복수 일월 문제	수명장자 악행 문제
해결시도	천지왕 해결 / 못함	
해결방안	천지왕이 지상 여인과 혼인, 형제 얻음	
문제해결	대별소별 형제가 일월 조정, 수명장자 징치	
아들의 다툼	--	꽃피우기 등 이승차지 경쟁
결과	--	이승법 확립

이렇게 보면 <베포도업침>의 자연-인간의 문제와 천지왕본의 인간-인간의 문제의 차이가 있고 그 해결의 서사는 유사하다는 것이 드러난다. 천지개벽은 <베포도업침>에만 있고 꽃피우기와 수수께끼는 천지왕본에만 있다. 이 차이도 중요하게 여겨진다. 천지개벽은 우주의 시작을 말하는 <베포도업침>에 있는 것이 자연스럽다. 꽃피우기와 수수께끼는 지혜겨루기와 속이기이다. 이는 인간 세상을 차지하기위한 경쟁에 등장한다. 자연과 달리 인간 사회의 질서는 지혜와 속이기가 필요하다는 인식으로 볼 수 있다. 순수한 자연의 속성과는 다른 것이다. 자연과 다른 인간만의 질서를 문명이라고 했을 때 문명이란 곧 자연의 모습을 바꾸는 것이고 이는 자연을 만든 신을 속이는 행위이다.

문제의 양상은 다르고 해결 과정의 서사는 동일하고, 자연 질서 찾기와 인문 질서 찾기는 앞뒤로 이어지기에 이 둘을 하나로 묶어볼 수 있다. 처음의 상황인 천지개벽은 창세신화에서 가장 중요하고도 독립적인 화소이다. 무질서에서 질서로 이행하는 것이 바로 창조 또는 창세이다. 해와 달이 둘씩 있다거나 기껏 만들어놓은 지상에 악인이 존재한다는 것은 창세

가 인간에게 불완전한 것이며 창세가 새롭게 이루어져야 할 필요성을 제기
한다. 이를 해결하기 위하여 물이나 불로 세상을 징치하는 신화가 보편적으
로 존재한다. 이를 천지재창조신화라 할 수 있다. 일월문제 등을 천지왕이
해결하지 못하고 지상녀와 혼인하여 아들 형제를 얻는 내용인 해결시도와
해결방안을 하나로 묶어볼 수 있다. 성장한 아들 형제가 일월문제나 수명장
자 문제를 해결하는 것은 문제 해결이다. 다음으로 아들들이 이승을 놓고
경쟁하여 결국 소별왕이 이승을 차지한 결과 이승에 악이 지속되고 말게
된 것은 결과이다. 이러한 서사 구성을 정리해 보자.

1. 천지개벽/ 창세
   - 카오스에서 코스모스로 이행
2. 천지 재창조
   - 우주 창조와 다른, 인간 사회를 위한 창조 필요
   - 일월 조정 문제, 지상의 악인 징치 등
     - 초월적 존재가 해결해도 또 문제 발생
3. 천지왕과 지상녀의 혼인으로 아들(형제) 탄생 (천부지모담)
   - 하늘의 원리와 지상의 문제를 함께 이해하는 인물 탄생
4. 아들(형제)가 문제 해결
   - 부친 탐색 (정체성 확인)
   - 일월 조정, 인간의 악행 징치
5. 인간 세계의 이승법 마련
   - 인세차지 경쟁
   - 선과 악이 공존하는 현실 세계

이 구조는 3항을 기준으로 대칭적이다. 1,2항은 세계 창조에 대한 이야기
이고 4,5항은 인간 사회 건설에 관한 이야기이다. 세계와 인간에게 생긴
문제를 해결하기 위해 3항의 인물이 탄생했다. 이 인물은 5항의 인간 사회

의 질서를 확립한다는 면에서 영웅이라 할 수 있다. 이 영웅은 인간의 힘만으로 성공하지 않는다. 아버지 면 초월자의 능력을 가지고 있다. 이를 간략히 '1. 천지개벽, 2. 천지 재창조 필요, 3. 아들 형제 탄생, 4. 아들형제가 문제 해결, 5. 이승법 마련' 이라고 약칭하고, 서사 구성의 각 항목을 상세히 검토하자.

4. 서사 구성 항목의 분석

4.1. 천지개벽

<베포도업침>의 내용은 앞뒤로 크게 두 단락이다. 앞은 천지혼합이던 것이 개벽하여 나뉘고 세상 만물이 생성되었다는 것이고, 뒤는 둘씩 생긴 해와 달을 대개 대별왕 소별왕 형제로 나타나는 인물이 활을 쏘아 하나씩 제거하여 지상의 사람이 살기 좋게 만들어 주었다는 것이다. 그 사이에 하늘의 천지왕이 지상으로 내려와 지상의 여인과 결합하여 낳은 인물이 대별왕소별왕이라는 내용이 들어 있기도 하다. 이 뒤에는 대개 중국 고대 역사의 신화적 인물들 이야기가 문화영웅의 모습으로 소개되고 제주도의 여러 신을 모셔들이는 내용이 길게 이어진다.

천지개벽의 요점은 천지가 혼합되어 한뭉텅이였던 것이 나누어지고 그 사이에서 만물이 생겨났다는 것이다. 이른 시기인 1937년 간행된 『조선무속의 연구 상』에 수록되어 있는 박봉춘 구연본에는 <초감제>라는 이름으로 <베포도업침>이 수록되어 있다. 이 구연본은 또한 중국의 역사와 고사가 다수 포함되어 있다. 서사적 의미가 있는 것을 추려서 이용하기로 한다. 문창헌 필사본과 함께 보인다. 사설은 길지만 중요한 부분은 둘이다.

천지혼합으로 제일임니다/ 엇떠한 것이 천지혼합임니까
하늘과 땅이 맛붓튼 것이 혼합이요/ 혼합한 후에 개벽이 제일임니다
엇떠한 것이 개벽이뇨/ 하날과 땅이 각각 갈나서 개벽입니다
천지개벽이 엇떠케 되었스릿가/
하날로부터 조이슬이 나리고/ 따으로부터 물이슬이 소사나와서/
음양이 상통한직
천개는 자하고 지개는 축하고 인개는 인하니
하날머리는 갑자년 갑자월갑자일 갑자시에 자방으로 열이고
따머리는 을축년 을축월 을축일 을축시에 축방으로 열이고
사람머리는 병방으로 병자년 병자월 병자일 병자시에 열이시고
동방으로는 이염을 드르고/ 서방으로는 촐리를 치고
남북방으로나래를 들으고/ 천지개벽이 되엿슴니다[27]

천지가 혼합오로, 제일음내다. 하늘과 당이 감이 업서, 늬 귀과
가득아올 때, 하늘과 땅이 한뭉텡이 되옵대다. 천지개벽할때도 업을
제일음내다. 천개는 자홰하고, 지벽은 추회하야, 인간은 인회로 도
업하니, 하늘머리 열리옵고 당의 머리 열여올 때 상갑자년 갑자월
갑자일 갑자시에, 하늘과 땅새에 떡증갓지 감이 나옵대다. 삼경
지나 새날이 되니 하늘론 청이슬, 땅으론 흑이슬 중앙엔 황이슬
내립대다. 천지인황 도업을 제일음내다. 하늘에 동으로 청구름 서의
백구름 남에 적구름 북에 흑구름 중앙에 황구름 뜨고, 올때에 수성
개문하옵내다. 동성개문 일음내다.[28]

이 두 자료가 말하는 것은 처음에는 천지가 하나로 붙어 있었는데 개벽하
여 나누어지게 되었다는 것이다. 그 나누어지는 모습은 대단히 질서 있게
구성되어 있다. 첫째로 어느 날 하늘과 땅이 시루떡같이 사이가 벌어지게
되었다. 이는 하나였던 것이 둘로 나뉘었다는 것이다. 둘째 이로써 하늘

---

27) 秋葉 隆 외, 심우성 옮김, 『조선무속의 연구』上, 동문선, 1991, 231면.
28) 문창헌 필사, <초감제본>, 김헌선, 『한국의 창세신화』, 385면.

중간 땅이라는 세 공간이 마련되었다. 천지인이라는 기본 3 요소를 마련했다. 이는 수직적인 공간의 이해이다. 셋째 동서남북의 수평적 공간을 분할했다. 이들 사이에서 이슬 구름 별 산과 물 해와 달 등 천지만물이 생겨났다고 한다. 맞붙어 있던 하늘과 땅이 갈라져서 세상이 개벽되고 하늘 땅 인간의 세 세계가 열리게 되었다는 내용이다. 위 아래로 갈라지는 것과 갑을병의 시간 순서와 동서남북의 공간을 제시하여 육합의 공간과 시간이 생겨난 것도 함축하고 있다. 아울러 세상의 첫 모습을 닭이 날개를 들어올리며 새벽 홰를 치는 모습으로 이미지화하였다. 이렇게 해서 세상의 질서가 만들어졌다는 것을 말하였다.

온통 하나이던 것이 하늘 땅 둘로 나뉘어 천지인 셋의 공간을 마련하고 동서남북 넷의 방위를 설정하고, 둘째 공간의 사람을 네 방위의 중간에 겹치게 하여 다섯의 개념을 제시했다. 이들이 조합하여 만상을 만들어냈다. 이 창조 과정의 의미는 명확하다. 하나로 혼합되어 질서를 갖지 않았던 우주가 둘로 셋으로 넷으로 분리되어 질서를 가진 우주로 창조되었다는 것이다. 창세 과정 또는 창조 행위는 질서가 없던 우주에 질서를 부여하는 것이라는 세계 신화의 보편적 사고라고 생각된다.

4.2. 천지 재창조 필요

다음으로 세상에 해와 달을 만든 이야기가 나온다. 거인인 청의동자 앞이마에 눈이 둘 뒷이마에 눈이 둘 있던 것이 하늘의 두 개의 해와 두 개의 달이 되었다. 세상은 밝아졌으나 지상의 사람들은 낮에는 타죽고 밤에는 얼어죽는 일이 생긴다. 이에 천지왕은 지상으로 내려와 바지왕과 배필이 되어 대별왕 소별왕을 낳아 해결책을 찾는다. 대별왕 소별왕 형제는 지상에서 자라고 아버지를 찾아 하늘로 올라와 자식 인정을 받은 후 해와 달을 하나씩 쏘아 별을 만들고 하늘에는 해 하나 달 하나 만을 남겨두어 인간이 살기 좋게 해 주었다.

이 무가를 서사로 볼 때 다음과 같은 세 가지 항목에 주목하게 된다. 첫째는 하나로 엉켜있던 하늘과 땅이 나뉘며 동서남북과 위 아래, 갑을병의 시공간적 질서가 잡히게 되어 개벽이 바람직하게 이루어졌다는 것과 함께 하늘에는 해와 달이 둘씩 생겨서 지상의 인간들이 살 수 없게 되었다는 것이다. 이는 창조는 완전하다는 점과 함께 그러나 인간이 살기에는 적절하지 않다는 이중적 시각을 보인다. 자연은 자연 그대로 완전하지만 인간에게는 완전하지 않다는 것이다. 그것은 인간이 자연의 일부이면서도 자연의 일부가 아니기 때문이다. 자연의 일부로서는 우주의 개벽이 완전하지만 자연이 아니기에 자연 속에만 살기에는 적당하지 않다. 인간을 위해서는 자연의 일부를 개조해야 하였다.

둘째 둘씩 있는 해와 달을 활로 쏘아 떨어뜨려 그것으로 여러 가지 별들을 만들었다는 것은 신화적 해결이라는 점이다. 신격을 갖추고 있는 존재가 신적인 능력으로 문제를 해결했다는 점을 강조하는 것이다. 이 점은 <천지왕 본풀이>에서 신화적 행위가 별 소득 없다는 점과 대조되어 주목할 만하다.

셋째 박봉춘 구연본과 정주병 구연본에서 해와 달이 둘씩 생겼을 때 하늘의 존재인 천지왕이 직접 해결하지 않고 또는 못하고 지상으로 내려와 얻은 자손이 문제를 해결한다는 점이다. 대별왕 소별왕 형제가 문제를 해결할 수 있었던 것은 그것이 인간의 문제였기 때문이다. 자연으로서는 문제가 아니었고 인간의 문제였기 때문에 인간의 문제를 가지고 있는 지상의 어머니의 자손이기도 한 형제가 문제를 해결할 수 있다는 인식이다. 인간의 문제는 하늘의 초월자의 힘만으로도 지상의 인간의 힘만으로도 해결될 수 없었고 어머니의 지상적 의미와 아버지의 초월적 의미가 결합되어야 해결될 수 있었다.

나머지는 혼인 내용 없이 바로 형제가 솟아났다고 되어있다. 그러나 천지왕이 직접 해결하는 법은 없다. 고대중 구연본과 강일생 구연본에는 천지왕의 아들 형제 또는 삼형제로 되어 있다. 문창헌 필사본과 고창학 구연본은 그냥 대별왕소별왕 형제가 등장하고 김두원 필사본에는 활 잘 쏘는 유은거처, 강태욱 구연본은 활선생 거저님, 김병효 구연본은 유운거저가 일월을 조정한다.

이들은 천지왕 때 생긴 혼란을 천지왕 이후의 인물이 해결했다는 점에서 대략 공통된다고 할 수 있다. 이들이 일월을 조정 한 후에 성현이 나와서 문화가 생겨나는 것으로 되는 서술의 흐름을 볼 때 우주에서 인간으로 초점이 옮겨가는 도중에 생긴 사건을 말하고 있는 것이다. 우주에서 인간으로, 하늘에서 땅으로 이행되는 과정에서 바로 일월조정이 있었던 것이겠지만, 그 과정에 매개가 있어야 이야기가 순탄해진다면, 양극단의 중간에 매개항을 넣게 된다. 그것이 지상의 여성과의 혼인과 형제의 탄생으로 설정되었다. 우주와 인간, 하늘과 땅은 직접 연결되기도 하지만, 많은 경우에 매개항을 필수로 요구한다. 기독교의 예수나 마리아가 매개 역할을 한다는 점을 떠올리면 될 것이다.

이런 과정을 거쳐서 세계는 최초의 무차별의 혼합 상태가 지금과 같은 우주적 인간적 질서로 변모되었다. 이러한 전반적이고도 기초적인 질서의 초석 위에 제주도 또한 공간적 질서가 잡히고 인간과 신격의 질서도 구체적으로 자리매김 되었다는 것을 이어지는 무가 사설에서 볼 수 있다. 즉 이러한 사건의 목적은 세계의 질서 획정이었다. 이것을 이야기로 보면 처음의 혼합에서 창세의 분화 과정을 거쳐 마지막의 질서 확립이라는 순서를 갖는데, 중간 과정인 분화 과정이 인간의 문제를 해결하기 위하여 천상적 능력과 인간의 문제의식을 가진 새로운 인물을 탄생시킨다는 서사적 내용을 보완하고 있다고 하겠다.

<천지왕본풀이>는 수명장자의 악행을 지적하는 것으로 시작한다. 이것은 <베포도업침>에서 일월조정이라는 자연의 문제만을 제기한 것과 달리 인간 사회에 존재하는 악을 문제로 삼는 것으로 이해된다. 악한 수명장자를 징치하는 과제가 부여되었는데 그것을 천지왕이 직접 하는 각편이 둘, 실패하는 각편이 셋 있다. 여하튼 지상으로 내려온 천지왕은 지상의 여성과 합궁하여 아들 형제를 낳는다. 공통인 것은 아들들이 이승을 놓고

경쟁하며 소별왕이 속임수로 이승을 차지하지만 형의 도움을 받아 일월을 조정한다는 점이다. <베포도업침>에는 둘씩 있는 일월이 문제였다는 설정만 있다. 천지왕본에는 일월이 다른 사항과 함께 나타난다. 나무 돌 새 짐승들이 말하는 것을 말 못하게 하고 귀신과 생인을 나누어 살게 하는 것이다. 이것은 지상의 혼란을 없애는 것이 주목적이다. 이무생 구연본에는 소별왕이 차지한 지상을 가서 다스리는데 일월로 인해 사람이 타죽고 얼어죽는다는 말이 없다.

> 흔 하늘엔 해도 둘, 돌도 둘/ 욕심 씬 놈이 하고, 도독 적간이 하고/
> 인간이 불목이 하고/ 상팻짓이 하영 싰고/ 낭기 돌 제푸싶새라/
> 말을 종종 굿고/ 귀신 불렁 생인 대답/ 생인 불렁 귀신 대답ᄒ곡/
> ᄉ천이 속신ᄒ고/ 일가방문하여온다.29)

따라서 여기서 일월 조정은 지상의 혼란 중의 하나로 인식된다. 다른 구연본에서도 둘씩 있는 일월은 지상의 문제를 열거하는 것의 하나로 나타난다.

창세과정의 진술을 통하여 우리는 우주가 질서정연하게 구성되었다는 것을 알 수 있게 되었고 그것은 세상이 완벽하게 만들어졌다는 기대를 하게 한다. 그것이 구약성서 창세기에서 하느님이 세상을 만들고 나서의 느낌, 하느님이 보시기에 좋았더라의 의미일 것이다. 그런데 기대와 달리 이어지는 내용은 수명장자라는 악인의 등장과 징치담 또는 해와 달이 둘이 있다는 진술이다.

수명장자의 이야기는 악인의 등장으로 정형화되어 있다. 훗날 제사밥을 주지 않는 조건으로 늙은 아버지에게 밥을 주거나30), 가난한 이웃에 쌀을 빌려주면서 모래를 섞어 준다.31)

---

29) 이무생 구연, <천지왕본>, 김헌선, 453면.
30) 문창헌 필사 <천지왕본>, 김헌선, 389면.

이 두 화소의 공통점은 새롭게 창세된 우주가 완전하지 않다는 것이다. 창세에 결함이 있어서 하늘에는 해와 달이 둘씩 있게 되었고, 지상에는 수명장자 같은 악인이 있게 되었다는 것이다. 수명장자만 악이 아니고 해와 달이 둘씩 있는 것도 악이다. 해와 달이 둘 있는 것은 우주 자체로 보면 악이 아닐 수 있다. 사람에게 해를 끼치기에 악이다. 그래서 창세가 완전하지 못하다는 인식은 사람이 하는 것이다.[32] 천지가 개벽되었으나 불완전하였다는 것이 판명되자 당연히 필요해진 것이 천지 재창조이다.

4.3. 천지왕과 지상국 부인의 결연과 아들 형제 탄생

다음 화소인 천지왕과 지상국 부인의 결연은 천과 지의 결연이라는 측면과 함께 수명장자의 징치가 동시에 고려되어야 한다. 앞의 화소인 수명장자의 징치를 다시 생각해 보자. 수명장자와 지상국 부인은 지상에서 살아가던 존재였다. 천상의 천지왕은 다른 공간에서 살던 존재이다. 그 징치담은 지상국 부인이 같은 지상의 존재인 수명장자를 거부하고 천지왕과 결합하는 이야기라고 할 수 있다. 그것은 다른 원리를 받아들이는 것이라고 생각해 볼 수 있다.

천과 지의 결연은 세상이 불완전하기 때문에 새롭게 생긴 사건이다. 혼합되어 있던 우주를 나누어 질서를 부여했는데 그 질서가 완전치 못했으므로 다시 처음으로 돌아가서 새로 시작해야 할 것이다. 처음의 결합된 상태로 회귀하여 새로운 분리 작업을 해야 한다. 그 결합이 천지왕과 지상국 부인의 결연이다.

---

31) 정주병 구연, <천지왕본풀이>, 김헌선, 431면.

32) 천지가 개벽할 즈음에 악이라는 개념은 무엇일까? 이 악은 현대의 우리가 생각하는 악이 아닐 수 있다. 그런 점에서 박봉춘의 구연본은 주목할 만하다. "수명장자가 하로는 천왕께 향하야 아뢰되 이 세상에 날 잡아 갈 자도 있으리야 호담을 하니 천주왕의 괫심히 생각하야, 인간에 나려와서" (김헌선, 『한국의 창세신화』, 403면). 수명장자의 악은 천지왕과 대등함을 주장하는 것이었고 그것은 천지왕에게 악인 것이다. 이 점에 대하여는 별도의 고찰이 필요하다.

그러나 그 결연은 최초의 분리와는 다른 결과를 가져왔다. 최초의 분리는 우주적 질서였지만 새롭게 필요한 창조는 인간 사회의 악을 징치하여 인간을 새롭게 하는 것이기 때문이다. 그 결연의 결과는 대별왕 소별왕 형제의 탄생이다. 이 형제는 부모의 결합이 우주의 결합이었기에 우주적 힘을 가지고 해와 달을 조정하고, 천지로 나누어졌던 것이기에 서로 다툰다.

지상국 부인이 낳은 아들 형제는 하늘로 아버지인 천지왕을 찾아간다. 이 화소에서는 아버지가 하늘의 천지왕이라는 점과 그로부터 아들임을 인정받는 것이 중요하다. 아버지가 지상의 수명장자가 아니라는 것, 천지왕으로부터 내쳐진 수명장자가 아니라 하늘의 존재라는 것은 아들의 존재의 새로운 근거이다. 아들들은 자기 존재의 뿌리를 확인하기 위해 아버지가 내리는 시험에 응한다. 하늘의 아버지로부터 아들임을 인정받는 것은 자신의 능력과 존재의 정당성에 대한 확답이다. 지상에 존재하지만 근원은 하늘이라는 것, 당연히 여기서 우리는 지상국 부인의 존재는 경시되기 시작함을 본다. 지상의 어머니의 인정은 의미가 없다. 나중에는 어머니조차 아버지의 시험을 거쳐야 아내로 인정받게 되는 사태에 이르게 된다.

우리는 천지 개벽 이후 천지가 나누어진 이후 지속적으로 천지의 대립을 보고 있다. 지상의 수명장자를 징치하고, 지상의 아들은 시험에 통과해야 하늘의 아들이 된다. 지상의 어머니는 부정된다. 이를 신화의 남성화로 이해할 것인가, 아니면 여성 원리의 본래 모습으로 이해할 것인가의 문제가 남는다.

또한 이들이 형제라는 사실도 주목할 일이다. 하나가 아니고 둘이라는 점이다. 이 둘은 때로는 쌍둥이로 때로는 적대 관계의 인물로 변형될 수 있다.

4.4. 아들 형제가 문제 해결

하늘의 아버지로부터 아들임을 인정받은 형제는 두 개씩인 해와 달을 하나씩으로 조정한다. 이는 이들이 천지의 결합으로 출생한 것이므로 하늘의 질서에 참여할 수 있는 천상적 힘을 가지고 있기 때문이다. 이는 원초적 상태로 회귀하여 질서를 재편하는 것의 모형이다. 그러나 일월조정의 결과는 지상의 질서이다.

주목할 것은 이 일월조정이 원래는 형제의 몫이 아니었던 것으로도 나타난다는 점이다. <베포도업침>에서 천지개벽 직후 이미 해와 둘이 둘이어서 창세가 불완전했음을 보인 바 있다. <베포도업침>에서도 대별왕소별왕 형제나 유은거처가 활로 쏘아 일월조정을 하는 것으로 되어 있다. 천지 재창조 이후에 다시 이 화소가 나타나는 것은 재창조 이후에도 세상은 완전하지 않다는 점을 강조한다. 즉 원점으로 돌아가 세계를 다시 창조하더라도 세계의 불완전은 지속될 것이라는 점을 암시한다.

그러나 대별왕 소별왕 형제가 활로 쏘아 해와 달을 조정하지 않았는가? 그렇다. 그러나 세계는 여전히 불완전하다. 그 불완전함에 대한 새로운 조명이 형제의 세상차지하기 다툼으로 변이된다. 이는 인간 사회의 불완전은 우주적 질서에 기인한다고 생각했던 것에서 이제 그보다는 초월적 존재자들의 다툼에 말미암는다는 생각으로 변형되었다고 생각할 수 있을 것 같다.

수명장자를 징치하는 주체는 대개 천지왕이다. 소별왕이 수명장자를 징치하는 각편은 박봉춘 본이 유일하다. 이 각편에서 소별왕은 이승을 차지한 후에 '수명장자를 참지전지한 연후에 파리 빈대 각다리 되어 날아가게' 하였다. 그 결과로 '인간의 버릇을 가르치고 복과 록을 마련하야, 선악을 구별하고 인간차지 하옵내다.'[33]하였으나 이는 내용상 의아하다. 꽃피우기 경쟁에서 속임수를 써서 이승을 차지한 소별왕이 선악을 구별하는 이승법을 마련하였다는 것은 논리에 파탄을 일으킨다. 다른 대부분의 각편에서는 형제의 수명장자 징치에 관한 언급이 없다. 이는 수명장자 징치 화소가

---

33) 김헌선, 『한국의 창세신화』. 406면.

원래 천지창조에 이어지는 천지재창조 신화였기 때문일 것이다.[34] 이는 천지왕의 몫이었다.

원래 보편적으로, 천지창조는 세계를 창조하고 인간 창조와 인간사회까지를 창조하면서 인간이 죽을 운명으로 창조되었다는 것과 인간 사회에 악이 지속될 것임을 해명하는 것까지 포함하는 것으로 이해된다. 천지왕이 지상의 악인인 수명장자를 징치했으면 지상에는 악이 없어야 할 것인데 그렇지 않다. 이는 근원적으로 악의 문제가 해결되지 않았기 때문이다. 악의 근원은 보다 깊은 것이다.

가령 성서에는 노아홍수가 있었다. 노아홍수로 지상의 악인을 쓸어 없애고 다시는 이와 같이 세상을 멸망시키지 않겠다고 언약하였지만 세상에는 또다시 악이 팽배해 있다. 이는 노아 이전에 에덴 동산에서 아담과 하와의 죄와 그 배후의 사탄이 세상을 차지하였기 때문이다. 마찬가지로 수명장자를 징치하여도 지상의 악은 사라지지 않는다. 그것은 세상의 시초인 개벽시부터 잘못되었기 때문이다. 그 잘못이 끝없이 되풀이 되는 것이다.

4.5. 이승법 마련

해와 달의 조정의 직접적인 결과는 세계의 질서가 완비되었다는 인식이다. 이제 세상의 악을 천지개벽의 미비로 설명할 수 없게 되었다. 형제의 활동은 이중적이라는 점을 다시 강조해야 하겠다. 형제의 일월조정은 천지창조를 되풀이하는 것이면서도, 그들이 바로 세상에 현존하는 악의 근원이 되고 있다는 것이다. 천지창조가 이루어졌으니 세상에 질서가 잡혔는데도 세상은 여전히 악이 지속되고 있다는 현실적 문제를 어떻게 해명할 것인가 하는 의문에 대한 답은, 그들의 근원이 여전히 지상적이라는 데 있을 것이다.

---

34) 장자못 전설이 천지재창조 신화로 이해되는 것이 이에 기인한다. 신연우, 「장자못 전설의 신화적 이해」, 『우리 설화의 의미 찾기』, 민속원, 2008, 180-199면.

형제가 천상의 아버지의 자식이므로 일월을 조정할 수 있지만 지상의 어머니의 자식이기도 하므로 다툼은 지속된다. 천상은 질서의 근원이지만 지상은 다툼의 근원이다. 그러나 하늘 원리로 지상을 다스릴 것인가 하는 문제는 쉽지 않다. 하늘 원리는 해와 달이 둘씩이어도 상관없을 것이다. 일월조정이 문제가 되는 것은 지상의 질서 때문이다. 하늘의 원리만으로 지상의 질서를 가져올 수 없다는 인식이 문제의 발단이다. 지상의 원리는 다툼이고 분열이라는 것이다.

지상의 원리에 대한 현실적 인식이 이 화소의 핵심이다. 지상의 다툼은 천상의 질서의 원리로 해소되어야 한다. 그러나 어떤 천상의 질서로도 지상의 다툼은 근원적으로 해결되지 않는다. 지속적으로 하늘 원리로 회귀하고 최초의 창조를 되풀이하지만 그것의 의의는 지속에 있을 뿐이다. 최초의 창조는 완벽했더라도 지상의 현실은 그와 달리 불완전하다는 도저한 인식이 이 신화의 깊이이다.

그 불완전함에 대한 해명이 인세차지 경쟁에서 소별왕의 속임수 때문이라는 사후적 해설이다. 각편에 따라 소별왕은 인세를 차지하기 위해 여러 가지 수수께끼를 내고 마지막이자 모든 각편에 공통적으로 꽃피우기 경쟁을 하여 형을 속이고 세상을 차지한 것이 이 세상의 악의 근원이라는 해명이다.

소별왕은 왜 그렇게까지 해서 인세를 차지하려 하는가 살펴보자. 그것은 일월조정으로 세상이 완벽해졌기 때문이라고 할 수 있지만, 그 세상은 어차피 소별왕 때문에 다시 불완전해질 것이었다. 따라서 그보다는 소별왕이 바로 지상의 원리인 불완전성을 담지하고 있는 인물이기 때문이라고 보아야 할 것이다.

그런 점에서 이들이 벌이는 수수께끼가 종종 자연의 일반원리와 특수한 사정의 대비에 있음은 주목을 요한다. 가령 문창헌 필사본에는 동지섣달 설한풍에 모든 나뭇잎은 다 떨어지되 대잎은 왜 푸른가 하는 소별왕의 질문에 대별왕은 대는 속이 비어서 그렇다고 대답을 하자 다시 소별왕은 그러면 동백나무는 속이 피지 않았는데 어찌 해서 겨울에 푸르냐고 되물어 말문을 막는다. 대나무가 속이 비었다는 특징은 누구나 아는 것이다. 그러나 동백이 왜 겨울에 푸른가는 말하기 어렵다. 대나무는 나무 중에서 예외적인 것임은 쉽게 알 수 있지만 동백은 그 예외의 이유를 알기 어렵기 때문이다. 인간사는 그렇듯 알기 어려운 것이다. 소별왕은 깊은 구렁에 풀이 걸게 나느냐 높은 동산에 걸게 나느냐 묻고 대별왕은 깊은 구렁에 걸게 난다 하자 소별왕은 왜 사람은 머리에 털이 많고 발등에는 터럭 하나 없느냐고 묻는다. 이는 자연의 일반 원리와 인간의 경우는 적용이 달라야 함을 말해준다. 일월 조정으로 자연의 질서는 잡았지만 그것으로도 인간의 질서는 잡히지 않았다.

인간의 질서는 천상의 질서로 조정하는 것이 마땅하지만 천상의 질서로 고정시키려 하지는 말아야 한다는 세계 인식을 보여준다. 지상의 다툼은 근원적인 것이다. 다툼을 인정하고 다툼이 있을 때마다 천상적 조화에서 질서의 원리를 빌려다 쓰는 수밖에 없다. 현상의 다툼과 부정과 무질서를 인정하면서 하늘의 원리를 이용해 조화와 질서를 구현하려는 끝없는 노력, 이것이 인간에게 주어진 과제라는 인식이 이 신화 담당자들의 것이었다. 이 노력은 시지푸스적인 부질없는 노력일 수도 있지만 인간의 인간다움은 그러한 부질없는 노력에만 있다는 사색의 깊이가 이 신화에 깃들어 있다고 여겨진다.

이러한 노력 끝에 인간 세상에는 질서가 잡힌다고 하는 각편도 있고 그 결과로 인간 세상에는 악이 만연하게 되었다는 각편도 있다. 전자는 두 개씩이던 해와 달을 조정하든 악인인 수명장자를 징치하든 무질서와 악의 근원적 문제를 해결하고 인간세상을 사람이 살기에 적절한 곳으로 만들어 놓는 것으로 이야기를 맺는다. 질서를 가져온다는 점을 보다 구체화하면 사회를 구성한다거나 국가를 창건한다는 내용이 될 수 있을 것이다.

후자의 경우는 소별왕이 속임수로 세상을 차지했으므로 이 세상에는 속임수를 비롯해 온갖 악한 일들이 벌어지게 마련이라고 한다. 이는 현세상의 악이 존재하는 이유를 해명하기 위한 설정이다. 창세기 앞부분의 이야기에서 뱀으로 나타난 악신 때문에 이 세상에 악이 있게 되었다는 설정과 유사하다. 그러나 이러한 현상적인 지적 이면에 가려 있는 의미도 있다. 앞항에서 설명한 것처럼 쌍둥이 형제 중에서 소별왕이 이 불완전한 지상을 차지하는 것은 그가 지상의 문제를 더 많이 담지한 인물이기 때문이다. 그런 점에서 우선 이 세계의 실체를 지적한 말일 수 있다. 이 세계는 선으로만 이루어지지 않고 선과 악이 공존하는 것이 본질적인 양상이라는 점을 지적하는 것이다. 대별왕의 선함만으로 세상이 구성되지 않는다는 깊이 있는 이해이다.

아울러 소별왕이 꽃을 훔치는 것은 문화사적인 맥락으로 이해할 수 있다. 대별왕은 자연스럽게 꽃을 피운다. 아무 노력 없이 피어나는 꽃은 그대로 자연이다. 소별왕은 꽃을 자신의 것으로 옮겨 심는다. 이는 꽃에 인공적인 노력을 가한 것을 보여준다. 자연 그대로의 자연은 해와 달이 둘씩인 것처럼 인간에게 직접적인 도움을 주지 않는다. 자연은 인공적으로 다듬어져야 인간의 문화가 된다. 식물 재배는 자연이 아니다. 자연을 인간 위주로 가공한 것이다. 자연을 인위적으로 가공하는 것은 순수한 자연에 대한 악행을 저지르는 행위라고 할 수 있다. 그러나 그것이 문화이다. 대별왕과 달리 소별왕은 인간세계와 더 밀접한 관계를 가지고 있다. 결국 이들은 모두 인간 세계의 질서를 확립하거나 이해하는 이야기들이다.

그런 점에서 문창헌 필사본과 박봉춘 구연본에서는 소별왕이 "형은 미련해서" 이승을 못 다스린다고 또는 자기는 수명장자를 징치할 수 있지만 "우리 형은 못하리라" 생각하여 형을 속이는 것이 이해된다. 그러나 김두원 필사본과 이무생 구연본에는 동생이 이승을 차지하지만 이승의 무질서를 해결하지 못하여 형을 찾아가 도움을 청하니 형이 큰 법을 마련해주는 것으로 되어 있다. 작은 법은 마련하지 못하여 이승에는 악이 여전히 존재한다고 한다.

소별왕이 다스리는 이승에 악이 만연하게 된다는 것은 현실적으로 세상에 악이 존재하고 있다는 체험적 사실을 인정하기 위한 방안이다. 악과 무질서의 현존성과 불가피성을 소별왕 탓으로 원인 규명하고 있다. 이승의 악과 무질서가 불가피한 것이라면 그것을 어떻게 해결할 것인가의 문제를 새로 제기한다. 이 서사무가 다섯 편에서는 둘은 소별왕이, 둘은 대별왕이 처리하며, 하나는 그 논란에 대하여는 말하지 않았다. 지상의 악을 지상의 존재가 해결해야 하는가 아니면 지상의 힘만으로는 역부족이고 천상 또는 저승의 힘의 도움을 받아야 하는가? 앞의 둘은 불완전해도 지상적 존재가 해결할 수밖에 없다고 주장하는 것이고, 뒤의 둘은 천상의 도움을 받아야 한다고 주장하는 것으로 세계관의 대립적 양상을 보여준다.

그러므로 악에 대처하는 이 대립은 이중으로 구현된다. 하나는 하늘의 천지왕이 해결하지 못하여 지상의 여인과 사이에 낳은 형제가 해결한다는 설정이고, 다른 하나는 그 형제에서도 지상적이기만 한 존재와 천상 또는 저승적 존재와의 사이에서 어떻게 처리해야 하는가를 놓고 벌이는 논쟁이다. 전자는 지상의 문제는 천상의 원리만으로 해결되지 않고 천상과 지상적 문제의식과 천상적 원리의 결합으로 해결된다는 주장이다. 후자는 같은 문제의식을 가지고 같은 힘을 가진 형제 사이에서 지상적 문제를 놓고 또 다시 천상의 원리가 더 중요한가 지상적 원리만으로 가능한가 논란을 벌인다. 이 논쟁은 철학적인 것이다. 실제로 가령 조선조의 성리학에서 예를 들어보자. 천상원리가 있어야 지상의 문제가 해결된다는 것은 이기이 원론의 전제이다. 여기서 천상을 더 강조하는 이황이 있고 천상과 지상의 절묘한 결합을 이야기하는 이이가 있다. 뒤의 형제끼리의 다툼은 이이의 이론 이후 전개된 바, 기의 문제는 기 자체에서 해결된다는 일원론적 주기론의 논리와 기의 문제는 기만으로는 해결할 수 없고 리의 도움을 얻어 해결된다는 이원론적 주기론으로 구현되었다. 기를 강조하면서도 그 사이에 다툼이 있었던 것이, 리에서 기로 내려왔으나 기 안에서도 견해 차이를 보였던 모습과 닮아 있다.

5. 창세신화와 영웅신화의 접맥

<베포도업침>과 <천지왕본풀이>가 두 개의 개별적인 구송물이지만 사실은 내용이 이어지는 하나의 신화라는 관점에서 앞항의 도설을 더 명료하고 단순하게 정리해볼 수 있다.

먼저 천지개벽이 있었다. 하늘과 땅을 나누고 동서남북의 공간을 정했다. 이는 이른바 카오스에서 코스모스로 분화한다는 창세신화를 이루는 화소이다. 천지개벽이 저절로 이루어진다는 관념과 어떤 주체가 있어서 거인의 앞 뒤 이마에 있는 눈 두 쌍을 하나씩 빼서 해와 달을 둘씩 만들었다는 관념이 함께 나타난다.

둘째로 하늘에 해와 달이 둘 있게 된 것은 문제이므로 조정이 있어야 한다는 인식이다. 창세에서 나타난 문제점에 대한 해결의 시도인 셈이다. 하늘에 해가 둘 달이 둘 있는 것은 우주로 보면 문제가 아니다. 그로 인해 지상의 인간들이 죽어나가기에 인간들에게 문제가 되는 것이다. 또 지상에는 수명장자라는 악인이 있어서 사람들을 괴롭힌다. 이것도 창조가 완전하지 않다는 증거이다. 이런 이유로 천지개벽의 차원이 아니라 인간 사회를 위한 창조가 다시 있어야 한다. 천지개벽보다는 소규모의 창세이다. 이를 천지 재창조라고 할 수 있다.

셋째로 하늘의 천지왕이 지상으로 내려와 지상의 여성과 혼인하여 아들 형제를 낳는 내용이다. 이는 천지왕이 문제를 해결하지 못했기에 일어나는 일이며 천지왕은 문제를 해결하기 위하여 지상으로 내려왔고 또 총맹아기 같은 지상 여성과의 사이에서 아들을 낳아야 한다는 필요성을 제시하는 것이다. 이는 天父地母 라는 화소로 우리에게 익숙하다. 아들이 태어남으로써 상황의 초점은 천상에서 지상으로 확실히 이동하였다.

넷째는 아들 형제가 문제를 해결한다는 화소이다. 이 안에는 아들들이 이웃으로부터 멸시를 당하고 아버지를 찾아가는 심부담과 아직 해결되지 못한 일월조정이며 수명장자 징치가 포함된다. 왜 하늘의 아버지는 해결하지 못한 문제를 지상의 아들이 해결하는가 하는 신화적 문제와 의미가 생겨난다. 여하튼 문제의 해결이라고 정리될 수 있는 대목이다.

다섯째는 해결로 신화가 그치지 않고 새로운 상황에 접어들고 그 결과 지상의 현재 상태에 대한 해명이 이어진다. 여기서는 형제의 다툼과 소별왕의 속임수와 승리가 그 내용이다. 일월을 조정하고 수명장자를 징치했는데도 지상에는 악이 지속될 것이다. 다시 말하면 큰 질서는 잡았지만 또다른 무질서는 지속된다. 이는 지상의 현실이다. 신화에서 이를 부정할 방법은 없다. 신화는 거짓말이 아니기 때문이다. 그래서 이 항목은 선과 악이 공존하는 지상의 질서를 소별왕이 세웠다는 내용으로 이해된다. 대별왕 소별왕의 활동의 결과가 지상적 질서인 것이다.

이를 간략히 나타내보자.

1. 천지개벽(천지창조)　　--- 처음 상황
2. 천지 재창조　　　　　--- 문제와 해결 시도
3. 천부지모의 아들 탄생　--- 주인공 탄생
4. 아들 형제가 문제 해결　--- 문제 해결
5. 지상적 질서 세움　　　--- 새로운 질서와 미완의 문제

이를 통해 명료하게 드러나는 것은 1과 2는 창세신화이고 4와 5는 영웅신화라는 것이다. 3은 창세신화와 영웅신화를 이어준다. 즉 <베포도업침>과 <천지왕본풀이>는 창세신화와 영웅신화를 둘이면서 하나로 이해하는 神話意識을 보여준다. 또 하나는 신화는 서사라는 점이다. 초감제 전체는 교술인 바, 그 안에서 <베포도업침>의 일부와 <천지왕본풀이>는 서사로 구성된다. 그것은 결핍과 문제, 해결의 시도와 적대적 세력, 고난과 해결이라는 서사의 전범에 닿아 있다.

창세신화와 영웅신화는 어떤 관계일까는 반드시 풀어야 할 의문이다. 창세신화와 영웅신화는 흔히 따로 전승되어 왔고 다른 범주의 신화로 인식

되고 있다. 이것들을 하나로 이해한다는 것은 어떤 의미를 가지는지 따져보아야 한다. 우선 생각해볼 수 있는 것이 있다. 영웅신화의 영웅은 보통 사람과 달리 대단한 능력을 지닌 인물이다. 그 이유는 바로 하늘에서 내려온 아버지의 천상적 능력을 이어받았기 때문이다. 아버지가 지상으로 내려온 이유는 창세를 완결지을 수 없었기 때문이다. 창세를 완결해도 지상에는 새로운 문제가 생긴다. 이를 해결하는 것이 영웅이다. 하늘의 아버지의 능력을 받아서 지상의 문제를 해결하는 구조이다. 영웅신화에는 이 사연이 생략되어 있지만 이것은 바로 창세신화와 직결되는 것이다. 영웅은 자신이 지상적 존재의 차원을 넘어서는 우주적 존재임을 자각하는 순간을 가지게 된다. 그 순간을 거쳐야 영웅으로 다시 태어난다.

그것은 조셉 캠벨이 지적한 바와 상통한다. 캠벨은 비실재적 실재의 직접적인 발산에서 신화적 시대의 유동적이나 시간을 초월한 존재에 이르는 단계를 거쳐 이 실재적 단계에서 인류 역사의 영역에 이르는 단계로 신화의 단계를 둘로 구분 한 후 이와 같이 말한다.

> 영웅의 첫 번째 과업은 우주 발생적 순환의 그 전단계를 의식적으로 체험하는 것이다. 그것은 발산의 사건들을 거슬러 올라가는 것이다. 그리고 두 번째 과업은 심연에서 일상의 삶으로 귀환하여 조물주적 잠재력을 가진 인간적인 변환자재자가 되는 것이다.[35]

캠벨이 "천의 얼굴을 가진 영웅"이라고 표현한대로 세상의 많은 신화들은 드러나는 모양은 달라보여도 사실은 같은 주제와 구성을 가진다. 바로 위의 인용문에서 제시한 내용이다. '우주 발생적 순환의 전단계를 의식적으로 체험하는' 것이 영웅에게 먼저 요구된다. 그 사실과 '일상의 삶으로 귀환하여' 능력을 보이게 되는 것은 같은 궤도 상에 있다. 세계의 영웅신화에 보편적으로 적용된다고 이해되는 이러한 사실을 우리 제주도 신화 <베

---

35) 조셉 캠벨, 이윤기 옮김, 『세계의 영웅신화』, 대원사, 1996. 311면.

포도업침>과 <천지왕본풀이>에서도 발견할 수 있다는 것에서 일정한 의의를 찾을 수 있을 것이다. 사실 캠벨의 그 말은 아직 구체적으로 어떤 뜻인지 해명되지 않았다. 앞으로의 연구 과제가 될 것이다. <베포도업침>과 <천지왕본풀이> 신화를 통해서 천지창조 신화와 영웅신화의 관계, 영웅에게 왜 천지창조 신화가 필요한가 하는 점을 규명해야 할 것이다.

가령 하나의 예를 들어보자. 질서의 결핍으로서 지상의 악과 무질서가 문제가 되었다. 문제 해결을 위한 시도가 있어서 천지왕은 수명장자 징치에 성공하거나 실패한다. 어떤 경우에도 악이 지속되고 있다는 문제가 제기된다. 악은 수명장자이기도 하고 둘씩인 해와 달이기도 하다. (지상의 악을 물리쳐도 악의 근원은 천상적이기에 박멸될 수 없다. 이것이 냉정한 현실인식이다.) 문제를 해결하기 위해 지상의 문제 이해와 천상적 능력을 가진 지상의 존재가 필요하다. 천부지모의 아들이 탄생해 문제를 해결한다.

이 모든 것은 어떻게 해도 지상의 악과 무질서는 사라지지 않는다는 현실적 인식에 근거한다. 그렇더라도 문제는 그때그때 해결될 수 있다. 지상적 문제의식과 천상적 능력을 갖춘 사람에 의해서 문제가 해결되어 왔다. 그럼에도 불구하고 문제는 지속된다. 새로운 문제가 계속 새로 생겨난다. 이러한 문제는 이야기를 더 이끌어낸다.

캠벨이 말한 "우주 발생 즉 창세의 상황을 의식적으로 체험한다"는 것은 정신적으로 다시 태어난다는 의미로 이해될 수 있다. 그렇다면 인류학적 또는 신화적 맥락에서 입사식(initiation)을 가리키는 것으로 이해해도 무방하다. 입사란 사회적, 정신적으로 새로 태어남, 거듭남이다. 육체적으로 아기로 태어난 것은 누구나 저절로 겪는 것이지만, 장성하면서 정신적으로 거듭나고 사회적 존재로 다시 태어나는 것은 노력과 자질을 필요로 한다. 흔히 괴물에 의해 삼켜지거나 동굴이나 격리된 곳에 들어가 한참을 지낸 후 다시 나오거나 자신의 능력을 드러내는 것으로 재생의 이미지를 부여하는 것이다. 이러한 입사식은 어떤 의미가 있는지에 대하여 엘리아데가 이렇게 지적한 바 있다.

가입의례신화와 태내 복귀의례는, <시원에의 복귀>는 새로운 탄생을 준비하지만, 새로운 탄생은 최초의 육체적 출생의 반복이 아니라는 사실을 명확히 해준다. 그것은 정신적 성격을 가지며, 이른바 신비적 재생 - 말을 바꾸면 새로운 존재 양식(성적 성숙, 성스러운 것과 문화에의 참여, 즉 靈에 대해 열려지게 된다)으로의 길이 된다.[36)]

정신적인 영적인 탄생을 하는 것이 입사식이다. 영웅은 육체이기만 한 존재였던 것을 영적이고 정신적인 속성을 얻음으로써 새로운 사람으로 다시 태어나는 것이다. 육체가 지상에 속해 있는 것이라면 영적이고 정신적인 속성의 근원은 저 높은 곳 초월적인 곳에 있다. 초월적인 것의 속성과 지상적인 육체가 새롭게 결합하여 지상적이면서 초월적 천상적 존재로 거듭나는 것이 입사식이다.[37)]

영웅신화에서 지상적인 것은 영웅을 낳는 처녀로 나타나기도 하고 어머니로 나타나기도 한다. 이경재는 처녀인 점은 "기존 문화와 가치가 아버지의 법으로 상징된다면, 영웅은 아버지에 매이지 않은 어머니 즉 처녀로부터 탄생해야 한다."고 지적하고, 노이만을 인용해서 "어머니가 본능적인 측면을 가리킨다면 아버지는 의식적 측면을 가리킨다."[38)]고도 하였다. 그러나 아버지와 투쟁하는 아들을 나타내기 위해 꼭 어머니가 처녀일 이유는 없다. 제주도의 궤네기또는 아버지가 분명하지만 아버지에게 쫓겨나고 돌아와 아버지를 무찌른다. 성서의 예수의 어머니가 처녀인 것은 아버지가 신임을 명확히 하기 위해서이다. 처녀성이 대지의 생산성과 연관되는 것은 타당하지만 아버지와 대립하기 위해서는 아니다. 또 본능과 의식의 대립으로

---

36) 엘리아드 저, 이은봉 역, 『신화와 현실』, 성균관대학교출판부, 1994년. 99면.

37) 민긍기는 "입사제의는 신화적 세계에 있어서 인간 실체의 우주성을 획득시켜주는 제도가 되며, 인간이 입사제의를 마쳤다는 것은 그가 우주적 실체가 되었음을 의미"한다고 지적했다. 민긍기, 「문학작품의 형식에 관한 한 생각」, 『사림어문연구』 제7집, 사림어문학회, 1990, 27면.

38) 이경재, 『신화해석학』, 다산글방, 2002. 273면, 281면.

<베포도업침>·<천지왕본풀이>의 구조를 통해 본 창세신화와 영웅신화의 관계   41

나누고 본능은 안정적이고 의식은 변화하는 것이라며, "한마디로 어머니가 자연이라면 아버지는 문화다."라고 말하는 것도 일면의 진실이다. 신화는 본능을 다루는 것이 아니라 문화를 다룬다. 어머니가 자연이기는 하지만 자연이 불변하는 것은 아니다. 의식에 의해 달라지는 자연이 문화가 된다. 이 문화는 새로운 문제를 낳고 새로운 의식을 통해 새로운 문화로 거듭난다. 새로운 문제를 해결하고 새로운 질서에 의한 새로운 문화를 창안하고 수립하는 자가 영웅이다. 그러나 이경재의 언급도 크게 보면 결국 이 둘, 어머니와 아버지, 지상적 측면과 천상적 원리가 결합해야 함을 말하는 것으로 이해할 수 있다.

이렇게 보면 결국 영웅의 탄생은 3항의 아들 형제의 탄생을 가리키는 것이다. 아들이 하늘의 아버지와 지상의 어머니의 결합으로 태어난다는 것은 창세 신화에서는 실제라고 인식되는 진술이지만 영웅신화에서는 실재의 모방적 진술이다. 캠벨이 말한 바, "우주 발생적 순환의 그 전단계를 의식적으로 체험하는 것이다."

제주도의 초감제로 돌아가 보자. <베포도업침>에서 가장 단순한 것은 서순실본처럼 천지개벽만 있는 것이다. 복잡한 것은 박봉춘이나 안사인본처럼 개벽시 하늘에 해와 달이 둘씩 떠서 인간이 고통과 죽음을 겪으니 천지왕이 지상의 여성과 혼인하여 그 아들이 활로 쏘아 일월을 조정한다고 한다. 단순한 것은 교술만으로 그칠 수도 있다. <베포도업침>의 많은 부분은 교술이기도 하다. 복잡한 것은 교술을 넘어선다. 결핍과 적과의 대립 문제를 해결하는 주체가 등장하는 서사가 된다.

<베포도업침>이 원래의 단순한 것에서 그치는 것이라면 복잡한 서사는 <천지왕본풀이>의 것 가져와서 되풀이한 것일 수 있다. 원래 복잡한 것이라면 <베포도업침>의 서사를 천지왕본 풀이에서 확대 재생산한 것일 수 있다. <베포도업침>의 서사는 지상의 악의 근원이 천상에 기인하는 것으로 인식하는 것이다. 자연은 완벽하게 창조되어도 인간에게는 살기에 적합하지 않을 수 있기 때문이다. <천지왕본풀이>의 서사는 악이 천상의 것과

지상의 것 두 가지로 존재하며 급기야는 둘을 다 물리쳐도 소별왕으로 인한 악이 있어서 지상에서 악은 소멸되지 않을 것이라는 인식을 보여준다.

<천지왕본풀이>의 주요 화소는 수명장자 징치와 형제의 이승 차지 다툼이다. 천지개벽으로 천지 질서를 잡게 되었다는 진술은 그 진술만으로 완결이 될 수 있다. 그런데 그 질서에 인간 세상도 포함되는가 하는 문제가 되면 그 진술에 의문이 들게 된다. 예를 들면 성서 창세기에서 완전하고 전능한 하느님이 태초에 천지를 창조했다고 한다. 그래서 천지는 하느님 보시기에 좋았더라고 한다. 그러나 창조 이야기는 이것으로 종결될 수 없다. 하느님 보시기에 좋은 세상이라면 이 세상은 왜 이렇게 악과 무질서가 만연해 있는가 의문을 가질 수밖에 없기 때문이다.[39]

천지의 창조와 인간 세계의 창조는 문제가 다르다. 천지는 하느님의 뜻대로 창조되면 되지만 인간 세계는 인간이 살기에 좋은 세계가 되어야 하기 때문이다. 그런데 현실 세계는 그리 좋지 않다. 이것이 문제이다. 이는 하나의 결핍 상황이다. 질서의 결핍, 선의 결핍이다. 결핍의 원인을 찾고 문제를 해결하고자 하면 선과 결핍의 적대자가 있게 되고 대립과 싸움이 있게 된다. 이야기는 서사가 된다.

창세기는 악의 근원으로 신인 사탄을 제시했고 <천지왕본풀이>는 수명장자와 소별왕을 지목했다. 이 둘은 기능이 약간 차이가 있다. 천지가 개벽하고 우주의 질서가 완성되었어도 인간이 사는 세상에는 이미 수명장자가 있다. 이는 근원적 악이다. 수명장자는 흔히 가난한 사람에게 모래를 섞은 쌀을 빌려주고 연로한 부모에게 하루 한 끼밖에 밥을 주지 않거나 죽은 조상에게 제사를 지내지 않는 악인으로 등장한다. 그런데 박봉춘 본에는 수명장자의 악이 천왕을 향하여 "이 세상에 날 잡아갈 자도 있으리야 호담을 하니 천주왕의 괫심히 생각하야, 인간에 나려"[40]오게 한 것이다. 천지왕과 대적하

---

39) 도로테 죌레는 이 문제를 파고들어서 하느님의 창조는 아직 다 끝나지 않았다는 자신의 신학을 새로 정립한다. 도로테 죌레, 박재순 옮김, 『사랑과 노동』, 한국신학연구소, 1988. 1-269면.

40) 박봉춘 구연, <천지왕본풀이>, 김헌선, 『한국의 창세신화』, 앞의 책. 403면.

기에 악이다.

이는 지상의 문제는 천지의 문제로 해결되지 않는다는 인식과 인간에게 지상의 문제는 천상의 문제만큼이나 비중을 갖고 있다는 인식으로 보인다. 그래서 천지왕은 수명장자를 징치하러 지상에 내려온다. 문창헌 정주병 본은 천지왕이 직접 징치하고 다른 데서는 징치에 실패하여 아들 형제가 징치한다. 천지왕이 징치에 성공하는 것은 지상 문제에 하늘의 힘이 영향을 미친다는 인식일 것이다. 반대로 징치에 실패하는 것은 그렇지 않다는 인식일 것이다. 이 둘이 모두 같은 신화에 나타난다는 것은 수용자인 인간의 이해의 차이를 보여준다.

천지왕이 징치에 성공하면 문제는 간단하고 그것으로 종결된다. 그런데 그런 각편에서도 천지왕은 지상의 여인과 합궁하여 아들을 얻는 것으로 전개된다. 성공하지 못하는 경우는 문제가 명확해진다. 하늘의 존재가 아니라 지상의 존재가 문제를 새롭게 해결해야 할 것이다. 결국 지상의 악은 그것으로 종결되는 것이 아니라는 데 더 중요한 문제의식이 놓인다. 천지왕이 징치에 성공해도 지상은 악이 지속되며 아들들이 성공해도 마찬가지이다.

수명장자는 지상의 악이다. 그것은 천상의 질서를 확대하면 징치될 수 있다. 그럼에도 불구하고 지상에는 무질서와 악이 여전히 존재한다.

> 들엔 해도 둘 별도 둘 욕심 쎈놈이 많고 도독적간이 많고 인간이
> 불목이 많고 상쾌짓이 많고 나무들 제푸십세라 말을 종종 하고
> 귀신 불어 생인 대답하고 생인 불어 귀신 대답하고 산천이 속신하고
> 일가반문 하여온다.[41]
> 인간의 살인 역적 만ᄒ리라. 고든 도독 만ᄒ리라. 남ᄌᄌ식 열다섯
> 십오세가 뒈며는 이녁 가속 노아두고 놈의 가속 울러르기 만ᄒ리라.
> 예ᄌ식도 열다섯 십오세가 넘어가민 이녁 냄편 노아두고 놈의 냄편
> 울러르기 만ᄒ리라.[42]

---

41) 김두원 필사, 천지왕본, 김헌선, 같은 책, 413면.
42) 정주병 구연 , <천지왕본풀이>. 김헌선, 같은 책, 437면.

수명장자를 징치하고 일월을 조정해도 지상에는 악이 존재한다. 그 이유는? 바로 지상을 다스리는 자가 속임수를 써서 지상을 차지했기 때문이다. 이 역시 근원적이다. 해와 달처럼 천상적이지 않지만 지상적 근원의 문제다. 그럼에도 불구하고 일월은 조정되었고 수명장자는 징치되었다. 도저히 살 수 없을 정도의 큰 악은 징치되었다. 그러나 각종 악과 무질서는 존속한다. 그것은 질서와 병존한다. 그것이 삶과 세계의 실상이다.

　수명장자를 징치해도 남아 있는 지속적인 악과 무질서의 근원은 결국 지상의 근원이 아니라 천상에서 오는 것일 수밖에 없다. 그것이 일월이 둘씩 나타난다는 문제로 형상화되었다. 지상의 악은 두 가지이다. 하나는 수명장자로 인한 것이고 다른 하나는 日月이 둘씩 있어서이다. 하나는 지상적인 것이지만 하나는 천상에 기인한다. 이것은 개벽이 완전하지 않음을 보여준다. 적어도 인간에게는 천지개벽이 불완전한 것이다.

　이 문제를 해결하는 데에는 천상의 존재만으로는 부족하다. 천상의 존재는 인간 현실과 동떨어진 질서를 가지고 있기 때문이다. 천상의 힘으로 일시적으로 해결할 수는 있어도 근원적인 해결은 되지 못한다. 이를 해결하기 위해서는 지상적이면서 천상적인 존재가 필요하다. 지상적인 것은 지상의 문제를 자신의 문제로 갖기 위해서이고 천상적인 것은 지상을 뛰어넘는 능력이 필요하기 때문이다. 이러한 존재를 갖기 위해서 하늘에서 내려온 아버지와 지상에서 고난을 겪고 사는 어머니가 필요하다. 이 사이에서 태어난 아들은 지상에서의 삶의 고난의 문제를 자신의 것으로 수용해서 문제를 해결하려는 의지를 가지며, 천상의 안목과 능력을 가지고 문제를 해결할 수 있다.

　이렇게 정신적인 것 영적인 것 문화적인 것을 아는 것은 자연의 창조와는 다른 인간 사회에 더욱 긴요하다. 자연의 창조를 모방하지만 필요한 것은 인간 사회의 건설이다. 영웅의 최종 목표는 바람직한 사회를 건설하는 것이다.

　이러한 문제의식의 깊이를 단순한 일방적 진술인 교술로 나타낼 수가 없었다고 보인다. 이것은 대립과 싸움의 이야기이다. 대립과 싸움을 다루는 문학은 바로 서사이다.[43] "지금 겪는 잘못의 경험을 총체적 의미와 연관시키는 것이 바로 이야기로서의 신화다."[44] <베포도업침>에서 개벽의 불완전성 때문에 조정이 필요한 것으로 설정되는 각편에도 서사적인 것이 필요하고 수명장자와 일월 문제와 소별왕 문제를 악의 이유로 지명하고 조정하려는 <천지왕본풀이>에도 서사가 필요하다.

이에 관한 연구는 아직 미진하다. 둘을 역사적인 이해뿐 아니라 신화적 의미 맥락으로 해석하는 작업이 이루어져야 할 것이다. 캠벨이 지적하고 수많은 사례를 든 영웅신화의 본질을 보다 구체적으로 밝힐 수 있는 단서가 <베포도업침>과 <천지왕본풀이>라는 둘이면서 하나인 신화로부터 배태될 수 있다고 여겨진다.

6. 맺음말

이제까지 논의한 것을 정리해본다. 먼저 제주도 신화의 첫머리에서 구송되는 <베포도업침>과 <천지왕본풀이>의 자료 양상을 제시했다. 두 신화는 내용이 겹치기도 하고 다르기도 하다. 그러나 <베포도업침>은 천지개벽과 일월 창조와 조정 등 창세신화의 면모가 부정될 수 없고, <천지왕본풀이>는 아버지를 찾는 아들과 일월조정, 인세차지 경쟁담 등 영웅신화적 행위가 뚜렷하다. 이 두 가지 면모를 <베포도업침>과 <천지왕본풀이>에서 하나로 겹쳐보이기도 하고 둘로 나누어 보이기도 하였다는 것은 신화주체들이 이 둘을 연결시켜 이해하는 신화적 사유를 노정하는 것으로 보인다.

본고에서는 먼저 열한 편의 초감제 신화를 통해서 <천지왕본풀이>와 <베포도업침>의 서사구조와 공통화소를 정리하고 내용을 분석하였다. 이

---

43) 조동일, 『한국소설의 이론』, 지식산업사, 1977. 104-132면.
44) 폴 리쾨르, 양명수 옮김, 『악의 상징』, 문학과지성사, 1994, 167면.

두 신화는 '1. 천지개벽, 2. 천지 재창조 필요, 3. 아들 형제 탄생, 4. 아들형제가 문제 해결, 5. 이승법 마련' 이라는 다섯 개의 서사 단락이 구조화되어 있는 것으로 파악하고 그 화소가 의미하는 바를 검토했다.

이 과정에서 천지왕은 신화적 해결 방법으로 지상의 문제를 해결하려 했으나 더 이상 신화적 방법이 통하는 시대가 아니었으며, 결국 천지왕이 지상의 여인과의 혼인에서 얻은 아들이 문제를 해결했다는 점이 부각되었다. 천상의 존재는 인간 현실과 다른 차원의 질서를 가지고 있기 때문에 지상의 문제를 천상의 힘으로 일시적으로 해결할 수는 있어도 근원적으로 해결할 수는 없다. 이를 해결하기 위해서는 지상적이면서 천상적인 존재가 필요하다. 지상적인 요소는 지상의 문제를 자신의 문제로 갖기 위해서이고 천상적인 요소는 지상을 뛰어넘는 능력이 필요하기 때문이다. 이러한 존재를 갖기 위해서 하늘에서 내려온 아버지와 지상에서 고난을 겪고 사는 어머니가 필요하다. 이 사이에서 태어난 아들은 지상에서의 삶의 고난의 문제를 자신의 것으로 수용해서 문제를 해결하려는 의지를 가지며, 천상의 안목과 능력을 가지고 문제를 해결할 수 있다.

신화의 궁극적 목적은 지상에서 인간의 문제를 해명하는 것일 터이다. 그런 점에서 영웅의 활동이 직접적인 관심의 대상이 된다. 그러나 그는 어떻게 해서 영웅으로서의 능력을 가지게 되는가 하는 질문이 필수적이고 이는 바로 창세의 첫과정으로 되돌아가서 하늘의 아버지의 능력과 문제의식을 이어받는 자로서의 영웅의 정체성을 확립하는 것으로 정립된다. 창세신화가 질병을 치유하는 데 이용되는 것이 창세 이전으로 되돌아가 질서를 새롭게 하는 것이듯이, 영웅신화의 주인공은 창세 때 활동했던 천상의 아버지의 능력을 인정하고 인정받을 때 세상의 문제를 해결하는 주체가 된다. 영웅은 자신이 지상적 존재의 차원을 넘어서는 우주적 존재임을 자각하는 순간을 가지게 된다. 그 순간을 거쳐야 영웅으로 다시 태어난다. 이러한 영웅의 재탄생은 흔히 입사식 또는 입사제의라는 이름으로 알려져 있다.

이렇게 정신적인 것 영적인 것 문화적인 것을 아는 것은 자연의 창조와는 다른 인간 사회에 더욱 긴요하다. 자연의 창조를 모방하지만 필요한 것은 인간 사회의 건설이다. 영웅의 최종 목표는 바람직한 사회를 건설하는 것이다. 이는 자연스럽게 창세신화와 영웅신화가 접맥되는 양상을 보여주었다. 이러한 신화적 구도는 제주도의 초감제 신화에만 보이는 것이 아니고 세계의 다른 지역에서도 유사한 모습을 띠는 것이 여럿 있다고 생각된다. 이를 확인하여 이 신화 구도의 보편성을 보이는 것이 다음 작업이 된다.

제주도 대별왕·소별왕 이중탄생담의
신화적 의의

1. 서론

이무생이 구연한 <천지왕본풀이>에는, 대별왕 소별왕 형제가 하늘 옥황으로 아버지를 찾아가 증거물을 제시하고 아들임을 인정받고는 이상한 행동을 하는 대목이 출현하는데, 이에 대해 언급한 선행 연구는 없는 걸로 안다.

> 우리가 아방 ᄌᆞ식이민 아방 동ᄆᆞ립에 앚아봐사 ᄌᆞ식이 됩주,
> 경 아니흔디 ᄌᆞ식이 됩네까?
> 게건 이레 왕 앚이라.
> 큰아들 대별왕은 동ᄆᆞ립에 앚안 똥오좀을 싸멍 홍애를 혼다.
> ……
> 이젠, 성제가 아방 동ᄆᆞ립에서 온 조새믄 ᄒᆞ단
> 큰어멍 굴중이 가달로 들어갔단 나온다.
> 대밸왕은 큰어멍 굴중이 왼착 가달로 들어간 ᄂᆞ단착 가달로 나오곡,
> 소밸왕은 큰어멍 굴중이 ᄂᆞ단착 가달로 들어간 왼착 가달로 나온다.[1]

---

1) 이무생 구연, <천지왕본>, 김헌선, 『한국의 창세신화』, 길벗, 1994, 450면.

김두원 필사본에도 거의 같은 내용이 나온다.2) 아버지 무릎에 앉아서 똥오줌을 싸면서 응애응애 하고 어린애 소리를 내는 것과 큰어머니 굴중이 (일종의 속바지) 한쪽으로 들어가서 다른 쪽으로 나오는 것이다. 이러한 행동의 의미는 무엇인지 이해하기 어렵다. 다행히 다른 문화권에서 참조할 만한 사례들이 있다.

> 동아프리카의 아키쿠유족은 모든 소년에게 할례를 받기 직전에 다시 태어날 것을 요구하는 기묘한 풍습이 있다. 어머니가 소년을 자기 발치에 쪼그리게 하고 일어서며 해산에 따른 온갖 고통을 겪는 시늉을 한다. 그러면 다시 태어난 소년은 아기처럼 울고, 어머니와 산파가 소년의 몸을 씻겨준다. 소년은 이후 며칠 동안 젖을 먹고 살아간다.3)

> 반투 족 사이에서는, 할례받기 전의 소년은 "새로 태어나기"라고 하는 의식의 대상이다. 아버지는 양을 잡아서 사흘 후 그 동물의 위 막과 가죽으로 소년을 감싼다. 그렇게 하기 전에 소년은 반드시 침대에 들어가서 어머니 곁에서 아기처럼 울어야 한다. 그는 사흘간 양 가죽 속에 머문다.4)

두 가지가 연관된다. 하나는 아기처럼 울고 똥오줌을 싸는 것이고 또 하나는 가죽에 싸이는 것이다. 장성한 대별왕 소별왕 형제가 아버지를 찾아서 그 무릎에 앉아 아기처럼 울고 똥오줌을 싸는 것과 큰 어멍 속바지 속으로 들어갔다 나오는 것은 같은 이미지의 변형이다. 전자는 아기 되기이

2) 위의 책, 413면.

3) 제임스 조지 프레이저, 이용대 옮김, 『황금가지』, 한겨레신문사, 2001, 883면.

4) "Among some Bantu peoples, the boy, before being circumcised, is the object of a ceremony called "being born anew". The father sacrifices a ram, and three days later wraps the boy in the animal's stomach membrane and skin. But before being wrapped up, the boy has to get into bed beside his mother and cry like an infant. He remains in the ram skin for three days.", Mircea Eliade, Tr. by Willard R. Trask, *Rites and Symbols of Initiation*, Harper Torchbooks, New York. 1965, p.56

고 후자는 어머니에게 다시 들어갔다 나오기 또는 자궁으로 되돌아가기 (return to the womb)[5]를 상징한다. 이는 바로 다시 태어나기 즉 재생의 이미지이며 通過儀禮 중 入社式(initiation)의 상징이다.[6] 영웅은 실제적 출생 외에 또 한 번의 탄생을 거쳐서 태어나는 것이라고 할 수 있다. 그렇다면 대별왕 소별왕에게는 왜 이런 재탄생이 필요한 것인가?

여기에는 우선 대별왕 소별왕 형제가 영웅으로서 면모가 좀더 설명되어야 할 것이다. 이들은 창세 때 둘씩 생긴 해와 달을 활로 쏘아 '일월조정'을 함으로써, 지상의 인간들이 타죽고 얼어죽고 하는 고통에서 벗어나게 해준다. 대별왕·소별왕 같은 창세신화의 주인공의 행적에 대하여 여러 연구자들은 영웅의 모습을 지적하였다. 이 점에서 본고와 연관이 있는 연구는 다음의 몇 가지이다. 조동일은 해와 달이 여럿인 것을 활로 쏘아 하나씩만 남기고 다 떨어뜨린 것을 "영웅이 적극적인 활동"을 한 것이라고 했다.[7] 김남연은 천지개벽담 이후의 장자징치담과 천지결연담이 인간세상의 혼돈과 그 정리를 위한 천지의 결합을 나타내는 것이며 영웅신화의 구조를 갖게 된다는 점을 지적하였다.[8] 김선희는 베포도업침에 주목하여 대극의 갈등과 경쟁이 의식의 출현을 위한 정신활동이라고 심리학적 해석을 펼쳤다.[9] 박종성은 지신계의 서수암이 집단이 수신계의 수명장자 집단에 복속되는 사정과, 천신계의 천지왕 집단이 서수암이 집단과 연합하여 대결하여 승리하게 된 역사적 과정을 보여주는 것으로 보았다.[10]

이밖에 보다 포괄적으로, 임석재[11], 서대석[12]의 선행연구를 지나 김헌선

---

5) 위의 책, 같은 곳.
6) 새로운 탄생이 통과의례의 현상임을 보여주는 것은 기독교의 침례(세례)나 불교에서의 법명 받기, 내림굿에서 머리를 풀었다가 다시 땋아올리고 소복을 벗고 홍치마 남쾌자를 입는 등으로도 나타난다. 이와 관련하여서는 김금화, 『김금화의 무가집』, 문음사, 1995, 336면, 및 이재실, 「신화적 상상계와 샤머니즘 - 통과제의 시나리오로 본 내림굿」, 『샤머니즘 연구』제2집, 한국샤머니즘학회, 2000, 77면. 참조.
7) 조동일, 『동아시아 구비서사시의 양상과 변천』, 문학과지성사, 1997, 57면.
8) 김남연, 「한국 창세신화 유형담의 전승과 그 변이」, 연세대 석사논문, 1995, 42-43면.
9) 김선희, 「「베포도업침」의 창조신화적 성격」, 『영주어문』제22집, 2011. 86면.
10) 박종성, 「<천지왕본풀이>의 신화적 의미」, 『구비문학연구』 제6집, 1998, 373면.

은 창세신화가 철학적 논의의 매개 역할을 하고 있으며, 천지왕과 총맹부인은 우주적 차원의 천부지모 화합을 보여주면서 제 1세대의 문제를 해결하기 위해서 제 2세대의 갈등을 드러내는 것으로 매개작용을 하는 것으로 정리하였다.13) 강소전은 베포도업침은 천지 인문 사항의 발생을 말하고, 그 안에서 월일광도업과 관련해 구체적으로 천지왕본풀이를 구연하는 것임을 지적하였다.14) 이수자도 베포도업침 안에 천지왕본풀이가 있는 것으로 보았다.15)

그렇지만 영웅의 성격을 이미 알고 있는 것으로 전제한 상태에서 논의를 펼쳤기에 영웅이란 어떤 존재인가에 대한 기초적인 분석이 생략되었다고 보인다. 대별왕 소별왕은 어떻게 그렇게 놀라운 능력을 가지게 되었는가? 왜 그런 능력이 필요하였는가? 그런 능력의 신화적 또는 현실적 의미는 무엇인가? 우리 신화의 다른 주인공들과는 무관한 속성인가? 알로 태어난다는 영웅의 탄생담의 의미가 이와 연관되는가? 이런 질문에 대해 생각해보고자 한다.

2. 영웅적 면모와 입사의례의 필요성

대별왕 소별왕은 왜 다시 태어나는 의례가 필요했을까를 해명하기 위하여 이에 앞서 이들이 어떻게 태어났는가 살펴야 한다. 이들의 아버지는 하늘 옥황에서 내려온 천지왕이고 어머니는 지상에서 살고 있던 여성이다. 천지왕은 왜 지상으로 내려와서 혼인을 하였는가? 크게 두 가지로 이유가 제시되어 있다.

---

11) 현용준, 「제주도 개벽신화의 계통」, 『무속신화와 문헌신화』, 집문당, 1992, 262면.

12) 서대석, 「창세시조신화의 의미와 변이」, 『구비문학』4, 한국정신문화연구원 어문연구실, 1981. 18면, 27-28면.

13) 김헌선, 「베포도업침 천지왕본풀이에 나타난 신화의 논리」, 『비교민속학』 28집, 257면.

14) 강소전, 「<천지왕본풀이>의 의례적 기능과 신화적 의미」, 『탐라문화』 32호, 탐라문화연구소, 266면.

15) 이수자, 『큰굿 열두거리의 구조적 원형과 신화』, 집문당, 2004, 149-159면.

하나는 베포도업침에 나타나는 것으로 천지 개벽시에 하늘에 해가 둘 달이 둘 있게 되는 변고가 생겼기 때문이다.

> 헷둘에는 인생이 자자 죽고 달빗혜는 실어죽어서 인생이 살수 업슨직
> 천지왕이라 하신 양반 금세상에 강림하사
> 바지왕과 배필을 무어서 잇다가 하날로 올나가신 후로 바지왕이
> 잉태되야
> 대별왕 소별왕 양도령이 소사낫슴니다.16)

둘째는 수명장자라는 지상의 악인 때문이다. 수명장자는 제사 때 또 온다고 늙은 아버지에게 밥을 주지 않는 인간이다. 또한 이웃에게 쌀을 빌려줄 때는 모레를 섞어주고 큰 말로 받아서는 작은 말로 팔아서 부자가 된 악인이다. 이 인간이 하루는 "천왕께 향하야 아뢰되 이 새상에 날 잡아갈 자도 있으리야 호담을" 하기도 한다. 이런 저런 이유로 천지왕은 수명장자를 징치하려 지상으로 내려오는 것이다.

그런데 문창헌 본과 정주병 본에서는 천지왕이 수명장자를 징치하는 데 성공하고 박봉춘 본, 김두원 본, 이무생 본 등에서는 실패한다. 실패하거나 성공하거나 지상에서 여성과 혼인을 하여 대별왕 소별왕 형제를 얻는 것은 마찬가지이다. 천지왕은 수명장자 징치에 실패하거나 일월조정에 실패하거나 하는 이유로 지상에 내려와 아들을 얻는 것으로 보아야 할 것이다. 나중에 형제가 수명장자를 징치하는 것도 있고 둘씩인 일월을 조정하는 과업을 이루는 것도 있어서 이 둘이 할 일이 바로 그것이라고 할 수 있다.

해가 둘 달이 둘 있는 것과 수명장자의 악행, 이 두 가지가 지상의 인간들이 겪는 고통의 이유로 제시되어 있다. 문제는 하늘의 존재가 이를 깔끔하게 해결해주지 못한다는 것이다. 천지개벽 또는 천지창조는 물론 완벽하게

---

16) 박봉춘 구연 <초감제>, 김헌선, 위의 책, 395면.

이루어졌을 것이다. 해와 달이 둘씩 있는 것이 자연 자체에는 아무런 문제가 아닐 수 있다. 문제는 지상의 인간들이 타죽고 얼어죽는 것이다. 지상의 인간에게 자연이 고통을 주고 있다. 수명장자의 악행 또한 최초의 사회가 그리 바람직하지 못했음을 말한다. 큰 힘을 가진 장자이면서 사람을 괴롭히는 악인이 존재하는 것은 창조가 완성되지 못했음을 말하는 것이다.

인간은 자연과 인간의 문제, 인간과 사회의 문제를 겪는다. 이를 하늘의 옥황이 해결하지 못한다는 것은 자못 시사하는 바가 크다. 그것은 바로 인간의 문제, 지상의 문제이기 때문이다. 아무리 전능한 하늘의 존재도 지상의 인간의 문제를 해결할 수는 없다는 문제의식이 이 신화의 시작이다. 그렇지만 지상의 존재들도 문제를 해결하지 못하는 것은 마찬가지이다. 수명장자에게는 개, 소, 말 등이 갖추어져 있어서 천지왕이 그 집에 들어가지도 못하기도 하는 장사이며 이웃의 가난과 비교되는 부자이고 천지왕에게 대드는 인물이다. 이러한 인물을 지상의 사람들이 도모할 수 없음은 당연하게 여겨진다.

지상의 인물은 힘도 재산도 없어서 수명장자를 징치할 수 없다. 하늘의 둘 씩 있는 해와 달도 어쩔 수가 없다. 천지왕은 천상의 인물이므로 수명장자를 징치하는 데 성공하는 구송본도 있지만 그렇지 못한 각편도 여럿이다. 둘씩인 하늘의 해 달 문제를 천지왕이 해결하는 각편은 없다. 천지왕이 문제를 해결하지 못하는 것은 그것이 지상의 문제이기 때문이라는 인간의 의식에 기인한다고 보아야 할 것이다.

그렇다면 어떻게 해야 하는가? 하늘의 존재도 땅 위의 존재도 근본적인 해결을 가져올 수 없다. 이것을 바꿔 말하면 하늘의 존재이기만 하거나 땅 위의 존재이기만 하기에 문제를 해결할 수 없다고 할 수 있다. 다시 말하면 하늘의 존재이기도 하고 땅위의 존재이기도 해야 한다. 이런 존재는 바로 부모 한 쪽은 천상의 존재이고 다른 한 쪽은 지상의 존재인 부부의 자손이라면 가능할 것이다. 지상의 문제의식을 가지고 있으면서 동시에 천상의 능력을 가지고 있어야 한다.

<베포도업침>과 <천지왕본풀이>의 대별왕 소별왕의 아버지가 하늘에서
내려온 존재인 천지왕이고 어머니는 지상의 여성으로 이름은 총멩부인,
서수암이, 서이섭지땅 호첩 등 다양하게 불린다. 이른 이른바 '天父地母'
화소를 이루어 영웅 탄생담으로서는 보편적인 현상에 속한다.

> 그날밤붓터 배필을 무어서 살다가
> 삼일 후에 옥황으로 올나가려 하니
> 천주왕께서 올나가 바리면, 저는 엇지살며
> 만약 이 자식이나 나면 엇지 함내까 하난
> 부인은 박이왕이 되야 인간 차재하고
> 자식이란 낙커든 일흠을 대별왕 소별왕이라 짓고
> 나를 만나겟다고 하거든, 본미를 줄터이니
> 정월 축일에 이 각씨 두방울을 싱그면
> 사월 축일에 줄이 옥황으로 벗처 올나가리니
> 그 줄노 옥황에 보내라 하야, 서로 작별하고[17]

하늘에서 내려온 아버지는 사흘 밤을 자고 다시 하늘로 올라가버린다.
혼자 남은 어머니가 형제를 출산하고 어렵게 기르는데 이웃으로부터 멸시
를 당하게 되는 것도 영웅신화에 흔한 모습이다.

> 총명부인은 아덜 형재을 탄생하여 대별왕 소별왕오로 이름을 지우
> 고 서당 공부을 보내고, 십오새거지 양육하여 가니 박우왕이 외손자
> 을 잘 지도을 하여 성인이 되어 가은대 동내 아동들이 나므래며
> 맬시하거늘, 대별왕 소별왕이 참다도 참지못하여 가정에 오아 모친
> 보고 아바지 성명이 엇던 사람임내가 무르니[18]

이 부분은 간단하게 처리되고 있지만 영웅 소설 등에는 여러 일화를

---

17) 박봉춘 구연 <천지왕본풀이>, 김헌선, 『한국의 창세신화』, 404면.
18) 문창헌 본 <천지왕본>, 김헌선, 같은 책, 390면.

곁들여 상세화되곤 한다. 초공본풀이만 해도 아버지 없는 삼형제가 서당을 다니며 괄세를 당하고 급기야는 죽음의 위협까지 당하는 것으로 확대된다.

그래서 대별왕 소별왕은 결국 아버지가 준 박씨를 심어 그 뻗어나가는 줄기를 따라 하늘 옥황에까지 가서 아버지를 만난다. 이는 흔히 '尋父譚'이라고 하는 것으로 그리스 신화에서 아버지 율리시즈를 찾아다니는 텔레마코스의 일화로 널리 알려진 것이고 또한 우리 주몽 신화에서도 유리가 아버지를 찾아가는 것이 동일한 화소이다. 본메본짱이라고 하는 증거물을 확인하거나 몇 가지 시험을 겪고 아들로 인정받는 것이 따라 나온다.

그런데 왜 天父이고 地母인가? 보다 직접적인 이유로 들게 되는 것은 입사의례가 사춘기 통과의례와 일정 부분 겹친다는 점이다. 세계 곳곳에서 행해진 통과의례는 '분리 - 전이 - 통합'[19)]의 구도를 가지고 있다. 입사의례는 가정의 소년이 사회적 인간으로 편입되기 위한 의례이다. 가정의 법은 엄마의 법이다. 그것은 법이라기보다 애정으로 엮인 관계이다. 소년은 가정에서 나와서 사회로 들어가야 한다. 어머니의 애정은 소년을 어린이의 세계에서 벗어나지 못하게 하기에 심리적으로도 소년은 어머니의 세계에서 벗어나서 어른 남성으로 성숙해야 한다.

보다 추상적인 이유는 어머니의 세계는 구체적 지상적 세계이고 아버지의 세계는 보편적 규범성을 지향한다는 인식에 있다고 보인다. 이경재는 Bachofen의 견해라고 하면서 "가모적 문화는 혈연과 지연을 중시하고 자연현상을 수동적으로 수용하는 가족적 원리의 문화다. 반대로 가부장 문화는 법과 이성적 사유 그리고 자연현상을 변형하는 노력에 근거한 사회적 원리의 문화다. …… 가모적 문화는 사랑과 평등의 인간학을 탄생시킨다. 반면에 가부장 문화는 법과 질서와 권위에 대한 순종을 미덕으로 삼는다."고 지적하고 있다.[20)] 혈연과 지연, 가족과 사랑 등은 지상의 어머니의 세계이다.

---

19) 반 젠넵, 전경수 역, 『통과의례』, 을유문화사, 1994, 131면.
　시몬느 비에른느, 이재실 옮김, 『통과제의와 문학』, 문학동네, 1996, 76면.
20) 이경재, 『단군신화의 철학』, 성서연구사, 1994, 154면.

그러나 이것으로 커다란 사회를 운영하는 원리가 되지는 않았다. 사회는 법과 질서, 자연의 변형 등 남성적 원리로 운영되어 왔다.

가부장 문화에서 가모적 문화는 부정되거나 일정한 정도의 의의만 주어진다. 원시 사회에서 진정한 신화는 남성들에게만 전수된다. 그것은 가정의 범위를 벗어나 사회적 존재가 되어야 하는 소년들에게 들려주기 위한 것이다. 그런 점에서 어머니의 세계는 俗의 세계이다. 俗이란 日常의 세계이다. 신참자는 聖의 세계로 들어가야 한다.[21] 일상 너머의 것을 찾고 알고 있어야 한다. 여기서 왜 天-父이고 地-母인가도 설명될 수 있다.

母는 地上의 것이고 日常의 것이다. 땅은 생산과 연관되고 日常은 萬象으로 이루어져 있다. 생산은 여성적 특질이고 만상은 萬 가지 다양성과 구체성이어서 하나로 모아지지 않는다. 만 가지의 다양성과 구체성은 서로 간에 충돌을 일으킬 수 있다. 삶의 문제는 이 충돌에서 비롯된다. 이해관계의 다양성이 수많은 문제를 만들어낸다.

가령 수명장자의 악행은 부자이고 권력자인 수명장자와 가난한 서수암이네 사이에서 벌어진다. 천지왕본풀이 신화는 서수암이네가 이 문제를 해결할 수 없다고 보고 있다. 그래서 하늘의 존재인 천지왕이 해결하거나 천지왕의 아들이 해결하게 된다. 천지왕이 직접 해결하는 것은 지상의 문제는 하늘의 힘으로 풀어야 한다는 생각이다. 아들이 해결하게 되는 것은 하늘이 직접 인간의 문제를 해결하지 못한다는 생각이다. 전자는 하늘의 힘을 강조하는 것이고 후자는 하늘의 힘과 함께 아들이라는 존재를 통해 지상적 문제임에 초점을 맞춘다.

하늘에 해와 달이 둘씩 있는 것은 자연 자체로는 문제가 아니지만 인간이 고통을 겪기에 문제가 된다. 이것은 결국 인간의 문제이다. 서대석의 해석처럼 해가 둘 있어서 인간이 타 죽는 것을 가뭄의 문제로 보고 달이 둘 있어 인간이 얼어죽는 것을 홍수의 문제로 볼 수도 있을 것이다.[22] 어떤

---

21) "The maternal universe was that of the profane world. The universe that the novice now enter is that of the sacred world." Mircea Eliade, 위의 책, 9면.

해석이 되든지 지상의 인간에게 고통이 되는 문제라는 점은 분명하다. 이 문제는 아들들이 해결한다. 지상 인간의 문제는 하늘의 힘만으로는 해결될 수 없다는 인식이다.

문제가 지상의 인간의 수만 가지 이해관계와 고통에 기인하는 것이라면 해결은 하늘의 원리에 기대지 않을 수 없다. 하늘의 원리는 지상의 萬과 대립되는 것이다. 그것은 '하나(一)'라 할 수 있다. 만을 하나로 통합해 볼 줄 아는 인식이다. 만은 달라 보이기만 하지만 만을 하나의 질서로 구획하고 정리하는 것이 一이다. 보편적 원리이고 적용이다. 이것은 지상의 구체적 현실에 비해 추상적이고 초월적이다. 그래서 높다고 생각되고 하늘의 속성이 부여되었다.

해가 둘 달이 둘 있는 것은 다양성이다. 이를 하나로 정리하는 것이 하늘의 원리이다. 악한 부자와 가난한 사람 사이의 문제 또한 그보다 높은 차원에서 문제를 조망하는 안목이 있어야 해결이 가능할 것이다. 그러나 문제를 푸는 것은 문제를 문제로 인식하는 지상적 존재여야 한다. 천상적 존재는 문제를 해결할 수도 있지만 해결하지 못할 수도 있다. 궁극적인 해결은 지상적 문제의식과 보편적 초월적 원리를 가지고 있는 지상에 뿌리를 둔 존재이다. 지상적 문제의식은 地母에서 발단하고 초월적 원리는 天父의 것으로 인식된다. 이 두 요소를 함께 갖춘 존재여야 문제를 해결할 수 있다는 사고를 신화는 보여준다.

영웅이란 자신이 이러한 존재임을 자각한 사람이다. 이 자각은 어린이가 아니라 어느 정도 이상 성숙한 사람에게 가능한 것이다. 태어나서 자라고 살면서 자신의 문제 또는 자신이 속한 공동체의 문제를 알게 되고, 문제를 해결할 사람이나 수단을 찾다가, 그 사람이 바로 자신임을 자각하는 순간, 과거의 어린 자기를 버리고 새로운 사람으로 다시 태어나는 것이다. 자신의 개인성을 떠나 공동체 보편의 질서를 세우는 인물을 그 공동체는 절실하게

---

22) 서대석, 『이야기의 의미와 해석』, 세창출판사, 2012, 71면.

필요로 한다. 자각은 개인적이어서 스스로 알게 되지만, 사회는 그런 인물을 제도적으로 만들고자 한다. 그것이 입사의례이다. 그러므로 입사의례는 두 차원이다. 개인의 자각으로 스스로 감당하는 입사의례, 그런 입사의례를 모방하고 제도화하여 청소년을 사회적 어른으로 재탄생하게 하는 사회적 입사의례이다. 이 사이에 비밀 결사라든가 종교집단, 도제 집단, 여성 입사 의례 등 다양한 적용과 응용이 있다.

이 새로운 탄생은 물론 문자적으로 신체적으로 다시 태어남이 아니라 정신적 재생을 가리킨다. 그럼에도 새로운 탄생을 강조하는 의례를 요구한다. 다시 아기가 되어 어머니의 태 안에 들어가 있는 시늉을 하거나 어머니의 옷의 양쪽을 통과해 나오거나 어린애 울음을 울거나 하는 의례는 원시사회 입사의례에서 대단히 보편적인 현상이다. 위에 인용한 바 대별왕 소별왕이 아버지 무릎에 앉아 똥오줌을 싸고 어린애 울음소리를 내고 큰어머니 속바지 이쪽으로 들어가서 다른쪽으로 나오는 것은 이와 동궤의 것이다. 즉 이 부분은 대별왕 소별왕의 재생, 정신적 탄생을 보여주는 것이다.

이와 유사한 장면이 거란족의 역사에도 기록되어 있다. 김열규는『遼史』를 인용하여 황제의 재생 의례 장면을 소개했다. 좋은 날을 잡아 再生室 안에 세 갈래 나무를 거꾸로 세우고 産婆 할미가 치사하면서 황제의 몸을 문지르고 황제가 나무 아래 누우면 술을 든 노인이 화살 넣은 전통을 치면서 "아들 낳았다." 하고 소리를 친다. 그러면 큰무당과 모든 신하들이 치하하며 재배한다고 한다.23) 다시 태어나는 의례를 함으로써 황제는 비로소 황제가 된다. 보통 사람으로 태어났던 사람이 황제로 다시 태어난 것이다. 황제는 천하의 일을 맡아서 책임져야 하는 인물이다. 개인의 범위를 벗어나 천하의

---

23) "凡十有二歲 皇帝本命前一年冬元月 擇吉日 前期禁門北除地 置再生室 母后室 先帝神主輿在再生室 東南 倒植三岐木其日 以童子及産醫嫗置室中 一婦人執酒一叟持矢箙立於室外 ……黃帝入室繹服跣 以童子從 三過岐木之下 每過産醫嫗 致詞拂拭帝躬 童子過岐木七 黃帝臥下側 叟擊箙曰生男矣 太巫懷黃帝首 與群 臣稱賀再拜"『遼史』卷五十三 志十五 再生儀條, 김열규,『한국민속과 문학연구』, 일조각, 1971, 82면. 재인용.

문제를 자기 것으로 한다. 이를 해결하는 것은 자신의 힘이 아니다. 하늘로부터 힘을 부여받아야 하는 것이다. 그래서 天帝라고도 불린다. 육신이 태어날 때는 어머니가 중요한 존재였지만 천제로 태어날 때는 하늘의 힘을 부여받고 내재해야 한다. 이는 어머니의 역할과 다른 아버지의 이미지를 함축한다. 그런 존재로 다시 태어난다는 것을 이 의례는 선명하게 제시한다.

대별왕 소별왕 형제는 일월을 조정하거나 수명장자를 징치하는 일을 해야 한다. 그로 인한 사람들의 고통을 해결해야 한다. 지상의 가난한 어머니로부터는 문제를 받고 천상의 아버지로부터는 해결의 수단과 능력을 부여받는다. 물론 이는 일종의 은유이다. 문제의식과 해결에의 원리가 자신 안에서 하나로 융합되는 자각이 있을 때 그는 천부지모의 아들로 새로 태어나는 것이다.

원시부족 입사의례의 많은 경우에 이 새로운 탄생을 강조하기 위하여 그 이전 단계의 존재에 상징적 죽음 의식을 필수적으로 상정한다. 괴물에게 먹힌다거나 숲 속의 집에 보내 살게 하다가 돌아오게 하는 것 등 다양한 방식이다. 할례나 이 부러뜨리기 몸에 상처 내기 등도 과거의 자기와 달라진 모습을 구체적으로 확인하는 징표로 이용된다. 더 이상 어린이가 아니고 몸도 달라진 어른이 되었다는 자각을 유도하는 것이다. 그러나 천지왕 본풀이에는 죽음 모티프는 나타나지 않고 다시 아기로 태어나는 점이 부각되었다.

정신적 탄생, 비약적으로 다른 존재가 되는 것의 다른 표현이 飛上 또는 上昇이다. 대별왕 소별왕이 하늘 옥황으로 올라간다는 모티프가 형제의 정신적 비약을 표현하는 것으로 이해되기도 한다. 실제로 하늘로 올라가는 것으로 이해하는 사람도 있겠지만, 문자적 昇天이 아닐 것으로 이해하는 사람에게는 정신적 탄생, 심리적 재탄생에 의한 비약적 성취를 하늘로 올라가는 이미지로 나타낸 것이라고 보일 수 있다. 그래서 다시 처음으로 돌아가면 아버지가 하늘 옥황의 존재라는 것은 역시 정신적 각성의 조건에 대한 은유로 읽힐 수도 있다.

엘리아데가 지적한 바와 같이 어떤 입사의례도 비밀 또 성스러운 지식으로 인도한다. 그래서 어떤 종족들에서 입문자란 '아는 자'라고 불린다.24) 베포도업침과 천지왕본풀이의 경우 일월조정과 수명장자 징치가 이들이 부딪힌 문제였다. 일월은 자연의 문제이고 수명장자는 사회의 문제였다. 수명장자의 경우는 조상에 대한 부적절한 대우, 이웃에 대한 부당한 착취, 신에 대한 오만 등의 문제를 가지고 있었다. 이는 사람들이 지상에서 살아가는 데 근본적으로 해결되어야 할 문제들이다. 자연과의 관계, 사람과의 관계, 신과의 관계라고 정리할 수 있다.

입문자가 갖게 되는 앎이란 바로 이러한 문제들을 다룰 수 있는 보다 높은 차원의 지성이다. 입사제의가 구체적으로 실현되는 사회에서는 이러한 지식, 지성은 성스러운 것이다. "새로운 탄생을 경험한 신참자는 문화의 기원과 자신의 종족의 탄생의 기원에 관한 신화를 다시 체험하게 되는 동시에 세계의 구조까지 알게 된다. ……또한 신성성을 체험한다."25) 대별왕 소별왕의 탄생과 행적을 되풀이하여 구송하는 제의인 제주도 굿은 "세계의 신성성에 참가하고, 자신과 세계 속에서 이 신성성을 되풀이하기 위해서 우주 창조라는 원초적 행위를 반복"26)한다는 일반론으로 이해될 수 있다. 대별왕 소별왕의 탄생과 행적을 통하여 탄생과 세계의 의미, 삶의 문제와 해결을 새롭게 경험하는 것이다.

4. 본풀이의 입사담의 흔적들

<천지왕본풀이>에 보였던 영웅의 입사식의 면모는 다른 일반신 본풀이

---

24) "All forms of puberty initiation, even the most elementary, involve the revelation and sacred knowledge. Some peoples call their initiates the knowing ones." M. Eliade, 위의 책, 37면.

25) 시몬느 비에른느, 이재실 옮김, 『통과제의와 문학』, 문학동네, 1996, 96면.

26) 위의 책, 103면.

에도 나타난다. 대표적인 것은 <이공본풀이>이다. 천년장자 집에서 어머니 원강댁이와 모진 고초를 당하던 한락둥이(한락궁이)는 하늘나라 서천꽃밭의 꽃감관으로 가 있는 아버지 사라도령을 찾아 가서 만난다. 이때 한락둥이는 다음과 같이 아기 흉내를 낸다.

　　　　게건 내 독무림 우티 올라 앚이라
　　　　한락둥인 사라도령 독무립에
　　　　올라앚안 똥오줌을 싸는 시늉
　　　　벨벨 조세를 문 하연[27]

　　　　경하건 나 독무립에 앚아보라
　　　　할락궁인 이젠 아방 독무립에
　　　　앚안, 오줌 누는 체, 똥 누는 체
　　　　일천 조새 문 하여두연[28]

　보다시피 앞에서 살펴본 바 대별왕 소별왕의 행동과 같다.

　이상의 것들은 일반적으로 널리 알려져 있는 영웅의 모습과 일치하는 대별왕 소별왕의 행적이다. 그런데 정주병 구연의 천지왕본풀이에는 흥미로운 내용이 보인다. 옥황으로 뻗은 박줄을 따라 가니 아버지가 앉는 용상 뿔에 줄이 감겨 있었다. 그 다음은 이러하다.

　　　　아바님은 웃고 용상(龍床)만 이십데다.
　　　　성제 둘이 용상을 타아저네
　　　　"이 용상아 저 용상아 임제 모른 용상이로고나!"

---

27) 진성기, 『제주도 무가본풀이 사전』, 1991, 민속원, 80면. <북제주군 조천면 함덕리 여무 69세 조흘대 님> 구연.
28) 같은 책, 94면, <남원면 신흥리 여무 86세 고산옹 님> 구연.

봉에눈(鳳眼)을 ᄇᆞᆯᆸ뜨고 전일 ᄀᆞ뜬 풀따시 동숙ᄀᆞ뜬 주먹을 내둘
르멍 소리를 내울리멍
"이 용상아 저 용상아 임제 모른 용상이로고나!"
용상 옆을 지나가난 용상 웬뿔(左角) 무지러지여, 지국성데레 하전
ᄒᆞ는구나. 그법으로 우리 나라님도 웬뿔 웃인 용상타기 마련ᄒᆞᆫ
다.29)

이 삽화는 우리나라 조선 임금이 앉는 용상이 중국과 달리 왼쪽 뿔이
없게 된 유래담으로 처리되어 있지만, 그 상황에 주목해야 할 일이다. 아버
지를 찾아갔는데 아버지가 없다. 아울러 아들들은 "봉에눈(鳳眼)을 ᄇᆞᆯᆸ뜨
고 전일 ᄀᆞ뜬 풀따시 동숙ᄀᆞ뜬 주먹을 내둘르멍 소리를 내울리멍" 하다가
아버지 용상의 왼쪽 뿔을 부러뜨린다는 언급을 상기해보자.

아들들은 눈을 부릅뜨고 팔을 뽐내며 주먹을 내두르며 아버지의 용상을
부숴뜨린다. 아버지는 왜 없는가? 이럴 줄을 알고 사라졌던 것이다. 왜
이렇게 말할 수 있는가? 바로 같은 제주도 송당의 궤네기또의 행적이기
때문이다.

세 살 났을 때 무쇠설캅에 담아 자물쇠를 채워 바다로 버렸던 막내아들이
"아방국을 치젠 들어"오니 아버지 어머니가 도망을 갔다가 결국 죽어서
"아바지도 ᄆᆞ수와서 알손당 고부니ᄆᆞ를 가 죽어 좌정하"게 된다.30) 이는
고대적 영웅의 모습을 가감없이 보여준다. 아버지에 대한 중세적 효도의
관념이 생겨나기 전 시대, 힘만으로 모든 것을 제압하던 고대적 자기중심
주의 영웅의 모습이다. 조동일은 이를 지적하여 "아버지는 아들을 죽이려
하고, 아들이 돌아와서 아버지를 몰아냈다. 그런 일을 중세에는 있다 해도
덮어두기를 일삼고 찬양의 대상으로 삼지 않았을 것이다. 그러나 이 노래
에서는 힘이 있으면 영웅이고, 영웅이 하는 일이면 무엇이든지 경탄의

---

29) 정주병 본, <천지왕본풀이>, 김헌선, 같은 책, 414면.
30) 이달춘 구송, <궤네깃당>, 현용준, 『제주도 무속자료사전』, 각, 2007, 552-561면.

대상이 되었다. 그것은 중세가 시작된 뒤에는 없어진 고대의 가치관이다."
라고 했다.31)

이렇게 보면 초감제의 베포도업침과 천지왕본풀이에는 영웅의 일반적인
모습과 함께 고대적 영웅의 모습까지도 아직 보존하고 있다고 하겠다.
이처럼 여러 가지 면에서 대별왕 소별왕은 영웅으로서의 성격을 분명히
하고 있다.

그런데 초감제 신화는 여기에 더하여, 서두에서 언급한대로 영웅의 이중
탄생의 모습을 분명히 제시하고 있어서 또한 주목되는 것이다.

함께 언급해볼 필요가 있는 것은 초공본풀이에서 삼멩두도 어머니 옷으
로 다시 태어난다는 점이다. 과거 시험을 포기하고 죽은 어머니, 노가단풍
아기씨를 살려내기 위해 삼멩두는 아버지를 찾아가는 길에 너사메너도령
형제들을 만나서 의형제가 되기로 한다. 이중춘 구송본은 이렇게 노래한다.

> 경 ᄒ거들랑 우리 오라 육형제나 설연ᄒ게
> 어머님 물멩지 단속곳 웬굴로 들언 노단굴로 내웁고
> 노단굴로 들런 웬굴로 내완 육형제를 설연흡데다 이-32)

고대중 구송본33)과 안사인 구송본34)에도 같은 내용이 나온다. 표면적
으로는 너사메 너도령 형제와 의형제를 맺는 의례이지만 맥락으로 보면
이들이 다시 태어나는 의례임을 알 수 있다. 삼멩두는 과거를 포기함으로
써 세속의 자아를 죽이고 어머니를 살리기 위해 "전생팔자를 그르쳤"35)
고, 머리를 삭발하는 것으로 새로 태어남을 보인다. 그리고 굿을 해서
어머니를 살려낸다. 사실 무조인 삼멩두는 매년 다시 태어난다. 심방 집의

---

31) 조동일, 『동아시아 구비서사시의 양상과 변천』, 88면.

32) 문무병, 『제주도 무속신화 열두본풀이 자료집』, 칠머리당굿보존회, 1998, 140면.

33) 장주근, 『제주도 무속과 서사무가』, 역락, 2001, 109면.

34) 현용준, 『개정판 제주도무속자료사전』, 각, 2007, 147면.

35) 문무병, 앞의 책, 143면.

당주상에 젯부기 삼형제와 너사메 삼형제를 상징하는 육고비를 두는데 무조신의 탄생일인 9월 28일에 새로 만들어 당주상에 놓는다.36) 삼멩두는 삼천천제석궁을 관장하며 제주 무속 세계를 다스리는 중요한 신격으로 거듭나는 것이다.

5. 건국 영웅 탄생담의 이해

대별왕 소별왕의 탄생이 문자 그대로 아기로 새로 태어나는 것이 아니라 입사의례를 통하여 보다 높은 차원으로 자연과 인간의 문제를 보는 지성을 가지는 존재로 거듭나게 되었다는 인식의 비유라고 보면 우리 건국 신화에 보이는 유사한 여러 표현들을 이해할 수 있다.

가령 나무 위에 걸린 황금상자 속에서 태어난 알지가 있다. 알지는 어린아이라는 뜻이라고 주에 적혀 있다. 아지 또는 아기라는 말이다. 새로 태어났기 때문이다. 황금상자 안에서 태어난 알지를 알에서 태어난 혁거세의 고사와 같다고 했다. 혁거세는 하늘에서 내려온 말이 가져온 알로 태어났다.

> 그 알을 깨뜨려 사내아이를 얻었는데, 모습과 거동이 단정하고 아름다웠다. 사람들은 놀라고 이상히 여겨 東泉에서 목욕을 시키니, 몸에서 빛이 나고 새와 짐승들이 춤을 추며 천지가 진동하고 해와 달이 맑아졌다.37)

새로운 질서를 가져 올 입사자의 탄생에 새와 짐승이 춤을 추고 해와 달이 맑아졌다. 이는 그가 어떤 성스러운 존재가 되었음을 보여준다. 우주와 자연과 하나가 되는 신화적 자각을 표현한다. "무엇보다도 통과제의는 그가 어떤 초자연적인 능력의 주인이 되었다는 것, 통과제의에 의해 죽음을

---

36) 문무병, 위의 책, 각주 694번. 144면.

37) 일연, 김원중 옮김, 『삼국유사』, 을유문화사, 2002, 68면.

극복했다는 것을 가르쳐준다."[38] '赫居世'라는 그의 이름은 '밝은 빛으로 세상을 다스린다는 뜻이다.

수로왕도 같은 맥락이다. 알로 태어난 수로는 태어난 지 열흘 남짓 되자 키가 9척이 되었고 그달 보름에 왕위에 올랐다. 이 기사에서도 "세상에 처음 나타났기에 이름을 수로라고 하였다."고 처음 나타났다는 것을 강조한다. 알로 재탄생하여 아기처럼 새로운 사람이라는 것을 강조하는 것으로 보인다.

또, 주몽이 알로 태어났다는 것과 나자마자 바로 말을 하고 활을 쏘았다는 기록을 어떻게 이해해야 할까?

> 마침내 알이 갈라져서 한 男兒를 얻었다. 낳은 지 한 달도 되지 않아 언어가 아주 능통하였다. 어머니에게 말하기를 파리들이 눈을 빨아서 잘 수가 없어요. 활과 화살을 만들어 주세요. 어머니가 싸리 나무로 활과 화살을 만들어 주었다. 물레 위의 파리를 쏘니 쏘는 대로 맞았다.[39]

이 기록을 주몽의 문자적인 탄생으로 보면 이해하기 어렵다. 상식에서 크게 벗어나서 희화화될 가능성도 있다. 그게 아니라 입사의례를 거쳐 새로운 인물로 다시 태어났던 것으로 보면 모든 것이 이해된다. 대별왕 소별왕이 아기로 되돌아가고 새로운 탄생을 재연했던 것과 같은 의미의 다른 표현으로 생각해볼 수 있다. 알로 태어난다는 것도 문자적으로 있을 수 있는 일이 아니고 태어나자마자 말을 하고 활을 쏘는 것도 있을 수 없다. 그러나 새로 탄생한 입사자라면 그런 것은 모두 가능하다.[40] 한번

---

38) 시몬느 비에른느, 앞의 책, 108면.

39) 이규보, 『東明王篇』. 卵終乃開得一男 生未經月 言語並實 謂母曰 群蠅噆目 不能睡 母爲我作弓矢 母以筆作 弓矢與之 自射紡車上蠅 發矢卽中.

40) 주몽과 혁거세, 수로왕, 알지, 탈해, 삼성신화의 삼 을나의 탄생을 제의적 견지에서 본 선행 연구는 민긍기, 「영웅신화 주인공의 탄생에 관하여」, 동방고전문학회 제16차 정례학술발표회 발표문, 2002년 2월 18일, 1-10면.가 있어서 도움을 많이 받았다. 신화 주인공의 통과의례에 주목한 연구는 김문태, 「건국신화와

태어났다가 다시 깨어나는 알은 새로운 탄생을 가리키는 효과적인 형상이다. 삼국유사에는 주몽이 부여를 탈출하여 비류수가에 고구려를 세운 나이가 12세라고 하였다. 이도 실제 나이라기보다 입사의례로 새로 태어난 이후의 나이를 가리킨다고 보면 납득이 된다.[41] 이는 마치 佛家에서 출가하여 수계를 받고 중이 되면 한 살이 되는 것과 같다. 그 이후의 나이는 法臘 또는 法歲라고 하여, 육체적 나이는 인정되지 않는다.

주몽이 이렇게 놀라운 능력을 가지게 된 까닭은 어디에 있을까? 그것은 바로 주몽의 아버지가 하늘에서 내려온 존재이기 때문이다. 태양을 상징하는 것으로 이해되기도 하는 해모수는 아침이면 내려와서 지상의 일을 돌보고 저녁이면 승천하였다.(朝則聽事 暮則升天) 어머니인 유화는 지상적 존재이다. 강물의 신의 딸이지만 수난을 거듭하는 약한 존재이다. 나중에 神母의 면모를 보이지만 주몽을 낳기까지는 여성적 수난에서 놓여나지 못한다. 주몽은 지상적 문제의식과 천상적 능력을 자신의 몸으로 구현하여 지상의 질서를 새롭게 하는 입사자로 다시 태어난 것으로 이해된다. 대별왕 소별왕이 아기가 되었듯이 주몽은 알이 되었다가 다시 태어난다는 재생의 이미지를 공유한다.

입사의례의 다른 면모를 보여주는 것은 알영이다.

> 그날 사량리 알영정가에 계룡이 나타나 왼쪽 옆구리에서 여자아이를 낳았다.(혹은 용이 나타나 죽었는데 그 배를 갈라 얻었다고도 한다.) 그녀의 얼굴과 용모는 매우 아름다웠으나 입술이 닭부리와 같았다. 월성 北川에서 목욕을 시키자 그 부리가 떨어져 나갔다.[42]

같은 날 새로 태어난 두 아이의 나이가 열 셋이 되자 왕과 왕후로 세웠다.

축체문화의 원류」, 『한민족어문학』44, 한민족어문학회, 2004, 179-201면.이 있다.

41) 일연, <북부여>, 『삼국유사』. 김부식은 도저히 납득이 되지 않았는지 22세로 적었다.

42) 일연, 김원중 옮김, 앞의 책, 69면.

그리고 나라 이름을 서라벌이라고 했다. 알영은 알로 태어나지 않았고 계룡의 옆구리로 나왔다. 이 사건의 숨은 의미를 보자면 원시부족들이 "성년의 가입의례 때 수생 괴물(악어, 고래, 큰 물고기) 모양으로 만들어진 모형 속에 들어가는 과정을 수행한다."43)는 매우 보편적인 현상을 떠올리면 된다. "괴물의 내부로 통과하는 것은 죽지 않고 죽음을 대면하는 것" 등은 모두 과거의 자기를 죽이고 새롭게 태어나는 입사자의 이미지이다. 특히 여성 입사의례의 사례를 들면서 아프리카 리짐부 사회에서 "가입 의례들이 강가에서 행해진다는 것 …… 물은 카오스를 상징하고 오두막은 우주의 창조를 나타낸다. 물속에 들어가는 것은 우주 이전의 단계, 비존재로 회귀하는 것을 의미한다. 어머니의 다리 사이를 통과하면서 그들은 다시 태어난다. 다시 말해 새로운 영적인 존재로 태어나는 것이다."44)을 참조할 수 있다.

이는 어쩌면 널리 퍼져 있던 '사춘기 소녀들의 격리' 풍속으로 보이기도 한다. 프레이져가 수많은 사례를 들어놓았듯이 소녀를 오두막에 격리시키는 부족이 많다. 그 한 예는 이렇게 진술된다.

> 한 소녀가 그러한 인생의 중요 시기에 도달하면 머리카락을 불태우거나 밀어서 바싹 짧게 만들었다. 그런 다음 그녀를 평평한 돌 위에 올려놓고 짐승 이빨로 어깨에서 등 맨 아래까지 베어서 피가 나게 했다. 다음에 야생 조롱박을 태운 재를 그 상처에 문질러 놓고 소녀의 손발을 묶은 다음 해먹으로 달아매는데, 해먹을 단단히 밀봉해서 아무도 그녀를 볼 수 없게 했다. 그 안에서 소녀는 먹지도 마시지도 않고 사흘간 머물러야 했다.……첫 월경 기간이 끝날 때까지 소녀는 그와 같이 지내다가 그것이 끝나면 가슴과 배, 그리고 등 전체를 따라 깊은 상처자국을 냈다.45)

---

43) 미르치아 엘리아데, 강웅섭 옮김, 『신화, 꿈, 신비』, 숲, 2006, 267-268면, 또한 M. Eliade, 위의 책, 35면, <Being Swallowed by a Monster>항목 참조.
44) 위의 책, 263면.

이 사례들 뒤에 프레이저는 소녀들을 격리하고 햇빛을 쬐지 못하게 하는 많은 설화가 이에 연유한다는 견해를 피력하고 있다. 알영의 기이한 탄생이 입사의례를 표현한 것이라면, 이 사춘기 소녀가 밀봉된 해먹에 쌓여 있다가 나와서 어른으로 대접받고 혼인하게 되는 것과 유사한 이미지를 떠올려 볼 수 있다. 알영은 알로 새롭게 태어나는 입사의례가 아니라 괴물에 먹히거나 싸였다가 다시 태어나는 여성적 입사의례의 모습을 반영한다고 해석해 볼 수 있는 것이다.

우리 건국신화의 주인공들의 신이한 탄생을 문자 그대로가 아니라 입사의례와 연관지어 이해할 필요가 있다. 그래야 그 의미를 제대로 정립할 수가 있다. 이것은 제주도 신화의 대별왕 소별왕의 탄생담에서 아기로 재탄생하는 모티프가 직접적으로 제시되어 있었기에 가능한 것이었다. 이러한 고찰 없이도 알을 부활이나 재생의 의미로 이해할 수 있지만, 대별왕 소별왕 재탄생담을 통해 이들을 모두 하나의 신화소로 아울러 파악할 수 있게 되었다고 하겠다.

5. 맺음말

제주도의 서사무가 베포도업침과 천지왕본풀이에는 대별왕 소별왕 형제가 하늘에 둘 씩 떠 있어서 인간을 죽게 하는 해와 달을 활로 쏘아 하나씩 떨어뜨려서 사람이 살게 해 준다는 모티프가 있다. 흔히 이 신화에서 이 점만 강조되고 있다. 신화적 관습에 따른 초인적 능력의 표현이라고 당연시하고 넘어갈 수도 있다. 그러나 몇 개의 각편에서 천지왕의 아들인 형제가 하늘 옥황으로 아버지를 찾아가서 아버지 무릎에 앉아 똥오줌을 싸고 어린애 소리를 하고 큰어머니의 속바지인 굴중이 한쪽으로 들어가서 다른 쪽으

---

45) 프레이져, 앞의 책, 781면.

로 나오는 화소를 전승하고 있어서 대별왕 소별왕 형제의 영웅적 면모를 입사의례의 관점에서 새롭게 볼 필요성을 제기하고 있다.

어머니의 태로 들어갔다가 다시 태어난다거나 짐승의 뱃속으로 들어갔다가 나온다거나 하는 원시 부족이 보여주는 입사의례의 형태는 오늘날 신화나 민담에 자취를 남기고 있다고 인정된다. 대별왕 소별왕의 경우에도 아기로 되돌아가 다시 태어나는 형제의 모습을 명확히 보여주고 있다. 이는 이 형제가 새로운 존재로 재탄생함을 보여주는 화소이다.

이들에게 부여된 과제는 하늘의 해와 달을 조정하는 것이라든가 지상의 악인을 징치하는 것이다. 이것은 지상의 문제이지만 지상의 존재가 스스로 해결하지 못하고 있다. 이를 해결하기 위해서 문제를 위에서 조망할 수 있는 한 차원 높은 지식이나 지성이 요구된다. 제주의 신화에서 구체적으로는 일월 조정과 수명장자 징치였지만 그것으로 그치지 않는다. 그 초월적 지성이 추구하는 것은 지상적 세속성을 초월하는 신성의 체험이며 또한 만 가지로 다양하기만 한 지상의 문제들을 일정한 원리로 정리하고 해결하는 보다 추상적이고 보편적인 원리의 체득이기도 하다. 이런 상황에서 요구되는 것이 바로 지상의 어머니와 천상의 아버지라는 이원적 구도와 그 둘을 하나로 아우르는 아들의 존재이다.

이러한 존재의 탄생을 되풀이하여 구송함으로써 지상의 문제를 해결하였던 원형적인 모습을 상기한다. 지상과 다른 초월적 존재를 경험하여 지상의 문제를 해결할 수 있다. 사회는 지성과 통찰을 통하여 구체적 문제의 다기함을 넘어서는 지혜를 가진 자를 요구하는 것이다.

입사의례를 통과하여 지상에 새로운 질서를 가져오는 신화적 주인공은 흔히 건국신화로 모습을 보인다. 주몽이나 혁거세, 수로왕 등이 알로 태어나고 태어나자마자 성숙해 있는 것은 바로 이들의 탄생이 문자적 육체적 탄생이 아니라 입사의례를 통과하여 새로 태어난 정신적 존재로서의 탄생임을 보여준다. 이들은 과거의 사회가 아닌 새로운 질서를 가져오는 것이다.

이러한 신화적 맥락은 입사의례가 사라진 오랜 뒤에도 흔적을 남겼다고 보인다. <홍길동전> 같은 영웅 소설의 주인공이 대개 꿈을 통해서 천상에서 내려왔다거나 천상의 존재의 꿈을 꾼 아버지를 두었다는 식으로 변형되었다고 생각된다. 가령 홍판서는 하늘의 청룡을 대신하는 심부름꾼이다. 신화적 맥락과 연관되어 있기에 홍길동은 그만한 능력을 가질 수 있었다.46) 그러나 그가 가진 문제는 서얼 차별이라는 현실적 문제였고 그의 어머니는 바로 노비이어서 문제의 핵심에 놓여 있었다. 이 지상의 문제를 해결할 존재로 거듭나서 활약을 펼치는 것이 <홍길동전>이라는 서사이다. 그러나 이미 홍길동이 해결할 수 없을 정도로 신화적 기능이 붕괴되어버린 시대이기에 홍길동의 갈등과 고뇌는 깊었으나, 근원적인 문제 해결은 다음 시대나 되어야 가능했다. 고전 서사문학에는 이러한 틀이 갈래의 관습으로 오래 남아 있다고 생각된다.

46) 민긍기, 「홍길동전 주인공의 탄생에 관하여」, 『열상고전연구회』7집, 열상고전연구회, 1994, 25-43면.

제주도 창세신화의 얼개를 통해 본
『성서』와 『포폴 부』

1. 서론

특수한 것이라고만 생각했던 것이 보편적인 것과 통하는 것임을 알게 되는 때가 있다. 우리나라의 전통 문화가 특수하지만 보편적인 정서를 포획할 수 있다는 것을 알게 된 것은, 그리 오래지 않다. 극동 우리나라에서도 남쪽 끝 섬나라인 제주도에 전해지는 신화가 세계적 보편성을 가질 것이라고 생각하기는 쉽지 않다. 인구 50만으로, 우리나라에서 가장 큰 섬이라고는 하지만, 우리나라의 단군신화도 보편적 관점에서 비교 연구된 성과가 크게 눈에 띠지 않는 걸 보면, 우리나라 사람들조차도 낯설게 여기는 제주도의 신화에 대해서는 그런 시도조차 하지 않았던 것이 당연해 보이기까지 한다.

『삼국사기』나『삼국유사』로 전해지는 건국신화가 우리 신화의 주류라고 생각하는 사람도 많을 것이기에 제주도 굿에서 심방들이 노래로 전해온 창세 서사시에 대해 큰 관심을 갖지 않았던 것으로 보인다. 그러나 최근에 제주도 무속도 종교라는 측면에서 일정 부분 비교 근거가 있다는 것을 제주도 출신의 소설가 현길언이 보여주었다. 그는 제주도의 천지왕본풀이와 창세기를 비교하여 창세, 분리와 통합, 신의 강림, 형제다툼의 네 가지 모티브가 유사하다고 지적했다.[1] 정밀한 연구논문은 아니지만 제주도 신화와 기독교 신화에서의 동질성을 지적한 것만으로도 의미가 있다. 그러나 창세기에만 한정시키기보다는 큰 틀의 기독교를 비교하면 더 큰 성과가 있을 것으로 생각된다. 아울러 동일한 맥락에서 이 두 신화가 중앙아메리카의 『포폴 부』와 유사한 부분이 있다고 간주되어 이 비교 연구를 시도하려 한다.

같기만 하거나 다르기만 해서는 비교가 이루어지지 않는다. 다른 점도 있고 같은 점도 있을 때만 비교가 가능하다. 물론 기독교와 제주도의 무속은 다른 면이 많다.[2] 『포폴 부』와는 차이가 더 클 수도 있다. 그러나 또 어떤 일면에서는 유사한 점도 있다. 특히 이야기로서 또는 신화로서의 맥락 또는 구조에서는 이야기의 보편 구조라는 측면에서 비교해볼 근거가 있다. 이야기의 측면에서 노드롭 프라이는 『성서』를 문학적으로 보아 일관되고 통일성 있는 구조를 가지고 있음을 지적하고 있다. "성서는 천지창조와 함께 시간이 시작되는 곳에서 시작해서 요한계시록과 같이 시간이 끝나는 곳에서 끝을 맺는다. 그리고 『성서』는 그 사이에 있는 인간의 역사, …… 또한 많은 구체적 이미지들도 있는데 …… 그 통일적 원리는 의미의 원리보다는 형태의 원리가 되어야만 할 것이다."[3] 『성서』를 문학의 관점에서 살핀 프라이의 뒤를 이어서 신화 구조의 측면에서 제주도 창세서사시와 기독교의 『성서』를 살펴보고자 한다. 함께 살펴볼 『포폴 부』는 지금의 과테말라 지역에 있던 키체 왕국에 전해지던 창세서사시이자 역사서이다.[4] '공동체의 책', '성스러운 책, 조언의 책'[5]이라는 의미라고 한다. 1부와 2부

---

1) 현길언, 『제주설화와 주변부 사람들의 생존양식』,(태학사, 2014), 195-225면.

2) 특히 창조주의 유무 상황이 큰 차이이다. 창조신이 존재하는 경우와 그렇지 않은 경우의 신화적 맥락과 의미는 다를 것이다. 이 점을 포함하는 더 포괄적 연구가 필요할 것이다.

3) 노드롭 프라이, 김영철 옮김, 『성서와 문학』,(숭실대학교 출판부, 1993), 8면.

4) 17세기에 스페인 선교사가 문자로 적은 것을 이용하지만, 이미 기원전 600년-기원후 300년의 "100개 이상의 비석이 발견되었는데 포폴 부의 내용이 거의 대부분 기록되어 있다"고 한다. 정혜주, 「태초에 빛이 있었다: 마야의 천지창조 신화」, 『이베로아메리카』7권2호,(부산외국어대학교, 2005), 33면.

5) 고혜선 옮김, 『마야인의 성서 포폴 부』,(문학과지성사, 1999), 17면.

에서 창세와 영웅을 주소재로 하고 있어 이를 다루기로 한다.

　이것이 가능한 것은 선행연구가 있기 때문이다. 위에서 언급한 현길언의 글 외에 제주도 창세신화와『성서』또는『포폴 부』를 비교한 선행연구는 없다. 그러나 한국 창세신화 전반과 성서를 비교한 것도 있고6) 중국 설화와 성서 창세기를 비교한 논문도 있다7). 이 둘은 모두 처음의 혼돈, 인간창조, 홍수 신화를 차례로 다룬다는 공통점이 있다. 이태인의 글은 중국의 반고 설화가 창세기의 여호와 신앙으로 가지 못하고 신화에 머물렀다며 안타깝다고 한다.8) 몽골 설화와 창세기를 비교한 논문도 있다. 이 논문은 "태초의 무질서, 태초부터 신이 존재했다, 하늘과 땅을 분리하면서 창조가 시작된다. 수면위에 질서가 존재한다. 신이 인간을 창조한다. 신은 창조에 대한 만족감을 드러낸다, 신은 창조물이 번성하길 바란다."는 7가지를 공통 신화소로 추출하는 내용이다.9) 이들은 모두 신화소를 대응시키는 방법으로 유사한 점을 지적하고 있다. 본고는 제주도 신화로 논의를 집약하고 신화소의 대응이 아니라 서사구조를 비교하며, <창세기>만이 아니라『성서』전체를 대상으로 삼고자 한다. 서사구조와 관련해서는 조동일은 <베포도업침>이 창세신화적이라면, <천지왕본풀이>에는 영웅신화적 모습이 나타난다고 지적하였다.10) 박종성도 제주도 신화를 살피면서 창세서사시와 영웅서사시의 변천과 수용의 두 축으로 이해해야 할 필요성을 제기하였다.11) 신연우는 제주도 굿의 처음 제차인 초감제 안의 무가인 <베포도업침>과

　정혜주, 위의 논문, 32면.

6) 강성열, 『성서의 창조기사와 한국의 창세신화』,(프리칭아카데미, 2009),

7) 양다혜, 「중국창세신화와 성서<창세기> 비교연구; 천지창조 인류창조 홍수신화를 중심으로」, 청주대 석사논문, 1997.

8) 이태인, 「창세기와 중국 창조신화」, 『창조론 오픈 포럼』8권1호, 전자저널 논문, URL; (http://www.dbpia.co.kr/Article/3392022) 2004년2월, 99면.

9) 정영찬, 김용범, 「문화적 할인의 관점으로 본 몽골 설화와 성서의 '창세 신' 비교 연구」, 『동아시아고대학』37,(동아시아고대학회, 2015), 295면.

10) 조동일, 『동아시아 구비서사시의 양상과 변천』,(문학과지성사, 1997), 62면.

11) 박종성, 『한국창세서사시 연구』,(태학사, 1999), 356면.

<천지왕본풀이>의 창세-영웅 신화로서의 구조를 보다 명료하게 밝혔다.[12] 『성서』첫부분에서 창세 이야기를 부각한 것과 신약에서 예수 이야기를 영웅적 면모로 이해하면[13] 우선 둘의 비교의 첫단추가 꿰인다. 이를 상세화 해보자.

2. 제주도 <초감제>의 창세신화의 얼개

제주도 <초감제>에는 두 편의 서사무가가 연행된다. <베포도업침>과 <천지왕본풀이>이다. 심방의 구연에 따라 조금씩 내용에 차이가 있고 둘의 내용이 중복되기도 하지만, <베포도업침>의 시작은 천지개벽이고 <천지왕 본풀이>의 마지막은 인간 세상에 악이 있게 된 연유에 대한 해명이다. 그래서 이 둘을 하나로 연결해서 이해할 수 있는데 우리가 관심을 갖는 것은 그 구조적 얼개이다.

<베포도업침>은 천지개벽으로부터 시작한다. 박봉춘 구연본이 상세하다.

> 천지혼합으로 제일입니다/ 엇떠한 것이 천지혼합입니까
> 하날과 땅이 맛 붓튼 것이 혼합이요/ 혼합한 후에 개벽이 제일입니다
> 엇떠한 것이 개벽이뇨/ 하날과 땅이 각각 갈나서 개벽입니다
> 천지개벽이 어떻게 되엇스리까
> 하날로부터 조이슬이 나리고/ 따으로부터 둘이슬이 소사나와서
> 음양이 상통한직/ 천개는 자하고/ 지개는 축하고/ 인개는 인하니
> 하날머리는 갑자년 갑자월 갑자일 갑자시에/ 자방으로 열이고
> 따머리는 을축년 을출월 을축일 을축시에/ 축방으로 열이고

---

12) 신연우, 「<베포도업침>과 <천지왕본풀이>의 구조를 통해 본 창세신화와 영웅신화의 관계」,『열상고전연구』 40집,(열상고전연구회, 2014), 357-408면.

13) 오토 랑크는 사르곤 대왕, 모세, 페르세우스, 길가메쉬, 헤라클레스, 지그프리트 등 15명의 영웅의 일생을 살펴본 연구에서 예수를 여기에 포함시켰다. Otto Rank, *The Myth of the Birth of the Hero*,(A Vintage Book V70, 1960), pp50-56,

사람머리는 병방으로 병자년 병자월 병자일 병자시에 열이시고
동방으로는 이염을 드르고/ 서방으로는 촐리를 치고
남북방으로는 나래를 들으고/ 천지개벽이 되엿습니다[14]

처음 상황인 천지개벽은 창조주에 대한 언급은 물론 업이 맞붙어있던 하늘과 땅이 갈라지는 현상을 제시한다. 하늘과 땅이 갈라져서 하늘 땅 그 사이의 공간으로 분리되었다. 이 모습을 닭에 비유했다. 동쪽으로는 잇몸을 들고 서쪽으로는 꼬리를 치고 남북방으로는 날개를 들었다. 이렇게 해서 동서남북이 정해졌다. 위 아래와 동서남북이라는 기본 질서가 마련되었다.

그러나 아직 해나 달이 없어서 "밤도 캄캄 낮도 캄캄"했는데 앞이마 뒷이마에 눈이 둘 씩 있는 청의동자가 남방국에서 태어나고, 그의 눈 둘을 취해서 옥황에게 축수한즉 해와 달이 둘씩 생겨났다. 그 결과 사람이 살지 못할 일이 벌어졌다.

금세상은 밝았으나
헷둘에는 인생이 자자죽고
달빗헤는 실허죽어서 인생이 살수 업슨직 (395면)

자연은 그 자체로는 문제될 것이 없으나 사람이 살기에는 적당하지 못한 곳이다. 자연은 사람이 살기에 적당하도록 개선되어야 한다. 자연 자체는 악이 아니지만 사람에게 고통을 주고 죽음을 가져오는 경우 악으로 이해될 수 있다. 초기 인간이 살기에는 자연이 그 자체로 거대한 도전이었고 고통의 원인이었을 수 있다. 이는 우주 창조와는 다른 개념으로, 인간을 위한 세계의 창조가 필요함을 말해준다.

---

14) 박봉춘 구연 <초감제>, 赤松智城/秋葉隆, 심우성 옮김, 『조선무속의 연구』上, 동문선, 1991, 231면. 김헌선, 『한국의 창세신화』,(길벗, 1994), 394면.

그래서 해와 달을 하나씩 없애야 했다. 이를 위해 천지왕이 하늘에서 내려와 지상이 여성과의 사이에서 낳은 아들 대별왕 소별왕이 이 문제를 해결하는 것이 있고 대개는 별 설명 없이 대별왕 소별왕 또는 유은거처, 활선생 거저님 등이 활로 해와 달을 하나씩 쏘아 없애준다고 했다.

인간에게는 자연의 악만 있는 것이 아니었다. <천지왕본풀이>에는 수명장자라는 악인이 등장한다. 수명장자의 악은 몇가지로 나타난다. 하나는 위의 해 둘 달 둘과 연관 있다. 인간을 위해 해와 달을 하나씩 제거하기 위해 천지왕이 지상으로 내려온다. 천지왕은 지상에서 총맹부인 집에 머물면서 총맹부인과 배필을 맺게 된다. 그 저녁에 가난한 총맹부인이 천지왕 드릴 밥을 짓기 위해 이웃인 수명장자에게 쌀을 빌리러 간다. 그 쌀로 지은 밥을 먹다가 천지왕은 돌을 씹게 되고 수명장자의 악행을 알게된다.

> 괘씸ᄒ다. 괘씸허여. 수명장제가 없는 인간덜 대미(大米) 꺼 주렝ᄒ
> 민 백모살(흰 모래) 허꺼(섞어)주고, 없는 인간들 소미(小米) 꾸레
> 오라시민 흑모살 허꺼주고, 없는 인간덜 쑬 꾸레 오라시민 큰 말로
> 받아당 족은말(小斗)로 풀앙 부제(富者) 되니
> 수명장제 똘덜은 없는 인간덜 검질(잡초) 메여 도랭허영, 오라그네
> 검질 메여주며는 조은 장은 지네 먹곡 고린 장을 주어서 부제 뒈었수
> 다. 수명장제 아돌덜은 ᄆ쉬(牛馬) 물을 멕여 오랭ᄒ민 물 발통에
> 오좀 굴겨두고 ᄆ쉬 물 멕여 오랐수댕 영ᄒ멍 사옵네다.[15]

가난한 사람들을 속이고 이용해서 부자가 되었다는 것이다. 이로 인해 사람들은 고통을 겪는다. 이무생 구연본에는 수명장자가 아버지를 봉양하지 않는 모습을 보여준다. 수명장자는 아버지가 예순살이 되자 식사를 하루 죽 한사발로 줄여서 준다. 아버지가 배고파 못살겠다며 이유를 묻자 이렇게 말한다.

---

15) 정주병 구연 <천지왕본풀이>, 현용준, 『개정판 제주도무속자료사전』, 각, 2007, 41-42쪽. 김헌선, 위의 책, 432면.

아바지. 사름 흔대가 서른인디,/ 아바진 금년이 예쉰,
두 대를 살아시니 너미 살았수다.
아바지가 두 대를 살아도/ 더 잘 먹을커건/ 죽엉 저싱 가도/ 하다
이싱에
귀신으로 먹으레 오질 말키엥 하민/ 죽엉 삼년상에 식상 식술 놓는
몫, 잘 대접흘쿠다16)

결국 아버지는 죽은 후에 제사를 얻어먹지 않겠다는 증서를 쓰고 나서야
밥을 얻어 먹다가 예순 한 살에 저승으로 가서 오지 못한다. 이는 부모와
조상을 섬기는 일에 대한 수명장자의 악행을 보여준다. 다음으로 수명장자
는 하늘에 대해서도 거만하기 이를 데 없다.

인간이 수명장자가 사옵는데, 무도막심하되
말 아홉 쇠 아홉 계 아홉이 있어서, 사나우니
인간사람이 욕을 보아도, 엇절 수 업사옵는대
수명장자가 하로는 천왕께 향하야 아뢰되
이 새상에 날 잡아갈 자도 있으리야 호담을 하니
천주왕의 괫심히 생각하야, 인간에 나려와서
수명장자 문박개 청버드낭 가지에 안잔
일만군사를 거나리고 숭험을 주되
소가 지붕을 나가서 행악해하고
솟과 푸느채를 문박기로 거러당기게 하되
수명장자 조곰도 무서워 아니하니17)

수명장자는 없는 사람들에게 행악을 하고 부모 조상을 섬길 줄 모르고
하늘의 천지왕에게도 대든다. 모두 지상의 인간이 할 일이 아니라고 생각되
어 수명장자를 악인으로 상정하는 것이다. 천지왕은 이런 수명장자를 징치

---

16) 이무생 구연, <천지왕본>, 진성기,『제주도무가본풀이사전』, 민속원, 1991, 229면. 김헌선, 위의 책, 439면.
17) 박봉춘 구연, <천지왕본풀이>, 赤松智城/秋葉隆, 앞의 책, 288면. 김헌선, 위의 책, 403면.

하러 내려온다. 문창헌본과 정주병본에서 천지왕은 수명장자를 불로 징치한다. 화덕장군을 불러 그 집을 불태우게 한다. 박봉춘본에서는 소별왕이 수명장자를 징치한다. 그러나 이는 자연스럽지 못하다. 광포설화인 장자못 전설을 고려하면 이는 악한 장자를 징치하여 세상을 새롭게 만드는 신화소의 일부이다. 해와 달이 둘씩 있거나 수명장자같은 악인이 있는 세상은 잘못되었다. 천지개벽 또는 천지창조가 있었는데 인간이 살기에 적절하지 않은 것이다. 그래서 불로 징치해서 새로운 세상을 만든다. 함경도의 창세무가에 들어 있는 장자못 유화에서는 이 경우 불이 아니라 물이어서 보다 친숙하다.[18)]

창세가 있었는데 그 자연이나 인간사회가 사람이 살 곳이 못된다면 재창조를 해야 한다. 그것이 해와 달을 하나씩 조정하는 일월조정 화소와 수명장자로 대변되는 악인들의 세상을 멸망시키는 수명장자 징치 화소로 나타났다. 그런데 문제는 천지왕이 문제를 해결하는 것도 있는데 천지왕의 아들로 나중에 나타난 대별왕 소별왕 형제가 문제를 해결하는 것으로 나타나기도 한다는 것이다. <천지왕본풀이> 끝에서 대별왕 소별왕 형제가 일월조정을 하는 각편은 김두원, 정주병, 이무생 구연본이다. 이와 함께 <베포도업침>과 <천지왕본풀이> 대부분에 나타나는 화소는 천지왕이 하늘에서 내려와 지상의 여성과 합궁하여 아들 쌍둥이를 낳는다는 것이다. 이 둘을 어떻게 연결해 이해해야 할까?

하늘에서 내려온 천지왕이 1차적으로 문제를 해결해도 문제가 해결되지 않았기에 새로운 해결방법을 찾았다고 생각해볼 수 있다. 자신이 혼자 해결하는 것이 아니라 지상의 여성과의 사이에서 낳은 아들이 문제를 해결하게 하는 것이다. 왜 그런가?

지상의 문제이기 때문이다. 지상에는 문제가 계속 생긴다. 같은 문제도 반복되고 다른 문제도 새로 생길 것이다. 하늘의 존재인 천지왕은 우주의

---

18) 강춘옥, <셍굿>, 임석재, 장주근, 『관북지방무가』(추가편), 문교부, 1966, 김헌선, 위의 책, 276면.

주인일 수 있어도 지상의 인간의 문제를 완전히 해결할 수 없고 지상의 문제는 결국 지상의 존재가 해결해야 한다는 신화적 발상이라고 생각해보자. 그러나 지상의 존재만으로는 또한 문제를 해결할 수 없다. 지상의 힘을 넘어서는 초월적 힘을 가진 존재라서 지상의 문제를 위에서 큰 시각으로 내려다볼 수 있어야 문제를 해결할 수 있다. 지상의 문제가 자신의 문제임을 자각적으로 의식하는 존재이면서 지상의 존재를 넘어서는 초월적 힘 또는 지성을 가진 존재가 필요하다는 신화적 인식인 것이다. 이 둘을 충족하는 것이 하늘의 존재가 지상으로 내려와서 지상의 여성과의 사이에서 아들을 얻는 것이다. 이 아들은 지상의 인간이기에 인간의 문제를 알고 해결하려는 의지를 가지고 있으면서 동시에 지상적 존재의 인식과 힘의 한계를 넘어서는 초월적 능력을 가진 존재로 상정된다.

문제를 해결하는 능력은 원리적인 측면이 아닌가 한다. 문제는 구체적이고 잡다하지만 문제를 해결하는 원리는 하나일 것이다. 하늘은 하나이고 땅은 萬象이다. 땅은 만물을 낳기에 여성적이라고들 하고 원리를 이루는 이치는 흔히 남성적 속성으로 간주한다. 이 두 자질을 생득하고 현실에서 구현하는 사람이 영웅이다.

영웅은 지상의 인간이 처한 문제를 해결한다. <베포도업침>과 <천지왕본풀이>에서는 하늘의 해와 달이 두 개씩이라는 자연으로 인한 문제들과 수명장자로 대표되는 악인의 문제가 지속된다. 대별왕 소별왕은 이를 해결한다. 이 해결 전에 이들은 자신의 정체성을 확인한다. 하늘로 아버지를 찾아가 아들임을 확인받는 것이다. 이 과정에서 때로는 아버지 무릎에 앉아 똥오줌을 싸면서 아기 울음을 운다. 큰어머니 굴중이(속바지) 한쪽으로 들어가 다른 쪽으로 나오기도 한다. 다시 태어나는 것이다. 과거의 자기를 죽이고 새로운 자기로 다시 태어나는 것은 여러 종교나 사회에 보이는 입사식의 모습 그대로이다.

<천지왕본풀이>가 특별한 것은 결말부분이다. 세상의 악을 징치한 대별왕 소별왕은 이제 이 세상을 누가 다스릴 것인가를 놓고 다툰다. 몇가지의

수수께끼를 거쳐서 꽃피우기 내기를 한다.

> 대별왕은 목놋성이잠을 깊이 자고 소별왕은 예시잠을
> 자시다가 대별왕이 즘을 깊이 자니 대별왕 앞이 꽃동이는
> 소별왕 앞대래 댕겨다놓고 소별왕 앞의 꽃동이는
> 대별왕 앞대래 밀려놓고 "설운 성님, 그만큼 즘 자시고
> 일어납서." 이말ᄒ니 대별왕이 일어나고 보오시니
> 꽃동이는 볼써 바꿔놓았구나.
> 형님이 아시(아우)보고 꽃동이를 바꿔놓았다 아니ᄒ고
> "설운 아시 금 시상법 지녀서 살기랑살라마는 금 시상법은
> 배에는 수적도 많하고 무른듸는 강적도 많ᄒ고
> 유부녀 간통 간부 갈련 살린살이 많ᄒ리라.[19]

강일생 구연본에서는 귀신과 생인이 섞여 있어 어지럽고 제 짐승이 말을 하여 혼란스럽고, 인수적이 많고, 일가 제족이 불목(不睦)이 많을 것이고, 형제가 싸울 것이고, 욕심이 세어 도둑이 많을 것이라고 한다.[20] 대별왕이 다스리는 저승은 맑고 깨끗하고 공정한데 소별왕이 다스리는 이 세상은 흐리고 불공정하고 어지럽게 되었다는 것이다. 이 세상이 지금처럼 악하게 된 연유를 해명하자는 신화이다.

신연우는 이를 이렇게 도식화해 정리하고 있다.

1. 천지개벽(천지창조)   --- 처음 상황
2. 천지 재창조   --- 문제와 해결 시도
3. 천부지모의 아들 탄생   --- 주인공 탄생
4. 아들 형제가 문제 해결   --- 문제 해결

---

19) 고대중 구연, <천지도업>, 장주근, 『한국의 민간신앙』(자료편), 금화사, 1973. 김헌선, 위의 책, 418면.
20) 강일생 구연, <베포도업침>, 임석재, 「제주도에서 새로 얻은 몇가지」, 『제주도』제17호, 1974. 김헌선, 위의 책, 424면.

5. 지상적 질서 세움   --- 새로운 질서와 미완의 문제[21)]

  왼쪽은 <베포도업침>과 <천지왕본풀이>의 구성을 따라 화소를 적은 것
이고 오른쪽은 그것을 보다 보편적인 양상이 되도록 확대 적용해본 것이다.
오른쪽 항목과 같은 문제 해결 방안이 신화적 발상의 하나라고 생각해볼
수 있다. 1,2,3항은 창세신화가 담당하는 몫이며 3,4,5항은 영웅의 활약과
성취를 보여준다. 영웅의 능력은 창세의 능력을 가진 초월적 힘에 근원을
두며, 창세로 빚어진 세계 그 자체는 인간이 살기에 부적합하므로 영웅에
의해 가다듬어질 필요가 있어서 이 둘은 서로 연결된다.

3. 기독교 『성서』의 경우

  『성서』 창세기는 하나님이 천지를 창조했다는 말로 시작한다. 그 시작은
혼돈이었다.

> 땅이 혼돈하고 공허하며 흑암이 깊음 위에 있고 하나님의 영은
> 수면 위에 운행하시니라. 하나님이 이르시되 빛이 있으라 하시니
> 빛이 있었고 빛이 하나님이 보시기에 좋았더라. 하나님이 빛과 어둠
> 을 나누사 하나님이 빛을 낮이라 부르시고 어둠을 밤이라 부르시니
> 라.[22)]

  하나로 얽혀 혼돈인 처음의 상태를 나누어 세상에 질서를 가져온다는
화소는 창세신화에 혼하다. 창세기에서는 창조주 하나님이 창조의 주체로
뚜렷하게 제시된다는 점은 크게 다르지만 세상이 처음 창조 또는 개벽의

---

21) 신연우, 앞의 논문, 395면.
22) 창세기 1장 2-5절.『한일대조 성경전서』(개역개정판/신공동역),(대한성서공회, 2002), 앞으로 성서 인용은
    모두 이 책에서 한다.

순간을 갖는다는 인식은 공통이다. 이후에 창세기는 하나님이 세상의 다른 모든 만물을 창조하고 에덴동산에서 사람을 창조하는 화소로 이어진다. 여기까지는 위의 1. 천지개벽/천지창조 단계이다.

그런데 하나님이 지은 에덴동산에는 뱀도 있어서 결국 아담과 하와는 하나님의 지시를 어기게 되고 에덴에서 추방되었다. 창세기 6장에는 "여호와께서 사람이 죄악이 세상에 가득함과 그의 마음으로 생각하는 모든 계획이 항상 악할 뿐임을 보시고 땅위에 사람 지으셨음을 한탄"(6장 4-5절)하는 상황에 이르게 되어 결국 하나님이 노아 가족과 짐승들만을 남기고 온 세상의 더러움을 씻어 정화하는 거대한 홍수를 일으킨다. 이는 2.항의 천지 재창조 화소와 같은 것이다.

노아 홍수로 세상은 다시 시작하게 되었지만 같은 창세기 18장-19장에는 또 유사한 일이 벌어진다. 악인이 너무 많은 소돔과 고모라를 하나님은 불과 유황을 비처럼 내리게 하여 멸망시킨다. 이때 롯의 아내가 뒤를 돌아다 보았기 때문에 소금기둥이 되었다. 이 부분은 우리나라 장자못 전설과 같은 유형이다. 제주도 신화에서는 수명장자 집을 불로 징치한 것과도 같다. 주목하게 되는 것은 노아 홍수 이후에도 세상은 또 악으로 가득 차게 된다는 유사한 인식이다. 그 악의 기록이 이후 구약의 마지막인 말라기 까지 이어지는 이스라엘의 역사, 곧 악과 어리석음, 우상숭배와 그에 대한 하나님의 분노이다. 『구약성서』는 말라기의 마지막 구절인 "두렵건대 내가 와서 저주로 그 땅을 칠까 하노라"[23]하는 하나님의 전언으로 끝을 맺는다.

세상을 하나님이 창조했음에도 불구하고 세상에는 악이 끊이지 않는다는 현실은 사람들을 곤혹스럽게 한다. 이 끝없이 유전되는 이스라엘의 악을, 나아가서 세상의 악을 근절하는 방안이 바로 하나님의 아들을 세상에 보내는 것이었다고 보인다. 그런데 그 어머니는 지상의 인간 여성이어야 했다. 널리 알려진 부분이지만 마태복음의 해당부분을 인용해보자.

---

23) 말라기 3장 6절.

예수 그리스도의 나심은 이러하니라. 그의 어머니 마리아가 요셉
과 약혼하고 동거하기 전에 성령으로 잉태된 것이 나타났더니 그의
남편 요셉은 의로운 사람이라 그를 드러내지 아니하고 가만히 끊고
자 하여 이 일을 생각할 때에 주의 사자가 현몽하여 이르되 다윗의
자손 요셉아 네 아내 마리아 데려오기를 무서워하지 말라 그에게
잉태된 자는 성령으로 된 것이라 아들을 낳으리니 이름을 예수라
하라 이는 그가 자기 백성을 그들의 죄악에서 구원할 자이심이
라[24]

서사문학의 관점으로 말하면 주인공의 탄생 부분이다. 예수는 지상의
문제, 지상의 악을 해결하기 위해 이 세상에 태어난다. 그런데 우리의 관심
을 끄는 것은 예수의 어머니는 지상의 여성이고 아버지는 하늘의 하나님이
라는 설정이다. 우리가 본 대로 이는 '3. 천부지모의 아들 탄생'이라는 단락
을 충족하는 화소이기 때문이다.

예수는 왜 굳이 지상의 어머니 마리아를 필요로 했는가? 하나님이 직접
해결하거나 아담을 만든 것처럼 예수를 만들어 지상으로 보내지 않았는가?
이미 하나님은 직접 세상의 문제에 개입해서 자신의 힘으로 해결한 일이
몇 번 있었다. 그러나 지상의 악은 종결되지 않았다. 이에 대한 해결책은
지상의 문제를 태생적으로 자신의 문제로 갖는 지상적 인간의 탄생이었다
고 보인다. 그러나 그 지상의 인간은 지상적 능력만을 가진 지상의 인간이기
만 해서는 문제를 해결할 수 없다. 지상적 능력을 초월하는 힘과 인식을
가져야 했다.

이어서 예수는 대별왕 소별왕처럼 다시 태어나는 의례를 거행한다.

이 때에 예수께서 갈릴리로부터 요단강에 이르러 요한에게 세례를
받으려 하시니 …… 예수께서 세례를 받으시고 곧 물에서 올라오실
새 하늘이 열리고 하나님의 성령이 비둘기같이 내려 자기 위에

---

24) 마태복음 1장 18-21절.

임하심을 보시더니 하늘로부터 소리가 있어 말씀하시되 이는 내
사랑하는 아들이요 내 기뻐하는 자라 하시니라[25]

여기는 세례(洗禮)라고 되어 있지만 요단강에서 올라오는 것으로 침례
(浸禮)라는 말이 더 정확한 표현일 것이다. 강물에 몸을 담갔다가 나오는
것으로 과거의 자신을 죽이고 새로운 자기로 다시 태어나는 의례이다.
그러자 아버지로부터 아들 인정을 받는다. 이는 이제까지 어머니의 아들이
었던 자아가 아버지로 대변되는 사회적 자아로 거듭남을 의미한다는 입사
식 제의와 동일한 의미를 갖는다. 대별왕 소별왕이 아버지를 찾아가서
아기 흉내를 내고 다시 태어나서 아들로 인정을 받는 것과 같은 의미이다.
　　대별왕 소별왕이 해와 달을 조정하고 수명장자를 징치하듯이 예수도
지상의 악을 일소할 것으로 기대할 수 있다. 가령 그 당시 유태인의 예루살
렘은 로마의 식민지였으므로 식민지 백성의 고통으로부터 벗어나게 하리
라는 기대가 있었다고 한다. 그러나 예수는 해결의 길을 다른 방향에서
제시했다. 예수가 세례를 받고 광야에서 금식기도를 할 때 마귀가 와서
그를 시험했다. 마지막 시험에서 마귀가 천하만국과 그 영광을 보이며
내게 엎드려 경배하면 이 모든 것을 주겠다고 하자, 예수는 "사탄아 물러가
라, 너의 하나님께 경배하고 다만 그를 섬기라"고 하였다.[26]
　　또한 예수는 악한 바리새인을 정죄하여 신앙적으로 순수해지고 가이사
의 것은 가이사에게 바치라는 말로 정치와 종교를 분리했다. 바리새인의
악이 바로 이스라엘의 오랜 악을 되풀이하는 것이었고 예수는 이들의 잘못
을 지속적으로 꾸짖었다.
　　그러나 이들은 회개하지 않았고 이스라엘의 문제는 시정되지 않았다.
예수는 사실 이것이 쉽게 해결되리라고 보지 않았다. 그는 초기부터 보물을
땅에 쌓지 말고 하늘에 쌓아두라고 가르쳤고 후기에는 로마 총독 빌라도에

---

25) 마태복음 3장 13-17절.
26) 마태복음 4장 1-11절.

게 "내 나라는 이 세상에 속한 것이 아니"27)라고 말했다. 이 세상에서의 문제 해결은 임시적일 수밖에 없으므로 궁극적인 해결은 하나님의 나라를 지상에 가져오는 것뿐이라는 것이다. 이것이 "나라가 임하시오며 뜻이 하늘에서 이루어진 것 같이 땅에서도 이루어지이다"라는 유명한 주기도문으로 나타났다. 대별왕 소별왕의 경우 문제를 해결하고 또 문제가 생기고 또 해결하는 반복되는 구도였는데 예수는 그처럼 지상에서는 문제가 반복 지속되므로 궁극적인 해결책은 하늘의 질서를 이 세상에 구현하는 것이라고 제시하였다. 이런 점에서 더 철저한 종교적 면모를 구현했다고 하겠다.

아울러 바리새인들과 예수의 적대적 관계는 이 세상을 누가 다스릴 것인가의 문제를 놓고 싸웠던 대별왕과 소별왕의 모습을 떠올리게 한다. 이들의 반목은 여러 차례 거듭되었다. 하나의 예는 이렇다.

> 바리새인과 사두개인들이 와서 예수를 시험하여 하늘로부터 오는 표적 보이기를 청하니 예수께서 대답하여 이르시되 …… 너희가 날씨는 분별할 줄 알면서 시대의 표적은 분별할 수 없느냐 악하고 음란한 세대가 표적을 구하나 요나의 표적밖에는 보여 줄 표적이 없느니라 하시고 그들을 떠나가시니라28)

이러한 싸움에서 예수는 이 세상을 차지하지 않는다. 훗날 하나님의 나라를 이 세상에 가져올 것이기 때문이다. 그러나 그 동안은 이 세상에는 악과 무질서가 지속될 것이다. 예수가 와서 한 일은 악 자체를 소멸시킨 것이 아니라 새로운 질서에의 희망을 주어 이 세상의 악을 견딜 수 있게 한 것이다. 그것으로 인해 적어도 기독교인에게는 지상적 삶의 질서에 변화가 생긴 것이다. 그것이 예수의 문제 해결 방법이었고 새로운 질서를 이 세상에 제시한 방법이었다.

---

27) 요한복음 18장 36절.
28) 마태복음 16장 1-4절.

정리해보면 예수의 경우도 천지개벽(천지창조)의 처음 상황, 악을 해결하는 일차적 시도인 천지 재창조, 실패를 해결할 주인공이 천부지모의 아들로 탄생하는 대목까지 많이 유사하고, 다음의 아들 형제가 문제 해결하는 것과 새로운 지상적 질서 세우기에서는 양상이 달라졌다고 할 수 있다. 구조는 같고 구조 내의 내용에는 차이가 있다.

4. 중앙아메리카의 『포폴 부』

『포폴 부』도 천지 창조로부터 이야기를 시작한다. 땅이 아직 없이 하늘과 바다만 있고 "물은 휴식 중이었고, 바다는 고즈넉했고, 혼자 있었고, 평온했다. 생명을 가진 것은 아무것도 없었다. 존재하는 것은 단지 칠흑같은 밤의 정지와 고요뿐이었다."[29] 이때 빛 속에 싸여 물 속에 있던 삼위일체의 신이 말로 창조를 시작했다. 땅아!라고 말하는 순간 땅이 만들어졌고 그렇게 산이며 구름, 숲 등이 생겨났다. 신은 동물을 만들었으나 신을 찬미하고 기도하고 경배하게 하지는 못하였다. 신들은 다시 나무로 인간을 만들었다. 그러나 나무인간은 영혼이 없어서 역시 이해력이 없었고 창조자를 기억하지도 고마움을 느끼지도 못하였다. 결국 신들은 거대한 홍수를 일으켜 나무인간을 없애버렸다.

이 부분은 최초의 창세가 있었으나 완벽하지 못해서 홍수를 통해 재창조를 시도한다는 틀에 부합한다. 특히 이 경우 나무인간의 악행이 부각된다. 이들은 신을 섬기지 않았을 뿐 아니라 동물들 나무들 항아리 냄비 솥 개 등등이 일제히 일어나 이들을 때린다. 가령 냄비와 솥은 말한다.

너희들은 우리에게 고통과 아픔만 주었어. 우리 입과 얼굴에는 항상
검댕이가 묻어 있었어. 너희들은 우리를 늘 뜨거운 불 위에 올려놓

---

29) 고혜선 옮김, 『마야인의 성서 포폴 부』,(문학과지성사, 1999), 20면.

앉지. 마치 우리는 고통도 모르는 존재인 양 우리를 태웠잖아? 이번
에는 우리가 너희를 태울테니 맛 좀 봐라.[30]

　수명장자를 징치할 때 솥과 냄비가 마당을 걸어다니던 모습과도 유사한
느낌을 준다.[31] 그런데『포폴 부』에는 홍수에 이어 바로 수명장자와 유사한
인간을 제시하고 징치하는 이야기를 길게 들려준다. 그는 '부쿱 카킥스'
즉 '일곱 앵무새'라는 인물이었는데, 수명장자가 하늘의 천지왕도 나를
못잡아 갈 것이라고 큰소리 친 것처럼, 자신이 태양이고 달이라며 스스로를
위대하게 여겼다. 아들 둘이 있었는데 그들도 아이들 400명을 죽이는 등
못된 행동을 했다.
　이제 이야기는 일곱 앵무새와 두 아들을 징치하는 쌍둥이의 영웅적 활약
으로 이어진다. 이 쌍둥이는 후나프(사냥꾼)와 익스발랑케(호랑이)라는 이
름이었는데 이들은 "인간의 모습으로 이 땅에 내려온 신들이었다."[32] 그러
나 뒤이어 나올 2부에서는 이들의 출생과 활약이 지상과 지하세계로 그려
져 있어서 혼란스러운 면이 있다. 결국 일곱 앵무새와 두 아들을 죽인
쌍둥이 소년에 대해서 1부 끝에서 "지금부터는 쌍둥이 형제가 어떻게 태어
났는지에 대해 화제를 돌려보기로 하자."고 하여 같은 인물임을 천명하고
있다.
　지금까지 본 것은 천지창조와 함께 시작한 지상의 악에 대한 응징의
홍수 즉 천지 재창조, 그리고 지상의 악으로 상정된 나무인간과 일곱 앵무새
의 징치가 있었다. 지상의 질서를 가져오는 쌍둥이 형제에 대한 자세한
이야기가 2부에 전개된다. 이 이야기가 아주 상세한 것이『포폴 부』의
특징이다.
　쌍둥이의 아버지는 훈 후나프인데 그는 그의 다른 형제와 공놀이에 빠져

---

30) 고혜선, 위의 책, 32면.
31) "소가 지붕을 나가서 행악케 하고/ 솥과 푸는채를 문박기로 거러 당기게 하되", 박봉춘 구연 <천지왕본풀이>,
　　赤松智城/秋葉隆, 앞의 책, 231면. 김헌선, 403면.
32) 고혜선, 앞의 책, 34면.

있었다. 지하세계로 가는 길목에서 공놀이를 시끄럽게 했는데, 지하세계의 군주들이 이들을 초청해서 쉽게 죽여버렸다. 훈 후나프의 잘린 머리를 나무에 매달았는데 그 나무에 수많은 열매가 갑자기 아름답게 맺혔다. 귀족의 딸인 익스킥이라는 소녀가 그 나무를 보러 가서 열매를 맛보고 싶어했고 훈 후나프의 해골이 소녀의 손바닥에 침을 뱉었다. 이로 인해 소녀는 임신하게 된다. 훈 후나프는 소녀에게 땅 위 세계로 가라고 일러준다. 소녀는 땅 위 세계로 가서 옥수수를 따지 않고 옥수수로 푸대를 가득 채우는 신이함을 보여 시어머니로부터 며느리로 인정을 받고, 곧 후나프와 익스발랑케 쌍둥이 형제를 낳는다.

쌍둥이 형제도 아버지처럼 지하세계로 가는 길목에서 공놀이를 했고 역시 지하세계 군주의 초청을 받는다. 그러나 이들은 아버지처럼 쉽게 죽지 않는다. 이들은 지하세계의 구조와 습성을 잘 알고 있다. 지하세계로 가는데 검은색 흰색 붉은색 녹색의 네 갈래 길이 나왔다. "형제는 지하세계로 가는 길이 어느 쪽인지 잘 알고 있었다."[33] 형제들은 군주들의 이름을 맞게 말했다. 담뱃불을 새벽까지 꺼뜨리지 않았고, 개미를 시켜 금지된 꽃을 따왔다. 결국 공놀이 시합에서도 지하세계의 군주들을 이겼다.

이들이 아버지와 달리 지하세계를 잘 알고 군주를 이긴 힘은 어디서 나왔을까? 그것은 아버지가 지상의 사람이기만 했던 것에 반해, 이들은 지하세계의 여성을 어머니로 두었기 때문이다. 아버지는 지하세계를 이길 수 없었다. 지상의 사람은 지하의 문제를 자기 것으로 하지 않기 때문이다. 쌍둥이는 어머니의 지하세계에서 악한 군주들을 물리쳐야 하는 영웅적 소명을 받아들였다.[34] 이 경우 아버지의 역할이 제주도나 『성서』와 비교해 볼 때 매우 약화되어 있다. 심지어는 지하세계에서 죽기까지 했다. 그 점이

---

33) 고혜선, 위의 책, 89면.

34) 정혜주는 이들이 "지상의 사람과 지하세계의 피가 섞여서 나타난 존재"라는 점을 말하고 이들이 "영웅의 자질"을 갖고 태어났다고 지적했다. 정혜주, 「고전기 마야문명 공놀이의 주인공들」, 『스페인어문학』 59호,(한국스페인어문학회, 2011), 366면.

이 2부가 천상이 아니라 지상이 배경인 이유인가 생각해보게 된다. 1부에서는 쌍둥이가 인간의 모습으로 이 땅에 내려온 신들이었다고 했다. 2부에서는 지하세계에서 군주들을 징치한다. 지상에서 일곱앵무새를 징치한 것과 지하에서 지하세계 군주를 징치한 것은 같은 맥락이다. 지상 또는 지하세계의 악을 징치하고 세상에 새로운 질서를 가져오는 것이다. 그러나 아버지의 역할이 축소되고 어머니의 힘이 강조되면서 아버지의 배경이 지상으로 내려오게 된 이유라고 생각해볼 수 있다.

다른 한편으로는 천상의 존재는 지상의 문제를 해결하는 데 직접적인 도움을 줄수 없다는 것을 그렇게 강하게 표현한 것으로 이해할 수도 있다. 아들을 낳는 것으로 자기 역할을 아들에게 넘기면 되기에 더 이상의 활동이 없어도 무방하게 되는 것이다. 결국 이 부분은 천부지모의 아들 탄생이라는 화소라는 점은 동일하고, 아버지의 역할이 축소되고 어머니의 역할이 더욱 부각되는 차이를 가지고 있다고 이해할 수 있다.

쌍둥이 형제는 지하세계의 문제를 해결했다. 지하세계의 군주는 "그저 사람들에게 못된짓을 하는게 취미였을 뿐"이며 "호전적이었고 악과 죄, 불화만을 선동하는 자들이었다."35) 이들을 징치하여 지하세계에 안녕을 가져온 것이다. 쌍둥이 형제는 이후 "하나는 태양이 되었고 다른 하나는 달이 되어 하늘의 천장을 비추고 땅의 얼굴을 빛나게 해주었다."36)는 것이 2부의 결말이다. 이로써 온 세계에 새로운 질서가 갖추어졌다는 것을 이렇게 나타냈다고 하겠다.

이렇게 보면 『포폴 부』도 기본적으로는 위의 다섯 단계의 서사구조를 바탕으로 하고 있다고 보여진다. 천지창조로부터 재창조, 천부지모의 아들이 탄생하여 문제를 해결하고 지상의 질서를 가져온다는 것이다. 물론 이야기의 구체적인 내용은 다 다르고 어떤 부분을 상세화하고 강조하는가 하는 점도 다 다르다. 그러나 그 얼개는 같다고 할 수 있다.

---

35) 고혜선, 위의 책, 117면.
36) 고혜선, 위의 책, 119면.

5. 신화적 가치관의 비교

이제까지 살펴본 것을 간략히 정리해보자. 먼저 제주도의 창세신화를 통해 기본적인 서사 얼개를 추출했다. "1. 천지개벽(천지창조) - 처음 상황, 2. 천지 재창조- 문제와 해결 시도, 3. 천부지모의 아들 탄생 - 주인공 탄생, 4. 아들 형제가 문제 해결 - 문제 해결, 5. 지상적 질서 세움 - 새로운 질서와 미완의 문제"의 다섯 단계를 가진 구조를 보여준다.

이 얼개를 기준으로 『성서』 이야기를 정리해볼 수 있다. 예수의 경우도 천지개벽(천지창조)의 처음 상황, 악을 해결하는 일차적 시도인 천지 재창조, 실패를 해결할 주인공이 천부지모의 아들로 탄생하는 대목까지 많이 유사하고, 다음의 아들 형제가 문제 해결하는 것과 새로운 지상적 질서 세우기에서는 양상이 달라졌다고 할 수 있다. 구조는 같고 구조 내의 내용에는 차이가 있다.

『포폴 부』도 기본적으로는 위의 다섯 단계의 서사구조를 바탕으로 하고 있다. 천지창조로부터 재창조, 천부지모의 아들이 탄생하여 문제를 해결하고 지상의 질서를 가져온다는 것이다. 물론 이야기의 구체적인 내용은 다 다르고 어떤 부분을 상세화하고 강조하는가 하는 점도 다 다르다. 그러나 그 얼개는 같다고 할 수 있다.

이 세 가지 이야기는 모두 이 세상의 유래를 설명하고 지금 현실의 상황을 해명하자는 것이다. 세상이 만들어지자 곧바로 사람들이 살기 어려운 문제들, 고통을 주는 자연의 문제나 사회적 문제들이 따라나왔고 이를 일차 수정했으나 근절될 수 없었다는 것이 밝혀졌다. 이에 이를 해결할 인물이 요구되었고 그는 초월적 능력과 지상적 문제의식을 가진 존재여야 해서 이른바 천부지모의 아들로 태어난다는 설정이 공통되었다. 여기까지는 세 이야기가 대단히 유사했다고 할 수 있다. 그 이후 세계의 문제에 대처하는 양상은 조금씩 다르다.

제주도의 대별왕 소별왕 형제는 수명장자를 징치하고 해와 달을 조정하여 인간이 살기 좋은 세상을 만들었음에도 불구하고 이 세상을 차지하기 위해 서로 다툰 결과 이 세상에는 도리어 악이 횡행하게 되었다고 한다. 『성서』의 예수는 이 세상의 문제를 이 세상의 관점으로 풀려고 하지 않았다. 그는 하늘의 하나님의 나라를 이 세상에 구현하려 하는데 이는 당장 이루어지는 것이 아니다. 『포폴 부』의 쌍둥이 형제는 지하세계의 군주를 징치하고 스스로 해와 달이 됨으로써 세상의 질서가 구현되었다.

이들의 행동의 결과가 지금의 이 세상이다. 그것은 이 신화가 사실의 문제가 아니라 가치의 문제임을 보여준다. 지금의 세계를 어떻게 보고 있는지, 세계의 악을 어떻게 이해하고 있는지를 해명하는 것이다.

『포폴 부』의 경우 악이 완전히 징치되었다. 그러니 이 세상은 악이 없어졌고 완벽한 질서를 갖추게 되었다. 그러나 이 질서를 유지해야 하는 비용이 든다. 그것이 희생인 듯하다. 『포폴 부』의 3부와 4부는 키체 족의 역사이기도 하면서 희생에 대한 언급이 많이 나온다. 신들은 이들과 항상 함께 있겠다고 하면서 이들의 위대한 도시를 위해 할 일을 알려주었다.

> 우리에게 풀의 아들들을 주고, 들의 아들들, 네 발 달린 짐승의
> 계집, 새의 계집을 다오. 우리에게 너희들의 피를 좀 다오. 우리를
> 불쌍히 여겨라.[37]

마야 문명이 광범위하고도 거듭되는 희생 위에 기반하고 있었다는 사실은 널리 알려져 있다.[38] 이 희생은 현실을 유지하기 위한 것이다. 예를 들자면 태양의 젊음을 지속하기 위한 것이다. 위의 신화에서 태양은 쌍둥이

---

37) 고혜선, 위의 책, 148면.
38) 존 헨더슨, 이남규 옮김, 『마야문명』, 기린원, 1999, 81,120,381면.
케네스 데이비스, 이충호 옮김, 『세계의 모든 신화』,(푸른숲, 2005), 565-574면.
정혜주, 「희생의례를 통하여 본 마야사회」, 특별전 '마야 2012' 연계강좌, 제2기 은하박물관학교·박물관문화대학, 2012년 9월 19-20일, 국립중앙박물관.
정혜주, 「태초에 빛이 있었다: 마야의 천지창조 신화」, 『이베로아메리카』7권2호,(부산외국어대학교, 2005), 57면.

의 몸이었다. 지상의 질서를 가져다 준 쌍둥이의 몸인 태양이 쇠약해지지 않도록 젊은이의 심장을 희생으로 바쳤다고 한다. 이는 현실의 평안을 유지한다는 이유에서였을 것이고 그 이유를 그 신화가 제공했을 것 같다.

『성서』는 예수가 두 번째 아담이라고 했고 이 세상의 죄를 대속해주러 왔다고 했지만 예수의 재림의 때, 하나님의 나라가 세상에 임할 때까지 기다려야 한다. 그때까지는 지상에는 악이 지속될 것이다. 성경 전체의 마지막 부분은 이러하다.

> 불의를 행하는 자는 그대로 불의를 행하고 더러운 자는 그대로 더럽고 의로운 자는 그대로 의를 행하고 거룩한 자는 그대로 거룩하게 하라 보라 내가 속히 오리니 내가 줄 상이 있어 각 사람에게 그가 행한 대로 갚아주리라 …… 이것들을 증언하신 이가 이르시되 내가 진실로 속히 오리라 하시거늘 아멘 주 예수여 오시옵소서[39]

악은 지속될 것이지만 선인은 예수가 재림하여 세상의 악을 일소할 때를 기다리며 살 수 있다. 지금의 세상에서 벌어지는 악을 이해하고 견딜 수 있는 힘을 얻을 것이다. 악은 비정상이고 악마적이며, 하나님과 예수의 질서가 아니어서 이 둘을 극명하게 나누어놓으면서도 현실에서의 악은 이해하고 수용할 수 있는 방안을 제시한 것이다. 몸은 현실에 살지만 내 나라는 이 현실에 속한 것이 아니라고 생각하는 것이다.

제주도의 창세신화는 이보다 더 비관적 또는 현실적이다. 악에 대하여 보다 근원적 존재 이유를 부여한다. 소별왕이 이 세상을 차지했기에 세상에는 여러 종류의 악이 끊이지 않는다고 했다. 이 세상과 대조되는 것은 저승이다. 저승의 법은 맑고 공정한 참실같은 법이라고 했다. 그러니 맑고 공정한 세계에 살려면 저승에 가는 수밖에 없을 것이다. 이승에 사는 한 악과 더불어 살아야 한다. 악이 이 세상 처음부터 있었으니 저승에 가지

---

39) 요한계시록 22장 11-20절.

않는 한 악을 없앨 수는 없다. 이는 비관적이다.

하지만 현실적으로 악은 늘 존재한다. 앞으로도 없어질 것으로 생각하는 것은 미망이다. 인간이 있고 세계가 있고 선이 있는 한 악도 늘 함께 있을 것이다. 그러므로 악에는 어떤 것들이 있는가 검토하고 악과 함께 사는 방법을 찾아보는 것이 더 현명할 수 있다. 이는 현실적이다.

그래서 초감제에 이어지는 제주도 굿의 여러 제차에는 악인들이 다수 등장한다. 여성을 겁간하려는 <이공본풀이>의 장자나 <세경본풀이>의 정수남이, 남의 재물에의 탐욕으로 살인을 하는 <문전본풀이>의 노일저대귀일의딸이나 <차사본풀이>의 과양생이각시, 하층민을 괴롭히는 <초공본풀이>의 삼천선비 등 악과 악인이 다양하게 나타난다. 이는 현실의 악을 인정하고 악의 성격을 이해하고 어떻게 대응해야 하는지 암시하는 기능을 하기에 현실적이고 교육적인 가치가 있었을 것으로 생각된다.

6. 맺음말

이상에서 살펴본 것을 다음과 같이 간략히 정리해볼 수 있다. 우리나라 제주도의 창세서사시 <베포도업침>과 <천지왕본풀이>의 구조를 먼저 제시했다. 이 신화가 천지창조 또는 개벽으로부터 시작해서, 창조의 불완전함 또는 악인의 출현으로 인해 홍수 등으로 천지를 재창조하고, 그래도 지속되는 악으로부터 세상을 구하기 위해 영웅적 인물의 출현이 필요한데 이는 하늘의 초월적 존재와 지상의 여성과의 사이에서 탄생한다. 이 인물이 지상의 문제에 대한 나름대로의 해결책을 마련하여 지상의 현재의 질서위에 우리가 살아가도록 한다.

이 구조를 파악하는 과정에서 이 신화가 근동 지역에 뿌리를 둔 『성서』 그리고 메소아메리카의 오래된 문명이었던 마야의 『포폴 부』와도 상당부분 유사한 점이 비교될 수 있다는 것이 드러났다. 『성서』의 경우 하나님의 창세과정이 상세히 진술되고, 지상의 악이 만연하게 되어 노아 홍수 또는 롯의 경우 유황불로 세상을 재편하는 일이 있었다. 이스라엘의 계속되는 악으로 인해 이들의 죄를 대속할 메시야가 필요했으며 하늘의 하나님의 영이 지상의 마리아에게 들어와 예수가 탄생했다. 예수는 이 지상에서의 문제를 지상에서 해결하기보다는 하나님의 나라를 기다리며 하나님의 사람으로 살 것을 요구했다. 다른 차원의 질서를 제시한 것이다.

중앙 아메리카의 『포폴 부』도 창조주의 창세로부터 시작한다. 인간을 만들었지만 불완전해서 홍수로 이들을 제거한다. 지상의 악을 쌍둥이 형제가 징치한다. 이 쌍둥이 형제는 지상에서 지하세계로 내려간 훈 후나프의 침에 의해 임신한 지하세계의 소녀 익스퀵이 낳았다. 이들이 지하세계의 악을 섬멸한다.

이 세 편의 이야기는 창세로부터 시작하여 지상의 질서를 재편하는 인물의 영웅적 활동을 그리는 점에서 닮았다. 이 인물은 지상의 문제를 안고 있는 지상적 존재여야 하기에 지상의 여성을 어머니로 두고, 지상을 넘어서는 초월적 안목과 능력이 필요하기에 하늘의 아버지가 요구된다. 여기까지는 공통되기만 한데, 이후 이 인물의 활동 내역과 새로운 질서에 대한 관점은 지역에 따라 차이를 노정한다.

제주도의 경우는 소별왕이 속임수로 이 세상을 차지했기에 이 세상에는 악이 지속될 수밖에 없다고 한다. 우리는 악과 함께 살아갈 수밖에 없다. 현실에 악이 존재함을 인정하고 악에 대처하는 방안을 생각해야 한다. 기독교의 경우는 예수가 제시한 방안이 하늘의 하나님의 나라의 질서를 이 지상에 실현하는 것이므로 이 세상에 살면서 세상을 부정하고 하나님이 제시한 삶의 기준을 지키면서 하나님의 나라를 기다려야 한다고 한다. 중앙아메리카의 고대문명들은 가혹한 희생으로 유명하다. 그것은 어쩌면 신화에서 보여준 바 쌍둥이 형제가 세상의 악을 완벽하게 징치하고 자신들은 해와 달로 좌정했으므로 이 정화된 세상이 더러워지거나 약해지지 않도록 하기 위한 그 사회의 질서로 자리 잡은 것이라고 볼 수 있을 것 같다.

제주도라는 작은 섬의 신화 구조 분석에서 시작한 작업이 근동지역의
성서 신화와 중앙아메리카 대륙의 포폴 부 신화와 유사하면서도 다른 점을
살핌으로써 그 지역에 사는 사람들의 세계관이나 가치관에 접근해보았다
고 생각된다. 신화는 사실을 전하자는 것이 아니라 가치를 전하자는 것이다.
그 가치가 오늘날 우리에게 어떤 의미를 갖는지는 더 탐구해야 할 과제이다.

제주도 초감제 신화와 악(惡)의 문제

1. 서론

우리나라의 창세신화인 제주도의 <베포도업침>과 <천지왕본풀이>는 그 끝부분에서 인간 세상에 존재하는 惡이 어떻게 비롯되었는가 하는 까닭을 설명한다.[1] 악의 연유를 설명하는 것은 악을 어떻게 바라보아야 하는가 하는 세계관적 물음, 나아가서 세계의 구성 방식에 대한 대답이기도 하다. 제주도 굿의 가장 초입인 초감제에 들어 있는 이 두 편의 신화는 악의 다양한 모습, 인간을 괴롭히는 악의 몇 가지 유형을 제시한다. 이는 악을 피하고 저지르지 않도록 유도하는 윤리적 효과를 갖기도 한다.

문학사의 첫장을 차지할 창세신화에서 악의 문제를 본격적으로 다루고 있다는 것은 인간 삶에서 악이 차지하는 비중이 그만큼 크기 때문이다. 세계가 처음 생기는 것과 동시에 악이 존재한다는 것은 악의 필연성으로까지 확대되어 철학적 문제가 될 수도 있다. 이런 문제의식을 굿 연행자와 참여자가 인식을 하고 있었을까? 체계적으로 진술되지는 못하였더라도

---

[1] 이 두 신화는 제주도 굿의 첫머리 제차인 초감제에서 구연되는 것으로, 본고에서는 편의상 간략히 줄여서 '초감제 신화'라고 칭하기로 한다.

의식의 저변에 깔려 있었다고는 해야 할 것이다. 본고는 초감제 안의 두 편의 신화에 들어 있는 악에 대한 인식과 세계관을 정리해 밝혀보고자 한다.

연구자들은 이 신화가 인간 악의 기원 문제를 다룬다는 지적을 벌써부터 해왔다. 서대석은 통치권의 정당성과 통치자의 덕성을 지적하며 이승 법도가 문란한 잘못이 소별왕에게 기인한다고 하였다.[2] 이수자는 "이 세계를 원천적으로 부정한 곳으로 보는 사고가 반영되어 있다"[3]고 의미를 부여했다. 김헌선은 같은 속임수를 써도, 탈해나 주몽 같은 문헌설화의 주인공은 "나라의 시조가 되는 긍정적인 결과를 낳지만, 무속신화에서는 이 세상에 악이 유래했다는 부정적인 결과를 산출한다"[4]는 대조적인 면을 지적했다. 정진희는 소별왕의 속임수로 인해 우리의 일상이 이루어지는 이승이 불완전하다고 지적하면서 그것이 더 이승다운 모습을 갖는다고 하였다.[5]

최원오는 창세신화의 악의 문제를 본론으로 다루었다. 만주와 아이누의 창세신화에서는 인간세계가 선하고 지하의 악마가 문제를 일으키는 데 반해 한국의 경우는 "인간 세계는 그 자체로 불완전하고, 문제의 발생은 항상 '현재 여기에' 자체적으로 예비되어 있다"[6]며 세계관적 의미를 찾아볼 것을 촉구하고 있다. 상당히 흥미로운 지적인데, 이를 위해서는 우선 우리 창세신화의 악을 보다 세밀하게 논의할 필요가 있다고 보인다. 만주와 아이누와 한국의 것을 함께 살피느라 큰 쟁점만 부각했기에, 설득력을 갖추기 위해서 우선 상세한 부분에서까지 악의 형상이 어떻게 드러나는지 구체적으로 살펴보아야 할 것이다. 본고는 이 점을 다루고자 한다.

---

2) 서대석, 「창세시조신화의 의미와 변이」, 『구비문학』4, 한국정신문화연구원 어문연구실, 1981, 22면.(1-30면)

3) 이수자, 『큰굿 열두거리의 구조적 원형과 신화』, 집문당, 2004, 157면.

4) 김헌선, 「제주도 지역의 창세신화」, 『한국의 창세신화』, 길벗, 1994, 128면.

5) 정진희, 「제주도 신화에 나타난 '신화적 일상'의 특성과 경험의 신화화 양상」, 『국문학연구』 14호, 2006, 13-14면.

6) 최원오, 「창세, 그리고 악의 출현과 공간 인식에 담긴 세계관」, 전북대 인문학연우소, 『창조신화의 세계』, 소명출판, 2002, 93면.

선행 연구들이 언급했듯이 제주도뿐 아니라 내륙 특히 북부 지방의 창세신화도 거의 같은 내용을 보여주고 있다. 그러나 본고에서는 논의의 집중을 위해서 제주도의 창세신화로 범위를 제한한다. 뒤에 이 결과를 내륙의 신화로 확대해 보일 수도 있을 것이다. 먼저 초감제 신화에 보이는 악의 양상을 제시하고 그 해결에 대한 신화적 생각, 그리고 선과 관련해 악의 보편적 의미를 고찰해보고 역사적 이해를 다루어보고자 한다.

자료는 『한국의 창세신화』로 김헌선이 모아놓은 문창헌, 박봉춘, 김두원, 고대중, 강일생, 정주병, 이무생, 김병효 구연본과 『동복 정병춘댁 시왕맞이』의 문순실 구연본을 이용한다.

2. 초감제 신화의 악의 유형

<천지왕본풀이>에서 악인의 전형으로 처음부터 등장하는 인물이 수명장자이다. 그는 세 종류의 악을 선보인다. 차례로 보자.

먼저 수명장자는 이웃 사람에게 악을 행한다. 가난한 총멩부인이 그 집에 가서 쌀을 꾸어다가 밥을 지어서 천지왕께 진지하니 첫 숟가락에 돌이 씹혔다. 그의 악행은 이렇게 진술된다.

> 총명부인님 밥 혼 상 촐릴 쑬이 엇엉, 제인장젓집이, 농이왁 들렁 쑬 혼 뒈 얻으레 가난, 대미쑬(大米)엔 대몰레 소미쑬엔 소몰레 서터주난, 빌언 오란, 혼 불 두 불, 제삼술을 싯쳐두언, 밥 혼 상을 촐련 들어가난, 천지왕님 첫 숟구락 모흘이 박힙디다.[7]

> 수명장제가 없는 인간덜 대미 꿔 주렝 ᄒ민 백모살(白沙) 허꺼주고, 없는 인간덜 쑬 꾸레 오라시민 흑모살 허꺼주고, 없는 인간덜 쑬 꾸레 오라시민 큰 말로 받아당 족은 말(小斗)로 풀앙 부제뒈니[8]

---

7) 강정식, 강소전, 송정희, 『동복 정병춘댁 시왕맞이』, 제주대학교 탐라문화연구소, 2008, 248면.

수명장자는 부자다. 그런데 그가 부자가 된 이유는 사람들을 속여서 큰 이윤을 취하였기 때문이다. 수명장자 가족과 이웃의 가난한 사람 집단이 크게 대조된다. 하룻밤 손님에게 대접할 쌀이 없어서 이웃집에서 빌려와야 하는 가난한 여인과 쌀을 빌려주면서 모래를 섞어주는 악한 부자가 뚜렷이 대비된다.

이미 부자와 가난한 자가 대립되어 있는 사회 구조를 보여준다고 하겠다. 또 수명장자는 곡식을 많이 가지고 있는 존재라는 점에 주목하면 곡식의 잉여분을 모아둘 수 있었던 사람이 등장하는 시대와 연관지어볼 수 있다. 여하튼 곡식으로 인한 사회 계층 분화와 가진 자 또는 권력자가 악한 행동을 하는 인간 사회의 모습을 이른 시기부터 짚어냈다고 할 수 있다.

수명장자가 저지르는 또 하나의 대표적인 악은 부모와 조상을 박대하는 것이다. 부자인 수명장자는 환갑이 된 아버지에게 하루 한 끼만을 봉양한다. 아버지가 죽어서도 제사를 받아먹을 것이기 때문이다. 아버지는 죽은 후에는 제사 받으러 오지 않을 것이니 세 끼를 달라고 해서 식사를 한다. 죽은 후 제사를 받으러 가지 않자 옥황상제가 사유를 알게 되고 천지왕을 보내어 수명장자를 벌하게 한다. 이는 문창헌 본, 김두원 본, 이무생 본에 잘 구술되어 있다. 이무생 본이 가장 상세하고 극적이다.

> 아바지, 사름 ᄒᆞᆫ 대가 서른인디, 아바진 금년이 예쉰, 두 대를 살아시
> 니 너미 살았수다. …… 아방은 죽어가도 인간이 초ᄒᆞ를 보름 식개
> 멩질 기일 제수 때에 하다 오지 아니ᄒᆞ키엥 징서를 씹서. 아방은
> 경 ᄒᆞ기로 징서를 씨난, …… 쉬맹인 죽은 아방을 거적에 싼 간
> 틱와불고 아방상에 물 흔적 거려놓는 양 엇이 펀찍ᄒᆞ연 지내엿수
> 다.9)

8) 정주병 구연, <천지왕본풀이>, 김헌선, 『한국의 창세신화』, 432면.
9) 이무생 구연, <천지왕본>, 김헌선, 위의 책, 439면.

늙은 아버지에게 밥을 주지 않는다. 이는 아버지가 늙어 노동력이 없게 되었기 때문이다. 늙은 부모를 봉양하는 것은 동물계에서 인간만이 가진 도덕이다. 수명장자는 이 도덕을 져버린 인간이다. 달리 보면 이 신화는 인간이 늙은 부모를 봉양하지 않던 단계에서 부모 봉양을 도덕으로 규정하게 된 시기를 반영한다고 볼 수 있다. 이런 이야기를 통하여 부모를 봉양하는 것이 옳다는 것을 일반인에게 점차적으로 확산하였다고 할 것이다.

이 신화는 민담이 되기도 하는데 민담에서는 그럼에도 불구하고 제삿날 아들 집에 간 아버지가 정말 아무 것도 차려놓은 것이 없는 걸 보고 화가 나서 손자를 불에 던져 죽게 하고 돌아오거나 집을 망하게 하는 것으로 되었다.10) 이는 조상 봉양을 하지 않는 것에 대한 반감이 자손에 대한 징벌의 형태로 구체화되어 전하게 된 것이다.

늙은 아버지와 죽은 조상을 봉양하지 않는 것은 사람에게는 악이 된다. 자연계인 동물에서는 그런 의무가 주어지지 않지만 인간은 그 의무를 져야 한다. 그것이 동물에서 인간으로 한 차원 높은 존재로 옮아온 표증이다. 이를 이행하지 않는 것은 악행이라는 것을 이 모티프는 강하게 전달한다.

수명장자의 세 번째 행악은 초월적 존재를 무시하고 적대시하는 것이다. 박봉춘 본은 다음과 같이 시작한다.

> 인간이 수명장자가 사옵는대 무도막심하되
> 말 아홉 쇠 아홉 계 아홉이 있어서 사나우니
> 인간 사람이 욕을 보아도 엇절수 업사옵는대
> 수명장자가 하로는 천왕께 향하야 아뢰되
> 이 새상에 날 잡아갈 자도 있으리야 호담을 하니
> 천주왕의 괫심히 생각하야 인간에 나려와서
> 수명장자 문박개 청버드낭 가지에 안잔
> 일만군사를 거나리고 숭험을 주되11)

---

10) 현용준 편, <제사이야기>, <제사를 아니하여 망한 아들>, 『제주도민담』, 제주문화, 1996, 18-21면, 176-177면.
11) 박봉춘 구연, <천지왕본풀이>, 김헌선, 403면.

수명장자는 지상의 권력자로 보인다. 말 소 개 등 짐승을 거느리고 있어서 하늘의 군졸들이 벌은커녕 그 집엘 들어가지도 못한다.12) 다시 말하면 수명장자는 하늘의 천지왕과 대적하는 힘을 가지고 있다. 그가 어느 정도나 강한지는 다음 인용문을 보면 된다.

> 천지왕은 일만군ᄉ 시견 쉬맹이신디 숭험을 들여봐도
> 쉬맹이가 ᄭᆞ딱을 안 ᄒᆞ난 이젠 쐬철망을 ᄀᆞ다간 쉬맹이 대갱이레 팍 씌우난
> 그젠 쉬맹인 아이구! 대맹이여, 애이구! 대맹이여,
> 큰 아들아 도치 ᄀᆞ정 오랑 나 대맹이 직어도라 대맹이 아판 못살키여.
> ……
> 천지왕은 대갱이 씌운 철망 부서지카푸댄 철망을 확 걷우우난
> 아픈 대강인 옥곳 나사진다.
> 천지왕은 ᄂᆞ시 쉬맹일 잡지 못ᄒᆞ연 바구왕 집으로 가는구나.13)

자기 머리를 도끼로 찍으라며 반항하는 수명장자를 천지왕은 어쩌지 못하고 돌아가 버린다. 이런 경우 나중에 천지왕의 아들인 소별왕이 수명장자를 징치하게 된다. 이 모티프는 어쩌면 수명장자가 악인이라기보다 천지왕에 대적하는 강한 권력자였다는 것을 보여주는 것일 수도 있다. 그러나 그가 부모 조상을 돌보지 않고, 이웃 사람들 속여서 부자가 되었다는 점과 함께 놓여서 이 부분도 그의 "무도막심"한 면으로 인정된다. 지상의 인간이 천상의 천지왕을 대적하는 오만함으로 인정되는 것이다. 인간의 한계 안에 머물러 있지 않고 그 한계를 넘어서려는 마음이 악한 것이다. 그런 인간은 오래 갈 수가 없고 반드시 징치당하게 되어 있다고 보는 것이다.

다음으로 <천지왕본풀이>에서 아주 중요한 화소는 인간 세계의 악의

---

12) 이무생 구연, <천지왕본>, 김헌선, 442면.
13) 이무생 구연, <천지왕본>, 김헌선, 444면.

기원과 그 결과를 해명하고 있다. <천지왕본풀이> 신화의 구연 목적이 바로 이것이다. 동생인 소별왕은 이승을 차지하기 위하여 속임수를 쓴다. 꽃피우기 경쟁을 하여 꽃이 번성한 쪽이 이승을 차지하기로 하였는데 형의 꽃이 번성하고 자기 꽃은 시들자 형이 잠든 틈을 타서 몰래 꽃을 바꿔치기 한다. 그 결과로 지상에는 다음과 같은 악이 지속되는 것이다.

> 형님이 아시보고 꽃동이를 바꿔놓았다 아니흐고
> 설운아시 금시상법 지녀서 살기랑살라마는 금시상법은
> 배에는 수적도 많흐고 무른듸는 강적도 많흐고
> 유부녀통간 간부갈련 살린살이 많흐리라.14)

> 설운아시 소별왕아 이승법이랑 ᄎ지헤여 들어사라마는 인간의 살
> 인 역적 만흐리라. 고믄 도독 만흐리라. 남ᄌᄌ식 열다섯 십오세가
> 뒈며는 이녁 가속 노아두고 놈의 가속 울러르기 만흐리라. 예ᄌ식도
> 열다섯 십오세가 넘어가민 이녁 냄편 노아두고 놈의 냄편 울러르기
> 만흐리라.15)

 살인 역적 도둑 간통 등의 악이 생겨난 사연을 해명하고 있다. 이런 악들은 개인이 저지르는 행위에 초점이 놓여 있다. 이는 지상을 다스리는 소별왕의 속임수에서 비롯되었기 때문이다. 이런 악은 인간 사회가 생겨나 서부터 지금까지 사람들을 괴롭히는 악행의 대표적인 것들이다. 이 신화는 세상에는 이런 악들이 존재하고 있다는 현상에 대한 설명이다. 악이 존재하 므로 악의 유래에 대한 설명이 필요했던 것이다. 소별왕으로 인해 그것은 세상의 처음부터 있게 마련이니 문제가 심각하다는 인식이 숨어 있다.
 여기서 악을 인간에게 고통을 주는 일체의 것으로 보면 <천지왕본풀이> 앞에 구연되는 <베포도업침>에서 하늘에 해와 달이 둘 씩 만들어진 것도

---

14) 고대중 구연, <천지도업>, 김헌선, 418면.
15) 정주병 구연, <천지왕본풀이>, 김헌선, 437면.

인간에게는 악이 된다. 그것은 자연이 인간에게 가하는 행악이다.

> 금세상을 굽어본직, 밤도 캄캄 낫도 캄캄, 인간이 동서남북을 모르
> 고 가림을 못가린직
> 헤음업시 남방국 일월궁의 아달 청의동자가 소사낫스니 압이망
> 뒷이망에 눈이 둘식 도닷심내다.
> 하늘옥황으로 두 수문장이 나려와서 압이망에 눈 둘을 취하야다가
> 동의동방 섭제땅에서 옥황께 축수한직 하날에 해가 둘이 돗고
> 뒷이망에 눈 둘을 취하야다가 서방국 섭제땅에서 옥황께 축수한직
> 달이 둘이 소사난직
> 금세상은 밝앗스나 헷둘에는 인생이 자자죽고 달빗헤는 실허죽어
> 서 인생이 살 수 업슨직16)

최초의 천지개벽 혹은 천지창조는 그대로 인간이 살기에 적합한 것은
아니었다. 하늘에 해가 둘 달이 둘 있는 것은 자연 자체로는 아무 문제가
될 것이 없으나 인간이 살기에는 큰 문제가 된다. 자연은 그대로는 인간에게
고통과 죽음을 가져온다. 이 자연의 악은 넓게 보면 가뭄과 홍수를 가리킬
뿐 아니라17), 태풍과 지진 등 자연이 초래하는 고난의 어떤 것도 포함할
수 있을 것이다.

이상으로 보면 초감제 신화인 <베포도업침>과 <천지왕본풀이>에는 첫
째 자연 현상이 초래하는 악 둘째 수명장자가 보여주는 이웃에 대한 악,
조상에 대한 악, 초월적 존재에 대한 악, 셋째 소별왕으로 인한 지상의
제반 악이 드러나 있다. 이는 차례로 자연의 악, 사회적 악, 개인이 저지르는
악18)으로 분류할 수 있다.

---

16) 박봉춘 구연, <초감제>, 김헌선, 395면.
17) 서대석, 『이야기의 의미와 해석』, 세창출판사. 2012, 71면.
18) 소별왕은 단순한 개인을 넘어서는 존재지만 그 자신은 지상에는 개인들이 저지르는 악의 근원이 되었다는
    점에서 이렇게 표현하기로 한다.

3. 해결 방법

　초감제 신화는 이 악을 어떻게 해결하는가 살펴보자. 먼저 하늘에 해가 둘 달이 둘 있어서 사람들이 죽는 문제는 천지왕이 직접 해결하지 못하고 그의 아들들이 활을 쏘아 해와 달을 하나씩 바다에 떨어뜨려서 해결한다. 유은거처 등의 인물을 시키는 것으로 나타나기도 하지만 서사 구성으로 보아서 아들의 행적으로 보는 것이 적절하다. 왜 하늘의 초월적 존재인 천지왕이 직접 해결하지 못하는가?

　그것은 아마 그 문제가 지상의 문제이기 때문일 것이다. 지상의 문제는 천상과 초점이 다르다. 천상의 관점으로서는 문제가 되지 않는 것이라는 인식이다. 해가 둘 있는 것은 지상의 인간에게만 문제가 된다. 그것은 지상과 관련을 맺는 존재에 의해서만 해결되는 것이라는 문제의식이 놓여 있다고 볼 수 있다. 천지왕은 초월적 능력을 가지고 있겠지만 지상의 문제에 대한 체험적 인식이 없기에 인간과 일차적인 단절이 있다. 그래서 천지왕은 지상에 내려와서 총명부인이나 서수암이 등 지상의 여인과 혼인을 맺고 아들을 갖는다.

> 헷둘에는 인생이 자자죽고 달빗헤는 실허죽어서 인생이 살수 업슨
> 직
> 천지왕이라 하신 양반 금세상에 강림하사 바지왕과 배필을 무어서
> 잇다가
> 하날로 올나가신 후고 바지왕이 잉태되야 대별왕 소별왕 양도령이
> 소사낫슴니다.[19)]

　이 아들들은 지상의 가난뱅이 어머니와 천상의 초월적 존재인 천지왕의 자식이다. 이들은 지상의 인간이 갖고 있는 문제와 고통을 나누어 갖고

---

19) 박봉춘 구연, <초감제>, 김헌선, 395면.

있다. 동시에 그 문제를 해결할 능력을 하늘의 아버지로부터 물려받았다.

그 능력의 표시는 하늘 옥황으로 올라가서 아버지로부터 전해 받은 활이다. "천근량의 무쇠쌀과 활 둘을 대여주며 해도 한 개 쏘고 달도 한 개 쏘와라."[20] 그 활을 쏘아서 해와 달을 하나씩 떨어뜨려 다른 별들을 만들었다. 초월적 능력을 가지고 인간 세계를 살 만한 곳으로 만들었다. 자연을 인간이 살 만한 곳으로 만드는 것은 자연인 인간이 자연을 넘어서서 초월적인 시각으로 자연을 상대화하는 모습을 보여준다. 자연 위에서 자연을 대상화함으로써 자연을 지배하고 조종할 수 있는 인간의 능력을 형상화하였다고 할 수 있다.

모든 각편에서 일월조정이 이루어진다는 것은 자연으로 인한 문제는 인간 사이의 갈등 없이 해결될 수 있다는 인식을 보여준다. 인간은 합심해서 자연의 문제를 해결하려고 한다. 그것은 인간 사이에 벌어지는 문제 해결과는 다르다. 수명장자를 징치하는 문제는 해결이 되는 것도 있고 해결되지 않는 것도 있다.

문창헌과 정주병 본은 천지왕이 수명장자를 징치한다. 박봉춘 본은 천지왕이 실패한 것을 소별왕이 징치한다. 김두원과 이무생 본은 천지왕이 수명장자 징치에 실패했는데 그 이후 어떻게 되었는지 언급이 없다. 서순실 본은 수명장자의 악행이 암시되지만 징치에 대한 말은 없다.

가진 자, 권력자의 횡포에 대한 징치는 모든 사람의 소망이다. 하늘의 천지왕이 수명장자를 징치하는 데 성공하는 각편은 그 공정함, 정당함을 주장한 것이라고 이해해볼 수 있다. 하늘이 직접 사회적 악을 해결해주는 것이 가장 바람직하다. 하늘의 법은 누구에게나 공정한 것이기에 그대로 시행되면 가장 정당한 것이다.

그러나 문제는 하늘이 그렇게 제때에 악을 징치하는 모습을 보여주지 않는 데 있다. 천지왕은 지상의 악을 해결하는 데 실패할 수 있다. 실패하는

---

20) 박봉춘 구연, <초감제>, 김헌선, 396면.

모습을 인류는 오랫동안 보아왔다. 이 경우도 둘로 나누인다. 그래도 천지
왕의 아들인 소별왕이 수명장자를 징치하는 경우와 아예 징치에 대한 언급
이 없는 경우이다. 소별왕이 수명장자를 징치하는 것은 그래도 지상에는
공정과 정의에 대한 요구와 해결책이 있다는 인식일 것이고 언급도 없는
것은 그런 악에 대하여 어쩔 수 없다는 인식일 것이다.

실제로 가진자, 권력자의 악에 대한 해결은 이루어지기도 하고 이루어지
지 않기도 해온 것이 인류사의 실상이다. 과거를 보면 수많은 권력자를
몰아냈으니 징치에 성공한 것이고 현재를 보면 지금도 지속적으로 부정한
권력자가 횡행하고 있으니 전혀 징치가 되지 않은 것이다.

다음 인용문은 수명장자 징치에 대한 민중의 요구의 정도를 보여준다.

> 아시는 인간차지하야, 수명장자를 불너다가
> 네가 인간의 포악부도한 짓슬 만이 하니 용사할 수 업다 하야
> 압밧듸 벗텅 걸나 뒷밧듸 작지 갈나 참지전지 한 연후에
> **빼**와 고기를 비져서 허풍바람에 날이니 목이 파리 빈대 각다리
> 되어 나라가고[21]

참지전지는 목을 베고 수족을 절단한다는 뜻일 것이다. 이 징치의 주체는
천지왕의 아들인 소별왕이다. 소별왕이 그럴 수 있는 이유는 아버지가
천상적 존재이기 때문이다. 지상적 존재가 갖지 못한 초월적 힘을 가지고
있기에 소별왕은 수명장자를 징치할 수 있었다. 수명장자의 뼈와 고기를
발라내서 바람에 날리니 모기 파리 빈대 각다귀 등 해충이 되었다고 하니
지금도 그 악행의 잔적이 남아 우리를 괴롭힌다. 사회적 악을 저지르는
권력자에 대한 증오심의 크기를 보여준다. 징치의 주체는 소별왕이지만
징치의 욕망은 민중적인 것이다.

이점은 소별왕으로 인한 악에 관한 인식과 차이가 있다. 소별왕이 형을

---

21) 박봉춘 구연, <천지왕본풀이>, 김헌선, 406면.

속여서 이승을 차지했기에 이승에는 사기, 도둑, 살인, 역적, 간통이 지속된다.

> 경ᄒ연 대밸왕광 소밸왕은 아방 맹을 어견
> 천지왕 굴은냥 ᄒ지 아니ᄒ여부난
> 인간 세상이 하근 도독들이 하고 불목ᄌ가 하고 나쁜 일이 하영
> 납네다.[22]

이런 결말은 이로 인한 악은 지금도 지속되고 있으며 앞으로도 그럴 것이라는 인식을 보여준다. 사회적인 영향도 있겠지만 개인의 결단과 행적으로서의 의미가 큰 이러한 종류의 악은 개인이 존재하는 한 사라지지 않을 것이다. 남을 속인다거나 미워하는 사람을 살해한다거나 혼인 관계 밖의 관계를 맺는다거나 하는 일은 법으로 금하거나 윤리적으로 부당함을 가르쳐도 아주 사라지지는 않을 것이다.

이는 권력자 또는 가진 자의 악과는 또 다르다. 권력자의 악은 사회 정의라는 개념이 적용되지만 이들 악은 정의나 공정의 차원은 아니기 때문이다. 권력자의 악은 민중 일반의 의지로 척결을 주장할 수 있는데 이들 악은 민중 자신도 악의 주체가 될 수 있어서 일관되게 해결을 요구하는 특정 집단이 있을 수 없다.

그런데 이런 악의 원인이 소별왕이라는 점은 특히 주목할 가치가 있다. 소별왕은 바로 수명장자를 징치한 반신적 존재이기 때문이다. 소별왕이 속임수로 이승을 차지한 까닭을 소별왕의 말로 들어보면 이러하다.

> 소별왕의 근심하기를 자기가 인간 차지하고 형의 지옥 차지하게
> 되면
> 수명장자를 버력을 주워서 행실을 가르치지마는, 우리 형은 못하리
> 라 생각하고[23]

---

22) 이무생 구연, <천지왕본>, 김헌선, 455면.
23) 박봉춘 구연, <천지왕본풀이>, 김헌선, 405면.

꽃을 피우는 은대야를 바꿔치기 하여 이승을 차지한 이유는 수명장자를 벌하기 위함이었다. 그런데 악인인 수명장자는 징치하였으나 그렇게 하기 위하여 속임수를 쓴 결과로 이승에는 속임수 등 악이 지속되는 결과를 빚었다. 이는 대단히 역설적이다. 악을 없애기 위해 다른 악이 등장한다면 어떻게 해야 하는가? 악이란 무엇인가? 악과 선은 어떤 관계인가? 신화는 이런 질문에 대한 나름의 모색이다.

4. 악의 항존성, 선과의 관계

문학은 악을 현실적인 문제로 다룬다. 라이프니츠 같은 철학자가 "만약 악이 존재하지 않는다면 세상은 그만큼 덜 완전한 것이 된다. 왜냐하면 그러한 세상은 무엇인가 하나가 부족한 것이기 때문이다."[24]라고 말하는 것은 문학에서 보면 말을 위한 말, 이론을 위한 이론에 지나지 않는다. 우리들에게 악과 그로 인한 고통은 예를 들자면 "이마에 흐르는 땀처럼 명백히 현존"[25]하는 것이다. 박이문처럼 "악이 존재하는 실체가 아니라 사물과 사건에 대한 인간의 태도일 뿐이며 그 인간은 우주의 극히 작은 현상에 불과"하므로 인간에게는 "어떻게 하면 악을 피하고 즐거움을 찾느냐 하는 문제만이 남아 있다."[26]는 관점은 또한 우리의 실감과는 거리가 있다. "악은 언제나 커다란 골칫거리이며 악의 유래에 대한 질문은 삶의 본질적인 고통거리이"[27]기 때문이다.

우리가 살펴본 바와 같이 초감제의 <베포도업침>과 <천지왕본풀이>에 보이는 악은 체계적으로 구성 제시되어 있다. 먼저 해와 달이 하늘에 둘씩 있는 것이 인간에게 고통과 죽음을 가져오는 악으로 제시되어 있다. 그런데

---

24) 박이문, 「악이란 무엇인가」, 『문학 속의 철학』, 일조각, 1975, 51면.

25) 정현종, 『나는 별 아저씨』, 문학과지성사, 1978,

26) 박이문, 앞의 책, 55-56면.

27) 안네마리 피퍼, 이재황 옮김, 『선과 악』, 이끌리오, 2002, 78면. 베른하르트의 말 재인용.

이는 천지왕의 아들에 의해 완전히 해결이 된다. 해와 달이 하나씩 남아서 지상의 인간들이 살기에 적절한 환경으로 개선되었다.

해와 달이 둘씩 있는 것은 고통을 준다는 점에서는 악이지만 인간이 저지른 행위가 아니어서 인간악의 범주로 보기에는 선명하지 않은 면이 있다. 이와 대조적으로 수명장자의 행위는 명백한 악이다. 그것은 자연에서 문화로 옮아오는 변천 과정에서 악의 문제가 부각됨을 잘 보여준다. 수명장자가 보여준 악은 세 가지였다. 부모와 조상을 봉양하지 않는 것, 가난한 이웃을 속여서 부자가 된 것, 초월적 존재를 무시하는 것 등이다.

> 우리가 '인간'이라고 할 때에는 자기반성적 또는 자아적 특성으로 표현되는 구조, 다시 말해 인간 생물체의 행위가 '인간적'인 특성을 갖게 하는 어떤 구조를 가정한다는 것을 의미할 뿐이다. 인간이 인간이기 이전에 (경험적으로) 어떤 존재였던 간에 인간으로서의 인간을 이야기할 수 있는 것은 자신에 대한 상(像)을 가지고 있거나 아니면 자신의 발전과정에서 그러한 상을 형성할 수 있는 존재를 상정할 때만 가능하다.[28]

늙은 부모를 봉양하지 않는 것이나 가난한 이웃을 보살피지 않는 것, 초월적 존재에 대한 무시 등은 '自然스러운' 것이 아니다. 그것은 모름지기 인간이란 어떠해야 한다는 '상(像)'의 규정이 있고 그 규정을 벗어나는 것이 잘못이라는 의식을 필요로 한다. 다시 말하면 이 신화로 보면 적어도 제주도에서는 늙은 부모를 모시고 조상을 섬기는 것, 가난한 이웃을 속이지 않는 것, 초월적 존재를 경외하는 것이 인간이 인간다운 모습이고 이를 행하지 않는 것은 악한 행위로 규정된다.

부모를 봉양하는 것, 이웃을 돌보는 것, 초월적 존재를 경외하는 것이 자연 상태가 아니라 인위적인 규범이라면 이는 부단한 노력을 통해서 이루

---

28) 위의 책, 68면.

어질 수 있는 것이다. 이것이 선이다. 선을 행하기 위해서는 각성을 하고 실천을 하는 노력을 기울여야 한다. 그러나 선을 잘 행하기 위해서는 이러한 규범이 인위적인 것이 아니고 내재적이고 자연적인 것으로 인정되고 수용되어야 한다. 이는 선을 위한 철학 또는 윤리학적 해명이 될 것이다.

그러나 이 신화는 일월조정 화소와의 비교를 통해서 자연으로 인한 고통의 악과는 질적으로 다른 것이어서 수명장자의 악이 바로 인간관계에서 비롯되는 것이며 그것은 자연 그 자체가 아니라는 근본적인 통찰을 갖게 한다. 만약 수명장자의 악이 자연적인 것이라면 다른 인간도 그와 마찬가지로 악인이어야 할텐데 이웃사람인 총명부인은 전혀 다른 이미지를 제시하고 있기 때문이다.

이는 신이 제시한 규범으로 되어 있지 않다는 점도 주목해보자. 천지왕이 수명장자를 벌하려고 하지만 이는 천지왕이나 옥황상제가 제시한 규범이 아니다. 위에서 본 것처럼 천지왕은 수명장자를 벌하지 못하기도 한다. 가령 기독교의 성서와 같은 경우에는 하나님이 제시한 규범을 그대로 행하는 것이 선이고 어기는 것이 죄이다. 그것은 '계약'을 어기는 것, "그 계약관계의 침해가 곧 죄다."[29] 초감제 신화의 경우는 천지왕이 제시한 규범에서가 아니라, 공동체를 유지하는 행위가 선이고 장애가 되는 것이 악이라는 인식이다.

늙은 부모를 봉양하거나 죽은 조상을 섬기는 것은 인간 개인의 선악과는 관계가 없다. 그러나 약자를 보호하고 죽은 자의 명예를 살려주는 것은 사회를 유지하는 훌륭한 사유와 명분이 된다. 사회에 비해 약자이기만 한 개인들은 약자가 보호된다는 공동체의 인식이 있어야 사회에 협조할 수 있다. 죽은 자도 기려진다는 인식이 있어야 삶을 보람되게 산다. 가난한 이웃을 속이지 않고 돌보는 것도 마찬가지로 공동체의 요구이다. 초월적 존재를 경외하는 것도 공동체를 묶는 좋은 방법일 것이다. 이런 행동을

---

29) 폴 리쾨르, 양명수 옮김, 『악의 상징』, 문학과 지성사, 1994, 60면.

하는 것이 인간이라는 상을 제시하는 것이다.

자연상태의 인간은 이런 행동을 하지 않았다. 문화적 존재인 인간으로 발전하면서 사회를 이루고 따라서 이러한 규범들이 요구되었을 것이다. 선이라는 개념이 정립되기 전에 이와 같이 벌과 함께 하는 악의 개념이 먼저 도입되었을 것 같다. 초감제 신화는 그 양상을 우리에게 전해주고 있다.

그래서 선과 악을 자유의 문제와 연결시키는 안네마리 피퍼의 견해는 일면적이다. 그의 이론은 소별왕으로 인한, 살인 사기 도둑질 등의 악에 대해서도 피상적인 인식을 보여준다. 피퍼는 악의 문제가 인간이 자유를 가지고 있기 때문으로 본다. 그래서 선은 선을 향한 결단의 결과이다. 개인적으로는 선한 결단을 하면 되겠지만 그것은 개인 차원에 머문다. 악이 사라질 수 없는 본질적인 것이라는 인식은 개인이 선하면 될 뿐이라는 생각으로는 해결되지 않는 문제를 제기한다.

초감제 신화에 보이는 개인적 차원의 악들은 항존성이 강조되고 있다. 세상의 처음에 소별왕이 속임수를 썼기에 이승에는 악이 생겨났다. 이승이 사라지기 전에는 그 악들도 사라지지 않을 것이라는 대단히 비관적 인식이 이 신화에 담겨 있다. 기독교에서도 사탄이 이 세상을 다스리기에 악이 존재한다고 본다. 종말의 시간이 지나서 사탄이 물러나고 하나님이 세상을 다스리면 해결된다고 본다. 소별왕으로 인한 이승의 악에 대하여는 해결책이 제시되지 않는다.

해결도 되지 않고 끝도 없을 악과 우리는 공존해야 한다. 그것은 악의 근원이 바로 선을 가져왔던 자이기 때문이다. 우리는 악을 없애면서 동시에 악과 병존한다. 선과 악은 하나의 뿌리라고 초감제 신화는 말한다. 서로 꼬리를 물고 있는 두 마리의 뱀처럼 선과 악은 서로의 꼬리를 물고 있다.

악이 근원적이고 본질적이기에 우리는 악을 완전히 제거하거나 악에서 놓여날 수 없다. 그것을 알고 살라고 초감제 신화는 알려주는 것 같다. 그것은 인생은 괴로움도 있지만 즐거움도 있으니 선과 악의 중용을 택해

살라는 볼테르의 결론30)과도 다르다. 우리는 악 속에서 산다. 그러니 조심할 밖에 다른 수가 없다. 그런 것들이 악임을 알고 스스로 악을 저지르지 않도록 조심하고 산다. 악이 만연해 있으니 악에 당하지 않도록 조심한다. 인간은 본래 선하다는 식의 말에 넘어가 현실적 악을 무시하는 어리석음을 범하지 않아야 한다. 악은 이승의 시초, 근원에서부터 엄연히 존재하기 때문이다.

자연의 악은 해결될 수 있다는 낙관적 전망과 달리 사회적 악은 개선될 수도 있고 그렇지 않기도 하다는 인식과 개인적 악은 영원히 사라지지 않을 것이라는 비관적 시각을 위계적으로 제시하는 것이 초감제의 <베포도업침>과 <천지왕본풀이>가 보여주는 악의 인식이다. 실제로는 자연의 악도 영원할 것이다. 가뭄과 홍수, 해일과 지진, 전염병과 같은 악은 사라지지 않을 것이다. 그러나 그것에 대하여는 인간들이 협조하며 해결에 뜻을 함께 하기에 낙관적 전망을 보여준다. 문제는 인간 사이의 악이다. 이와 관련하여 세상에는 유토피아란 존재하지 않는다는 냉정한 인식을 보여준다.

유토피아 없는 곳, 유토피아 아닌 곳에서 살기 - 이것이 초감제 신화의 주제가 될 수 있다면 이것은 바로 제주의 척박한 환경에 기인하는 것일 수 있다. 쉽게 씨를 뿌리지 못하는 땅, 목숨을 담보로 하는 바다와의 싸움, 고려부터 조선시대 말까지 본토의 지속적인 착취로부터 최근의 4.3 사태에 이르기까지 제주도를 유토피아로 여길 수 없게 하는 여러 조건들이 있었다고 보인다.

대신에 유토피아는 저승에 있다. 이승과 달리 저승은 악이 없는 세상이다. 저승법은 "참실긑은 법"31)이고 "맑고 청낭(清朗)한 법"32)이다. 이는 신들의 세계이다. 신이 아닌 인간은 이승에서 악과 함께 살아간다. 이러한 실존적 존재 인식은 초공본풀이의 노가단풍 아기씨의 모습으로 구체화된다.

---

30) 박이문, 앞의 책, 49면.
31) 고대중 구연, <천지도업>, 김헌선, 418면.
32) 정주병 구연, <천지왕본풀이>, 437면.

5. 악의 문명사적 조망

초감제의 창세신화에서 악을 대표하는 수명장자의 정체에 대해 단순한 부자가 아니라 자연촌락의 지신적 존재[33]라고 천혜숙이 지적한 이후 박종성과 김남연은 각각 수신계 또는 지신계의 권력자로 보고, 결국 천지왕쪽의 새로운 권력 질서로 재편되어 자리잡는 것으로 파악했다.[34]

수긍이 가는 지적이기도 하지만 천신이나 지신계 등이 구체적으로 어떤 존재여서 언제 그러한 전환이 있었다는 것인지 궁금해지기도 하고, 또한 이와 아울러 후반부의 소별왕으로 인한 악에 대하여는 언급이 없다는 점도 아쉽게 여겨진다. 후자에 대하여는 박종성이 초월적 능력 대결에서 지혜 대결로 변천했다는 지적을 하였지만[35] 결정적 요인인 소별왕의 속임수에 대하여는 언급하지 않고 있다. 이를 문명사적 전환과 연관지어 설명할 수 있다고 보인다.[36]

창세신화는 구석기 시대가 아니라 신석기 시대의 산물일 것으로 추정한다. "신석기 시대에 들어선 지 한참 되어 농업사회가 정착하자, 농사가 어떻게 해서 가능한가 하는 의문에 대한 해답을 찾고 있을 시간 여유가 생겼다. 추상적인 개념을 사용해 복잡한 사고를 하는 것이 가능하고 필요해, 천지가 창조되고 작용하게 된 내력을 설명하는 창세 신화가 이룩되었다."[37]

---

33) 천혜숙, 「전설의 신화적 성격에 관한 연구」, 계명대학교 박사논문, 1988, 51면.

34) 박종성, 『한국 창세서사시 연구』, 태학사, 1999, 218면, 234면.
   김남연, 「창세신화를 통해 본 장자징치담의 의미」, 『역사민속학』 8, 역사민속학회, 1999, 24면.

35) 박종성, 앞의 책, 271면.

36) 한 편의 신화에 문명의 전환이 포함되어 있다고 생각되는 사례는 아이누 영웅 서사시의 경우이다. <카무이 유카르> 또는 <코탄 우툰나이>라고 하는 아이누의 영웅 서사시에 나오는 석기로 무장한 사람, 금속으로 무장한 사람, 불 꼭대기에 있는 사람을 조동일은 원시시대의 투사, 고대의 지배자, 신이면서 사제자인 왕의 모습으로 파악하였다. 조동일, 『동아시아 구비서사시의 양상과 변천』, 문학과지성사, 1997, 167면. <코탄 우툰나이> 작품 전체는 최원오 편역, 『아이누의 구비서사시』, 역락, 2000, 205-307면에 수록되어 있다.

37) 조동일, 『세계 문학사의 전개』, 지식산업사, 2002, 30면.
   신석기 시대에 들어와 간단한 기하학적 도형과 극도의 추상화가 이루어진다는 점은 하우저도 지적하고 있다. 아르놀트 하우저, 백낙청 옮김, 『개정판 문학과 예술의 사회사1』, 창작과비평사, 1999.22-23면.

구석기 시대의 신화는 먹이가 되는 짐승을 토템 또는 신으로 설정하여 짐승과 인간의 관계를 해명하는 것이었다고 생각된다. 그것은 현실적이기만 한 것이어서 구석기 시대에는 하늘의 질서라든가 초월적 존재라든가 하는 개념이 없었다고 보인다.[38] 그 당시 모든 사고는 지상적인 것이었다.

신석기 시대로 들어서면서 인류가 알게 된 농경문화는 그 앞 수십 세기 동안 지속되어왔던 수렵문화와는 근본적으로 다른 것이었다. 수렵문화가 농경문화로 대체되는 과정은 순탄하지 않았다. 농경문화는 추상적 사고를 토대로 천지개벽 또는 천지창조의 신화를 생산하게 되었다. 천지 창조의 신화가 새로 마련되자 수렵문화의 위치는 낡은 것으로 부정되게 되었던 것으로 생각된다. 신석기 시대의 천지창조 신화는 땅의 씨앗이 하늘의 햇빛의 힘을 받아서 새 생명을 갖고 자라서 열매를 맺는 것을 본 경험이 반영되어 있다. 그들은 하늘이라는 초월적이고 추상적 실재를 창안했고, 그 추상적 질서는 대지라는 구체적 실체와의 결합으로 만물을 빚어낸다는 생각으로 연결된다.

하우저가 지적한대로 구석기 시대의 "마술 중심의 세계관은 일원론적으로서 현실을 단순항 상호 연결의 형태로, 빈틈이나 단절이 없는 연속체의 형태로 파악하는 데 반해, 애니미즘은 이원론적이어서 그 지식과 신앙을 이원적인 체계로 정립한다."[39] 천지왕이 지상의 문제를 해결하려는 방법은 일원론적인 것이었다. 하늘과 지상이 분리된 것이 아니었으므로 하늘의 질서관으로 지상의 문제를 해결하려 했다. 그러나 지상은 이미 이원론적 세계관을 가지게 되었기에 천지왕의 방법은 효과를 보지 못한다.

이 이원론은 그러나 결국 지상의 문제를 해결하기 위한 것이다. 우리의 신화는 지상의 문제를 알고 있는 존재이면서 동시에 하늘의 원리 즉 통일적이고 영속적인 질서의 원리를 함께 가지고 있는 존재에 의해서만 지상의 문제가 해결된다고 보고 있다.[40]

---

38) 아르놀트 하우저, 위의 책, 16-17면.
39) 위의 책, 26면.

이러한 존재는 영웅의 원형적인 모습인데, 같은 이야기를 조셉 캠벨은 조금 다른 방식으로 논하고 있다. 캠벨은 영웅의 과업을 두 가지로 제시했다. "첫 번째 과업은 우주 발생적 순환의 그 전단계를 의식적으로 체험하는 것이다. 그것은 발산의 사건들을 거슬러 올라가는 것이다. 그리고 두 번째 과업은 심연에서 일상의 삶으로 귀환하여 조물주적 잠재력을 가진 인간적인 변환자재자가 되는 것이다."[41]

우주 발생적 순환의 그 전단계란 창세 초기에 분화되는 존재의 근원에 대한 인식을 말한다. 그것은 "세계의 가시적인 모든 구성물-사물과 존재-은 편재하는 힘에 의한 결과"[42]라는 것을 깨닫는 일이다. 다른 말로 하면 영웅은 자신의 근거인 지상적 차원에 머물지 않고 그 근원인 창세적 존재를 자기 것으로 해야 한다는 것이다. 지상적 몸에 근원의 정신을 가져야 한다는 것이다. 그런 점을 깨닫고 체화한다면 그는 새로 태어난 존재가 된다. 그것이 바로 천지왕과 지상녀 사이의 아들(형제)의 탄생의 의미이다. 둘째 과업은 그러한 자각을 통해 일상으로 귀환하여 인간사의 문제를 해결하는 존재가 되는 것이다. 이는 아들 형제가 하늘로 가서 아버지를 만나는 자기 정체성 확인과 시련 그리고 극복을 통해 최종적으로 지상의 질서를 확립하는 단계이다.

이러한 영웅은 새로운 세계를 만든다. 새로운 세계는 지상의 문제를 천상의 원리로 해결하여 얻은 새로운 질서를 가진 세계이다. 이 세계는 새로운 원리를 가진 새로운 사회이다. 다른 각도에서 말하자면 영웅은 구질서를 새롭게 경신하는 것이라고 할 수 있다. 역사적으로 이해하면 "채집 수렵민들의 기생적이고 순전히 소비적이던 경제생활이 농경 목축민들의 생산적이고 건설적인 경제로 이행"했기에 "구석기시대의 마술 중심의

---

40) 신연우, 「<베포도업침><천지왕본풀이>의 구조를 통해 본 창세신화와 영웅신화의 관계」, 『열상고전연구』40집, 열상고전연구회, 2014, 401면.

41) 조셉 켐벨, 『세계의 영웅신화』, 311면.

42) 위의 책, 253면.

일원론적 세계관이 애니미즘의 이원론적 세계관에 의해 대치되었다."[43]

신화는 세계관과 현실의 변화와 교체를 의인화하여 다룬다. 우리 신화의 경우 땅을 여성으로 비유해서 말하며 지상적 남성과 결합해 있던 여성이 그와 결별하고 천상적 남성과 재결합하는 것으로 종종 나타난다. 이것은 새로운 세계를 낳는다. 이 관념이 신화의 뿌리 중 하나이다. 그 여성은 며느리, 이웃집 여자로 나타나고 새로운 남성은 하늘의 신, 도승으로 나타난다. 우리가 익히 알고 있는 유명한 사례는 장자못 전설과 주몽신화이다. 장자못 전설의 며느리는 못된 시아버지를 떠나 도승의 말을 따른다. 그 결과는 시아버지 세계의 멸망이다. 한 세계의 멸망은 곧 다른 세계의 재창조를 함축하는 것이다. 유화 또한 아버지 하백을 떠나 하늘에서 왔다는 해모수와 결합한다. 그리하여 새로운 세계를 건설하는 주몽을 낳는다.

창세신화 <천지왕본풀이>에서 천지왕이 지상국 부인과 결합하는 것은 마찬가지 이야기이다. 그러기 위해서는 같이 지상에 거주하던 수명장자를 축출해야 한다. 수명장자를 축출하는 것은 제주도에서는 불로 멸망하지만 함경도 지역에서는 물로 멸망하여 장자못 전설과 같아지는 점을 주목할 수 있다. 창세기에서 한번은 노아 홍수의 물로 또 한번은 소돔의 유황불로 세계를 멸망시키는 것을 참조할 수도 있다.

이때 수명장자가 악하다는 설정을 이해할 수 있다. 새로운 질서 앞에 축출되어야 할 질서였기 때문이다. 오래된 것 낡은 것 사라져야 할 질서는 악한 것이다. 박봉춘 구연본에서 수명장자가 천왕을 향해 "이 세상에 날 잡아갈 자가 있으리야" 하자 천지왕이 괘씸하게 생각하여 인간 세상으로 내려왔다는 것은 그의 악이 다름이 아니라 천지왕과 대등하고자 했던 것이라는 점을 보여준다.

구시대의 구석기적 지상적 관념이 새로 등장한 신석기 시대의 천상적 질서 관념과 충돌하였고 결과적으로 패배하고 축출당하였음은 제주도 다

---

43) 아르놀트 하우저, 앞의 책, 27면.

른 신화에서도 거듭 나타난다. <세경본풀이>는 많은 변이를 겪었지만 그중
에 대식가인 하인 정수남이 목축의 신으로서 농경의 신인 자청비와 목숨을
내건 싸움을 벌이는 것은 그 좋은 예이다. <송당본풀이>에서 소천국이
남의 소까지 다 잡아먹자 아내인 백주가 살림을 가르는 것은 사냥으로
살아가는 남성이 농업으로 살기를 원하는 여성으로부터 축출되는 모습을
여실히 그려낸다.

창세신화의 전반부가 홍수 등으로 세상을 멸망시키고 천지가 새로이
결합하여 형제를 낳아 그들이 세계를 완전하게 조정해나간다는 내용이라
면, 후반부는 조정된 세상을 차지하기 위한 형제의 다툼과 경쟁이 주된
내용이고, 이 다툼의 기본 설정은 속임수이다. 전반부의 신화가 구석기적
수렵문화를 물리치고 하늘의 질서를 통해 세계를 재편하려는 신석기 시대
의 농경적 성격을 보여준 것처럼 후반부의 신화도 인류의 역사적 상황을
반영한다고 생각된다. 형제의 대립과 속임수의 의미를 함께 설명해주는
역사적 상황은 무엇인가?

아우가 형을 속여 세상을 차지했기 때문에 세상에는 악이 횡행하게 되었
다고 하는 것이 <천지왕본풀이>의 일반적인 결론이지만, 종종 다음과 같은
의미심장한 구연본을 만나게 되는 것을 주목해보자.

> 낭기, 돌, 제푸싫세 말 굿는 건/ 후춫굴리 닷말 닷되 칠새오리/
> 말 바소완 마ᄇ름 주제에/ 동서레레 삭삭 불려부난./ 낭기, 돌,
> 제푸싫새, 감악새가/ 세가 칭칭 자련/ 말 못굿게 되었구나
> 귀신광 생인이 서로 말 굿는 건/ 화정여광 남정종을 불러다가/
> 백근 저울에 저우려봔/ 백근 찬 건/ 인간데레 지부찌고/ 백근 못
> 찬 건/ 공ᄌ 둘 박안/ 옥황데레 지울리난/ 귀신을 공ᄌ가 둘이나/
> 저싱광 생인을 ᄇ래고/ 생인은 공ᄌ가 ᄒ나 매기난/ 귀신을 못
> ᄇ랜다[44]

---

44) 이무생구연, <천지왕본>, 김헌선, 앞의 책, 454면.

형제가 이승차지 경쟁을 벌인 후 벌어진 일이다. 둘씩인 해와 달을 조정하고, 인간과 마찬가지로 말을 하던 나무와 돌 등을 말을 못하게 하고, 함께 섞여 있던 귀신과 산사람을 갈라놓았다. 만물에 질서를 가져온다는 점은 유사하지만 첫 번 창세와 다른 점은 이번 것은 인간 위주로 만물이 조정된다는 점이다. 인간을 위해 해와 달을 하나씩으로 조정하고, 말을 하던 나무 돌의 혀를 묶고, 귀신을 사람과 구분하는 것은 인간을 위한 새로운 질서이다. 그것은 자연을 인간을 위해 재편하는 모습을 보여준다. 그런 점에서 **박봉춘 구연본**의 의미가 더욱 뚜렷하다.

> 소별왕의 근심하기를/ 자기가 인간 차지하고, 형의 지옥 차지하게
> 되면/ 수명장자를 버력을 주워서, 행실을 가르치지마는/ 우리 형은
> 못하리라 생각하고/ (중략) / 인간의 버릇을 가르치고/ 복과 록을
> 마련하야, 선악을 구별하고/ 인간 차지하옵내다.[45)]

　아우가 세상을 차지한 것은 인간에게 도움을 주기 위해서였다는 것이다. 자연의 질서를 대표하는 형은 악한 인간인 수명장자를 징치할 수 없다고 생각하는 것은 인간에게는 인간의 질서가 따로 있기 때문이다. 아우는 세상을 차지한 후 복록을 마련하고 선악을 구분했다. 형은 하늘 아버지의 보편적 원칙을 나타내고 아우는 지상의 어머니의 특질을 가지고 인간을 대변하고자 한다고, 자연과 인간사회의 대립으로 우선 이해해보자. 이때의 자연은 천지창조 당시의 원초적 자연이 아니고 인간사회와 대립되는 자연이다. 그리고 인간사회와 대립되는 자연은 신석기 시대 후반이 이미 잉여농산물을 축적할 정도였고 그것을 토대로 사회를 구성해가기 시작했다는 점을 고려하면 도시 사회의 구성이라는 점을 이해할 수 있다. 이를 포괄적인 의미에서 자연에 대립하는 문명이라고 이해해보자.

　고고학자인 브라이언 페이건은 근동과 아시아의 초기문명에 대해 고찰

---

45) 박봉춘 구연, <천지왕본풀이>, 김헌선, 위의 책, 405,406면.

하면서 기원전 3,000년경부터 이미 도시가 형성되었고 "그곳에서는 인간 생활의 기본적인 원칙을 변화시키는 발달이 너무 빨라서, 안락하게 사는 도시 사람들과 궁극적으로 그들의 생존을 위해 식량을 공급해주는 농촌사회 사람 사이의 깊은 불신과 같은 20세기 세계의 주요한 문제 중의 하나가 문명의 초기 단계에 이미 나타났다."[46]고 썼다.

이 시기 메소포타미아에서 사제 도시 국가가 출현하는데 이때로부터 문자, 바퀴가 발명되고 십진법과 육십진법의 숫자체계가 나타나서 이른바 문명의 모습이 뚜렷해졌다.[47] 이 시기 야금술의 발명으로 전문 장인계급이 발생했고, 원료와 장인들의 생산물을 교역하게 되었다고 한다.[48] 사회가 계급에 따라 나누어지고 인구가 늘고 교역이 활발해지고 아울러 전쟁이 빈발하게 되고 종교가 강력한 권위를 갖게 되는 사회로 변전해 갔던 것이다.

이러한 사회의 출발점이 되는 것은 市場의 출현이라고 할 수 있다. 李成九는 "원초적 市가 降神 및 祭禮의 지역"이자 "이에서 비롯된 초보적 정치의 장소"였던 것에서 "교역의 장소로 전화"되었으며 그 이유는 "神權을 매개로 하는 정치의 중심은 또한 경제의 중심지로서 재화의 집적 및 분배의 장소"였기 때문일 것으로 추정하였다.[49] 또한 같은 책 같은 곳에서 王震中의 연구를 소개하여, "메소포타미아의 도시국가가 神廟를 핵심으로 건축되었고, 부속 창고를 동반한 방대한 규모의 신묘는 정치의 중심일 뿐더러 경제의 중심으로서 농산물과 기타 중요물자의 집산, 출납의 장소였고 운하의 개착과 토지의 개간 등을 아울러 관장했으며 심지어 상품 교역활동도 신묘와 연결되었다"는 점을 부각했다. 사람이 많이 모이는 신전에 물자도 많이 모이게 되고, 물자간의 교환이 이루어지게 되었다는 점을 상상하는

---

46) 브라이언 페이건, 최몽룡 역, 『인류의 선사시대』, 을유문화사, 1990년3판, 206면.

47) 조지프 캠벨, 이진구 옮김, 『신의 가면1, 원시신화』, 까치, 2003. 174면.

48) 브라이언 페이건, 앞의 책, 207면.

49) 이성구, 『중국고대의 주술적 사유와 제왕통치』, 일조각, 1997. 38면.

것은 어렵지 않다.

문제는 신에게 봉헌하는 물건이 다른 사람과 교환하는 같은 물건이라는 점이다. 신에게 봉헌하는 것은 자연이나 신이 베푸는 삶의 전반적인 은혜에 대해 자신의 일부를 희생하여 보답하고자 하는 순수한 종교적 심성인 반면에, 교환은 즉각적인 상호간의 보상을 전제로 하고 아울러 이익을 추구하는 것으로 증여에 비해 순수하지 않은 것이다.[50] 종교적 교리 가운데 이자를 받지 말 것을 요구하는 것은 이러한 인식을 설명해준다. 교환에는 기본적으로 속임수의 심리가 전제되어 있다.

농업은 자연이 인간에게 베푸는 순수한 증여라고 생각된 반면, 시장과 도시의 교역 행위는 일종의 속임수로 이루어지는 문명의 모습을 보여준다. 그러나 그 문명은 인류를 번영하게 했다. 인간의 문명이란 다름 아닌 신을 속이는 행위라는 것이 신화의 오랜 인식이라는 점을 주목해야 한다. 그것은 희랍의 프로메테우스 신화로 적실히 표현되었다. 프로메테우스는 제우스가 인간에게서 불을 빼앗자, 제우스 신전에서 불을 훔쳐 인간에게 가져다주었다. 문명의 상징인 불은 신을 속여서 인간이 갖게 된 것이다.

신은 자연을 만들고 인간은 도시를 만들었다는 말처럼 도시 문명은 인간이 신에게 대응하는 행위의 결과였다. 이는 자연의 순수함과 달리 가공하고 꾸미는 것, 만드는 것이었다. 문명이 신에 대항하는 인간의 야심이라는 점을 보여주는 삽화는 구약의 바벨탑 이야기이다. 오늘날 이라크 지역에 남아 있는 지구라트일 것으로 생각되는 바벨탑은 신이 영역에 도전하는 인간의 모습과 그 자취는 곧바로 건축과 도시라는 문명 행위였음을 말해준다.

한편으로는 신이 존재하는 하늘 높이까지 올라가려는 인간의 정신적 진취성과 한편으로는 신이 임재하는 신묘를 교역의 장으로 바꾸어버린 불측함은 인간의 문명을 빚어내는 원동력이기도 했지만 그것은 신으로부

---

50) 나카자와 신이치, 김옥희 옮김, 『사랑과 경제의 로고스』, 동아시아, 2004. 37-56면.

터 신의 힘을 훔쳐옴으로써 문명을 이룬다는 속임수의 모티브로 나타났다고 보인다.

구석기에서 신석기 시대로 옮아갈 때도, 신석기에서 청동기 도시 문명으로 넘어갈 때도 한쪽은 선이 되고 다른 한 쪽은 악이 되었고, 우리의 문명 자체가 악을 포함하고 있는 선이기 때문에 우리 인간 사회에 늘 악은 선과 함께 있다고 제주도 신화는 말하고 있다.

6. 마무리

초감제 안의 신화인 <베포도업침>과 <천지왕본풀이>는 악에 관해 깊이 있는 이해를 보여준다. 전반부의 수명장자의 악과 후반부의 소별왕의 속임수를 통해서 문명사적 전환에 기인하는 상대적인 악을 이해할 수 있는 문학적 장치를 마련했다. 수명장자의 악행과 하늘 천지왕의 대립, 천지왕과 지상 부인과의 남녀 결합, 천부지모의 아들 형제가 문제를 해결하는 과정, 아들 형제가 이승 통치를 놓고 다투는 경쟁담, 그리고 그 결과물인 이 세상의 악을 인물과 사건을 통해 구체적 행위로 형상화하는 데 성공했다고 보인다. 그래서 이렇게 오랜 동안 전승되어 올 수 있었던 것이다.

이 신화에서 보이는 악은 통시적으로는 구석기, 신석기, 청동기 문명 발생기의 문명사적 전환기의 상황을 반영하지만, 개인 개인의 삶에서는 자연의 악, 사회적 악, 개인이 저지르는 악이 현실적인 의미를 가진다는 점을 씨줄과 날줄로 엮어놓은 점도 이 신화의 성공적 구성 방식이다. 이 신화들은 자연 자체와 수명장자와 소별왕의 악행을 통해서 이 세 가지 측면을 구체적으로 형상화하여 설득력을 높였다. 자연적 악은 사람들끼리의 협동을 통해서 해결하자는 데에 쉽게 합의할 수 있어서 더 큰 갈등은 없다. 인간 사이의 악은 개선될 수도 있고 그렇지 않기도 해서 이 문제를 해결해줄 사회적 영웅이 절실하게 필요할 것이다.

그러나 이런 악들은 궁극적으로 소멸되는 일은 없을 것이며, 그런 세계에서 잘 살아가야 한다는 현실적 인식을 이 신화는 보여준다. 우리가 사는 사회는 유토피아가 아니며, 세상은 근원적으로 유토피아로 마련되지 않았다는 냉철한 인식이 우리를 현존하는 악에 대해 깨어 있게 한다. 낙관적 결말로 현실의 비극에 눈을 감게 하지 않기에 해결에 대해 더욱 깊이 있게 숙고하고 실천하게 할 수 있을 것이다.

함흥 <창세가>에 보이는
성속(聖俗)의 넘나듦

1. 서론

손진태 선생이 1923년 함경남도 함흥에서 김쌍돌이 무녀에게서 채록한 <창세가>[1]는 참으로 소중한 자료이다. 채록자가 "조선적 색채를 가진 유일한 창조설화"라고까지 말한 것도 납득할 수 있다. 삼국사기 삼국유사 등 문헌으로 전하는 건국신화의 너머에 우리 식의 창세신화가 무속의 전통 속에 연면하게 전승되어 오고 있었음을 증언한 자료이다. 미륵과 석가라는 불교적 이름으로 나타나지만 불교 이전의 거인 전승에 맥이 닿아 있는 점에서도 주목해야 할 것이다. 이 자료는 김헌선이 지적한 바와 같이, 최초로 채록된 창세신화일 뿐 아니라 천지개벽과 인간창조에 대한 독특한 내용이 들어 있는 소중한 유산이다.[2]

손진태가 말한대로, "문맥의 불명확한 부분이 곳곳에 있"는 것은 신화에 흔히 보이는 현상이라고 하겠지만 우리로서는 그 부분에 대한 합리적인 이해를 추구하는 것도 필요하다. 이 신화에서는 특히 마지막 부분이 쉽지

---

1) 손진태 편, 『朝鮮神歌遺篇』, (동경 향토연구사 간, 소화5년(1930); 박이정, 2012. 김종군 외 주해, <창세가>, 『조선신가유편』, (박이정, 2012). 17-26면.
2) 김헌선, 『한국의 창세신화』, (길벗, 1994), 228-229면.

않다. 석가가 노루를 잡아서 그 고기를 구워놓았는데 삼천 중 가운데 둘이 고기를 먹지 않았고, 죽어서는 바위와 소나무가 되었으며, "지금 사람들이 삼사월이 다가오면 상향미 노구메 꽃전놀이 화전놀이"로 맺는 결말을 어떻게 이해할 것인가가 대답하기 어려운 문제로 남아 있다.

이와 직접적으로 관련된 선행 연구들이 세 편 있다. 심재숙은 미륵을 창조 여신격으로 보고 석가를 창조 여신을 살해한 사냥과 육식의 남신으로 보았다. 석가의 세계에서, "창조 여신 미륵이 물러났어도 창조 여신의 원리를 지향하고 원망하는 무리가 있었다"는 것으로 후반부를 해석했다.[3] 그러나 여성은 생명 남성은 살해라는 식으로 나누어 보는 것은 지나치게 도식적인 설명으로 보인다. 여성은 사냥한 고기를 먹지 않는 사람인 것처럼 느껴지기도 한다. 남녀 모두를 포함한 사람 일반의 관점에서 설명할 필요를 느끼게 한다. 오세정은 미륵이 창조한 남녀와 대조적으로 석가 세계의 인간이 속임수와 火食으로 대표되는 것은 인간이 자연과 분리된 존재가 된 것을 의미한다고 지적한다. 이는 인간의 타락이며 신 인간 자연의 관계체계에서의 이탈, 고립이라고 보았다. 신화의 마지막 부분은 '남은 인간이 해야 할 일이 자연과의 소통, 관계맺음'이라는 점을 보여준다고 하였다.[4] 이 연구는 인간을 미륵이 창조한 것으로 본다든지 인간의 타락을 강하게 부각시켜 보인다는 점에서 상당히 기독교적 관점을 가지고 있다고 여겨진다. 석가의 세계 곧 우리의 삶을 타락으로만 볼 수 있는지 의문이어서 다른 관점이 필요하다고 생각한다.

조흥윤은 생태주의적 연구를 선보였다. 미륵의 생태적 질서는 모든 구성원이 상호 주체적 관계를 맺는 유기체적 질서이고, 석가가 상징하는 파괴적 문명을 극복하기 위해 다시 유기체적 생태의식을 회복해야 한다고 주장한

---

3) 심재숙, 「<창세가>에 나타난 미륵의 창조여신적 성격과 '미륵-석가 대결의 의미」, 『돈암어문학』 33집. (돈암어문학회, 2018), 196면. 202면.

4) 오세정, 「한국신화 <창세가>에 나타난 신, 자연, 인간의 관계」, 『인간연구』 33, (카톨릭대학교 인간학연구소, 2017). 66면, 68면.

다.5) 유기체적 생태의식이라고 하였지만 좀 단순하게 선악 이분화의 관점을 보인다. 생태계 회복은 신화를 재해석하면서 우리 시대에 필요한 당위로 제시될 수는 있지만, 과거에 이들이 그런 점을 의식하고 신화를 수용하지는 않았을 것 같다. 신화의 기능을 보다 면밀히 규명한 뒤에 이런 연구로 이행될 수도 있을 것이다.

이 밖에 <창세가> 전반을 언급한 연구들도 있다. 최원오는 <창세가>와 북미 나바호 인디언의 창세신화를 비교하여 창조 조판 발견이라는 창세의 원리가 있다고 지적하였다.6) 오세정은 <창세가>의 대립 구조 분석을 통해서 "현재적 관점에서 인간 스스로가 자기 존재와 인간 세계가 타락했으며 속화되었다는 것을 자각하고 있음을 잘 보여준다"는 점을 지적하였다.7) 허정식은 <창세가>와 제주도의 <천지왕본푸리>를 비교하면서 인간 창조와 인세 불행의 동인에 대한 개괄적인 소개를 하는 정도에 멈추었다.8)

본고는 선행 연구를 이어서, 특히 <창세가>의 마지막 부분을 중심으로하여 전체 신화의 의미를 재조명하고자 한다. 신화 전체의 구조 속에서 그 의미를 보다 보편적인 신화적 의미를 찾는 연구가 되고자 한다. 흔히 창세가의 본령을 이루는 미륵과 세계의 기원, 석가와의 인세차지 경쟁이 논의의 중점을 이루지만 이 마지막 부분을 고려하면 이 신화의 의미가 더욱 새로운 의미를 확보할 수 있다고 생각된다. 이를 위해 <창세가> 전문의 구성 양상을 정리하는 것으로부터 논의를 시작한다.

---

5) 조흥윤, 「<창세가>의 성인(聖人) 각성 화소에 나타난 생태의식 연구」, 『겨레어문학』65, (겨레어문학회, 2020), 54면, 58면.

6) 최원오, 「창세신화의 창세원리에 담긴 인문정신」, 『구비문학연구』 25. (한국구비문학회, 2007), 1-29면.

7) 오세정, 「<창세가>의 원형적 상상력의 구조와 의미체계」, 『구비문학연구』 20집, (한국구비문학회, 2005), 34면.

8) 허정식, 「한국의 창조신화 연구」, (우석대학교 석사학위논문, 1997), 1-50면.

2. <창세가>의 구성 양상

<창세가>의 『조선신가유편』에서의 본문은 크게 두 부분으로 나뉘어 제시되어 있지만, 내용상 세 단락으로 구성되어 있다고 볼 수 있다.

(1) 미륵의 탄생과 그가 한 일을 제시한다.

미륵은 하늘과 땅이 생기면서 서로 붙어 있을 때 함께 생겨나서 하늘 땅을 가르고 두 개씩 있던 日月을 조정했다. 자연물로 옷을 지어 입고 생식을 했다. 아직 인공이 없는 자연 상태에 머물러 있음을 보여준다. 풀개구리, 생쥐를 통해 물과 불의 근원을 찾아주고, 해와 달에 축수하여 금쟁반 은쟁반의 벌레로 출현한 인간의 첫 모습을 그렸다.

(2) 석가가 나타나 미륵과 인세차지 경쟁을 벌인다.

제주도 것을 포함해 우리 창세신화뿐 아니라 동북아 창세신화에 널리 사용된 삽화로 이미 잘 알려진 내용이다. 금병 은병의 줄 끊어지지 않게 하기, 동지채와 입춘채의 대결을 거쳐서 마지막으로 꽃피우기 경쟁에서 속임수로 승리한 석가가 이 세상을 차지하게 되어서, 이 세상에는 기생, 역적, 무당, 백정 등이 나서 어지러워지게 되었다고 한다.

(3) 석가가 삼천 중을 데리고 노루 사냥을 한다.

미륵이 사라지고 없는 세상을 석가가 다스리게 되었다. 이 부분은 상당히 간략하게만 나타난다. 화소가 단순하다. 석가가 중들을 데리고 산 중에 들어가니 노루 사슴이 있어서 노루를 잡았다. 그 고기를 구워 먹는데, 두 명이 일어나서 먹기를 거부하였다.

　　삼천 중 가운데 둘이 일어나며

고기를 땅에 떨어뜨리고
나는 성인 되겠다고
그 고기를 먹지 아니하니
그중 둘이 죽어 산마다 바위 되고
산마다 소나무 되고
지금 사람들이 삼사월이 다가오면
상향미 노구메
꽃전놀이 화전놀이[9)]

이렇게 갑자기 무가가 종결되어서 그 의미가 무엇인지 이해하기 어렵게
되어 있다. 『조선신가유편』을 재간행한 건국대 팀은 주석에서는 "여기서는
화전놀이의 기원이 육식을 거부하고 성인이 된 두 사람을 기리는 것에
있다는 인식을 보여준다."고 하였다. 가령 같은 함흥의 무녀 강춘옥의 서사
무가 <셍굿>에서, 창세 이후에 칠성신앙의 기원, 화장법의 기원 등으로
이어나가는 사례를 참고하면[10)] 이 부분이 화전놀이의 기원을 설명하는
것으로 보아도 좋을 것이다. 김헌선은 이 자료의 신화소를 "A. 천지개벽과
천지창조 B. 일월의 조정과 갖가지 신앙 C. 미륵님의 거인적 면모 D. 물과
불의 근원 E. 인간의 창조 F. 인세차지의 경쟁 G. 생식에서 화식으로의
전환 H. 화식의 거절과 영생의 획득"으로 정리하였다.[11)] 이로써 이 신화의
얼개는 드러나지만 전체적인 연결 구조를 보여주는 작업이 더 필요하게
되었다.
　김쌍돌이의 이 무가는 부분부분은 이해가 되지만, 특히 후반부 화소로
인하여 전체적인 해명에 어려움이 있다. 오히려 부분적 설명에 그치기보다
는 전체적인 구성을 파악하면서 의미를 찾기에 더 좋은 자료인 것으로
생각해볼 수 있다. 물론 무녀 자신은 그런 의미를 의식하지는 않았더라도

---

9) 손진태 편, <창세가> 25-26면.
10) 김헌선, 『한국의 창세신화』, (길벗, 1994), 250면.
11) 김헌선, 『한국의 창세신화』, , 228면.

우리는 보다 보편적인 의미에서의 창세신화로 이해해도 좋을 이유를 제시할 수 있다고 보인다.

그러기 위해 이 신화의 전체적인 대립 구도를 다시 드러내 보자. 이 신화는 물론 미륵과 석가의 대립으로 구성되고 전개되어 있다. 그중에서도 특히 미륵과 석가가 인간 세상을 누가 차지할 것인가를 놓고 내기하고 경쟁하는 모습이 부각되어 왔다. 그러나 그 결과의 대립도 주목할만 하다. 미륵과 대립되는 석가의 세계를 나타내는 구절은 짧게 약화되어 있지만 의미가 크다.

> 미륵님이 그 때에 도망하여
> 석가님이 중들을 데리고 찾아 떠나서
> 산속에 들어가니 노루사슴이 있구나
> 그 노루를 잡아내어
> 그 고기를 삼천 꼬치를 꿰어서
> 이 산속의 늙은 나무를 꺾어내어
> 그 고기를 구워 먹으니 (25면)

미륵이 이 세상을 석가에게 양도하면서 내린 저주처럼 기생, 과부, 무당, 역적, 백정, 삼천중에 천 건달이 생겨나는 것이 이 세상이다. 이 세상의 특징은 노루사슴을 사냥해서 나무를 꺾어서 불에 구워먹는다는 것으로 구체화되어 있다. 짐승을 사냥하고 그 고기를 불에 구워먹는다는 것은 미륵 시절에는 없던 일이다.

> 미륵님의 시절에는, 생식을 잡수시어
> 불 아니 넣고, 생 낟알을 잡수시어
> 미륵님은 섬들이로 잡수시어
> 말들이로 잡수시고, 이렇게는 못할러라 (19면)

미륵님 세월에는
섬들이, 말들이 잡수시고
인간세상이 태평하고 (22면)

미륵님의 세상에는 생식을 하고 인간 세상이 태평하다는 점이 부각되어
있는 것을 주목하게 된다. 생식은 태평한 세상의 상징일 것으로 생각된다.
짐승을 죽여서 그 고기를 구워먹는 살생의 상징과 크게 대비된다. 석가의
세계는 산의 나무를 꺾어 불을 때서, 사냥해서 잡은 짐승을 구워먹는다는
점에서 부정적인 함의를 내포한다.

그러나 우리 인간 대부분은 죽인 짐승의 고기를 먹고 나무를 꺾어 불을
때서 요리를 한다. 즉 석가의 세계에 산다. 생식을 하거나 채식으로만 삶을
영위하는 사람은 소수이다. 채식은 평화의 상징일 것이다. 대부분의 인간은
살기 위하여 다른 생명을 죽여서 만든 음식을 먹어야 사는 모순적인 처지에
놓여 있다.[12]

이런 일이 벌어진 것은 미륵이 석가에게 이 세계를 양도하고 떠나버렸기
때문이다. 미륵이 떠난 세계는 살생과 火食과 자연파괴가 자행된다. 이것은
인간의 보편적 일상의 세계이고 종교적 용어로 하면 俗의 세계이다. 미륵의
세계는 이에 대립적으로 거룩한 세계, 聖의 세계라고 할 수 있다. 이 신화는
우리가 거룩함을 잃어버린 속된 세계에 살고 있다는 것을 부각시킨다.
미륵이 없는 세계, 성스러움이 사라진 세계에서 우리는 사냥을 하고 나무를
꺾고 불을 사용하여 먹고 죽이고 자연을 파괴하는 삶을 사는 것으로 만족할
것인가 하는 문제를 이 신화는 제기하고 있다고 할 수 있다. 즉 이야기를
통해서 성과 속의 대립을 강하게 드러내고 우리가 속을 넘어서 성의 세계를
어떻게 지향할 수 있는가의 문제를 제기하기 위하여 성과 속을 대립적으로
배치했다고 이해된다. 도정일은, '기독교가 아니더라도 인간이 이런저런

---

12) Campbell, J. John, *The Power of Myth*. 조셉 캠벨, 빌 모이어스, 이윤기 옮김, 『신화의 힘』, (고려원, 1992), 152면.

창조신화를 만든 것은 인간이 존재하는 이유나 삶의 의미를 찾기 위해서라고 지적한 것과 통한다.13)

이렇게 보면 이 신화의 전체 구도는 앞의 (1)단락 미륵 세계의 聖과 (3)단락 석가 세계의 俗을 대립적으로 제시하고 있다. 그리고 (2)단락은 그 성에서 속으로의 변환과정을 보여준다. 그 변환이 모순적이면서도 필연적임을 상징적으로 표현하고 있다.

미륵과 석가의 첫 번째 내기는 동해바다 속에 금병 은병 줄을 달아 병의 줄이 끊어지지 않게 하는 것이었다. 미륵의 줄은 끊어지지 않고 석가의 줄은 끊어져서 석가가 내기에 졌다. 두 번째 내기는 성천강을 여름에 얼어붙게 하는 것이었다. 미륵은 강이 얼어붙게 했고 석가는 실패했다. 마지막 내기는 유명한 꽃피우기 경쟁이다. 석가는 속임수를 써서 미륵의 번성한 꽃을 자기 것으로 훔쳤다. 이 "더럽고 축축한" 짓으로 말미암아 이 세계가 이렇게 속임수와 도둑질과 역적과 무당 등이 만연한 더러운 세계가 되었다는 것이다.

문맥에서 석가는 분명히 내기에서 두 번이나 졌고 세 번째는 속임수를 썼으니 무능하고 사악하다고 한다. 그러나 이미 선학들이 지적했듯이14) 석가의 패배는 인간에게는 필수적이었다. 동해바다에서 병의 줄이 끊어진다는 것은 물이 흐름, 비가 내림을 암시한다. 미륵은 내기에는 이겼지만 인간에게는 병의 줄이 끊어져서 비가 내리는 것이 절실하다. 두 번째 내기에서도 강물은 녹아 흘러야 인간이 물을 이용하고 농사를 지을 수 있다. 내기에서는 이겼지만 미륵의 강은 인간에게 도움이 되지 못한다.15) 세

---

13) 도정일 최재천, 『대담』, (휴머니스트, 2005), 231면.

14) 박종성, 『한국창세서사시 연구』, (태학사, 1999), 110면.
　　신태수, 「창세신화의 변이양상과 신화사적 위상」, 『우리말글』39, (우리말글학회, 2007), 180-181면.

15) 인간에게 도움이 되지 못하는 것이 성의 세계라고 할 수 있나 의문을 가질 수 있다. 이는 성스럽기만 한 것은 인간의 삶과는 거리가 멀다는 측면을 가리키는 것이다. 성스러움을 구하는 것은 실질적인 삶에 도움이 되지 않는다고 생각되기 쉽다. 순수철학자가 일상 삶에 유능하지 않다고 보는 것과 마찬가지이다. 그러나 사실은 속의 삶의 이면에서 성스러움은 속의 삶의 방향이 된다는 점을 이 신화가 차례로 보여주고 있다고 말하고 있는 것이다. 이는 엘리아데가 말한 '숨은 신' 개념과도 유사하다. 신은 세계를 만들고 우주

번째 꽃피우기에서 석가의 행동은 자연의 꽃을 인위적으로 가공한 것으로 이해할 수 있다. 그리고 인간에게 필요한 것은 자연 그 자체의 꽃이나 열매가 아니라 인간에 맞게 변형된 식물이다. 쌀이나 옥수수는 모두 자연 그대로의 것이 아니다. 인간의 필요에 맞게 변형된 결과물이다. 개나 말이나 돼지 같은 짐승도 자연 그대로가 아니라 인간과의 관계에 맞게 변형되어 있다. 자연을 변형해서 인간의 필요에 맞게 한 것은 바로 인간이 해온 일을 보여준다.

미륵은 선하고 석가는 야비하고 사악하다. 그러나 석가가 한 일이 인간의 생존에는 도움이 된다. 인간은 미륵처럼 순수하고 선하라고 하면서도, 석가처럼 야비하고 사악해서 이렇게 살아남고 번성했다고 할 수 있다. 김쌍돌이 <창세가>는 인간 존재의 모순을 가감 없이 드러내는 신화라고 할 것이다.

3. 구약성서 <창세기>와의 성속 비교

김쌍돌이 <창세가>의 주제가 미륵이 떠난 세상에서 어떻게 살아야 하는가의 문제인 것이 에덴동산 이야기가 신이 떠난 세상에서 인간은 어떻게 살아야 하는가의 문제라는 도정일의 지적과 같은 것이라면 두 신화를 좀더 상세하게 검토하여 이 문제의 보편성과 개별성을 드러낼 필요가 있다.

널리 알려져 있다시피, 창세기 서두의 <에덴동산 이야기>는 하나님이 창조한 세계와 에덴동산의 완전함과 평화로움을 먼저 보여준다. 아담과 하와는 신이 지시하는 대로 선악과 외의 에덴의 모든 과일을 따먹으면서 평화롭게 산다. 이것은 어떠한 악도 없는 신의 세계, 성스러운 동산이다.

이것에 뚜렷하게 대비되는 이야기 후반부에서는 아담과 하와가 신의 저주를 받으며 에덴동산에서 추방된다. 이제 이들은 노동과 출산의 고통

___
너머로 숨어버린다. 성스럽기만 한 것은 현실에서는 찾을 수 없다. 그러나 인간은 결국은 이 신을 찾게 된다는 역설에 놓인다.

속에서 자기 생존을 이어나가야 한다. 노동과 출산은 인간의 일상을 이루는 기본 요소이다. 아이를 낳고 일을 하며 살아가는 것이 인간의 삶이고 역사이다. 이제 신으로부터 쫓겨난 인간은 어떻게 살아야 하는가 하는 문제가 제기된다는 것이다.

이 사이를 연결하는 것은 평화로운 에덴동산에 뱀이 나타나 아담과 하와를 유혹하여 신의 말씀을 거역하게 하는 중간부분이다. 뱀은 하와에게 말을 걸었지만 사실은 신과 경쟁하고 있다. 인간은 신의 말을 들을 것인가 뱀의 말을 들을 것인가. 이 경쟁에서 뱀이 승리함으로써 인간 부부는 에덴에서 쫓겨난다.

이렇게 정리해보면 역시 세 단락 구성이라고 할 수 있다. (1) 성스러운 공간인 에덴동산 (2) 뱀의 유혹 (3) 에덴동산에서 추방. 다시 말하면 聖의 세계를 잃어버리고 俗의 세계로 추방되는 구성으로 된 이야기이다.16) 그런데 이 신화 역시 인간은 결국 에덴에서 나와서 신이 아닌 자신의 삶을 운영해야 한다는 결말임을 알 수 있다. 에덴에서만 있다면 평화로울 수는 있겠지만 노동도 출산도 그 의미가 없다. 먹을 것을 마련하기 위해 노동하지 않아도 되고, 영원히 살기에 후손은 필요하지 않을 것이다. 그러나 인간의 현실은 노동으로 양식을 마련하고 자식을 낳아 가족을 이루어 사는 것이다. 인간은 여기에서 보람을 느낀다. 그러면서도 떠나온 에덴동산에 대한 향수는 후손에게서도 사라지지 않고 회복되어야 할 당위로 여겨진다. 그러기 위해서 신을 더욱 열심히 섬겨야 한다. 신을 섬기는 것이 인간의 의무라는 중동지역 창세신화의 일반적 주제를 공유한다.

여기서 부각되는 것은 신의 세계와 추방된 인간의 세계의 엄격한 분리, 차별성이다. 성의 세계와 속의 세계는 뚜렷이 나뉘어 있다. 전체적으로

---

16) 물론 이 두 신화가 똑같은 구성이라고 할 수는 없을 것이다. 한 논평자의 지적대로 '신에게 추방되어 있던 세계에서 다른 세계로 간 것'과 '신이 부재하여(통치하지 않아/ 다른 신이 차지하여) 그 세계의 성격이 바뀐 것'은 차이가 크다고 할 수 있다. 그러나 차이가 있기에 비교도 가능하다. 본고에서는 그 차이보다는, 그 결과로 '그 세계의 성격이 바뀐 것', 즉 창조신이 없는 이 세계의 모습을 그리고 그 세계에서 살아가는 인간의 실존적 모습의 유사성을 지적하는 것이다.

같은 주제에 같은 구도를 보이고 있지만 여기서의 차이점은 부각시킬만하다. <창세가>에서 인간은 미륵 없는 세상에서 석가처럼 속임수와 살생으로 살아가는 결말을 보여주었다. 그러나 이것으로 그치면 삶은 허무할 것이다. 대부분의 사람들에게 야비하고 사악한 행위로 생존만을 구가하는 삶은 바람직하지 않다고 부정된다. <창세가>의 (3)단락의 뒷부분은 이 점에 대한 대답을 마련하고 있다.

(3)단락은 또 두 부분으로 나누어진다. 앞의 내용은 석가가 산속에 들어가서 노루 사슴을 잡아 불에 구워먹는다는 것이고, 뒤의 내용은 삼천 중들 중에서 두 명이 그 고기 먹기를 거부하고 산에 들어가 바위와 나무가 되었으며 지금 사람들은 화전놀이에서 이들을 기린다는 것이다. 전체적으로 속의 세계를 그리지만 뒤에서 "나는 성인 되겠다고, 그 고기를 먹지 아니"한 중들은 미륵의 후예로 성스러움을 지향하는 사람들이라고 하겠다. 지금도 사람들은 봄에 꽃놀이를 가서 상향미 노구메로 이들을 기린다고 했다. 상향미, 노구메는 산천의 신령에게 올리는 제수쌀과 밥이다.

이는 속세의 세상을 사는 사람들이 성스러운 신령을 기리고 찾는다는 것으로 이해할 수 있다. 다시 말하면 석가의 세계를 살면서 미륵의 세계를 기린다는 것이다. 이것이 바로 우리 인간들이 취할 수 있는 삶의 자세라고 이 신화는 말한다.

석가의 세계만이라면 이 세상은 비열하고 가혹하다. 자기가 먹기 위해 다른 생명을 함부로 죽이고 불을 때기 위해 자연을 파괴하는 것을 당연하다고 생각한다. 현실적으로 이렇게 사는 사람도 많을 것이다. 아니 이 신화에서는 삼천 중 대부분이 이렇게 산다고 말한다. 그중의 둘은 그 고기를 먹지 않겠다고 하고 산으로 들어가 바위와 나무가 되었다. 우리로서는 그것도 받아들이기 쉽지 않은 결말이다. 미륵의 세계만으로 인간 삶을 구성할 수 있을까? 그럴 수 없다. 순수하고 속임수를 쓰지 않고 살생하지 않고 살 수 있을까? 미륵의 순수 자연 세계는 인간이 생겨난 배경이기는 하지만 인간은 그렇게 살 수 없다. 사실은 동물도 다른 동물을 죽이고 속임수를 써서 생존하고 있다. 인간도 동물의 하나로서 그 점에서는 마찬가지이다. 여기서 놓여날 수는 없을 것이다.

그러나 인간은 동물과 다르게 이 점에 대해 깊이 고민하는 것으로 보인다. 생존만 추구하는 것이 아니고 의미와 가치를 추구한다. 의미와 가치는 살생을 하지 않고 자연을 파괴하지 않고 다른 존재를 속이지 않는 평화롭고 성스러운 세계를 추구한다. 생존을 위해 살생과 속임수를 벌이면서도 이와 상반되는 의미와 가치를 추구한다는 점에서 인간은 모순적이다. 그러나 그 점이 인간 삶의 기본 조건이라고 이 신화는 말한다.

그러므로 석가의 세계에서 세속의 삶을 살면서 동시에 미륵의 가치를 추구하는 것도 함께 이루어내라고 말한다. 자연에서, 봄에 꽃놀이를 하면서, 자연의 순수하고 평화로운 의미를 다시 생각하고 찾으라고 한다. 이 신화의 마지막 부분은 바로 우리가 속의 세계를 살지만 그중에서도 성의 세계를 잊지 말아야 인간다운 삶을 살 수 있다는 이야기를 은근한 목소리로 전해주는 것이다.

이것은, 창세기에서도 에덴을 떠난 인간들이지만 신을 늘 염두에 두고 살아야 한다고 하는 것과 같으면서도 다르다. 성스러움을 찾아야 한다는 점은 같지만, 그것이 당위나 의무가 아니라 자연스러운 생활의 모습으로 드러나는 점은 다르다. 그것은 "꽃전놀이 화전놀이"의 놀이이다. 놀이는 사람을 억압하지 않는다. 자유롭고 즐거운 놀이처럼 일상 속에서 성스러움을 찾는 생활을 말한다고 할 수 있다.

여기서 우리는 이 <창세가>에서 화전놀이가 갖는 의의를 비정할 수 있다. 무가 맨 마지막에 두 구절 나올 뿐이지만 이 화전놀이는 성과 속을 매개하는 구실을 하는 의미가 있다. 미륵이 제시한 성의 세계와 미륵이 떠나고 없는 속의 세계의 이분법적인 상황에서 화전놀이는 이 둘을 매개하는 소통, 숨통의 역할을 한다. 속의 세계를 사는 것이 현실이지만 현실만으로 살 수 없는 인간에게는 화전놀이같은 의례를 통해서 미륵의 성스러운 세계를 맞아들임으로써 스스로를 거룩하게 해야 한다는 것을 말해준다. 여기에서 놀이는 굿에서 '대감놀이, 굿놀이'라고 할 때와 용법이 같다. 단순한 아이들 장난놀이가 아니라 상향미와 노구메를 마련하여 신을 대접하면서 놀려주는 의미가 있다. 이런 행위와 참여 속에서 세속에서 잠시나마 벗어나서 성스러운 세계를 느끼는 것은 역으로 세속의 삶도 건강하게 할 것으로 기대된다.

창세기 에덴동산 이야기도 신약의 예수 이야기로까지 확대하면 조금 더 유사한 사고를 볼 수 있다. 창세기에서는 나무에 있는 뱀이 하와를 유혹하여 인간의 원죄를 생성했다. 예수는 나무에 매달려 죽음으로써 인간의 죄를 모두 갚았다. 나무에 매달려 있으면서 인간의 죄에 관여하는 모습은 뱀과 예수에 공통인 이미지이다. 인간은 나무에 있는 뱀 때문에 성스러운 세계를 잃고 나무의 예수를 통해 성스러움을 되찾는다. 죄와 구원은 모두 나무, 같은 토대에서 마련된다. 죄와 구원은 둘이기만 하지 않다. 인간이 구원을 찾는 것은 죄 속에서이다. 원죄에 기반한 세속의 삶을 살면서 죄를 벗어나는 구원을 찾아야 한다. 죄와 구원은 모두 같은 나무에서 가능하다. 둘은 나뉘어 있으면서도 같은 나무에 있다. 속과 성은 나뉘어 있으면서도 둘이 아니다. 성스러운 것은 세속 가운데에서 찾아야 한다.17)

예수를 마지막 아담이라고도 한다. 아담이 지은 죄를 예수가 구속한다. 그러나 이 둘은 나뉘어 있기만 하지 않다. 아담은 뒷날의 예수이기도 하다. 인간은 죄를 짓고 속된 세계에 살지만 언제나 성을 찾고 회복할 수 있다. 우리는 일상의 세속적 삶을 살지만 언제나 성스러움에 다가서고 성스러운 자신을 회복할 수 있다는 것이 이 두 신화가 공통적으로 제시하는 함축된 주장이다.

이러한 생각은 성과 속이 대조적이기는 하지만, 배타적이거나 대립적이지 않다는 엘리아데의 주장과 맥을 같이 한다. 그는 이렇게 말한다.

---

17) 칼 융은 <욥에의 대답(Answer to Job)>에서 뱀을 야훼의 다른 자아로서 이해하였다고 하는 것도 이와 통하는 바가 있다. 이경재, 『자연학적 인간학(과) 중층해석학』, (철학과현실사, 1999), 200면.

모든 성현은 성과 속, 정신과 물질, 영원과 비영원 등의 상반되는 두 본질의 병존을 나타내기 때문에, 성-속의 일치는 어떤 성현 속에라도 내포되어 있다. 성현의 변증법, 유형적 물질 속에서의 성의 표명이라는 변증법이 계속 중세 신학처럼 완성된 신학의 대상이 된다는 사실은 그것이 어느 종교에서건 기본적인 문제라는 것을 증명한다.[18]

피터 버거도 유사한 지적을 한다. "세속적 존재는 단순히 신성성이 결핍되어 있는 존재라고 규정할 수 있다. 신성한 것으로 두드러지지 않는 모든 현상은 세속적인 것이다."[19] 우리가 살고 있는 이 세계가 속의 세계라고 하는 것은 악으로 점철되어 있다는 것은 아니다. 신성성이 결핍된 일상적인 상태일 뿐이다. 그 속에서 성의 가능성은 늘 열려 있다. 우리는 일상의 세속적 삶 속에 빠져 있음과 동시에 그 속에서 성을 찾을 수 있다는 것이다.[20] 그러한 노력이 종교라고 보는 것이다.[21]

그런 점에서 함흥의 김쌍돌이 <창세가>는 성과 속의 변증법을 충분히 구현하고 있는 종교적 서사물이라고 할 수 있다.

---

18) Mircea Eliade, *Traité d'histoire des religions.* 미르치아 엘리아데, 이재실 옮김, 『종교사개론』, (까치, 1993), 49면.

19) Berger L. Peter, *The Sacred Canopy: Elements of a Sociological Theory of Religion.* 피터 버거, 이양구 옮김, 『종교와 사회』, (종로서적, 1982), 36면.

20) 신학자인 이경재는 '뱀 없는 에덴동산이 가능한가' 하는 질문을 제기했다. 이경재, 앞의 책, 198면.

21) 현상 속에서 성과 속은 항상 같이 나타나므로 공시적이라고 할 수 있는데 여기서는 선후로 나타난다는 점에 주목할 수 있다. 그 이유는 신화 즉 이야기이기 때문이다. <창세기>에서 보이는 것처럼, 에덴동산은 성의 공간이기만 하다. 그런 것은 현상 속에서는 찾을 수 없겠지만 신의 공간으로서의 에덴은 성의 공간으로만 인식된다. 아담과 이브의 죄로 인하여 속의 세계로 떨어져나간다고 서술된다. 그것은 성과 속이 하나라도 그 둘을 선후로 나눔으로써 그 개념을 분명히 하고 나아가 잃어버린 성을 다시 되찾는다는 설정은 그 자체가 이야기로서 처음과 중간과 끝을 요구하기 때문이다. 이 점에 대하여는 Ricœur, Paul, *La Symbolique du Mal.* 폴 리쾨르, 양명수 옮김, 『악의 상징』, (문학과지성사, 1994), 166면 참조.

4. <창세가>의 신화적 의미망

다른 창세신화도 그렇지만 김쌍돌이 <창세가>도 도둑 무당 역적이 많은 인간 삶의 현실을 설명하자는 이야기이다. 왜 이렇게 악과 고통이 있는가, 많은가에 대한 해명을 하자는 신화이다. 그 설명을 하자고 미륵 이야기를 창안했다. 미륵의 세상이 실재했다고 할 수는 없다. 현실을 설명하기 위해 당위론적으로 요청된 세계이다. 이는 창세기 기사에서도 같다고 할 수 있다. 인간은 노동으로 살아가며 특히 여성은 출산에 극심한 고통을 겪는 현실이 하나님이 마련한 에덴동산이 뱀에 의해 부정된 결과라고 설명하는 것과 동궤이다.

그런데 <창세가>에서 석가가 차지한 현실 세계는 극히 짧게 언급되고 미륵의 행적은 아주 길게 설명된다. 손진태가 배열한 사설이 전체 164행이다. 이를 1과 2로 나누었는데, 1은 72행까지로 천지개벽과 함께 미륵이 탄생하여 일월조정하고 옷을 지어 입고 불의 근본 물의 근본을 찾는 것까지이다. 73행부터 시작하는 인간의 유래에 이어 89행에서 석가가 등장한다. 149행까지 내기의 전말이고 결국 시달리던 미륵이 이 세계를 떠난다는 것이 149행의 "미륵님이 그 때에 도망하여"이다.

149행부터 6줄이 바로 석가의 세계이다. 앞에 인용한 바, 석가가 중들을 데리고 산속에 들어가 노루사슴을 사냥해 불에 구워먹는다는 내용이다. 155행에는 그중 두 명의 중이 일어나며 고기를 먹지 않겠다고 선언하고 석가를 떠나 산에 들어가 바위와 나무가 되었고 사람들이 화선톨이할 때 이들을 기린다는 것으로 맺는다.

석가의 세계는 짐승 사냥과 화식으로 집약되어 있다. 이 점은 현대 진화론의 관점에서도 특기할만하다. 인간이 정교한 언어를 구사하고 문화 종교 전쟁 윤리 등 복잡한 사회적 행동을 하는 데에는 큰 뇌와 높은 지능이 필요한데, 이 뇌의 발달에 화식이 결정적인 역할을 했다고 한다. 불을 이용한 요리, 음식을 익혀먹음으로 인해 소화에 드는 시간과 에너지를 절약하고 세균질환에서 벗어났으며, 음식에서 보다 많은 에너지를 뇌에 공급하게 되었다고 한다.[22] 화식이 인간을 동물로부터 멀리 높이 벗어날 수 있게 했다.

화식을 강조하면서 이 신화에는 미륵과의 내기에서 석가의 행적이 인간 사회의 농경에 기여하는 것으로 이해되는 점이나, 미륵이 석가의 세계를 기생, 과부, 역적, 백정의 사회가 될 것이라고 예언한 내용은 다시 나타나지 않는다. 그러나 이 셋은 함께 묶인다. 다시 신화를 따라가보자. 처음에는 미륵의 세계를 길게 노래한다. 미륵의 세계는 자연 상태이다. 거인인 미륵이 칡으로 옷을 해 입고 섬들이 말들이로 생식을 한다. 그래도 해와 달을 조정했고 옷을 지어 입을 줄 알고 불과 물의 기원을 찾아내기도 했다. 카오스이기만 했던 자연세계를 미륵이 코스모스의 세계로 변형시켰다. 창세신화에서 신들이 하는 일반적인 작업이다.

이 세상을 석가가 뺏자고 달려들었다. 세 차례의 내기와 속임수를 통해서 석가가 세상을 차지했다. 이 속임수의 특징은 농경으로 수렴된다는 점이었다. 농경은 자연 그대로가 아니라 자연을 가공하는 인공의 세계다. 농경에는 문화라는 말이 붙을 수 있다. 논과 밭은 가짜 자연이다. 자연을 변형시키는 것이 바로 내기이고 속임수라고 이해할 수 있다.

그리고 이 세상은 기생, 무당, 역적, 백정, 과부, 중이 많이 생기는 말세가 된다고 한다. 이것은 석가가 자행한 속임수의 결과라고 한다. 미륵의 예언이 실현된 것이 우리가 사는 이 세상이라는 것이다. 우리도 이 설명을 듣고 이 신화가 현실을 잘 설명하기 위한 허구로 충분히 역할을 한다고 생각한다. 그러나 여기에는 신화적 기능도 있다는 점이 지적되어야 한다.

미륵이 떠나간 뒤에 석가는 중들을 데리고 산속으로 들어가 노루 사슴을 사냥해 불에 구워 먹는다. 석가의 세계가 농경 세계라고 하고 이어서 보여준 석가의 행동은 사냥이어서 의아하게 생각될 수 있다. 농경과 사냥은 상반된다고 할 수 있다. 왜 상반되는 둘이 똑같이 석가의 세계인가?

---

22) Wrangham, Richard, *Catching Fire: How Cooking Made Us Human*. 리처드 랭엄, 조현욱 옮김, 『요리본능; 불, 요리 그리고 진화』, (사이언스북스, 2011), 161-162면.

그 점이 바로 신화가 전하는 메시지임을 이해해야 한다. 신화는 상반되는 것, 모순적인 것이 공존하는 것이 우리 현실 세계라고 말하는 서사문학인 것이다. 이 신화에서의 대립을 다시 찾아 보자. 첫 번째는 미륵과 석가의 대립이다. 미륵의 자연과 석가의 농경이다. 두 번째는 석가 안에서 농경과 사냥의 대립이다. 이를 도표로 보이자.

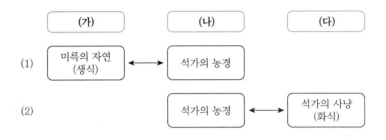

신화 전반부에서 미륵이 생식을 하는 인물로 제시되었고, 이에 대결하는 석가의 패배는 결국 인간에게 농경을 가능하게 하는 것임을 지적하였다. 신화 후반부에서 석가가 사냥을 하는 모습이 드러나 있다. 석가는 전반부 미륵과의 관계에서는 농경의 모습을 모여주고 신화 후반부에서는 사냥하는 모습을 보여준다. 농경과 사냥이 같은 미륵의 성질로 나타나는 것이다. 이 상반되는 것을 함께 지니는 것이 바로 미륵의 본 모습이며 인간세의 모습이라는 것을 이 신화가 드러낸다고 하겠다.

이렇게 보면 농경은 자연과 사냥의 중간항이다. 중간 세계가 바로 세속일 것이다. 그 안에 사는 기생, 과부, 무당, 역적, 백정은 중간 세계를 사는 사람들로 생각된다. 말하자면, 기생은 처녀와 기혼녀의 중간, 과부는 망자와 생존자의 중간, 무당은 하늘과 인간의 중간, 역적은 나라를 혼들고 새로 건설하는 중간 과정일 수 있다. 백정은 죽음과 삶의 중간이다. 동물에게는 죽음이고 인간에게는 삶이기 때문이다. 함흥의 큰무당 김쌍돌이가 의식적으로 이렇게 열거한 것은 아니겠지만 모순 또는 반대되는 것의

일치를 추구하는 신화의 기본 구성을 충실히 따르고 있다는 점은 주목할만하다.23)

그러나 이 신화는 한 걸음 더 나아간다. 삼천 중 중에 둘이 화식을 거부하고 성인 되겠다고 떠나는 것이다. 이 둘은 다시 미륵의 세계, 성스러운 세계를 회복하고자 한다. 그러나 그 성의 세계는 사실은 인간이 살 수는 없다. 인간은 자연 그대로의 세계에서 살 수는 없다. 모든 사람이 중처럼 살 수도 없고 그래서도 안 된다. 그러나 그 세계를 망각해서는 안 된다는 것을 두 명의 중이 상징한다.

인간은 동물에서 나왔지만 여전히 동물의 한 종이다. 우리는 언제고 동물로 다시 돌아갈 수도 있다. 저 하늘, 저 성의 세계에 대한 지향을 망각하지 않아야 동물과 신의 중간 상태인 인간으로 살아갈 수 있다고 말하는 듯하다.

그래서 삼천 중에 둘이라는 숫자의 극적인 대비도 의미 있다. 2998명 대 2명의 큰 차이는 다수와 소수를 극명하게 드러낸다. 극히 일부는 일상을 버리고 세속을 떠나서 미륵의 세계를 염원한다. 그들이 이 세계에 주는 메시지는 중요하지만 모든 사람이 그렇게 해서는 안 된다고 할 수 있다. 그러나 다수가 이들 소수를 수용해야 다수의 삶도 동물적 가치에서 벗어날 수 있다. 종교 지도자들이 전하는 메시지가 많은 사람들의 삶의 지표가 되는 이유라고 할 수 있다. 이 신화는 우리 삶의 이런 모습을 충실히 재현해서 오래 전승해 왔다. 직접적인 논술이나 교훈이 아니라 신화라는 서사 양식이었기에 가능했다고 보인다.

---

23) 이는 레비스트로스가 대립과 중개적 구조를 설명하면서 하나의 예로 삶(농경) - 사냥 - 죽음(전쟁)의 구도를 보여준 것과 유사하다. 레비스트로스는 사냥이 매개항이었지만 우리 논의에서는 농경이 매개항 역할을 한다고 할 수 있다. 이렇듯 신화는 현실의 대립을 매개항을 통해 극복하는 일반적 구조를 보이지만 각 신화에 따라 대립항과 매개항은 다른 항목으로 구성된다. 레비스트로스, 「구조주의 신화학」, 김병욱 외 엮음, 『문학과 신화』, (예림기획, 1998), 276면.

5. 맺음말

본고는 함흥의 창세신화인 <창세가>의 난해한 결말을 이해하기 위해 시도되었다. 인간 세상을 마련해준 미륵이 사악한 석가로 인해 이 세상을 떠나버렸다. 미륵이 떠난 세상에서 인간은 어떻게 살아야 하는가 하는 문제를 제기하는 신화로 이해할 수 있다고 보았다. 이는 서양 기독교의 창세기 <에덴동산> 이야기의 주제와 동일하다고 보았다. 그것은 공히 (1) 성스러운 공간인 미륵의 세상/ 에덴동산 (2) 사악한 석가/ 뱀의 유혹 (3) 미륵이 떠난 세계/ 신으로부터 에덴에서 추방 이라는 세 단계로 구성되어 있다. 다시 말하면 聖의 세계를 잃어버리고 俗의 세계로 추방되는 구성으로 된 이야기이다. 둘 다 인간은 성의 세계를 알고 있지만 속의 세계에서 살아가야 하는 존재라는 점이 드러나는 신화이다.

이렇게 볼 때 <창세가>의 난해한 결말 '화전놀이'의 등장을 이해할 수 있음을 보였다. 일상을 벗어나 산으로 가서 하루를 자연과 함께 보내는 화전놀이는, 미륵이 알려준 성의 세계와 미륵이 떠나버린 속의 세계를 매개하는 역할을 한다고 보았다. 속의 세계를 사는 것이 보통 사람들의 삶이지만 현실만으로는 삶의 무의미함에 빠지고 만다. 화전놀이는 성의 세계를 환기하고 우리가 성의 세계를 잊지 않고 살아간다는 것을 스스로 확인하는 의례의 기능을 한다. 성과 속이 대조적이지만 배타적이 아니어서, 우리가 살고 있는 이 속의 세계 속에 성의 가능성은 열려 있으며 이 성의 가치를 망각하지 않고 사는 것이 인간다운 삶의 길임을 말하고 있는 신화임을 해명했다.

이러한 결론은 특히 지금 우리 시대에 큰 의미가 있다. 자본주의의 세계적 전개 속에서 사람들은 물질과 육체적인 소비주의의 극을 달리고 있다. 도정일이 말한 대로 '사회적 이성을 마비시키는 시장전체주의' 사회에서 '기억, 상상력, 이성의 인문적 가치'[24)로 균형을 이루는 사회로 나아가야

---

24) 도정일, 『시장전체주의와 문명의 야만』, 생각의 나무, 2008, 145면, 186면.

할 지향점이 뚜렷해지고 있다. 이때 우리 구전 창세신화 속에서, 세속의 성공만이 아니라 성스러움의 가치 또한 함께 추구해야 한다는 민중의 자각이 있었음을 확인하였다고 할 수 있다. 삶의 무의미함에서 벗어나는 길이 성스러움의 인문적 가치에 있음을 이해하게 해준다. 불과 6쪽 정도의 작은 분량이지만 이 신화가 함축하고 있는 인문적 의미는 거대하다. 우리 삶의 과거와 현재의 모습을 함께 보여주고, 미래의 방향을 제시하고 있다고 할 수 있다.

함흥 <창세가>의 난해한 결말을 이해하자고 시작해서, 의미를 찾고자 하는 인간 삶을 형상화하는 것으로 신화 전체를 다시 해석했다. 무속 신앙의 범위를 넘어서 보다 보편적인 인문적 의의가 있는 해석으로 우리 신화를 다시 조망해야 할 필요를 느끼게 된다. 세계 신화와의 비교 대조를 통해서 우리 신화의 의의를 찾는 작업이 광범위하게 이루어져야 할 것이다.

한국 창세신화의 '속이기' 모티프를 통한 트릭스터의 이해

1. 서론

우리 창세신화 속에는 인세차지 경쟁담이 들어 있다. 그 중요한 화소는 꽃피우기 경쟁으로, 속임수로 이긴 자가 이 세상을 차지했기 때문에 세상에는 악이 존재한다는 내용이다.

속임수, 속이기라는 모티프는 주몽신화에도 나오고 탈해신화에도 나오고 있어서 대단히 흥미 있을 뿐 아니라, 주목해 논의할 가치가 있다. 그리스에는 프로메테우스나 헤르메스 같은 인물이 속임수를 쓰고 있고 구약성서에서도 야곱이 형과 아버지를 속여서 하나님의 축복을 얻어낸다. 속임수는 세계 신화에서 보편적으로 등장하는 중요하고도 흥미로운 화소인데 아직 그 의미가 깊이 탐구되지는 않았다고 보인다. 그것은 선행연구의 숫자로도 나타난다.

우리의 경우는 김헌선이 인세차지경쟁 신화소의 전승과 변이 양상을 전반적으로 소개하고 또 외국 신화와 비교한 것이 있다.[1] 그 앞의 글에서 그 의미에 관해서 해명했는데, 속임수를 쓴 석가의 승리를 "생명의 죽음과

---

1) 김헌선, 「'인세차지경쟁' 신화소의 전승과 변이」, 『한국의 창세신화』, 길벗, 1994, 133-174면.

새로운 생명의 시작을 아는 경작재배의 단계인 문화적 생활의 시작을 알리는 것"2)으로 보아, 농경의 시대적 의미를 부여하고 있다. 박종성도 꽃피우기 경쟁을 농경 원리와 연관지으면서 본토와 제주도의 차이를 지적했다.3) 유정민은 한국ㆍ유구ㆍ몽골의 꽃피우기 경쟁담을 비교하였는데, 현상 비교를 착실하게 했고, 의미에 대한 깊은 천착은 없다. "석가가 인간세상을 다스리기 위해 속임수를 쓰면서까지 차지하고 싶었던 이유가 인간에게는 생명이 있고, 이 생명을 소중히 보존해주고 다스리고 싶었던 것으로 볼 수 있다."4)는 것이 결론이어서 지나치게 소박하게 처리하고 말아 오히려 의미를 축소시킨 느낌이 든다.

  신화에서 속임수를 쓰는 인물을 흔히 트릭스터라고 한다.5) 그렇다면 우리 창세신화의 속이기는 트릭스터와 관계가 있는지 궁금해진다. 김기호는 관계가 없다고 했는데 과연 그런지 다시 생각해볼 필요가 있다. 김기호는 한국의 호랑이 이야기를 중심으로 트릭스터의 성격을 규명하고자 하였다. 그 결과를 아동ㆍ청소년 심리학의 관점에서 아동이 자기중심성을 넘어서는 세 과정으로 해명하였다. 호랑이나 토끼 이야기는 일종의 우화여서 어린이들이 좋아할만하니 그렇게 설명할 수도 있을 것이지만, 트릭스터는 그보다는 더 큰 문제를 다루며 호랑이나 토끼는 그중의 일부에 지나지 않는다고 생각해야 할 충분한 이유가 있다. 그는 아동 발달의 관점에서 보기 때문에 주몽, 탈해 그리고 창세신화의 석가 등을 트릭스터와는 무관한 신격체로 단정짓고 있다.6) 이한길은 <해님 달님>설화가 속고 속임의 기본 특성에 호랑이의 食의 기호와 여성으로의 변신 욕망을 지적하여 호랑이가 트릭스

---

2) 김헌선, 「본토지역의 창세신화」, 위의 책, 72면.

3) 박종성, 『한국창세서사시 연구』, 태학사, 1999. 112-123면.

4) 유정민, 「'꽃피우기 경쟁' 신화소의 동아시아적 분포와 변이」, 경기대 교육대학원, 2010, 68-69면.

5) 우리 학계에서 트릭스터에 관한 연구는 조희웅, 김열규에 의해 기본적인 시각이 마련되었다고 보인다.
   조희웅, 『설화학 강요』, 새문사, 1989, 132-144면.
   김열규, 『한국문학사』, 탐구당, 1983, 385-416면.

6) 김기호, 「한국 트릭스터담 연구」, 영남대학교 박사논문, 2001, 166면.
   김기호, 「호랑이 설화에서 트릭스터 호랑이의 발달」, 『국어국문학』 135, 국어국문학회, 2003, 221-248면.

터의 모습을 보인다고 지적하고 있다.[7]

　나수호는 석사논문에서는 토끼를, 박사논문을 통해서는 방학중·정만서·
김선달을 대상으로 한국 트릭스터담의 성격을 검토했다. 이들이 보여주는
사기꾼, 꾀쟁이, 오입쟁이의 면모를 검토하는 기반으로 '경계성'이라는 개
념을 전제로 두었다.[8] '경계성'은 트릭스터가 가지고 있는 다양하고 혼란스
러운 성격의 근원을 해명하는 적절한 개념이다. 그러나 연구의 결과로,
한국의 트릭스터가 성공하는 경우가 많은 이유는 유교적 사회 배경에서
"규범과 질서를 공격하는 것이 더욱 중요한 과업이었기 때문"이며 "집단보
다는 오로지 자신을 위해 사는 반영웅적 성격을 띤다."[9]고 한 것은 사태를
조선 후기 사회의 경우로 한정시켜서 '경계성'의 신화적 의의를 크게 축소한
것으로 여겨진다.

　'경계성'의 문제가 특정한 사회적 조건을 넘어서 있다는 것은 트릭스터
이야기가 전세계적이며 통시적으로도 오랜 옛날부터 전승되어 왔다는 사
실을 생각하면 쉽게 이해할 수 있다. 나수호의 연구에서 빠져 있는 또
한 가지는 바로 왜 경계성이 중요한가 하는 점에 대한 설명이다. 터너의
리미널리티 연구를 수용하여 통과제의의 의의를 갖는 것으로 보았지만
트릭스터를 통과제의만으로 보는 것은 미흡하게 여겨진다. 정만서 등의
속이기와 오입 등이 조선후기 유교 사회에 대한 反英雄[10]의 행동으로서
통과제의적 성격을 갖는다고 보는 것인데 이는 통과제의 언급 없이도 잘
설명될 수 있거나 지나치게 당연한 사실의 지적으로 그치기 쉽다.

　이상의 연구는 트릭스터의 면모를 이해하는 데 중요한 기여를 하였지만
자료를 더 확대하며 더 포괄적인 이해를 위한 노력은 지속되어야 할 것이다.
김기호가 트릭스터와 무관하다고 단정한 창세신화에는 속임수로 세상을

---

7) 이한길, 「해님 달님 연구- 트릭스터로서의 호랑이」, 『한국고전연구』, 한국고전연구학회, 1997, 295-317면.
8) 나수호, 「한국설화에 나타난 트릭스터 연구」, 서울대학교박사논문, 2011, 23면.
9) 나수호, 위의 논문, 229면.
10) 나수호, 위의 논문, 183면.

빼앗는 인물이 등장한다. 속임수뿐 아니라 다양한 모습으로 트릭스터의 행적에 비견될 만한 양상을 띠고 있다고 생각된다. 최원오도 무속신화 <창세가>에서 꽃피우기 시합을 한 석가를 '신화적 트릭스터의 대표적 예'라고 간략하게 언급하였다.[11] 당연히 우리 서사문학의 첫장을 장식하는 이 부분에 대한 해명이 필요하며 이는 문학에서의 속임수에 대한, 그리고 트릭스터의 성격에 대한 이해에 기여할 것으로 기대한다. 경계성의 원초적 모습을 제시하여 동물 우화담이나 조선후기 건달형 인물로 한정되기 쉬운 트릭스터의 근원적 면모를 창세신화를 통해 접근해보고자 한다. 물론 트릭스터를 심리학과 사회적 관점에서 해명하는 것은 필요한 일이지만 트릭스터의 이해를 위해서 신화적 조명도 필요할 것이다.

이것이 무망한 작업이 아님은 트릭스터 이야기가 치료 의식에 사용된다는 증언으로도 알 수 있다.[12] 가령 자기 눈을 뺐다 꼈다 하는 나바호 인디언의 트릭스터 코요테 이야기는 눈 병을 치료하기 위한 치료 의례로 이용된다. 우리는 엘리아데를 통하여 창세신화가 바로 치료 의례에 이용된다는 것을 잘 알고 있다. 트릭스터 이야기는 창세신화와 마찬가지로 원시적 무질서로 돌아가 다시 질서를 창조함으로써 질병을 치료하고자 한다는 점에서 같은 맥락에 놓인다.

사실 트릭스터 연구는 서양에서 비롯되었다. 나수호는 석사논문과 박사논문을 통해 서양에서의 트릭스터 연구사를 정리해서 보여주었다. 이 중 우리의 주된 관심인 이중성 또는 경계성에 대한 중요한 연구는 레비스트로스와 터너이다. 레비스트로스는 북미 원주민의 트릭스터인 코요테와 까마귀는 삶과 죽음, 농사와 전쟁, 초식동물과 육식동물의 사이에서 먹이를 스스로 잡지 않는 육식동물이라는 점에서 이항대립의 중개자(intermediary in binary opposition)의 역할을 한다고 해명하였다.[13] 빅터 터너는 직접

---

11) 최원오, 「거짓말'구비서사시의 서사적 성격과 신화적 기원」, 『기호학연구』 29집, 2011, 169면.

12) Lewis Hyde, *Tricksters makes this world*, Farrar, Straus and Giroux : New York, 1998, p.12. "Most important, Navajo Coyote stories are used in healing rituals."

트릭스터 연구를 하지는 않았지만, 통과의례에서 반구조적 기능을 하는 리미널리티 개념 구성이나,[14] 은뎀부 족의 쌍둥이의례를 통해서 통과의례적 전이성, 이중성을 탐색한 것이 트릭스터 이해에 큰 도움을 주기도 한다. 나중에 보겠지만 그가 "그 모든 대립관계는 회복된 통일체 스스로를 위험하게 하는 바로 그 잠재력으로 더욱 보강된 그 통일체 안에서 극복되거나 한계를 넘게 된다."[15]고 한 것은 우리 창세신화에도 일정부분 적용이 가능하다. 이밖에 윌리엄 도티와 윌리엄 하인즈는 트릭스터 연구를 문학적 연구, 사회학적 연구, 종교학적 연구, 심리학적 연구 등 주제별로 연구사를 검토하였다.[16]

먼저 우리 창세신화의 인물 속에서 트릭스터로서의 면모를 검토해보고자 한다. 그러기 위해 먼저 우리 창세신화의 속이기 모티프를 검토하고 그 의미를 따져본다. 영웅신화에서의 속이기는 다루지 않고 창세신화만을 대상으로 하여 논의를 집약한다. 선행연구에서 속임수를 농경원리와 연관지은 것을 수용하고 그보다 더 확대된 의미가 있다는 것을 보이고자 한다. 먼저 창세 신화 속 속이기의 양상을 다시 검토한다.

2. 한국 창세신화에서 속이기의 양상

김헌선이 모아놓은 자료를 이용하여, 꽃피우기 경쟁이 나타나는 신화를 나열하면 다음과 같다.[17]

---

13) Claude Levi-Strauss, *Structural Anthroplogy,* PenguinPress, 1968, pp. 206-231.

14) 빅터 터너, 이기우 김익두 옮김, 『제의에서 연극으로』, 현대미학사, 1996, 33-100면.

15) 빅터 터너, 박근원 옮김, 『의례의 과정』, 한국심리치료연구소, 1996, 90면, 143면.

16) William G.Doty and William J. Hynes, "*Historical Overview of Theoretical issues; the Problem of the tricksters*", William G.Doty and William J. Hynes Ed. *Mythical Trickster Figure- Contours, Contexts, and Criticism,* University of Alabama Press, 1993, pp.13-32.

17) 김헌선, 『한국의 창세신화』, 앞의 책. 6부 창세신화 자료의 소개와 해설.

(1) 함경도 함흥, 김쌍돌이 구연본 <창세가>, 1923년 채록

(2) 평안도 강계, 전명수 구연본 <창세가>, 1931년 채록

(3) 함경도 함흥, 강춘옥 구연본 <셍굿>, 1965년 채록

(4) 평안도 평양, 정운학 구연본 <삼태자풀이>, 1966년 발표

(5) 강원도 강릉, 박용녀, <당고마기 노래>, 1977년 발표

(6) 경상북도 영덕, 최음전, <당금아기>, 1971년 채록

(7) 경상북도 울진, 권순녀, <순산축원>, 1975년 채록

(8) 제주도 문창헌 필사, <초감제><천지왕본>, 1980년대 필사

(9) 제주도 서귀포, 박봉춘 구연, <초감제><천지왕본풀이>, 1937 발표

(10) 제주도 김두원 필사, <초감제><천지왕본>, 1963 발표.

(11) 제주도 조천, 정주병 구연, <베포도업침><천지왕본풀이>, 1980 발표

(12) 제주도 구좌, 고대중 구연, <천지도업>, 1962 채록

(13) 제주도 한경, 강일생 구연, <베포도업침>, 1974 발표

(14) 제주도 표선, 이무생 구연, <천지왕본>, 1991 발표

크게 본토와 제주도로 나눌 수 있는데 함경도, 평안도, 강원도, 경상북도의 7편은 미륵과 석가가 주체이고 제주도의 7편은 대별왕과 소별왕의 싸움으로 되어 있다. 여기서는 꽃피우기 경쟁만을 고려하기에 각편의 상세한 비교는 불필요하다. 가장 처음 자료인 (1) 김쌍돌이 구연본의 해당 부분을 보자.

> 너와 나와 한 방에서 누어서/ 모란 쏘치 모랑모랑 피여서
> 내 무럽헤 올나오면 내 세월이요/ 너 무럽헤 올나오면 너 세월이라
> 석가는 도적심사를 먹고 반잠 자고/ 미럭님은 찬잠을 잣다
> 미럭님 무럽 우에/ 모란 쏘치피여 올낫소아
> 석가가 중등사리로 썩거다가/ 저 무럽헤 쏘젓다[18]

---

18) 김쌍돌이 구연, <창세가>, 김헌선,『한국의 창세신화』, 234면.

결국 석가가 미륵에게서 이 세상을 빼앗아 차지하게 되었다. 이 결과로 이 세상은 가문마다 기생, 무당, 역적, 백정 등이 나는 불완전한 ("말세 같은", 235면) 세상이 되었다고 한다. 이는 뒤집어보면 이 세상이 악하고 부조리한 불완전하기에 그 이유 또는 원인을 석가에게 전가한 것이기도 하다. 세상이 불완전한 것은 부정할 도리가 없다. 그렇다면 세상은 원래 악이 존재하게 되어 있는 것은 아닐까?[19] 시원에서부터 불완전하다면 혹시 이 불완전은 도저히 개선할 수가 없는 것은 아닐까? 이럴 경우 석가의 역할은 무엇일까?

그래서 그 앞의 사건을 다시 살펴보게 된다. 표면적으로 석가가 악행을 하는 것과는 달리 그 앞의 내기는 이 세계는 결국 이 세계를 창조한 선한 미륵의 것이 아니라 미륵 이후의 인물인 석가의 것임을 드러내주고 있다. 첫 번째로 병을 공중에 달고서, 끈이 끊어지는 쪽이 지는 내기에서 석가가 졌다. 두 번째로 강을 얼어붙게 하는 내기에서도 석가가 졌다.

그러나 진 것이 진 것이 아님을 말하는 데 이 신화의 묘미가 있다. 미륵은 冬至채를, 석가는 立春채를 올려쳐서 강을 얼게 했다는 것을 보자. 강이 얼게 하는 것은 인간에게는 잘 한 것이 아니다. 봄이 되어 강물이 녹아야 농사가 이루어진다. 첫 번째 내기도 병의 줄은 끊어져야 병이 뒤집히고 그 속의 물이 흐를 수 있다는 설정으로 이해된다. (2)전명수 구연 <창세가>에서는 내기에 진 것이 석가의 세상이 되는 징조라고 대놓고 말한다.

> 미륵님이 하난 말이/ 그걸 봐라/ 네 당녜기 머럿구나 하니
> 서가열세존님이 말하기를/ 내 당녜가 되누라고 그럽네다
> 네 당녜가 어드래서/ 되누라고 그러느냐
> 내 당녜가 되면쪼차/ 금목수화토 오행정기/ 나누라고 물부텀 남메다

---

19) 악이 이미 존재하는 것을, 뒤집어서 악의 기원으로 설명하는 것을 '역설의 법칙'이라고 할 수 있다. 오바야시 타로오는 '역설의 법칙'이 프로베니우스의 말이라고 하면서, '사체가 썩어가면 구더기가 들끓는다. 그런데 이것을 뒤집어서 구더기에서 인간이 생겨났다고 하는 신화가 생겼다.'고 하는 예를 들었다. 大林太郎, 아옥인부·권태효 역, 『신화학입문』, 새문사, 1996, 102면.

그 술이 따에 흘너/ 그때부텀 도랑물과/ 우물물과 새암물과
큰 강물이 되엿슴메다[20]

표면으로는 내기에 졌지만 실제로는 인간세상을 차지할 자격이 석가에게 있다는 것을 명확히 진술하고 있다.

꽃을 훔쳐오는 화소에서도 석가는 꽃을 중간을 꺾어다가 자기에게로 옮겨왔다고 한다. 이는 자연의 꽃을 인위적으로 손을 대어 키운다는 의미일 수 있다. 자연 그대로의 식물은 인간이 섭취하기에 곤란하다. 미륵은 온잠을 자는데 석가는 눈을 반은 뜨고 있다는 것도 의미가 있다. 자연은 그대로 늘 같은 모양이고 속임수가 없지만, 인간은 먹을 것을 구하기 위해 늘 주위를 살펴야 했다. 오랜 세월동안 자연의 식물을 개량하여 사람에게 적절한 식용으로 만들었다. 그것이 지금의 밀이며 옥수수며 쌀 등 主穀이다. 석가의 속임수는 겉으로는 악한 행동으로 보였지만 이면은 인간이 살 수 있는 세상으로 만드는 필수적인 과정이었다고 생각된다.[21]

그러나 이렇게 해서 미륵으로부터 빼앗은 석가의 세상은 부조리와 악을 없애지 못한다. 가문마다 과부 나고 역적 나는 세상이다. "먹을 것이 없어서리/ 배 곯은 사람이 많갔구나/ 입을 것이 없어서레/ 옷 벗은 사람이 많갔구나/ 거리 거리 걸객이라/ 흉년 세월이 돌아와서 집집마당 울음이요/ 간곳마당 근심이라"[22]와 같은 세상이다.

이것은 일종의 아이러니이다. 인간이 살 수 있게 자연을 개량하였지만 인간 사회에는 도둑, 흉년, 역적 같은 일종의 무질서가 만연하게 되었다. 이는 제주도 창세신화에서도 암시되고 있다. 천지가 개벽하고 해와 달이 두 개씩 생겨나서 사람들이 타죽고 얼어죽게 되었다. 이에 천지왕 또는 대별왕 소별왕 형제가 활을 쏘아서 하나씩 남겨두어 사람들이 살기에 적절

---

20) 김헌선, 앞의 책, 241면.
21) 같은 논지를 김헌선, 위의 책, 72면. ; 박종성, 위의 책, 110면에서 찾을 수 있다.
22) 정운학 구연, <삼태자풀이>, 김헌선, 『한국의 창세신화』, 295면.

하게 만들어준다. 이것의 의미는 무엇인가?

자연은 그대로 완전하다. 해와 달이 두 개씩인 것은 자연 자체로는 아무 문제가 되지 않는다. 그러나 인간이 살아가는 데에는 문제가 된다. 해와 달을 하나씩 쏘아 떨어뜨린 것은 인간이 살기에 적합한 장소로 자연을 개량한 것이다. 그러나 이후 대별왕 소별왕 형제는 이 세상을 누가 차지할 것인가로 다투고 소별왕이 속임수를 써서 세상을 차지한 결과 세상에는 악이 만연하게 되었다고 한다. 북부 지역 창세신화와 마찬가지로 자연을 인간의 삶에 맞도록 개량하였으나 결과적으로 세상에는 악 또는 무질서가 존재하게 되었다는 것이다.

우주를 창조한 신이 만든 세계는 그 자체로는 인간이 살기에 적절하지 않아서 한번 개량하는 작업이 필요했다는 인식이라고 할 수 있다. 그 개량은 신이 만든 것을 바꾸어 놓아야 하는 것이며 이는 대부분의 신화에서 속임수 또는 훔치기로 나타난다. 그러나 인간을 위해 세상을 개량해도 세상에는 또 다른 종류의 무질서가 그로 인해 존재한다. 악 또는 무질서는 창조의 다른 측면인 것이다. 인간에게 완전한 세계란 존재하지 않는다. 창조는 질서를 만드는 것이지만 동시에 무질서도 창조하고 만다.

달리 말해보면 창조는 창세 이후에도 계속 이루어지고 있는데 그럴 때마다 무질서 또한 생겨난다. 창조된 것은 그대로 있을 수만 없다. 창조된 것은 낡게 마련이며 새것으로 교체되어야 한다. 새로운 질서를 필요로 하는 것이다. 그러나 새로운 질서를 생성해낼 때마다 새로운 무질서 또한 생겨난다. 또는 뒤집어 말하면 질서가 낡아가면 무질서가 생겨나면서 질서를 새롭게 뒤집어야 할 필요를 제시한다고도 할 수 있다.

이상에서 살펴본 것을 정리해보자. 첫째 미륵과 석가 또는 대별왕과 소별왕은 이 세계를 인간이 살기에 적당한 곳으로 만들었다. 둘째 그러나 이 세상에는 근원적으로 부조리와 악이 존재한다. 이 둘은 상호 모순되면서 공존한다. 석가는 창세의 동반자이다. 그래서 세상 자체가 선과 악의 공존처이다. 이것이 우리 창세신화가 보여주는 세계 인식의 깊이이다. 세상을 단순하게 선악으로 나누지 않고 善 속에 있는 惡을 생각하고 악 속에서 선을 보는 다면적이고 다층적인 인식이다.

3. 창세신화의 트릭스터담의 면모

우리가 살펴본 것을 토대로 우리 창세신화에서 세 가지 특징을 지적해볼 수 있다. 첫째로 석가 또는 소별왕이 속임수를 써서 세상을 차지했다. 둘째 속임수는 인간이 살 세상을 만드는 창세의 과정과 겹친다. 셋째 속임수로 차지한 이 세상은 선과 악이 공존하는 이중성을 갖는다. 즉 석가 또는 소별왕은 인간을 위한 세상을 만들면서 인간이 살기에 어려운 악과 부조리가 공존하는 원인이 된다는 이중성을 가지며 당연히 선과 악의 경계를 넘나드는 경계성을 갖는다.

이러한 특성을 함께 가진 신화적 인물을 무엇으로 부를 수 있을까? 트릭스터라는 개념이 가장 가깝다. 아니 이러한 관념을 트릭스터의 원형적 모습이라고 생각해볼 수 있다.23) 이런 점에서 트릭스터를 원형(archetype)으로 이해한 칼 융의 견해를 수용할 수 있다. 그러나 융이 트릭스터를 미분화된 의식이며 부정적 요소인 그림자의 표상으로 보는 것24)은 일면적이다. 미분화된 것이 아직 성장이 되지 않아 미숙해서가 아니라 질서 안에는 반드시 무질서가 존재하고 있다는 세계관을 표명하는 것이기 때문이다. 이는 선 속에서 악을 보고 악 속에서 선을 보는 보다 성숙한 인식이기 때문이다.

이러한 원형적 관념으로부터 트릭스터의 여러 가지 다양하고 모순되는 면모들이 생겨난다. 크게 네 가지 정도로 정리해볼 수 있다. 첫째 그는

---

23) 김열규는 동명왕, 유리, 초공본풀이의 주자선생 등을 사례로 들고 '원형적인 트릭'을 추정해볼 수 있다고 하였다. 김열규, 『한국문학사』, 탐구당, 1996, 388-390면.

24) 나수호, 「한국설화에 나타난 트릭스터 연구」, 앞의 논문, 14면.
Paul Radin, 같은 책, 209면.

창조하는 자이면서 어리석은 실패를 전전하는 자이기도 하다. 둘째 경계선 상에 있는 이중성을 갖는 자이다. 셋째 속이기와 변신에 능한 자이다. 넷째 식욕 성욕 등 탐욕이 심한 자이다. 그리고 이들은 서로 관계가 있다.

첫째 그는 창조자이면서 어리석고 실패를 많이 한다. 창조자로서의 면모는 우리 창세신화에서 본 것과 마찬가지이다. 속임수로 불을 가져오는 코요테 이야기인 아메리카의 클라매쓰 인디언 설화는 트릭스터의 창세신화적 면모를 선명하게 보여준다.

> 사람들한테 불이 없었을 때, 불은 커다랗고 하얀 바위 속에 감춰져 있었다. 그 바위는 우레의 것이었고 우레는 불의 보호자였다. 코요테는 우레에게 주사위 놀이를 하자고 말했다. 코요테는 온갖 종류의 게임에서 귀신같이 속였다. 우레를 계속 정신없이 어지럽혔다. 자기 주사위를 뒤집어서 모양이 새겨진 쪽이 보이게 했다. 우레의 주사위를 뒤집어서는 아무 것도 없는 쪽이 보이게 했다. 그는 우레를 정신없게 하고 눈을 깜빡이게 했다. 그리고는 섬광처럼 순식간에 우레의 묶음에서 세는 막대를 빼돌려 자기 것에 얹어 놓았다. 결국 우레는 완전히 혼란 속에 빠졌다. 코요테는 세는 막대를 몽땅 갖고 있고, 우레는 하나도 없었다. "아저씨, 내가 이겼어요." 코요테가 말했다. "불을 넘겨주세요." 우레는 코요테가 속임수를 썼다는 걸 알았지만 증명할 수가 없었다.25)

이 밖에도 Assiniboine 족은 트릭스터인 거미인간 익토미(Iktome)가 땅과 계절과 인간을 창조했다고 한다.26) 어리석음과 실패담은 너무 많아서 일일이 사례를 들 수 없을 정도이다. 강에 자두가 있는 것을 보고는 뛰어들었는데 돌에 부딪쳐 정신을 잃는다. 정신 차리고 보니 나무에 달려 있는 자두가

---

25) Richard Erdoes and Alfonso Ortiz, *American Indian Trickster Tales*, Penguin Books, New York, 1999, pp.18-19. 일부 요약.

26) Richard Erdoes and Alfonso Ortiz, op. cit. p. 93

물에 비친 것이었다.[27] 자기 항문을 태우고 자기 창자가 길에 흘러내리게 되기까지 한다.[28]

이 대칭성은 앞에서 본대로 창조에 질서와 무질서가 함께 존재한다는 것을 말해준다. 무질서는 창조의 실패이다. 그러나 창조에는 무질서가 필연적이기도 하다. 무질서는 창조의 일부이다. 그런데 세상에는 무질서와 악이 더 많은 것으로 인간에게 인식된다. 사실은 세계가 질서를 가지고 있는 것이 더 크게 인식되어야 할 것이다. 계절이 질서 있게 순환되고 낮과 밤이 규칙적으로 갈마들고 태양이 알맞은 거리에 있는 등 전체적으로 자연은 질서를 갖는다. 그러나 인간이 살기에는 불편한 것이 많다. 여름은 너무 덥고 겨울은 너무 춥다. 사막은 너무 많고 정글도 그렇다. 홍수로 사람이 떠내려가고 지진으로 죽는 사람도 많다. 이런 현상은 그의 창조가 완전한 성공이 아니라 실패한 면이 많음을 보여준다. 인간은 이 실패가 더 실감나기에, 그에 관한 이야기가 더 많은 것은 창조의 부작용적인 측면에 대한 인간적 시각이라고 생각된다.

그는 창조의 다른 면이다. 거미인간 익토미가 사향뒤쥐가 깊은 물속에서 가져온 조금의 흙을 이용해서 땅을 만들었다는 Assiniboine 족의 이야기와 같은 구성인 루마니아의 창세신화는 이를 조금 더 진행시킨다. 창세신인 둠네제울은 악마가 가져온 흙으로 조금의 땅을 만들고 잠들었다. 악마는 고생은 자신이 했는데 무시만 당하는 것에 분을 품고 누워 있는 둠네제울을 물쪽으로 굴려 빠뜨리려고 했다. 그런데 둠네제울이 구르는 쪽으로 자꾸만 땅이 생겨나서 물이 사라지고 평평한 땅이 널찍하게 자리잡게 되었다.[29]

이 이야기는 세상을 창조주 혼자 만드는 것이 아니라는 생각을 선명하게 보여준다. 세상은 창조주의 조력자인 악마와 함께 만드는 것이다.[30] 조력자

---

27) Paul Radin, 같은 책, 14면. 나수호, 「<토끼전>과 북미원주민 설화에 나타난 트릭스터 비교 연구」, 서울대학교석사논문, 2002, 89면.

28) Paul Radin, 같은 책, 17-18면. 나수호, 위의 논문, 89-90면.

29) 권혁재 외, 『동유럽신화』, 한국외국어대학교출판부, 2008, 83면.

30) 권혁재 외, 위의 책, 84면.

를 악마라고 부르는 것은 세상의 부정적인 것을 모두 그에게 몰아두기 위해서이다. 창조주에게는 선만을 배분하고 조력자에게는 악을 배분한 것이다. 트릭스터는 이 둘을 이렇게 나누지 않고 하나 안에서 이해한다. 그것이 창세신화와 트릭스터담이 나뉘는 지점이다.

이 점이 바로 트릭스터의 두 번째 특징인 이중성, 경계성이기도 하다. 트릭스터는 창조를 하면서 실패를 하여 무질서를 빚어낸다. 또 죽은자와 산자의 세계를 드나들기도 한다.[31] 남자이면서 여자가 되어 임신을 하기도 한다.[32] 제주도 신화에서는 소별왕이 속임수를 쓰는 이유는 세상을 위해서 이다. 박봉춘 구연본은 꽃피우기 경쟁을 하면서 소별왕의 근심을 전한다. "수명장자를 버력을 주어서 행실을 가르치지마는 우리 형은 못하리라 생각하고" 형의 꽃을 자기 앞으로 가져다 놓는다. 결과적으로 동생이 인간세상을 차지했고 수명장자를 징치한 후에 "인간의 버릇을 가르치고 복과 록을 마련하야, 선악을 구별하고 인간 차지 하옵내다."[33]라고 하였다.

지상의 악을 징치하고 선을 가져오기 위하여 소별왕은 악을 저지른다는 이중적 성격은 바로 세상의 선이나 악은 선 또는 악만으로 순일하게 규정지을 수 없다는 것을 보여준다. 선을 위해서 악이 존재할 수 있고 악 속에도 선이 존재할 수 있는 것이 이 세상의 본성이기 때문이다. 세상의 창조 속에는 악도 부산물로 들어 있게 마련이라는 민중적이고도 보편적인 인식 이라고 하겠다.

이것은 그 자체로 자기의 존재성을 갖는다. 다른 질서나 선을 위해 존재하는 것이 아니다. 나수호는 반 게넵의 통과의례와 터너의 리미널리티를 이용하여 트릭스터의 주된 성격을 경계성에서 찾았다. 그러나 통과의례의 관점에서라면 통과한 후가 중요한 의미를 갖는데 트릭스터는 그렇지 않다는 문제가 있다. 그래서 나수호는 터너가 사용한 개념보다 훨씬 넓은 의미

---

31) Richard Erdoes and Alfonso Ortiz, op. cit. p. 15.
32) Paul Radin, 앞의 책, 22면. 나수호, 「한국 설화에 나타난 트릭스터 연구」, 앞의 논문, 94면.
33) 박봉춘 구연, <천지왕본풀이>, 김헌선, 위의 책, 405면, 406면.

로, 중심이나 주변과 상관없는 초월적인 개념으로 경계성을 사용한다.34) 트릭스터는 창조와 무질서의 이중성을 가지고 그 경계를 넘나든다. 그것은 무엇으로 이행되는 것이 아니고 창조의 영원성과 더불어 영원히 지속되는 것이다.35) 그러므로 그 때 그 때 시대성과 사회성에 맞추어 변형된 모습으로 나타날 수 있지만 그것을 넘어서는 목적성을 갖지 않는다.

이 두 가지 측면, 이중성이 강조될 때 이들은 종종 쌍둥이 또는 형제로 나타난다. 속임수를 부리는 인물을 따로 설정하는 것이다. 이 인물로 인해 세상에 악이 만연하게 되었다는 기원설화로서의 기능을 부담하게 한다. 쌍둥이뿐 아니라 지상의 선과 악을 놓고 경쟁하는 많은 신화, 가령 창세기의 에덴동산에서 여호와와 사탄의 경쟁과 사탄의 승리라는 식의 다툼 등 경쟁하는 신격들의 삽화는 모두 이와 관계된다.36)

이 이중성이 하나의 존재 안에 있을 때 그는 모순 덩어리가 되기 쉽다. 세상과 문화의 창조자이면서 동시에 속임수와 악의 근원이기도 하는 것이다. 북미 인디언의 코요테 같은 트릭스터가 이를 대표한다. 왜 신적 능력 또는 신격을 가진 트릭스터가 짐승으로도 나타나는가? 그에 대하여는 조동일의 지적이 참고가 된다.

> 짐승과 사람이 서로 같고 다른 양면을 어떻게 연결시킬 것인가 하는 의문에 대해 해답을 제시해야 했다. 짐승과 사람 사이에는 단계적인 차이가 있다는 것이 가능한 추론이었다. 그래서 지금의 인류보다 먼저 나타난 선행인류가 동식물로 변해 남아 있다고 하는 착상이 생겨났다. 북미대륙의 원주민 사이에 그런 신화가 널리 퍼져

---

34) 나수호, 「한국 설화에 나타난 트릭스터 연구」, 앞의 논문, 31면.

35) 조희웅은 트릭스터를 '사술을 사용하는 신화적 인물'로 정의하고 그 특징으로 양의성, 중간적 존재라는 점을 든다. 조희웅, 『설화학 강요』, 새문사, 1989, 132면.

36) 여기서 선악이 선신과 악신의 변별에서 기인하는지 아니면 신의 양면적 속성에 기인하는지 따져볼 수 있을 것이다. 우리 창세신화의 경우 대별왕 소별왕은 쌍둥이이고 석가와 미륵은 그렇지 않은 것으로 나타난다. 더 천착해보아야 하겠으나 여기서는 두 경우를 나누지 않고, 둘은 따로 둘의 역할을 하면서 동시에 세계를 하나로 만드는 동일한 힘의 다른 측면으로 이해한다.

있다. 늑대 비슷한 동물인 코요테가 선행인류의 변신 가운데 특히
소중한 위치를 차지하고 있다고 하면서 코요테의 여행을 노래로
전승한다. 그 주인공은 동물이면서 선행인류이고, 선행인류는 신이
로운 존재이므로 신이기도 하다고 한다.[37]

트릭스터는 대별왕소별왕이 일월을 조정한 것처럼 세계를 재창조하기도
하고 그 둘이 속임수를 써서 세상을 악으로 물들인 것처럼 악하거나 어리석
은 짓을 많이 하고 돌아다니는 이중적 모순적 인물이다. 세계를 만들어
가는 모습은 세계와 자신이 하나라는 점을 말해준다. 세계와 자신이 하나이
기 때문에 세계의 여러 모습으로 변신도 가능하다.[38]

세 번째로 속이기와 변신에 능한 것도 창조의 이중적 성격에서 자연스럽
게 따라온다. 양쪽 세계를 다 알아야 속이기가 가능한 것이다 선하기만
하거나 악하기만 해서는 남을 속일 수 없다. 다시 말하면 속이기란 세계의
구조를 이해하고 아는 자만이 할 수 있는 것이다. 세상의 다원성을 모르는
사람은 남을 속일 수 없다. 어떻게 해야 속일 수 있는지 아는 것은 세계가
돌아가는 구조를 아는 자이다. 어둠의 나라에 살던 호기심 많은 코요테는
빛의 마을을 갔다가 해와 달을 보게 된다. 그것을 훔쳐오겠다고 하자 추장은
필요 없는 것이라며 반대한다. 코요테는 몰래 가서 해와 달을 훔쳐온다.
사람들은 기뻐하며 코요테를 추장으로 삼았다.[39] 다른 이야기에서는 속임
수로 남의 옷과 말을 가져가버리기도 한다.[40] 인간에게 필요한 것이 무엇인
지 알기에 코요테는 멀리서 해와 달을 훔쳐온다. 속지 않기를 자신하는

---

37) 조동일, 『세계문학사의 전개』, 지식산업사, 2002. 25면.

38) 신성성과 속임수를 함께 포괄하는 인물의 원래적인 모습을 무당으로 상정해볼 수 있다. 무당은 신이 그랬듯이
　　말로 세계를 만들어간다. 창세 과정이나 여러 가지 기원신화를 말로 또는 노래로 재현한다. 동시에 신이나
　　다른 인간으로 변신한다. 서울굿의 사재거리에서 보이듯 신을 속여 넘긴다. 엉뚱한 행동이나 말로 희화화한다.
　　제의의 신성성과 놀이의 오락성이 공존한다. 모순되는 것을 공존하게 하는 것이 트릭스터의 기본 개념일
　　수 있다.

39) Richard Erdoes and Alfonso Ortiz, op. cit. p. 6.

40) 알폰소 오르티즈, 리차드 에르도스 엮음, 양순봉 외 옮김, 『인디언신화 1』, 아프로디테, 1999, 274면.

사람을 속이는 지혜가 있기에 남의 옷과 말을 훔쳐올 수 있다. 속임수로 해와 달을 가져오는 영웅으로서의 코요테와 남의 옷을 훔쳐가는 코요테는 같은 인물이다. 크고 작은 차이만이 있을 뿐이다.

대별왕이나 미륵이 아니라 소별왕과 석가가 속이는 자이다. 세상을 알기 때문이다. 미륵과 대별왕은 선 일변도의 단순하고 고지식한 신들이다. 정운학이 구연한 미륵의 세계는 '차돌로 떡을 삼고 모래로 쌀을 삼아 먹고 쓰고 남고 집집마다 안락하고 간곳마다 희락이가 세화연풍이 절로 들어 오륜삼강이 분별이 되어 천하만민이 즐기는'[41] 데 반해 석가의 세계는 '양반은 상놈 되고 상놈들은 양반이 되고, 배곯은 사람이 많고 입을 것이 없어 옷 벗은 사람도 많고 흉년 세월이 돌아와 집집마다 울음이고 근심이고 남녀노소 구별 없고 남녀간에 평등권을 쓰'[42]는 세상이다. 그러나 신화는 미륵의 이상화된 낙원을 현실로 인정하지 않는다. 현실은 석가의 것이다. 석가는 이상과 현실을 알기에 미륵으로부터 세상을 빼앗을 수 있다. 미륵은 현실을 모르기에 석가를 당해낼 수 없다.

제주도 천지왕본풀이에는 더 구체적인 상황이 제시된다. 소별왕이 이 세상을 빼앗는 것은 형은 지상의 악인인 수명장자를 징치하지 못할 것이기 때문이다. '자신은 벼락을 내려서 행실을 가르치지만 우리 형은 못하리라 생각'[43]했기 때문이다. 형이 그렇게 못하는 것은 악에 대한 이해가 없기 때문이다. 지상에 대한 이해가 부족하기 때문이다. 소별왕이 할 수 있는 것은 악을 이해하고 있기 때문이다. 악을 다스리기 위해서 악을 알아야 하기 때문이다.

조선 후기의 많은 트릭스터형 인물 또는 동물들은 속임수를 통해 인간성 자체를 풍자하거나, 경직되어버려서 인간에게 오히려 해를 끼치는 사회를 조롱한다. 전자는 트릭스터의 항상성을 보여주고, 후자는 트릭스터의 시대

---

41) 김헌선, 앞의 책, 291면.
42) 위의 책, 295면.
43) 위의 책, 404면.

적 변용을 보여준다고 하겠다.

넷째 식욕 성욕 등 탐욕이 심한 자라는 점도 트릭스터의 기본 성격이 창조 즉 생성과 관련 있기 때문이다. 지금 전하는 이야기로는 긴 성기라든가 처녀를 겁탈한다든가 하는 음담식으로 희화되어 있지만 그 근원은 생산에 대한 소망과 연관된다. 마치 세계를 창조한 거인신이 후세에는 큰 성기나 대변 등 희화화되어 전하는 것과 마찬가지이다.[44]

위네바고의 와쥰카가도 성과 생산의 연관성을 보여준다. 와쥰카가는 다람쥐에게 속아서, 상자에 따로 담아 다니던 길었던 음경을 다 갉아먹혔다. 그 조각들을 발견하자 와쥰카가는 "한탄만 할 것이 아니라, 이 조각들로 인간에게 유용한 것을 만들어야겠다." 말하고는 그것으로 수련, 순무, 감자, 아티초크, 땅콩, 샤프클로우, 쌀 등을 만들었다.[45] 그러나 생산의 원천인 이 음경은 동시에 호수 저 반대편에서 헤엄치고 있는 추장의 딸에게까지 가서 그녀의 성기로 들어가는 이야기[46]로도 전해져 笑話가 되기도 하는 것이다.

이런 점에서 우리 창세신화의 끝자락에, 석가가 양반집 아기씨를 겁간하여 세 아들을 얻는다는 내용의 제석본풀이가 연결되는 것이 이해되는 것이다. 꽃피우기 경쟁담 안에는 성적인 면모가 없지만 그에 이어지는 제석본풀이, 당금애기 신화는 바로 석가의 성적인 생산성을 해명해준다. 당금애기를 속이면서 서서히 접근해 들어가 결국 임신시키는 석가의 모습은 바로 트릭스터의 면모를 보여준다. 정운학 구연본은 미륵이 숨겨놓은 해와 달을 석가가 찾아내고 인간에게 물과 불을 마련해준 뒤 바로 서장애기를 찾아가서 세 아들을 얻는다. 박용녀 구연본에는 석가가 꽃을 도둑질했지만 설법을 할 줄 몰라 미륵에게 묻자 미륵이 "동해물을 서에로 넘기고 서해물을 동으

---

44) 권태효, 『한국의 거인설화』, 역락, 2002, 80-91면.

45) Paul Radin, *The Trickster,* Schocken Books, New York, 1956, p.39.
    나수호, 「<토끼전>과 북미원주민 설화에 나타난 트릭스터 비교 연구」, 앞의 논문, 2002, 108면.

46) Paul Radin, 앞의 책, 19면, 나수호, 「한국설화에 나타난 트릭스터 연구」, 앞의 논문 91면.

한국 창세신화의 '속이기' 모티프를 통한 트릭스터의 이해   **163**

로 넘기고 골골이 관장을 만들고 …… 도둑놈은 잡아 죽이고 수미산을 찾아 당고마기를 찾아 들어가서 재미쌀을 서말 서되를 해다가 우리나라 국재를 붙이렸다"47) 하고 제석본풀이가 이어진다. 이는 제석본풀이가 창조의 과정 속에 놓여 있음을 보여준다. 최음전 구송본은 제석본풀이 중간에 미륵과 석가의 꽃피우기 내기가 들어 있어서 역시 제석본풀이와 꽃피우기 경쟁이 세계를 구성하는 과정 중에 생긴 일이라는 점을 드러낸다. 제석본풀이를 네 단락 구성을 볼 때 각각이 득녀, 임신, 출산, 신직부여로 매듭지어지는 것은 제석본풀이가 생산에 대한 소망과 관계되어 있기 때문이라는 연구도 이에 부합한다.48) 널리 알려진대로 동해안의 당금애기는 특히 둘의 性合 부분의 흥미요소를 부각시켰다.

4. 트릭스터의 신화적 이해

이 논문을 통해 전달하고자 한 논점 중 하나는 우리 설화의 트릭스터가 단순히 속고 속이는 우화적 동물/인물, 탐욕과 성욕으로 점철된 인물로 상정되거나 또는 조선후기라는 시대성으로 사회적 의미를 한정하는 것으로만 논의되는 것을 넘어서자는 것이다. 트릭스터를 하나의 신화적 원형으로 볼 때 이는 신화의 근원인 창세신화에 닿아 있는 것으로 이해할 수 있다. 특히 우리나라의 창세신화에 보이는 창세의 질서와 창세에 필연적으로 따르는 무질서의 이중성은 트릭스터형 인물의 이중성을 이해하는 데 큰 도움이 된다고 논의했다.

이런 인식은 사실 신화의 세계에서는 보편적인 것이다. 캠벨은 창조자의 멍청한 아우가 어떤 일을 저지르는지 멜라네시아 신화를 하나 소개했다. 형인 토 카비나나가 나무로 툼이라는 물고기를 만들어 다른 물고기들을

---

47) 김헌선,『한국의 창세신화』, 앞의 책, 358면.
48) 신연우, 「<제석본풀이> 서사구조의 서사성과 역사성」,『고전문학연구』36집, 한국고전문학회, 2009, 107-136면.

몰아오자 동생도 이를 따라서 물고기를 하나 만든다는 것이 그만 상어를 만들고 만다. 형이 한심해하며 말한다. "너는 참 어쩔 수 없는 위인이로구나. 네가 저걸 만들었으니 우리 후손이 저 상어로 인하여 고통을 받을 것이다. 네가 만든 물고기는 다른 물고기를 먹어치우는 것은 물론, 장차는 사람까지도 먹어치울 것이다."49)

캠벨은 이런 종류의 인물을 "탐욕스러운 돌머리이자 영리한 사기꾼"이라고 하기도 하고, "우주 발생론과의 관계에서 풀려난 조물주의 능력의 부정적 광대-악마적 측면은 여흥거리이야기에서 즐겨 다루어진다. 그 실례가 아메리카 평원의 코요테다. 여우 레이나드는 이 코요테의 유럽판이라고 할 수 있다."고 지적하기도 했다.50) 이것이 바로 우리가 트릭스터라고 부르는 인물이다. 다시 말하면 트릭스터는 창조에 필연적으로 수반되는 부정적 측면이다. 그러나 부정적 측면이라고 해서 반드시 나쁜 것만은 아니다. 이 부분이 있어야 창조가 완성되기 때문이다. 창조는 일회적으로 완성되는 것이 아니고 지속적으로 진행되는 것이다. 그 진행에 힘을 가하는 것이 이 측면이다. 따라서 부정적 측면보다는 상반적 측면이라고 할 수도 있을 것이다.

빅터 터너는 아프리카의 은뎀부 족의 쌍둥이 의례를 조사하였다. 쌍둥이는 하나이면서 둘이고 "신비적인 하나가 경험적으로 둘이라는 모순"이면서 "대립되는 것의 통일"로 이해되었다. 동시에 부족 내에는 다산 경쟁의 의례가 전개되고 큰소리로 음담을 주고 받는다. 이 의례는 "우스꽝스러운 혼란의 표현으로부터 우주 질서의 표현으로, 그리고 또다시 혼란으로 규칙적으로 움직여가는 의례이다." 그리고 앞에서도 언급했듯이, 쌍둥이로 구현되는 대립관계는 통일체를 위험하게 하면서 그 힘으로 보강되며, "다듬어지지 않은 활력이 구조화된 질서를 나타내는" 이중기능의 질서를 보여준다.51)

---

49) 조셉 캠벨, 이윤기 옮김, 『세계의 영웅신화』, 대원사, 1996, 287면
50) 위의 책, 288면. 289면.
51) 빅터 터너, 『의례의 과정』, 앞의 책, 82-143면.

이 상반된 하나로서의 이중기능의 성격을 잘 보여주는 것이 우리의 창세 신화들이다. 앞에서 살펴본대로 쌍둥이로 태어나는 소별왕이나 석가는 해나 불을 찾아주는 등 인간 세계를 다스리는 문화 영웅적 인물이면서 동시에 이 세상의 무질서와 악의 근원이기도 한 것이다. 인간 사회는 속임수 로 이루어져 있다. 신이 만든 자연을 벗어나 자연을 이용하고 개발하며 문명을 만드는 순간부터 인간은 신을 속이기 시작한 것이다. 그 문명은 동시에 인간 사이의 계급과 불평등을 가져왔다고 보인다. 자연 속에 존재하 면서 자연을 벗어나는 문화를 가지는 존재가 된 인간의 양면적 특성이 바로 인간의 세계를 창조하는 신화의 본모습일 수 있다. 그 모습을 창세신화 로 형상화했고 특히 창세의 상반적 측면이 트릭스터 이야기로 구체화되어 나타났다고 여겨진다.

창조와 함께 창조의 상반적 측면을 이해하고 수용하는 것이 신화적 사고의 특징이다. 종교적 사고와 비교해보면 알 수 있듯이 신화에서는 선과 악을 선명히 나누지 않는다. 그것이 민중이 생각하는 세계 그대로의 모습이기 때문일 것이다. 물고기가 있으면 상어도 있게 마련이다. 그것이 자연이다. 그리고 그것은 결코 단순하거나 무지한 생각이 아니다. 조셉 캠벨이 1920-30년대 미국의 저명한 목사였던 포스딕의 말을 인용한 것은 우리에게도 유용하다.

> 인간이 감독하고 통제한다고 하더라도 우주는 그 감독과 통제대로 움직이지 않는다. 넓고 무자비한 우주가 사실은, 우주가 관여하는 무서운 사건과 함께 정연하게 계획되고 직접적으로 관리되는 여로 라는, 순진한 무지가 당연시되고 있는 찬송가나 설교나 기도를 들을 때면 나는 이보다 훨씬 이성적인 남아프리카 종족의 假定을 떠올린 다. 어느 관측자는 이렇게 보고하고 있다. '그들은, 신은 선하고 만인의 행복을 바라지만 불행히도 그에겐 멍청한 아우가 있어서 언제나 신의 일에 훼방을 놓는다고 말한다.' 그들의 이러한 가정은, 어느 정도 진실을 말하고 있는 듯하다. 신의 멍청한 아우는, 만인에

대해 무한한 선의를 가진 전지 전능자가 설명하지 않는 삶의 어려움 및 터무니없는 비극을 설명할 수 있을지 모른다.52)

신화적 관점으로는 첫줄의 '인간이'는 실은 '신이'로 고쳐 써도 무방할 것이다. 바다에 상어가 있듯이 삶에는 어려움 또는 비극이 있게 마련이다. 트릭스터 이야기는 삶의 비극을 거리를 두고 볼 수 있게 해준다. 그의 탐욕과 어리석음이 빚어낸 상어 이야기를 통해서 인간은 자신의 비극을 보편화 또는 객관화시킨다. 트릭스터를 희화함으로써 삶의 비극적 요소들은 눈물이 아니라 웃음 속에 자리잡는다. 즉 트릭스터 이야기 자체도 신이면서 사기꾼인 이중성, 병의 치료에 쓰이면서도 음담패설의 웃음거리로도 쓰이는 이중성을 갖는 것이다.53)

5. 맺음말

세계 보편적으로 전승되는 트릭스터는 하나의 신화적 원형으로서 그 성격이 평면적이지 않고 입체적이다. 그래서 한편으로는 유소년기의 이기주의를 보여주면서 극복해나가는 발달심리적 측면에서 조명될 수도 있고, 다른 한편으로는 한 사회의 경직성과 부조리에 저항하는 반사회적인 경계인의 역할을 보여주기도 한다. 인간으로 나타나기도 하지만 호랑이, 토끼, 여우, 코요테, 거미 등의 동물로 나타나기도 한다. 신적인 능력을 가지고 있으면서도 동물적인 근시안적 행태와 이기심에서 헤어나지 못하기도 한다. 고대 중세 근세의 문화영웅으로서 트릭스터를 고찰할 수도 있지만,54)

---

52) Harry Emerson Fosdick, *As I See Religion*, New York: Harper and Brothers, 1932, pp.53-54.
조셉 캠벨, 이윤기 옮김, 『세계의 영웅신화』, 대원사, 1996, 288면 각주에서 재인용.

53) 창세신화의 주인공이 후대의 트릭스터와 동일하지는 않다. 후대의 트릭스터는 창세신화의 주인공이 많이 축약되거나 그 시대와 사회에 맞게 변형된다. 트릭스터 이야기가 병의 치료에 사용되면서도 음담패설의 웃음거리로도 쓰이는 현상은 우리로 말하면 우리 창세신화는 굿에서 연행되는 측면과 동시에 거근을 가진 음담성 거인설화로 나뉜 것과 관계있어 보인다. 그러나 이 점에 대하여는 더 고찰이 필요하다.

'현대사를 휘저은 골칫거리 영웅들'을 20세기의 트릭스터로 모아볼 수도 있다.[55]

본고에서는 우리나라에서 전해온 창세신화에서 특히 인세차지 경쟁을 하는 창조주체가 속이기를 통하여 세상을 차지하는 과정에서 트릭스터의 신화적 원형적인 모습을 탐색해 보았다. 인간이 살아가기에 적당한 세계를 구성하는 주체가 동시에 사회적 악과 무질서의 이유가 된다는 창세신화의 세계 이해는 세계를 선과 악의 복합체로 인식하는 민중적 이해의 소산이다. 세계는 지속적으로 창조를 통해서 질서를 구축하면서 동시에 그 자체가 악 또는 무질서의 원인이 되기도 한다는 것이다. 그것은 사회의 모습이면서 동시에 우리 인간 개인의 모습이기도 하다. 사회가 선악의 복합체이듯이 우리 개인도 선과 악, 질서와 무질서의 복합체이다. 이 점이 트릭스터가 모든 사회에 존재하는 이유일 것이다.

그러나 실제로 그 트릭스터됨을 발휘하는 존재는 그리 많지 않다. 대부분의 사람은 그 속성을 가지고 있지만 드러내기 어렵다. 선을 요구하는 사회와 종교 아래에서 이중성, 경계성을 표나게 드러내기 어려운 것이다. 사회는 그 속성상 선과 질서를 추구할 수밖에 없다는 것도 트릭스터는 안다. 그러나 사회가 고정되지 않고 변화하게 마련이기에 선과 질서도 고정되어서는 안 된다. 경직되어 가는 선과 질서에 시비를 걸고 새로운 질서를 마련하고자 하는 욕망을 가진 개인들이 트릭스터들이다. 창세 이후 지금까지 이 원리는 변하지 않았다고 말하는 것이 트릭스터 설화이다. 그러나 우리들 대부분은 이러한 생각을 마음속으로만 가지고 있지만, 마음속에서 그것이 사라지지는 일은 없기에 트릭스터 이야기는 언제나 묘한 매력을 가지고 다가온다.

---

54) 최정은, 『트릭스터 영원한 방랑자』, 휴머니스트, 2005. 1-407면.
55) 오치 미치오, 이해원 옮김, 『20세기의 트릭스터』- 창조와 파괴의 두 얼굴, 좋은 사람들, 1999, 1-295면.

한국 창세신화, 대보름 민속, 일광놀이의 비교 고찰

1. 서론

우리나라의 천지개벽신화와 대보름 풍속을 비교할 만한 근거를 떠올리기는 쉽지 않다. 이 둘은 존재하는 범주 자체가 너무도 이질적이어서 한자리에 놓고 살펴본다는 시도가 무리일 것이다. 당연히 이에 관한 선행연구는 없다.

그런데 임재해는 설과 대보름 민속을 검토하면서 다음과 같은 말을 하였다.

> 집단적으로 하는 대동놀이나 패놀이는 대부분 정월대보름에 한다.
> 이를테면 줄당기기, 동채싸움, 놋다리밟기, 편싸움, 횃불싸움, 고싸움, 지신밟기 등이 주로 대보름에 놀아지는 놀이들이다. 지신밟기와 같은 대동놀이를 제외하고는 어느 것이나 상하, 동서, 남북, 내외 등으로 패를 갈라서 겨루기를 하는 패놀이들이다.[1]

---

[1] 임재해, 「설과 보름 민속의 대립적 성격과 유기적 상관성」, 『한국민속학』19권1호, 1986, 한국민속학회, 306면.

일년의 여러 명절 중 대보름에 유독 패를 갈라 싸우는 민속이 많은 이유는 무엇일까?

물론 임재해가 적절히 지적했고 모두들 수긍하듯이 이는 풍년을 기원하는 祈豊 및 占豊 儀禮로 나타나는 겨울과 여름의 싸움굿으로 이해할 수 있다.2) 한 해가 시작되는 시점에 달이 가장 밝은 때에 풍년을 소망하는 것은 자연스럽게 여겨진다. 이를 모두 수용하면서 우리는 그렇다면 이러한 민속은 우리 땅에서 농경이 이루어진 이후에 생겨난 것으로 이해해야 한다는 것도 받아들이게 된다. 그러나 혹시 농경 이전에도 싸움의 모습은 있었던 것이 아닐까 의문을 가져볼 수 있다. 농경 이전의 인류에게도 싸움은 익숙한 것이 아니었을까? 또 돌싸움(石戰)의 경우에도 풍흉과 연관 있는 것일까? 싸움 자체에 의의가 있는 것은 아닐까?

또 하나, 이런 제의적 싸움이 꼭 새해 벽두에만 이루어지는 것은 아닌 듯하다. 제인 해리슨 여사에 따르면 맨 섬(The Isle of Man)에서는 5월에 봄의 여왕과 겨울의 여왕의 두 무리가 싸우는 메이데이 행사도 있으며, 에스키모에서는 겨울이 다가오면 뇌조파와 오리파가 일종의 줄다리기를 해서 다음 해의 날씨를 점친다.3) 패를 갈라 싸우는 민속이 보름달과 관련이 있다는 해석4)은 십분 공감이 가지만 또 다른 각도에서의 조망도 필요해 보인다.

그런 점에서 우리 창세신화에 싸움의 양상이 두드러지게 나타난다는 점이 주목된다. 미륵과 석가 또는 대별왕과 소별왕, 천지왕과 수명장자 등의 싸움이 창세 신화의 주된 화소를 이룬다. 이 싸움의 양상과 대보름 민속의 싸움을 견주어보면 대보름 민속에 대해 새로운 이해를 할 수 있지 않을까? 대보름은 한 해의 시작을 이루는 때이고 창세 신화는 세계의 시작을 노래하기에 '처음' 또는 '始初'라는 점에서 일말의 공통점을 찾을 수

---

2) 임재해, 위의 논문, 308면.

3) J. 해리슨, 오병남·김현희 공역, 『고대 예술과 제의』, 예전사, 1996, 64면.

4) 임재해, 앞의 논문, 318면.

있을 것으로 보인다.

이 글은 이런 소박한 의문에 답해 보고자 한다. 우리나라에 구비전승되는 본풀이와 본풀이의 내용에 대응하는 세시절기의 의례와 놀이, 농악의 뒷굿에 등장하는 특정한 놀이를 비교하여 그 의미를 확장하고자 하는 의도에서 이루어진다. 본풀이라고 하는 내적 요소와 세시풍속의 특정 절기 의례와 놀이를 비교하면서 신화와 의례의 상관성을 다각도로 연구하기 위한 모색을 핵심으로 한다. 놀이에서 이루어지는 싸움의 양상을 주목하여 주술적 의미와 문화적 함의를 추출하면서 신화 연구의 새로운 착상을 덧보태면서 연구를 진작하고자 한다.

이를 위해 먼저 창세 신화에 보이는 싸움의 양상을 정리하고 이와 관련되는 세시의례와 특정한 놀이에서 발견되는 특징들을 비교하고 문화적 의미를 짚어볼 것이다. 이어 대보름 민속에서의 특징을 그와 견주어보기로 한다. 특정한 정월의 세시풍속놀이에서 시간의 순환과 공간적 의미를 부여하는 것과 함께 창세신화에서 구현하는 특정한 시간의 반복과 재생에서 원초적 의미를 부여하고 공간과 시간의 의미를 재배열하면서 환기하는 창세신화의 면모는 깊은 관련을 가지고 있을 것으로 추정하고 창세신화의 의미를 새롭게 부각하면서 우리의 농경놀이의 주술적 의미를 모색하는 작업을 하고자 한다.

2. 창세신화의 특징 네 가지

김헌선은 전국의 창세신화 자료를 한 곳에 모아 주어 이용하기 편리하게 했다.5) 28개 자료가 수록되어 있지만 이중 구연자가 같은 것은 하나로 묶는 등, 우리에게 필요한 무가 자료를 들면 다음과 같다.

---

5) 김헌선, 『한국의 창세신화』, 길벗, 1994, 227-481면.

1. 함흥, 김쌍돌이 구연, <창세가>, 1923 채록.

2. 강계, 전명수 구연, <창세가>, 1931 채록.

3. 함흥, 강춘옥 구연, <셍굿>, 1965 채록.

4. 평양, 정운학 구연, <삼태자풀이>, 1966 발표.

5. 울진, 권순녀 구연, <순산축원>, 1975 구연 .

6. 오산, 이종만 구연, <시루말>, 1937 발표.

7. 제주도, 문창헌 필사, <초감제><천지왕본>, 1980년대.

8. 서귀포, 박봉춘 구연, <초감제><천지왕본풀이>, 1937 발표.

9. 제주도, 김두원 필사, <초감제><천지왕본>, 1963 발표.

10. 조천, 정주병 구연, <베포도업침><천지왕본풀이>, 1980 발표.

11. 구좌, 고대중 구연, <천지도업>, 1962 구연.

12. 한경, 강일생 구연, <베포도업침>, 1974 발표.

13. 표선, 이무생 구연, <천지왕본>, 1991 발표.

14. 안덕, 고창학 구연, <초감제>, 1991 발표.

15. 서귀포, 강태욱 구연, <초감제>, 1991 발표.

16. 한경, 김병효 구연, <초감제>, 1991 발표.

이들 창세신화에는 "천지개벽, 창세신의 거신적 성격, 물과 불의 근본, 인간 창조, 인세차지경쟁, 일월조정, 천부지모의 결합과 시조의 출생"의 신화소가 들어 있다.6) 이중 특히 우리의 관심을 끄는 것은 두 거인신격의 인세차지 경쟁과 일월 조정, 그리고 천부지모의 결합과 시조 출생 화소이다. 그 앞의 것들은 창세의 주체의 일방적인 활동을 보여주는 데 반해 이들은 싸움의 성격을 드러내기 때문이다. 또 천지왕과 장자(수명장자)와의 싸움도 주목된다. 이를 간략히 말하면 전반부는 창세의 과정담이고 후반부는 인세차지 경쟁담이다. 후자가 우리의 관심 대상이다.

---

6) 김헌선, 위의 책, 17면.

우선 인세차지 경쟁을 본다. 거의 대부분의 자료에 나타나는 화소지만 가장 먼저 채록되었고 내용도 풍부한 함남 함흥의 큰 무녀 김쌍돌이 구연의 <창세가>를 살피자.

> 그랬는대, 석가님이 내와서서/ 이 세월을 아사뺏자고 마련하와,
> 미럭님의 말숨이,/ 아직은 내 세월이지, 너 세월은 못된다.
> 석가님의 말숨이,/ 미럭님 세월은 다 갓다. 인제는 내 세월을 만들겟
> 다.
> 미럭님의 말숨이,/ 너 내 세월 앗겟거든, 너와 나와 내기 시행하자,
> 더럽고 축축한 이 석가야. (233면)

석가와 미륵이라는 명칭은 불교의 영향을 받아 개칭된 것으로 보인다. 이들은 전세계적으로 창세의 과정에서 흔히 형제신 또는 선신과 악신으로 나타나는 일반적인 양상과 동궤의 것이다. 세상을 놓고 한판 겨루기를 하자는 싸움은 석가가 시작한다. 세상을 만든 것은 미륵인데 석가가 그 세상을 차지하고자 하는 것이다. 김쌍돌이 구연본은 이 싸움이 극도로 적대적임을 "더럽고 축축한 이 석가야" 하는 미륵의 말로 표현하고 있다. 그런데 이들의 싸움이 흥미롭다.

첫째 경쟁은 동해중에 금병 은병을 걸고 누구의 병의 줄이 끊어지는가 하는 것인데 석가의 병의 줄이 끊어져서 표면으로는 미륵이 이긴 것으로 보인다. 둘째 경쟁은 여름 성천강을 얼리는 시합인데 미륵은 동지채를 써서 강을 얼리고 석가는 입춘채를 써서 실패하여 역시 석가가 진다. 그런데 이는 표면과 달리 석가의 승리로 이해된다.

병의 줄이 끊어지면 병 안에 있는 물이 흘러내린다. 얼었던 성천강은 얼음이 풀려야 농사를 지을 수 있다. 둘 다 물이 흐를 수 있게 한다는 공통점이 있다. 석가는 물을 흐르게 하였지만 미륵은 물이 흐르지 않게 하고 말았다. 전명수 구연본에서는 병 속에 술이 들어 있어서 땅에 떨어져

내리자 "도랑물과 우물물과 새암물과 큰강물이" 되었다고 하였다.(241면) 이 물은 먹고 사는 데에도 중요하지만 농사에도 중요하다는 생각을 해볼 수 있다. 이들의 시합이 식물의 생장과 연관 있음은 이어지는 세 번째 시합에서 잘 보여준다.

> 너와 나와 한 방에서 누어서/ 모란 꼬치 모랑모랑 피여서
> 내 무럽헤 올나오면 내 세월이요/ 너 무럽헤 올나오면 너 세월이라.
> 석가는 도적 심사를 먹고 반잠 자고/ 미럭님은 찬잠을 잣다.
> 미럭님 무럽 우에/ 모란 꼬치 피여올낫소아.
> 석가가 중둥사리로 썩거다가/ 저 무럽헤 쏘젓다.

제주도의 정주병 구연본은 이 대목을 이렇게 노래한다.

> 설운 성님 무정 눈에 줌이 든다. 설운 아시 겻눈은 굼고 속눈은 텄닷. 성님 앞읫 꼿은 이녁앞데레 두려 놓고, 이녁 꼿은 성님 알데레 노아두고, "성님 성님, 일어납서, 즘심도 자십서." 일어나고 보난, 성님 앞읫 환생꼿은 아시 앞의 가고, 아시 앞읫 검뉴울꼿은 성님 앞의 가았고나. (436면)

미륵의 꽃은 자연스럽게 피지만, 석가의 꽃은 남의 것을 훔쳐오고 중간을 뚝 잘라서 다시 재배하여 핀다. 이는 농경에 대한 통찰을 보여준다. 즉 농경은 자연이 아니라는 점에 주목하는 것이다. 미륵은 자연 세계를 만들었지만 인간에게 필요한 것은 자연 그 자체가 아니라 자연을 가공하는 농경이다. 식물은 그 자체로 인간이 먹기에는 적절하지 않아서 인간은 오랜 기간 식물을 길들여 알곡을 크게 하고 수를 많게 하여 수확할 수 있도록 품종 개량을 했다. 지금의 쌀, 옥수수, 밀 등은 모두 그렇게 개량된 것이다. 이렇게 보면 미륵과 석가의 싸움은 겨울과 여름의 싸움 이전에, 자연과 인간의 싸움을 보여준다고 생각해볼 수 있다.

특히 꽃피우기 경쟁담은 훔치기와 속이기 화소를 포함하고 있다는 점도 놓치지 말아야 한다. 석가는 한잠 자자고 하고는 자는 척하여 미륵을 속인 다. 미륵이 온 잠을 지는 동안에 몰래 미륵 앞에 또는 무릎에 피어 있는 꽃을 잘라오거나 바꿔치기한다. 이 점이 우리 창세신화의 두 번째 특징이라 고 할 수 있다.

신화에서 속이기 또는 훔치기는 대단히 중요한 화소로 보편적으로 나타 난다. 우리 주몽 신화에서 주몽이 송양왕을 속이고 악기 등을 훔쳐오는 것과, 구약성서에서 야곱이 아버지 이삭을 속이고 하느님의 축복을 받는 것은 신화적 성격이 같다.

다음으로 일월 조정의 경우는 하늘에 해가 둘 달이 둘씩 떠서 이를 하나씩 없애서 인간이 살기 좋게 만들었다는 신화소이다. 함흥 출신의 무녀인 강춘옥 구연본에는 석가가 속임수로 세상을 차지했지만 그 결과로 "한 하늘에 해가 둘이 뜨고 달이 둘이 떴"기 때문에 "밤에느 석자 세치 디리 언다. 낮이에느 석자 세치 디리 탄다. 인간이 얼어 죽고 데어 죽고"(255면) 하는 세상이 되자 석가가 서천국으로 먼 여행을 하여 부처님을 만난다. 세시옥이라는 박색 처녀를 만나 도움을 받아 부처님이 낸 시험을 통과하여 달 하나 해 하나를 떼어 낸다. 제주도의 경우는 대부분 대별왕 소별왕 형제가 활을 쏘아 해와 달을 동해바다 서해바다에 떨어뜨린다.

해와 달이 두 개씩 나타나는 현상에 대하여 연구자들은 한발과 홍수, 혹한과 혹서 등으로 이해하기도 하고,[7] 창세시절의 혼란을 시정하고 인세 의 질서를 마련했다는 의미로 읽기도 한다.[8] 우리뿐 아니라 동아시아 여러 나라에서 해가 둘, 넷, 일곱, 열, 예순 여섯, 해 여덟 달 아홉 등 다양하게 나타난다. 이들을 하나하나 가려내기보다는 폭넓게 보아 창세의 혼란에서 인세를 위한 질서로 개편되는 양상을 표현한 것이라고 보면 큰 무리가

7) 서대석, 「창세시조신화의 의미와 변이」, 『구비문학』4, 한국정신문화연구원, 1980, 17-18면.
   김헌선, 앞의 책, 218-219면.
8) 박종성, 『한국창세서사시 연구』, 태학사, 1999, 162면.

없을 것 같다. 해와 달은 사람이 살아가기 위해 없어서는 안될 것인데 둘씩 있는 것을 조정하여 질서를 가져왔다는 것은, 해와 달을 하나씩 없앴다는 것에 중점을 두기보다는 해와 달이 적절하게 인간에게 도움을 주게 되었다는 점을 주목하고 싶다.

그것은 평양의 정운학 구연본에는 해와 달이 둘씩 나타나는 게 아니라 아예 사라져서 없어지는 것으로 나타난다는 점도 고려해야 하기 때문이기도 하다. 인세를 떠나는 미륵이 해와 달을 도롱 소매에 넣어 가버려서 세상에는 빛이 없게 되었다. 석가는 채도사를 매를 때려서 해와 달을 찾아온다. 이렇게 해서 "이 세계가 밝았더라. 日月일랑 명랑을 하야 낮이 되면 해가 뜨고 밤이 되면 달이 뜬다."(298면)고 하여 사람 살기에 적절한 세상이 되게 하는 것이다. 이는 해와 달의 숫자나 거인신의 영웅적 면모보다는 세상에 적절한 빛이 있게 되었다는 것을 나타내는 데 목적이 있다고 이해할 수 있다.

마지막으로는 천부지모의 결합과 시조의 출생 화소이다. 창세 자체와 창세의 주체가 혼인하여 지상에서 후손을 보는 이야기는 직접 연관되지 않아서 별개의 것으로 볼 수 있다. 그래서인지 북부 지역의 창세신화에는 잘 나타나지 않는다. 반대로 제주도에서는 거의 모든 각편에 등장한다. 그렇지만 북부에서도 서장애기 또는 당금애기가 창세 신화에 이어져 구연되는 것을 고려하면 천부지모의 신화소가 지속적인 영향력을 끼치고 있다고 여겨진다.

이 신화소에도 여러 의미를 담아볼 수 있지만 일차적인 것은 무엇보다 생산의 모습이다. 천지왕이 박우왕 또는 서수아미 등과 혼인하여 아들 형제를 얻는 것이나 당금애기가 서인님과 혼인하여 삼형제를 얻는 것은 모두 그 자체로 생산에 대한 주술적 효과를 노린다고 보인다. 제시 웨스턴은 『마하바라타』의 한 삽화를 든다. 여자를 가까이 하지 않는 젊은 브라만으로 인해 왕국에 가뭄이 들자 왕은 그를 유혹하여 공주와 결합하게 한다. 그러자 많은 비가 내린다. 이에 대해 제시 웨스턴은 "형식적인 결혼식이 '풍요

(fertility)' 제식의 일부로 자주 행해지며 이는 원하는 효과를 가져오는 데 특히 효험이 있는 것으로 믿어져 온 것은 분명하다."고 한다.9) 이와 같이, 창세 서사시는 세상과 인간을 낳은 이야기이며 이 신화의 끝에 당금애기 즉 <제석본풀이>가 이어진다는 것은 그것이 창조의 한 부분으로 이해되었으며, 나아가 자녀를 낳고 곡식을 생산하는 것으로 믿어지는 신앙으로 전개되는 양상을 이해하게 한다. 이에 대해 신연우는 "뜻하지 않게 임신을 하고, 고난 속에서도 아기를 낳고, 그 아이가 신이 되거나 왕이 된다는 일련의 반복되는 삽화들은 그 자체로 생산에 대한 소망의 표현이다. 그것이 곡식이건 사람이건 치성이건 야합이건 새로운 생산을 가져온다는 점이 중요하다."고 지적하였다.10)

이상으로 우리 창세신화의 특징 중 몇 가지를 살펴보았다. 인세차지로 나타나는 두 주체의 싸움, 그 과정에서 보이는 훔치기 또는 속이기, 해와 달의 신화소가 보여주는 불과 빛에 대한 관심, 그리고 천부지모의 결합에 보이는 생산에의 소망 등이다. 창세신화의 전모를 언급하는 것이 아니라지만 이런 모습이 대보름 풍속과 비견되는 양상을 띠는 것은 지적하여 볼 수 있을 듯하다.

3. 대응되는 대보름 민속들

대보름 민속에서 먼저 눈에 띠는 것은 돌팔매 싸움, 줄다리기, 내농작 등 경쟁 또는 싸움의 양상을 보이는 놀이들이다. 石戰이라고도 하는 돌팔매 싸움은 놀이라기보다는 진짜 싸움에 가깝다. 영조 47년 11월 18일조에는 평양에서 대보름에 벌이는 석전을 엄금하게 하였다.11) 이는 석전이 무지막

---

9) J. 웨스턴, 정덕애 역, 『제식으로부터 로망스로』, 문학과지성사, 1988, 43면.

10) 신연우, 「<제석본풀이> 서사구조의 역사성과 문학성」, 『고전문학연구』 제36집, 한국고전문학회, 2009, 126면.

11) 英祖實錄 四十七年(1771年) > 四十七年 十一月. 한국고전종합DB. "일찍이 듣건대 평양(平壤)에서는 상원일

지한 싸움이었기 때문이다. 다음 글은 『동국세시기』의 기록이다.

> 삼문(三門), 즉 남대문, 서대문 및 그 중간의 서소문 밖의 주민들과
> 아현(阿峴) 주민들이 떼를 이루어 편을 가른 다음 몽둥이를 들거나
> 돌을 던지며 고함을 치면서 달려들어 만리동 고개 위에서 접전하는
> 모양을 하는데, 이것을 편싸움[邊戰]이라고 하며 변두리로 도망가
> 는 편이 싸움에서 지는 것이다. 속설에 삼문밖 편이 이기면 경기
> 일대에 풍년이 들고 아현 편이 이기면 팔도에 풍년이 든다고 한다.
> 용산과 마포에 사는 소년들 중에는 패를 지어 와서 아현 편을 돕는
> 다. 바야흐로 싸움이 한창 심해지면 고함소리가 땅을 흔들 정도가
> 되며 머리를 싸매고 서로 공격하는데 이마가 터지고 팔이 부러져
> 피를 보고도 그치지 않는다. 그러다가 죽거나 상처가 나도 후회하지
> 않을 뿐 아니라 생명을 보상하는 법도 없기 때문에 사람들은 모두
> 돌이 무서워 피하고, 금지시켜야 하는 관에서 특별히 이를 금하는
> 조치를 취하지만 고질적인 악습이 되어 제대로 고쳐지지 않는다.12)

이 기록에서도 대보름 돌팔매 싸움 민속을 한 해의 풍흉과 연관 짓고
있기는 하지만, 그리 자연스러워 보이지 않는다. 줄다리기와 너무 다르다.
줄다리기는 볏짚으로 만든 줄과 그것의 모양을 암수로 나누어 성적인 배분
을 하고 여성 쪽이 이겨야 풍년이 들기에 그렇게 되도록 승부를 조정한다는
점 등 농사와 더욱 밀접하게 연관되어 있다. 궁에서 신하들이 편을 갈라
모의농사 경쟁을 하는 內農作 또는 假農作도 줄다리기와 마찬가지로 농경
적인 면모가 강하다.

돌팔매 싸움은 차라리 고구려 기록과 맞닿아 있다. 고구려에서는 "매년

(上元日)에 석전(石戰)을 벌인다고 하니, 장(杖)으로 치는 것도 오히려 그러하였는데, 더욱이 돌멩이이겠는가?
관서에 분부해서 일체 엄중히 금지하게 하고, 경중(京中)에서 단오에 벌이는 씨름과 원일에 벌이는 석전을
포청에 분부해서 이를 범하는 자는 종중결곤(從重決棍)하게 하라."(曾聞平壤, 上元日石戰云, 杖打猶然,
況石塊乎 分付關西, 一體嚴禁, 京中端午角觝, 元日石戰, 分付捕廳, 犯此者從重決棍)

12) 정승모, '석전', 국립민속박물관 편, 『한국세시풍속사전 정월편』, 국립민속박물관, 2004, 227면에서 인용.

초에 패수 가에 모여 노는데 …… 끝나면 왕은 옷을 입은 채 물에 들어가고, 좌우 이부로 나누어 물과 돌로 서로 뿌리고 던지며 소리치고 쫓고 쫓기를 두세 차례 하고 멈춘다."고 했다.[13] 한 겨울에 왕이 옷을 입고 물에 들어가고, 동국세시기의 악습이 되었다는 기록과는 달리 두세 차례 하다 마는 것은 이 기사가 단순한 놀이나 싸움이 아니고 제의의 표현임을 말해준다.

줄다리기가 풍흉을 기원하는 행사라는 점에서 여름과 겨울의 싸움의 한 형상화라고 해도 좋을 것이다. 이에 반해 돌팔매 싸움은 여름과 겨울의 싸움이라기보다는 新舊의 싸움이 아닌가 한다. 매해 초에 이런 일을 했다는 것은 이것이 신년제의였음을 말해준다. 신년제의는 送舊迎新 제의이다. 오래된 것, 가야 할 것과 올 것, 새로운 것과의 다툼을 나타낸다고 볼 수 있다. 물론 이것이 농사의 풍흉과 겹쳐 나타날 수 있을 것이다. 그러나 그 원래 모습은 조금 차이가 있었던 것이 아닌가 한다.

이것이 왜 신년제의인가? 이에 대해 김열규의 지적이 있다. "便戰의 勝負 이전에는 새로운 해, 또는 새로운 節侯도 미지의 어둠 속인 것이다. 편전의 결말로써 비로소 결정지워지는 것이다."[14] 김열규는 『동국세시기』 기록에 맞추어 이를 풍흉의 결정에 대한 언급으로 이어나가고 있지만 그보다는 보다 보편적인 상태로 적용해볼 수 있다. 즉, 미래에 대한 불안을 이런 승부로써 미리 결정지음으로써 마음을 안정시킬 수 있다고 보인다. 좋은 결과이든 좋지 못한 결과이든 결정이 나는 것이 아무 것도 알지 못하는 어둠 속에서의 불안보다는 훨씬 나은 것이다. 가령 개인에 있어서도 점을 치면 미지의 불안이 상당히 정리된다. 吉이건 凶이건 마음을 정하고 행동을 할 수 있게 된다. 그런 결과가 없으면 어찌해야 할지 모르게 되는 것이다.

돌팔매 싸움이나 줄다리기, 내농작은 모두 싸움의 형식을 띤다는 점에서

---

13) 『隋書』「東夷傳 高麗」, "每年初 聚戲於浿水之上 王乘舉 列羽儀以觀之 事畢 王以衣服入水 分左右爲二部 以水石相濺擲 諠呼馳逐再三而止." 김열규, 『한국민속과 문학연구』, 일조각, 1971, 149면 원문재인용.
14) 김열규, 앞의 책, 141면.

공통된다. 줄다리기와 내농작은 농삿일의 모습을 띠며 싸움 형식을 갖기에 풍년을 기원하는 여름과 겨울의 싸움으로 보는 것이 무난하다. 돌팔매 싸움은 그보다는 가는 해와 오는 해의 싸움을 보여준다고 할 수 있다. 이 둘은 새해 또는 새봄을 맞으면서 겹쳐서 한가지로 이해되었다고 생각된다. 그러나 이 글에서 주목하고자 하는 것은 차이점이 아니라, 고싸움 놀이나 차전놀이, 횃불싸움, 박시놀이 등과 함께, 이들이 모두 경쟁 즉 싸움의 양상으로 전개된다는 사실이다.

대보름 풍속으로 널리 알려진 것에는 또 훔치기, 속이기에 해당하는 것들도 있다. 대표적인 것은 '복토훔치기'이다. 부잣집 흙을 훔쳐다가 자기 집 마당에 뿌리는 것이다. 이러면 복이 함께 따라온다고 믿는다. 부잣집에서는 밤새 불을 밝혀두고 집안을 지켰다고 한다. 경주에서는 잘사는 마을의 바윗돌을 이웃마을에서 훔쳐간 일도 있었다. 평안도 등지에는 땔나무 훔치기, 전남 지역에서는 개펄 훔치기 등이 같은 성격의 민속이다.15)

호남 지역에서는 '디딜방아훔치기'가 있었다. 대보름 당산제를 마친 후 여성들이 인근 마을로 디딜방아를 훔치러 간다. 때에 따라서는 큰 싸움이 벌어지기도 한다. 디딜방아에 황토나 피를 묻힌 고쟁이를 씌운다. 성적인 연상으로 풍년을 기원하는 것이다. 충북에서는 이때 상여소리를 하기도 한다. 염병을 막자는 의미라고 한다.16)

전국적으로 행해지는 대보름 민속인 '더위팔기'는 언령주술이지만, 속이기의 면모도 가지고 있다. 아침에 만난 사람을 불러 대답을 하면 "내 더위" 하고 소리친다. 이렇게 하면 그 사람에게 그 해의 더위를 팔아넘기고 자신은 더위를 타지 않는다는 것이다.17) 이 과정에서 말다툼으로 이어지는 일도 있다고 하는데 이는 더위를 산 사람이 기분이 나쁘기도 하고 속았다는 느낌을 받기 때문이라고 할 수 있다. 아울러 이 두 민속은 중국과 다른

---

15) 하효길, '복토훔치기', 국립민속박물관 편, 『한국세시풍속사전 정월편』, 국립민속박물관, 2004, 162면.
16) 표인주, '디딜방아훔치기', 같은 책, 153면.
17) 나경수, '더위팔기', 같은 책, 149면.

독자성을 보여준다고 한다. 중국에서는 더위가 아니라, 어리석음 또는 春困을 판다. 또 흙이 아니라 등잔이나 채소를 훔쳐온다.18)

　대보름 민속으로 싸움만큼이나 흔한 것이 불과 관련된 것들이다. 대표적인 것이 '달집태우기'이다. 물론 이는 달과 관련된 기풍의례이지만 불에 초점을 맞추어 볼 수 있다. 달이 떠오르면 달집을 태운다. 달집을 상징하는 원추형 나뭇더미를 태우는 것이다. 달을 태우는 것이 풍년의 의미가 아니라 불을 크게 사르는 것으로 풍년을 소망하는 것이다. 그런데 이름은 '달집태우기'이다. 왜 굳이 '달집'을 태운다는 걸까? 볏가릿대를 태우는 것이 더 의미가 있을 것 같기도 하다. '달집'이라고 하는 것을 보면 하늘의 달을 모방하여 만든 것이라고 볼 수도 있지만, 하늘의 달과 지상의 달을 짝이 되게 만든 것으로 볼 수도 있을 것 같다. 그중 하나를 태우는 것이다. 이 놀이가 "으레 횃불싸움, 달집뺏기, 불절음으로 비화되어 이웃마을과 격렬한 싸움을 벌이며 밤을 지새"19)게 되기도 하는 것을 보면, 달집을 태우는 것 자체가 싸움의 요인을 함축하고 있는 것으로 이해될 수 있다.

　『한국세시풍속사전』에서는, 일종의 불꽃놀이인 '낙화놀이', 대나무나 고춧대 등으로 불을 놓고 그 위를 뛰어넘는 '댓불놓기' 또는 '보름불', 대나무에 종이와 실로 만든 기를 태워 날려보내는 '상낭태우기', 작은 등잔불을 식구 수대로 만들어 불을 켜서 한 해 신수를 알아본다는 '식구불켜기', 실에 불을 붙여 길흉을 점친다는 '실불점', 이와 유사한 '짚불점', 우물에 물이 잘 나기를 기원하는 '우물밝히기', 논둑 밭둑에 불을 놓는 '쥐불놀이', 쥐불이 이웃 마을과 경계에 접근하면서 벌어지는 '횃불싸움', 고추씨 등을 태우며 귀신을 쫓는 '귀신불놓기' 등 불과 관련된 다양한 민속을 소개하고 있다. 또한 『동국세시기』에서는 '張油燈'이라 하여, "정월보름에 집집의 각 방에는 밤이 새도록 등불을 켜놓는다. 마치 섣달 그믐날 밤 守歲 의 예와 같다."20)

---

18) 한양명, 「농업과 세시」, 민속학회 학술총서, 『생산민속』, 집문당, 1996, 36면.
19) 강성복, '달집태우기', 『한국세시풍속사전 정월편』, 위의 책, 118면.
20) 김성원 편, 『한국의 세시풍속』, 명문당, 1994, 194면.

고 하였다.

연유야 어떻든 불에 관한 많은 민속이 특히 대보름에 집중되어 있다는 것 자체가 주목받을 일이 아닌가 한다. 불이 가지고 있는 淨化力과 生生力이 새해를 맞이하는 이때에 그만큼 더 필요한 일이기 때문이라는 것은 누구나 동의하는 견해이지만, 그럼에도 불구하고 이렇게 많은 불 관련 민속이 이때 집중된다는 것은 특별하게 여겨진다. 대보름이 아니라 가령 동지나 섣달, 설날 또는 추석 같은 때에도 가능하지 않았을까 의문이 든다.

마지막으로 생각해볼 대보름 민속은 생산에 대한 직접적인 소망들이다. 그중 전국적으로 알려진 것은 '대추나무 시집보내기'로 대표되는 '嫁樹' 민속이다. 조선시대 시인인 김려는, '닭이 울 때 과일나무의 갈라진 가지 사이에 돌을 끼워둔다'는 기록을 남겼다.21) 이렇게 하면 그 해 열매가 많이 열린다고 믿는 것이다. 줄다리기도 "그 풍요제의적 성격"을 '암줄과 숫줄'의 경합으로 드러낸다. 줄다리기의 승패로 농사의 풍흉을 기원하기도 하지만, 줄을 토막내어 각기 집으로 돌아가 소에게 먹인다. "줄이 지닌 생생력에 의해 소의 생생력을 돋구어 주자는 것이다."22)

'애기타오기'도 같은 성격의 민속이다. 아기 없는 여성이 떡시루와 음식을 장만하여 무당과 함께 아이 많은 집 문앞에 가서 문간대장과 터주대감에게 대접하면서 빈다. 삼신으로부터 애기를 타게 되면 온몸이 찌르르하며 이고 있던 떡시루를 저절로 내리게 된다고 한다.23) 접신과 임신을 함께 엮고 있다는 점이 관심을 끈다. 막연하게 빈다는 차원을 넘어서, 신과의 직접적인 만남에서 임신이 이루어진다는 관념이기 때문이다.

---

21) 김종태, '가수(稼樹), 『한국세시풍속사전 정월편』, 위의 책, 135면.

22) 김열규, 위의 책, 174면.

23) 이정재, 『한국세시풍속사전 정월편』, 위의 책, 173면.

4. 풍물굿의 도둑잽이 · 일광놀이

이상 살펴본 것은 우리 창세신화와 대보름 풍속에서 공통적으로 발견되는 네 가지 특징들이었다. 두 주체 간의 싸움, 속이기 또는 훔치기, 日月 또는 불과 관련된 신화와 민속들, 자식을 낳고 농사의 풍년을 기원하는 내용 등이 그것이다.

그런데 우리 민속에서 이와 연관지어 고찰해보아야 할 것이 또 하나 있는데 그것은 흔히 새해를 맞이하는 시점에서 벌어지는 마을굿에서 놀아지는 도둑잽이 또는 일광놀이라는 것이다. 주로 영남과 호남의 풍물굿에서 풍부하게 전해지는 도둑잽이 놀이 중에서 특히 꽹과리를 중이 훔쳐갔다고 하는 놀이를 살펴보자. 조정현의 조사에 따르면 도둑잽이 놀이 중에서 훔쳐간 꽹과리를 다시 찾았다는 화소를 가지고 있는 지역은 전라북도의 임실 필봉, 진안, 부안 정읍, 김제, 이리 등이다. 경상도와 전라남도 지역에서는 꽹과리는 아니지만 도둑질 화소와 싸움 화소가 강하게 나타난다.[24)]

진안 풍물굿의 사례를 제시해보자. 먼저 원진을 만들고 쇠꾼들이 꽹과리 네 개를 네 방향으로 놓고 춤추고 논다. 중광대가 원의 중심부에 있는 쇠를 훔쳐서 노름판에 들어간다. 쇠가 없어진 것을 알게 되어 상쇠가 쇠를 찾아다니다가 도둑을 가려내는 다툼을 벌인다. 치배들이 중광대를 포위하고 중광대를 잡는다. 목을 치라는 영을 내리고 중광대의 집모자와 바가지탈을 영기의 삼지창으로 벗겨서 영기에 매달아서 목을 베었음을 나타낸다.[25)]

이 꽹과리가 일월을 나타낸다는 점과 흔히 신년제의 성격을 가지는 마을굿에서 풍요를 기원하는 의례라는 점은 이 놀이가 싸움, 훔치기, 일월, 풍년의 요소로 구성되어 있음을 말해준다. 그리고 이 요소들은 위에서 보았던 대보름 민속과 창세신화의 요소와 겹치는 것이다. 물론 이들 놀이는

---

24) 조정현, 「민속연행예술에 나타난 도둑잽이놀이의 구조와 미의식」, 안동대학교 석사논문, 1998, 15-16면. 김헌선은 정읍, 영광, 부안 등지의 우도농악을 검토하면서 도둑잽이놀이와 일광놀이의 상관성과 의미에 대해 고찰하였다. 김헌선, 「우도농악 뒷굿의 굿놀이적 성격과 의의」, 『풍물굿연구』 창간호, 2012.8, 8-50면.
25) 조정현, 같은 논문, 20면에서 정리.

특히 조선후기에 사회적 갈등을 드러내는 방법으로 이용되어 강화되었을 것이다. 그러나 민속극에서의 사회적 갈등은 자연과의 갈등이 사회적인 것으로 변전된 것으로 이해되므로 이 요소들의 연원은 보다 오래된 것으로 간주해야 할 것이다.

조정현은 "풍요 기원과 도둑을 잡는 모티프가 분화되면서 극적 발전을"26) 이루었다고 보았으나, 위에서 보았듯이 그 둘은 같은 기원을 갖는 것이며 조선후기를 배경으로 하여 도둑이라는 사회적 메시지가 더욱 강화되었다고 보아야 할 것이다.

도둑이 훔쳐간 꽹과리는 상쇠의 것이다. 상쇠는 꽹과리와 함께 일월을 상징하는 표지물을 등에 붙이고 있다. 이른바 홍박씨 또는 함박씨, 日月 등으로 불리는 거울 모양의 동그란 장식물이다. 상쇠는 이 일월을 왜 가지고 있는가? 가능한 답 한 가지는 시지은이 제시해주었다. "상쇠는 자신이 속한 농악대에서 권위와 통솔력을 갖춘 인물인 동시에 동제나 당산제. 지신밟기를 하는 경우로 봐서는 마을 전체를 위한 제의의 제관 역할을 수행하는, 일시적이지만 마을전체의 사제자라고 할 수 있다. 농악대에서의 권위와 통솔력, 그리고 마을 동제에서는 제의를 집행하는 사제자임을 상징하는 것이 바로 상쇠 거울인 것이다."27) 김헌선 또한 이에 대하여 "우주적 원리를 구현하려는 행위를 통해서 쇠를 다시 찾는 광명을 부각시키고 농악대의 소중한 관계를 환기하는 위계질서를 수립하였다."28)라고 하여 같은 의견을 개진하였다.

상쇠가 마을의 사제자였다는 것은 다른 지역에서 무당이 하는 일을 그가 하고 있음을 말해준다. "상쇠 거울은 호남과 영남 지역에서 주로 전승되고 있지만 무당의 명두는 강신무권인 한강 이북에서 주로 전승되고 있는 것이다."29) 이들이 서로 지역적으로 배타성을 띠고 있다는 것은 어떤 의미인가?

---

26) 위의 논문, 71면.

27) 시지은, 「상쇠 '홍박씨'와 무당 '명두' 비교」, 『한국무속학』 24집, 한국무속학회, 2012, 166면.

28) 김헌선, 「우도농악 뒷굿의 굿놀이적 성격과 의의」, 『풍물굿연구』 창간호, 2012.8, 8-50면.

그것은 같은 역할이 지역에 따라 다르게 나타났다는 뜻일 수 있다. 즉 양자 공히 日月의 상징으로서의 쇠 거울의 기능은 동일한 것이며, 사제자가 강신무인가 상쇠인가에 따라 전개 양상에 차이가 나는 것으로 생각된다.[30] 아울러 무당의 거울은 단군신화의 거울에까지 거슬러 올라가는 것으로 인정된다면,[31] 상쇠의 홍박씨 또한 같은 기능이 분화된 것으로 보면 민속적 연관성이 확대된다.

그러면서도 상쇠의 경우에는 홍박씨의 상징적 역할을, 이동이 편한 꽹과리가 이어받아서, 도둑맞았다가 다시 찾는다고 한다. 사라졌던 일월을 다시 찾는다는 설정은 창세신화의 그것과 비견된다. 가령 평안도 <삼태자풀이>에서 미륵은 해와 달을 감추고 석가는 이를 다시 찾아내는 설정이라든가, 동굴 속으로 숨어버린 아마테라스 신의 광명을 되찾아 온다는 일본의 신화를 견주어볼 수 있다.[32] 어쩌면 이는 冬至를 지나면서, 새로워지는 해를 맞이하는 놀이가 아닌가 생각해볼 수도 있을 것이다. 그런데 그냥 맞이하는 것이 아니라 도둑질과 싸움이 개재한다. 서사가 아무 의미 없이 저절로 생기는 것이 아니라면 이것을 이해하는 방법은 두 가지이다. 하나는 창세신화에서 도둑질과 싸움이 있었던 것과 연관 짓는 것이다. 다른 하나는 여름과 겨울의 싸움을 형상화한 결과로 간주하는 것이다.

여름과 겨울의 싸움은 풍요를 기원하는 싸움이고 창세신화의 싸움은 인세 차지를 위한 싸움이어서 풍물굿에서 상쇠와 도둑의 싸움은 여름과 겨울의 싸움에 더 가깝다. 대부분의 마을굿이 묵은 해 또는 겨울을 보내고 새해를 시작하는 정월에 행해진다는 점을 지적하면서 조정현은 "이 시기는 굿의 비일상성을 한층 강화시킬 수 있는 때이면서 굿의 주술·종교적 목적에 가장 부합되는 때"[33]라고 지적한다. 이런 비일상적 시공간의 원형은 바로

---

29) 시지은, 앞의 논문, 167면.
30) 그것은 마을굿과 개인굿의 차이에 기인하는 것으로 생각해볼 수도 있을 것이다.
31) 장주근, 『한국신화의 민속학적 연구』, 집문당, 1995, 22면.
32) 김헌선, 「우도농악 뒷굿의 굿놀이적 성격과 의의」, 『풍물굿연구』 창간호, 2012.8, 8-50면.

창세의 시간이다. 이런 점에서 이들은 다시 창세신화와 접맥된다.

5. 비교의 의미

여기서 다시 강조하는 것은 이들의 비교가 결코 어떤 영향관계에 관한 언급이 아니라는 점이다. 영향관계가 있었는지는 알 수 없다. 창세신화와 대보름 민속에 이런 유사성을 찾아볼 수 있다는 정도만을 말하고 있다. 훔치기 또는 속이기, 싸움, 일월 또는 불과 연관되기, 풍요 기원 등의 이 네 가지 외에는 서로 다른 점도 많기 때문이다. 일차적으로 대보름 민속은 농사의 풍년과 한 해의 안녕을 기원하는 것이라는 큰 틀에서 이해되어야 한다. 창세신화와는 그 성격이 다른 것이다.

그럼에도 여기서 이들을 견주어 보는 것은 이러한 특징들이 혹시 세상의 처음, 또는 한 해의 처음이라는 점에서 처음 또는 시초의 관념이 유사하기 때문에 공통으로 갖게 된 현상일 수도 있는가 생각해보게 된다. 사람들이 '처음' 또는 '始初'에 대하여 어떠한 관념을 보편적으로 가지고 있는가 하는 것을 살펴보는 것도 민속 연구의 일부일 것이다.

우선 대보름이 설보다도 새해의 시작이었던 것으로 여겨진다는 것을 지적해야 하겠다. 우선 『한국세시풍속사전』을 보면 설날의 의례가 18 항목, 속신이 15 항목인데 의례는 설차례, 세배, 正朝朝賀 등 대부분 공식적인 느낌의 것들이다. 대보름의 경우는 30 항목의 의례가 볏가릿대 세우기, 달집 태우기 등 보다 민속적인 것들이고 속신은 무려 149 항목이며 설에는 나타나지 않는 놀이도 대보름에는 65 항목이나 기재되어 있다. 이는 설날보다는 대보름이 기층적 성격을 가지고 있음을 말해준다. 공식적 의례가 주가 되는 설날보다도 대보름 민속이 역사적으로도 훨씬 오래되었다고 보인다.

이는 김택규가 "원래는 잡곡재배의 축원 의례를 주축으로 하는 上元이

---

33) 조정현, 앞의 논문, 59면.

있었고, 따라서 모든 연초의 축원의례가 보름에 집중되어 있었다."며 후에
쌀 재배가 보급되고 태음태양력을 쓰게 되며 중국에서 수용된 연초의례를
중심으로 상층이 주도하는 의례가 되었다고[34] 말한 것과 동궤이다. 한양명
도, "특히 생업력과의 관련 속에서 따져본다면 생산의 상부구조를 형성하는
초자연적 존재에 대한 시년적, 예축적 제의들은 대보름에 집중되어 있으며
이는 최소한 제의력상으로 대보름이 한 해의 세수임을 분명하게 보여주는
것"[35]이라고 지적하였다. 한양명은 그 이유를 한국은 중국보다 훨씬 늦게
태음태양력을 사용하게 된 때문으로 보았다.[36] 설의 민속은 삼가고 자제하
는 것이며 대보름 민속은 '집단적이며 활기찬 신명풀이의 성격'을 갖는다는
지적[37]도, 설과 보름 의례가 서로 유기적 측면으로 전개되었지만, 고대일수
록 인간 생활에서 집단적 의미가 컸다는 것을 생각하면 대보름이 더 원형적
일 수 있음을 부정하는 것으로 보이지는 않는다.

　세계 창조라는 태초의 시간과 한 해의 시작을 연관지어 설명한 이는
루마니아의 종교학자 엘리아데이다. 엘리아데는 "해의 종말과 새해의 기대
속에는 언제나 카오스로부터 코스모스에로 옮겨가는 신화적인 순간의 반
복이 있다고"[38] 지적했다. 바빌로니아의 신년축제인 아키투에서는 마르둑
신과 티아마트 사이의 싸움이 음송되고, 마르둑과 사르파니투와의 神婚이
왕과 여신당의 聖娼에 의해 재연되는 것으로 마친다. 바벨론뿐 아니라
히타이트, 이집트 등 여러 곳에서 발견된다고 하며 이 마르둑과 티아마트의
싸움이 원초적 투쟁을 기념하는 것만이 아니라, "우주창조, 곧 카오스로부
터 코스모스에로 옮겨옴을 반복하고 현실화하는"[39] 것임을 지적하였다.
신년제에서 우주창조가 재연되는 것은 이 둘이 '처음', '시초'라는 관념을

34) 김택규, 「한국 농경세시의 이원성」, 『한국문화인류학』20집, 1985, 116면.
35) 한양명, 앞의 논문, 앞의 책, 31면.
36) 위의 책, 44면.
37) 임재해, 앞의 논문, 앞의 책, 318면.
38) M. 엘리아데, 정진홍 역, 『우주와 역사』, 현대사상사, 1984. 83면.
39) 위의 책, 85면.

공유하고 있기 때문일 것이다.

아울러 그는 여러 학자들이 새해의 시작에 관해 연구한 바를 소개하며 그 특징적인 사실들을 6 가지로 정리하였다.40) 이들은 우리가 살펴본 대보름 민속과도 겹친다. (1)과 (2)는 중간에 있는 열두 날에 대한 것이다. 본고에서 언급하지는 않았지만 우리도 새해의 열두 날을 '정초십이지일(正初十二支日)'41)이라 하여 의미를 두는 풍습이 있는데 이와 연관이 있을 수 있다. (3)은 이 기간에 불을 껐다가 다시 붙이는 것을 지적했다. 이는 우리 대보름 풍속에 불이 대단히 많이 나타나는 사실과 연관 지어볼 수 있겠다. (4)는 성년식 거행인데 우리는 이에 대한 언급은 없다. (5)는 두 집단 간의 제의적인 싸움이다. 이는 앞에서 상세히 제시한 바와 같다. (6)은 '색정적 요소(처녀를 쫓아다니는 것, 간다르바적인 결혼, 오르지 등)가 들어 있는 것'이다. 이는 우리 창세신화에서는 천지왕과 지상녀와의 결합으로 나타나고 대보름 풍습에서 나무 시집보내기 등으로 대단히 축소되어 나타난다고 할 수 있다. 그렇지만 대보름 민속이 전체적으로 기풍의례이기도 하므로 드라마틱한 요소는 없지만 그 성격은 공유하고 있다고 보아도 좋을 것이다.

우리의 창세신화와 대보름 민속은 두 패의 싸움의 요소, 불에 대한 관심, 생산에의 소망의 측면에서 엘리아데가 제시한 것과 일치한다. 엘리아데는 훔치기에 대해서는 언급하지 않았다. 그러나 세계 곳곳에서 불 또는 해를 훔쳐온다든지 신이 만든 세계를 악마가 가로채려 한다는 창세신화는 어렵지 않게 찾아볼 수 있다.

가령 유럽 전역에서 "농민들은 아득한 옛날부터 한 해의 특정한 날에 화톳불을 피우고 그 주위를 돌며 춤추거나 뛰어넘는 행사를 벌이는 데 익숙하다."42) 이는 로키의 속임수에 의해 죽임을 당한 발데르를 화장한 북유럽의 신화와 연관되어 있다. 프레이저는 발데르 신화가 "해마다 신의

---

40) 위의 책, 100면, 101면.

41) 천진기, '정초십이지일', 『한국세시풍속사전 정월편』, 위의 책, 82면.

42) 제임스 조지 프레이저, 이용대 옮김, 『황금가지』, 한겨레신문사, 2003. 799면.

대리인을 불태우고 또 엄숙한 의식과 더불어 겨우살이를 채집하는 이유를 밝히는" 설화이고, "해마다 해가 빛나게 하고 나무가 자라게 하고 곡식이 번창하게 하고 …… 위해 해마다 주술의식으로 상연하던 신성한 드라마"[43]라고 한다. 이 과정에 깊이 관여하는 것이 로키라는 트릭스터이다. 여기서도 속임수가 풍요를 기원하는 연례 제의의 연원에 닿아 있는 것이다.

창세신화와 대보름 민속이 모두 동일한 관념 아래 포섭될 수 있는 것은 바로 "지난 해의 마지막 날들은 이러한 창조 이전의 카오스와 동일시되고"[44] 있기 때문이다. 다시 말하면 카오스를 넘어서 코스모스로 진행하는 과정을 양자 공히 공유하고 있는 것이다.

이러한 점에서 대보름 민속에서 달을 중시하는 것도 함께 다루어질 수 있다. 해마다 반복되는 겨울과 봄의 순환, 여름과 겨울의 싸움, 죽음과 재생을 가장 잘 실증할 수 있는 것이 달이기 때문이다. 달은 한 달이라는 매우 적절한 기간을 통하여 죽음과 삶의 반복을 이해하기 쉽게 형상화해준다. 달신앙의 고대성과 보편성은 이러한 점에서 쉽게 수긍되는 것이다.[45]

카오스에서 코스모스에로의 반복적 주기적 재연은 농경과도 관계될 수 있다. "식물의 한 살이가 보여주는 드라마는 자연과 인간이 주기적으로 재생한다고 하는 사실에 대한 상징 기능을 수행한다."[46] 엘리아데는 페르샤의 타타르 인들은 새해가 시작할 때 흙이 담긴 병에다 씨앗을 심는데 이것은 천지창조를 기념하는 것이라고 말한다는 점을 지적하고 있다.[47] 농경과 천지창조가 하나의 맥락으로 이해되는 것이다.

이는 대보름 민속이 새해의 시작 의례이면서 동시에 농경의 기풍의례이기도 하다는 점을 이해하게 한다. 창세신화와 대보름 민속은 세계가 카오스

---

43) 위의 책, 843면.

44) 엘리아데, 앞의 책, 102면.

45) 엘리아데, 앞의 책, 124면. ; 이은봉 옮김, 『종교형태론』, 한길사, 2012, 226면.

46) 엘리아데, 『우주와 역사』, 앞의 책, 95면.

47) 위의 책, 같은 곳.

에서 코스모스로 진행되는 과정을 형상화한다는 점에서 공통되는 동시에 시초 의례이면서 풍요 의례라는 점을 공유하는 것이다. 이렇게 보면 우리 창세신화와 대보름 민속에 왜 그렇게 유사한 신화소 및 풍속이 존재하는지에 대한 일정한 이해가 가능하지 않은가 한다. 창세신화와 대보름 민속에 공통되는 네 가지 특징을 통해 신화와 민속의 관계를 보다 포괄적 방식으로 검토해볼 필요를 느끼게 되었다.

이러한 맥락 속에서 풍물굿 뒷굿의 도둑잡이놀이 또는 일광놀이의 훔치기와 찾기, 싸움, 풍요 제의적 성격 등을 한자리에서 이해할 수 있다. 아울러 한강이북 강신무들의 해의 상징인 명두도 큰 범주에서 일관되게 이해할 수 있다. 창세신화로부터 비롯되는 태양 찾기의 모티프가 단군신화, 동지 풍속, 무당의 명두, 상쇠의 홍박씨, 대보름의 불놀이 등으로 확대되는 양상을 해명해볼 수 있는 것이다. 특히 '뒷굿에서 시간적 질서나 짜임새가 해체되고 공간적 무질서와 도가니가 주가 된다'[48]는 지적도 우리의 논의에 부합한다. 그러나 이들 사이의 연관성에 대하여는 더 상세한 고찰이 필요하다.

6. 맺음말

이 논문은 우리 대보름 풍속에 패를 갈라 겨루기를 하는 놀이가 많다는 특징적 사실로부터 비롯되었다. 농사의 풍흉을 점치는 놀이와 행사로 이해 되지만, 그보다 더 큰 틀에서의 이해도 가능하지 않은지 살펴보았다. 그 근거는 바로 우리나라에 오랜 시간 전해 내려온 창세신화였다. 창세신화에 는 미륵과 석가 또는 대별왕과 소별왕이 이 세상을 누가 다스릴 것인가를 놓고 대결을 벌였다는 화소가 중요하게 나타난다. 이런 싸움은 무엇보다 세상의 시작과 연관되기에 의미가 있는 것으로 이해된다. 대보름에 흔한

---

48) 김헌선, 앞의 논문, 30면.

싸움들도 한 해의 시작이라는 점과 연관되기에 둘을 비교해볼 수 있었다.

이를 기초로 하여 창세신화에 보이는 두 주체의 싸움, 그 과정에 보이는 속이기와 훔치기 화소, 해와 달의 모티프와 불 또는 빛에 대한 관심, 그리고 천부지모의 결합으로 나타나는 생산에의 소망에 주목할 수 있었다. 이는 그대로 대보름 민속과 대응되는 것으로 나타났다. 돌팔매 싸움, 줄다리기, 내농작 등 싸움의 형식을 갖는 민속들, 복토 훔치기와 디딜방아 훔치기 등에 보이는 훔치기/속이기의 양상, 달집태우기나 댓불놓기 등 대보름에 흔한 불 또는 빛과 관련된 민속들, 대추나무 시집보내기나 줄다리기로 대변되는 생산에의 소망 등이 그러했다.

이 둘 사이에 마을굿에서 도둑맞은 해를 되찾는다는 일광놀이를 연관지어보면 더 많은 민속적 사실을 일관되게 해명해볼 수 있을 것이라는 추측을 해보았다. 특히 사제자로서 상쇠의 역할을 강신무권의 무당과 비교해보면 홍박씨의 해의 상징성과 그것을 도둑맞고 되찾는다는 이미지가 창세신화와 접맥해 있는 양상을 이해할 수 있다.

이러한 현상의 배후에는 세계 태초의 시간과 한 해의 시작의 시간이 동질의 것이라는 해명이 있었다. 엘리아데는 세계 곳곳의 신화와 민속을 이용해 이들 모두 카오스에서 코스모스로 이행하는 과정을 재현하는 것임을 보여주었다. 나아가 이 과정의 반복적 주기적 재연은 농경이 주기적으로 반복된다는 점과 닮아 있기에 한해의 시작 의례가 기풍의례이기도 하다는 점까지 이해할 수 있었다.

어떻게 생각하면 당연한 설명이고 누구나 이미 이렇게 느끼고 있어왔을 수 있다. 그러나 이를 명시적으로 규명해 보이는 것도 필요한 일일 것이다. 물론 이는 이 두 가지를 기계적으로 연관 짓는 것과는 거리가 멀다. 둘이 어떤 영향을 주고받아서 유사성을 가지게 되었다는 말도 아니다. 어느 것이 먼저라는 말을 하는 것도 당연히 아니다. 그러나 이렇게 보면 대보름 민속을 보다 큰 단위에서 그 위상을 이해하는 데 도움이 될 것 같다. 대보름 민속을 세시풍속의 범주 안에서만 고찰할 경우보다 오히려 대보름 민속의 성격이 선명해지는 측면이 있다. 아울러 전혀 관계가 없을 것 같아보였던 우리의 창세신화와 대보름민속이 이렇게 연관되어 이해될 수 있다는 점을 통해 우리 민중문화의 성격을 보다 일관되게 설명해보는 하나의 사례가 될 수도 있을 듯하다.

2장

무속신화와 삶의 문제들

<성인노리푸념>에 나타난
죽음의 신화적 의미

1. 서론

    <성인노리푸념>은 손진태 선생이 "내가 소화8년 7월 평북 강계읍 박사 (覡) 전명수의 구송을 필기한 것"[1]이라 했으니, 무가 채록 초창기인 1933년에 이미 조사하여 1940년 『文章』지에 발표한 것이다. 크게 보면 우리나라 전국에 전해지는 <제석본풀이>의 평안남도 식 유형이라고 할 것이다. 그러나 지금까지도 본격적인 연구가 이루어지지 않았으니, 그것은 내용이 이해가 되기 어려운 결말을 가지고 있기 때문일 것이다. 마지막에 삼불제석으로 좌정해야 할 삼형제가 모두 총에 맞아 죽어버렸다고 하니 이를 어떻게 이해해야 할지 막연하기 때문이다.

    이 결말이 너무도 예외적인 것이어서 서대석은 전국의 <제석본풀이>를 망라한 연구에서 이 부분은 언급하지 않았다.[2] 천혜숙은 <성인노리푸념> 중 '장자못 전설'을 비교하면서 제주도의 <천지왕본풀이>와 마찬가지로 하늘에서 하강한 천신격이 지모신녀와 결합하여 인세 시조를 탄생시키는

---

1) 손진태, 「무격의 신가」, 『문장』 2권7호, 1940. 현대사, 1982년 영인본, 165면.
2) 서대석, 「제석본풀이 연구」, 『한국무가의 연구』, 문학사상사, 1980.

시조신 계열의 전승물이라고 하지만 이 결말에 대하여는 언급이 없다.[3] 권태효는 손진태의 무가자료 전반을 검토하기도 하고 장자형 인물을 연구하면서 이 무가의 서사단락을 상세히 제시하였지만 역시 결말에 대한 언급은 없다.[4]

너무도 예외적인 결말이라서 구송자 전명수의 개인적인 일탈로 보면 이 결말에 대한 연구가 없는 것이 당연하다. 그러나 같은 무가 권역이라고 할 수 있는 함남 함흥 지역[5]에서 전해지는 <바리데기>에서도 일곱 공주와 그 어머니가 모두 죽어버리는 예외적인 결말을 가지고 있고, 이에 대한 연구가 이루어지고 있다는 점도 주목할 일이다.[6] 또한 난해하고 예외적이라 하더라도 하나의 서사무가 작품으로서 이에 대한 이해를 모색해보는 것은 당연한 일이기도 하다. 본고는 강계본 제석본풀이인 <성인노리푸념>의 결말을 이해하는 과정에서 이 서사무가 전반을 새롭게 보는 시각을 찾아보고자 한다.

2. 서사 단락과 특징적 면모

강계본 <성인노리푸념>의 개요를 정리해 보인다.

㉮ 자식이 없는 마을태자 부부가 황금산에서 수륙재 맞이 정성으로 구슬 꿈을 꾸고 아들을 얻는다.

㉯ 아이가 말을 못 하다가 열세 살이 되자 입을 열어서 중 옷을 해 달라고 하더니 입고 황금산으로 가서 삼불 부처에게 주재문장이라는 이름을

---

3) 천혜숙, 「전설의 신화적 성격에 관한 연구」, 계명대 박사학위 논문, 1987, 46-51면.

4) 권태효, 「손진태 무가 자료의 현황과 성격」, 『한국무속학』14집, 한국무속학회, 2007. 286-290면.
   권태효, 「무속신화에 나타난 장자형 인물의 존재양상과 성격」, 『한국무속학』37, 한국무속학회, 2018, 278면.

5) 권태효, 「무속신화에 나타난 장자형 인물의 존재양상과 성격」, 위의 책, 279면.

6) 윤준섭, 「함흥본 <바리데기> 연구」, 서울대 석사학위 논문, 2012.
   신연우, 「함흥본 <바리에기>의 죽음의 이해」, 『구비문학연구』48집, 한국구비문학회, 2018, 149-184면.

얻고 목탁 육환장 대권선을 타가지고 내려온다.

㉰ 주재문장은 당주애비 집에 가서 시주를 하는데 먼지를 모아 한 바가지 준다. 며늘아기가 쌀을 시주한다. 주재문장이 이른 대로 집안에 물이 차올라 오자 뒷동산으로 가다가 뒤를 돌아보아 바위가 된다.(장자못 전설)

㉱ 주재문장이 서장애기 집에 이르러 시주를 받고 한 방에서 묵는다. 구슬 세 알 꿈을 꾼다. 주재문장은 떠나고 방에 갇힌 서장애기는 아들 삼형제를 낳는다. 아버지를 찾아 황금산으로 간 삼형제는 자식 인정 시험을 받고 이름을 얻는다. (제석본풀이)

㉲ 하늘로 올라가는 주재문장을 따라 삼형제가 종이말을 타고 가는데 주재문장이 소나기를 내려서 못 올라가고 생불이 되어 날아다닌다.

㉳ 생불을 구하던 조선 팔도 중들이 이들을 잡아가지고 가다가 포수가 쏜 총에 생불이 맞아 죽는다. 그때부터 조선 팔도 절마다 암자마다 죽은 부처를 모시게 되었다.[7]

전체적 얼개는 위와 같지만 세부적인 면에서는 이 각편만의 특징이 따로 있다. ㉠는 <제석본풀이>를 시작할 때 흔히 나타나는 설정이다. ㉡에서는 아이가 어미 뱃속에서 나오기 전에 말을 한다. '아래로는 못 나가겠으니 어머니 비녀로 배 한판에 금을 그어주면 탄생하겠다'고 하고 그렇게 하여 태어난다. 이는 제주도 <초공본풀이>에서 삼맹두가 어머니 아래로 나오자 니 아버지도 못 본 금이라면서 양 겨드랑이와 오목가슴을 허우틀어 나오는 것과 동궤이다. 석가여래가 어머니 옆구리로 탄생했다는 것과도 맥락을 같이 하는 영웅 탄생의 일반적이기도 한 신화적 화소이다. 뱃속에서는 말을 했는데 탄생 후 13년간 말을 못하다가 열 세 살에 갑자기 말을 했는데 중 옷을 지어달라는 것이다. 결국 아이는 중이 되어 집을 떠나고 만다.

7) 『문장』2권7호(1940년 7월회)의 자료를 실은 권태효, 『근대 여명기 우리 신화 연구』(민속원, 2008)의 권말부록 257-274면의 영인본 자료와 205-229면의 활자본 자료.

또한 황금산 세 부처에게서 대권선, 육환장, 목탁을 얻어 내려오는데 이는 제주도 <초공본풀이>에서 삼형제가 얻는 '본매본짱'과 같다.

㉯는 '장자못 전설'인데 먼지를 모아 시주라고 하고 주재문장이 그 먼지를 궁글러서 쥐똥같이 만들고 그걸 또 다시 말을 만들어 나가려는 것을 당주애비가 자기 복 나간다고 뺏으니 도로 쥐똥이 되었는데 그 가족이 쥐똥 네 알을 나누어 먹는다는 것도 특이하다. 또 장자못 전설인데 비가 내리는 것이 아니라 집 안에 물이 차 올라와서 연못이 된다. 물이 차면서 금붕어 한 쌍이 놀고 세발장디(세발 솥?)가 들어와서 시어머니와 문답을 하는 내용도 있는데 이는 함남 함흥의 강춘옥 구연 <셍굿>의 '장자못' 내용과 유사하다.8) 그리고 바위가 된 며느리와 아기, 개와 고양이 바위 등은 "시월파일 곳전노리 기름재미 무재미로 받아먹게"(172면) 하여 화전놀이의 유래로 간주되게 하고 있다. 이는 같은 전명수 구연의 <창세가>에서 삼천 중 가운데 둘이 고기를 아니 먹겠다고 하고 나가서 바위가 되었는데 이들로부터 화전놀이가 유래했다는 것과 유사한 맥락으로 여겨진다.

㉰는 전형적인 <제석본풀이> 서사지만, 후반부에 아들임을 인정받는데 황금산 주재문장이 이를 꺼리며 세 번의 시험을 내고 마지막으로 합혈을 한다. 주재문장은 할 수 없이 삼형제에게 초경손이 이경손이 삼경손이라는 이름을 주고 하늘로 올라간다. ㉰에서는 삼형제가 종이말을 타고 따라 올라가려 하니 소나기를 내려서 못 올라오게 한다. 제주도 등에서 삼형제가 하늘 용상에 앉아보기도 하고, 아버지가 기꺼이 신직을 부여하는 것과 매우 다르다. ㉱ 결국 하늘로 올라가지 못하고 생불이 되어 날아다니던 삼형제는 포수의 총에 맞아 죽는다. 그래서 지금 조선 팔도의 절이며 암자에 있는 것은 모두 죽은 부처라는 것이다. 이 결말은 당혹스럽다. 다 죽어버리다니, 우리가 비는 대상은 죽은 부처인가? 죽은 부처에게 빌어서 무슨 효험이 있을까? 이 죽음을 어떻게 이해해야 할까?

---

8) 강춘옥, <셍굿>, 김헌선, 『한국의 창세신화』, 길벗, 1994, 275면.

3. 구조 분석과 의미 탐색

앞에 제시한 서사 단락을 다시 살펴보면 반복되는 화소가 있다. 먼저 ㉮, ㉯와 ㉰를 보자. ㉮, ㉯에서 어렵게 얻은 자식이 중이 되어 황금산 부처에게 가서 본매와 이름을 얻어온다. ㉰에서는 그의 아들인 3형제가 황금산의 아버지에게 가서 자식 인정 시험을 치르고 이름을 얻어온다. 이는 <제석본풀이>의 일반적인 전개라고 할 수 있다. 자식이 없는 부부가 기도하여 딸 당금아기를 얻고, 다 자란 당금아기가 중의 아이를 임신하고 쫓겨나서 혼자 3형제를 낳고, 아이들이 아버지를 찾아가 신직을 부여받는 구조가 일반적이다. 그러나 일반적으로는 아버지에게 인정받은 3형제가 신직을 부여받는 것으로 전개되는데 강계본은 쫓겨나고 죽었다고 하니 뜻밖이다. 두 번째는 ㉰와 ㉱의 유사성이다. ㉰에서 며느리는 뒤를 돌아보아 바위가 되었고 사람들은 이 바위에서 꽃전놀이에서 재미(齋米)쌀을 받아먹게 된다. ㉱에서 생불이 되었던 3형제는 포수의 총에 맞아 죽어서 죽은 부처가 되어 조선 8도의 절과 암자에 모셔지게 되었다.

세 번째는 2대에 걸쳐 아들을 얻는다는 3대기라는 점이다. 마을태자 선비와 그 부인 사이에서 아들이 태어나서 자라서 주재문장이라는 중이 된다. 주재문장은 서장아기와의 사이에서 아들 3형제를 얻었는데 이들은 자라서 생불 그리고 죽은 부처가 된다. 3대기라는 점은 우리 단군신화나 주몽신화에서도 보였던 것과 같다.

앞의 화소는 강계본 <성인노리푸념>이 <제석본풀이>의 변이임을 말해준다. <제석본풀이>는 다산과 풍요를 기원하는 <제석굿>에서 연행되며 이 신격은, 이름은 불교적으로 변형되었지만, 우리 고유의 생산신이다.[9] 두 번째 화소에서 바위가 된 며느리가 사람들에게 재미쌀을 받아먹는 것은 며느리가 기원의 대상이 되었다는 말이다. 비록 바위가 되었지만 사람들은 그 바위 아래에서 신성한 음식을 바치며 소원을 빈다. 신앙의 대상이 되었

---

9) 서대석, 「제석본풀이 연구」, 『한국무가의 연구』, 위의 책, 89면.

다. 그렇다면 3형제도 죽은 부처가 되었다고 노래를 끝맺지만, 며느리처럼 사람들에게 신앙의 대상이 되는 것으로 상정해볼 수 있다. <제석본풀이>의 기본 성격으로 보아도 3형제는 3불이 되어 사람들에게 굿을 받고 생산과 풍요의 소망을 들어주는 신격으로 보는 것이 자연스럽다. 신앙의 대상으로 좌정한 부분이 생략되었다고 할 수 있을 것 같다.

그런데 왜 죽은 것을 강조하는가? 정작 중요한 신직 부여가 생략될 만큼 죽음을 강조하는 것이 타당한가? 의문이 지속된다. 이 서사무가의 초점은 어디에 있을까? 다시 서사단락 ㉮㉯로 돌아가서 좀더 상세히 내용을 검토해보자.

㉮㉯에서 자식이 없는 마을태자 부부가 수륙재를 지내고 아들을 얻지만 이 아이가 무려 13년이나 말을 하지 않았다는 특이한 설정에 주목해보자. 열세 살이 되어 처음 한 말이 중이 될 터이니 중 옷을 지어달라는 것이었고 황금산에 올라가서 흰부처 검은쇠부처 노른쇠부처에게 본매와 이름을 얻어왔다. 비일상적 비상식적 상황이다.

중으로서의 자기의 정체성과 이름을 갖게 되었다는 것은 그 전까지는 자기라고 할 것이 없었다는 것을 함의한다. 오늘날 천주교에서 신도들이 세례를 받으면서 새로운 이름을 얻는 것을 고려해보면 이 상황을 잘 이해할 수 있다. 세례는 원래는 침례였다. 예수 그리스도가 요단강 물 속으로 잠겼다가 나옴으로써 하나님의 아들로서 인정을 받아 새로운 사람으로 거듭난 것처럼 오늘날의 신도들도 침례의 축약형인 세례를 받고 새로운 이름을 얻어서 새로운 사람으로 거듭난다. 세례와 새 이름 이전의 자기를 무화하고 새로운 이름으로 새로운 삶을 살 것을 요구받고 기대한다. 다시 태어난다는 것은 입사식(入社式)의 전형적인 사례이다. 실제로 육체적인 죽음이 아니라 정신적 죽음을 겪고 새롭게 태어나서 새로운 삶을 영위해야 한다는 것이다. 세속에서의 일상의 삶을 지우고 다시 태어난 새로운 삶이 진짜 삶이라고 생각하는 것이다.

이런 관점에서 주재문장의 어린 시절과 새로 이름 받는 과정을 생각해볼 수 있다. 마울태자 부부의 이 아이는 두 번 태어난다. 하나는 육체적인 탄생이다. 두 번째는 새롭게 태어나는 탄생이다. 중요한 것은 두 번째이다. 입사식을 치르는 모든 원시부족에게도 두 번째 탄생인 사회적 탄생이 중요하지, 육체적인 탄생은 중요하지 않다. 두 번째 탄생에 이르러서야 비로소 정식 이름이 부여된다. 그때까지는 그저 동물의 이름으로 불리는 정도이다. 주재문장이라는 새로운 이름을 얻고 자신의 정체성을 나타내는 본매를 얻었으니 그는 이제 세속의 일상적 인물이 아니다.

열세 살이라는 나이도 소년이 이제 아기나 어린이를 벗어나서 어른의 세계로 접어들어야 하는 때가 되었음을 말해준다. 신라의 혁거세도 13살에 왕위에 올랐다고 한다. 우리 고전소설에서 주인공의 행적과도 유사하다. 가령 유충렬에게 왕이 "네 나이 십 삼세가 되거든 품직을 내릴 것이니 그 때를 기다려 국정을 도우라"10) 거나, <구운몽>에서 양소유가 "나이 열 사오 세에 이르매"11) 집을 떠나 진채봉을 만나고 난을 피해 남전산에서 도사를 만나 거문고를 배우는 것과 비교될만하다.

<성인노리푸념> ㉮㉯의 비일상적 이야기는 주재문장이라는 인물이 종교적 또는 사회적 자아로 재탄생하는 모습을 그린 것으로 볼 수 있다. <성인노리푸념>을 비롯한 <제석본풀이> 무가가 원래 국조신화인 <주몽신화>와 같은 맥락과 유래를 갖는다는12) 점을 고려하면, 주몽 신화의 앞부분도 이해할 수 있다. 잘 알려져 있다시피, 주몽은 알로 태어나 버려졌다가 알에서 다시 태어난다. 2차의 탄생이다. 주몽이 알에서 새로 태어나 "낳아 달도 안 되어 언어가 아주 통하게 되었다."13)는 것은 실제의 일이 아니다. 태어나서 한 달도 안 되어 말을 잘 하게 된 것은 그가 새로이 태어난 사람이기 때문이다.14) 주몽은 이제 새로운 사회를 건설해야 하는 임무를 가진 사회적

---

10) 조희웅, 『조웅전』, 형설출판사, 1978, 15면.

11) 김만중, 이가원 역주, 『구운몽』, 연세대 출판부, 1980, 60면.

12) 서대석, 『한국무가의 연구』, 위의 책, 102면, 109면.

13) 이규보·이승휴, 박두포 역, 『동명왕편 제왕운기』, 을유문화사, 1986년6판, 65면.

자아로 새로 태어났다. 역시 알로 태어난 수로왕이 태어난지 열흘 남짓 되자 신장이 9척이나 되었고 그달 보름에 즉위했다는[15] 것도 제 2의 탄생을 하여 사회적 역할을 수행하게 되었다는 것으로 이해할 수 있다. 이는 주재문 장이 13 살이 되어서야 말을 하고 바로 중으로 거듭난 것과 통한다.

이렇게 <성인노리푸념>의 첫 부분을 주재문장이 사회적 자아로 거듭나는 재탄생 이야기로 보면 그 뒤로 장자못 전설이 이어지는 이유도 납득할 수 있다.

장자못 전설은 홍수 신화 혹은 전설에 속한다. 홍수는 세계의 재탄생이다. 개인의 재탄생이 세례라면 세계의 재탄생이 홍수이다. 이러한 연관성에 대하여는 이미 엘리아데가 선명하게 지적했다.

> 세례는 새로운 탄생이 뒤따르는 낡은 사람의 제의적인 죽음과 동일한 것이다. 우주적인 차원에서는 홍수가 이와 동등하다. 홍수는 외형적인 윤곽의 소멸이며, 모든 형태의 용해이고, 무형에로의 복귀이다.[16]

'외형적인 윤곽의 소멸이고 형태의 용해, 무형에로의 복귀'는 새로운 시작을 위한 죽음으로의 복귀이다. 태어난 뒤 13 년 동안 말을 못했던 것이 자아의 소멸이고 무형에로의 복귀에 해당하는 것과 마찬가지이다. 그러니까 앞의 삽화는 주재문장의 개인적인 재탄생의 이야기이고 이어지는 장자못 전설은 개인을 넘어선 한 마을의 재생으로 이어지는 것이다. 엘리아데가 말한 우주의 재생에 해당하는 것은 노아홍수 같은 세계적 범위의 홍수 신화이다. 장자못 전설같은 것은 그 범위가 온 세계가 아니라 한 마을 정도의 범위이다. 즉 홍수 신화는 세 단계이다. 노아홍수 같은

---

14) 민긍기는 이를 생물학적 탄생이 아닌 '인식적 탄생'이라고 하였다. 민긍기, 「신화의 서술방식에 관한 연구」, 『창원대학 논문집』9권1호, 창원대, 1987, 11면.

15) 일연, 『삼국유사』, <가락국기>.

16) 엘리아데, 정진홍 역, 『우주와 역사』, 현대사조사, 1984년4판, 89면.

온 세계 범위의 것, 장자못 전설 같은 한 마을 단위의 것, 침례 또는 세례처럼 한 개인의 것이다. 침례는 사람이 물 속에 온전히 빠졌다가 나오는 것이어서 개인적 홍수이다. 물이 아니라 불이 이용되기는 하지만 구약성서의 소돔과 고모라 이야기도 노아홍수와 달리 마을 차원의 멸망과 재생이라는 점에서 장자못 전설과 유사하다.

개인 차원의 입사식, 사회적 재탄생을 이룬 주재문장이 할 일은 사람 사는 마을로 내려와서 그 마을을 새롭게 하는 것이다. 주몽이 알에서 태어나서 해야 하는 일이 고구려라는 새로운 나라를 세우는 것과 마찬가지이다. 부여 왕의 아들들이 악한 것처럼 그 마을의 당주애비도 악하다. 악한 나라 또는 마을을 새롭게 하는 것이 흔히 홍수로 멸망시킨 후 새롭게 하는 방법으로 나타난다. 부여를 떠난 주몽이 비류왕 송양의 나라를 홍수로 멸망시키고 그 터전에 고구려를 세운 것도 이와 비견될 만하다. 이제 주몽은 왕이 되어 새로운 사회를 열었지만, 장자못 전설의 며느리는 죽어서 바위가 되었다.

이는 두 가지 차원에서 조명된다. 하나는 죽음에 방점을 찍는 것이다. 그래서 흔히 이 이야기를 비극으로 이해하곤 한다. 인간의 근원적 호기심과 그에 따른 대가로 초래되는 죽음을 인간의 본원적 상황으로 해석하는 것이다. 그러나 달리 보면 죽음보다는 꽃전놀이에서 사람들에게 잿밥을 받아먹는 일종의 신격으로 좌정한 점에 주목할 수 있다. 죽어서 바위가 되었다고는 하지만 그것이 끝이 아니라, 사람들의 신앙의 대상이 되고 민속적 신앙 세계를 새로 열었다고 보아야 할 것이다. 고구려같은 구체적인 나라는 아니지만 민중 속에서 정신적이고 문화적인 새로운 사회를 마련했다고 할 수 있다. 바위가 된 것은 며느리이지만 이런 모든 상황을 만든 것은 주재문장이다. 신앙의 직접적 대상이 되는 것은 며느리 바위이고, 주재문장은 더 높은 곳 더 멀리 있게 된 '숨은 신'처럼 배후에 있다.

며느리 바위가 새로운 신앙 세계로 이해되는 것은 또 하나의 꽃전놀이의 기원으로 제시한 함흥의 김쌍돌이 구연의 <창세가>로도 조명될 수 있다.

이 창세신화에서 미륵이 만든 세계를 속임수로 뺏은 석가의 무리 삼천 중들이 사냥해서 고기를 구워먹자 그중 둘이 일어나며 고기를 먹지 않겠노라고 하며 떠난다. 그 마지막 부분이 "그 두 명의 중이 죽어 산마다 바우되고 산마다 솔나무 되고, 지금 인간들이 삼사월이 당진하면 새앵미 녹음에 꽃전노리 화전노리"[17]이다. 삼사월에 사람들이 산에 와서 화전놀이라고 하며 죽은 두 중에게 상향미, 노구메를 진상한다는 것이다. 창세의 완결과 사람들의 신앙 행위를 연결하는 것으로 창세신화의 마지막을 맺은 것이다.

이어서 주재문장이 서장애기를 만나 임신시킨다는, <제석본풀이>의 핵심 서사가 펼쳐진다. 아들 삼형제를 낳고 이들이 아버지를 찾아서 친자확인을 받는다는 것은 일반적인 전개이나 이 <성인노리푸넘>에서는 3형제가 아버지로부터 내쳐져서 결국 죽었고 죽은 부처로 모셔졌다는 결말이 대단히 특이하다는 점은 앞에서 말했다. 이를 어떻게 이해할 것인가가 과제이다.

여기서 우리는 앞의 장자못 전설 서사의 결말에서, 죽어서 바위가 되어 신앙의 대상이 된 며느리 화소가 전개되는 구도를 여기에 적용할 수 있다. 삼형제가 죽어서 죽은부처가 되었지만, '조선 팔도의 절마다 암자마다 이 죽은 부처들이' 모셔져 있다는 것은 그들이 신앙의 대상으로 섬겨진다는 것을 함축하고 있다고 할 수 있다.

<성인노리푸넘>이라는 서사무가가 이야기로 끝나지 않고 이들 이야기의 주인공이 신앙의 대상이 되고 있다는 것은 같은 내용이 강계 지역의 열 두 굿거리 중 <성인님 청배>라는 이름의 祭次로 연행된다는 것으로도 알 수 있다. <성인님 청배>는 신으로서의 성인님을 굿 자리에 모셔온다는 것이다. <성인노리푸넘>의 앞부분, 주재문장이 황금산에 가서 흰쇠부처 검은쇠부처 누른쇠부처에게 목탁 육환장 대권선과 이름을 받아오는 내용을 압축해서 노래한다.[18] 서사무가의 내용을 압축해서 굿거리에서 춤추

---

17) 김헌선, 『한국의 창세신화』, 길벗, 1994, 235면.
18) 손진태, 「조선무격의 신가(二)」, 『청구학총』22. 1935.
   권태효, 「손진태 무가 자료의 현황과 성격」, 앞의 책, 288-289면.

고 노래하는 것은 굿에서 흔하다. 굿거리에서는 춤과 노래와 축원이 주되기에 이야기 자체는 압축되어 앞부분만 제시되곤 한다. 서사무가 전체 이야기는 따로 불린다.

정리하면, 앞의 장자못 전설 결말에서 며느리는 죽어서 바위가 되지만 신앙의 대상이 된다는 화소는 이 무가 마지막 내용을 삼형제가 죽어서 죽은부처가 되었다고 하지만 역시 신앙의 대상으로서의 기능을 갖는 것으로 이해할 수 있는 길을 열어주었다. <성인노리푸념>의 초두 부분까지 연결해보면, 마을선비 부부의 아들로 태어나 스님으로 재탄생한 주재문장 이야기, 재탄생하여 사회를 재생하는 역할을 하는 장자못 전설, 그리고 그의 아들로 태어나 비록 죽었지만 조선 팔도에서 신앙의 대상이 되어 섬겨지는 삼형제 이야기로 이어졌다. 개인의 재탄생, 마을의 재탄생, 그리고 조선팔도에서 신앙의 재탄생으로 점차 확대되는 서사구조로 읽어볼 수 있을 듯하다.[19] 그러나 삼형제가 죽고 만다는 것은 가히 충격적이어서 더 천착해볼 필요가 있다.

4. 삼형제 죽음의 의미

장자못 전설과 연관지어 볼 때 삼형제가 신앙의 대상이 되기 위해서는 며느리처럼 죽음의 과정이 필요하다는 점을 우선 생각해볼 수 있다. 장자못 전설에서 당주애비의 세계가 멸망하고 며느리는 죽는다. 이후의 세계에서 바위가 된 며느리는 사람들의 신앙의 대상이 되었다. 마찬가지로 삼형제는 비록 아버지로부터 아들임을 확인받았지만, 신앙의 대상이 되기 위해서는 죽음이라는 과정을 거쳐야 한다는 것이다. 입사식 자체가 과거의 자기를 죽이고 다시 태어난다는 것을 함축하고 있다. <성인노리푸념> 전체 이야기

---

19) 개인-마을-국가로 확대되는 것은 주몽신화와 같은 국조신화이다. 무속신화는 국가 차원이 신앙 차원으로 전환된 것이다. 제석본풀이와 주몽신화가 동형으로 이해됨은 서대석, 「제석본풀이연구」『한국무가의 연구』, 문학사상사, 1980.

는 개인 단위의 입사식과 재생, 마을 단위의 입사식과 재생, 그리고 조선 팔도 전체의 입사식과 재생 이야기로 확대되는 것으로 이해될 수 있다. 삼형제가 신으로 다시 나기 위해서는 죽음의 과정이 전제되기에 이들이 죽는다는 설정이 꼭 필요했다고 이해할 수 있다.

여기 <성인노리푸넘>에서는 그렇지 않지만, 흔히 <제석본풀이>는 창세 신화 다음에 구연된다. 만약 이 앞에 창세신화 무가를 배치한다면, '창세신 화 – 장자못 전설 – 삼형제의 죽음과 재생'이라는 큰 구도를 그리게 된다. 이러한 순서는 신이 만든 순수한 세계가 더럽혀졌기에 홍수로 멸망하고 다시 사회를 건설했지만 이 역시 타락하여 이를 구원할 새로운 인물이 필요하고 이는 자기 죽음을 거친 새로운 자아로 거듭난 자에 의해 가능하다 는 종교적 메시지로 읽을 수 있다. 이렇듯이 종교적 성격으로 이 신화를 조망하면, 서양 기독교 이야기의 구도와도 유사한 점이 있다. 창세기 앞에 서 신이 세계를 창조했지만 인간들이 죄에 물들어서 신은 노아 홍수로 세상을 쓸어버려 정화한다. 그러나 그 뒤로도 인간 세계는 타락을 거듭했고 이제 세상을 구원할 메시아가 필요하게 되었으니, 그가 예수 그리스도다. 예수는 죽음을 거쳐서 다시 신의 자리를 회복하고 사람들은 예수를 통해서 구원에 이른다는 설정이다. 이와 비교할 때 <성인노리푸넘>은 삼형제의 죽음까지만 다루고 그 이후의 종교적인 상황은 생략되어 있어서 우리가 그 의미를 보완해서 이해해야 하는 것으로 생각해볼 수 있다.

<성인노리푸넘>이 제석굿의 한 부분이라는 점도 이들의 죽음을 이해하 는 열쇠가 된다. 제석굿은 풍요를 기원하자는 것이고 제석신은 생산신, 풍요의 신이다. 이 풍요는 어떻게 이루어지는가? 풍요 제의에 관한 세계적 범위의 조사 연구서는 제임스 프레이저의 『황금 가지』일 것이다. 이 책 2권은 '신의 살해'라는 제목 아래 왕이나 신격화된 동식물의 정령이 살해되 고 먹히는 다양한 사례들이 제시되어 있다. 이들이 죽임을 당하는 이유는 전적으로 농경의 풍요를 이루기 위해서이다. 우리나라 고대 夫餘에서도 오곡이 여물지 않으면 왕을 바꾸거나 죽였다는 기록[20]이 있다. 왕을 죽이고

새 왕을 세움으로 농사를 새롭게 한다. 이 경우 왕은 농경의 풍요를 담당하는 주술적 기능을 가진 주술사였을 것이다. 왕을 새롭게 세우지만 이 주술사로서의 기능은 동일하게 유지될 것이다.

『황금 가지』의 사례 중에서 저명한 사례를 하나 들면 이집트의 <오시리스 신화>가 있다. 오시리스는 동생이 살해하고 부인 이시스가 살려내지만 다시 살해되어 몸이 열 네 조각으로 흩어져서 이집트 전역에 뿌려진다. 그 곳마다 오시리스의 무덤이 만들어졌고, "오늘날까지 사제들은 오시리스가 자기네 땅에 묻혀 있다고 생각"하며, "아피스라고도 하고 네비스라고도 하는 신성한 황소를 오시리스에게 헌납했는데, 이 황소는 파종을 할 때나 만인이 농업의 혜택을 누리게"21) 하는 역할을 했다. 신라의 혁거세왕의 시신이 다섯 조각으로 나뉘어 땅에 떨어져서 오릉의 유래가 되었다고 하는 것도 큰 뱀 또는 용이 갖는 수신적인 성격과 연관지어 풍요 기원의 의미를 갖는 것으로 해석되기도 한다.22) 땅에서의 생산은 신이나 인간의 희생을 전제로 했다. 인도네시아 하이누웰레 신화나 아메리카의 다양한 옥수수 기원 신화에서 보듯이 작물을 키우기 위해서는 희생이 먼저였다. 대지의 신은 "인간의 피로 흠뻑 적셔지기 전까지는 결코 열매를 내놓지 않았다."23)

죽음과 재생의 관념이 풍요 제의의 뿌리였다는 것이다. 제석굿이 풍요 기원 제의라고 할 때 그 이면에는 풍요를 위한 전제인 죽음이 전제되어 있다고 이해할 수 있다. <성인노리푸념>은 제석신이 노래이면서 바로 이 풍요를 위한 죽음을 언급한다는 점에서 오히려 보다 보편적인 신화적 면모를 보유하고 있다고 할 수 있다. 그러나 이외의 다른 제석본풀이에서는 죽음의 과정이 생략되고 신으로 좌정하는 쪽으로 진행되었다고 보인다. 삼형제가 신으로 좌정하는 과정이 죽음을 거쳐서 가능했을 터이다. 그

---

20) 陳壽, 『三國志』 魏志 東夷傳. 舊夫餘俗 水旱不調 五穀不熟 輒歸咎於王 或言當易 或言當殺

21) 제임스 조지 프레이저, 이용대 옮김, 『황금가지』, 한겨레신문사, 1994, 445면.

22) 신연우, 『삼국유사』 <신라시조 혁거세왕> 기사 '五陵' 신화의 '地上的' 의미」, 『열상고전연구』54, 열상고전연구회, 2016, 9-34면.

23) 조지프 캠벨, 이진구 옮김, 『신이 가면1, 원시신화』, 까치, 2003, 258면.

죽음의 과정은 생략되어 있다. 이는 풍요를 기원하는 재수굿의 현장에서 굳이 죽음이라는 부정적 화소를 언급하지 않으려 했기 때문으로 생각해 볼 수 있다. 그러나 고대에는 죽음은 더 흔하게 요구되었다.

<성인노리푸념>에서 중요한 제재인 입사식 또한 죽음을 거쳐서 새로 태어나는 과정이다. 과거의 자기 또는 과거의 세계를 죽여서 새로운 자아 새로운 세계로 다시 태어난다. 이 무가에는 세 차례의 입사식이 언급되었다. 주재문장이 황금산에서 새로운 자아로 거듭났고, 장자못 전설을 통해서 한 마을이 멸망하고 새롭게 시작되어 며느리 바위가 신앙의 대상이 되었으며, 마지막으로 삼형제가 초월적 존재인 아버지로부터 친자 확인을 받았지만 죽어서 지상의 부처로 다시 태어났다. 지상의 부처이기에 죽은 부처일 수 있다. 하늘과 직접 연결이 되지 않는 부처라는 것이다. 하늘의 아버지와 직접 연결되지 않는 부처는 어떻게 신통력을 가지고 사람들의 소망을 성취해줄 수 있을까?

처음에 이 마지막 부분의 불합리성을 이해하고자 이것이 혹시 천지 분리 신화를 차용한 것인가 하는 의문을 갖기도 했다. 붙어 있던 하늘과 땅이 분리되는 신화도 많고 삼국유사 표훈대덕 이야기처럼 하늘과 땅을 왕래하는 시대가 이제 끝났다는 설화도 있어서 그런 쪽으로 이해가 가능한가 살펴보았다. 그런 점으로도 연관지을 수 있겠지만 그보다는 재생을 위한 죽음이라는 쪽이 훨씬 보편적 설명을 가능하게 했다. 그러나 이제 검토를 지속하다 보니 천지분리도 재생과 풍요의 신화와 무관한 것만은 아니라고 할 수 있다.

삼형제는 죽어서 더이상 생불이 아닌 죽은 부처가 되었다. 죽어서 조선 팔도 절과 암자에 좌정해 있게 되었다. 죽었으니 어떻게 초월적인 힘을 인간에게 보여줄 것인가? 무가는 여기에서 끝났지만 사실은 이 무가가 굿에 필요하다는 점에 다시 주목하자. 앞에서 말한 바와 같이 이 무가는 <성인님 청배>라는 굿거리와 연관되어 있다. 굿은 무당이 논다. 여기서 무당의 역할이 중요하게 된다. 즉 죽은 부처를 하늘로 이어주는 것이 이제는 무당이 된 것이다. 그 전까지는 인간이 직접 신을 상대할 수 있었던 단계가 있었다. 이제 개인이 신을 상대하지 못하고 무당 또는 사제를 통해서 신과 소통하는 단계가 되었다는 것을 알 수 있다. 무당이 없으면 죽은 부처일 뿐이다. 무당은 인간의 소망을 신에게 전한다. 인간이 보는 것은 지상의 죽은 부처일 뿐이지만 이 부처를 하늘로 이어서 초월적인 힘을 갖게 하는 것은 무당의 영험이다.[24]

천지가 하나여서 귀신과 사람이 통하던 시기, "새가 말을 하고 나무들이 걸음 것고 오작까치 말 잘하고 말 머리는 뿔이 나고 쇠 머리는 말 갈기 돋"[25]던 일원론적인 단계를 지나서, 초월적인 힘을 사제자 무당이 전유하는 시대가 된 것을 반영한다고 보인다. 그것은 바로 하늘과 땅이 분리되어서 보통 사람은 직접 소통할 수 없게 된 사정을 보여준다.

5. 맺음말

본고는 강계본 <성인노리푸념>의 마지막 부분, 삼불이 모두 죽어버려서 지금의 절과 암자에는 죽은 부처만 있다고 하는 내용을 이해하고 설명해보자는 시도로 시작되었다. 일반적인 <제석본풀이>와 너무도 다른 전개여서 특별히 해명이 필요했다. 함흥의 <바리데기>에서도 모든 인물이 죽어버리는 결말이기에 구연자 전명수의 개인적인 일탈로 치부하기도 어렵다. 결국 각편으로서의 의의를 인정하고 구조 분석부터 새롭게 시도하여 결말의 죽음을 이해하고자 하였다.

전체적으로는 <제석본풀이>이지만 그 안에 주재문장의 유래담, 장자못 전설, 서장애기의 임신과 삼형제 출산, 친자 확인과 죽음 순으로 전개되는

---

24) 여기서 '부처'라고 하는 것은 물론 불교의 부처가 아니라 무속의 신격이 이름을 빌린 것에 불과하다. 토속의 신격이 불교의 권위를 빌린 것은 이미 고려시대 일연의 삼국유사에서 환인을 제석이라고 한 것에서도 보인다.

25) 강춘옥, <셍굿>, 김헌선, 『한국의 창세신화』, 251면.

본문 내용을 점검하고, 그 안에서 반복되는 대립적 요소들을 추출하였다. 이를 통해 주재문장의 유래담이 재탄생의 입사식을 반영하고 있다는 점이 드러났다. 재생의 관점으로 보자 장자못 전설 또한 마을의 재탄생 이야기로 이해할 수 있었고, 삼형제의 죽음도 신적 존재로의 이행, 재탄생을 위한 것으로 이해되었다. 그래야 지금도 절마다 삼불이 모셔지는 이유를 이해할 수 있다. 삼불이 신으로 살아 있어야 기도의 효험을 얻을 수 있기 때문이다. 그러나 한편으로는 삼불이 죽었기 때문에 직접 하늘의 초월적 세계와 소통할 수 없어서 무당 또는 사제라는 중간자의 역할이 부각되는 시대를 반영하는 것으로 이해하였다. 누구나 신과 소통하던 신화 시대가 끝나고 중세화되면서 정치적으로는 왕이 종교적으로는 사제 계급이 자신의 역할을 독점하여, 일반인은 사제를 통하여서 신과 소통하는 시대가 된 것을 반영한다고 해명하였다. 또한 이 무가가 제석굿과 연관이 있으며 제석신은 풍요를 기원하는 대상으로, 풍요에는 희생이 전제되고 희생과 재생이 결합되어야 풍요가 보장된다는 신화의 일반적 문법으로 연관하여 이해의 폭을 넓혔다.

죽은 부처를 모신다고 하는 난해하기만 한 화소를 해명하고자 한 의문의 답 찾기가 여기까지 왔다. 그러나 이는 하나의 추론일 뿐이다. 실상이 무엇인지는 아직 해명되지 않았다. 이런 해명을 시작으로 오류를 찾고 수정하면서 실상으로 다가가는 첫걸음의 의미가 있다고 생각한다. 나아가 강계 지역의 굿의 실상과 연관지어야 이 무가의 의미가 보다 정확해 질 것이다. 이 무가를 해명하는 후속 연구가 이어지기를 기대한다.

함경도 무가 <도랑선비 청정각시>의 원형성과 역사성

1. 서론

함경도 망묵굿에서 불리는 무가 중 하나인 <도랑선비 청정각시>는 슬프고 안타까운 사연으로 매우 인상적인 서사물이다. 소설가 이경자는 이 이야기가 현대까지도 이어지고 있는 여성 삶의 한 원형을 보여주고 있다고 하여 이제는 그 매듭에서 풀려나야 한다는 주장을 담고 있는 장편소설 『그 매듭을 누가 풀까』를 2003년에 출간했다.[1]

하지만 이 서사물은 이해하기 매우 어렵다. 이를 해명하기 위해 이미 여러 편의 논문이 발표되었다. 임석재는 이 무가의 줄거리를 간략히 소개한 말미에 "두 세계는 서로 교류할 수 있다는 것을 寓意한 것"[2]으로 풀이할 수 있다고 보았다. 사령굿에서 불리는 무가인 점을 고려한 해석이다. 자료를 충실히 소개하고 그 노래의 신화적 성격을 본격적으로 논의한 것은 김헌선이었다. 특히 함경도와 제주도의 다른 서사무가들과의 비교를 통해서 사령굿으로서의 도랑선배 청정각시의 성격을 규명했다. 그러나 초기

---

1) 이경자, 『그 매듭을 누가 풀까』, 실천문학사, 2003.
2) 임석재, 『망묵굿』 열화당, 84면.

연구이어서 아직 논의가 첨예화되지는 못했다.3) 조현설은 청정각시의 시련이 남성 지배 사회를 강화하지만 그러나 각시가 여신이 된다는 것은 결국 남성 지배 사회의 모순을 보여주는 것이라고 하였다.4) 굿 담당자들의 시각을 넘어서는 신화의 기능을 보여주었지만, 동시에 과도한 현대적 시각으로 볼 수 있는 여지도 있다. 한양하는 혼사장애와 시련을 집중적으로 검토했다.5) 시공간의 전이 양상을 살피면서 청정각시의 시련을 가부장제에 편입하려는 노력으로 보았다. 그러나 손바닥을 뚫는 고통을 겪어가며 여성들이 가부장제에 편입하기 위해 노력한다는 것은 남성에게도 설득력이 있어 보이지 않는다. 김선현은 삶과 죽음, 이승과 저승의 경계공간이 이 노래에 거듭 나타난다고 지적하고 경계를 잇는 과정을 통해서 산 자와 망자가 삶/죽음을 이해하고 각각 이승/저승의 존재로 편입되는 길이 마련된다고 해명하였다.6) 사령굿의 기본적인 기능에 대한 새삼스러운 해명이라고 하겠다. 신동흔은 청정각시가 여성이라기보다는 인간 전체를 원형적으로 드러내며 각시의 극단적 고통은 역설적인 치유의 미학을 보여준다고 하였다.7) 대개의 논자가 청정각시의 여성적 시련을 주목하는 것은 텍스트에 충실하기 위함이다. 이에서 벗어나기 위해서는 더 치밀한 논의가 있어야 할 것 같다. 청정각시의 모습이 남성적 성격도 갖고 있다고 하기는 어려워보인다.

정제호는 이 서사물을 굿의 본래의 기능에 기반하여 이해하여야 한다는 점을 강조했다. 이승과 저승의 단절을 말하면서도 일시적이나마 산자와 사자를 교류할 수 있게 하는 망묵굿의 의미를 제시하는 무가라는 점을

3) 김헌선, 「함경도 무속서사시 연구 – <도랑선배 청정각시 노래>를 중심으로」, 『구비문학연구』 8집, 1999, 219-256면.
4) 조현설, 「여신의 서사와 주체의 생산」, 『민족문학사연구』, 18권18호, 2001, 219-241면.
5) 한양하, 「<도랑선비 청정각시>에 나타난 혼사장애와 시련의 의미」, 『구비문학연구』 30집, 2010, 67-99면.
6) 김선현, 「<도랑선비 청정각시>에 나타난 경계 공간의 서사적 함의」, 『구비문학연구』 44집, 2017. 5-34면.
7) 신동흔, 「서사무가 속의 울음에 깃든 공감과 치유의 미학 – 특히 <도랑선비 청정각시>를 중심으로」, 『한국무속학』 32집, 2016, 31-64면.

강조하였다.[8] 윤준섭은 북청군지에 민담형식으로 실린 <도랑선배 청정각시>의 또 하나의 자료를 제시하고 청정각시의 죽음에 초점을 맞추었다.[9] 각시의 죽음을 희생제의, 열녀담, 굿 연행의 맥락이라는 세 가지 각도에서 조명하고 이 노래가 청정각시처럼 소중한 사람을 떠나보내고 그와 재회하고픈 소망이 투영된 것이라고 이해하였다. 열녀 이데올로기에 지워졌던 사랑의 감정을 간직하고 있는 노래라고 하였다. 이 논문은 다각도로 청정각시를 조명하면서도 희생제의라는 일관된 맥락을 견지하고 있어서 이 노래를 이해하는 데 큰 도움을 준다고 보인다. 본격적인 무가 자료는 아니지만 각편 하나를 보태준 것도 고마운 일이다. 가장 최근의 연구는 강새미의 석사논문이다. 그는 각시에게 찾아 온 극단적 불행 상황을 '외상'(trauma)으로 진단하고, 각시가 직면과 저항을 통한 출구찾기 끝에 죽음으로써 굿 현장의 참여자들로 하여금 죽은자를 떠나보내고 마음 편히 남은 삶을 살아야 한다는 깨달음을 주는 것이라고 해석하고 있다.[10]

본고는 이들 선행연구의 기반 위에서 무가 <도랑선비 청정각시>가 신화로서의 성격과 사회 문화를 반영하는 역사성을 종합하는 탁월한 성취를 이루어낸 양상을 규명하고자 한다. 자료를 검토하면서 논의를 시작한다.

2. 신화적 원형성

<도랑선비 청정각시> 무가를 채록한 자료는 두 편이고 개요만으로 전하는 것이 한 편, 민담적 성격의 것이 한 편이다.

1. 손진태, 『조선신가유편』, 김종군 외 주해, 박이정, 2012, 55-65면.

---

8) 정제호, 「<도랑선비 청정각시>에 나타난 고난의 의미와 제의적 기능」, 『고전과해석』 23집, 고전문학한문학연구학회, 2017, 65-88면.
9) 윤준섭, 「<도랑선비 청정각시>에 나타난 청정각시의 죽음의 의미」, 『고전문학연구』 53집, 2018, 233-270면.
10) 강새미, 「무속신화 속 '감당할 수 없는 불행'의 맥락과 의미 연구」, 건국대학교 석사논문, 2019, 74면.

2. 김태곤, 『한국무가집』 3권, 집문당, 1978, 73-79면.
3. 임석재, 『함경도 망묵굿』, 열화당, 1985, 81-84면.
4. 조서희 외, <도량>, 『북청군지』, 북청군지편찬위원회, 1970, 271-272면.

1의 손진태는 1926년에 함경남도 홍원군에서 큰무당 김근성에게 채록하였다고 하니 지금으로서는 가장 오래 된 자료이다. 대강의 줄거리일 뿐이어서 유감스럽다고는 하지만 상세한 내용을 갖추고 있다. 2의 자료는 해방 뒤 월남하여 서울에서 무업을 계속 한 함흥의 강신무녀 이고분으로부터 김태곤이 1966년에 채록한 자료이다. 수년 간의 지속적인 노력 끝에 겨우 채록했다고 한다. 굿에 대해 엄정한 태도를 견지하는 무녀의 충실한 자료이지만 손진태의 자료보다 크게 내용이 풍부하거나 다채롭지는 않다. 3은 임석재가 1985년 간행한 망묵굿에 대한 소책자에 줄거리만 간략하게 전하고 있어서 아쉬움이 크지만 주목할 점도 있어서 함께 다룰 필요가 있다. 4는 윤준섭이 소개한 새로운 자료이지만 민담화되어 있다고 보인다. 무당의 무가를 그대로 전달하거나 축약한 것이 아니라 전달자의 관점으로 재진술되면서 민담화되어서 무속신화의 1차자료로 이용하기 어렵다. 손바닥을 뚫고 머리카락으로 노끈을 만드는 화소와 손가락에 불을 붙이는 화소가 나타나지만, 전체적으로는 각시의 의지대로 세계가 재편되는 모양새여서, '자아의 우위에 입각한 민담적 가능성'11)이 더 잘 드러나는 이야기이다. 김성근이나 이고분 구연본에는 자아의 의지만큼이나 세계의 의지도 완강한 것과 뚜렷한 대조가 된다. 이에 본고에서는 (4)를 주자료로 삼지 않고 참고만 할 것이다.

각각 구연자의 이름을 들어서 1은 김근성 구연본, 2는 이고분 구연본, 3은 장채순 구연본이라고 부르기로 한다. 세 편 무가는 내용이 거의 같다. 도랑선비라는 청년이 청정각시에게 혼인을 하게 되었다. 혼인 당일 몸이

---

11) 조동일, 『한국소설의 이론』, 지식산업사, 2009, 118-124면.

아프고 불길한 일이 많았다. 너무 아파서 식을 마치고 당일 본가로 돌아간다. 다음날 죽는다. 청정각시는 남편 장례를 치르고 남편을 만나기를 기원하면서 슬프게 운다. 이에 감동한 하늘 또는 성인이 남편 만날 방법을 일러준다. 그대로 하여 만나기는 하지만 만나자마자 남편은 바로 사라져버린다. 이것이 여러 차례 반복되다가 결국 죽어서야 만나게 된다.

이러한 내용이지만 각편에 따라 조금씩 다른 점도 있다. 우선 세 편의 이야기를 정리하여 보인다.

1. 김근성 구연본	2. 이고분 구연본	3. 장채순 구연본
청정각시가 양반인 도랑선베와 혼인	부모 잃고 외삼춘이 기른 도랑선비가 혼인을 하는데 택일을 잘못하여 혼인 당일 아파 누웠다가 본가로 돌아감	'돌'같이 오래 살라고 해서 도랑선비라고 이름 했다.
혼인 날 도랑선베가 앓다가 본가로 돌아감		부모를 잃고 삼촌 집에서 자라서 청정각시와 혼인하게 되었다.
이튿날 도랑선베 부고 받음	백까마귀가 남편 부고를 전함	
장사 후 각시의 울음이 하늘에 들려 도랑선베를 만나게 해줌	시댁의 괄시를 받지만 시댁으로 와서 장사 치름	불길한 일이 있어서 날짜를 바꾸려고 하는데 삼촌이 못하게 해서 그대로 갔다.
① 혼례복 입고 무덤 앞에서 빌기	도랑선비 만나기를 기원하니 중이 알려줌	혼인날 신랑은 인사불성이 되었고 본가로 가서 죽었다.
② 머리카락으로 노끈 만들어 손바닥에 꿰어 빌기	① 손을 기름에 절여 그 위에 새발심지를 놓고 태워도 아프다 하지 않기	각시는 시댁에서 슬피 울어서 감동한 성인이 알려줌
③ 손가락을 기름에 절여 불붙이기	② 맨손으로 아흔아홉 고개 길을 내기	① 추운 겨울 찬물에 5일간 몸 담그기
④ 맨손으로 고갯길을 닦기	③ 죽어야 만난다고 함	② 열 손가락에 불 켜기
⑤ 自盡하여 남편 만나기		③ 머리카락 뽑아 노끈 만들어 손가락에 꿰어 빌기
자결하여 저승에서 남편을 만남	죽어서 만남	④ 부치고개 길 닦기
뒤에 부부가 함께 신이 됨	외삼춘이 혼사에 나서면 둘이 영영 살지 못하게 됨	도랑선비를 만나 함께 가다가 선비가 강 위의 다리에서 떨어져 물에 빠진 뒤에 밤이면 각시를 찾아와 살게 됨

대체적으로 유사한 내용이라고 하겠지만 각편에 따른 차이도 있다. 우선 1.은 도랑선비가 양반의 자식이라는 점이 표나게 드러난다. 그리고 첫날의 불행이 부정한 혼수 탓이 아닌가 하여 태우지만 큰 효과는 없었다. 이에 대해 2.는 도랑선비가 고아이며 외삼촌이 키웠고 혼사날의 불행은 택일이 잘못되었기 때문이라는 점을 명확히 한다. 3.도 고아인 도랑선비와 삼촌이 등장하고 택일에 관한 언급이 있다. 무엇보다 주목을 끄는 것은 결말의 상이함이다. 1.은 청정각시가 자결하여 저승에서 남편을 만난다고 하여 가장 극적이다. 2.는 자연사 한 후 죽어서 남편을 만난다는 의미로 읽힌다. 3.은 도랑선비가 물에 빠져 죽어서 각시와 밤마다 만날 수 있게 되었다고 한다. 이에 대하여는 본고를 통해 논의를 이어갈 것이다.

이와 같은 차이점은 있지만, 큰 줄거리인 혼인 당일 신랑이 앓아 눕고 이튿날 죽어버리자 신부가 신랑을 만나기 위해 온갖 고행을 치르는 과정은 눈물 겨울 정도이다. 지상에서는 만나지 못하고 것은 결국 죽어서야 소원이 이루어진다고 한다니 더욱 안타깝다. 그러나 한편으로는 신부의 지극정성이 지나치게 가학적이어서 이 내용에 의문이 들기도 한다. 이 이야기는 물론 사실도 아니고 역사도 아니다. 하지만 이 이야기가 마음을 적시는 것은 이 이야기가 드러내고자 하는 몇 가지 일반론적인 주제 때문이 아닌가 한다. 그것은 우리가 삶에서 부딪히는 문제를 반영한다. 그것을 세 가지로 정리해볼 수 있다.

(1) 청정각시의 입장에서 생각해보자. 혼인하러 온 신랑이 앓아 눕고 급기야 본가로 돌아가고 이튿날 죽었다는 부고가 온다. 너무도 갑작스러운 사태에 직면했다. 이해할 수 없는 죽음에 맞부딪혔다.
(2) 청정각시는 이 사태를 받아들일 수 없었다. 죽은 것은 사실이어서 장례는 치렀지만 다시 만나기를 울음으로 빌었다. 죽음으로 헤어진 사람을 다시 만나보고 싶은 간절함이 여러 차례 반복되는 시련으로 분명하게 제시되었다.

(3) 이 시련은 일방적으로 여성인 청정각시의 몫이다. 죽은 도랑선배는 아무 것도 할 수 없었다. 청정각시는 죽은 사람을 만난다는, 현실에서 있을 수 없는 일을 가능하게하고 있지만, 그 고통은 처절하고 여성에게만 주어졌다.

다시 간략히 해보자. (1) 인간은 때로 너무도 급작스러워서 대처할 수 없이 죽음을 맞게 되기도 한다. (2) 인간은 죽은 이를 못 견디게 보고 싶어 한다. (3) 이 만남을 위하여 여성들은 형언할 수 없는 처절한 고난을 겪고 이겨왔다. 우선 (1)과 (2)를 먼저 보자. (1)은 세계의 일방적 횡포이지만 인간은 이에 대응할 방법이 없다. 어쩔 수 없는 일이라고 받아들여야 한다. (2)는 그래봐야 부질없는 일인 줄 알면서도 보고 싶은 그리움은 너무도 크고 지속적으로 존재한다. (1)은 세계의 방식이고 (2)는 인간의 성향이다.

<도랑선비 청정각시>에서 신랑이 갑자기 죽은 이유는 김근성 구연본에서는 부정한 혼수 때문이라고 하였고 이고분, 장채순 구연본에서는 택일이 잘못되었다고 했다. 혼수를 태웠으나 별 효험이 없었으니 무시할 수 있으나, 잘못된 택일임은 부정되지 않았다. 혼사날을 잘못 택해서 그런 험한 비극을 당하게 되었다는 것은 자연이 아니라 인간에게 책임을 돌리는 것이다. 김근성 구연본은 네 번에 걸친 각시의 희생에도 만남이 불가능하자 신랑이 네가 죽어 저승에서야 같이 살 수 있다고 하면서 "나는 우리 할아버지가 재물을 탐하고 백성을 죽인 죄로 이렇게 되었소."[12]라고 죽은 이유를 말한다. 이는 혼수보다는 인과응보라는 세계의 법칙을 제시한다. 할아버지의 잘못으로 손자가 죽는 것은 억울하지만 이해할 수는 있다고 보는 것이다. 이는 북녘의 당대 현실을 반영한 것으로 생각된다. 무가이지만 현실이 굿에 반영되었다고 보인다. 여기서는 보다 신화적인 맥락인 혼수나 택일에 집중한다.

---

12) 김근성 구연본, 손진태, 64면.

죽음은 세계의 질서이다. 인간의 이해 범위를 넘어서는 세계의 힘이다. 죽음은 무차별적이며 무시간적이며 비인간적이다. 그러나 자연 자체를 거역하고 죽음을 벗어날 힘이 인간에게는 없다. 이런 상황에서 <도랑선비 청정각시> 이야기가 설정하고 있는 '擇日'의 의미에 주목하게 된다. 그것은 자연의 시간이 균질적이지 않다는 관념이다. 절이나 예배당같이 성스러운 공간이 있어서 공간이 균질적이지 않은 것처럼, 시간에도 좋은 시간과 나쁜 시간이 있다고 생각하는 것이다. 좋은 날과 나쁜 날이 있다는 것이다. 그렇다면 택일이란 좋은 날 좋은 시간을 잘 가려내어서 세계의 횡포를 이겨내보고자 하는 인간의 위안수단이자 몸부림이다.

물건에 대해서도 같은 관념이 있다. 어떤 물건은 성스럽고 어떤 물건은 부정하다. 이 이야기에서는 부정한 혼수가 불운을 불러왔다고 하는 관념이 보였다. 별 효험이 없다고 하였으나 사물을 그렇게 갈라보는 관념은 마찬가지이다. 세계의 횡포에서 벗어나고자 하는 인간의 염원이 그런 관념을 낳았을 것이다.

사실은 잘못된 택일이나 혼수 때문에 신랑이 죽게 된 것은 아니었을 것이다. 그러나 남은 자는 그 죽음에 대하여 마치 자신의 탓인 양 큰 책임과 슬픔을 느낀다. (2)의 큰 그리움이 그러한 책임감을 부추긴다. (1)의 시도는 자연의 냉정한 과정 앞에 무력했으나 (2)를 통해 자연의 법칙을 부정할 수 있다고 생각한다. 신랑이 죽은 것을 알면서도 그를 만나고자 하는 신부는 그 죽음을 받아들일 수 없는 인간의 모습을 代辯한다. 자연의 불가해함을 이겨내는 것은 인간의 그리움과 사랑이라고 이야기하는 것 같다. 이 간절함과 소망은 종교적인 성격을 갖는다. 청정각시가 손바닥에 구멍을 내고 그 사이로 노끈을 넣어 좌우로 움직이면서 기도하는 모습이 『삼국유사』의 욱면비 설화에도 나타나는 이유일 것이다. 부잣집 종년이었던 욱면비는 손바닥을 뚫어 노끈을 꿰고 한 간절한 기도를 통해서 부처가 되어 뭇사람의 찬양을 받게 되었다는 불교설화의 주인공이다.[13] 청정각시의 같은 행위는 바로 종교적인 함의를 갖는다는 것을 보여준다고 하겠다.

세계의 횡포에 대하여 택일로 저항하고자 하는 인간의 노력은 사실 잘못된 전제에서 출발하였기에 실패하기 쉬웠다. 결국은 죽음을 당하고야 말게 되었다. 그것을 극복하는 길은 이제 인간의 사랑과 희생이라고 (3)은 말한다. 택일같은 소극적인 저항이 아니라 사랑과 희생이라는 성스러운 행위로 자연을 극복하고자 하는 인간의 간절함을 보여주는 데 있어서, 그러나 (3)은 그 희생이 여성이 몫이라는 내용으로 짜여져 있다.

무가는 먼저 새신랑의 죽음에 당면한 신부의 슬픔을 보여준다.

> 시가로 간 각시는 삼일 동안 오직 물만 마시며 슬피 울고 있었다.
> 삼일 만에 신랑의 시체는 매장하였다. 각시는 밤낮으로 울기만 하였다.
> 그의 곡성은 하늘의 옥황상제에게까지 들렸다. 옥황상제는 그 슬픈
> 곡성을 들으시고 "나는 아직 이렇게 처량한 여자의 울음소리를
> 들은 적이 없다. 이것이 어디로부터 들리는 소리인지 조사하여 올리
> 어라."[14]

이런 도저한 슬픔이 바로 인간의 삶의 길 끝에 있다는 인식이 모든 사람에게 보편적으로 수용된다. 특히 여성으로 특화되어 하늘의 옥황상제에게까지 들렸다고 한다. 삶의 관점에서 죽음은 받아들이기 어려운 것이어서 이것이 울음으로 표현되는 것이다. 이 울음은 남편을 보고 싶다는 소망으로 표현되기도 한다. 남편의 장례를 마친 각시는 그 자리에서 아침저녁으로 상식을 올리겠다고 한다.

> 그 지상을 해서 밤낮 자믄 깨믄 자믄 깨믄
> 도랑선비만 보기만 해 주오/ 도랑선비만 보기만 해 주시오
> 이 남편만 보게만 해 주오
> 願으는 원 자꾸 앉어 원하니까디 하루는 중이 내려오며[15]

---

13) 『삼국유사』, 感通 제7, <욱면비염불서승>,
14) 김근성 구연본, 손진태, 59-60면.

각시의 울음과 기원을 접한 초월적 존재인 중 또는 성인은 인간으로서는 감당할 수 없는, 현실에서는 있을 수 없는 요구를 하며, 각시는 그 과제를 이룬다. 그 과제의 특징은 각시의 희생으로 이루어진다. 가장 약한 것은 신령한 됫박으로 정화수를 길어 묘 앞에서 사흘간 기도하는 것으로 가능한 요구였다. 그러나 잠깐 나타난 신랑의 손이라도 잡으려 하자 "엄숙한 얼굴로 나는 인간과 다르니 어찌 이러오"하고 사라져 버린다. 허무함 속에서 다시 기원을 하자 불가능한 요구가 잇따른다.

추운 겨울에 찬물에 5일간 몸을 담그고 있기/ 머리카락을 뽑아 삼천발 노끈을 만들고, 손바닥을 뚫어 그 노끈을 꿰어 좌우로 오가며 빌기/ 손바닥을 기름에 절여 불 붙이기/ 연장 없이 맨손으로 아흔아홉 고갯길을 닦기와 자결하기 등이다. 모두 극도의 신체적 고통을 요구하지만 궁극적으로 요구하는 것은 신체적 고통을 이겨내는 정신의 힘일 것이다. 이런 정신의 간절함을 통해서만 망자를 다시 만나볼 수 있다는 것이다. 이야기에서 각시는 그 무시무시한 요구들을 다 충족시킨다.

이 요구들은 다른 설화에서도 찾아볼 수 있는 것들이다. 추운 겨울에 몸 담그고 있는 것은 『삼국유사』 <효소왕 죽지랑> 조에 보인다. 죄를 지은 아비 익선을 대신해서 맏아들이 겨울에 못 물에 들어갔다가 얼어죽었다. 여기서 물에 들어 간 것은 죄를 씻기 위한 제의적 의미를 띤다. 이를 참고해 보면 청정각시가 찬 물에 들어간 것은 고행의 의미와 함께 이승의 죄를 씻어야 천상의 망자를 볼 수 있다는 설화적 발상으로 이해해볼 수 있다.

머리칼을 뽑아 노끈을 만들고 두 손바닥을 뚫어 노끈을 끼고 기도하는 것은 역시 『삼국유사』 <욱면비 염불서승> 조와 같다. 앞에서 언급한 대로 부잣집의 계집종 욱면이 보인 종교적 열성이 같은 모티프를 보인다면 청정각시가 남편을 만나고자 하는 기원 또한 종교적 성스러움의 의미를 갖기 위한 설정이라고 해석할 수 있다. 남편을 만나는 데 무슨 종교적 의미를

---

15) 이고분 구연본, 김태곤, 76면.

부여하는가 의문을 가질 수 있다. 그와 동시에 이러한 설정으로 남편은 저 높이 있고 아내는 저 아래 놓이게 되는 위상의 차이에 주목하게 된다.

손을 기름에 절여서 손가락에 불을 붙인다는 모티프는 <오봉산의 불>이라는 민담에서 상징적으로 나타난다.16) 전라도에 전하는 이 민담은 오봉산에 불이 붙으면 남편의 문둥병을 고칠 수 있다는 중의 말을 듣고 오봉산을 찾아 온나라를 헤매다가 지쳐서 남편 있는 곳에 가서 죽어야겠다고 산을 오르다가 쓰러지기 직전 산봉우리를 향해 손을 내밀자 마침 떨어지는 햇빛에 손가락이 불붙은 것 같음을 보고 비로소 오봉산을 찾았다는 걸 알게 되었고 남편의 문둥병도 나았다는 이야기이다. 여기서의 병 고침도 의학과는 무관하다. 아내의 길고 간절한 정성이 남편을 낫게 했다. 이러한 간절한 정성은 병을 고치고 죽은 사람과 만나게 하는 힘을 가지고 있다는 것이 설화의 논리인 듯하다.

꼭 맞는 것은 아니지만 맨손으로 고갯길을 닦는 사람도 유사한 이야기가 『삼국유사』에 등장한다. 효소왕 때 술종공이 임지로 부임해가다가 혼자서 길을 닦는 한 거사를 만난다. 이 이야기가 흥미로운 것은 길을 닦는 이야기가 환생으로 이어지기 때문이다. 그 거사는 바로 술종공의 아이로 태어나는데 그가 향가 <모죽지랑가>의 죽지랑이다. 청정각시가 길을 닦는 것은 남편과 만나고자 하는 것인데 이를 기화로 죽어서 다시 태어나야 한다는 말을 듣게 되는 것이다.

설화보다 굿 의례와 연관지으면 이 부분이 더 뚜렷하다. 청정각시는 "타고 남은 손가락으로 풀을 뽑고 돌을 치우고 흙을 고르면서 길을 닦"17)았다. 이 서사무가가 망자의 저승길을 보여주는 것이라면 이 모티프는 저승길을 닦는다는 비유적 의미도 포함한다고 하겠다. 이남의 사령굿에서 긴 베로 저승길을 상징하고 그 베를 찢어나가면서 저승으로 가는 것처럼 이승

---

16) 『해법문학』, 천재교육사, 2016, 362면. 이 작품은 고등학교 문학교과서에 실려 있다. 다른 설화집에서는 찾지 못하였다.

17) 김근성 구연본, 손진태, 62면.

에서의 삶을 버리는 과정을 극화하여 보여주는 것이 맨손으로 길 닦기라고 볼 수 있을 것이다.

손바닥을 뚫기, 손에 불을 붙이기, 맨손으로 길을 닦기의 세 가지는 손이라는 공통점이 있다. 청정각시의 고행의 대부분은 손에 집중되어 있는 것이다. 이는 여성의 노동을 손으로 집약해 보인 것으로 이해된다. 여성의 희생은 노동으로 이루어져 있으며 노동은 거의 손으로 이루어진다. 그 손은 구멍이 뚫리고 불에 데고 연장도 없이 맨손으로 행해져서 성할 날이 없다. 여성의 노동에 대한 문학적 형상화로 적실한 표현을 얻었다고 보인다.

마지막 희생은 자결이다. 남편을 만나기 위해서는 스스로 목숨을 끊어야 한다는 요구는 지금으로서는 터무니없는 말이다. 김근성 구연본에는 남편이 각시가 죽는 법을 알려주었고, "낭자는 비로소 죽는 법을 깨달아 크게 기뻐하며 집에 돌아가서 가르친 대로 목을 잘라 자결하였다."[18]고 하였다. 결국 낭자는 저승에서 남편을 만났고 나중에는 신이 되었다는 말로 결말을 지었다. 이는 무가가 신의 본풀이임을 생각하면 그 신의 유래담으로의 기능을 수행하고 있는 것이라 할 수 있다. 우리의 감정과 논리로는 수용하기 어려운 점이 있지만 굿의 논리로 다시 생각해보자.

앞에서 '(1) 우리는 때로 이해할 수 없는 죽음에 맞닥뜨린다. (2) 망자를 못 견디게 보고 싶어 한다. (3) 이 만남을 위하여 여성들은 말할 수 없이 처절한 고난을 겪고 이겨왔다.' 라고 정리한 세 개 요소를 보자. 이해할 수 없는 죽음이 있고 죽음을 이해할 수 없는 것과 아무리 보고 싶어도 죽은 자를 만나볼 수는 없다는 것이 세계의 객관적 질서이다. 죽음이 없다면 이 세계의 삶도 없게 되기 때문이다. 그런데 (1)과 (2)는 그 객관적 질서를 부정하는 인간의 마음을 드러낸다. 마음의 세계에서는 죽음을 부정하고 죽은 자를 만날 수 있다. 인간은 자연의 일부로서 자연 질서에 순응해야 하면서도 의식은 자연 질서를 부정하는 우리만의 소망을 갖는다. 그것은

---

18) 김근성 구연본, 손진태, 64면.

이루어질 수 없는 소망이어서 마음은 큰 슬픔을 느끼게 된다. 다른 말로 하면 사랑의 마음은 세계의 질서인 죽음보다 크다는 것이 (1)과 (2)의 주장이다. 그러나 그것은 주장일 뿐이어서 지속될 수가 없다. 각시는 신랑을 만나지만 순식간에 사라지고 안아볼 수도 없다. 소망은 커지고 다른 고행이 요구되는 일이 되풀이된다. 그러나 결국은 각시도 죽어야 신랑을 만날 수 있는 것으로 귀결된다. 인간의 소망은 세계의 질서를 이길 수 없지만 이 서사물은 그 인간의 소망이 얼마나 간절하고 처절한지를 보여준다. 김근성 구연본이나 이고분 구연본에서 결국은 죽어서 남편을 만나는 것으로 이야기가 마치는 것이다.

이 이야기는 나아가서 이 굿은 세계와 인간의 실존적 모습을 이해하고 수용하도록 재현하는 것이다. 재현(representation)은 예술의 기반이다. 재현된 예술품을 통해서 우리는 객관적 거리를 확보한다. 우리 마음을 객관화하고 세계를 이해한다. 이 서사물은 인간 실존의 가장 중요한 문제거리인 죽음과 그에 대한 우리의 마음을 객관화하고 수용하게 한다. 세계와 우리 마음을 모두 이해할 수 있다.

그럼에도 불구하고 죽음은 역시 받아들이기 어려운 것이다. 그렇기에 이야기로만 그치지 않고 굿으로 연행되었다고 보인다. 음악과 춤과 노래가 어우러지면서 그 안으로 빨려들어가서 속에 있던 슬픔이 풀어지게 한다. 신의 근본을 풀어내면서 동시에 우리 안의 슬픔도 풀어낸다고 해도 좋지 않을까 한다.

또 하나 언급해야 하는 것은 세 각편이 모두 조금씩 다른 결말을 가지고 있다는 점이다. 김근성 구연본은 각시가 자결하여 저승에서 도랑선비를 만나고 신으로 좌정한다. 이고분 구연본은 죽어서야 만날 수 있다고 할 뿐 자결에 대한 언급이 없어서 자연사로 이해할 수 있다. 나중에라도 죽어서 만나게 된다는 것이다. 장채순 구연본은 죽음에 대한 언급이 없다. "밤이면 도랑선비는 청정각시에게로 찾아와 부부생활을 계속하게 되었다."[19]고 한다. 이야기의 결말이 안정되어 있지 않은 것이다. 이것은 이 이야기를 받아들이는 데 아직도 의견의 차이가 있음을 보여준다. 이 차이는 아마 (3) 여성에게 가해지는 일방적이고도 처절한 희생과 고통에 대한 반응의 차이일 것이다. 민담화된 북청군의 <도랑>에서는 "열시황들도 청처각시의 지극한 정성에 탄복하였고 …… 도랑선비와 청천각씨는 극락에서 같이 살게 되었다는 눈물어린 사연이다."로 끝맺고 있다.[20]

3. 사회 반영의 양상

<도랑선비 청정각시> 무가의 전체 틀을 이해했더라도 각시가 겪는 지난한 고통을 그대로 수용하고 말 수는 없다. 손가락에 불을 붙인다든지 하는 것은 물론 현실에서는 불가능한 이야기겠지만 그 함의하는 바는 충분히 현실적이다. 그것은 우리 전통사회에서 여성의 처지에 대한 시각과 관념을 반영하고 있다고 생각된다. 앞에서 살펴본 대로 이 무가가 일방적인 세계의 질서와 그에 저항하는 인간의 마음이라는 원형적 心象을 재현하는 것이지만, 무가는 역사를 따라가며 전개되는 그 사회의 반영이기도 하기에 무가에 사회의 모습이 들어가는 것은 자연스럽고 늘 있어온 일이다. 봉산탈춤에서 원형적 마을신인 장승이 시대적 현실인 전쟁의 피해를 입은 현실의 노인으로도 나타나는 것과도 같다. 청정각시가 겪은 고난은 우리 현실에서 여성의 고난을 대변한다고 할 수 있다.

그러나 고려 조선을 겪으면서 여성의 고난이 반영되었다고 하고 말기에는 너무 막연하여 이 무가와 관련된 조금 더 구체적인 역사 상황을 찾아보게 된다. 첫 번째로 눈에 크게 들어오는 것은 이고분 구연본에서 외삼촌의 역할이다. 도랑선비는 어려서 부모를 잃어서 외갓집 외삼촌이 데려다가 길렀다. 외삼촌은 좋은 날 물려놓고 나쁜 날을 받아서 혼사를 치른다. 가는

---

19) 장채순 구연본, 임석재, 83면.
20) 『북청군지』, 북청군지편찬위원회, 1970, 272면.

길에서 대신님, 용, 까막까치 등이 오늘밤엔 날이 없나? 하고 안타까워할 정도이다. 도랑선비는 혼사를 치르자마자 죽게 되고 각시는 신랑을 만나려 갖은 고생을 한다. 이고분은 노래의 끝을 이렇게 맺는다.

> 외삼촌이는 혼사에 나서서
> 아들이나 딸이나 외삼촌이나는 외아지비 나서서 혼사에 비치지
> 못합니다.
> 이것이 비치면 둘이 영영이 사는 길이 없습니다.[21]

도랑각시와 청정각시 일로부터 외삼촌이 혼사에 간여하지 못하게 되었다는 것이다. 그 전에는 혼사는 외삼촌의 일이었다는 말로 다시 들을 수도 있다. 김근성 본에는 외삼촌이 나타나지 않고 장채순 구연본에는 도랑선비를 삼촌이 길렀고 장가길에 불길한 일이 있어도 혼사날을 바꾸지 않았다고 되어 있다. 장채순 본은 간략한 줄거리 소개여서 원본이 어떤지는 알 수 없다. 우리가 주목하는 것은 이고분 본의 외삼촌이다. 외삼촌이 아이를 기르고 혼사를 결정하는 것은 인류학자들의 연구에 의하면 모계사회의 모습이라고 한다.

> "트로브리안드 섬에서는 부계보다는 모계집단이 중요하기 때문에 아이의 양육과 결혼에 아버지보다 모계집단의 남자. 즉 외삼촌이 더 많은 영향력을 행사한다. 결혼한 부부는 신랑의 외삼촌이 사는 곳에 신혼살림을 차리며, 그들의 자녀에 대한 교육과 훈육도 외삼촌이 담당하고, 재산의 상속 또한 외삼촌의 계통을 따라 이루어진다. 말리노브스키는 이러한 트로브리안드 사회를 분석하며 흥미로운 사실을 발견했다. 즉 트로브리안드에서는 반감과 적대의 대상이 생물학적인 아버지가 아니라 훈육의 실질적 담당자인 외삼촌이라는 점이었다.[22]

---

21) 이고분 구연본, 김태곤, 79면.

위의 트로브리안드 외에 모계사회는 히말라야 산자락의 모쒜 족23)이 유명하지만, "전 세계 563개 민족 중 여성을 중심으로 한 모계사회를 이룬 민족이 84개에 이른다."는 전언도 있다.24) 외삼촌이 혼사에 간여할 수 없게 되었다는 것은 더 이상 모계사회의 특징을 갖지 않는다는 말로 읽을 수 있다. 모계사회의 모습을 부정적으로 그려내는 것은 부계사회의 도래와 함께 일어나는 일일 것이다. 그래서 <도랑선비 청정각시>는 이런 모습을 담아내는 것이 아닌가 생각된다.

우리의 경우 고구려의 서옥제에 관한 기사를 모계제 사회의 모습과 연관 짓는 것은 장승두, 손진태, 최재석 등 여러 학자들이었다고 박정혜는 지적 했다.25) 모계사회에서 여성의 권리는 친정을 배경으로 하여 훨씬 위세가 당당했을 것이다. 남자는 그 기간에 처가에 대한 성실한 의무를 다하여야 했을 것이고 이는 사위취재라는 민담적 기원이 되었을 것이다. 그 제도 아래서는 여성의 학대가 일어나지는 않았을 것이다. 그러나 한편으로는 주몽신화에 보이는 것처럼 여성의 수난이 이미 시작되었다고도 할 수 있다. 이러한 양상은 단군신화의 웅녀에게까지 거슬러 올라가는 것이기에 이는 사회적인 의미를 띤다고 하기는 어려울 것 같다. 고려를 지나서 조선초기까 지도 여성의 지위가 그렇게 낮지는 않았다고 한다.

그러나 조선시대에 간행된『삼강행실도』에 보이는 여성의 고난부터는 그렇지 않다. 위기의 남편을 위하여 머리털이나 손가락을 자르거나 팔려가 거나 죽는 소위 열녀의 모습을 다수 보여주고 있다.『삼강행실도』열녀편의 여성은 가부장제의 피해자들이라고 할 수 있다. 청정각시가 남편을 찾는 처절함도 유사한 양상이다. 혼인 당일 처음 보고 이튿날 죽은 남편을 자해를 하고 목숨을 끊으면서까지 그리워한다는 것은 자연스럽지 못하다. 그런

---

22) 최협, <부시맨과 레비스트로스>, 풀빛, 2012, 55면.

23) 양 얼처 나무·크리스틴 매튜, 강수지 옮김, 『아버지가 없는 나라』, 김영사, 2007.

24) 주간동아 2003.11.20. 410호, 82-83면. 이 기사는 사진작가 백지순의 전시회 "아시아의 모계사회"의 소개글이 다. 여자조카가 외삼촌을 부양한다는 언급도 있다.

25) 박정혜, 「고구려 혼속에 관한 소고」, 『인문과학연구』제16집, 8-9면.

문화 속에서 그런 관념의 세례를 받아서 편향된 정신세계를 가지고 있기 때문으로 보아야 할 것이다.

우리 한반도에서 이러한 가부장제로 옮겨간 모습은 조선 중기로 보인다. 멀리 고구려 시대 혼속으로 유명한 것은 壻屋制 또는 壻留婦家婚制는 모계사회적인 모습 또는 여성쪽 집의 우세를 보여준다.

> 혼인할 때 미리 구두로 정하고 여자측에서 자기들이 살고 있는 큰 집 뒤에 壻屋이라는 조그만 집을 하나 만든다. 사윗감은 저물녘에 도착하여 문밖에서 자기 이름을 아뢰고 무릎꿇고 절하여 여자와 함께 자기를 구걸한다. 이렇게 재삼 간청하면 여자의 부모가 청을 들어 小屋에서 자도록 허락하고 곁에다 돈과 폐백을 놓아둔다. 그후 자식을 낳아 자란 다음에라야 부인은 남편의 집으로 돌아가게 된다.[26]

사위가 혼인한 처음에 처가에서 수년간 머문다는 것은 처가에 노동을 제공하여 신부값을 치른다는 의미와 함께 사위로서의 자격을 시험당한다는 의미가 있다. 아이도 외가와 더욱 친하게 되어 그 관계가 돈독해질 것이다. 이러한 모습은 신사임당과 율곡 이이 또는 유성룡 집안의 일로 보아 조선 중기까지도 그 흔적이 남아 있었다고 한다.[27]

이러한 변화의 과정은 조선초기 기록으로 알 수 있다. 태종조에 '男歸女家'의 언급이 있고[28] 이러한 상태에 대한 정도전의 반발이 있었다. 정도전은 '남자가 처가에 들어가 살게 되는데 부인이 무지하여 부모의 사랑을 믿고 남편을 경멸하는 경우가 없지 않으며 …… 家道가 무너지는 것은 모두 시작이 근엄하지 못한 데 연유'[29]한다고 한탄하였다. 고구려의 경우도

---

26) 『三國志』 위지 동이전 고구려조. 김철준 최병헌, 『사료로 본 한국문화사』, 일지사, 1986, 34면.

27) 박정혜, 「고구려 혼속에 관한 소고」, 『인문과학연구』제16집, 15-16면.

28) 『태종실록』, 권29, 태종15년 正月, 甲寅條.

29) 정도전, 『三峯集』2, 婚姻條. 283면,

유사했을 것이다. 중종 11년에도 男歸女家는 삼국 고려 이래로 수천 년 내려오는 풍습이라는 기록도 있다.[30]

이러한 과정 속에서 사대부들은 주자가례를 기반으로 성리학적 윤리를 확대해나갔고 이에 따라 가부장제가 점차로 일반화되었다. 중종 때의 『삼강행실도』, 광해군 때의 『동국신속삼강행실도』 등은 유교윤리를 백성들에게 교육하려는 정부의 뜻을 담고 있었다. 이러한 노력으로 유교윤리와 가부장제는 임병양란을 거친 후에 평민에까지 받아들여지는 것으로 보인다. 예를 들면 『동국신속삼강행실도』에 소개된 삽화 하나는 김씨가 스스로 목을 찔렀다는 이야기 「金氏刺頸」이다. 충신 유팽노의 아내 옥과 사람 김씨는 남편이 왜적에게 죽임을 당했다는 말을 들었다. 하늘을 보고 땅을 치며 "나는 아들도 없고 딸도 없다. 지금 죽는 것만 못하리라" 하며 부르짖고 칼을 빼어 목을 찔러 자살하려 했다. 다시 살아났지만 온몸이 상한 상태가 되었다는 얘기를 그림으로 나타내 교육의 효과를 극대화했다. 이러한 열녀관은 조선사회의 강력한 이데올로기로 자리잡는다. 일반 평민에 이르기까지 여성의 하대와 희생이 당연시되는 사회풍토가 고착화되었다.[31]

물론 주몽 신화에도 보이듯 시련을 겪는 유화를 버리고 가는 해모수의 모습에서 보다시피 강한 남성의 모습이 부각되기도 하고 삼국사기 열전이나 고려사 열전에 보이듯이 가부장제는 지속적으로 강화되어 왔고 여성에 대한 억압은 강화되어 왔다. 그러나 지금도 사용되는 "장가든다"는 말은 바로 장인의 집으로 들어간다는 고구려 혼속의 흔적이고, 결혼식 후 사흘간 처가에 머문다든가, 신혼 여행 후 처가에 먼저 간다든가 여자가 해산할 때 친정으로 가는 것은 모두 고구려 혼례의 영향이 남아있기 때문으로 이해된다.[32]

---

30) 『중종실록』, 권24, 11년 2월 辛未條

31) 이러한 사실에 대한 고찰은 윤준섭, 위의 논문에서 상세하다.

32) 박정혜, 앞의 논문, 14면.

<도랑선비 청정각시> 무가는 원래부터 死靈 굿에서 불리는 바, 죽음 또는 죽은 자를 맞닥뜨려야 하는 산자의 고통과 그리움을 저승에서라도 만나서 풀게 한다는 본래의 원형적 모습을 가졌던 것이다. 또는 저승 세계를 제시함으로써 산 자들의 고통을 누그러뜨리는 기능도 있었을 것이다. 그런 원형적이고 일반적인 이야기에 끼어 든 각시가 당하는 가학적 고통과 희생은 사회적인 흐름을 반영하며 구체화되었다. 이는 고구려 시대의 여성중심적 혼인의 모습에서 조선시대를 거쳐오며 생성된 여성 학대의 역사적 전개를 짧은 서사시로 구현해냈다고 보인다. 종교적 원형의 모습과 사회적 의미를 다 잡아냈다.

　이상을 종합해 보면 다음과 같은 결론에 이른다. 앞에서 언급한 바, <도랑선비 청정각시> 무가가 '(1) 우리는 때로 이해할 수 없는 죽음에 맞닥뜨린다. (2) 망자를 못 견디게 보고 싶어 한다. (3) 이 만남을 위하여 여성들은 말할 수 없이 처절한 고난을 겪고 이겨왔다.'는 세 가지 초점에 주목하도록 짜여져 있다는 점을 다시 상기해보자. 이 무가는 결국 (1')이해할 수 없는 죽음이라는 인간 실존의 근원적 문제를 다루며, (2') 죽은 자와의 만남이라는 신화의 원형적 모티프를 구현하고, (3') 가부장제 아래 여성에 대한 착취와 희생의 역사를 반영한다.

　(1') 인간에게 부과된 이해할 수 없는 죽음의 문제는 실존적이며 철학적이다. 생과 사는 자연계의 기본 전제이다. 그러나 인간은 자연의 일부이면서도 이를 수용하기 어렵다는 특수한 존재이다. 이에 대해 문제를 제기하는 것은 신화와 문학이 담당해야 할 당연한 역할이다. (2') 신화와 원형에 대한 추구에 대하여 엘리아데는 역사적 시간에 대한 거부라는 해석을 내놓았다. 이 문제는 시간과 무관하게 영원한 과제로 우리 안에 내재되어 있다는 관점이다. 망자를 만나는 모티프는 동서고금의 수많은 이야기로 반복된다는 점에서도 이 관점은 타당하다. 그러나 이 관점이 역사를 배제하는 것은 아니라는 반론이 <도랑선비 청정각시> 무가의 (3')이 주장하는 바이다. 신화와 문학은 역사를 배제하는 것만은 아니다. 오히려 역사와 함께 구현되

어야 그 역할을 다하는 것이라고 할 수 있다. 여성 수난의 역사와 망자와의 만남을 통해서 죽음의 슬픔을 극복해보려는 인간의 가없는 소망이 문학과 신화의 중요한 영역이었던 것을 이 무가가 증언한다. 이 노래를 부르고 듣던 망묵굿의 연행자와 굿참가자들의 합동으로 이러한 서사가 창안되고 오랜기간 전승되어 온 것에 주목해야 한다.

앞에서 이 서사시는 세 편이 모두 결말이 다르다는 지적을 했다. 자결, 자연사, 죽지 않음의 세 가지 양상의 의미는 무엇인가. 이 이야기는 원래 사령굿에서 불리던 것이다. 저승에 있는 망자와의 만남과 안녕을 기원하자는 것이다. 만남으로 끝나는 것은 당연하다. 그 만남이, 마치 제주도의 <허웅애기>처럼, 밤이면 서로 만나는 정도로 되면 굿으로서의 기능은 다한 것이다. 그것이 자결까지 극단화되는 것은 여성억압에 대한 반감일 것이다. 손으로 하는 희생은 바로 여성에 대한 학대를 보여준다. 굿으로서의 기능과 사회적 반영의 양상이 어느 한쪽으로 안착되지 못한 것이 바로 결말의 불안정성으로 나타났다고 하겠다.

4. 마무리

이 논문은 이북 지역의 탁월한 서사무가인 <도랑선비 청정각시>를 종합적으로 이해해보고자 하는 시도이다. 선행연구에 힘입어 그 원형성과 역사성을 종합하는 관점을 정립해보고자 하였다. <도랑선비 청정각시>는 인간으로서는 피할 수 없는 죽음에 더해, 예견할 수 없는 갑작스러운 죽음이라는 돌발상황에 처해지는 실존적 인간 조건의 문제를 제기했다. 그 위에 죽음을 자연의 과정이나 이법으로 수용해야 하면서도 죽은 자에 대한 한없는 상실감과 그리움에 사무쳐하는 인간의 성향이 대립적으로 존재하는 상황을 제기하여, 청중들로 하여금, 무의식적으로라도, 이 문제를 문학-철학적인 검토를 하게 하였다고 보인다. 택일이라는 소재는 죽음에 대해 무력하기만

한 인간이 그를 피해보려는 작은 노력을 보여줌으로써 인간이 자연과 대립하는 주체임을 상기해 주었다. 이러한 자연의 일부로서의 인간의 원형적 조건을 문제시함과 동시에 이 서사무가는 이러한 원형성이 역사적 맥락을 수용하여 사회적인 의미로 재검토되게 하였다.

이 서사무가가 외삼촌의 역할을 강조하는 것은 초기 역사에서 모계제 사회의 흔적을 담고 있는 것으로 이해할 수 있었다. 모계제 사회는 모계의 남성인 외삼촌의 역할이 큰데 이 무가는 그러한 결과로 비극에 이르게 되었다는 상황을 제시함으로써 모계제 사회의 문제를 제기하고 부계제 사회로 넘어가는 과정을 보여준다고 할 수 있다. 그러나 이 무가는 그러한 사회적 의미에 고정되어 있지 않았다. 부계제 사회로 옮아가면서 여성에게 부과된 일방적 희생과 억압을 청정각시의 고난의 모습으로 드러내 보였다. 이는 조선조에 여러 차례 간행된 삼강행실도 류의 도덕 교과서에 보이는 여성의 모습과 동일하다. 이 무가는 이에 대해 논평하지 않고 장면과 상황을 형상화할 뿐이다. 이를 통해서 여성의 현실을 그대로 받아들이는 사람도 있었을 것이고 여성의 일방적 희생과 억압에 저항의식을 느낀 사람도 있을 것이다. 이는 의식화하자면 가치관의 논쟁일 수 있다. 이러한 양상이 각편 세 편의 각기 다른 결말로 암시되었다고 이해할 수 있다.

이 한편의 무가는 인간 존재의 원초적 문제와 그에 대한 저항의식으로부터 그러한 문제를 대하면서 점차 가부장제 하에서 종속되어 가서 억압과 희생을 강요받았던 역사 속 우리 여성의 과거를 조명하여, 원형적 조건과 역사적 조건을 지속적으로 제기하고 탐구해온 우리 문학의식과 민중의식의 수준을 보여주는 수작이다.

이 무가를 여기서는 문학작품으로 다루었지만 본래는 굿 의례 속 일부이다. 지금 남한에서는 재현하기 어렵게 되었지만 훗날 혹시 함흥 지역에서 망묵굿을 재현하고 그 속에서 이 무가를 재조명하면 또 다른 의미 있는 해석도 가능하리라 본다.

제주도 일반신본풀이에 보이는
악(惡)에의 대응(對應)과 그 의의

1. 서론

　제주도 굿의 첫머리에는 '초감제'라는 제차가 있고, 초감제에는 서사무가
<천지왕본풀이>가 불린다. 그 서사시에는 이 세상에는 왜 악이 존재하게
되었는지에 대한 신화적 진술이 들어있다. 이 세상을 누가 차지하고 다스릴
것인가를 놓고 형제인 대별왕과 소별왕이 서로 내기를 하고 다투었는데,
마지막으로 꽃피우기 내기를 하던 중 동생인 소별왕이 형의 꽃이 번성한
것을 몰래 보고 훔쳐서 자기 것으로 하여, 결국 이승을 차지한 소별왕이
이 세상을 다스리게 되었기에 그렇다고 하는 내용이다.

　신화는 물론 사실에 근거한 진술이 아니다. 그것은 그 신화를 전승하는
집단의 가치관 또는 세계관을 해명하는 것이다.1) 제주도 신화인 <천지왕본

---

1) 문학에서 구현되는 '사실'이 어떤 의미인가에 대해 논란이 있을 수 있다. 그러나 여기서 사실을 해명하기
　위해 리얼리즘 문제를 다룰 수 없다. 신화는 물론 사실 또는 현실에 기반을 두지만 현실 너머의 것을 지향한다는
　것은 널리 인정된다. 다음에 인용하는 기존 연구도 마찬가지이다. "신화는 경험의 영역을 넘어선 근원적인
　진리를 나타낸다고 인정되어야 한다." 조동일, 『세계.지방화시대이 한국학 7』, 계명대학교출판부, 2008,
　275면.; "아주 일찍부터 인간에게는 일상의 경험을 넘어서는 사고를 할 수 있는 능력이 두드러졌던 것으로
　보인다. …… 신화란 사실에 입각한 정보를 주기 때문이 아니라, 유효하기 때문에 진실인 것이다." 카렌
　암스트롱, 이다희 옮김, 『신화의 역사』, 문학동네, 2005, 8면, 16면.

풀이>에는 제주도민이 세상의 악에 대하여 어떠한 가치관 또는 삶의 태도를 견지하고 있는지 보여준다. 그 가장 뚜렷한 것은 이 세상의 악이 근원적이라는 것이다. 소별왕이라는 초월적 존재의 악한 행동과 함께 이 세상이 시작되었으므로 소별왕이 다스리는 한 이 세상에는 악이 사라지지 않을 것이다.

> 대별왕이 일어나고 보오시니
> 꽃동이는 볼써 바꾸와 놓았구나
> 형임이 아시보고 꽃동이를 바꿔놓앗다 아니ᄒ고 "설운 아시
> 금시상법 지녀서 살기랑 살라마는
> 금시상법은 배에는 수적(水賊)도 많ᄒ고
> ᄆ른듸는 강적도 많ᄒ고
> 유부녀 통간 간부 갈련 살린살이 많ᄒ리라2)

> 설운 동생아,
> 널로부떠 의논ᄒ기로 이승법 마련허긴 허라마는
> 이승법 강적도적이여, ᄉ외살인이여, 살인방홰여 이시리라.3)

이는 대단히 현실적인 태도이다. 실제로 현실에는 수많은 악이 존재하기 때문이다. 이는 악이 선의 결여라는 식의 공허한 논쟁을 제기하지 않는다. 안네마리 피퍼는 서양의 경우 일원론이건 이원론이건 악이 인간 외적인 근원에서 비롯하므로 인간은 악에 대해 어떤 책임도 없다는 논리와 선악의 문제는 개인이 자유를 올바로 사용하는가 아닌가의 문제라는 칸트의 견해 등을 토대로 "개체들은 자신의 자유를 사용함으로써 선과 악을 알게 되며 이는 곧 그들의 자율적 행동에 대한 윤리적 조건이 된다. 이로써 그들은

---

2) 고대중 구연 <천지왕본풀이>, 장주근, 『제주도 무속과 서사무가』, 역락, 2001, 76면.
3) 이중춘 구연 <천지왕본풀이>, 문무병, 『제주도 무속신화 열두본풀이 자료집』, 칠머리당굿보존회, 1998년, 111면.

두 가지 상반된 가치를 동시에 함유하는 자유의 양가적 특징을 몸에 지닌 채 살아가게 되는 것이다."4)라고 결론에서 지적하였다. 박이문은 볼테르의 『캉디드』를 분석하면서 악이란 "존재한 물건이나 사건이 아니라 인간의 사물과 사건에 대한 태도"일 뿐으로 보았다.5) 이는 악에 대한 우리의 직관에 부합하지 않는다. 문학에서의 악은 실존하는 것으로 우리가 생활에서 늘 구체적인 대상으로 직면하는 것이다. 우리가 생활에서 겪는 악은 살인, 강도, 강간, 도둑질 등 타인에게 구체적인 피해를 주어 심지어는 목숨을 빼앗는 행위이다.6) 뒤에서도 보겠지만 이는 제주도 본풀이에서도 마찬가지이다. 그런 점에서 리쾨르의 생각은 우리와 가깝다. 그는 창세기의 아담 이야기를 분석하면서 뱀을 통해 "악은 이미 있더라는 것," "뿌리 깊은 악의 외면성"을 지적한다.7)

제주도 무가들은 <천지왕본풀이> 이후의 세계에 악이 존재하는 양상을 지속적으로 보여주고 있다. 실존하는 악 속에서 악과 함께 살아간다는 것은 어떤 것인지, 악을 어떻게 처리해야 하는지에 대한 현실적 관심이 제주도의 일반신본풀이들에 수용되어 있다고 생각된다. 본고는 이 문제를 다루자는 것이다.

창세신화와 지상의 악을 연관지어 고찰한 연구는 최원오와 신연우의 것이 있다. 최원오는 만주와 아이누 신화와 우리의 창세신화를 비교하여 우리 창세신화는 자연현상보다는 인문현상으로서의 악이며 이미 완료된 악으로 인간세계가 혼란에 빠져 있어서, 악마를 몰아내기보다는 신격의 힘을 빌어 지상의 문제를 어떻게 해결할 것인가에 초점이 맞추어져 있다고 지적하였다.8) 신연우는 제주도 창세신화에서 이승의 악과 무질서가 불가

---

4) 안네마리 피퍼, 이재황 옮김, 『선과 악』, 이끌리오, 2002, 192면.
5) 박이문, 「악이란 무엇인가?」, 『문학 속의 철학』, 일조각, 1975, 55면.
6) 본고에서의 악은 이런 구체적인 악에서 출발한다. 후에 신앙적 또는 신화적 의미의 악에 대해, 또는 철학적 의미의 악에 대해 논의를 확장할 수도 있겠으나 본고의 초점은 생활과 신앙을 나누지 않는 것이 제주도 무속의 특징이라고 보아 생활 속의 구체적인 악을 다룬다.
7) 폴 리쾨르, 양명수 옮김, 『악의 상징』, 문학과지성사, 1994, 242면.

피한 것임을 제시하였기에 그것을 어떻게 해결할 것인가의 문제가 새로
제기된다9)고 하였다. 이 두 논문은 본고가 그 문제를 잇는 계기가 되었다.
조현설은 우리 창세신화는 인간 행위와 무관하게 악이 이 세상에 들어왔으
므로 인간은 악에 대해 책임이 없으며 홍수신화는 신에 대한 심판의 양상을
띤다는 흥미로운 주장을 폈다.10) 그렇더라도 이 세상에 엄연히 존재하는
악에 대해 대응할 수밖에 없으며 그 양상이 제주도 신화에 어떻게 나타나는가
를 살펴보는 것이 본고의 목적이다.

　　이수자와 이지영은 <문전본풀이>의 노일제대귀일의딸을 제주 신화의
대표적인 악인으로 보았다.11) 특히 이지영의 글은 노일제대귀일의딸을
여산부인과 대조하면서 '악인형 여성상의 추출'을 목적으로 하였다.12) 김정
숙은 노일제대귀일의 딸을 악으로 보기보다는 "자신의 욕구충족을 위하여
강력한 추진력을 갖는 여성"으로 보고, 처첩제 아래 있기는 하지만 제주도
의 첩이 갖는 경제적 정신적 독립성을 부각했다.13) 길태숙은 <문전본풀이>
와 <차사본풀이>의 여성 주인공을 대조적으로 살펴보고 이들의 악행이
탐욕, 유혹, 거짓, 살인으로 이루어져 있으나, 노일제대귀일의딸은 상대신
의 적대자로서 통과의례적 기능을 가지고 있는 반면, 과양셍이 처는 이승의
혼돈, 무질서, 황폐를 나타내어 대조적이라고 지적했다.14) 한양하도 서사무
가의 시련은 존재를 자각하고 가족을 완성하고 신질서를 창조한다는 서사
맥락의 기능적 측면을 탐색하였다.15) 길태숙과 한양하의 논의는 악을 현실

---

8) 최원오, 「창세, 그리고 악의 출현과 공간인식에 담긴 세계관」, 『우리말글』 23집, 우리말글학회, 2001, 23면.
9) 신연우, 「<베포도업침><천지왕본풀이>의 구조를 통해 본 창세신화와 영웅신화의 관계」, 『열상고전연구』
　　40집, 열상고전연구회, 2014, 392면.
10) 조현설, 「창세신화에 나타난 인간의 문제」, 『인문과학논집』 11, 강남대학교 인문과학연구소, 2002, 219-228면.
11) 이수자, 「제주도 큰굿 내의 신화에 나타난 가족 구성상의 특징과 의의」, 『구비문학연구』 12집, 한국구비문학회,
　　2001, 247면.
　　이지영, 「<문전본풀이>에 나타난 악인형 여성의 전형성 연구」, 『한국고전여성문학연구』 12, 한국고전여성문학
　　회, 2006, 202면.
12) 이지영, 위의 논문, 228면.
13) 김정숙, 「제주도 신화 속의 여성 원형 연구」, 제주대 교육대학원 석사논문, 2000, 84면.
14) 길태숙, 「제주도 신화에 나타난 악인형 여성 캐릭터의 이미지 연구」, 『열상고전연구』 29, 2009, 359면.

에서의 악으로 인식하기보다 문학적으로 굴절시킨 이해여서 본고와는 초점이 다르다.

2. 일반신본풀이의 악(惡)의 양상

제주도 일반신본풀이16) 중에서 인간이 살아가면서 맞부딪치는 악을 직접적으로 제시하는 것은 <초공본풀이><이공본풀이><차사본풀이><세경본풀이><문전본풀이>의 다섯 편이다. 이들 본풀이에 보이는 악의 양상을 차례로 제시한다. 자료는 주로 장주근 선생이 1962년에 송당 본향당의 매인심방이었던 고대중 씨로부터 채록한 일반신본풀이들이다.17) 다른 심방에 의한 구연본들이 여럿 있지만 우리가 다루는 악의 양상에 대하여 자료간의 주목할 만한 차이는 없으므로 각편 비교는 불필요하다. 고대중 구연본을 중심으로 필요에 따라 다른 각편을 이용하기로 한다.

<초공본풀이>에서 악은 삼천선비에 의해 저질러진다. 가난한 홀어머니인 노가단풍 아기씨의 삼형제에 대해 삼천선비는 여러 가지 악을 행한다. 과거 시험 보러 가는 것을 방해하고, 합격한 것을 취소시키고, 급기야는 늦인덕이 정하님을 시켜서 노가단풍 아기씨를 죽음에 이르게 한다(106-109면). 잿부기 삼형제는 돈이 없어서 서당에서 굴목직이(아궁이직이)를 하면서 재 위에 글씨 연습을 하며 공부하는, 재능은 있으나 가난한 형제들이다. 신이 되는 인물들의 이야기이지만 실제로는 우리의 현실을 반영하는 것이다.

삼천선비는 삼형제 때문에 과거에 떨어질 것을 두려워하여 삼형제를

---

15) 한양하,「서사무가에 드러난 시련의 양상과 의미」,『온지논총』 29, 2011, 236-244면.

16) 장주근이나 현용준은 이들 본풀이들이 토착성도 없고 내용도 본토의 것과 동일하고 어느 곳 어느 심방이나 부르며 본토에서 형성된 것이 제주도에 수용된 것으로 보아야 하고 이에 따라 일반신본풀이라는 명명이 적절하다고 언급했다. 현용준,「무속신화 본풀이 연구 서설」,『무속신화와 문헌신화』, 집문당, 1992, 19면.; 장주근,「제주도의 본풀이」,『제주도 무속과 서사무가』, 역락, 2001, 45면.

17) 장주근,『제주도 무속과 서사무가』, 역락, 2001, 73-210면. 앞으로 이 책으로부터의 인용구는 본문에 면수만 밝히기로 한다.

해치는 부유하고 신분이 높은 양반들로 상정된다. 이들은 삼형제가 과거에 합격하지 못하도록 노력한다. 개인적 방해에 그치지 않고 과거시험의 상시관을 움직이는 힘을 가지고 있다. 이는 실력 없는 자의 시기심이라는 개인적 차원일 수도 있고, 가난한 자가 자신들의 계층에 편입되는 것을 막는 것일 수도 있다. 이들은 이를 위해 급기야 그들의 어머니인 노가단풍 아기씨를 살해하기까지 한다. 살해까지 하면서 삼형제의 과거합격을 막으려는 것은 이 문제가 계급 차원이고 사회 제도적 문제이기도 하다는 인식의 반영일 수 있다. 오늘날에도 하층의 가난한 이들이 상층으로 진입하는 것을 방해하는 여러 가지 장치들이 있다는 것을 상기하면 이 문제가 개인적 악의 차원에서부터 사회적 악의 차원으로까지 확대되고 있는 절실한 체험에 근거하지 않았나 싶다.

<이공본풀이>는 부유한 인물인 제인장자의 횡포를 노골적으로 다룬 서사무가이다. 아이를 잉태하였으나 남편을 잃고 오갈 데 없게 된 여성인 월강아미(원강아미)를 종으로 받아들인 장자는 원강아미를 지속적으로 겁탈하려 한다. 그네의 아들인 한락궁이는 학대를 이기지 못하고 집을 나간다. 장자는 결국 원강아미를 살해한다. 이 서사무가는 佛典에서 유래했고 종교적인 전언을 담고 있지만, 그 내용은 이 세상의 현실 상황을 대단히 잘 반영하고 있다. 남편인 사라도령이 하늘나라 서천 꽃밭으로 떠났다는 것을 이 세상을 떠났다는 말로 이해하면 모든 것은 선명하게 정리된다. 아들을 데리고 종살이를 하게 된 여성이 겪는 현세의 고난이 서사의 줄기이며 그를 겁탈하려 하고 살해하는 장자의 악이 서사를 이어가게 하는 모티프이다. 원강아미의 죽음은 이 세상의 악에 패배할 수밖에 없는 약자의 모습을 웅변으로 드러낸다.

제인장자는 왜 그렇게까지 원강아미를 괴롭히고 살해하는 것일까? 여기에는 계층간의 갈등이 드러나기보다는 개인적 탐욕이 부각된다. 가난하고 힘없는 하층 여성을 자기 뜻대로 농락할 수 있다는 재래의 왜곡된 남성적 관념이 그의 성적인 탐욕과 결합되어 살해에까지 이른다. 세상은 그의

편이기 때문에 장자는 별 가책이 없고 후회도 없이 일상을 이어나간다. 세상에 만연한 악의 일상성을 드러낸다.

<차사본풀이>는 여성의 탐욕과 악을 보여준다. 절에 살다가 집으로 돌아가는 삼형제가 가진 비단에 욕심이 나서 과양성이 각시는 삼형제를 살해한다. 오첩반상 칠첩반상으로 허기진 삼형제를 먹이고 권주가를 부르며 아니 먹던 술을 먹여 재운 후의 모습을 고대중은 이렇게 구연했다.

> 무정눈에 줌이 드니 과양성이 각씨가
> 삼년 묵은 근장물 오년 묵은 참지름을
> 수양수양 꽤야다가 삼형제 귀레레 지러부니 (귀에다 부어버리니)
> 삼형제가 눌름눌름 죽었구나. 지게에 지어다가
> 삼형제를 주천강 연내못디 띄와부니 (138면)

비단을 빼앗으려고 삼형제를 죽인 이 여인은 그러나 자기 자식으로 알고 있는 삼형제가 죽자 고을 원님에게 살려내라고 욕을 하며 행패를 부린다. 재물에 대한 탐욕과 함께, 자기 자식은 소중하고 남의 자식은 죽여도 된다는 이기심에 주목하게 된다. 자식에 대한 여성의 사랑은 널리 이해되는 것이지만 그 사랑이 자식에게만 한정되는 본능적 애정으로 그칠 때 그것 또한 악에 가깝다는 인식을 읽어볼 수 있다. 본능의 애정밖에 없는 사람은 탐욕과 결합했을 때 다른 사람을 살해할 수도 있는 것이다.

<세경본풀이>에는 악한 하인이 등장한다. 자청비 집의 종인 정수남이는 게으르고 무능하지만 탐욕스럽다. 일은 하지 않고 소를 잡아먹으며 문도령을 만나고 싶어서 현실 감각이 없어진 상전인 자청비를 속여서 산으로 데리고 올라가 겁탈하려한다. 자청비의 음식을 다 빼앗아먹고 벌거벗고 물을 마시게 하고 산에서 시간을 보내다가 거기서 밤을 새게 된다. 자청비는 정수남의 욕심을 막아보려고 함께 움막을 만들게 하고 움막 안에서 구멍을 만들며 시간을 번다.

주청비는 안에 들어앉아서 불을 숨시고(때고)
정수냄이는 불빛 나는양(나는 대로) 고망을 막아두고 들어오라
밤을 자자(자려고 하면) 주청비는 안내서 불을 숨으면서
한 궁기 막으면 흔 궁기 빠짓고 두 궁기 막으면
두 궁기 빠짓더라. 불빛을 막다보니 동으로 동이
휜하게 터오는구나. 불빛 막다가 기적이(인기척이) 없어
어드레 박아지어 죽었는가 허연 나오란 보니
정수냄이는 동대레 돌아사 퍕죽같이 용심을(화를) 내었도다.
무리로라도 자청비를 누르뜰상 싶어서 (178-179면)

꾀로 정수남의 겁탈을 피하던 자청비는 결국 그를 죽이게 된다.

"아명하였자(아무리해도) 내가 독흔 마음을 아니 먹으면
이놈안티 몸을 헐릴 테이니……,
이놈을 죽이기로 마음을 먹어가는고.
은주븜(은젓가락)을 내어놓아서 ᄂ당(오른쪽)귀로 왼걸레레 찔러
부난
정수냄이는 죽었더라. (179면)

<차사본풀이>의 과양셍이 각시가 했던 것과 어느 정도 유사한 방법으로 정수남을 죽였지만 이 경우 자청비가 죄를 지었다고 이해되지 않는다. 악한 행동은 전적으로 정수남에게 기인하며 자청비는 자기방위 차원에서 정수남을 살해한 것이 인정될 수 있다. 현대적 법 개념으로는 자청비에게도 살인죄가 적용되겠지만, 지금도 이 노래를 듣는 사람들은 자청비에게 죄를 묻지 않을 것이다. 오히려 정수남의 악행에 대한 비난은 옛날이나 지금이나 변함없을 것이다.

그러나 자청비처럼 악을 응징하는 여성은 현실에서는 무척 드물었을

것으로 보인다. 실제로는 정수남에게 당하기만 하고 속수무책인 경우가 일상이었다고 할 것이다. 이 경우 정수남의 악은 청자들에게 강한 현실성을 띤다. 힘으로 누르려는 남성의 횡포가 여성을 향한 악임을 이런 노래를 통해서 널리 알리는 효과를 가졌다고 생각되기도 한다.

<문전본풀이>는 노일저대구일이딸이라고 하는 악한 여성을 그리고 있다.[18] 노일저대구일이딸은 남선비를 속여 배를 빼앗았고 남선비를 찾아온 남선비의 부인을 밀어서 물에 빠뜨려 죽인다. 남선비의 부인 행세를 하며 남선비의 집으로 돌아와서는 일곱 아들을 죽이려 한다. 거짓으로 배가 아프다고 하고는 일곱 형제의 간을 내 먹어야 낫는다고 거짓 점을 치게 하니 남선비가 아들을 죽이려고 한다. 이 본풀이에서 노일저대구일이딸의 사악함과 함께 부각되는 것이 남선비의 어리석음이다. 일곱 형제도 막내를 제외하고는 가짜인 어머니를 알아채지 못한다.

노일저대구일이딸이 이렇게까지 악을 행하는 이유는 잘 드러나지 않는다. 물론 처음에는 남선비가 가져온 배와 그 안의 미역이나 쌀 같은 재물에 탐을 낸 것으로 보인다. 그러나 남선비의 집은 몹시 가난한 것으로 첫부분에 설정되어 있으며 남선비가 오동마을에 오게 된 것도 가난을 벗어나보고자 하는 부인의 제안이었으므로 노일저대구일이딸이 부인을 죽이고 아울러 남선비의 나라에까지 가서 일곱아들마저 죽이고자 해서 얻는 것이 무엇인지 의문스럽다. 이지영은 노일저대구일이딸이 본처를 죽인 일은 그녀의 선천적인 성정으로 본다고 했[19]던 것도 다른 이유를 찾기 어렵기 때문이다.

이렇게 살펴본 다섯 편의 서사무가에서 악행의 주체, 피해자, 악의 성격을 정리해보면 다음과 같다.

---

18) 제주도의 어머니들은 자기 욕심만 차리고 심술을 부리는 딸에게 노일저대귀일이 딸같이 굴고 있다고 욕을 하였다고 한다. 김정숙, 「제주도 신화 속의 여성 원형 연구」, 제주대 교육대학원 석사논문, 2000, 86면.
19) 이지영, 225면.

무가	악행의 주체	피해자	악의 성격 (악행)
초공본풀이	삼천선비	삼형제/ 아기씨	개인적질투/사회계급적 제한 (괴롭힘/ 살해)
이공본 풀이	제인장자	한락궁이/ 원강아미	장자의 횡포/富의 우월적지위 (괴롭힘/ 살해)
차사본 풀이	과양생이각시	버무왕아들 삼형제	재물 탐욕/이기적 자식 사랑 (강도/ 살해)
세경본 풀이	정수남	자청비	남성의 성적 횡포 (겁탈)
문전본 풀이	노일저대구일이뜰	남선비/여산부인	재물 탐욕/ 본처와 자식 살해 (도둑질/ 살해)

악행의 주체는 상층남성(삼천선비, 제인장자), 하층남성(정수남), 여성
(과양생이 각시, 노일저대구일이뜰)로 남녀나 상하의 구별이 없다. 상층남
성은 부유하기까지 하고, 하층남성은 종의 신분이어도 상전인 여성을 노린
다. 남성은 계층의식과 성적인 횡포를 보이는 데 반해 여성은 재물에 대한
탐욕으로 살인에 이른다.

피해자는 홀로 된 여성(아기씨, 원강아미), 그의 아들(삼형제, 한락궁이),
아이들(삼형제, 한락궁이, 버무왕아들 삼형제), 미혼 여성(자청비), 혼인한
여성(아기씨, 원강아미, 여산부인) 등으로 주로 여성과 아이들로 나타난다.
성인 남성 피해자는 문전본풀이의 남선비 정도로 어리석은 사람으로 나타
난다. 모든 각편에서 아내를 몰라보고 어떤 각편에서는 눈이 머는 것으로
되어 있는 것[20]은 남선비의 어리석음에 대한 비유적 표현일 수 있다.

악행을 대표하는 것은 살해이다. 자청비만 살해를 면하고 다른 곳에서는
모두 살해가 등장한다. 여성의 경우 실절이 살해와 같은 비중을 갖는다는
재래적 사고의 표현으로 생각해볼 수 있다. 괴롭힘은 다양하다. 초공본풀이
의 삼천선비는 삼형제를 놀리고 과거를 방해한다. 나무 위에 올라가서
못 내려오게 해놓고 자기들은 서울로 떠난다. 제인장자는 한락궁이와 원강

20) 김연희 구연 <문전본풀이>, 문무병, 앞의 책, 310면.

아미에게 견디기 어려운 노역을 시킨다. 남성이 여성에게 가하는 횡포는 주로 성적인 것이다. 여성은 재물에 대한 욕심으로 사람들을 살해한다.

이렇게 보면 이 세상의 악이 전면적으로 광범위하게 존재하고 있음을 알 수 있다. 탐욕으로 인한 도둑질이나 강도, 여성에 대한 성적 횡포, 상층의 하층민에 대한 겁박, 무엇보다 이런 일들로 인한 살인 등이다. 대별왕이 소별왕에게 내린 저주가 이렇듯 전면적인 악의 구현으로 이 세상을 덮고 있는 것이다.

악으로 덮인 세상에서 어린이나 여성 등 약자는 더욱 피해를 입었을 것이다. 현실에서는 위에서 살펴본 피해를 입는 것으로 종결되는 경우가 많았을 것이다. 강도를 당하고 살해당해도 되갚거나 원점으로 돌려놓을 방법이 없었다고 할 수 있다. 그러나 작품 속 이야기는 이어진다. 현실에서 있기 어려웠던 해결책을 이야기 안에서 제시한다. 그것은 현실이라기보다 이 이야기 구성원들의 소망이기 쉽다. 그 소망은 사회적 가치를 이룬다. 궁극적으로는 그 사회적 가치를 구현하는 방향으로 사회가 움직이도록 작용한다.

3. 대응의 세 가지 방식과 의의

삼천선비로 인해 과거 합격이 무산되고 어머니를 잃게 된 삼멩두는 황금산의 아버지를 찾아가고 팔자를 그르쳐 굿을 해서 어머니를 살려내고 심방의 조종이 된다. 신격이 되어버린 이들이 현실적으로 삼천선비에게 복수할 방법은 없다. 아버지에게 신직을 받으면서 "너내 삼형제 과거할 때에 삼천 선배가 과거낙방을 시켜시니 양반 잡던 칼은 여든닷단 받아보라."(110면)는 말을 듣기도 하고, 신이 되어 삼형제가 "우리랑 저승 삼시왕에 들어사근 양반 원수 갚으쿠다."[21]라고 하지만 양반에 대한 적개심을 드러내는 경우

---

21) 이중춘, 문무병, 앞의 책, 144면.

가 많다. 실제로 어떤 조치를 취하는 장면에 가까운 것은 안사인 구연본인데, 이것도 관념적인 차원으로 이해된다. 삼멩두가 아버지를 찾아가 심방이되고 굿을 하는 과정에서 어머니를 살려내고 "양반의 원술 가프젠 삼시왕으로 올라간다. 양반 잡단 칼은 이른 닷단 칼이고 중인(中人) 잡단 칼은 서른 닷단 칼이고 하인(下人) 잡단 칼은 홋닷단 칼을 마련허연, 이른닷단 칼로 시왕대반지를 무어 삼천선비 양반의 원수를 가팠수다."22)라고 되어 있다. 문무병은 "심방이 죽어서 올라간다고 하는 삼천천제석궁을 심방의 저승 '삼시왕'이라 한다."23)고 지적한다. 삼시왕에 올라 원수를 갚았다는 것은 현실에서의 일이 아니라는 말이다.

이들이 연 새로운 길은 종교적 삶이다. 현실의 악에서 확실하게 자유로워지는 방법은 현실을 종교적으로 뛰어넘는 것이다. 대별왕이 말했듯이 이승법은 악하겠지만 저승법은 참실같이 맑을 것이다. 이승에서의 악은 감내하지만 그 결과는 저승에서의 공정하고 맑은 삶이다. 노가단풍 아기씨는 죽임까지 당했지만 삼하늘에 좌정해서는 그런 설움을 받지 않을 것이다.

<이공본풀이>의 한락궁이는 서천꽃밭에 가서 아버지를 만나고 웃음꽃과 멜망악심꽃과 죽은 사람 살리는 꽃들을 가져온다. 제인장자 집 사람들을 웃음꽃으로 웃기고 멜망꽃으로 죽인다. 죽은 어머니 뼈를 찾아서 살과 피를 모아 살려낸다. "신산만산 한락궁이는 어머님을 살리고 모즈간이 영광시럽게 삽다."(124면)라는 마지막 구절은 그렇게 되기를 바라는 민중들의 소망일 것이다.

한락궁이는 어머니를 겁탈하려 했고 자신을 학대했던 제인장자 집 사람들을 모두 죽인다. 이렇게 되어야 정당한 벌이 내려지는 것이라고 생각했음직하다. 이들이 살아있어서는 모자간에 잘 살 수가 없기 때문이다. 이들의 적대감 또는 서로 용납할 수 없는 현실이 강렬한 복수로 구현되었다.

<차사본풀이>의 과양셍이 각시도 죽음으로 죄를 갚았다. 한락궁이는

---

22) 안사인 구연, <초공본풀이>, 현용준, 개정판 제주도 무속자료사전, 각, 2007, 148면.
23) 문무병, 앞의 책, 144면, 각주 698).

학대를 당한 당사자가 복수를 했는데 이 경우는 과양생이 각시가 스스로 염라대왕을 불러오고 그로 인해 죽게 되는 일종의 아이러니를 그려보이고 있다는 점도 주목할만하다. 그러나 그것도 결국은 삼형제의 혼이 스스로 원수를 갚는 과정으로 되어 있다. 버무왕 아들 삼형제가 죽은 혼이 과양생이 각시의 세 아들로 환생하고 장성해서 과거 급제 후 바로 죽게 되자 과양생이 각시는 원님을 찾아가서 아들 살려내라고 행패를 부렸고 원님은 강림이를 저승에 보내 염라대왕을 잠시 다녀가게 했던 것이다. 염라대왕은 삼형제 시체를 버렸던 연못의 물을 퍼내게 해 삼형제의 뼈를 찾아낸다. 그리고는 과양생이 각시를 야단치는데 이것은 바로 청중들이 과양생이 각시에게 느낀 감정을 여과 없이 보여준다.

> 과양성이 지집년, 이년아, 네 ᄌᆞ식이냐?
> 이것이 네 ᄌᆞ식이냐? 남우 ᄌᆞ식을 명잇고 복잇으레
> 댕기는 사람을 쥑여두고 백비단 아홉필을 빼앗으니
> 그 죽은 혼정이 유왕황제국이 등수를 들어
> 꽃봉으로 환싱허고 꽃이 구슬되야 너 몸에 가니
> 너를 원수갚으자고 난 ᄌᆞ식이지 네 ᄌᆞ식이 아니다.
> 쥑일 년, 잡을 년 아니냐? ……
> 아홉각에 매여 과양성이 지집이 각각이 올올이 찢이는고. (150면)

죄를 저지르면 그 악행에 대한 벌이 따르게 마련이고 그 죗값을 무섭게 치르고야 만다는 것을 과양생이 각시의 최후를 통해 보여주고 싶어하는 것 같다. 혼이 자기 복수를 하기 위해 원수의 아이로 태어난다는 설정은 억울한 죽음에 대한 원망의 깊이와 크기를 보여준다. 그러나 염라대왕이라도 데려와야 복수를 할 수 있다면 현실에서는 불가능하다는 역설적 주장이 되기도 한다.

<세경본풀이>의 자청비는 바로 응징을 했었다. 자신을 겁탈하려는 정수

남이를 달래서 잠들게 하고 귀에 젓가락을 찔러넣어 죽였다. 그러나 자청비는 정수남을 다시 살려내야 했다. 자신들을 먹여 살리는 종인 정수남이 딸보다 더 귀하다는 부모의 인식은 여성에 대한 사회적 인식에 다름 아니다. 자청비가 자신을 지키려고 했던 노력은 사회적으로 인정받지 못한다. 결국 자청비는 서천꽃밭의 꽃을 구해와서 정수남을 살려내고 집으로 데려간다. "아바님아 어머님아 ᄌ식보다 더흔 종 살려오랐네다."(183면)고 하는 말은 그에 대한 저항이지만 자청비는 결국 그것이 빌미가 되어 집을 아예 쫓겨나게 된다. 자청비는 후에 하늘의 문도령과 혼인하기 위해 신부시험을 겪지만 결혼 생활도 순탄하지 않다. 여성인 자청비로서는 아무리 악에 대해 대처하려 해도 사회적으로 인정받지 못한다는 것을 잘 그렸다. 결국 자청비는 농경신으로서, 목축신인 정수남과 함께 지상에서 살아나가야 한다. 이는 소별왕 대별왕 이야기에서 악과 함께 살아가야 한다는 결말을 잇는 것이라고 할 수 있다. 자청비는 정수남을 아주 죽일 수 없었고, 결국 그런 사람들과 함께 살아가야 하는 것이다.

<문전본풀이>의 노일저대구일이뜰은 남선비와 여산부인의 일곱아들들을 죽이려다가 도리어 죽게 된다. 막내아들인 녹디생인이 흉계를 알아채고 노루 간으로 노일저대구일이뜰을 속인 후 그네는 변소에 가서 죽는다. 노일저대구일이뜰는 죽어서 측간신이 되어서, 조왕신이 된 여산부인과 죽은 후에도 지속적인 대립을 한다. 부엌과 변소는 상극이어서 가까이 할 수 없는 재래식 가옥의 구조가 신화로 표현되었다고 할만하다.[24) 변소의 더러움과 노일저대구일이뜰의 악함이 병치되었다. 악은 더러움, 때, 얼룩 등으로 표현되기 때문이다. 또는 변소의 더러움을 악과 동치로 보았다고도 할 수 있다. 악은 더러운 것이고 더러운 것은 변소와 같은 것이다. 그러나 부엌이 필요한 만큼 변소도 필요하다. 곡신인 자청비를 괴롭히던 정수남이가 목축신이 되었다는 설정과 유사한 점을 보게 된다.

---

24) 이수자도 같은 지적을 하였다. 이수자, 앞의 논문, 앞의 책, 247면. "부엌과 측간은 멀수록 좋다는 원리에서 형상화된 신화내적 장치라 할 수 있다."

해결 방식도 정리해볼 필요가 있다.

무가	해결의 주체	대상	해결양상	참고사항
초공본 풀이	삼맹두	삼천선비	----	종교적 전환
이공본 풀이	할락궁이	장자와 가족	복수/살해	하늘 아버지 도움
차사본 풀이	삼형제	과양셍이 각시	복수/살해	염라대왕 도움
세경본 풀이	자청비	정수남	살해	다시 살려줌/ 목축신이됨
문전본 풀이	막내아들	노일저대구일이뚤	복수/살해	변소신이 됨

역시 가장 많이 나타나는 것은 복수로서의 살해이다. 억울하게 살해당한 사람에 대한 복수로서 가장 자연스러운 감정은 똑같은 살해로 되갚는 것이다. 고대 함무라비 법전으로부터 현재에도 중동 지역에서는 용인되는 복수 방법이지만 이는 끝없는 복수의 연쇄를 가져와 사회의 기반을 흔들 수 있기에 대다수의 경우에는 용인되지 않는다.

그러나 현실이 아닌 문학에서는 정당한 복수는 정의라는 법감정을 충족시킨다. 또한 문학의 안에서는 잔인함도 용인된다. 그래서 현실에서는 할 수 없는 충분한 복수를 할 수 있다. 대부분의 경우 전반부는 현실에서 얼마든지 일어날법한 개연성을 가지는 사건들이 제시된다. 가진자의 횡포에 의한 죽음이나 재물에 대한 욕망에 사로잡한 악인에 의한 죽음, 전처의 자식에 대한 미움과 살해 등 실제로 일어나는 일들이다. 현실에서는 이런 일들에 대한 개인적 복수는 금지되어 있다. 문학작품에서는 복수가 철저하고 완전하게 수행된다. 그러나 그것은 현실적인 것은 아니다. 하늘에 가서 아버지의 도움으로 사람을 살리는 꽃, 죽이는 꽃을 가져온다는 것은 상상일 뿐이다. 염라대왕을 불러와서 복수를 하는 것도 일방적인 소망이다. 그러나 그렇게라도 복수가 이루어진다는 것을 확인하는 것은 중요하다. 현실은 그 복수를 이루지 못하게 한다. 그것은 바로 소별왕으로부터 비롯된 현실의 악함의 일부이다. 그러나 현실을 떠난 이야기의 안에서는 다시 완전한 세계가 회복된다. 현실 너머에 있는 초월적 근원으로부터 마련되는 정의에 대한 욕구는 현실을 바로 보게 하는 힘이 된다. 정의가 바로 이루어지지 않는 사회는 뭔가 잘못되어 있는 사회라는 것을 의식하게 한다. 이를 통해서 정의와 정의가 이루어지지 않는 사회의 간극을 인식한다.

그러나 이 간극은 사실 현실에만 있는 것이 아님을 <세경본풀이>나 <문전본풀이>가 말한다. 자청비를 괴롭히던 정수남은 다시 살아난다. 자청비가 스스로 살려낸다. 복수로 마감하지 않는 것이다. 가해자인 정수남을 피해자이면서 딸이기도 한 자청비보다 생활에 더 긴요하다고 보는 부모의 시각은 사회의 의식을 대변한다.

> 아이구, 좋은 이녁 먹을 오멍은(노동은) 흐멍 살건마는
> 이거 즈청비신더레 곧는 말이
> 느의 집안 아바님 눈에 굴리난다. 어머님 눈에 시찌난다.
> 흔슬 두슬 서너설 여다숫 십오세꼬지
> 입단 입성 몬딱 주워아정 어서 나고가라
> 즈청비는 아바님 눈에 굴리난다. 어머님 눈에 시찌난다
> 즈청비는 저 올레레 허울허울 나간다.[25]

자청비는 부모를 위해서 정수남을 살려내는 것이다. 이는 딸이 늙은 부모의 생활에 도움이 되지 않는다는 의식과 관계 있다. 아들이 없는 자청비 부모는 노동을 해서 양식을 마련하는 남성인 정수남을 아까워하는 것으로 설정되어 있는 것이다. 그러니 억울함은 그대로 남아 있다. 이후 자청비는 정수남은 버려두고 문도령을 찾는 일에 헌신한다. 억울함을 갚기보다 자신의 생활을 찾는 것이 더 낫다는 인식으로 보인다. 문도령과의 혼인 생활도 만족스럽지 못하지만 정수남을 복수하면서 인생을 보낼 수는 없는 일이다.

---

25) 문무병, 앞의 책, 221면.

그런데 작품 말미에서는 자청비가 곡식의 신으로, 정수남은 목축의 신으로 좌정했다고 한다.26) 농경과 목축은 생업의 두 종류이다. 이 둘은 서로 경쟁하고 견제하면서 공존한다. 서로를 용납할 수 없는 인물들이지만 공존한다. 이 둘이 대립하면서도 공존한다는 생각은 결국 선과 악이 현실에서 함께 존재하는 양상을 형상화한 것으로 보아야 한다. 선이 좋다고 해서 선만으로 세상이 이루어지지 않는다. 악이 강하다고 해서 악만으로 세상이 구성되지도 않는다. 선과 악이 동전의 양면처럼 동시에 같이 존재하는 것이 이 세상이라고 이 신화는 말한다. 그것은 바로 소별왕이 이 세상을 차지한 이후로 이 세상의 원초적 법칙인 것이다.

<문전본풀이>의 노일저대구일이딸도 변소신으로 좌정한다. 변소는 더럽지만 없을 수는 없다. 노일저대구일이딸과 여산부인의 공존은 부엌과 변소, 입과 항문,27) 깨끗함과 더러움, 선과 악이 공존해야 함을 문학적으로 형상화한 것이다. 그것이 불완전한 채로 우리의 현실임을 다시 확인한다.

노일저대구일이딸의 더 큰 문제는 신이 되었다는 것과 함께, 그 육체가 여러 가지 양식거리가 되었다는 점이다. 두 눈은 도려내어 바다에 던졌더니 구쟁기(소라)가 되고, 손톱발톱은 굼벗닥지(딱지조개의 일종)가 되고, 음부는 전복이 되었다는 (200면) 등이다. 이는 사체화생신화라고 하는 세계적으로 널리 알려진 신화소이자 서세람 섬의 하이누웰레 신화와도 같은 종류의 신화여서 크게 주목되는 바이다.28) 악한 것, 더러운 것이 우리 음식의 근원이라는 생각은 인간 존재의 근원적 모습을 돌아보게 한다. "인간은 스스로

---

26) 이 점을 해명하기 위하여, 정수남이 소로소천국의, 자청비가 백주또의 성격을 가지고 있어서 세경본풀이 후반부가 송당계본풀이의 수용일 것이라는 권태효의 견해는 얼마든지 수용할 수 있는 훌륭한 연구성과이다. 그러나 그 점을 부각하는 것은 신화적 악을 깊이 있게 다룰 수는 있지만, 본고의 초점은 다른 신화와의 연관 속에서 특히 현실 속에서 경험하는 악의 양상과 대응이라는 점에만 맞추어져 있기에 다루지 않는다. 좋은 신화는 하나의 의미에 고착되지 않고 다양한 접근을 허용하여 수용자들이 여러 가지 방식으로 이를 받아들인다고 생각해야 한다. 권태효,「제주도 무속신화의 생성원천에 대한 새로운 고찰」,『한국구전신화의 세계』, 지식산업사, 2005, 31-46면.

27) 김은희,「<문전본풀이>와 <하이누웰레>의 비교연구」,『제주도본풀이와 신화의 재조명』, 영주어문학회·한국무속학회 주최 2014 상반기 전국학술대회 자료집, 2014년 6월 13일, 143면.

28) 김은희, 위의 논문, 138-141면.

의 삶을 유지하기 위하여 매일같이 다른 존재를 죽여야 한다."29)는 캠벨의 지적은 악한 것이 오히려 우리가 아닌가 생각하게 한다. 자신이 살기 위해 다른 동식물을 죽이는 모습은 우리가 사실은 노일저대구일이뜰의 다른 모습임을 말해준다. 인간은 죽음을 통하여 그동안 살기 위해 죽여왔던 동식물들에 보답을 한다고 생각해볼 수 있다. 자신이 죽어 동식물이 되어 자연의 순환에 참여한다. 이렇게 되면 선악이 따로 없다. 선과 악은 돌고 돈다.

이래서 결국 악에 대한 응징은 무화된다. <초공본풀이>의 삼멩두는 양반을 원수로 알고 있지만 양반에 대한 복수는 언급되지 않는다. 어머니를 죽인 삼천선비를 계기로 어머니와 삼멩두는 무조신으로 다시 태어난다. 현세에서의 복수는 무망한 일이다. 선과 악은 근원적인 차이가 없다. 삼멩두는 삼천선비라는 악으로 인해 무조신이 되었다. 악이 없으면 신도 필요하지 않다. 악과 함께, 신과 함께 살아가는 것이다. 악이 있어 살기 어렵지만 신이 있어 살아갈 수 있다. 현실에는 수많은 악이 존재하지만 또한 신이 있어서 악을 견제하면서 살아갈 수 있다. 이것이 우리의 현실이라고 <초공본풀이>는 말한다. 그래서 무속이라는 종교가 필요하고 <초공본풀이>는 제주도 무속의 기본이고 원리가 된다.

우리가 살펴 본 다섯 편의 주요 본풀이는 이 세상에 현존하는 악의 양상과 그에 대응하는 방법을 문학적으로 형상화해 보여주었다. 전반부에서는 탐욕과 도둑질, 강도, 살인, 성적·계급적 횡포 등의 악이 엄연하게 존재하는 곳이 우리가 사는 세상임을 적나라하게 제시했고, 후반부에서는 그런 속에서 우리가 살아가는 방식을 세 가지 정도로 그렸다. 첫째는 정당한 복수로서의 살해였다. 둘째는 악과 더불어 살기였다. 악이 선과 같은 근원이라는 인식이 있었다. 셋째로 종교로 승화하는 모습이었다.

이 세 단계를 이야기하는 본풀이들은 물음에 대한 답으로 제시되었던

---

29) 조지프 캠벨, 이진구 옮김, 『신의 가면1 원시신화』, 까치, 2003, 205면.

것이다. 소별왕이 속임수를 써서 인간 세계를 차지했기에 이 세상에는 악이 존재한다는 신화적 설명이 제기한 문제는 근원적으로 악이 존재하는 이 세상에서 어떻게 악에 대응하고 살아가야 하는가 하는 것이었다.

무속은 유토피아나 피안을 꿈꾸지 않는 현세적 종교라고 한다. 현세에서 악에 대응하는 세 가지 양식을 제시했다는 점을 다시 살펴보자. 첫째는 현상적으로 악에 대한 복수가 정당하다는 본능적 인식이다. 눈에는 눈, 살인에는 살인이라는 원초적 본능이다. 이것을 긍정하는 <이공본풀이>같은 무가가 있어서 일차적인 정의감을 충족시킨다.

그러나 복수가 무한히 계속 이어질 수는 없다. 결국 악과 함께 살아가야 한다. 그런데 다시 살펴보면 그 악은 선과 같은 뿌리에서 나왔다. 대별왕과 소별왕이 쌍둥이 형제이듯이 선악이 같은 뿌리이며, 소별왕이 인간을 위해 속임수를 썼듯이 세상에는 인간이기에 어쩔 수 없이 악을 행하는 일이 있다. 가령 살기 위해 다른 생명을 살해한다. 나 자신도 다른 생명에게는 악이 아닌가? <세경본풀이>의 자청비와 정수남처럼 사이가 나빠도 결국은 사람 사는 데 필요한 두 요소인 것처럼, <문전본풀이>의 악녀가 죽어서 전복이 되고 소라가 되어 사람들에게 양식이 된다. 악은 선으로 전환될 수 있다.

첫 단계에 비하면 둘째 단계는 상당히 지적으로 발전된 모습이다. 악의 근원이 선과 같다는 것과 선과 악은 서로 전환될 수도 있다는 생각은 혼자 발전시키기 어렵다. 이런 신화를 통해서 암시를 받고 반복적 연행을 통해 거듭 생각해보게 되는 것이다. 부엌신만 섬기는 것이 아니라 변소신도 섬긴다. 입만 귀한 것이 아니라 항문도 귀하다. 결국 함께 존재해야 살아갈 수 있다.

이런 인식은 악에 대해 상당히 유연한 태도를 가능하게 한다. 사람이 모든 악에 매번 똑같이 대응하며 살 수도 없을 뿐 아니라, 악에 대한 복수만을 생각하고 매일을 보내는 것은 삶을 훼손하는 짓이다. 악을 넘어서는 철학적 반성을 악과 선이 같은 근원이고 서로 전환한다는 이야기를 통해서 학습하는 효과가 있다고 할 수 있다.

이 위에 놓이는 세 번째 단계가 <초공본풀이>가 제시하는 종교적 해결이다. 인생의 가장 큰 문제는 죽음의 문제이다. 죽음 앞에 놓이면 선이니 악이니 하는 것들이 큰 의미가 없다. <초공본풀이>는 죽음의 문제를 다룬다. 앞부분에서 삼천선비의 악행으로 인해 출세길이 막히고 어머니인 노가단풍 아기씨는 죽음에 이르지만, 사실은 이들은 모두 죽음으로 가는 길을 예비하기 위한 전초 역할이다. 삶의 길은 각자 과정이 다르더라도 그 길을 거쳐 죽음에 이른다. 삼멩두나 어머니는 죽음을 미리 겪는 역할을 한다. 미리 겪기에 앞으로 죽을 사람들에게 길을 일러줄 수 있다. 그들은 죽음 앞에서 삶에서의 선과 악은 모두 내려놓으라고 말한다. 삼천선비에 대한 원한도 죽음 앞에서는 의미가 없다. 어머니는 일반인들의 죽음을 맞는 신이 되고 삼형제는 무당의 삶과 죽음을 관장하는 무조신이 되는 것이다. 이들은 우리의 삶을 이끈다. 저 앞에는 죽음이 있으며 삶의 유한성을 죽음 너머의 무한성으로 극복하라고 말한다. 이렇게 해서, 세상의 악을 세상에서 갚으라 하지 않고, 또 악에 대한 반성적 고찰을 통해 선과 악이 근원적으로 하나라는 철학적 인식으로 그치지 않아, 죽음 앞에 선 자신의 모습을 보게 함으로써 제주도 무속은 종교가 된다.30)

5. 맺음말

이제까지 제주도 서사무가 중 악인의 활동이 잘 드러나는 다섯 편인 <초공본풀이><이공본풀이><차사본풀이><세경본풀이><문전본풀이>를

---

30) 이렇듯 악에 대한 대응이 세 가지로 나타나는 것은 현실의 악과 신화적 악이 구분되기 때문일 수 있다. 이공본풀이와 차사본풀이의 악은 보다 현실적이어서 응징으로 그친다. 그러나 세경본풀이와 문전본풀이의 악인 정수남과 노일저대구일이똘은 신으로 좌정한다. 이들을 살해하는 것은 사실은 농경신과 목축신의 대립, 부엌신과 측간신의 대립을 나타내기 위한 신화적 장치이며 신화적 살해라고 볼 수 있다. 초공본풀이에서는 종교를 통해 복수를 넘어서기에 징치가 드러나지 않는다. 그러니까 제주도의 본풀이들은 현실의 악과 제의적 악을 모두 수용하면서 이를 종교적으로 초월하는 구도를 마련했다고 생각된다.

대상으로 악행의 양상과 그에 대응하는 문학의 방식과 그 의의를 검토했다. 악행의 주체는 남녀나 상하, 빈부의 구별이 없었다. 피해자는 주로 여성과 아이들로 나타났다. 대표적인 악행은 살해이고, 여성에게 가하는 남성의 횡포는 주로 성적인 것이다. 여성은 재물에 대한 욕심으로 사람을 살해한다. 이들 본풀이는 우리가 살아가는 세상이 살인, 성적·계급적 횡포, 도둑질과 강도 등 구체적인 악이 엄존하는 곳임을 냉정하게 일깨워준다.

동시에 악에 대한 대응 방식도 검토하는데 이는 세 가지 양상으로 나타났다. 정당한 복수로서의 살해, 악이 선과 같은 근원이기에 악과 더불어 살 수 밖에 없다는 인식, 종교로 승화하는 모습 등이 그 세 가지이다. 그리고 이 답들은 굿 첫머리 초감제의 서사무가에서 소별왕의 속임수로 인하여 이 세상에는 근원적으로 악이 존재할 수밖에 없다는 문제의식과 함께, 어떻게 대응하여 살아가야 하는가에 대한 답의 모색이 제주도 서사무가가 가진 한 가지 기능이라는 해석을 가능하게 한다. 삶의 현실적이고도 거대한 문제를 제기하고 가능한 답을 이야기 형식으로 구성했다고 이해할 수 있다.

그러고 보면 제주도의 일반신본풀이들은 잡다한 다양한 이야기들을 모아놓은 것이 아니라 일정한 문제의식을 지향하고 해명하고 있다는 생각이 든다. 삶의 커다란 문제를 제기하고 그에 대한 가능한 답을 이야기로 구성하고 있는 것이다. 이 주제를 철학적 논설로 제기할 수는 없었다. 대개 무학인 제주도의 서민들이 논설로 된 주장을 수용하기도 어려웠을 뿐 아니라, 공감과 설득을 위해서는 이야기 형식이 효과적이기 때문이다.

<초공본풀이>와 <이공본풀이>는 홀어머니와 함께 사는 가난한 아들 이야기이다. 이들이 삼천선비나 제인장자와 같은 상층 또는 재력가들 아래서 힘겹게 살아가는 모습은 누구에게도 쉽게 전달된다. <세경본풀이>의 자청비는 사랑에 빠진 젊은 여성으로 사랑에 빠졌기에 어리석게도 정수남이 같은 악인에게 속아 넘어가는 모습을 누구나 안타깝게 지켜본다. <차사본풀이>나 <문전본풀이>에서도 재물에 대한 욕심으로 남의 어린애를 죽이는 여자에 대해 희생자와 같은 분노를 가지고 지켜본다. 청자들은 이들 이야기

에 등장하는 사람들과 또는 그 환경과 자신을 동일시해볼 수 있다. 이야기들은 자신들의 삶의 모방 또는 모형임을 안다.

모형은 객관화의 도구이다. 모형을 통해서 자신의 삶을 객관화해볼 수 있다. 자신의 삶을 포함해 삶의 본질에 대한 통찰을 얻는다. 이 경우 복수가 정서적으로 만족스럽지만 복수만이 최선이 아니라는 삶의 본질에 대한 깨달음을 알게 된다. 삶 속에는 선과 악이 함께 들어 있고, 죽음의 문제가 선악을 넘어서게 한다는 것을 알게 된다. 선과 악이 함께 삶을 구성하는 이 세계에서 자신은 어떠한 삶을 살아야 하는가에 대한 반성적 사유로 이끄는 구실을 했다는 점이 인정될 수 있다. 삶에 대한 이러한 통찰이 제주도 서사무가를 지금까지 이끌어 온 힘이었을 것이다.

이러한 검토는 제주도의 다른 본풀이와 설화 일반으로 확대해 검토될 필요가 있다. 나아가 본토의 서사문학을 통해서 악을 이해하고 대응하는 보편적인 기제가 존재하는지 문학적 연구로 이어져야 할 것 같다. 가령 이강엽은 고전서사물에 보이는 악을 사악함 외에도 나약함이나 무지, 불순성에서 기인하는 양상을 살피고 이에 대해 계도, 풍자, 징치의 대응 방식을 검토하였다. 그러면서 선악이 그렇게 뚜렷하게 나누이지 않는 특성이 있다고 하고, "이분법적 대립에 의한 설명보다는 작품별 특성에 맞는 섬세한 논의가 요구된다"고 지적하였다.[31] 이강엽은 또한 우리 고소설에는 악에 대한 직접적인 응징이 일어나지 않는 작품이 제법 있으며, "초기소설에서는 심각하게 표면화하지 않던 악이 17세기 이후 구체화하며, 통속화와 함께 선/악의 대립이 더욱 극대화한 것으로 보인다."[32]고 지적하였다. 이런 점은 고소설과 제주도 신화의 악에 대한 대응이 다르다고 할 수 있다. 이런 차이점에 대한 연구가 이어져야 할 것이다. 나아가 철학에서 악을 다루는 방식과 문학적 방식은 어떠한 차이점을 드러내는지 살펴봄으로써 문학의 기능과 의미를 더 잘 이해할 수 있다고 보인다.

---

31) 이강엽, 「고전서사물에 나타난 악의 성격과 대처 양태」, 『고전서사의 해석과 교육』, 보고사, 2012, 297-333면.
32) 이강엽, 「악의 초탈, 관용의 서사」, 위의 책, 272-373면.

'복수(復讐)'의 관점으로 본
<유정승따님애기> 서사 고찰

1. 서론

필자는 오랫동안 '유정승따님애기' 서사에 관심을 가져왔다. <초공본풀이> 후반에 부록처럼 서술되는 그 이야기의 정체가 무엇일까? 심방에 따라 이 이야기를 넣기도 하고 빼기도 하고 아주 간략히 언급하기도 한다. 이는 <초공본풀이>에 필수적인 이야기는 아니라는 뜻이다. <초공맞이> 제차에도 유정승따님애기가 자리하는 곳은 없다.

이에 대해 최시한은 '심방선생'의 본풀이가 따로 이야기되고 있어서 특이하다고 지적하였고[1], 문봉순도 이에 동의하면서 신령이 겪은 것을 심방이 모방하여 초월적 능력을 얻게 하는 이야기로, 잿부기 삼형제가 무조신이 된 유래를 <초공본풀이>가 풀어낸다면 유정승따님애기 신화는 심방의 유래를 말해주는 것이라는 해명이 있었고[2] 이는 충분히 수용될 만한 설득력이 있다. 그럼에도 유정승따님애기가 겪은 일방적이고도 처절한 시련이 너무 크기에 나로서는 아직 이 신화의 의미가 다 풀어진 것은 아니라는 생각을

1) 최시한, 「초공본풀이의 구조 분석」, 『배달말 11집』, 배달말학회, 1986, 11-12면.
2) 문봉순, 「심방의 입무 의례 연구」, 경상대대학원 석사학위논문, 2005, 37면.

하고 있다. 제주도 심방의 삶이 근본적으로 그런 비극적 슬픔을 갖게 마련인 것을 표현한다고 할 수 있으나, 유정승따님애기가 굳이 양반의 후손으로서 정승의 딸로 설정되어 있는 것은 더 해명되어야 할 것으로 보인다.

몇몇 구송본에서는 삼형제가 양반의 원수를 갚는 연장선에서 유정승따님애기의 팔자를 그르치게 했다고 한다. 그 까닭으로 유정승따님애기는 태어나면서부터 눈이 멀게 된다. 유정승따님애기의 고통은 정당한가 하는 의문이 자연스럽게 생긴다. 갓난 아기에게 흉험을 주는 신앙이란 무엇인가? 아무 잘못 없는 사람의 팔자를 그르치는 신들에게 우리는 어떻게 잘못을 물어야 하는가? 유정승따님애기는 그저 참고 아무런 저항 한번없이 자기 팔자를 받아들인다. 이러한 삶의 태도가 제시하는 신화적 의미가 있는 걸까?

그런 관점에서 제주도 일반신 본풀이를 읽어나가다 보면, 유정승따님애기 서사는 차원이 다른 이야기라는 생각에 이른다. 일반적으로 본풀이는 악인의 악행에 고통을 겪는 선인의 사연과 함께 그 악인에게 행해지는 복수로 이야기의 결말이 맺어지는 경우가 많기 때문이다. 이런 점에 주목하여 제주도 본풀이 서사구조의 특징적 면모와 대조되는 유정승따님애기를 이해할 길을 찾아볼 수 있을 것 같다. 나아가 그 의미를 더 추적해보아야 할 필요가 있다고 생각된다. 그리고 보면 복수를 하지 않는다는 점에서 유정승따님애기 서사는 제주도 본풀이에서 대단히 예외적 설정이라고 할 수 있다. 이 대조점을 발판으로 하여 유정승따님애기 서사의 의미를 천착해 보기로 한다.

2. 제주도 본풀이에 보이는 복수의 양상

먼저 일반신 본풀이에서 악행과 그 복수가 서사의 주요 내용이 되는 자료를 확인하자.

(1) <초공본풀이> ; 잿부기 삼형제를 어린시절부터 괴롭히던 삼천서당 선비는 과거에 합격한 것을 무효화하기도 하고 급기야 삼형제의 어머니를 죽인다. 안사인 구송본에는 이렇게 노래한다. "노가단풍아기씨는 삼천선비가 물멩지 전대로 목을 걸런 삼천전저석궁 지픈 궁에 가두우고, 느진덕정하님은 머리 풀언 찜으로 머릿목을 무꺼네 아이고 대고 울어가멍 삼성제 앞을 가, 상전님덜아 상전님덜아 어멍국은 죽어네 앞의 출병만 허여둔디 과걸ᄒᆞ민 뭣하리까?"[3]

결국 삼형제는 과거를 버리고 황금산으로 아버지를 찾아가 어머니를 살려 신으로 좌정시키고, 양반의 원수를 갚는다. "양반의 원술 가프젠 삼시왕으로 올라간다. …… 이른닷단칼로 시왕대반지를 무어 삼천선비 양반의 원수를 가팠수다."(174면) 이어서 대부분의 구연본에서, 양반에 대한 원한을 갚기 위해 삼형제가 유정승따님애기의 팔자를 그르친 것으로 그리고 있다.

(2) <이공본풀이> ; 어머니 원강아미를 겁탈하려다 실패하고 죽인 제인장자에게 복수하기 위해 달아나 서천꽃밭의 아버지 원강도령을 찾아간 할락궁이는 수레멜망악심꽃을 가져와 장자네 식구를 다 죽이고 어머니를 되살린다.

(3) <삼공본풀이> ; 삼공본풀이는 복수의 서사가 아니다. 다만 가믄장아기가 집에서 쫓겨날 때 기뻐하며 빨리 나가라고 한 언니들을 지네와 버섯으로 만들어버린다는 작은 삽화가 있는 정도이다.

(4) <차사본풀이> ; 강림도령이 저승에 다녀오게 되는 이유가 살인사건을 해결하기 위해서이다. 버무왕의 삼형제를 죽이고 재물을 탈취한 과양생이각시에게 복수를 하기 위해 삼형제는 이 부부의 아들로 태어나 잘 자라고 일거에 과거 합격하여 큰 잔치를 벌이던 중 모두 급사하여

---

3) 현용준, 『제주도무속자료사전』, 신구문화사, 1980, 169면.

일차적 복수를 한다. 과양생이 딸은 죽은 아들을 살려내라고 원님에게 송사를 걸고 원은 강림이를 저승에 보내 염라대왕을 데려오게 한다. 지상으로 잠시 온 염라대왕은 과양생이 각시의 아들들이 자기가 죽인 삼형제였음을 알게 되고 살인자는 죽어서 모기 각다귀로 환생한다. 염라는 뼈만 남은 삼형제를 되살려낸다. 이는 복수의 연쇄로 이루어진 거대 서사이다.

(5) <세경본풀이> ; 자청비와 문도령이 인연을 맺고 이어나가는 내용이지만 그 한 부분은 자신을 겁탈하려는 하인 정수남을 자청비가 죽였다가 부모님 꾸중을 듣고 다시 살려낸다는 것이어서 악인을 징치하는 자청비의 위기와 극복이 잘 그려지지고 하였다. 삼공본풀이와 함께 복수가 주된 내용이 아닌 본풀이이다. 세경맞이에서도 잘 보여지듯이 이는 결국 농사와 목축이 잘 이루어져서 풍년을 기원하자는 내용이기에 위기 속에서도 화합으로 끝맺는 결말을 갖는 것이 아닌가 한다.

(6) <문전본풀이> ; 문전신의 유래담이기도 하지만 또한 제주도의 대표적인 복수의 서사이다. 남선비를 속여 배를 빼앗고 찾아온 남선비의 부인을 살해했으며 일곱 형제의 간을 내달라고까지 했던 노일제대귀일의딸은 결국 지혜로운 막내 녹디생인의 활약으로 정체가 드러나 변소간에서 죽어 변소간 신이 된다. 녹디생인은 집을 지키는 문전신으로 좌정한다. 특이한 점은 노일제대귀일의딸의 사체가 부분부분 나뉘어 해초, 조개, 물고기, 각다귀 모기 등이 되었다는 것이다.

(7) <할망본풀이>와 <마누라본풀이> ; 이들은 해산을 돕는 신들에 대한 신화이다. 인물간에 갈등을 겪지만 결국은 서로 화해하여 아이를 낳게 하고 잘 양육하자는 이야기이므로 사과하고 용서하고 '좋은 마음'을 먹자고 권한다.

(8) <칠성본풀이> ; 무책임한 중의 아이를 갖게 되어 집에서 쫓겨난 장설룡의 딸이 무쇠함에 담겨 제주도로 와서 해녀들에게 발견되고 해산을 했는데 7마리 뱀이었다. 이 뱀들이 제주도 각지로 흩어져서 섬겨지게 된 사연을 담은 신화이다. 이들은 인간들이 잘 대접하면 액을 막고 '재수 신ᄉ망을 나수와' 주고, 무시하거나 해코지하면 그대로 보복을 하는 신이다. 아무 이유 없이 겁탈당하고 새끼들은 더럽게 여겨지는 뱀으로 태어난다는 설정은 기가 막히고 어이가 없는 상황을 보여준다. 여성들의 삶을 극적으로 제시한 것일 수 있다. 그들은 신이 되었다 해도 인간과 마찬가지로 받은대로 대접을 한다고 생각되고 있다.

(9) <사만이본풀이> ; 사냥을 하던 길에서 백년해골을 발견하여 집으로 모셔와 조상신으로 잘 대접한 사만이는 부자가 된다. 조상신은 수명이 다한 사만이를 위해 저승사자를 대접하여 다른 사람 또는 동물을 잡아가게 해 준다. 조상신을 잘 모시면 복이 오며 그렇지 않으면 화가 온다는 내용을 갖고 있다.

(10) <천지왕본풀이> ; 하늘의 천지왕에 저항하고 인간 세상에서 악행을 저지르는 수명장자를 천지왕이 내려와 징치한다. 그 집을 불태우고 자식들은 벌레 등으로 환생시킨다. 천지왕의 두 아들은 인세차지 경쟁을 하다가 동생에게 시달린 대별왕이 불만 속에 저승으로 물러난다. 이 신화 구연의 이면에는, '소별왕에 대한 복수가 이루어지지 않았기에' 이 세상은 이렇게 악이 많게 되었다는 의미가 암시되어 있다고 볼 수 있다.

(11) <지장본풀이> ; 착하게만 살지만 어려서부터 모든 가족이 다 죽고 친척에게는 온갖 구박을 받던 지장아기씨는 결국 죽어서는 사람들을 해꼬지하는 새(邪)가 된다. 지장아기씨의 팔자가 원래 그랬다고 하기도 하지만, 너무도 처참한 삶에 대한 복수의 염으로 읽을 수도 있다.

이상에서 보듯이 억울한 희생에 대한 복수 이야기가 많다. 인간뿐 아니라 심지어는 신들도 복수를 한다. 신이 되어도 복수에서 자유롭지 못하다는 것은 복수가 그만큼 뿌리 깊다는 것을 말해준다. <초공본풀이>의 잿부기 삼형제가 신이 되어서도 양반에 대한 원수를 갚고자 유정승따님애기를 무당으로 만들어버렸다는 화소가 본고의 논의를 시작하게 하였다.

유정승따님애기 서사는 초공본풀이의 삼형제가 신이 되어 삼시왕으로 들어가서 이야기가 종결된 뒤에 이어진다. 1. 삼형제가 유정승따님애기가 양반의 딸이라 팔자를 그르치겠다며 준 엽전을 받는다. 2. 신병이 들어 7살부터 67살까지 생사를 거듭하다가 77살에 굿법을 배워 심방이 된다. 3. 삼시왕에 걸려 죽은 장자집 외딸아기를 굿을 해서 살려낸다. 4. 삼시왕에서 굿법을 배우고 심방이 되어 천하를 울린다. 박봉춘 본 외에는 대체로 이러한 경개로 되어 있다. 여기서 양반의 딸이라는 이유로 7살난 여자애가 평생 병에 시달리다가 무당이 되었다는 것은 지금도 납득하기 어렵다. 정당한 이유 없이 삶이 망가진 여성에게 무당이 되어 남을 돕고 살아라는 식의 자기희생의 서사로 해석하기는 무리일 것이다. 지금도 종종 '해원굿'이라는 이름으로 굿이 치러지기도 하기에 맺힌 원한은 풀어줘야 한다는 것이 무속적인 사고라고 여겨질만도 하다. 이럴 경우, 선인과 악인의 구분이 다소 이분법적으로 명확하게 나타나고 복수도 선명하게 그려진다.

또한 육지의 <초공본풀이>라고 할 수 있는 <제석본풀이> 또는 <당금애기>에서는 그와 같은 복수 화소가 나타나지 않는다는 점도 주목된다. 제주도를 제외한 전국의 <제석본풀이> 유형에서는 겁탈을 당한 당금애기나 어린 시절 수모를 겪은 삼형제가 하늘의 아버지를 만나서 신직을 부여받는 것으로 종결된다[4] 어디에도 복수를 하겠다는 말은 보이지 않는다. 혹시 복수의 화소가 제주도 서사무가의 특징적 면모가 될 수 있는가 따져볼 필요가 있다.

---

4) 서대석, 『한국무가의 연구』, 문학사상사, 1988, 30-41면.

3. 복수에서 자비로의 변화

고대에는 복수가 당연한 것으로 인정되었다.[5] 함무라비 법의 "눈에는 눈으로"라는 복수를 허용하는 법이 유명하기도 하지만 우리의 경우에도 유사한 면모를 보였다. 고조선의 '팔조금법'의 첫 항은 살인에 대한 것으로 "사람을 죽인 자는 즉시 죽인다."[6]라고 했다. 부여의 경우에도 "형벌을 쓰는 것은 몹시 엄하고 급하다. 사람을 죽인 자는 반드시 죽이고 그 집 식구들을 데려다가 노비를 삼는다."[7]고 했다. 도둑질에는 12배를 물도록 했다.

조선조에서도 정당한 복수는 '義殺'이라고 해서 용인되었다. 18세기의 다산 정약용도 "국가의 공(公)형벌권을 강조하면서도 정의로운 사적 폭력을 부정하지 않았다"[8]고 한다. "불효, 불우, 패역, 음란 등 죽을 만한 죄를 응징한 경우만 의살이라고"[9] 강조했다.

그러나 이미 신라 시대에 복수에서 벗어난 사례가 보이기도 한다. 대표적인 것은 『삼국유사』에 전하는 <처용> 설화이다. 주지하다시피 처용은 아내를 빼앗은 역신에게 분노하지 않았다고 한다. 疫神은 "공의 아내를 탐내어 범하였는데 공이 노여워하지 않으니 감탄하고 찬미한다(公不見怒 感而美之)"[10]고 했다. 역신의 감탄은 처용이 분노하고 보복하지 않았다는 데 있다. 이는 5세기 소지왕이 간통한 궁인을 활로 쏘아 죽인 일과 대조된다.[11] 처용 기사가 그토록 인상적인 이유는 당연해 보였던 복수를 하지 않은

---

5) 여기서 말하는 복수는 보통 보복이라고 하는 것과 같다. 아직 인과응보나 정의 차원에서 이루어지는 복수라기보다는 사적인 차원에서 똑같은 수준의 응징을 가한다고 하는 오래된 사고방식의 반영으로 여겨진다.

6) 『한서』 「지리지」, 이민수 역 『조선전』, 탐구신서67, 탐구당, 1986, 29면.

7) 『삼국지』 「동이전 부여」, 이민수 역, 『조선전』, 79면.

8) 김호, 「의살(義殺)의 조건과 한계 – 茶山의 欽欽新書를 중심으로」, 『역사와현실』84, 한국역사연구회, 2012, 360면.

9) 김호, 위의 논문, 339면.

10) 『삼국유사』, 「기이2」, <處容郎 望海寺>條

11) 김호, 앞의 논문, 167면.

새로운 인간상을 제시했기 때문으로 볼 수 있을 것 같다.

조선의 『經國大典』은 엄격한 죄형법정주의를 명시했다. 이는 "죄와 형벌이 국가권력에 의하여 뒷받침되는 법전에 규정되어 있으며 국가권력 이외에 관습법이 형벌권 행사에 개입하지 못하게 하는 것 또한 죄형법정주의의 대원칙"[12]이라는 점에서 근대적 의미의 죄형법정주의와 같은 것이다. 이는 사적인 복수를 금지하고 국가에서 정한 법에 따라 형벌이 이루어진다는 말이다.

이렇게 보면 역사상으로 개인적으로 복수가 이루어지던 단계를 벗어나 복수를 국가에 위임하게 된 것이 전반적인 흐름이라고 할 것이다. 형법으로 다가설 수 있는 가장 최선의 방법은 사적인 복수를 금지하고 국가가 대신하는 것으로 만족하라는 것이다. 여기까지가 법 또는 국가가 할 수 있는 최선일 것이다. 개인적 복수를 멈추기 또는 복수에서 벗어나기라고 해보자. 그러면 제주도 서사무가에서 보이는 복수담은 개인적 복수를 벗어나지 못한 단계라고 볼 수 있겠다. <차사본풀이>에서 과양셍이딸년이 죽은 아들을 살려달라고 염라대왕을 불러오기 위해 사또에게 진정한 것 정도가 가장 법에 가까이 간 예라고 하겠다. 그러나 그것도 공적인 느낌보다는 사적인 원한을 풀기 위해 제도와 저승까지 움직인다는 무속적 장치에 지나지 않는다. 그렇다면 제주도 무속은 아직 복수에서 벗어나는 단계에 미치지 못한 채 지금까지 전승되어 왔다고 할 수 있다.

그리스 신화에도 복수극은 다채롭게 펼쳐진다. 아예 복수극의 향연이라고 할 만하다. 대표적인 것이 아가멤논의 아내 클뤼타임네스트라와 아들 오레스테스 신화이다. 트로이전쟁에 나가느라고 딸 이피게니아를 죽인 남편을 정부의 손을 빌려 죽이자 아들은 그 어머니에게 아버지의 복수를 감행한다. 트로이전쟁 자체가 아내를 빼앗긴 것에 대한 그리스 차원의 복수담이다. 오디세우스는 아내 페넬로페를 넘보는 이타카의 남자들을

---

12) 김태계, 「조선시대의 人命에 관한 죄의 종류와 그 형벌에 관한 연구」, 『법학연구』26권4호, 경상대학교 법학연구소, 2018, 167면.

대량 학살한다. 신만 못지않다고 자랑한 사람들은 본인이나 가족이 가차 없이 죽임을 당한다. 신들은 자신뿐 아니라 인간들의 복수도 부추긴다.

이런 신화적 차원의 시대 배경을 고려할 때 유정승따님애기 화소는 의미 있다고 생각된다. 제주도는 근대에 들어서도 무속과 신화의 영향력이 강한 지역이었다. 잿부기 삼형제가 신이 되어서도 양반에 대한 복수를 실행하고 있는 데 반해, 당사자인 유정승따님애기는 7살부터 이유도 없이 눈이 멀고 몸이 아프고 하여 전생팔자를 그르치고 심방이 되었지만 일체의 원망이나 복수의 심사를 보이지 않았다. 이 점은 다른 서사무가들과 이질적이다. 이 이질성이 유정승따님애기 화소를 낯설게 하여 초공본풀이에 붙기도 하고 떼어지기도 했던 것으로 추측해볼 수 있을 것 같다. 유정승따님애기 무가만 따로 불리지는 못했다. 유정승따님애기 서사만 따로 발전했다면 어떤 모양이었을까? 자기의 희생에 대해 복수하지 않는 주인공의 독립적 서사가 가능했을까?

무가에서 그런 주인공의 대표적인 인물은 육지의 서사무가 <바리공주>일 것이다. 누구나 알다시피 바리공주 또는 바리데기는 일곱 번째 딸이라는 이유로 버림을 받는다. 갓난아기 때 버림을 받아 부모가 누군지도 모르고 자랐지만 그 부모의 병을 고치기 위해 저승으로의 여행을 감내한다. 자기 생을 버리고 저승에 다녀옴으로써 부모는 회생했지만 자신은 죽은자의 세상에 머무는 신이 된다.

바리데기는 어떻게 자기희생을 순순히 수용할 수 있었을까? 그것은 무속 서사의 발전이었을까? 아마도 불교의 영향을 받았기에 가능했을 것으로 생각된다. 불교에서 제시하는 자비의 사상이 남의 고통을 줄이기 위해 자기를 희생하는 사람이라는 새로운 인간상을 가능하게 했다고 보인다. 그러나 바리공주의 희생은 아직 충분히 발전된 사상은 아니다.

그 점은 『구약성서』의 유태교와 『신약성서』의 예수의 사례를 비교해보면 잘 이해할 수 있다. 구약과 신약은 전하는 메시지가 다르다. 구약에서는 복수하는 신의 면모가 두드러진다. 야곱의 딸 디나가 이웃 가나안 청년에게 겁탈당하자 속임수를 써서 그 마을로 쳐들어가 모든 남자를 죽이고 여자와 재산을 모조리 약탈하였다.(창세기 34장) 시편 94편은 '여호와여 복수하시는 하나님이여' 하고 시작한다. 예수가 태어날 즈음의 유대는 로마의 식민지로 억압에 신음하고 있었고 수많은 항쟁이 있었다. 예수에 대해서도 로마에 저항하여 유대인을 해방시키는 역할을 기대한 점도 있다고 볼 수 있다. 유다의 배신도 그 점에 대한 실망에서 비롯되었다고 볼 수 있다. 즉 예수에게 신적 능력으로 유대의 복수를 해주기를 기대하였으나 예수의 대답은 이웃에 대한 사랑이었다. 유대인이 예수를 로마 군대에 넘겨버린 것은 이에 대한 실망으로 이해될 수 있다. 그러나 결국 예수가 말한바, '눈에는 눈으로 이에는 이로'가 아니라, '누가 네 오른뺨을 치거든 왼뺨마저 돌려대어라'(마태 5장) 라는 용서와 사랑의 가르침은 온 세계로 전파되었다. 아무 관련이 없는 사마리아인이 도운 것처럼 낯선 사람과 이방인까지도 돕는 인간이라는 새로운 인간상을 제시한 것이다.

불교에서도 '자비'의 사상이 공식화된 것은 약 1세기 때 대승불교가 생장하면서였다고 한다. 석가모니가 가르친 초기 불교는 무엇보다 마음의 고통을 벗어나 안정(니르바다, 열반)에 이르는 방법을 찾는 것이었다. 초기 경전인 『아함경』이나 『숫타 니파타』는 모두 마음의 안녕과 평화가 수행의 목표였다. 『숫타 니파타』의 첫 장은 분노를 억누르기, 애욕을 끊기, 애착을 말려버리기, 교만한 마음을 없애기 등을 뱀이 허물을 벗듯이 하라고 한다.13) 여기까지는 자기 구원의 세계이다. 소승불교의 목표인 아라한과 달리, 대승불교에 와서 보살의 개념이 보편화되면서 자기희생을 토대로 하는 자비로운 존재가 불교의 대표적 관념이 된다.14) 원한을 복수로 갚아 마음을 달래던 단계를 지나, 자기 마음의 평화를 찾는 단계, 그리고 나서야 다른 사람에게 사랑과 자비를 주는 인간상을 제시하기까지 오랜 시간이 필요했다고 보인다.

---

13) 김운학 역, 『숫타니파아타』, 범우사, 1988, 11면.

14) E. 콘즈, 한형조 옮김, 『한글세대를 위한 불교』, 세계사, 1990, 177면.

그리고 무엇보다 이러한 새로운 인간형은 문명권에 하나 나타나는 것이라고 할 수 있다. 유럽문명권 기독교의 사랑, 인도 문명권 불교의 자비, 동아시아 유교 문명권 유교의 仁 정도가 보편적 인간애의 사상을 정립했다고 보인다. 이들이 해당 문명권의 여러 나라에 수용이 되어 그 나라가 문명국으로 성장하는 자양분이 되었다.

바리공주 무가의 바리공주는 부모를 위해 자신을 희생하여 효의 모범이 되었다고 하지만 모르는 사람을 위해서 희생을 말하지는 못했다. 더욱이 인간 보편에 대한 사랑까지 가지 못했다. 무속이 보편종교로 인정받지 못하는 이유라고 할 수 있다. 모든 나라가 보편적 인간애 사상을 만든 건 아니기에 우리나라에서 그만큼 발전하지 못했다고 한탄할 것은 아니다. 유교의 인과 불교의 자비를 수용하여 문명권의 인류애 사상을 우리 것으로 소화할 수 있었기에 새로이 보편 윤리를 정립할 필요는 없었다고 보인다.

4. 무속과 복수

태초의 무속이 제천행사와도 관계가 있다고 한다면 원래부터 무속은 복수의 종교는 아닐 것이다. 하늘에 풍년을 감사하고 번식을 비는 것에 복수의 관념은 없었을 것이다. 다음 두 인용문은 그 점을 가리킨다.

> 巫敎란 노래와 춤으로써 하늘과 땅, 신령과 인간이 하나로 융합되어 새로운 생명과 문화를 창조하는 원초적 종교현상이다.[15] (유동식)

> 무속은 현세를 무의미하고 덧없는 것으로 보지 않고 현세에서 잘 먹고 잘 사는 것을 추구하는 현세 긍정의 종교다. 그리고 도덕적 가치보다 실존적 가치를 중시하는 생존의 종교다.[16] (서영대)

---

15) 유동식, 『한국무교의 역사와 구조』, 연세대학교출판부, 1997, 347면.
16) 서영대, 「무당」, 국립민속박물관, 『한국민속신앙사전 무속신앙』, 2009, 292면.

이렇게 보면, 무속은 작게는 현세에서 잘 살자는 현실적 종교이고 크게는 인간이 하늘과 땅과 하나가 되어 생명과 문화를 창조하는 철학적 의의가 있는 활동이라고 하겠다. 여기에 복수는 어디에 자리하는 것일까?

　　복수는 타인이 나에게 끼친 신체적 물질적 정신적 피해를 그에게 되돌려 갚는 의지와 행동이다. 인간에게 복수는 거의 본능이라고 할만큼 뿌리 깊은 감정이다. '복수의 행동 의지를 보이지 않으면 상대는 우리가 가진 모든 것을 빼앗아갈 것이다'라는 생각으로 분노를 표현하도록 진화적으로 장착되어 있다. 이 경우 "우리는 사회적 감정을 사회생활에 참여하는 문제에 대한 해결책으로 여긴다."[17)는 말이 타당하다. 액셀로드는 컴퓨터 모의 실험을 통해서 배신에 대하여 '당하면 갚는다(tit for tat) 전략'이 가장 효과적인 대응방식임을 밝혔다.[18) 살인이나 강도 등에게 복수함으로써 악에는 응징이 따른다는 인식이 정립되어 악행을 줄일 수 있었을 것이다. 그렇게 사회의 질서 정립에 도움이 되기도 했다고 보인다.

　　이렇게 근원적인 감정인 복수는 사실 누구에게나 있기에 민속 대중의 문화에도 당연히 존재할 것이다. 누구나 억울한 일을 당하고 억울함을 푸는 방법이 민속에서 발달했다. 사람을 향하여는 복수의 형태를 띨 것이다. 무속 중에서 가장 저급한 것은 '방자'라고 해서 무고(巫蠱) 또는 저주하는 일이다. 이능화는 조선 궁중 내의 방자 사건을 들면서 그 앞에, "남의 집의 종이나 첩들이 조금이라도 원한이 있으면 곧 새나 짐승, 썩은 뼈나 허수아비 등의 물건을 사용하여 온갖 술법을 꾸며서 담 밑이나 부엌과 굴뚝어 묻어서 다른 사람에게 병이 전염되도록 한다."[19)고 지적하였다. 원한에 대한 복수로 방자하는 일이 흔했다는 것이다. 무속이 복수에 관계되는 것은 방자뿐일 것이다. 굿은 재수를 빌고 명과 복을 얻어 잘 살자는 것이지 원한을 갚거나 남을 해꼬지하자는 것이 아니다. 그런데 굿에서 불리는 노래에는 복수담이

---

17) 브라이언 보이드, 남경태 옮김, 『이야기의 기원』, 휴머니스트, 2013, 430면.

18) 리처드 도킨스, 홍영남 옮김, 『이기적 유전자』, 을유문화사, 2003, 342면.

19) 이능화, 서영대 역주, 『조선무속고』, 창비, 2008, 242면.

상당히 많다는 것은 위에서 본 바와 같다. 방자는 뼈나 그림 등 어떤 형상물을 통해서 간접적으로 저주하여 원한을 갚고자 한다면 무가에서의 복수는 그런 것 없이 말과 행동으로 직접적으로 행해진다.

앞에 인용한 유동식, 서영대의 무속관과 지금 보인 방자와 무가의 복수를 한 자리에 모아보자. 굿은 현세 구복의 의례이다. 재수를 빌어서 현재의 삶을 번창하게 하자는 것이다. 방자는 자기의 문제를 부정적인 방법으로 해결하자는 의례이다. 유동식이 말하는 바는 우주와의 합일이라는 철학적이고 이상적인 방향성이다. 이를 표로 보이면 이와 같다.

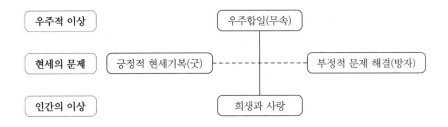

이렇게 보면 굿, 무속의 세계는 현세의 문제를 해결하고 나아가 우주적 이상을 이루고자 하는 것이지만, 인간 사이의 이상적 관계인 희생과 사랑의 관념을 생성하는 데까지 이르지는 못한 것이라고 할 수 있다. 다시 말하면 복수를 정당화하는 단계에서 복수에서 벗어나기 정도까지 이르렀지만, 이웃 사랑이나 자비의 단계로 진입하지는 못했다고 보인다. 불교가 필요했던 이유 중 하나는 그 부족한 점을 채워주었기 때문일 수 있다.

유정승따님애기 무가는 제주도 무속에서 복수의 단계를 넘어서고자 하는 시도가 있었음을 보여준다는 점에서 주목되어야 한다. 이 무가는 심방의 조상이 된 유정승따님애기의 본풀이이다. 유정승따님애기가 그랬듯이 후대의 심방들도 같은 심사를 갖겠다고 한다. 심방이 되는 것을 '전생팔자를 그르친다'고 한다. 유정승따님애기가 죽어가는 아기를 되살아나게 한 것과 같이, 억울하게 펼쳐지는 자기 삶이지만 그에 대한 복수를 생각하지 않고 심방이 되어, 다른 사람의 복을 비는 굿을 하는 것으로 자기 삶을 살겠다는 것이다.

이 점은 심방의 입무의례인 신굿의 <당주맞이(삼시왕맞이)>에서 잘 드러난다. <당주맞이>는 새로 심방이 되는 입무자가 유정승따님애기가 심방이 되기 위해 겪었던 것을 되풀이하는 의례이다. 문봉순은 2003년 12월 김윤수 이정자 부부의 신굿을 조사하였는데, 그 <당주맞이>에서 '꿇어앉아있는 신입무의 목을 광목으로 걸어 제상 앞으로 끌어들인다.'20) 뒤에는 '제상에 올렸던 물 술 기타 제물을 조금씩 떠서 섞은 것을 신입무에게 먹인다.' 또 멩두 가운데 천문과 상잔을 심방의 어깨에 올려놓기도 한다. 이는 <초공본풀이>에서 유정승따님애기를 "물명지 전대로 걸려올리렌 해연, 물명지 전대로 걸려다가, 상촉권상하여 부정서정 신개여 두고" 하는 것과, "약밥약술 멕연 인간더레 도환승을 시기며 에인(御印) 마칩데다. 타인(打印) 마칩데다."21) 하는 사설을 의례로 풀어내는 것이다. 신입무는 이에 따라 유정승따님애기의 행적을 그대로 이어감을 보인다. "본주심방이 유정승따님아기가 했던 것을 현실에서 그대로 반복하여 재현하는 것이다. 신화 속에 전개된 삼시왕맞이는 현실세계에서도 그대로 펼쳐진다."22)

최초의 무당인 유정승따님애기의 행적을 그대로 되풀이하며 또 하나의 유정승따님애기가 된다는 것은 심방이 하는 일이, 유정승따님애기가 했듯이, 죽어가는 사람을 살려내는 일이라는 점을 말해준다. 어쩌면 인생 일대사인 죽음의 문제 앞에서 심방 자신의 억울한 팔자에 대한 원한이나 복수의 념은 사라지는 것일지도 모르겠다. 죽어가는 사람에 대한 안타까운 마음이 자신의 문제를 잊고 다른 사람을 구원하는 사명으로 전환되는 지점을 보여주는 것으로 볼 수 있겠다.

사람들이 심방에게 바라는 것이 이 점이라는 것도 주목할만하다. 그것은

---

20) 문봉순, 「심방의 입무의례 연구」, 경상대학교 대학원, 2005, 59-69면.

21) 이중춘 구연 <초공본풀이>, 문무병, 『제주도 무속신화 열두본풀이 자료집』, 칠머리당굿보존회, 1998, 147면.

22) 강소전, 「제주도 심방의 멩두 연구」, 제주대학교 대학원, 2012, 150면.

곧 자신의 복수를 심방을 통해서 간접적으로 해소한다는 의미를 갖기 때문이다. 무가 속에서 복수의 서사를 펼치지만 크게는 그 무가가 속한 굿을 통해서 우주와의 합일을 이루고 현세의 복을 기원하는 것으로 태도를 전환하자는 것이다.

<초공본풀이>와 <이공본풀이> 초반부의 상황은 대단히 현실적인 맥락에서 이해할 수 있다. 낯선 남자의 아이를 가지고 홀로 키워나가야 하는 여성, 부자집의 여종으로 겁탈의 위험을 느끼고 그 아들까지 학대당하는 母子 이야기는 제주도뿐 아니라 어디에서도 있을 수 있던 현실적 문제였다. <문전본풀이>에서 본처와 첩의 갈등이 극렬하게 전개되어 살해에까지 이른다는 설정도 이해할만하다. <차사본풀이>에서 남의 물건을 훔치기 위해 살인을 하는 악한 여성과 염라대왕에게 죽은 자식을 살려내라고 오열하는 어미 또한 현실적으로 이해된다. <할망본풀이>는 언제든 위험에 처할 수 있는 자라나는 아이를 보호해야 한다는 문제 앞에서 설정된 이야기이다. <칠성본풀이> <사만이본풀이>는 신을 잘 모시면 잘 살고 못 모시면 해꽂이를 당하게 된다는 것이 신앙민들에게는 매우 절실한 현실 문제였다는 점도 이해할 수 있다.

이들 본풀이에 등장하는 인물들은 흔히 주변에서 볼 수 있는 사례들의 전형이다. 실제로 그런 사람들이 곁에 있거나 당사자가 그와 같은 문제에 처해 있을 수 있다. 본풀이를 듣는 것은 자신들의 현실적인 문제를 객관화하는 효과를 갖는다. 서사무가라는 문학적 틀 속에서 현실에서 거리를 두고 바라볼 수 있게 한다. 그 속에서 어떤 상황이 벌어지는지 보고 자기 문제를 객관화한다. 악인이 응징당하는 것은 간절한 소망일 수 있다. 현실적으로 당장 응징되는 것은 아니더라도 결국은 그렇게 될 것이라는 우주의 논리를 수용하면 자기가 스스로 복수를 감행해야 한다는 데에서 벗어날 수 있다.

심방 자신은 유정승따님애기와 같은 팔자를 당하지만 다른 사람의 생명을 구해주는 역할을 하는 사제자로 거듭남을 인식하고 수용함으로써 스스로를 구원하듯이, 심방이 부르는 서사무가를 듣는 단골들은 이야기 속인물이 겪는 삶의 고난을 자기들의 문제로 이해하고 그것이 해결되어가는 과정 속에서 위안을 얻고 현실을 견뎌낼 힘을 얻는다고 생각된다. 장주근은 제주도의 본풀이 구연이 제의의 한 부분으로 신앙의 대상이 되는 신화를 노래하는 것임을 적시하고 "특히 부녀층에서는 이들 본풀이에 단순한 흥미 이상의 깊은 애착과 믿음을 품고 있다."고 말했다.23)

이런 점에서 서사 본문에서는 삼형제가 양반에게 복수하기 위해 유정승 따님애기를 심방으로 만들지만, 사실 유정승따님애기는 자신이 심방이 된 이유를 모른다는 점은 의미가 있다. 또 안다 해도 그가 신이기에 복수할 가능성도 없어보인다. 삶에는 이유를 알 수 없는 고통이 많다. 고려속요 <청산별곡>에 보이듯이, 누구를 맞히려고, 어디서 날아온 돌인지도 모르는데 돌에 맞아서 우는 것이 인생이다. 그것에 분노하고 복수하려 할수록 인생은 더 망가진다는 역설에 빠진다. 삶의 비극을 수용하면서 자신의 삶을 긍정적으로 개척해나가야 하는 길에 유정승따님애기의 태도가 거울이 된다.

유정승따님애기나 바리데기가 여성이라는 점도 주목할 필요가 있다. <초공본풀이>에서 신이 된 잿부기삼형제는 양반에 대한 복수를 위해 유정 승따님애기의 팔자를 그르쳐 심방으로 만들었다고 한다. 그러나 인간인 유정승따님애기는 자기 팔자를 수용하고 다른 사람을 살리는 일에 매진할 뿐 복수라는 생각은 전혀 드러내지 않는다. 제주도와 같이 남무가 많은 곳에서24) 자기희생을 통해 다른 사람을 구제하려는 마음을 가진 사람은 여성으로 설정하고 있다는 점은 주목할 가치가 있다. 심방은 남성이어도 청자의 대부분이 여성인 점도 고려할 수 있다. 여성적 가치가 갈등의 현실을 극복하는 길이라는 사고를 제주의 무속신화가 보여준다고도 볼 수 있을 것 같다.

기독교의 예수나 불교의 석가 등 인류를 구원하는 사람이 남성인 점과도

---

23) 장주근, 『한국의 향토신앙, 민속학편력』, 장주근저작집간행위원회 엮음. 민속원, 2013, 79면.
24) 추엽 융, 최길성 역, 『조선무속의 현지 연구』, 계명대학교출판부. 1987, 51면.

대비된다. 사실 기독교나 불교나 모두 여성에 대한 차별을 제도화하고 있다. 제주도에서도 여성 차별은 물론 존재했다. <마누라본풀이>에는 그런 실상이 잘 드러난다. 마마를 주는 신인 대별상에게 생불할망이 아기 얼굴 곱게 해달라고 부탁을 하자, "이게 어떤 일이냐! 여성(女性)이라 하는 건 꿈에만 시꾸와도 새물(邪物)인데 남자 대장부 행찻길에 사망(邪妄)한 여성이라 한 게 왠일이냐? 괘씸하다."[25]고 소리친다. 이러한 현실 속에서도 결국 자기희생을 통해 사람을 살리는 것은 생불할망을 비롯해 여성의 몫이라는 점이 강조되는 것 같이 여겨진다. 거대종교로서의 체계를 갖춘 기독교나 불교가 중세적 사고방식을 노정해 남녀의 구분을 엄하게 하는 것과 달리 제주도 무속에서는 그 역할이 남성에게 넘어가지 않고, 아직 여성신의 역할이 그만큼 남아 있는 것으로 이해할 수도 있다. 유정승따님애기 또한 병든 이를 구완하고 죽은 자를 인도하는 심방의 역할을 통해 전 역사를 통해 사람들을 돌봐 온 여성의 희생과 봉사를 기리는 이야기로 읽을 수 있다.

그것은 특히 제주도에서는 설문대할망이라는 여성 거인신의 존재가 아직까지도 전승되는 것과도 무관하지 않은듯하다. 설문대할망은 제주도를 만들고 지켜온 창세신이자 거인신으로서 지금까지도 다양한 이야기로 남아있다. 이런 거인 여신이 육지에도 있었지만 지금은 거의 사라졌다. 우리나라에서 전반적으로 "여성 신화가 빈약한 편이지만 …… 제주도에는 여성 신화가 풍부하다."[26]는 허남춘의 지적이 타당하다.

5. 유정승따님애기 서사의 의의

앞에서 <바리데기> 또는 <바리공주> 무가가 바리데기의 효가 가족을 넘어서지 못하는 한계를 가졌다고 했지만, 부모에게 버려졌으면서도 부모

---

25) 현용준, 『개정판 제주도무속자료사전』, 각, 2007, 105면.
26) 허남춘, 『설문대할망과 제주신화』, 민속원, 2017, 29면.

를 위해 자기의 삶을 포기하고 저승까지 가서 약을 구해온다는 것은 일반인의 상식을 넘어서는 커다란 가치를 제시한다. 복수의 반대편에 있는 '희생과 사랑'이라는 가치관을 제시한다.

그 가치를 실현하는 것은 사실 인간의 범위를 벗어난다. 동물에서 진화하며 인간이 서로에게서 평화를 발견한 것은 교역을 통해서였다. "교역을 개시하려면 먼저 창을 내려놓지 않으면 안 되었다."27) 마르셀 모스는 원시사회들에서 교환-증여의 순환 관계가 사회질서를 어떻게 유지시키는지 검토하였다. 이는 시장가치를 넘어서 감정가치를 회복하는 길이라고 본 모스는 마오리 속담을 인용한다. "네가 받은 만큼 주어라. 그러면 모든 일이 매우 잘 될 것이다."(260면) 그 극단에 포틀래치가 있다.

그래도 여기까지는 인간이 할 수 있는 일이다. 그 이상은 일반적인 사람에게 요구하기 어렵다. 자기 재산을 모두 흩어버리는 포틀래치도 결국은 사람들의 존경이라는 가치 있는 교환을 바라고 이루어진다. 그런데 그 이상으로, 되돌아오는 것 없이 주기만 하는 증여를 나카자와 신이치는 '순수증여'라고 부르자고 한다. 신이치는 순수증여의 본질을 "자신이 행한 증여에 대해 아무런 보답도 바라지 않는 것이다. …… 마지막까지 모습을 감춘 채로 인간에게 뭔가를 계속 보내는 것이다."28)라고 정리한다.

아무 보답도 바라지 않고 자기 것을 내주는 것은 증여를 넘어선 것으로 인간이 아니라 신적인 행위이다. 석가모니 전생담에서, 쫓기는 비둘기를 살리기 위해 자기를 맹수에게 내어주는 행위로 설명되는 것이 그것이다. 바리데기는 자신을 버린 부모를 위해 자기를 죽음의 세상으로까지 몰아간다는 점에서 유사성이 있다. 똑같지는 않지만 그 정신의 지향성은 신적인 차원이어서 바리는 무조신으로 좌정할 수 있었다.

유정승따님애기 이야기는 이런 관점에서 의미를 부여할 수 있다. 그녀는 여덟 살부터 신병을 앓는다. 이유를 알지 못하는 병을 앓으며 늙었으나

---

27) 마르셀 모스, 이상률 옮김, 『증여론』, 한길사, 2002, 281면.
28) 나카자와 신이치, 김옥희 옮김, 『사랑과 경제의 로고스』, 동아시아, 2005, 68면.

이웃에서 병들어 죽게 된 외동아이를 살려내고 불도땅으로 가서 '물멩지 전대(明紬戰帶)에 목을 걸려'29) 무게를 다는 과정을 거쳐서 무당이 된다. 아무 잘못도 없이 신병을 앓고 죽어가게 되었던 사람이 아무 관계 없는 다른 사람을 살려내고 자기는 자기 삶을 포기하고 무당이 된다. 무당이 되어 하는 일은 다른 사람을 구원하는 것이다. 자기를 내어주어 남을 살리자는 생각이 그 안에 들어 있다.

제주도 대다수의 본풀이에 보이는 복수담은 제주도민의 현실을 반영했을 것이다. 역사가 발전하고 문화가 진보하면서 사회는 개인적인 복수를 허용하지 않게 되었다. 개인의 복수를 사회가 처리해달라고 넘겼다. 제주도는 조선의 통치를 받았지만 법치보다는 개인적인 복수가 더 만연되었을 수 있다. 그런 속에서 유정승따님애기 이야기나 바리데기 서사는 복수가 아닌 희생을 말하는 서사이다. 자기를 희생하여 다른 사람을 살린다는 생각은 문명을 향하여 나아가는 인류 집단에 공통적으로 출현했다. 유정승따님애기 이야기는 이 과정에서 생겨난 것으로 이해된다. 자비와 인, 사랑의 보편윤리는 문명권 단위로 출현한 것이기에 제주도의 사례를 진보의 관점에서 비판할 수는 없다. 그러나, 우리가 동아시아 문명권에 속해서 유교나 불교 윤리가 이를 대신하게 되었지만, 제주도에서도 이 과정이 있었음을 보여주는 것은 나름대로 의의가 있다고 생각한다.

---

29) 현용준, 『개정판 제주도무속자료사전』, 각, 2007, 149면.

제주도 본풀이와 삶의 서러움

1. 서론

　제주도 서사무가 <초공본풀이>에서 귀에 설지만 강한 인상을 남긴 어휘가 "설운 어멍"이라는 말이었다. 노가단풍 아기씨가 삼천선비에게 죽고 세 아들이 어머니를 살리기 위해 너사메너도령과 연물을 치면서 어머니가 살아 돌아오라고 외치면서 "설운 어멍"이라는 말을 한다. 현기영의 장편소설 <지상에 숟가락 하나> 첫부분에 돌아가신 아버지의 몸을 씻으며 "그 서러운 몸을 향물로 정성껏 닦던" 이라는 문장이 있다. 제주도 출신의 저명한 소설가의 문장에서 본 서럽다는 말은 초공본풀이와 연관되면서 제주도 사람들은 서럽다는 말을 어떻게 수용하고 있는가 의문이 들게 되었다.

　노가단풍 아기씨는 부잣집 외동딸로 태어나 귀하게 자라다가 집에 찾아온 처음 보는 중 때문에 임신을 하고 집에서 쫓겨나고 남자를 찾아갔지만 결국 혼자서 아이 셋을 낳고 길러야 했다. 아버지 없는 자식 셋을 가난 속에서 길러 내면서 많은 고통을 겪고 결국 죽임을 당하게 되었다. 삼천선비는 아기씨네 가족을 괴롭히는 이웃 사람들이며 사회 제도며 세상의 관습이다. 장성한 세 아들은 과거에 합격해서 금의환향하면서 무엇보다 어머니가 기뻐하실 것에 과거의 의미를 두었으나, 그 어머니가 죽고 말았다는 소식을 들은 삼형제는 과거고 무어고 아무 의미가 없게 되었고, 어머니를 살릴 방안을 찾게 된다. 연물을 세게 치면서 삼천천제석궁을 시끄럽게 울리니 신들이 어머니를 내어주라고 한다. 그러나 어머니는 사람들이 사는 이 세상으로 되돌아온 건 아니었다. 망자들의 세계에서 신으로 좌정하게 되었다.

한 번 죽은 사람이 그대로 이 세상으로 부활한다고는 생각하지 않았던 것이다. 이집트의 오시리스 신화에도 동생이 그를 죽여서 아내인 이시스가 갖은 고생으로 되살렸지만 그 역시 그대로 부활한 것은 아니고 저승의 왕으로 살아난다. 죽음이라고 하는 세계의 법칙은 너무도 강한 것이어서 아무리 소망한다 해도 원래대로 되돌릴 수는 없다는 생각이다.

2. '설운'의 의미망

노가단풍 자지명왕 아기씨의 삶을 슬프다거나 원통하다거나 하지 않고 '섧다'라고 한 것에 주목하자.

'설운'의 기본형 '섧다'라는 말을 사전(네이버)에서 찾아보니 복수표준어인 '서럽다'가 나오고, 서럽다의 뜻은 '슬프고 원통하다'라고 되어 있다. 예문 2건이 함께 기재되어 있다.

> 갈 곳 없는 내 처지가 너무도 섧다. (표준국어대사전)
> 가족들과 떨어져 혼자 지내는 나는 몸이 아플 때가 가장 섧다. (고려
> 대 한국어대사전)

이 두 문장을 보면 공통점이 있다. 갈 곳 없게 된 내 처지나 몸이 아픈 것에 대해 누구에게 원망하는 것이 아니다. 내 처지를 이렇게 만든 누구, 또는 무엇에 대한 원망이 아니라 그냥 지금 내 처지가 이렇다고 하면서 자기를 돌아보는 것이다. 슬프다고 하면 너무 자기 감상에 빠지는 느낌이다.

물론 섧다나 슬프다나 같은 말에서 나왔겠지만 슬프다가 더욱 슬픔에 **빠진** 상태를 나타내는 말 같다.

'섧다'에 '슬프다'와 '원통하다'를 대신 넣어보면 차이를 느낄 수 있다.

갈 곳 없는 내 처지가 너무도 슬프다.
가족들과 떨어져 혼자 지내는 나는 몸이 아플 때가 가장 슬프다.

갈 곳 없는 내 처지가 너무도 원통하다.
가족들과 떨어져 혼자 지내는 나는 몸이 아플 때가 가장 원통하다.

그래서 이렇게 정리할 수 있겠다. 섧다는 말은 슬프다는 말보다는 좀 더 객관화되는 상태이고 원통하다와 달리 원망의 대상을 갖지 않는다. 그 두 단어 사이에 있어서

슬프다 < 섧다 < 원통하다

의 순으로 정리해볼 수 있다.

그러면 엄마인 노가단풍 아기씨를 되살리면서 세 아들이 '설운 어멍'이라고 할 때 우선 자기들을 괴롭힌 세상에 대한 원망을 드러내고 있지는 않다고 할 수 있다. 미혼모로 아비 없는 새끼들을 키우면서 애들 아버지에 대한 원망이나 아비 없이 자라는 이 아이들을 괴롭히고 급기야 어머니를 죽이기까지 한 삼천선비, 나아가 그러한 사회 제도에 대한 원망의 언사는 아니다. 물론 세 형제는 양반의 원수를 갚겠다고 하지만, 그것과는 달리 어머니의 삶은 또 그것대로 수용하는 태도라고 할 수 있다. 그런 원한이 있다 해도 그것도 어머니의 삶인 거라는 태도가 이 땅의 삶의 태도라고도 할 수 있을 것 같다.

마찬가지로 섧다라는 말은 지나친 슬픔에 **빠지**지 않는 태도도 보여준다. 지나친 자기 연민에 **빠지**지 않는다. 슬픈 사람은 통곡도 할 수 있지만

설운 사람은 한숨을 쉬거나 흐느낄 것이다. 지나치게 슬픈 사람은 삶을 향한 기운을 낼 수 없다. 그러나 아무리 슬퍼도, 심지어 어머니가 죽거나 자식이 죽어도, 삶은 살아내져야 한다. 최소한의 기운을 차려야 한다. 슬픔의 눈물에 익사하지 않아야 한다. 그래서 삼형제는 어머니의 삶과 죽음을 슬프다가 아니라 슬픔의 약한 형태인 섫다라고 표현했을 것 같다.

유사한 느낌의 현대시를 하나 보자. 박두진의 <묘지송>이다.

> 북망이래도 금잔디 기름진 데 동그란 무덤들 외롭지 않으이.
> 무덤 속 어둠에 하이얀 촉루가 빛나리. 향기로운 주검의 내도 풍기리.
> 살아서 섫던 죽음 죽었으매 이내 안 서럽고,
> 언제 무덤 속 화안히 비춰 줄 그런 태양만이 그리우리.
> 금잔디 사이 할미꽃도 피었고 삐이 삐이 배, 뱃종! 뱃종! 멧새들도 우는데,
> 봄볕 포근한 무덤에 주검들이 누웠네.

이 시는 묘지의 무덤을 대상으로 하고 있지만 암울하거나 비통하지만 않다. '금잔디' 위의 '동그란' 모습이 벌써 밝은데 심지어 "무덤 속 화안히 비춰 줄 그런 태양"을 기다린다. 새들도 밝게 지저귀는 아래 무덤은 포근한 봄볕을 쬐고 있다. 이 중에서도 중간의 "살아서 섫던 죽음 죽었으매 이내 안 서럽고"가 시의 눈이겠다. 무덤 속 주인공들은 서러운 삶을 살았던 사람들이다. 그러나 죽음으로 이제 살아서의 서러움은 사라졌다. 삶의 서러움이 사라진다는 앎이 있기에 이 시는 밝음을 계속 드러낸다.

그 구절을 "살아서 슬프던 죽음 죽었으매 이내 안 슬프고"로 고쳐보면, 슬픔이라는 말의 비장함과 처참함이 두드러진다. 슬프다는 말을 쓰면 그 뒤의 태양을 기다린다는 말과 어울리지 않게 된다. "삐이 삐이 배, 뱃종!" 하는 새들의 밝은 울음소리도, 첫구절의 외롭지 않다는 말도 슬프다와는

한 자리에 놓일 수 없다.

그러고 보니 앞에서 말한 현기영 선생의 소설에서도 아버지의 서러운 몸을 말한 다음 쪽에서는 "그러나 죽음이 곧 완전한 소멸을 의미하는 것은 아니지 않은가. 죽음이 인간 개체를 완전히 파괴하지는 못한다. 죽어서도 내 마음 속에 뚜렷이 살아있는 아버지 모습이 그것을 증거한다. 돌아가신 후로 아버지는 내 의식에 자주 출몰하고 있는데 마치 당신이 내 마음 속으로 이사해 와 거주하고 있는 느낌이다."라고 쓰고 있다. 역시 아버지의 죽음에 슬픔에 빠지기보다는 그것은 서러운 것이기는 하지만 결국은 다른 식으로 삶과 연관되어 있는 것이라는 인식이 기저에 놓여 있는 것이라고 생각된다.

한국인의 정서적 특징이라고 흔히 지적하곤 하는 '한(恨)'과도 다르다. 설움이 선을 넘으면 '한'이 될 수 있다. 그러나 '한'은 지나친 슬픔에 빠지게 한다. 무기력하다. 그러면서 원망과 복수의 마음은 크다. 귀신이 되어서라도 원한을 풀고자 한다. 죽어서까지 놓지 못할 슬픔과 원한에 빠지는 것은 민중의 삶과 거리가 있다. 한에 매몰되어서는 삶을 계속해나갈 수 없다. 우리 민중은 슬픔 만큼이나 해학, 웃음도 즐겼다. 아니 슬픔 속에서도 웃음을 즐겼다. 슬픔에서 벗어나야 살 수 있기 때문이다.

> 아침에 우는 새는 배가 고파 울고요/ 저녁에 우는 새는 임 그려서 운다
> 백록담 올라갈 때 누이동생 하더니/ 한라산 올라가니 신랑각시 된다

<너영나영>의 한 부분이다. 꽉꽉한 삶 속에서도 이런 노래는 웃음을 준다. 이런 노래를 부르면 슬픔을 이겨내는 힘을 얻을 수 있다. 아리랑에 이런 것도 있다.

> 시어머니 죽으라고 축수했더니/ 보리방아 물 부어 놓고 생각난다.

호된 시집살이에 시어머니 원망이 너무도 커서 죽기를 바랐는데 막상 돌아가시고 나니, 보리방아 찧을 때 시어머니 생각이 난다. 보리방아 찧는 것은 두 사람이 해야 하기 때문이다. 혼자서는 할 수 없다. 원망하면서도 함께 있어야 삶이 이루어졌던 것을 새삼 느끼게 한다. 그런 자신의 모습을 이 노래를 부르면서 객관화할 수 있다. 자기를 객관화하면 지나친 슬픔, 한에 빠지지 않고 웃음을 찾을 수 있다.

이런 생각도 해볼 수 있다. 제주시 용담동에서 안사인 심방이 구연했던 <양이목사 본풀이>은 탐라양씨 명월파 조상에 대한 것이다. 이 본풀이에는 육지의 조정에 말을 100마리씩 조공으로 바쳐야 했던 과거 제주의 현실과 이에 저항하는 양이목사가 나온다. 말 100마리로 상징되는 착취와 억압에 시달리던 제주도민의 입장에서 중앙 정부에 분노하여 이를 바치지 않은 양이목사를 금부도사가 내려와서 처형한다. 그런데 배를 타고 가던 양이목사를 금부도사에게 알려준 사람은 제주도 사람인 고 사공이었다. 아마도 중앙정부에 반항하는 것에 큰 두려움을 느낀 제주도민을 상징하는 것이겠다. 착취에 저항해서 죽음을 맞았다면 한이 되었을 것이다. 그런데 그 죽음의 원인에 같은 제주도민이 있다면 원망을 남에게만 돌리기 어렵게 된다. 대상 없는 원망과 자책과 슬픔이 자신의 신세를 서러움으로 표현하게 된 것은 아닐까.

'섧다'는 단어는 다른 말로 교체할 수 없는 고유한 의미망을 지닌다. 19세기의 것으로 보이는 가사 <부인가>에 가난한 집으로 시집가서 힘겨운 생활을 하는 화자의 말 중에 "행여나 눈에 날까 조심도 무궁하다/ 친가에 하는 편지 설운 사설 부질없다."하는 것이 있다. 여기 '설운 사설'을 다른 어떤 말로도 대신하기 어렵다. 시집살이의 '슬픈 사설', '한많은 사설', '원통한 사설' 모두 조금씩 의미가 다르다.

사전을 다시 살피면 '섧다'라는 어휘가 이미 15세기에도 사용되었던 것을 볼 수 있다. 석보상절에 여러 차례 예문이 보이고 두시언해 초간본에도 보인다.

셜븐 잀 中에도 離別 ㄱ티니 업스니≪1447 석상 6:6ㄱ≫
여희눈 셜운 ᄆᄌ미 ㄱ룼 ㄱ올히 ㄱ둑ᄒᆞ얘라≪1481 두시-초 8:70ㄴ≫

이후 19세기까지 지속적으로 사용되고 기록으로 남았다. 그런데 '셟다'는 말과 달리 '서럽다'는 19세기에 와서야 나타나는 어휘이다. 이런 설명이 붙어 있다.

> 현대 국어 '서럽다'의 옛말인 '셟다'는 15세기 문헌에서부터 나타난다. 이 단어는 19세기까지 형태 변화 없이 쓰이는 한편 'ㅂ'이 탈락하고 단모음화 된 형태가 19세기에도 나타난다. '서럽다'는 '셟>셜>설'의 형태로 변화한 '설'에 형용사 파생 접미사 '-업-'이 다시 결합하여 형성된 것으로 보인다.[1]

'서러 못 살것다 悲迫欲死'≪1895 국한 173≫ 라는 19세기의 사례문이 나온다.

사전에는 '셟다'가 15세기부터 기록에 나온다고 하였지만 사실 그 말은 고려시대에도 있었고 심지어 신라 시대에도 사용되었다. 고려 속악가사 <가시리>는 널리 알려져 있다.

> 가시리 가시리잇고 / 버리고 가시리잇고
> 날러는 어찌 살라 하고 / 버리고 가시리잇고
> 잡사와 두어리마나는 / 션하면 아니 올세라
> 셜온 님 보내옵나니 / 가시는 듯 돌아 오소서

"션하면 아니 올세라 셜온 님 보내옵나니"는 두운 효과까지 있고 의미상으로도 연결이 된다. 님이 서운해하면 혹시라도 오지 않을까봐, 서러운 님을 할 수 없이 보내드린다는 화자의 안타까운 마음이 잘 드러난다. 그러나

아주 가지는 않고 꼭 다시 돌아올 것이라는 믿음을 스스로에게 확인하는 걸로 노래를 마쳤다. 여기서도 '셜온 님'이라고 했고 '서러운 님'이라고 하지는 않았다.

신라시대 노래에 <풍요>라고 하는 일종의 민요가 향가 작품으로 전해진다. 향찰 원문과 양주동 선생 해독을 보인다.

　　원문: 來如來如來如 來如哀反多羅 哀反多矢徒良 功德修叱如良
　　　　　來如
　　해독: 오다 오다 오다/오다, 서럽더라/서럽다, 우리들이여/공덕
　　　　　닦으러 오다

'애반다라'를 '서럽더라'라고 해독했는데 이는 '셟더라'로 해야 하지 않을까 한다. 이제까지 보아온대로 19세기에 와서야 '서럽다, 서러운'이라는 표기가 나타나는 걸로 보아서 신라 때에도 이 말은 '셟다, 셜운' 등으로 사용되지 않았을까 한다. 지금에 와서는 '셟더라'라는 말보다는 '서럽더라' 가 훨씬 자연스럽게 여겨진다.

3. 제주도 본풀이의 '설운'의 출현 양상

제주 무가에는 '서러운' 이라는 어휘는 나오지 않는다. 반대로 현대어에는 흔히 '서러운 아기'로 표현되지 제주도처럼 '설운 아기'로 표현되지는 않는 것이다. 제주도의 '설운'은 굉장히 오랜 내력을 가지고 있는 어휘이다. 요즘 만들어 사용한 게 아니고 오래 전에 사용되던 말이 지금까지 그대로 이어지고 있는 것이다.

실제로 제주 무가에서 '설운'이라는 말이 어떻게 사용되었는지 살펴보았다. 현용준 선생이 1980년 1월에 간행한 <<제주도무속자료사전>>에서 어떤 무가에 그 말이 나오는지 찾아보았다.

큰굿

천지왕본풀이	40~42면	설운 성님/설운 아시
초공본풀이	173면	설운 어머님
삼공본풀이	195~203면	설운 어머니/설운 아시/설운 똘아기/ 설운 큰성님/설운 아바님
차사본풀이	230~244면	설운 아기/설운 동생/설운 원님/설운 낭군님
사만이본풀이	278면	설운 남인님아
세경본풀이	354면	설운 아기야
문전본풀이	401~408면	설운 부인님/설운 아기/설운 남선비님/ 설운 성님/설운 낭군님
칠성본풀이	430면	설운 아기
귀양풀이영게울림	453-455면	설운 성님/설운 아주마님/설운 메누리

당굿

여드렛또본	553~557면	설우시던 개로육서님아/설우시던 상전 님아 설우시던 선주님아/설우시던 신의 성방 아
일뤳도본	563~567면	설운 남인 낭군님아/설운 상전님아/설 운 아기 설운 아방국/설우시던 소국의 소부인아
아기놀림	568~570면	설운 아기

당본풀이

신풍하천본향당	696면	설운 아기
토산본향당	709면	설운 아기

조상신본풀이

사용 예 없음

우선 큰굿 열두 본풀이 중에서 8개에 '설운 ~~'이 나온다. 대표적 당굿 두 가지에서 '설운'이 자주 쓰였다. 13개 시 읍 면의 당본풀이 중 두 곳에서만 '설운'이 쓰였다. 그리고 15개 조상본풀이에서는 한 번도 나타나지 않았다. 18개 작은굿·비념에서도 귀양풀이의 영게울림 부분에서만 '설운'이 사용되었다.

'설운'이라는 어구가 일반신 본풀이에는 자주, 조상본풀이에는 전혀, 당신본풀이에는 조금 사용된다는 사실을 이렇게 정리해보기 전에는 짐작도 못했다. 이 사실을 어떻게 설명해야 할까. 이 자료집 큰굿의 주 구송자가 안사인 심방이기 때문일까? 안사인 심방의 개인적 특성으로 다른 심방의 큰굿 본풀이에는 그렇지 않을까?

그래서 문무병 선생이 펴 낸 ≪제주도큰굿 열두본풀이 자료집≫을 살펴보았다. 괄호 안에 심방의 이름을 밝혔다.

초감제(김윤수)　　　100~101면　설운 나 조카들/설운 나 동싱아
천지왕본풀이(이중춘)　110~111면　서룬 성님아/설운 동생아 (2쪽에 8회)
초공본풀이(이중춘)　　126~143면　설운 아기들/설운 어머님/설운 아들
이공본풀이(이승순)　　155~160면　설우시던 낭군님/설운 애기
삼공본풀이(문순실)　　166~172면　설운 은장아기/설운 나 아기/설운 성님/
　　　　　　　　　　　　　　　　　설운 하르바님 할마님
삼싱할망본(진부옥)　　없음
마누라본풀이(진부옥)　없음
세경본풀이(강순선)　　없음
차사본풀이(이정자)　　241~276면　설운 아기덜/설운 할마님/설운 아바지/
　　　　　　　　　　　　　　　　　설운 아들/설운 나 동생들/설운 나 어머님
명감본풀이(이중춘)　　291면　　　설운 가속아
지장본풀이(정태진)　　없음
문전본풀이(김연희)　　310~318면　설운 가숙아/설운 애기덜/설운 나 성님/
　　　　　　　　　　　　　　　　　설운 나 아들

칠성본풀이(한생소)   330~351면 설운 아기/설운 아기덜 (여러 차례)
군웅본풀이(김윤수)   370~380면 설운 애기/설운 애기덜/설운 이씨 할마님
                              설운 나 동생

이렇게 보면 '설운 ~~'이라는 말은 안사인 심방뿐 아니라 본을 풀 때 보편적으로 사용한다고 할 수 있다. 지장본풀이는 거의 노래여서 본풀이 일반의 방식과는 다르니 이해가 간다. <세경본풀이>는 <<제주도무속자료사전>>에서도 후반부에 1회만 쓰였고, 여기에는 한 번도 나타나지 않았다. 세경본풀이가 아주아주 길다는 걸 생각하면 좀 의아하다. 그 둘을 빼면 진부옥 심방의 삼싱할망본과 마누라본풀이만 '설운'이 사용되지 않았다.

<세경본풀이>는 혹시 가장 최근에 만들어진 것이 아닐까? '설운'이라는 말이 널리 사용되던 때 만들어진 것들과는 달리 그 말이 일반적으로 널리 사용되지 않는 시기가 된 후에 만들어진 것이라서 그런 것이 아닐까? 본풀이에 '설운'의 이형태인 '서러운'이라는 말은 한 차례도 사용되지 않았다. 서러운은 19세기 이후에, '셟다'에서 'ㅂ'이 사라져서 새로 나타난 말인데 본풀이는 옛날부터 써오던 말을 그대로 사용했기에 다른 본풀이에는 남아있지만, <세경본풀이>는 그렇지 않았던 건 아닐까 생각해본다. 세경본풀이가 중국의 <양산백 축영대> 이야기를 새로 개편한 것으로 보는 견해가 있다. 제주도의 농경신화에 축영대 이야기를 수용해서 해원신화의 모습을 덧붙여서 <세경본풀이>가 창조되었다고 박진태 선생은 보고 있다.[2]

가장 많이 사용된 본풀이는 <문전본풀이><차사본풀이>이다. 길기도 하지만 오래된 본풀이이기도 한 것 같다. 집 안의 여러 신의 내력을 푸는 것은 사람들에게는 이 세계 전체의 내력을 푸는 <베포도업침><천지왕본풀이>보다 훨씬 절실하고 다급한 것이었기에 더 오래되었을 거라고 생각해도 될 것 같다. <차사본풀이>도 인간에게 가장 중요한 문제인 죽음을 다루고

---

2) <중국의 양축설화의 수용과 변용>, 어문학. 제75호 (2002. 2), pp.205-235면

있기에 절실하고 필요한 본풀이이다. 육지에 흔한 <바리데기, 바리공주> 신화가 제주도에 없는 이유도 <차사본풀이>가 있기 때문으로 이해될 수 있다.

그러나 전반적으로 모든 본풀이에는 '설운 ~~'라는 말이 사용되었다. 특이한 것은 <여드레또본풀이>에 사용된 '설우시던 ~~'이다. 그런데 '설우시던'에 이어진 말들은 '개로육서또님아, 상전님아, 선주님아, 신의 성방아'로 가족이 아닌 사람들에 대해서 사용되었다. 이 말은 <일렛또본>에서도 한 번 나오는데 그 때에도 설우시던 '소국의 소부인아'라고 해서 가족이 아닌 사람에게 사용되었다. 이승순의 <이공본풀이>에도 '설우시던 낭군님'이 한 차례 나온다. 이것을 제외하고 보면 '설운 ~~'라는 말은 거의 모두 가족을 부르는 호칭으로 쓰였다. '설운 성님, 아시, 메누리, 아기, 낭군님, 부인님' 등. 가족이 아닌 대상에게는 더 높임말을 써서 '설우시던' 함으로써 좀더 예의를 차리는 것으로 보이고 그만큼 거리감이 느껴진다. '설운'만 쓰는 것이 그 대상의 서러움에 대한 공감과 애착을 더 잘 보여주는 효과가 있어 보인다. 물론 차사본풀이에 '설운 원님아' 하는 것도 있어서 이것도 엄격한 원칙이 있는 것은 아니다.

가족을 향해서 '설운 아무개야'하고 부르는 마음을 생각해 보면 세상과의 싸움에서 많이 졌을텐데 누구도 원망하지 않고 자기 삶을 감내해가는 어머니, 동생의 모습에 공감과 안타까움과 애착이 더 가는 느낌이 들기도 한다. 이런 느낌으로 설운 이라는 말을 쓰는 경우가 대다수라고 할 수 있다.

그런데 본풀이에서 꼭 다정한 가족에게만 설운이라는 말을 쓰는 것은 아니다. <천지왕본풀이>에서 대별왕 소별왕 형제는 이승 차지를 위해 서로 다툰다. 수수께끼 내기를 하고 급기야는 동생이 속임수를 써서 형을 이긴다. 동생은 형을 이기기 위해 혈안이 되어 있다. 형은 내기에 지고 이승을 떠나야 한다. 분명히 다정한 형제 관계는 아닌 것 같은데 "설운 성님, 설운 아시"라고 부른다. <삼공본풀이>에서도 쫓겨나는 막내딸을 고소해하는 언니들이 나온다. 부모님이 빨리 나가라고 너를 때리러 온다고 거짓말하는 언니에게 가문장아기는 언니가 "청주넹이 몸으로나 환싱흡서." 하며 저주를 한다. 그 때도 "설운 큰성님"하고 말한다. 문전본풀이에서는 노일제대귀일의 딸이 "설운 성님아"하고 부르면서 거짓으로 주천강으로 이끌어 남선비의 본부인을 죽인다.

이렇게 되면 제주도 무가에서 사용되는 '설운'이라는 말이 우리가 일반적으로 사용하는 '서러운'과는 좀 다른 의미가 아닌가 하는 의문이 들기도 한다. 그저 관습적으로 또는 관용구로 사용되어 별 의미 없이 부르는 호칭은 아닐까 의심이 된다.

그렇지만 이들 본풀이 내용을 생각하면, 본풀이에 비친 우리네 삶이라는 것은 '설운 삶, 설운 인생'이라는 점은 분명해보인다.

앞에 언급한 <초공본풀이>의 노가단풍자지명왕 아기씨는 양반집 딸로 잘 자라다가 누군지도 모르는 동냥중의 아이를 갖게 되고 집에서 쫓겨나 혼자 삼형제를 낳아 가난 속에서 기르다가 결국 죽임을 당하는 신세이다. 이 인생은 옆에서 보면 불쌍하다고 해야 할 것이다. 당사자 입장이라면 원통하기도 할 것이다. 자기 잘못도 없이 — 동냥승이 그저 머리 세 번 만진 것으로 임신이 되었다 — 꼬일대로 꼬여버린 인생이기 때문이다. 그러나 슬프다거나 분하다거나 하지 않고 '설운 어머니'라고 한다. 이제 와서 누구를 탓할 것도 아니고 되돌릴 수 있는 것도 아니고, 분하고 슬퍼해도 아무 소용 없게 된 지금 그를 '설운 어머니'라고 부르는 것이다. 다 자기 운명일 따름이라는 생각일까. 운명은 우리를 슬프게 한다. 그 결과물이 '설운 인생'이다.

<삼공본풀이>의 인물들도 다 자기 운명에 따라 산다. 부모님 은혜가 아니라는 막내딸이 집에서 쫓겨나고 마퉁이 집에 가서 금덩이를 발견하고 잔치를 해서 부모님을 찾는 이 모든 과정이 운명이고 '전상'이다. 다 자기 팔자대로 살아간다. 아버지의 뜻을 거슬러서 집에서 쫓겨난 딸은 어디로 가서 살까? 이야기에서는 황금을 가진 걸 모르는 마퉁이와 살게 되어서 결국 해피엔딩이 되지만 현실은 그럴까? 현실은 아마 그냥 가난하기만

한 마퉁이와 그냥 쭉 그렇게 사는 것이겠다. 자기 의지대로 사는 것이
아니다. 그래서 '설운 인생'이다.

안사인 심방은 <이공본풀이>에서 그 말을 쓰지 않았지만 이승순 심방
본풀이에는 여러 차례 '설운'이 나타난다. <이공본풀이>도 현실적으로 생각
하면 기막힌 이야기이다. 부자집에 팔린 여성의 이야기 아닌가. 남편과
헤어져 임신한 몸으로 남의 집에 팔려서 갖은 수모와 핍박을 받는다. 남의
집 일 해주는 젊은 여성이 겪는 가장 험한 일은 바로 주인 남자로부터
받는 성희롱과 추행, 성폭력이다. 원강아미는 성폭력을 피하기 위해 갖은
노력을 한다. 아들 할락궁이도 주인의 학대에 힘겨워하다가 결국 집을
뛰쳐 나간다. 이러한 삶도 설운 인생들이다. 할락궁이도 어머니도 아버지도
심지어는 그 악한 주인도 자기 운명에 묶여 그렇게 살았을 것이다. 다들
설운 인생들이다.

<차사본풀이>는 죽음을 다룬다. 열다섯 살이면 죽어야 하는 운명을 가진
버무왕의 아들 삼형제, 이들을 결국 죽이고 마는 과양생이 각시, 그녀의
아들로 환생해 그녀 앞에서 죽어버리는 삼형제, 과양생이 각시의 한을
풀기 위해 저승으로 길을 떠나는 강님이, 강님이로부터 무시당하던 본부인
등이 등장한다. 열 다섯이면 죽어야 하는 운명은 우리가 만든 것이 아니다.
이 본풀이에는 까마귀의 잘못으로 되어 있다. 그럼에도 우리는 따라야
한다. 까마귀에게 잘못을 따져서 무얼 어떻게 하겠는가? 하소연 할 곳 없는
원망과 슬픔 그것을 '설운'이라고 하는 것 같다.

삼형제의 환생으로 죽음을 이기는 결말로 유도하고 있지만 그것은 우리
의 소망일 따름이다. 죽음은 피할 수 없고 할 수 있는 것은 강님도령의
인도를 받아서 저승으로 잘 갔다가 혹시라도 좋은 곳에 다시 태어난다는
소망을 가져보는 것뿐이다. 강님도령은 저승을 갔다 온 경험이 있기에
죽은 사람을 저승으로 인도하는 자격이 생긴 인물이다. 그를 따라 가는
것이 인생이다. 그것은 '설운 인생'이다.

'설운'이 가장 많이 쓰인 것은 <문전본풀이>이다. 처첩 갈등 문제를 다룬

다. 그래서 어쩌면 가장 현실적인 내용이라고 할 수 있다. 죽음보다도 더 가까이 있는 실질적인 문제이다. 육지에서도 과거에는 처첩 문제가 소설의 주된 소재였다. 제주도는 더욱이나 남자가 바다에서 많이 죽었고 여자가 많아서 처첩 갈등 문제의 소지가 많았다고 알고 있다.

가난한 부부가 살림살이를 늘려보겠다고 남편을 장사하러 보냈는데 그 것이 남편을 잃고 심지어는 자기도 죽게 되는 일이었다. 남편을 맹인으로 만들고 그 돈을 다 차지하고 본부인을 죽이고 본부인의 일곱 아들도 죽이려 고 하는 노일제대귀일의 딸은 그야말로 악인의 전형이다. 실제로 그런 사람이 있다고 하기 어렵다면 그것은 첩에 대한 또는 첩의 악행에 대한 미움과 증오를 표현하는 방법이라고 생각해볼 수도 있겠다. 본처 편에서 보자면 너무도 어처구니 없는 운명의 장난이다. 세계의 악에 대해 무기력하 기만 한 본처에 대해 안타까우면서도 한심하다는 생각이 든다. 그나마 이야기에서는 똘똘한 막내 아들이 있어서 이 모든 문제를 해결해주지만 현실 세계에서는 당하는 것으로 끝나는 경우도 많을 것이다.

어머니를 조왕신으로, 사악한 첩년을 변소간 신(측도부인)으로 앉히는 결말은 처와 첩의 서로 용납할 수 없는 관계를 너무나도 현실적 구체적 맥락으로 이해시킨다. 그 둘은 절대 같이 있어서는 안된다. 더러운 첩이 부엌을 기웃거려서는 안된다. 그러나 실제로는 부엌에서 쫓겨나는 본부인 의 모습이 더 현실적이라 여겨진다. 실제 쫓겨나지 않더라도 남편을 뺏겨버 린 상황이 바로 본부인이 느끼는 절망과 죽음의 고통이겠다.

하지만 이런 생각도 해볼 수 있다. 이제까지는 본부인의 입장에서 말을 했지만 첩도 자기 입장이 있을 것이다. 이 이야기에서는 너무도 사악하게만 그려졌지만 첩도 자기 생존을 위해서 어쩔 수 없이 본부인에게 해가 되는 행동을 하게 될 것 같다. 어쨌거나 남편이 재물을 나누어 주어야 산다면 그 자체가 본부인에게는 위협적인 상황이 된다. 첩도 살아야 하기 때문에 본처와 그 가족에게 위협이 될 수 밖에 없다면 그것도 또한 딱한 일이다. 이 이야기는 극단적으로 악한 여자로 그려졌지만, 그리고 남편의 다른 여자라는 것 자체가 이미 악의 표상으로 상정되지만, 현실적으로는 혼자 살 수 없어서 첩이 되어 살 수 밖에 없는 처지도 많이 있을 것이다. 물론 그렇다하더라도 둘 사이의 관계는 부엌과 변소처럼 멀기만 할 것이다.

그렇게 보면 둘 다 모두 안 됐다. 남자가 부족하지 않고 재물이 부족하지 않았다면 혹시 이런 비극적인 이야기가 생기지 않았을지도 모른다. 그것은 세계의 잘못이지 본처나 첩의 잘못이 아닌지도 모른다. 이런 구조 속에서는 모든 사람의 삶이 딱하다. 첩이 남선비의 부인을 죽이려고 유인하면서 '설운 성님아' 할 때 그 욕심 많고 악한 여자조차도 사실은 '설운 인생'이다. 그렇게 생각해야 그 사회 구조 자체를 변화시킬 수 있다. 그저 처와 첩의 문제, 첩의 악함만이 문제라고 생각하면 변하지 않는 사회 속에서 둘의 고통은 되풀이될 수밖에 없다.

당굿에서 불리는 <일뤳도 본풀이>에서도 처첩 문제를 다루지만 여기서는 갈등이 크지 않다. 본처는 남편을 만나러 교래로 가다가 돼지발자국에 고인 물을 마시다가 돼지털에 코를 찔리고 이 부정으로 남편에게서 쫓겨나 마라도로 귀양을 간다. 작은 부인은 그럴 수 없다고 본처를 데려온다. 일곱 아들을 낳은 본부인을 데려오다가 잃어버린 막내아기를 찾아 돌보는 작은 부인의 활동이 그려진다. 이 신화의 목적은 아이를 돌보는 신을 찬양하여 아기들의 안녕을 기원하자는 것이다. 자라면서 겪는 질병과 사고로부터 아기들을 보호해달라고 비는 대상, 그 신이 작은 부인이다.

여기서는 어머니들의 마음이 읽힌다. 아기들을 기르면서 사고나 질병으로 아픈 모습을 볼 때 어머니의 가슴은 타들어간다. 의학 지식도 없고 병원도 없던 시절, 대신 아파줄 수도 없어서 그저 신에게 비는 것 외에 아무 것도 할 수 없었던 어머니들의 안타까움은 누구나 공감할 수 있다. 이 신화는 처첩 갈등이 아니라 아기 보호에 초점이 맞추어져 있다. 그 아기와 어머니를 바라보는 시선은 안타까움과 슬픔이다. 아프지 않을 때에도 행여나 병에 걸리거나 사고를 당할까 노심초사하는 어머니의 삶은 '설운 인생'이다. 이유도 없이 아파야 하는 아기들도 '설운 인생'이다.

이 이야기 중 잘 이해가 가지 않는 부분이 있다. 큰부인이 남편을 찾아가다가 생긴 일이다.

> 난디읏이 목이 ᄀ읏ᄀ읏 물이 기려진다.
> 돗 불라난 돌홈엣 물이나 뿔아먹엉 가저.
> 돗 불라난 자국에 물을 뿔아먹었더니 콧고망에 찌르는 듯허여진다.
> 미심불을 가져들어 콧고망으로 털ᄒ나를 기시렸더니 먹은간은 씬
> 간은 그끄렁내가 나아진다.(사전 505면)

나중에 나타난 남편이 돼지털 냄새가 부정하다며 부인을 마라도로 내쫓게 된다. 돼지털을 태워 냄새를 맡았다는 것을 나는 그냥 상징적인 문학적인 표현으로 생각했다. 그런데 앞에 든 현기영 선생의 소설에 이런 문장이 나온다.

> 얼마나 궁핍한 시절이었으면, …… 특히 허기증이 심한 임산부들일수록 제정신이 아니어서, 고기를 먹고 싶어 안달한 나머지 칙간에서 똥누다 말고 돼지털을 뽑아다 불에 태워 킁킁 냄새를 맡기도 했다.(104면)

4·3에서 육이오, 그리고 몇해 거듭한 가뭄과 기근을 살아내던, "눈물은 내려가고 숟가락은 올라가"는 서러운 시절 제주민의 생활이 잘 드러나게 쓴 회상소설이어서 이 부분도 믿을 만하다고 생각하고 있다. 그러면 실제로 먹을 것이 거의 없던 시절 특히 임신한 여성은 돼지털을 태운 냄새만으로 허기를 속이는 일이 있었을 것 같다. 우리 무가는 그런 역사가 오래된 것임을 알려준다. 이럴 때는 살아 있다는 것 자체가 '설운 인생'일 것 같다.

서귀포 토산알당, 여드렛당의 〈여드렛도 본풀이〉는 뱀신의 유래를 설명한다. 전라도 나주 출신의 뱀신이 해마다 처녀를 제물로 받다가 새로 부임한

목사에게 죽었다가 제주도로 오게 되었다. 좌정할 곳을 찾다가 개로육서또
에게 손목을 잡히자 칼로 자기 손목을 잘랐다. 좌정한 곳에서 오좌수의
딸이 하녀와 함께 왜놈들에게 윤간을 당하고 죽었다. 이런 사연을 노래로
하는 <여드렛당 본풀이>는 여성 수난의 본풀이이다. 해마다 신에게 바쳐지
는 처녀들, 신이지만 죽임을 당하고 제주도로 와서 또 남성신에게 성희롱을
당하는 처녀신, 왜놈들에게 윤간을 당하는 오좌수의 딸과 하녀, 바로 제주
도 여성들이 겪는 두려움을 그려낸다. 신이면서도 남성신에게 희롱을 당하
는 모습은 이 굴레에서 신조차도 벗어날 수 없다는 절망감을 포함한다.
급기야 왜인들에게 윤간을 당하고 죽음에 이르는 처녀들의 모습에서 제주
여성을 지켜주지도 못하는 제주 남성에 대한 원망도 읽힌다. 토산의 여성들
이 이 뱀신을 섬기는 것은 같은 여성으로서 겪는 수모와 절망, 희생에
근거하는 것은 아닐까 생각해 본다. 그런 열악한 환경 속에서 자신을 지켜야
한다는 생각으로 가득 찬 토산 여성들이 강한 생활력을 갖게 되는 것은
아닐까 생각해보는 것이다. 이렇게 여성이기에 겪는 수모와 희생을 피할
수 없었던 '설운 인생'을 그리는 본풀이라고 할 수 있다.

<스만이본풀이>의 부부는 너무도 가난하다. 부인이 자기 머리카락을
잘라 쌀을 사오게 하지만 그는 총을 사와 사냥을 가서 빈 손으로 온다.
그 때 부인이 남편에게 하는 말이 '설운 남인님아,'이다. 나중에 백골을
조상으로 모셔서 잘 풀렸다고 하지만 근본적인 문제는 가난이었다. 서민이
겪는 가난의 고통, 특히 부인이 겪었을 아픔이 무능한 남편을 향해 '설운
남편아'하는 부름 속에 들어 있다.

그러고 보면 <세경본풀이>에서 '설운'이라는 말이 거의 사용되지 않은
것도 납득이 간다. 자청비는 매우 씩씩한 여성이다. 마음에 드는 남자가
나타나자 남장을 하고 같이 글공부하러 가서 함께 지낸다. 자기를 괴롭히는
느진덕이정하님을 죽여버린다. 하인을 죽였다고 꾸짖는 부모를 떠난다.
하늘에 올라가서 문도령의 어머니가 내는 시험을 모두 통과한다. 물론
여성이기에 느진덕이정하님에게 성추행을 당하고 시어머니에게 신부시험

을 당하는 등 시련을 겪지만 자기 능력으로 모두 이겨낸다. 그리고 대풍년을 기약하는 곡식의 신으로 좌정한다. 자청비는 '설운 여성'이라고 하기에는 그 능력이 탁월하다. 여성의 힘을 상징하는 여신이라고 할 수 있다. 그런 여신에게 '설운'이라고 할 수는 없을 것이다.

설명하기 까다로운 것은 <천지왕본풀이>의 '설운 성님/아시'이다. 이들은 하늘에서 내려온 천지왕과 지상 사람인 총맹부인 사이의 쌍둥이 형제다. 이들은 나중에 아버지를 찾아서 하늘로 올라가서 인정을 받고 이승을 누가 다스릴 것인가로 다투게 된다. 이때 수수께끼에서 이긴 사람이 세상을 차지하기로 하고 수수께끼 내기를 하는데 말할 때마다 '설운 성님, 설운 동생'을 거듭한다. 그러나 누가 특별히 서러울 것도 없는 상황이기에 그 말은 어색하게 들린다. 오히려 조금은 적대적인 상황에서 사용한다고 할 수 있다. 동생은 마지막 내기인 꽃피우기 경쟁에서 속임수를 써서 형을 이기는데 그때도 '설운 성님'이라고 하고 이승을 차지한 동생에게 형인 대별왕은 "설운 아시 소별왕아, 이승법이랑 차지헤여 들어서라마는, 인간의 살인 역적 만흐리라."한다.

결국 이 본풀이는 이 세상에 왜 악이 있는가 하는 기원의 문제를 해명하자는 것이다. 그 당사자들인 형제에게 '설운'이라는 말을 붙이는 것은 적절해 보이지 않다. 그런가하면 天父地母의 신화적 자손, 거의 최초의 영웅인 이들 형제들이 설운 사람들이라면 지상에 사는 모든 피조물은 설운 존재라는 느낌을 주기도 한다. 이들의 통치 아래 살아야 하는 모든 사람들도 다 설운 사람들이다. 다른 말로 하면 존재 자체가 설운 것인지도 모른다. 이 세상에 생겨나서 가족이 되기도 하고 서로 다투기도 하고 자기 이익을 위해 속임수까지 쓰면서 살아야 하는 것이 존재의 있는 그대로의 모습이고 그것이 그 자체로 설운 존재로 여겨진다고 하면 지나칠 것인가.

4. '설운' 삶의 의미 확장

이상에서 살펴 본 본풀이 내용을 다시 간략히 정리해 보자.

> 아버지 없이 세 형제를 키우는 가난한 어머니(초공본풀이)
> 부자집에 팔려서 성폭력의 위협에 우는 어머니와 시달리는 아들
> (이공본풀이)
> 아버지 뜻을 거슬려서 쫓겨나는 막내딸과 가난하고 무지한 마퉁이
> 의 만남(삼공본풀이)
> 이유없이 15세면 죽어야 하는 아이들이 자기를 죽인 여자의 아들로
> 태어나 죽음으로 복수하는 이야기이자, 강제로 저승을 다녀오는
> 강님이와 그 처 이야기(차사본풀이)
> 현실적으로 부딪히는 처첩간의 갈등을 죽음의 문제로까지 극대화
> 한 이야기(문전본풀이)
> 질병과 사고로부터 아기를 보호하고 싶은 어머니의 마음이 드러나
> 는 이야기(일뤳도본풀이)
> 여성으로서 겪는 성적인 수모와 희생(여드렛도본풀이)
> 가난으로 고통 받는 서민의 생활(사만이 본풀이)

제일 많이 보이는 것은 가난이다. 가난 속에서 아이들을 키우고, 자기 자신을 부자집에 팔고, 생활고를 겪는다. 둘째는 여성으로서의 고난이다. 부자집 주인에게서 성희롱을 당하고 여신은 남신에게 손목을 잡혀서 더러워진 손목을 잘라버리고, 일반 여성들은 왜놈에게 윤간을 당한다. 셋째로 처첩간의 갈등 문제가 있다. 첩의 농간으로 본부인이 죽음에까지 이를 정도이다. 넷째로 아버지 또는 부자, 권력자의 횡포. 가난한 자 약자들은 그 횡포 아래 속수무책으로 당한다. 다섯째로 아이를 보호하고자 하는 어머니의 마음도 아기뿐 아니라 어머니의 삶을 서럽게 한다. 마지막으로 누구도 피할 수 없는 죽음 앞에 그날그날을 살아가야 하는 모든 존재들이

있다. 이를 피할 수 없기에 인간은 신을 찾는다. 죽음뿐 아니라 가난, 여성의 고난, 처첩의 문제, 권력자의 횡포, 아기 보호 등 제주도 사람들의 거의 모든 생활의 문제들에까지 신들이 나서서 해결해주기를 기원하게 된다. 이런 문제를 당하는 서민들을 무가에서는 '설운 사람들'이라고 했다. 설운 사람들의 설움을 씻어주는 것이 정치나 제도가 아니라 신이라고 생각할 수 밖에 없던 제주민의 생각도 서러운 것이다.

제주도 무가는 이들 서러운 제주 사람들을 위로한다. 자기들이 닥친 문제를 객관화하고 이해하게 한다. 삶의 서러움이 자신만의 문제가 아니고 누구나 겪는 보편적인 문제라는 것을 알게 한다. 그 점을 알면 자기만의 서러움에서 벗어날 수 있게 된다. 동질감을 가지고 공감하는 사람들이 곁에 있을 때 힘을 얻게 된다.

신라 민중의 노래 '풍요'에서 처음 보이던 '서럽다'는 어휘는 현대 민중가요에도 다시 쓰였다. "저 들의 푸르른 솔잎을 보라"로 시작하는, 김민기가 작사 작곡한 <상록수>라는 노래의 2절이다. 양희은의 노래로 널리 알려졌다.

서럽고 쓰리던 지난 날들은/ 다시는 다시는 오지 말라고
깨우치리라 땀 흘리리라/ 거치른 들판에 솔잎 되리라

양희은이 부른 이런 노래도 있다.

긴 밤 지새우고 풀잎마다 맺힌/ 진주보다 더 고운 아침 이슬처럼
내 맘에 설움이 알알이 맺힐 때/ 아침 동산에 올라 작은 미소를 배운다
태양은 묘지 위에 붉게 떠오르고/ 한낮의 찌는 더위는 나의 시련일 지라
나 이제 가노라 저 거친 광야에/ 서러움 모두 버리고 나 이제 가노라

그러고 보면 설움/서러움은 제주도에만 있는 것은 아니고, 고대부터 현대까지 우리 민중의 삶의 표현이었던 것 같다. 그럼에도 제주도 무가에는 특히 그 말이 많이 사용되었다. 그것은 제주도민이 겪은 아픈 역사가 남긴 자취일 것이다.

이 노래가 한창 불리던 때는 정치적으로 몹시 암울했던 1970~80년대였다. 그런데 이 노래에는 서러움을 이겨낼 방안도 제시하고 있다. 우선 아침 동산에 올라야 한다. 아침에 일찍 일어나서 몸을 움직여서 아침동산에 올라야 한다. 거기서 '작은 미소'를 배운다. '한'을 풀려면 큰 웃음이 필요하고 '설움'을 풀려면 작은 미소 정도로도 우선 가능하다. 큰 웃음은 얻기 어렵지만 작은 미소는 쉽게 얻을 수 있다. 풀며 새울음, 상쾌한 공기 등 아침동산에 보이는 모든 것이 작은 미소를 준다.

그러나 사실 작은 미소로는 부족하다. 묘지 위에 떠 오르는 태양이 찌는 더위를 가져올 때, 또 다른 시련이 나를 덮칠 때, 나의 적극적이고 긍정적인 의지가 필요하다. 시련을 직시하고 직면하며 서러움을 떨쳐버리고 '나'가 나아간다. 결국 서러움을 이겨내는 것은 나 자신이다. 세상 모든 것에서 작은 미소를 배우고, 나의 의지로 서러움을 떨쳐버리며 살아 온 것이 이 땅의 민중이었다고 하겠다.

3장

바리공주 신화

≈≈ ≈≈ ≈≈

서울지역 무가 <바리공주>의
네 층위와 서사구조

1. 서론

바리데기 또는 바리공주 무가는 거의 전국에 걸쳐 널리 알려져 있고 연구 성과도 풍성하다. 전국의 바리데기 무가 자료는 네 권의 『바리공주 전집』1)으로 망라되어 있으며, 거의 한 해도 거르지 않고 다양한 접근의 연구 논문이 생산된다. 서사의 구조와 권역을 밝히고2), 교육에 이용하는 방안을 제시하고3), 여성주의적 관점4), 연극이나 동화 등 현대적 변용물로의 변이5) 등등의 연구가 수백 편에 이른다. 이 서사무가가 그만큼 문학적

---

1) 홍태한 외 편저, 『바리공주전집』1-4, 민속원, 1997-2004.

2) 홍태한, 『서사무가 바리공주 연구』, 민속원, 2008.
김미령, 「서사무가 <바리공주> 연구」, 조선대 석사논문, 2001.

3) 김지현, 「서사무가 <바리공주> 교육 방안 : 7차, 2009개정 선택 과목 교육과정 '문학' 중심으로」, 성신여대 석사논문, 2013.
송은영, 「무속신화 <바리공주>의 교육적 효용 가치 연구」, 숙명여대 석사논문, 2005.

4) 강진옥, 「서사무가 <바리공주>의 변이양상과 여성적 경험의 재현」, 『한국고전여성문학연구』9, 한국고전여성문학회, 2004. 5-43면.
김윤아, 「여성영웅서사의 원형성 연구 : -무가 '바리공주'를 중심으로」, 성균관대 석사논문, 2007.

5) 김민정, 「바리공주 설화의 수용과 활용」, 『현대소설연구』54, 한국현대소설학회, 2013, 179-208면.
권유정, 「서사무가 <바리공주>의 현대소설로의 수용 양상 및 의미 연구」, 한국교원대 석사논문, 2011.

또는 문화적으로 중요하기 때문이기도 하지만 우선은 재미있다는 점을 주목할 만하다. 다 아는 내용인데도 들으면 또 새롭고 재미있게 느껴진다. 그 이유 또한 다양한 접근이 가능하겠지만 여기서는 바리공주가 하나의 단일한 내용이 아니라는 것, 다양한 층위가 얽혀있어서 하나의 주제로 수렴되지 않고 열린 해석과 감상을 가능하게 한다는 것을 밝히고자 한다. 그 깊이가 바닥을 보이지 않기에 여러 번 들어도 또 들을 것이 있다는 것에 흥미의 이유가 있다고 생각하는 것이다.

좋은 작품은 단일한 해석으로 종결되지 않고 다양한 가능성을 열어놓기에 시대에 따라서, 수용자에 따라서 조금씩 다 다른 의미를 갖는다. 작품이 그러한 요소를 포함하고 있기에 가능하다. 바리공주와 짝을 이루는 당금애기의 제주도판인 초공본풀이에 대하여 희생, 초월, 여성 수난, 희생, 풍요, 영웅 등의 소재가 다층적 해석의 길을 열어놓고 있다는 연구[6]가 있는 것처럼, 바리공주 또한 그러한 측면에서 조명될 필요가 있다. 구비문학의 고전을 해석하는 다양한 시각을 종합하면서 복합적 의미를 열어보이는 것은 바리공주를 현대적으로 재수용하는 데에도 도움이 될 것이다.

우리가 아는 <바리공주>에는 네 층위가 복합되어 있다. 바리가 보여주는 영웅신화적 주인공의 모습, 생명수를 찾아 떠나는, 때로는 이계 여행으로 나타나는 여행 모티프, 우리 전통 문화에 강력한 영향을 끼친 불교적 요소, 그리고 버려지는 막내딸의 효도라는 이율배반적 도덕 감정으로 정리할 수 있다. 특히 마지막 요소는 한편으로는 효도를 효과적이고도 극단적으로 합리화하는 조선조의 유교적 발상과 맞물려 강력한 영향력을 행사해왔다고 보인다. 현실적 윤리에서 초월적 신앙까지 긴 파장을 갖고 있는 바리 서사 중에서 이 네 가지가 우선 또렷하게 정리될 수 있다고 보아 상론하기로 한다.[7] 무엇보다도 이러한 요소들이 서사구조를 통해 새로운 의미를 구현하는 과정을 주목하고자 한다. 이런 검토를 통해 바리공주 서사의 깊이를

---

6) 신연우, 「서사무가 <초공본풀이>의 짜임새와 미적성취」, 『구비문학연구』31집, 한국구비문학회, 2010, 1-26면.
7) 관련된 선행연구는 각 항목에서 언급한다.

확인하고 그 깊이가 흥미 요소가 되고 있다는 점을 드러내고자 한다.

2. 네 층위의 양상

(1) 영웅신화의 모습

바리공주가 영웅신화의 모습을 가지고 있다는 것은 일찍부터 알려졌다. 태어나자마자 버려졌다는 모티프가 전세계 영웅의 탄생과 일치한다. 오토 랑크는 Sargon, Moses, Karna, Oedipus, Paris, Perseus, Gilgamesh, Romulus, Hercules, Jesus 등 다양한 사례를 들어 영웅의 탄생에서 기아 모티프가 반복되고 있음을 드러내주었다.[8] 조동일의 연구를 이용하면, 왕의 딸이라는 고귀한 혈통, '천지지간 만물지중 모를 것이 가히 없'는 탁월한 능력[9], 옥함에 넣어 바다에 버려진다는 기아 모티프, 석가와 비리공덕 할머니의 도움이라는 구출 양육자의 출현, 부모의 약을 구하러 저승으로 떠나는 위기 상황 등이 이른바 '영웅의 일생'이라는 서사 구도를 가지고 있다고 인정된다.[10]

조셉 캠벨이 제시한 영웅의 모험에 적용해볼 수도 있다. 캠벨의 모형에는 기아모티프는 나타내지 않았지만, 모험에의 소명, 초자연적인 조력, 첫관문의 통과, 시련의 길, 아버지와의 화해, 신격화, 궁극적인 선물 등을 연관지어 볼 수 있다.[11] 캠벨의 연구를 할리우드 영화의 시나리오에 적용한 크리스토퍼 보글러의 영웅의 12 단계의 여행은 더 구체적으로 바리공주와 닮아 있다. 특히 보글러는 10.귀환의 길, 11. 부활, 12. 영약을 가지고 귀환이

---

8) Otto Rank, *The Myth of the Birth of the Hero*, Random House, 1959, pp.14-64.

9) 배경재 구연본에는 "배우지 않은 글이 상통천문하달디리(上通天文下達地理)"라고 했다. 적송지성.추엽융, 심우성 옮김, 『조선무속의 연구 上』, 동문선, 1991, 32면.

10) 조동일, 『한국소설의 이론』, 지식산업사, 1977, 249면.

11) 조셉 캠벨, 이윤기 옮김, 『세계의 영웅신화』, 대원사, 1996, 차례 참조.

라는 결말을 제시하여 바리공주의 결말에 더욱 적용해보기 수월하다.12)

그러나 무엇보다 바리공주를 신화로 대하게 되는 이유는 神을 대상으로 하는 굿에서 불리는 무가(또는 神歌)이기 때문이고 바리공주가 결국은 신으로 좌정하기 때문이다.13) 바리공주를 흔히 "巫祖神話"라고 일컫는 이유이다. 신으로서의 성격은 오구굿의 의례로 드러난다. 바리공주는 亡者의 영혼을 저승으로 인도하여 염라대왕에게 안착할 수 있도록 길을 안내하는 신이기에 死靈굿에서 불린다. 이 신의 인도를 잘 받아야 망자의 혼은 지상에 떠돌지 않고 저승에 잘 머물 수 있고 祖上으로서의 자격을 얻는다. 서울지역 무가는 신으로서의 바리공주의 모습을 이렇게 전한다.

> 문안 만신의 몸주 되야 수치마 수저고리
> 은하몽두리 큰머리 단장 받고
> 넓으나 대띠 받고 좁으나 홍띠 받고
> 절새 방울 쉰대 부채
> 백수 한쌍 받구 사람 죽어 구혼되면
> 천근 새남 만근대도령 받게 기도허구14)

> 만신(萬神)의 인위왕(人爲王)이 되겠나이다
> 치여다 백재일은 산 이 천도하고
> 네려다 유재일은 죽은 이 천도하고
> 치여다 원증입증 수조고리
> 입단 치마, 수당헤, 은아몽두리
> 절쇠 방울, 너부나 홍띠
> 쉰대 한림, 만신의 몸쥬(身主)되다15)

---

12) 크리스토퍼 보글러,함춘성 옮김, 『신화, 영웅 그리고 시나리오 쓰기』, 무우수, 2005, 53면.
13) 김헌선, 『서울 진오기굿 - 바리공주 연구』, 민속원, 2011, 13-36면.
14) 홍태한, 『서사무가 바리공주 전집 3』, 민속원, 2001, 135면.
15) 적송지성/추엽융, 『조선무속의 연구』, 앞의 책, 44면.

버려졌다가 구해져서는 이제 죽은 자들을 천도해주는 신이 된 바리공주 이야기는 지상적 삶으로부터 초월적 차원으로 이행에 동참할 수 있게 해준다. 지상적 삶의 협소함과 유한성을 넘어 종교적 영원의 세계를 느끼게 해준다.

(2) 생명수와 이계 여행의 민담 요소

그러나 조동일이 지적했듯이 "바리공주는 이미 전형적인 신화가 아니"다.16) 바리공주에는 신화적 요소만큼이나 민담적 요소도 강하다고 할 수도 있다. 사실 바리공주의 역설적인 모습은 신화적인 탄생과 신화적인 능력을 가지고 있음에도 불구하고 그네의 일생은 신적이라기보다 인간적으로만 느껴진다는 점이다. 그가 겪는 고난의 크기와 지속성은 보통사람만도 못한 안쓰러움의 대상이 된다. 그럼에도 그는 성공해야 한다. 약을 구해와서 아버지의 병을 고쳐야 한다. 보통 사람 또는 그보다 못한 사람이 불가능해 보이는 것을 성취하는 이야기가 민담이다.

바리공주에서 또렷이 드러나는 민담 요소는 생명수 설화이다. 생명수 설화는 세계적으로 널리 분포되어 있는 보편적 설화이다. 스티스 톰슨의 유형분류(type index)에 551번 '생명의 물'로 등재되어 있다.17) 대표적인 것 하나는 유명한 그림 형제의 민담집에 있는 <생명의 물>이다.18) 이 민담 은 다음과 같은 내용이다.

> 왕이 고칠 수 없는 병이 든다. 세 아들이 있어서 약을 찾아 탐색에
> 나선다. 막내는 난장이의 도움으로 성에 들어가서 공주와 만난다.
> 얼른 물을 길어 빠져 나온다. 난장이의 경고에도 불구하고 형들을
> 구해주고 자초지종을 말한다. 동생이 잠들었을 때 형들은 소금물과

---

16) 조동일, 앞의 책, 254면.
17) 스티스 톰슨, 윤승준 최광식 공역, 『설화학원론』, 계명문화사, 1992, 620면.
18) 주종연, 『한독 민담 비교연구』, 집문당, 1999. 115-141면.

생명의 물을 바꿔치기한다. 왕이 막내가 준 물을 마시고 악화된다. 형들이 준 물을 마시고 쾌차한다. 왕은 막내를 죽이라고 내보낸다. 왕이 자신의 오해를 감지한다. 형들은 실패한다. 막내가 공주에게 가서 결혼한다.19)

 구체적인 내용은 다르지만 부모의 병을 고치기 위해 먼 곳으로 여행을 떠나서 조력자의 도움으로 생명수를 가져온다는 큰 틀은 같다. 이 외에도 아일랜드의 <에린의 왕과 쓸쓸한 섬의 여왕> 민담도 생명수를 가져오는 이야기이고, 우즈베키스탄에 전해지는 <애견이여 춤춰라>, 네팔의 <영리한 공주> 등도 모두 생명수 이야기이다.20) 김환희는 유럽의 생명수 설화들이 "부모의 병, 막내 왕자 및 공주의 효, 형제간의 반목, 초자연적인 조력자, 유혹자의 우물지기 내지 약수지기와의 만남, 우물지기와의 결혼, 아들의 탄생, 그리고 부모의 회생"이라는 공통 화소를 가지고 있다고 지적하였다.21) 이는 유럽이 아닌 지역의 생명수 설화에도 대부분 적용될 수 있다.
 죽을 수밖에 없는 인간 운명을 생명수로 이긴다고 하는 단순한 모티프는 단순한 만큼 깊은 소망의 표현일 것이다. 세계의 질서에 따르면 죽음을 필수적이다. 인간은 세계를 이길 수 없다. 그러나 민담의 주인공은 불가능한 싸움을 싸워서 이기는 인물이다. 이 원리는 심지어 죽음과의 싸움에서도 적용된다. 바리공주 이야기는 세계의 다른 생명수 설화와 마찬가지로 죽음을 넘어서고자 하는 인간의 소망을 그리고 있다. 그 소망이 이야기 속에서 성공적으로 이루어진다는 점에서 바리공주는 민담적 성격을 공유한다.
 바리공주가 저승을 다녀온다는 모티프는 민담에서 저승을 다녀온 사람

---

19) Grimm, tr. by Jack Zipes, *The Complete Tales of the Brothers Grimm*, Bantam Books, USA. 1987. pp.388-392.
20) 이정재, 「실크로드 신화 <애견이여 춤춰라>와 한국무가 <바리공주>의 비교 연구」, 『한국민속학』 43. 한국민속학회, 2006. 387-417면.
   이정재, 「한국무조신화와 네팔 설화의 상관성 연구」, 『동아시아 고대학』제17집. 동아시아고대학회, 2008. 227-259면
21) 김환희, 「<바리공주>의 보편성과 특수성을 찾아서」, 『동화와 번역』 10집. 건국대학교 동화와번역연구소, 2005. 129-177면.

이야기라든가 구복여행 등과 비교될 수도 있다. 저승 설화에는 죽어서 저승에 갔더니 잘못된 사무착오여서 다시 돌아오게 되었다거나 오히려 수명을 오래 연장하게 되었다는 이야기가 많다. 구복 여행담은 가난한 살림살이에 지쳐서, 복을 찾아서 먼 길을, 때로는 신적인 존재를 찾아 여행하는 총각의 이야기이다.22) 생명을 연장하고 복을 얻는 것은 인간이 간절하게 소망하는 것이다. 이 민담에는 불가능해 보이는 여행을 통해서 가난이라는 숙명을 이겨내는 사람을 제시한다. 이 총각은 이 여행을 통해서 자신의 문제를 해결할 뿐 아니라 과부, 이무기 등 타자까지 구원하는 결과를 얻는다.

명과 복을 찾아서 먼 여행을 하고 그 여행의 결과로 타인을 도와 더 나은 삶을 살 수 있게 해 준다는 이들 이야기도 전 세계적으로 널리 전승되고 있다. 『삼국유사』에도 저승을 다녀 온 사람 이야기가 실려 있고, 기원전 3세기의 것이라는 팔리어 『불본생경』에도 구복 여행 설화가 기록되어 있다고 한다. 그만큼 보편성을 가지고 있는 모티프를 바리공주가 공유하고 있는 것은 바리공주가 보편적인 흥미소를 갖고 있는 것이라고 말해도 좋을 것이다.

(3) 불교 요소

무속에 불교가 많이 습합되었기에 그런지 바리공주 무가에도 불교적 요소가 많다. 어떤 면에서는 바리공주가 망자를 저승으로 인도한다는 구성 자체가 불교의 인로왕보살로서의 역할과 동치로 이해되기도 하며 절에 걸려 있는 감로탱의 그림 내용과 바리공주의 내용이 비견되기도 한다.23) 강진옥은 <지장보살전생담> 중 <바라문의 딸> 이야기가 바리공주와 공통

---

22) 윤준섭은 함흥본 바리데기의 구조를 구복여행 민담과 긴밀한 관계가 있다고 보았다. 윤준섭, 「함흥본 <바리데기> 연구」, 서울대학교 석사논문, 2012, 41-51면.

23) 김헌선, 「서울지역 <바리공주>와 <감로탱>의 구조적 비교」, 『구비문학연구』 23집. 한국구비문학회, 2006, 483-518면.

된다고 지적하여 불교와의 관련성을 강조하였다.24)

바리공주 무가 자체에도 불교적 요소는 농후하다.25) 우선 바리가 태어나자마자 옥함에 담겨 버려질 때 석가세존이 목련존자와 가섭존자를 데리고 나타나서 바리를 구해서 비리공덕 할미 할아비에게 넘기고 사라진다. 다음으로는 바리가 약수를 구하러 떠나자 석가세존이 길을 가르쳐주고 바다, 가시성, 지옥을 무사히 건너는 방안을 일러준다. 약을 구해 부모를 살린 후 무신이 된 바리는 망자를 인도하는 신이 되는데 그 길은 결국 불교의 극락으로 묘사된다.

> 정톳절(淨土寺) 선행자(禪行者) 달원이(다라니)를 전하고
> 썩고 저즌 입 젓고 썩은 귀에
> 념불을 외여 읽고 들어가소사
> ……
> 뒤를 돌아보지 말고, 상상극품 연화대로
> 선녀차자 선관되여, 요지원으로 가소사
> 나무아미타불 디쟝보살, 나무아미타불 디쟝보살
> 썩은 귀 썩은 입에 념불을 자자구구이 외여 읽고 가소사
> 나무아미타불 디쟝보살
> 일세동방절도령, 이세남방득청룡,
> ……
> 선망 후망 아모 망재, 선대조상 모시고
> 대대손손이 극락 가시는 날이로성이다26)

이런 바람이 바리공주 무가의 마지막 내용이다. 무속의 현실적인 바람을

---

24) 강진옥, 「<바리공주>와 <지장보살전생담>의 제의적 기능과 인물형상 비교」, 『구비문학연구』35집, 한국구비문학회, 2012, 193-226면.

25) 이는 서울지역 바리데기의 특징일 수 있다. 윤준섭은 함흥 지역 바리데기는 오히려 불교에 대한 적대감을 강하게 보이고 있다고 한다. 윤준섭, 앞의 논문, 79-87면.

26) 『조선무속의 연구』, 앞의 책, 47면.

보다 고차원으로 승화시켜주는 역할을 담당했던 것이 불교였다. 다신교적 특성으로 산만해질 수 있는 무속을 석가세존이라는 유일신적 관념으로 수렴하여 신들의 위계를 새로 정하고 신앙 체계의 일관성을 느끼게 하는 역할을 하였을 것으로 생각된다. 또 무속에서 보이는 저승이 선명하지 않은 데 반해 불교의 극락은 보다 뚜렷한 이미지를 제공해줄 수 있다. 불교라는 큰 틀 안에서, 부처님의 아랫자리에서, 망자를 인도하여 부처님의 세계로 인도하는 것이 바리공주의 역할이라는 관념이 보다 선명하게 제시 될 수도 있다.

그럼에도 불구하고 기본적인 틀은 무속을 벗어나지 않는다는 점 또한 강조되어야 할 것이다. 바리공주와 사재삼성 등 망자를 저승으로 인도한다 는 큰 틀은 재래적인 관념을 서사적으로 구성한 것이다. 무속은 불교 말고도 어떤 것이든 수용할 수 있다. 가령 말미를 끝내고 도령을 돌아 망자를 염라대왕에게 인계한 후 상식을 드리게 되는데 이는 유교적 제사 관념이 들어온 것이다. 함경도 함흥의 무녀 강춘옥은 기독교의 예수도 무가에 끌어들인다. 이처럼 무속은 당대의 종교를 자신의 틀 안에 수용하여 재편해 왔다. 마찬가지로 불교도 무속에 지대한 영향을 끼쳤지만 그래도 무속의 틀 안에 수렴되는 것으로 역할을 그쳤다.

(4) 효도의 문제

바리공주 무가에서 가장 인상적으로 제시되는 것이 바리의 효도이다. 일곱 번째 딸이라는 이유로 태어나자마자 버려진 바리가 부모를 위해, 오직 낳아준 공을 보답하기 위해 죽음의 길을 간다는 설정은 대단히 인상적 이다. 삼국시대의 효녀 지은이나 판소리의 심청처럼 효도는 이른 시기부터 그리고 기층민에 이르기까지 널리 강조되어 왔다. 언니들이 아니라 막내인 바리로 설정된 것에 대하여는 막스 뤼티가 지적한 바와 같이 민담의 주인공 이 "가벼운 자, 고립된 자"라는 양식 요소로 이해하게 되는데, 이에 대하여

내용 요소로서는 "미래를 배고 있는 자"로서의 고아, 기아, 막내를 이해할 수 있다.27)

효도는 불교와도 겹치기도 한다. <지장보살전생담>이라는 불교전적에도 바리공주와 마찬가지로 득죄한 부모와 간절한 효심을 보이는 딸의 이야기가 들어 있다.28) 1100년에 건립된 중국 하남성 보풍현의 향산사 비석에 보이는 묘선 이야기도 신체를 훼손하여 부모를 살리는 효성스러운 딸이 관세음보살이 된다는 이야기이다.29) 그러나 효도는 불교만이 아니라 어떤 종교도 마찬가지로 강조하는 것이고 종교 이전의 윤리로 보편적 공감대를 이루는 것이어서 불교로 한정할 필요가 없다.

문제는 효도 모티프가 바리공주 원래의 것이었을까 하는 점이다. 바리공주도 사실은 전국에 전승되는 바리데기의 서울지역의 특수한 전승본인 것처럼, 효도 모티프도 원래의 바리데기 이야기에, 마치 불교 요소가 틈입한 것처럼, 끼워넣어졌을 것으로 보인다. 바리는 신화적 영웅의 면모를 가진 여성이었다. 태어나면서 기아가 되는 영웅 일반의 공식을 따른다. 하늘이 낸 영웅이기에 세상일을 모를 것이 없다는 능력을 가진다. 영웅의 고태적 모습이 남아 있는 것으로 생각되는 제주도의 신들은 효도에 목매지 않는다. 어려서 내쫓긴 괴내기또는 돌아와서 아버지를 무찌른다. 이것이 고대적 영웅의 진상이다. 백주또나 자청비같은 여신들이 효도를 의식하는 것은 중세적 면모에 가까워졌기 때문이다.

바리데기가 효도를 강조하는 것은 고대적 영웅서사시였던 것에 중세적 윤리가 개입한 것으로 보아야 할 것이다.30) 효도가 중세적 윤리이고 가치라는 것은 고구려 유리왕의 아들 해명태자에 대한 기사로부터 이해될 수 있다. 주몽의 손자인 해명은 자신의 능력에도 불구하고 아버지의 명을

---

27) 막스 뤼티, 이상일 역, 『유럽의 민화』, 중앙신서23, 중앙일보사, 1985, 170면.

28) 강진옥, 앞의 논문. 같은 곳.

29) 신연우, <바리공주>와 중국 <묘선> 및 유사설화 비교의 관점」, 『한국무속학』 27집, 한국무속학회, 2013, 부록의 번역 자료. 137-147면.

30) 조동일, 『동아시아 구비서사시의 양상과 변천』, 문학과지성사, 1997, 131면.

어기지 못하고 해괴한 방법으로 자살하여 아버지의 명을 수용하지 못하면서도 수용하는 갈등과 모순을 드러냈다. 탁월한 능력을 가진 홍길동이 아버지와 형을 거역하지 못해서 왕에게 항복하는 것처럼, 바리공주도 자신의 탁월한 능력을 신화적으로 구현하지 못하고 부모에 대한 효도로 전환한다.

바리공주 무가는 본래가 효도에 대한 것이 아니고 죽은 사람의 혼령을 저승으로 인도하는 인물과 그 과정을 보여주는 것이다. 바리공주의 효도도 효도를 보여주자는 것이라기보다 가장 약한 존재인 일곱 번째이자 버려져 의지가지없는 막내딸이 이루어내는 영웅적 신화적 성취를 보이자는 것으로 이해된다. 그러나 중세적 가치가 개입하면서 효도 자체가 부각되었다고 생각되는 것이다. 서울 지역 이외의 다른 지역에서는 바리 이야기를 골계화하여 효도로 인한 비장감은 대폭 줄어있는 것이나 호남지역의 바리데기는 내용이 빈약하여 효도에 대한 언급도 거의 없는 것을 이해할 수 있다. 서울 지역의 바리공주는 "효행에서 여성이 남성보다 앞설 수 있다고 입증하면서 여성영웅서사시를 이어나간 것이 무당과 신도 양쪽에서 여성이 주도권을 가지게 된 중세 이후의 일이라고 할 수 있"[31]다는 평가에 적실한 것이다.

이에 이제는 일반적으로 바리공주 하면 효도하는 막내딸을 연상하게 된다. 민간에서는 '버리데기 효도한다, 버린 자식 효도한다'와 같은 말이 속담처럼 이용된다. 어린이용 동화로 각색되는 바리 이야기는 거의 모두 효도에 대한 강조 일색이다.

이상의 4 층위는 대립되는 두 가지 양상으로 묶인다. 영웅신화의 주인공으로서의 바리공주는 신적인 능력을 가지고 있지만 이 무가는 민담적 성향이 농후하다. 종교인 불교는 초월적 요소를 내세우지만 효도는 종교라기보

---

31) 조동일, 위의 책, 같은 곳.

다 인류으로서의 의미가 더 크다. 다른 말로 나타내면 각각 신화 층위, 민담 층위, 불교 층위, 유교 층위라고 하겠다. 이 모습을 간단한 그림으로 정리해볼 수 있다.

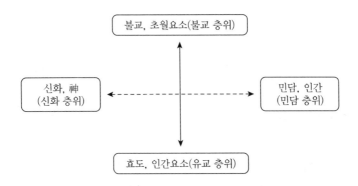

이렇듯 대립이 중첩되어 있다는 사실을 확인하게 된다. 아울러 무가 바리공주가 보여주는 민중 문화의 진폭도 흥미롭다. 민중 문화의 진폭은 불교, 유교, 신화, 민담을 포용하며 아우르고 있다. 사대부 문화가 유교 일변도인 것에 반해 다양한 문화를 포섭하여 문화의 폭을 최대한 넓히고 있다. 이는 문화에 대한 보다 여유로운 자세이다. 민중문화가 기층 문화와 상층 문화 또는 외래 문화를 바라보고 수용하는 자세에 대해 별도의 과제로 상술되어야 할 일이다.

대립은 세계와 현실을 구성하는 실상이기에 이 무가가 대립을 보여주는 것은 당연하다. 서사는 본질적으로 자아와 세계의 대립을 그리자는 것이다. 그러나 바리공주 서사가 대립만으로 이루어져 있지는 않다. 신화로서 대립을 해결 또는 해소하는 것 또한 중요한 과제이다. 이 대립들은 어떤 양상으로 해결 또는 해소가 되는지 살펴보기로 한다.

3. 4중의 매개

앞에서 바리공주 무가가 효도를 강조한다는 점을 언급했다. 이 문제에서부터 시작하자. 바리공주의 효도는 초월적 존재인 석가세존이 응원해준다. 달리 보면 석가세존이 도와주지 않으면 이 효도는 감당할 수 없는 것이다. 그래서 이 효도는 미심쩍다. 연이어 낳은 딸이라서 버려졌다는 상실감과 목숨을 희생해서까지 부모의 병을 고친다는 효성의 거리는 현실적으로 너무 멀다. 너무 멀기에 문학적으로 미화한 것으로 이해할 수도 있지만 비현실적이라고 배척될 수도 있을 것이다. 여성의 입장에서 딸은 얼마만큼 효도를 감당해야 하는가 하는 문제로 이해될 수 있다.[32]

특히 조선시대를 거치면서 남존여비와 남아선호의 생활 관습과 가치관이 보편화 내면화되어 아들과의 차별을 몸으로 경험하면서 성장한 딸들은 모두 일정한 부분에서 바리데기이다.[33] 바리도 결국 아들이 아니기에 버려졌기 때문이다. 이를 잘 지적한 사람은 소렌슨이다. 소렌슨은 바리와 중국 묘선이 버려지는 것을 개인 차원이라기보다, 남성 후계자가 왕위를 계승해야 한다는 가부장적 사회 시스템에 의한 것으로 파악한다. 왕은 사회 구성의 기본 시스템이 부정될 위기에 놓였기에 분노하는 것이고 이 시스템에 따라 부정된 딸은 사회를 거부한다. 이 대립이 극단적이기에 희생도 극단적이라고 이해하였다.[34]

효도를 강조하는 것이 사실은 효도에 대한 반감의 반대 표현일 수 있다. 그래서 바리에게 있어서 효도는 모순의 문제이다. 현실에서 부당한 대우를

---

32) 이에 대해 바리가 여성성의 확립을 통해 구원의 길을 보여준다고 하고, 바리가 용서를 통해 여성으로서의 삶의 정체성을 찾았다고 하는 관점도 있다.
   정충권, <흥보가>와 <바리공주>의 문학치료학적 독해, 『문학치료연구』3, 한국문학치료학회, 2004, 74면.
   서명희, 「<바리데기>와 용서의 미학」, 『선청어문』36. 서울대 국어교육과, 2008, 88면.

33) 이경하는 조선후기 가부장제 아래 여성의 1차적 관계단절과 삶의 모순을 지적하였다.
   이경하, 「<바리공주>에 나타난 여성의 특징에 관한 비교 고찰」, 서울대 대학원, 1997, 30-63면.

34) Clark W. Sorensen, Woman and the Problem of Filial Piety in Traditional China and Korea, 『한국학의 과제와 전망』, 제2분과, 한국정신문화연구원, 1988, 833-857면.

당하는 딸들이 현실을 감내하고 살아갈 수 있는 방안은 이 모순의 중재일 수 있다. 이런 관점에서 바리공주를 다시 바라보자.

가부장제 아래서 가업을 이을 수 없는 딸을 대표하는 바리는 부모에게 버려진다. 그런데 자기 목숨을 희생해서 그 부모를 살려야 하는 상황에 떨어진다. 대개의 딸들은 이 모순에 봉착하게 마련이다. 사회는 딸의 희생을 강요한다. 그 희생을 효도라는 윤리로 미화하고 내면화하도록 교육한다. 개인으로서도 효도에 대한 강박관념이 내재하기에 모른 체할 수 없다. 사회 질서 유지 차원에서 효도와 개인의 윤리 덕목으로서의 효도는 차이가 크다. 효도는 아름다운 것이지만 사회가 개인을 이용함으로써 사회 질서를 유지하는 수단이 되기도 한다. 바리공주 이야기는 이 둘의 모순을 느끼게 하는 서사이다.

바리는 약을 구하기 위해 저승으로 여행을 감내한다. 그것은 차별받는 현실과 효도라는 덕목을 매개하기도 하고, 개인으로서의 효도와 사회질서로서의 효도를 매개하기도 하는 행위가 된다. 바리 서사를 통해서 사회는 효도의 명분을 공인받을 수 있다. 개인은 나는 그렇게 하지 못해도 그렇게 하는 딸들이 있다는 생각으로 효도에 대한 일반적 관념 속으로 숨을 수 있다. 현실에서의 차별에 대한 울분을 세상이 원래 그렇다는 효도에 대한 일반론으로 녹일 수 있다. 현실에서 딸들의 저항을 표출하는 것을 막는 구실이 될 수 있다. 이렇게 보니 사회는 모순을 갖고 있게 마련이고 사회의 모순은 신화적으로 해결한다는 레비스트로스의 견해를 여기에 연결시키게 된다. 경험과 이론이 모순되더라도 사회적으로 용인되는 우주론에 의해 정당화되는 것이다.35)

이런 관점에서 보면 사실은 바리공주 서사는 효도의 문제만이 아니라 여러 층위에서 삶의 모순을 중재하는 것임을 알 수 있다. 가장 강조되는 것은 죽음과 그 극복의 문제이다. 삶과 죽음은 배타적이고 죽어서의 삶을

---

35) 클로드 레비 스트로스, 김진욱 옮김, 『구조인류학』, 종로서적, 1983, 206면.

소망하는 것은 가장 큰 모순이다. 그럼에도 바리공주 서사의 주목적은 죽음을 넘어서자는 것이다. 망자에게는 사후의 삶을 제시해주고 유족에게는 죽음으로 인한 두려움과 한을 풀어준다.

죽음은 현실이다. 바리공주를 포함하는 오구굿은 죽음이라는 현실과 충격을 넘어설 수 있게 해준다고 보인다. 홍태한이 보고한 사례에는 딸을 잃고 진오기굿을 한 재가집이 있다. 망자가 사재를 따라 가자 딸의 죽음을 받아들이기 시작했고 바리공주 무가를 들으며 딸의 환생을 받아들였다. 홍태한은 재가집이 바리공주 무가를 들으며 저승이라는 개념이 구체화되고 여성이며 어머니인 바리공주가 인도하는 여정을 따라가면서 죽음에 대한 공포와 사후 세계의 위치에 대한 불안감에서 벗어나게 해준다는 점을 지적한다.36)

이와 연관하여 생각할 수 있는 것은 신과 인간의 거리감을 매개하는 구실이다. 바리공주는 탁월한 영웅적 능력을 소지하고 저승에 가서 약수를 구해오고 결국 신이 되는 존재라는 점에서 인간과 거리가 멀다. 그러나 무가가 진행될수록 바리공주의 인간적인 면모가 두드러진다. 아니 보통 인간보다 더 나약한 모습을 보여준다. 갓난아기로서 버려지는 것 이상으로 무력감을 나타낼 수는 없을 것이다. 아무 방어 수단이 없는 아기로서, 남에게 양육되는 십대 소녀로서, 맨손으로 저승을 여행해야 하는 여성으로서 바리공주는 인간적인 약함의 대표자가 된다.

그러나 그가 동시에 무한한 희생과 인내로서 약수를 구해오고 아버지를 구하고 스스로는 신이 된다는 설정은 모순이면서 희망과 낙관적인 세계관을 보여준다. 신과 인간의 거리는 멀면서도 가깝다. 인간이기에 나약하면서도 문제를 해결하기에 강하고 고결하다. 인간의 문제를 해결해주는 존재가 신이다. 바리공주에 와서 재가집은 신이면서 인간인, 신과 인간이 일치하는 존재에 맞닥뜨린다. 인간이기만 하여서는 신적인 능력을 가질 수 없고

---

36) 홍태한, 『서울 진오기굿』, 민속원, 2004, 83-103면.

신이기만 하여서는 인간적 문제를 이해할 수 없다. 신이면서 인간인 존재야말로 인간에게 필요한 존재이다. 그것은 기독교에서 예수가 신이면서 인간으로 나타나는 것과 같은 맥락이다. 신이면서 인간이어야 인간을 구원할수 있다는 인식에서 바리공주의 기능과 닮아 있다. 단군도 신이면서 인간으로서 매개적 또는 중간자의 입장을 갖는다는 점에서 비교해볼 수 있다.37)

또 하나의 매개는 토착종교와 불교의 모순에 대한 것이다. 앞에서 본바와 같이 바리공주 무가에는 불교적인 요소가 적지 않게 수용되어 있으며이 둘은 갈등하며 보완한다. 함흥 지역의 무가에서 보듯이 무속과 불교가심하게 적대감을 보일 수도 있다. 서울지역의 바리공주는 그 두 적대적사상의 매개 역할을 한다.

무속은 현세구복적 종교이다. 불교는 현세를 부정하고 내세를 긍정하는종교이다. 처음부터 출발점이 다르다. 무속은 신라 이전부터 이 땅에 생기고 전승되어 온 토속 종교이고 불교는 중세 국가가 되면서 중국을 거쳐수입된 타대륙의 외래 종교이다. 삼국유사가 불교 쪽에서 무속을 수용하는모습을 보여주었다면 바리공주 같은 서울의 무가는 무속이 불교를 수용하는 양상을 보여준다. 바리공주는 불교를 통해서 내세에 대한 전망을 제시하여 보다 종교적인 의미를 갖게 하였다. 불교는 바리공주를 통해 일반 민중의현세적 구복 신앙을 만족시킬 수 있었다. 민중은 불교의 현학적 이론을알지 못하고도 불교를 친숙하게 수용할 수 있었고 불교는 무속과의 습합을통해서 이 땅에 뿌리를 내릴 수 있었다. 바리공주는 그 하나의 대표적사례이다.

앞항에서 본 두 개의 대립은 매개라는 관점으로 보니 4개의 대립으로분화되었다. 각각의 대립을 바리 서사가 매개한다. 그래서 여덟 항목 네가지 이질적 대립을 바리 서사는 하나로 융합한다. 다음과 같이 그림을그리면 그림의 한 가운데에 바리 서사가 있다.

---

37) 정진홍, 『종교학서설』, 전망, 1980, 109-135면.

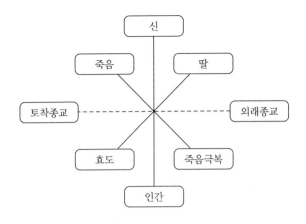

이렇듯 이질적이고 다양해서 폭이 넓은 문제거리와 삶의 관심사를 하나의 서사에 담아낼 수 있었다는 것이 바리공주무가가 갖는 강점이라고 할 수 있겠다. 느슨한 서사라고도 할 수 있지만 바리공주의 행적을 따라 가며 다양한 문제를 만나고 해결해나가는 데서 그의 삶에 대한 공감과 깊이 있는 이해가 가능하다. 그것이 곧 자신들의 문제라는 것을 청자는 은연중에 깨닫게 된다. 해답에는 동의하지 못하더라도 문제를 인식하는 것 자체가 삶을 새롭게 바라보게 하는 의미가 있다. 누구나 자기 삶에는 지대한 관심이 있기에 바리공주가 제시하는 삶의 문제를 무심하게 바라보지 않는다. 각자의 문제의 해결은 스스로 해야 하더라도, 바리의 서사를 통해 하나의 사례를 엿듣는 것으로도 큰 흥미를 가지게 된다.

위의 표는 또한 이 대립의 중심점에 바리가 있다는 것에 주목하게 한다. 이 다양한 요인들을 하나로 결집 또는 융합하는 존재인 것이다. 대립에 강조를 두면 대립들을 매개하고 융합한다고도 하겠다. 이러한 매개와 융합이 바로 무속적 세계관을 이루는 것으로 이해된다. 민중 문화로서의 무속적 세계관을 이해하게 하는 역할을 하기에 바리 무가는 널리 사랑받았을 것으로 생각해볼 수 있고 우리 문화의 한 양상을 특칭해볼 수 도 있을 것이다.

4. 서사구조와의 조응

그런데 이러한 대립은 이야기의 전개와 맞물려 있어야 흥미를 지속할 수 있다. 바리공주같은 기다란 구송문학에서 하나의 대립만을 지속할 수 없다. 여러 대립을 산만하게 늘어놓을 수도 없다. 그것은 이야기 전개 속에서 이어져야 한다는 점을 생각하게 된다. 바리공주 서사를 따라가면서 대립의 양상을 맞추어보자. 서울지역 바리공주의 서사적 얼개는 이렇게 간략하게 정리할 수 있다. 민담 구조의 전개를 대립적으로 나타내는 방법을 사용한다.

> 조선국 이씨 주상금 마마가 자식이 없어 문복한다. (-)
> 자식을 본다. (+)
> 7번째 딸인 바리를 부모가 버린다. (-)
> 석가세존이 구해주어, 비리공덕 할미 할애비가 바리를 기른다.(+)
> 국왕 부부가 죽을병에 걸린다. (-)
> 바리가 약수를 구하러 떠난다. (+)
> 약수를 얻기 위해 많은 고생을 한다. (-)
> 약수를 얻어와 부모를 살린다. (+)
> 망자를 인도하는 무신이 된다. (+ -)

먼저 제시되는 것은 설화에 전형적인 결핍 상황이다. 그러나 자식이 없어 문복과 기도를 통해 자식을 보는 것은 낯설지 않다. 상식적으로 이해가 가는 상황이어서 그 자체로 크게 문제되지 않는다. 문제는 다음 단락에서부터 부각된다. 7번째 딸로 태어나자 부모가 버린다. 고귀한 가문에서 탄생하고 바로 버려진다는 모순과 대립이다. 이는 상식적 차원에서는 이해되기 어려운 모순적 상황을 설정하는 것이다. 고귀한 가문과 신화적 능력과 아기로 버려져서 남의 손에 가난하게 자란다는 대립은 신과 인간의 거리를 바리에게 축약해 놓은 것이다. 신이면서 인간으로서 신과 인간의 대립을 매개해야 할 과제가 바리에게 있음을 보여주는 기능을 한다.

석가세존이 나타나 바리를 구해주는 것은 초월적 존재에 대한 관심을 보여준다. 삶은 우리가 이해하기에 너무 크고 어렵다. 삶의 이치를 이해할 수 없기에 초월적 존재에게 책임을 미룬다. 그가 모든 것을 계획하고 조정할 것이다. 여기서는 불교인 초월적 존재는 현실의 비속한 인간적 상태와의 대립을 드러낸다. 비리공덕 할미 할애비가 바리를 기르는 것은 석가세존이 마련한 것이다. 보이는 우리의 삶의 배후에는 석가세존같은 초월적 존재가 있다고 말해준다. 그런 존재를 믿고 살면 삶의 무게가 가벼워진다.

그러나 여기서의 불교는 불교 자체의 모습이 아니다. 무속에서 요구하는 만큼만 이용되었다. 석가세존은 불교의 기본 교리인 욕망을 버리고 부처 즉 깨달은 자가 될 것을 요구하지 않는다. 현세에서의 삶의 무상함을 알라고 하지 않는다. 이 무가는 오히려 현세적 삶을 더 잘 살기를 기원하자는 것이다. 외래 종교인 불교를 이용은 하지만 큰 틀은 재래의 무속이라는 것은 무가가 진행되면서 자연스럽게 이해된다.

이어지는 대목은 왕의 득병이다. 죽을병에 걸려서 이승에서는 약을 구할 수 없다고 한다. 비로소 죽음의 문제를 제기한다. 누구에게도 죽음은 이승에서 약을 구할 수 없는 심각한 문제이다. 인간은 누구나 죽지만 죽음을 부정하고 극복하고자 한다. 왕이 죽을병에 들어서자 죽음을 있는 그대로 수용하지 않고 저승에 가서라도 약수를 구해오려고 한다. 버렸던 딸을 저승으로 보내서라도 약을 구해 살아나려고 한다. 이 대립도 만만하지 않다.

필멸의 인간이 죽음을 부정하는 것은 모순이면서도 십분 이해가 간다. 현세에서의 죽음을 피할 수 없으면 내세에서라도 삶을 이어가고자 한다. 바리공주 서사는 이 과업을 이중으로 달성한다. 이야기 속에서 왕을 현세에서 살려내고 굿 속에서 망자를 저승으로 인도하여 내세를 살게 한다. 망자가 저승에 안착함을 알게 된 재가집은 정서적으로 안정되고 삶의 균형을 찾는다.

동시에 바리공주가 저승으로 가야 한다는 상황은 초반에서 버려졌던 기억을 다시 불러온다. 부모에게 어떤 은덕도 받은 것이 없는 딸이 저승에까지 가서 부모를 위해 희생을 한다는 대립은 현실적으로 납득하기 어렵다. 그래서 다음 사설은 비장한 감동을 주기까지 하지만 그만큼 비현실적이기도 하다.

> 국가에 은혜와 신세는 안 젓지만은
> 어마마마 배 안에 열 달 들어 잇던 공으로
> 소녀가 가오리다.[38]

결국 바리는 약수를 얻어와 부모를 살린다. 이 대목에서 가부장제 아래서 차별 받는 딸이 부모에 대한 효도의 의무는 어디까지인가에 대한 문제를 사회 시스템이라는 거대한 힘으로 해소시켜버린다. 효도를 개인 차원이 아닌 사회 차원으로 승화시켜 개인적 차이를 무화한다. 누구나 효도를 이렇게까지 해야 하는구나 하는 관념을 내면화하게 된다.

주로 여성들이 주최하고 참가하는 굿에서 이렇게까지 했던 이유는 무엇일까? 조선 중기에 『내훈』을 써서 여성을 사회적으로 억압하는 논리를 제공한 사람이 바로 여성인 소혜왕후인 것과 같은 맥락인가? 그렇다면 서울지역의 바리공주가 이러한 논리를 얻은 것은 조선 중기 이후의 일인가? 이런 문제에 대한 답은 아직 마련되지 않았다.

마지막으로 바리가 이승에서의 보답을 사양하고 무조신이 되어 망자를 인도한다는 결말은 (+) 요소와 (-) 요소를 함께 가지고 있다. 바리가 현세에서의 삶을 이어가지 못하고 마는 것은 (-)이다. 그러나 신이 되어 영원히 사람들을 인도하는 것은 (+)이다. 그러나 그것보다는 이제 바리의 한 몸에 죽음과 삶이 겹쳐있고, 인간과 신이 겹쳐있고, 외래종교와 토속종교가 겹쳐있고, 딸과 부모가 겹쳐있다는 점에서 그렇게 말하게 된다. 무엇보다 대립

---

38) 『조선무속의 연구』, 37면.

과 갈등이 문제의 해결과 해소와 함께 겹쳐 있게 된 존재라는 점을 결말에서 강조하는 것이다. 문제를 짊어지고 있던 존재이면서 문제의 해결자임을 다양한 대립을 통해 제시한 것이다. 대립을 제시하면서도 매개 과정을 두어 대립을 완화하는 서사구도를 통해 이 무가를 듣는 이들은 삶의 무게를 조금씩 덜어낼 수 있었을 것으로 생각된다.

바리공주 무가가 이와 같이 내용과 형식을 일치시키는 역동적 장치와 기능은 다분히 미학적 성취라고 할만하다. 바리공주에서 삶의 모순과 의미를 찾을 뿐 아니라, 의식도 하지 못한 채, 서사구조와의 일치를 통해서 내용이 형식이고 형식이 내용인 아름다움을 느꼈을 것으로 보인다.

5. 마무리

바리공주가 전국적으로 널리 알려져 있는 것은 이야기의 흥미와 함께 삶의 문제들을 다층적으로 드러내주어 보편적인 관심사를 공유하기 때문이다. 바리공주의 영웅적인 모습을 통하여 신과 인간의 관계를 재조명하고 생명수 화소를 통하여 죽음의 문제를 재고하고 효도의 딜레마를 통하여 딸과 효도의 관계를 재점검하게 하며 불교적 요소를 통하여 토착종교와 외래종교의 대립과 친화를 엿볼 수 있게 한다. 이는 영웅 신화적 층위와 민담적 층위, 유교 층위와 불교 층위로 대립적으로 집약되어 우리 역사 속의 민중이 수용하는 문화의 폭을 이해하게 한다.

이러한 내용의 다층적 대립은 결핍과 충족이 거듭되는 서사구조를 통해서 바리공주 서사의 내용과 형식의 일치를 도모한다. 이 특별한 이야기는 우리 자신이 삶의 문제를 짊어지고 있는 존재임을 드러내면서 동시에 문제를 해결해나가는 존재임을 다층적 대립과 매개 과정을 통해 증거해주고 있다고 할 수 있다. 무가 바리공주가 서사 전개 과정을 통해서 무속적 세계관을 이루는 매개와 융합이라는 삶의 지혜를 표현했다고 이해할 수 있다. 대다수의 무당과 청중들은 일자무식인 사람들이었겠지만 이런 무가를 반복해 들음으로써 삶의 문제와 해결 가운데 놓여 있는 인간의 위상을 이해하게 되었을 것으로 생각한다. 구비문학이 감당해온 문학으로서의 기능을 바리공주를 통해 확인할 수 있는 것이다.

바리공주 또는 바리데기는 당금애기 또는 제석본풀이와 함께 한국 무가의 두 기둥이라고 할 수 있다. 바리공주는 죽은 자를 위한 굿에서 불리고 제석본풀이는 산 자를 위한 재수굿에서 불린다. 이 두 무가는 모두 삶의 대립과 매개 과정을 다층적인 구성요소를 통해 제기하고 해결한다. 서양식의 유기적 구성과는 다른 서사 원리를 가지고 있다고 할 수 있다. 발단에서 전개를 거쳐 절정으로 간다는 유기적 구성을 절대적 기준으로 삼을 때 우리 전통 서사문학은 부족하게 느껴진다. 그러나 그것은 구성의 원리가 다른 것임을 밝혀야 유기적 구성의 관점에서 생기는 부작용을 막을 수 있다. 이 글은 이미 그러한 작업을 해온 여러 선행연구들과 보조를 같이 하는 것이다.

<바리공주>와 중국 <묘선(妙善)> 이야기의 비교 연구

1. 서론

서사무가 <바리공주>는 오구굿 관련 다양한 굿 의례나 문학적인 내용에 관련되어 많은 연구가 이루어졌을 뿐 아니라, 다른 나라에 전하는 설화와의 비교 연구도 거듭 이루어졌다. 만주의 <니산> 샤만 무가와의 비교[1], 유럽의 생명수 탐색담과의 비교[2], 우즈베키스탄의 설화 <애견이여 춤춰라>와의 비교[3], 네팔 설화 <영리한 공주>와의 비교[4], 일본의 <天忠姬>와 메소포타미아의 <이난나> 설화와의 비교[5], 불교설화 <지장보살전생담>과의 비교[6]

1) 김영일, 「<니산> 샤만 무가의 비교연구」, 『한국문학이론과 비평』 8집. 한국문학과비평학회, 2000. 144-170면.

2) 주종연, 『한독 민담 비교연구』, 집문당, 1999. 115-141면.
　김환희, 「<바리공주>의 보편성과 특수성을 찾아서」, 『동화와 번역』 10집. 건국대학교 동화와번역연구소, 2005. 129-177면.
　Hwan Hee Kim, *The Shamanist Myth of "Princess Bari" and Its Western Counterparts: A Comparative Study of the Tales of the Water of Life,* 『Comparative Koreasn Studies, 비교한국학』.10권1호, 국제비교한국학회, 2002. 1-33면.

3) 이정재, 「실크로드 신화 <애견이여 춤춰라>와 한국무가 <바리공주>이 비교 연구」, 『한국민속학』 43. 한국민속학회, 2006. 387-417면.

4) 이정재, 「한국무조신화와 네팔 설화의 상관성 연구」, 『동아시아 고대학』제17집. 동아시아고대학회, 2008. 227-259면.

5) 김헌선, 「저승을 여행하는 여신의 비교 연구」, 『비교민속학』 33. 비교민속학회, 2007. 153-198면.

등이 그것이다.

재미있는 것은 주종연과 김헌선을 제외한 연구자들이 이들 설화를 <바리공주>의 기원 또는 형성에 영향을 주었다고 주장한다는 점이다. 주종연과 김헌선은 비교를 통해 이 설화의 세계적 보편성을 확인하고 있다. 이 논쟁에 대하여는 본격적인 고찰이 따로 필요할 것이다.

<바리공주> 설화에의 영향 또는 보편성을 주장할 만한 또 한 편의 자료가 있으니 그것은 중국에 전해지는 <묘선(妙善)> 공주의 설화이다. 이 설화는 관음연기담이어서 흔히 한국의 관음보살 신앙과 연관되고 특히 『삼국유사』 <낙산이대성>조의 관음 이야기 또는 의상과 선묘의 이야기와 연계하여 이해되고 있다. 조현설은 이 설화를 관음의 여성화 사례의 한 가지로 간략히 소개하고 있다.[7] 김용덕은 관음보살이 응현하는 여러 사례 중 '평범한 여인으로 응현'하는 예로 매우 간략히 소개했다.[8] 황금순은 삼국유사의 <낙산이대성>조 설화가, 의상 사후 9세기 정도에 묘선공주의 설화를 포함한 중국의 보타산의 관음신앙이 범일국사의 굴산문과 연계되어 수용된 것이라고 주장하였다.[9] 조영록은 의상과 선묘 설화를 묘선공주 설화가 동일한 뿌리에서 나온 두 갈래의 설화라고 주장하였다.[10] 그러나 이들은 관음설화라는 점에서 유사하다는 것, 또 묘선과 선묘가 이름이 유사하다는 것 등을 연관 짓는 것이어서 문학적 비교로는 미흡하게 여겨진다. 서사구조와 그 기능에서의 유사성까지 고려하며 비교할 필요가 있다.

묘선 설화를 우리의 바리공주와 직접 연관 지어 다룬 사람은 소렌슨 (Clark W. Sorensen)이다. 소렌슨은 이 두 편의 설화를 이용하여 전통시대의

6) 강진옥, 「<바리공주>와 <지장보살전생담>의 인물형상과 서사구조 비교」, 『구비문학과 불교』, 구비문학회 2010년 동계학술대회 발표문. 2011년 2월 15일. 이화여자대학교 인문관 111호. 한국구비문학회, 125-144면.
7) 조현설, 「동아시아 관음보살의 여신적 성격에 관한 시론」, 『동아시아 고대학』 제7집. 동아시아고대학회, 2003. 68면.
8) 김용덕, 「관음보살신앙의 설화화양상과 의미연구」, 『한국언어문화』 제30집, 한국언어문화학회, 2006. 33면.
9) 황금순, 「낙산설화와 고려수월관음도, 보타산관음도량」, 『불교학연구』 제18호, 불교학연구회, 2007. 106-115면.
10) 조영록, 「향산 묘선공주와 등주 선묘낭자」, 『동아시아 불교교류사 연구』, 동국대학교 출판부, 2011. 330-363면.

중국과 한국에서 여성의 지위와 孝 觀念에 대한 同異點을 개진하였다.[11] 여성 젠더와 역할 사이의 모순을 신화적으로 해결하는 공통점과, 묘선은 처녀로 신이 되는 반면 바리공주는 결혼 후에 이루어지는 등 중국에서는 한국에서보다 결혼과 출산이 더 부정적 이미지와 연합되어 있다고 했다. 둘을 직접 다룬 글은 이 외에는 없는 것 같다.

그러나 이 논문은 중국화 한국의 효 관념을 비교하기 위한 것이어서 신화문학적 맥락에 대한 고찰은 부족하다. 이 두 설화에 관해 이보다는 더 정치한 비교 고찰이 필요하다. <묘선> 이야기는 자신을 내친 부모가 죽을병이 들자 자신을 희생하여 낫게 하는 막내딸의 이야기이며 종교적 함의가 유사하여 누구나 쉽게 <바리공주>를 연상하게 된다. 이미 알려져 있는 이 설화를 구비문학의 견지에서 비교 연구한 성과가 아직 없다는 것이 오히려 의아하다.

본고는 이 두 설화를 비교하기 위한 것이다. 중국의 묘선설화를 보다 구체적으로 소개하고 둘의 서사구조와 내용을 비교한다. 이 연구를 포함해서 장차는 기존의 연구들을 토대로 <바리공주> 설화 유형의 다국적 비교 고찰로 나아가고자 한다. 여기서 이용하는 자료는 중국 허난성 바오풍현에 존재하는 1100년에 건립된 '향산 대비탑'의 탁본을 영국의 Glen Dudbridge 가 정리한 것이다. <묘선> 이야기의 명확한 자료인 이 비문이 국문학계에 소개된 적은 없는 것 같다.

2. <묘선(妙善)> 이야기의 경개와 서사 비교

묘선 이야기는 중국에 전해지는 『香山寶卷』과 이를 이용한 노래, 그림, 조각 등으로 널리 알려져 있다고 한다.[12] 이에 관한 최초의 기록물은 1100

---

11) Clark W. Sorensen, Woman and the Problem of Filial Piety in Traditional China and Korea, 『한국학의 과제와 전망』제2분과, 한국정신문화연구원, 1988. 833-857면.

12) Martin Palmer and Jay Ramsay, Kuan Yin, Torsons, (London, UK), 1995. 78면.

년에 세워진 '향산 대비탑'의 비석이다. 『향산보권』 등은 이 기록과 전체적인 맥락은 동일하지만 세부적인 점에서 다른 이야기도 상당수 들어있다.13)

중국 허난성(河南省) 중앙에 있는 지역인 寶豊縣에는 당나라 시절 무렵부터 관세음보살의 성지로 알려지던 香山寺라는 절이 있다. 이 절에는 9층 8각 33미터의 大悲塔이 있는데 이곳에 1100년 1월 한달간 지방관으로 부임해 있던 蔣之奇(1031-1104)가 세운 비석이 있었다고 한다. 이에 대하여 영국의 Glen Dudbridge가 상세한 연구를 했고14), Chun-fang Yu가 이를 영어로 번역하였다15). 본고는 Dudbridge의 책에 부록으로 실려 있는 'Appendix A' 122-133면에 정리 수록된 탁본 자료를 이용한다. 문화혁명으로 훼손된 비석의 상단 일부분은 다른 탁본에 의거 보완하거나 그것도 여의치 않을 때는 결자로 처리하였다고 했다. 비석 탁본 원문 전문은 너무 길어서 여기서는 개요만 보인다.

묘선 이야기의 개요는 다음과 같다.

> 香山의 동북쪽에 莊王이 있었는데 부인의 이름은 寶德이었다. 딸 셋이 있었으니 큰 딸은 妙顔, 둘째는 妙音, 막내는 妙善이라, 두 딸은 이미 출가했고 셋째 딸은 결혼하지 않았다.
> 왕이 딸에게 결혼을 종용했으나 묘선은 "어찌 한 세상의 즐거움을 탐하여 영원의 괴로움에 빠지겠습니까? 출가 수행하여 도를 배워 성불하고자 합니다."하였다. 왕이 분노하여 딸을 후원 가시나무 아래로 쫓아내고 음식을 금하게 했다. 부인과 언니들이 설득했으나 묘선은 허공에는 끝이 있어도 나의 願에는 끝이 없다고 하였다.

우리나라에도 『향산보권』의 이 설화를 편역해 소개한 책이 있다. 정찬주 편역, 『아, 관세음보살』, 동쪽나라, 2000. 206면. 이 책이 품절되어 『관세음보살의 기도』, 솔과학, 2006.으로 다시 나왔다.

13) 위의 Martin Palmer의 책에도 묘선 설화가 소개되어 있는데(63-78면), 아래에 소개할 향산대비탑비의 내용과 다소 차이가 있다.

14) Glen Dudbridge, *The Legend of Miaoshan*,(Revised edition), Oxford University Press. 2004.

15) Chun-fang Yu, '"Biography of the Great Compassionate One of Xiangshan" by Jiang Zhiqi(1031-1104)', Susan Mann and Yu-yin Cheng, eds., *Under Confucian eyes: writings on gender in Chinese history* (Berkeley, 2001). 31-44면.

왕이 더욱 분노하여 수녀원에서 묘선을 설득하게 했다. 묘선은 비구니들에게 함부로 佛門에 들어와 공공연히 깨끗한 계율을 깨뜨리고 헛되이 보시를 받고 세월을 허송하며 죽음을 두려워하고 있다고 꾸짖었다. 비구니들이 수고와 욕됨으로 괴로움을 겪게 하여 후회와 두려움을 알게 하자 하고 채소밭를 공급하게 했다. 묘선이 밭에 들어가 채소가 거의 없음을 보고 내일 어떻게 무리를 먹일까 하고 있을 때 절의 龍神이 神力으로 도와 아침이 되니 밭에 채소가 우수수 생겨났다. 물 길어오기도 매우 힘들어서 묘선은 어찌할꼬 하니 신이 주방 왼쪽에 나타나 한 개 샘이 솟아나게 하니 맛이 정말 달았다. 혜진이 그 비범함과 용신의 도움을 얻음을 알고 왕에게 주달하였다.

이에 부왕이 크게 진노하여 "짐의 막내딸이 邪法을 오래 익혀 절에 있게 하였는데 요망하여 무리를 어지럽히고 짐을 욕보였다."하고 묘선을 죽이려 하였다. 묘선이 죽으러 나아가 칼날을 받으려 하니, 龍山 山神이 묘선을 취하여 산 아래 두었다. 산꼭대기에 움막을 짓고 수행하였다. 풀옷을 입고 나무에서 나는 것을 먹고 사는 삼년 동안에 아무도 몰랐다.

이때 부왕이 죄업으로 말미암아 가마라 병에 걸렸다. 피부로 퍼져 침식에 편안함이 없었다. 나라 안의 신묘한 의사를 다 하여도 치료할 수가 없었다. 부인과 왕족이 아침저녁으로 근심하였다. 하루는 異僧이 내전에 와 이르기를 "화내지 않는 사람의 손과 눈을 이용해서 약을 만들 수 있다." 하니 왕이 사신을 산으로 가게 하였다. 묘선이 생각기를 '부왕께서 질병의 업보를 불렀구나. 내 장차 손과 눈으로 부왕의 곤액을 구하리라' 하고 칼을 들어 스스로 두 눈을 도려내고 사신에게 두 팔을 자르게 하니 온 산이 진동했다. 왕이 손과 눈을 얻고 부끄러움을 깊이 느꼈다. 중에게 약을 만들게 하여 복용하니 열흘이 못 미쳐 왕의 병이 모두 나았다. 왕이 성을 나와 향산 선인의 거소에 들어가 사례하였다. 부인이 얼굴을 바라보고 "자못 우리 딸과 비슷합니다." 하고는 목이 메고 눈물이 흐르고 울음을 깨닫지 못하였다. 선인이 문득 말하였다. "어머니, 제가

묘선입니다. 부왕의 惡疾에 내가 손과 눈을 바쳐서 부왕의 은혜를
갚았습니다." 왕과 부인이 이 말을 듣고 끌어안고 크게 울었다.
왕이 "내가 무도하여 내 딸의 손과 눈이 온전치 못하고 이 고통을
겪게 하였구나. 원컨대 천지신령은 내 딸의 마른 눈을 다시 돋게
하고 잘린 팔을 복원하소서."하였다. 천지가 진동하고 광명이 환히
비추고 상서로운 구름이 주위를 덮고 하늘 북이 소리를 내어 보니
千手千眼 大悲觀音이 엄숙 장엄한 모습으로 빛이 나고 높고도
당당하여 별 가운데 달과도 같았다. 13층을 세워서 보살의 진신을
덮었다.

조영록은 이 설화를 의상대사와 관련된 善妙 아가씨 설화와 연관지어보
고자 하지만16) 이름이 유사한 것 외에 큰 유사성은 없어 보인다. 크게
보아 '아버지가 쫓아낸 딸이 자기를 희생하여 아버지의 병을 고치는 이야기'
라고 보면, 이 설화는 오히려 우리의 巫祖 설화인 <바리공주>와 서사적
구성면에서 더 가깝다. 그러나 같은 만큼 같지 않은 측면도 있다. 이를
확인하기 위하여 <바리공주>의 서사 구성과 비교하기로 한다. 묘선 공주와
의 비교를 위하여, '바리'가 '바리데기'가 아닌 '바리공주'로 나오는 서울지
역의 구송본을 자료로 이용한다. 서울지역에서 가장 먼저 채록되어 일제
시대에 간행된 아끼바 채록본인 배경재 구송본17)을 이용한다. 서울지역의
바리공주는 내용이 전형적이어서 이본간에 큰 차이가 없다. 이순자 구송의
노들제 바리공주 자료18), 남양주시 퇴계원에서 구송된 이영희의 바리공주
자료19), 마포 지역에서 전승된 말미 자료20), 서울새남굿 예능보유자인 이
상순의 문서 천근새남말미21) 등을 함께 고려하지만, 우리의 논의에서 따로

---

16) 조영록, 앞의 논문, 같은 책, 같은 곳.
17) 赤松智城, 秋葉隆, 심우성 옮김, 『조선무속의 연구』, 동문선, 1991. 14-47면.
18) 홍태한, 「노들제 바리공주 자료」, 『한국무속학』제18집, 한국무속학회, 2009. 261면.
19) 홍태한, 『한국의 무가』1. 민속원, 2004. 267-319면.
20) 최형근, 『서울의 무가』, 민속원, 2004. 83-115면.
21) 이상순, 『서울새남굿 신가집』, 민속원, 2011. 308-368면.

주목해야할 유의미한 변이는 없다.[22] 아울러 바리공주의 내용은 이미 잘 알려져 있는 것이기에 따로 소개하지 않는다.

묘선과 바리공주의 서사 구성을 몇 가지로 정리해서 나란히 견주어 보자.

(1) 아들이 없는 집안에서 아버지와 딸의 관계가 문제가 되고 있다.

묘선공주는 셋째 딸로, 바리공주는 일곱째 딸로 태어난다. 이는 왕국에 문제를 야기한다. 묘선은 장성하여 결혼하라는 아버지에게 결혼하지 않겠다고 하여 갈등을 빚는다. 어뷔대왕은 세자를 바라지만 딸만 내리 일곱을 보아 걱정이 태산이다.

이 최초의 상황은 갈등을 제시하는 부분이다. 이 갈등은 서로 일부러 해코지를 하고자 함이 아님에도 벌어질 수밖에 없다. 삶의 아이러니이다.

(2) 아버지가 막내딸을 쫓아낸다.

장왕은 아버지의 명을 거역하는 묘선을 궁밖으로 쫓아낸다. 바리공주는 자신이 의도한 갈등은 아니지만, 왕국을 물려줄 아들이 아니라는 이유에서 아버지에게 버림을 받는다.

최초의 상황에서 이어지는 사건이다. 어비대왕이 딸이라고 내다 버리는 것도, 장왕이 위로 결혼한 딸이 둘 있음에도 막내를 강제로 혼인하게 하는 것도 극단적인 해결책이다. 극단적인 해결책으로 끌어나가는 이유는 무엇일까?

(3) 쫓겨난 딸은 죽을 고비를 넘기고 다른 곳에서 자라고 학습하고 수양한다.

바리공주는 석가모니가 구해주고 비리공덕 할미 할아비가 키운다. '上通

---

22) 서울지역의 바리공주는 전형성을 가지고 있고 사설이 '엄정하고 정확하여 이본간에 큰 차이가 없다. 홍태한, 「한국의 무가」1. 민속원, 2004. 81면 참조.

天文 下達地理'한다. 묘선은 용신이 구해주고 향산 꼭대기에서 수도 정진한다.

아버지에게서 쫓겨나고 죽음의 위협을 겪기까지 하는 것은 보통사람이 겪는 일상적인 상황은 아니다. 이는 세계 곳곳의 영웅이 겪는 전형적인 스토리라인이기도 하다.

(4) 아버지인 왕이 지상의 약으로는 고칠 수 없는 병에 걸린다.

장왕은 불법을 무시하고 훼방한 죄로, 어비대왕은 딸을 버린 죄로 고칠 수 없는 병에 걸린다. 약을 못 찾다가 異僧 또는 무당이 약을 알려준다.

(3)항까지가 起와 承의 구성이었다면 (4)항은 전환이자 위기이다. 이 앞의 서사가 원인이 된 결과이면서도 누구도 예측하지 못했던 새로운 사건이 발생했다. 지상에는 고칠 약이 없다는 설정은 천상계 또는 초월적인 힘의 개입을 요구한다.

(5) 딸이 스스로 약이 되거나 약을 구하러 저승으로 떠난다.

묘선은 아버지의 병에 대해 자신의 눈을 빼고 손을 잘라 약으로 바친다. 바리공주는 여섯 형이 가지 못하는 저승길을 찾아 떠난다.

클라이막스 부분이다. 묘선 이야기에서는 이 부분은 극적이지만 짧게 처리되었고, 바리공주는 저승으로의 여정이 몹시 길고 험하다. 무장승과 만나 혼인하고 자식을 낳기까지 한 후에야 약물을 길어온다.

(6) 왕이 치유된다.

장왕은 병이 낫고, 어비대왕은 죽었던 것을 바리공주가 살려낸다.

이는 대단원이라 할 수 있다. 묘선 이야기는 무도하던 장왕이 회심하고 독실한 불교도가 되는 것에 치유의 의미가 있다. 바리공주에서는 어비대왕이 죽었다 살아난 즐거움이 크게 강조될 뿐이다.

(7) 여주인공이 초월적 존재가 된다.

묘선은 천 개의 손, 천 개의 눈을 가진 천수천안 관음보살로 재생한다. 바리공주는 망자를 저승으로 인도하는 무조신으로 좌정한다.

지상에서는 고칠 수 없는 병을 고치는 존재는 초월적 세계와 지상을 매개하는 존재이다. 초월적 세계의 능력으로 지상에서의 병을 고치는 것이다. 관음보살은 현세에 당면한 고난을 제도해주는 부처이고 바리공주는 죽은 자를 극락으로 인도하는 무조신이다. 여기서의 관음보살은 인도에서의 남신이 아니고, 중국식으로 여성화하는 관음보살의 초기의 모습이라는 점에서 시작의 의미를 바리공주와 공유한다.

이야기는 끝났지만 이야기의 영험은 끝나지 않았다. 이와 같이 이야기의 내적 질서가 현실에 영향을 주는 방식을 유지하고 있다는 점에서 이 이야기들은 신화이다.

이상의 정리로 보아 이 두 편의 설화는 일차적으로 아버지의 병을 고치는 딸, 불치의 병과 지상에 없는 약이라는 화소의 동일성, 딸의 희생과 효라는 주제의 동일성, 그리고 무엇보다 서사 구성의 동일성을 공유하고 있다고 말할 수 있을 것이다. 아버지의 병을 고치는 자식 이야기라는 점에서 유럽의 생명수 설화와 같은 범주에 놓이면서도, 아버지와 딸의 갈등이면서 서사 구성이 이 정도로 유사하고 후반부에서 신으로 좌정하게 되는 부분은 생명수 설화보다 이 두 설화의 친연성이 더욱 강하게 인식되게 한다. 서사 구성이 발단 전개를 거쳐 전환과 위기, 대단원을 거치는 것도 두 이야기가 같은 구조를 가지고 있다고 생각하게 한다.

생명수 설화나 그 밖의 유사한 설화와 결정적인 유사성의 느낌을 주는 것은 무엇보다 이 두 이야기가 아버지와 딸의 갈등과 그럼에도 두드러지게 강조되는 딸의 희생과 효성 때문이다. 앞의 서사 구성 분석에서 제기되었듯이 딸이라는 이유로 또는 결혼하지 않는다는 이유로 내다 버리는, 일상적이지 않은 화소에 대한 해명이 필요한 것이다. 먼저 바리공주가 버려지는 이유는 어뷔대왕이 계속 딸만 낳아 왕국을 이을 후계자가 없다는 상실감에서이다. 장왕도 아들이 없이 딸만 셋 있는 상황이 같다. 어뷔대왕의 상황을 고려하면 장왕도 후계로 삼을 남자가 없다는 문제에 봉착해 있다. 그래서 장왕은 딸들의 혼인을 통하여 후계를 얻고자 한다.[23] 아들 없이 딸만 일곱이 있다거나 셋째 딸이 혼인하지 않으려 한다는 것은 모두 후계에 대한 부정이라는 점에서 동일하다. 왕은 자신의 개인적 문제라기보다, 남성 후계자가 자신을 계승해야 한다는 사회 구성의 시스템이 부정되고 있기에 분노하는 것이다.[24]

이 시스템에서 딸은 부정된다. 딸은 자식으로서의 정체성도 후계자로서의 자격도 주어지지 않는다. 이 상황에서 딸은 자기 정체성의 문제에 봉착한다. 왕은 딸을 버리지만, 그 이면에는 딸도 왕을 거부한다. 이러한 상극의 모습이 바로 추방과 헤어짐, 죽임 등으로 상징화되었다고 보인다. 실제로 죽이는 것이 아니라 상징적인 형상화인 것이다.

실제로 추방하고 살해하는 것이 문제가 아니라 이런 상황을 그려낸다는 것 자체가 문제를 제기하는 것이다. 딸이란 무엇인가? 가부장제 하에서 부모에게 인정도 긍정도 얻지 못하는 딸은 부모에게 얼마만큼의 효를 제공할 필요가 있는가? 효를 부정해도 되는 것이 아닌가? 하는 문제를 제기하는 것이다. 바리공주가 자기의 생을 망치면서 저승까지 갔다 와야 하는가? 묘선이 자기 눈과 손을 희생해야 하는가? 답이 아니라 이런 문제 제기 자체에 이 설화의 의미가 있을 것이다.

---

23) 실제로 『향산보권』 계열의 이야기에서는 실망한 왕이 사위 중에서 후계를 선택하고자 한다. Martin Palmer and Jay Ramsay, *Kuan Yin*, 66면.
24) 이렇게 가부장제 하의 부녀 갈등으로 보는 것은 소렌슨의 위의 연구에서 잘 지적되었고 본고도 도움 받은 바 크다.

그런데 이러한 대립이 대립으로 고정되지 않는다. 아버지와 그렇게 대립되는 것은 딸의 마음에 불편을 준다. 나를 낳아준 부모에 대한 거부라기보다 시스템에 대한 거부임을 이해하고 있기 때문이다. 문제가 극단적으로 형상화되었기에 해답도 극단적으로 제시된다. 눈과 손을 희생하고 저승을 다녀온다. 거부감이 크기에 보상 행위도 크다고 이해할 수 있다.25) 중국과 한국의 가부장제 시스템의 희생자인 여성들이 바로 이 이야기의 주체인 것이다.

이러한 유사성에도 불구하고 차이점 또한 두드러진다. 차이점에서 생성되는 의미도 주목해야 한다. 차이점은 크게 세 가지이다. 첫째는 이야기 첫 부분에서 바리는 태어나자마자 버려지는 반면 묘선은 장성한 후에 쫓겨난다. 둘째 결말에서 바리는 무속의 신이 되고 묘선은 불교의 보살이 된다. 셋째 중간 부분에서 바리는 저승에서라도 혼인을 해오지만 묘선은 끝까지 혼인하지 않는다. 그리고 이러한 차이의 결과 두 작품이 노정하는 '孝'의 성격이 다르다는 점을 검토하기로 한다.

바리공주는 탄생 후 바로 버려지기에 부모와의 갈등이 표면적으로 드러나지 않는다. 오히려 부모를 그리워한다. 자신을 키워주는 비리공덕할미 할아비에게 참부모를 찾아달라고 부탁하며 '뒷동산 모구나무가 어머니라는 말을 듣고 모구나무에 삼시문안을 극진히 하기까지 한다.'26) 묘선은 찾아온 어머니에게 "두 언니가 있어 잘 모실 것이니 내가 필요하지 않을 것입니다. 돌아가세요. 나는 물러날 뜻이 없습니다."하고 단호하게 거절하고 자신의 修道에 일차적 우위를 둔다. 묘선은 부모가 키워준 공이 있음에도 부모를 거절하고 바리는 그런 공이 없음에도 부모를 찾는다. 이는 孝의 성격에 차이가 있음을 알려준다.

바리는 혼인을 하지만 묘선은 혼인하지 않는다. 묘선 이야기의 전반부에는 묘선이 혼인하라는 부모의 뜻을 거절하는 내용이 길다. 묘선은 늙음,

---

25) 소렌슨은 레비스트로스의 방법을 빌려서, 이러한 희생이 이원적 대립을 매개하여 해소한다고 본다.

26) 아까마츠 지죠, 아끼바 다까시, 심우성 옮김, 『조선무속의 연구』, 동문선,1991. 33면.

질병, 죽음이라는 인간의 숙명 앞에서 괴로워하며 결혼이 이 숙명을 개선하지 못한다는 것을 말하고, "어찌 한 세상의 즐거움을 탐하여 영원의 괴로움에 빠지겠습니까?" 한다. 부왕은 나라를 경영하는 사람으로서 현실의 삶에 충실해야 한다는 가치관을 가지고 있는 반면, 묘선은 영원한 기쁨을 위해 현세를 부정하고 있는 것이다. 이 둘의 대립은 바로 이 가치관의 차이에서 비롯한다. 가치관의 대립이 구체적, 표면적으로 드러나는 것이 결혼이라는 화소이다. 바리는 물 삼년, 불 삼년, 나무 삼년의 아홉해를 살고 나서, 생명의 약수를 지키는 무장승이 일곱아들 산전 받아주라는 요청에 "그도 부모 봉양할 수 있다면 그리하성이다."(41면) 하며 혼인한다. 이렇게 보면 바리와 달리 묘선 이야기는 孝가 至上善으로 설정된 것이 아니라고 할 수 있게 된다.[27]

이런 끝에 바리는 무속의 신이 되고 묘선은 불교의 신이 된다. 나라의 반을 주겠다는 아버지의 말에 바리는 죽은 이를 천도하는 '만신의 왕, 만신의 몸주'(44면)가 되겠다고 한다. 이는 효의 의미를 완성하는 것으로 보인다. 현실의 아버지의 나라를 쪼개 가지는 것이 아니라 죽은 이의 나라를 차지하는 것이다. 현실의 아버지의 나라와 짝이 되는 나라를 가짐으로써 이승과 저승의 짝을 완성한다. 저승으로 인해 이승이 의미가 있고 이승의 삶이 저승으로 이어진다. 이 둘은 적대관계가 아니라 보완관계이다. 바리공주는 망자가 죽음을 통해서 갖게 되는 세상에 대한 적대심을, 저승으로의 인도를 통해서 계승과 보완의 관계로 전환하게 하여 恨을 없애는 것이다.

이는 무속의 근원이 조상 섬기기라는 오래된 인류의 유산을 이어받은 것이라는 점에서 더욱 타당하다. 망자천도굿은 죽은 이를 망자로부터 조상신으로 전환하자는 것이다. 죽은 사람인 망자는 현실에서의 한으로 인해 세상에 해코지를 하는 해로운 존재가 되기 쉽기 때문이다. 바리공주가

---

27) 소렌슨은 이 둘의 결혼의 차이를 중시해서 중국과 한국의 사회 구조의 차이에서 비롯한다고 설명했다. 중국에서는 여자와 그 가족이 남자의 문중을 위협하는 존재이며 한국에서는 신분유지를 위해 상대의 문중이 도움이 되기에 결혼이 부정적이지 않다고 한다. 그러나 바리공주는 문중과 별 관계없는 하층민들에게도 큰 위로를 주는 인기 서사물이었다.

망자를 저승 시왕에게 잘 인도하여 안착시키면 망자는 조상이 된다. 이 과정은 길게 구술되는 바리공주 말미에 이어 저승길을 의례로 구성한 도령 돌기, 베가르기 하고 가시문을 넘어 저승에 도착한 후에 망자가 비로소 조상으로 좌정하는 굿 구성으로 잘 구현되어 있다.[28]

이렇게 버려진 바리공주가 효의 의무가 없음에도 시종일관 효에 충실한 것은 효를 절대시하는 것이고 이는 멀리 조상숭배의 의식에서 유래한 것이라고 이해할 수 있다면 바리공주 무가를 굳이 조선조의 유교적 효도 관념의 영향에 기인하는 것으로 볼 필요가 없을 것이다. 그러나 다만 조상천도의 의례가 후대의 어느 시기에 서사적 내용을 갖게 되었다고는 할 수 있을 것이다.

묘선 이야기는 바리공주만큼 효를 절대시하지 않는다. 묘선은 자라면서 '늘 더러운 옷을 입고 치장하지 않았다. 하루 한 끼로 그쳤고 말할 때가 아니면 말하지 않았고 因果와 無常, 幻妄에 대해 말했다.' 이는 묘선이 세속적인 삶의 방식에 반대되는 가치관을 가지고 있음을 보여준다. 현세의 일시적 즐거움이 아니라 佛法의 영원한 福樂을 구하고 있다. 다시 말하면 묘선은 효보다는 불법 실행에 더 큰 의미를 두고 있다.

생각해보면 묘선이 관음보살이 된다는 설정 자체가 효의 범주를 벗어나는 것이다. 관음보살은 가족의 범주를 넘어서서 자기를 부르는 모든 사람을 제도해 준다. <관세음보살 보문품>에 제시된 대로 불 물 악인 짐승 천재지변 등 사람이 겪는 모든 재앙에 대해 관세음보살은 즉시로 구원의 손길을 내려준다고 한다. 이러한 관념의 형상화가 바로 묘선의 후생인 천 개의 손, 천 개의 눈을 가진 千手千眼 觀音菩薩의 모습인 것이다. 어떤 사람이든지 곤경과 재액에 처했을 때 묘선 즉 관음을 부르면 구원을 얻을 수 있다는 것이 묘선 이야기의 지향점이다. 관음보살이 어떻게 그러한 힘을 얻게 되었나 하는 연유를 설파하는 하나의 본풀이라고 이해할 수 있다.

---

28) 이 과정에 대하여는 김헌선, 「서울무속 죽음의례의 유형과 구조적 상관성 연구」, 『서울 진오귀굿 -바리공주 연구』, 민속원, 2011. 149-213면.에서 상세한 설명을 볼 수 있다.

이러한 차이점은 소렌슨이 주장한 바, 한중간의 가족 구성의 차이의 설명을 크게 벗어난다. 가족 구성의 차이라기보다는 조상 숭배 의례의 연장선상에 있는 바리공주와 조상의 영역을 벗어나 보편 종교화한 불교의 가치를 구현하려는 묘선의 차이인 것이다.

3. 차이와 동일성의 문화적 이해

이렇게 보면 묘선과 바리 이야기는 전체적인 주제나 틀은 유사하지만 세부적인 면에서는 차이가 많이 난다. 세부적인 전개의 차이가 너무 커서 借用은 생각할 수 없다고 소렌슨은 말했다.[29] 소렌슨의 입장이 수긍되면서도, 또 한편으로는 그렇다면 왜 큰 틀은 그렇게 유사한가 되묻지 않을 수 없다. 큰 틀은 같고 세부는 다르다는 사실에 대한 해명이 필요하다. 그래서 차용은 아니지만 어느 정도의 영향은 가능하다는 생각을 해 보게 된다. 실제로 두 설화의 접점이 될 만한 역사적 배경이 세 차례 쯤 있었다.[30]

먼저 이 설화를 듣고 비석으로 세운 사람은 1100년의 장지기이지만, 그 비석 앞부분에 나오는 이 설화의 배경은 7세기이고 설화를 전하는 인물은 종남산의 선승 道宣律師(597-667)이다. 비문 앞에 "옛적 宣律師가 終南山 靈感寺에 거주하매 맑은 행실에 감동한 天神이 좌우에서 시중을 들었다.(昔宣律師居終南靈感寺梵行感致天神給侍左右)"고 하였다. 이 이는 바로 도선율사라는 승려로 661년에 渡海한 신라의 義湘法師와 인연이 있다. 『三國遺事』<前後所將舍利> 조에 하늘 사자가 선율사에게 늘 점심을 대접한다는 기사가 있고, 의상이 선율사에게 제석궁에 있는 부처의 어금니를

---

29) "In terms of cultural context and theme, then, the two myths are strikingly similar. In terms of details, however, they are so different that borrowing is out of the question." Clark Sorrenson, 위의 논문, 위의 책, 844면.

30) 여기 소개되는 역사적 사실에 대한 설명은 조영록, 「향산 묘선공주와 등주 선묘낭자」, 위의 책, 같은 곳을 이용한다.

얻어오게 했다고 하였다. 부처의 어금니 이야기는 贊寧의 『宋高僧傳』 <道宣傳>에 유사하게 실려 있다. 향산비 후반부에는 선율사가 향산 관음의 이야기를 듣고 "제자 義常을 명하여 기록하고 전하여 썩지 않게 하였다.(命弟子義常誌之庶傳之不朽云耳)"고 하여 한자는 다르지만 의상이라는 중을 언급하고 있다. 이런 기사에서 의상대사가 중국에서 수학하면서 南山律宗의 開祖인 선율사를 알고 있었고 아울러 이 이야기를 접했을 가능성이 있다고 할 수 있다. 의상이 귀국한 후 바로 낙산에 가서 '관음보살'을 친견하려 했고 홍련암을 축조했다는 설화는 이러한 맥락에 닿아 있다.

둘째로 역시 낙산사와 관련 있는 범일국사가 입당구법할 때 절강 연해인 명주와 염관 지역을 중심으로 있었는데, 이때는 바로 장보고가 크게 활동하던 시기로 한중일 삼국의 바닷길로의 교섭이 활발했던 때이다. 범일이 관음보살의 다른 모습인 정취보살을 안치한 것도 이 지역에서 널리 숭앙되던 관음보살 신앙의 영향을 받았다고 생각된다. 화엄경 입법계품에서 정취보살은 28번째의 관음보살에 이어 29번째로 등장한다. 범일은 귀국하여 낙산 관음보살 옆에 정취보살을 안치하고 전각 세 칸을 더하여 낙산사를 중창한다. 이때는 이미 절강과 항주에 관음신앙이 확립되어 있고 보타산에 불궁거관음전이 이루어졌던 때이다. 범일이 중국 '명주' 개국사에서 만난 한 쪽 귀 떨어진 신라승을 다시 우리나라 '명주' 익령현에서 정취보살로 만났다고 하는 설정도 동일 지명을 통해 두 지역의 연관성과 관음 정취의 연관성을 확고히 하려는 것으로 이해할 수 있을 것이다.

셋째로 하남의 향산사의 관음신앙은 항주 지역에도 전해져 명필 趙孟頫(1254-1322)의 아내인 管道升의 기록으로 전해지기도 한다. 그리고 조맹부는 <觀音院記>를 써 관음신앙이 고려에 잘 알려지지 않음을 안타까워하며 불상을 조성하고 불사를 일으킬 것을 권유하였다. 조맹부는 충선왕이 燕京에 萬卷堂을 짓고 이제현들과 함께 중국 인사들과 교유할 때 특히 가까이 했던 인물이다. 관음신앙에 경도되었던 조맹부 등을 통해서 고려 후기의 인사들이 이에 관한 이야기를 들어왔을 가능성도 있는 것이다.

이러한 세 가지 계기 말고도 중국 동남부와 우리나라는 워낙 가까워서 다양한 경로로 묘선 또는 관음보살 이야기가 수용되었을 수 있다. 그 흔적이 변산반도의 해양 관음신앙 및 설화[31]이며, 제주도 서귀포에 있었다는 법화사 등의 여러 사찰이 항해의 안전을 기원하는 관음도량이었다는 것과 설문대할망을 중국의 항주로부터 일본 하카다로 오가는 뱃길에서 전해진 관음신앙의 변형으로 이해하는 것[32] 등이 이와 연관될 수 있다. 海難에서 바로 구원이 손길을 내미는 관음보살 이야기는 불교 신앙 내에서 자리를 잡았다. 그러나 묘선 이야기는 원래 모습 그대로는 전승되지 않았다. 만일 묘선 이야기가 전승되었더라도 무속 안으로 굴절되어 수용되었다고 볼 수밖에 없다. 이렇게 보면 앞에서 본 차이점의 의미들이 더 잘 이해된다.

　이것은 묘선공주 이야기 자체가 인도의 관음을 중국식으로 토착화시키는 역할을 한 것과 마찬가지라고 할 수 있다. 황금순은, '중국에서 관음이 여성화되는 데에는 묘선공주 설화의 영향이 크다.'는 于君方(Chün-fang Yü)의 연구를 수용하며 "효를 앞세운 이(-즉 묘선) 설화는 인도의 천수관음을 중국의 관음으로 토착화시키려는 의도"였다고 지적했다.[33] 효와 큰 관계없는 인도의 관음 이야기가 중국화하면서 효를 부각하여 묘선설화가 되었듯이, 묘선 설화는 다시 무속의 조상신앙과 결합하여 바리공주 이야기로 재탄생하였다고 생각해보는 것이다. 당시 불교와 무속은 지속적으로 서로 영향을 주고받으며 전개 되었다. 이규보의 <老巫篇>에 보이듯이 무당이 제석을 모시기도 한다. 유동식은 팔관회와 연등회를 한국 무교가 외래종교를 수용한 하나의 전형적인 사례로 들었다.[34]

　이런 관점에서 한반도로 들어온, 부모와 효, 희생을 연관 짓는 스토리텔

---

31) 송화섭, 「중국 보타도와 한국 변산반도의 관음신앙 비교」, 『비교민속학』35집. 비교민속학회, 2008. 287-325면.

32) 송화섭, 「동아시아 해양신앙과 제주도의 영등할망 설문대할망」, 『탐라문화』37호. 2010. 197면. 210면.

33) 황금순, 앞의 논문, 앞의 책, 107면.

34) 유동식, 『한국 무교의 역사와 구조』, 연세대학교출판부, 1997년9판, 142면.

링으로서 묘선 이야기는 무속의 조상신앙과 쉽게 어울릴 수 있었다고 보인다. 그러나 불교 자체의 이야기로서가 아니라 무속의 이야기로 굴절되면서 몇 가지가 달라졌다고 할 수 있다. 달라졌다는 것은 우리 식의 정서와 습합되어서 내용의 변이가 생겼다는 것이다.

중국의 묘선 설화가 일방적으로 수용되었다기보다는 이미 있던 어떤 소박한 이야기에 이 이야기가 덧씌워졌을 수도 있을 것이다. 다음과 같은 점을 고려해볼 수 있다.

그 첫 번째가 집에서 장성하지 못하고 태어나자마자 버려진다는 차이점이다. 유아기에 버림받는 화소는 세계 보편적인 것이다. 우리나라에도 이미 알로 태어나 버려지는 주몽의 선행 사례가 널리 알려져 있었다. 묘선 이야기는 보편적인 영웅담으로 수용되는 것이 민중들에게 쉽게 받아들여지게 하는 방안이었을 수 있다.

둘째 차이는 딸이 자신의 육신을 칼로 잘라 약으로 내놓는다는 설정과 약을 구하러 저승길로 여행하는 설정의 차이이다. 이 역시 희생을 직접적이고 극단적으로 제시하는 것보다 보편성을 가질 수 있다. 메소포타미아의 이난나라든가 만주의 니샨 샤먼과 같이 저승을 가는 여신에 관한 이야기가 오랜 역사를 가지고 있는 것이다. 러시아 민담에는 아홉의 세곱절 되는 곳에 있는 곳으로 주인공이 여행하는 이야기가 많이 나타난다. 그러나 그 보다는 저승이 이승의 저 편에 있는 것이라는 무속의 관념에 기인한다고 보인다. 묘선이 자기 손을 바로 잘라 주고 왕은 약을 먹고 바로 병이 낫는다는 설정은 관세음보살의 영험이 현세에서 바로바로 나타난다는 생각과 부합하는 것이다. 그러나 무속은 그런 관념이라기보다 조상에 대한 덕을 쌓으면 조상이 복을 준다는 생각이다. 먼 곳에 있는 조상에게 정성이 가 닿아야 다시 조상의 음덕이 현세의 복으로 돌아온다. 약은 바로 구해지는 것이 아니다. 정성을 들일 시간을 확보해야 한다. 이는 여행과도 같은 시간을 필요로 한다.

셋째로 묘선은 천수관음이 되어 바로 중생을 제도하는 신격이 되지만 바리는 무조가 되어 죽은 이를 제도하는 신격이 된다는 점이다. 이는 앞에서 말했듯이 무속이 조상 신앙의 성격을 가지고 있기 때문이다. 중세의 보편종교적 성격을 가지지 않은, 보다 종족적인 신앙을 믿는 민중은 이쪽에 더 實感을 가질 수 있을 것이다. 누구나 도와준다는 보편적 신격보다는 나와 혈연적으로 연계되어 있는 조상이 복에서건 화에서건 나와 더 깊이 연관되어 있다는 생각이 자연스러울 것이다.

아버지에게 버려진 딸, 고난스러운 여행, 아버지를 치유하고 사람들에게 복을 주는 존재가 됨, 이런 내용을 가진 설화가 이미 있어서 묘선 이야기를 쉽게 받아들일 수 있었다고 생각해볼 수 있다. 가령 제주도의 <삼공본풀이>를 포함하는 <내 복에 산다> 설화 유형이 그렇다. 주지하다시피 이 설화의 기본 구도는 딸이 아버지에게서 쫓겨나, 산 속으로 들어가서 숯구이 총각을 만나 살게 되고, 생금장을 얻어 크게 부자가 된 후에, 가난해진 부모를 모셔서 함께 잘 살게 된다는 것이다. 역사가 유구한 이 설화의 주인공 막내딸은 몇 각편에서 보이는 대로 신기한 능력을 보여준다. "문창호지에다 글씨를 써서 병풍에다 떡 붙이고서는 한번 이렇게 썩 외우니까, 어머니 아버지가 이렇게 그지처럼 하고 들어오더래요."[35] 하는 놀라운 능력을 보여주거나 부모가 거지가 되어 자기를 찾아오게 될 것을 미리 안다. 이는 <온달>설화의 평강공주가 죽은 온달을 보내는 모습과 겹쳐지면서 김대숙이 정리한 바대로 막내딸을 샤먼으로 인지하게 한다.[36]

제주도의 <삼공본풀이>는 좀더 가깝다. 감은장아기는 집에서 쫓겨나서 먼 산으로 간다. "이 자(재) 넘고 저 자 넘고 신산만산 굴미굴산 올라가는디 헤(日)는 일락서산 다 지어가고 월출동경에 달은 아니 솟아오고 미여지벵뒤 만여지벵뒤 산중 산 앞 인간철 당기젠 ᄒ단 보난 대축나무 지둥에 거적문에 웨돌처귀 무은 비조리초막이 있었구나."[37] 이런 깊은 숲 속에서 마퉁이를

35) <누구 덕에 사나>, 『한국구비문학대계』 1-9. 경기 용인, 209면.

36) 김대숙, 『한국설화문학의 연구』, 집문당, 1994. 106면.

37) 안사인 구송, <삼공본풀이>, 현용준, 『개정판, 제주도무속자료사전』, 각, 2007. 170면.

만난다. 마퉁이는 감은장 아기에게 금을 만나게 해준다. 부자가 된 부부는 거지 잔치를 베풀었고, 감은장 아기가 준 술을 받아 마시고 장님이 되었던 부모는 눈을 뜬다.[38] 이는 쫓겨난다, 먼 곳으로 여행한다. 그곳에서 이상한 남자를 만나 살게 된다. 그 남자가 가지고 있는 것으로 부모를 낮게 한다 등으로 구성되었다고 보면 바리공주와 유사성이 있다. 바리공주 또한 쫓겨난다, 먼 곳으로 여행한다. 그곳에서 이상한 남자인 무장승을 만나 살게 된다. 무장승이 관리하는 생명수와 꽃을 가지고 와서 부모를 살려내는 것이다. 감은장아기의 '감'은 神을 뜻하는 우리말과 관련 있을 것이다. 이 역시 샤먼 즉 무녀의 모습으로 이해할 수 있다.

이와 같이 기왕에 존재하는 민중의 서사에 중국 불교의 유입과 함께 묘선 이야기가 영향을 미쳤을 수도 있을 것이다. <내 복에 산다> 설화와 <바리공주>의 결정적 차이점은 전자가 현실 세계 안에서의 일로만 처리되어 있는 데 반해 후자는 죽은 자의 세계로의 여행이라는 점이다. 앞서 언급한대로 <바리공주>는 죽은 조상과의 만남을 통해서 현세의 후손에게 복을 비는 내용이라는 점에서 큰 차이가 있는 것이다.

다시 말해보자. <내 복에 산다> 설화는 현실 세계 안에서 복을 받는 이야기이다. <바리공주>는 죽은 자가 있는 곳으로부터 현세의 복을 구하는 이야기이다. 복을 구하는 것은 같은데 복이 현세에서 오는가 저승에서 오는가 다르다. 왜 이런 차이가 있는가? <내 복에 산다>는 막내딸이 무당으로서 쇠를 다루는 야장인 마퉁이를 만나는 고대 세계에 실재했던 역사적 배경을 가진 이야기로 이해된다.[39] 이런 권력자의 이야기가 아닌 민중들의 복은 어디서 오는가? 현실의 금이 아니라 저승, 조상으로부터 온다고 생각된다. 조상 숭배를 통해서 화를 물리치고 복을 구하는 것은 세계 보편의 제의였다고 생각된다.

---

38) 같은 책, 175면. "들렀단 술잔 탈랑 놓는 게 설운 아바님 설운 어머님 눈이 팔롱흐게 붉아졌구나. 계명천지가 돼었구나."

39) 김대숙, 위의 책.

그러나 조상이 있는 먼 세계와 현실을 어떻게 묶을 것인가? 이런 문제에 <묘선> 설화 같은 것이 하나의 힌트가 되었을 가능성이 있다. 이 설화의 묘선은 현실 세계에서 아버지를 치유하고 신이 되어 세상 사람을 구원한다. 이승과 초월 세계를 하나의 설화에서 묶는 이야기가 가능한 것이다. 이 둘을 묶는 것이 무녀이다. <내 복에 산다>나 <삼공본풀이>의 막내딸이 무당이리라는 것은 이와 연관된다. 묘선은 불교적으로 관음보살이 되었다고 하지만 인도 기원의 불교라기보다 중국 민중의 토속적 기복 신앙의 면모도 많다. 묘선은 관음보살이라는 초월적 존재가 되어 초월 세계와 이승을 매개해주며 중생에게 복을 내려준다. 무녀의 제의적 역할의 중요한 부분이 이승과 저승을 관계 맺는 것이고 조상신을 통해서 현세에서의 복을 기원하는 것이니, 무녀의 역할을 하는 막내딸 이야기에 묘선과 같은 이야기를 접맥시켰을 수도 있다.

이러한 추정은 명확한 증거 없이 이루어졌다. 이는 묘선 이야기와 바리 이야기가 분명히 같은 구성을 가지면서도 세부 내용은 다르다는 모순된 현상을 이해하기 위한 방편일 뿐이다. 둘은 아무 관계없이 독자적으로 생성되었을 수도 있다. 인류의 사고 구조가 유사하기에 그렇다고 할 수 있는 것이다. 그러나 이 이야기들의 경우에는 그렇게 보기에는 유사성이 너무 두드러진다. 소렌슨은 "충격적으로 유사하다(strikingly similar)".라고 까지 말했다. 지금으로서는 같으면서도 다른 두 이야기의 관계를 이해하기 위해서 巫佛의 鄒合이라는 관념을 이용하는 것이 가장 타당하다고 여겨진다. 그러나 이에 대하여는 지속적인 검증이 있어야 할 것이다. 이는 유사한 설화가 독자적으로 발생하는가 영향관계에 있는가 하는 오래되었으면서도 해답을 제시하기 어려운 질문 앞에 서는 일이 될 것이다.

4. 맺음말

  지금까지 살펴본 것은 다음과 같다. 먼저 7세기 중국을 배경으로 하여 1100년에 비문으로 만들어진 <묘선> 설화를 소개했다. 둘째 이 설화가, 아버지로부터 쫓겨난 막내딸이 먼 곳으로 가서 이상한 남성을 만나 함께 살게 되고 아버지는 불치의 병이 들고 이를 딸이 자기 희생으로 치유하게 되는 이야기라는 점에서 우리의 서사무가 <바리공주>와 매우 닮아 있다는 점을 알 수 있었다. 셋째 그러나 같은 점만큼, 부처가 되기와 무속의 신이 되기 등 다른 점에 대한 지적을 했다.

  넷째 같은 점에 대하여 생각해볼 수 있는 영향설을 고찰해보았다. 선묘 설화의 배경에서 주된 역할을 하는 7세기의 도선율사와 신라의 의상대사, 그 이후 8세기의 범일국사와 장보고와 보타산의 관음신앙, 이후 13세기 조맹부와 충선왕 때의 교류 등에서 <묘선> 설화는 이미 우리에게 알려졌을 것으로 생각된다. 다섯째 그럼에도 불구하고 <묘선> 설화가 일방적으로 수입되었다기보다는 이미 있는 이야기에 어느 정도 영향을 끼친 것으로 생각하는 것이 타당하다는 생각을 했다. 가령 <내 복에 산다> 유형의 설화는 쫓겨난 막내딸이 먼 곳으로 가서 낯선 남성을 만나 함께 살고, 부유하게 되어 거지가 된 부모를 찾아 행복하게 살게 하는 이야기여서 기본 서사구조에 공통점이 있다. 이 이야기는 현실 역사를 배경으로 하고 있는 것으로 여겨지는데 여기에 <묘선> 설화 같은 초월적 존재가 이승과 초월적 세계를 연관짓게 하고 복을 가져다준다는 관념이 결합되면 <바리공주>와 같은 서사문학으로 전개될 가능성을 타진해본 것이다.

  그러나 이런 식으로 <바리공주>의 원형을 소급해볼 수 있는 것일까? 서양의 생명수 설화, 만족의 니샨 샤만 이야기, 우즈베키스탄의 애견 설화, 불교설화 지장보살전생담 등과 다양하게 비교되어 오면서 그 이야기들이 <바리공주>의 뿌리라는 추측을 해온 데에 더해 결국 이번에는 중국의 <묘선>설화를 하나 더 보탠 것이 되고 말 수도 있다. 추측 이외에는 아무

확고한 증거가 없을 것이므로 이런 유사한 이야기를 발견할 때마다 <바리공주>의 뿌리라고 주장할 것인가?

그래서 이런 비교 탐구도 지속되어야하겠지만, 또 다른 시각이 필요한 것은 아닌가 생각된다. 그것은 <바리공주> 이야기와 비교되는 이야기간의 관계가 무엇인가를 생각해보는 것이다. 그 결과 이들은 바리공주와는 서로 연결될 수 있지만 자기들끼리는 아무 관계도 없을 수 있다는 것을 알게 되었다. 마치 가와 나는 친구이고 나와 다는 친구이지만 가와 나는 아무 관계도 없는 사람일 수 있는 것과 마찬가지이다. 이런 식의 닮음에 대하여 분석철학에서는 '가족유사성'이라는 개념을 만들어내었다. 이 개념을 통해 <바리공주>와 비교되는 설화들 사이의 관계를 검토해볼 필요가 있다. 설화의 본질이 바로 이런 식의 닮음일 수 있다. 이에 대하여는 별도의 논문으로 고찰하기로 한다.

<참고> 1100年 향산사(香山寺) 비문(碑文)

* 다음 비문은 Glen Dudbridge, The Legend of Miaoshan,(Revised edition), Oxford University Press. 2004. Appendix A 122-133면에 정리 수록된 탁본 자료를 가져온 것이다. 지은이는 문화혁명으로 훼손된 비석의 상단 일부분은 다른 탁본에 의거 보완하거나 그것도 여의치 않을 때는 결자로 처리하였다고 했다.

* 이 비문의 영문 해석은 Chun-fang Yu, '"Biography of the Great Compassionate One of Xiangshan" by Jiang Zhiqi(1031-1104)', Susan Mann and Yu-yin Cheng, eds., Under Confucian eyes: writings on gender in Chinese history (Berkeley, 2001), 31-44.

(1행) (通議大夫同知樞密院事弋陽郡開國)公食邑二千戶實封三百戶蔣
  之奇撰
  (   )안은 原缺 縣志本으로 보충한 것임.

(2) (翰林學士承旨中大夫知制誥兼侍)讀修國史上柱國食邑一千二百戶
  食實封二百戶蔡京書

(3) (原缺 27자. 覺連本으로 보충; 昔宣律師居終南靈感寺)梵行感致天神
  給侍左右師一日問天神曰我聞觀音大士於此土有緣不審靈蹤顯發
  何地最勝天神曰觀音示現無方而肉身降跡惟香山因緣最爲勝妙師
  曰香

(4) (原缺 27자. 覺連本으로 보충; 山今在何處天曰南崇山之二百餘里三
  山並列中爲香山卽)菩薩成道之地山之東北乃往過去有國王名莊王
  有夫人名寶德王心信邪不重三寶王無太子惟有三女大者妙顏次者
  妙音小者妙善三女之中二女已嫁惟第

(5) (原缺 25자. 覺連本으로 보충; 三女, 祖琇本으로 보충; 妙善始孕夫人

夢吞月及誕之夕大地震動異)香滿室光照內外國人駭異謂宮中有火
是夕降生不洗而淨梵相端嚴五色祥雲覆蓋其上國人皆曰我國殆有
聖人出世乎父王奇之名曰妙善及長進止容儀超然拔

(6) (原缺 25자. 覺連本으로 보충; 俗常服垢衣不華飾日止一食不茹葷辛)
非時不言言必勸戒多談因果無常幻妄宮中號爲佛心從其訓者皆攜
遷善齋潔修行靡有退志王聞之謂夫人曰小女好善在宮中教我嬪御
皆修道行不事華飾頗近

(7) (원결 24자, 보충하지 못함) 已卽謂女曰汝今已長當遵吾教母在後宮
惑亂嬪嬙汝父有國不喜此事我與汝母爲女納婿汝自今已往當依正
道勿學邪法壞吾國風妙善聞父王敕微笑答曰父王見

(8) (原缺 23자. 覺連本으로 보충; 愛河浪闊苦海淵深)至無以支捂豈貪一
世之樂而沉萬劫之苦兒念此事深生厭離志求出家修行學道成佛菩
提報父母拔衆生苦若今下嫁兒不敢從願垂哀察父王聞語謂夫人曰
小女不

(9) (원결 20자) 苦令兒出適若能免三種患者當從母命母曰何謂三患女曰
一者世人少時面如珂月及老且至髮白面皺行住坐臥百不如少二者
世人支體康强步武若飛及一病至臥於床褥四

(10) (원결 16자, 祖琇本으로 보충; 無一可喜三者姻戚集會骨)肉滿前一旦
無常且至雖父子至親不能相代此三種患婿能爲免兒卽嫁之若不能
者兒誓不嫁兒濟世人墮於此苦若欲免者除有佛門志願出家冀修行
得果爲一切人免此過患是故發心

(11) (원결 15자) 愈益怒擯女後園(1자결)茨之下絕其膳飮宮中嬪御不令
親近母夫人哀思乃密令宮人饋致飮食王曰吾見貶在後園猶不畏死
遂不食可攜妙顏妙音二姊往視之且勸其回心卽父子相見不然卽

(12) (원결 15자) 至後園見彼妙善凝然端坐不顧其母夫人前抱之大哭曰自
汝離宮我兩目將枯肝腸碎裂令母如此汝復何安汝父在宮爲汝憂擾
累日不朝國事不治令我與妙顏妙音俱來勸汝汝念汝父回

(13) (원결 13자) 善事女曰兒在此無苦父母何至如此一切世間恩情纏縛無
有出其骨肉會合要必離散借使父母相守百歲無常且至要必一別母
尙自寬幸有二姊度侍須兒何益母自歸宮我無退意妙顏妙音復

(14) (원결 14자) 佛汝觀今出家人作比丘尼者誰能放光動地成佛作祖上報
親恩下度一切豈如以禮從人成其家室乃令父母憂惱如此妙善聞語
謂二姊曰汝自貪著榮華恩愛纏縛趣目前之樂不知樂是苦因

(15) (원결 14자) 恃親辭之不去當此之時雖有夫婿能代汝乎二姊汝等各
人有一生死且自省顧勿深勸我業證見前空悔無益汝勸夫人還宮爲
奏父王虛空有盡我願無盡死生一決惟父王裁之妙顏妙音歸告

(16) (원결 14자) 其出家夫人還俱奏於王王益加怒爾時有比丘尼號曰惠眞
王卽召至謂曰朕小女妙善不循儀禮堅祈出家無乃汝等謀誘我女朕
將季女權寓汝舍期以七日論勸吾女從吾敎者朕當爲汝完飾

(17) (원결 14자) 汝從衆靡有子遺乃遣使將尼俱至後園令女隨尼住居尼舍
尼衆五百迎女以入對像焚香翌日尼衆謂妙善曰妙善生長王宮何故
自求寂寞不如還歸宮禁猶勝靜處伽藍妙善聞語微笑曰我本

(18) (원결 15자) 果救度一切衆生今見汝輩如此智識令人輕賤汝是佛門弟
子尙發此語何況俗士怪我父王憎惡汝輩不肯令我出家抑有由然豈
不知圓頂方袍本爲何事夫出家者厭離榮華解脫情愛毀其

(19) (원결 15자) 於出家有少分相應我佛世尊明有遺戒出家之人當自靡頂
以捨飾好著壞色衣執持應器以乞自活如何汝輩皆事華靡擧止妖冶
服飾華鮮濫入佛門公破淨戒空受信施虛度光陰名曰出家

(20) (원결 14자) 汝等出家心不合道之所致也尼衆爲妙善訶責嘿不能對
爾時惠眞憂慮告妙善曰適尼衆諫妙善者稟王命也卽敍王誡敕如前
所陳控告妙善早爲回心救此尼衆免貽佛門禍難妙善曰汝豈不

(21) (원결 15자) 耒傌薩埵太子投崖飼虎證無生果屍毗王割肉救鴿得超
彼岸汝等旣求出家當觀幻軀無常可厭四大假合本來非有念念離於
輪廻心心求於解脫何得怖死愛生猶戀革囊腥穢豈不知障人

(22) (원결 16자) 業報祇願王心冀脫一死汝但自安我得證果救汝輪廻勿
用憂心尼衆聞言乃相與議曰妙善生於宮中不知外之艱難意謂出家
快樂宜以勞辱苦之使知悔懼言已乃謂妙善曰旣欲出家須

(23) (원결 17자) 勞先登庖廚作無他人不能者皆躬親之尼曰蔬圃無菜汝
當供之計時必足不管關供妙善入圃見菜蔬甚少乃念明日如何供衆
得足方發念次伽藍龍神助以神力及旦園蔬霢靡供用有

(24) (원결 18자) 取水甚勞奈何妙善神化於廚之左湧出一泉味甚甘美惠眞
知其不凡能感龍神之助乃以奏王爾時父王乃大震怒謂左右曰朕之
季女長習邪法斥置尼舍又爲妖妄惑亂於衆辱朕何

(25) (결 14자, 紹興本으로 3자 보완; 臣旣至)妙善聽命卽謂尼衆汝等速避
吾當受誅妙善乃出就死將嬰刃次龍山山神知妙善大權菩薩將證道
果救度衆生無道父王誤將斬首以神通力天大暗冥暴風雷電攝取妙
善置於山下使

(26) (17자 소흥본으로 보완; 臣旣失妙善所在馳奔奏王王復驚怒軀五)百
軍盡斬尼衆悉焚舍宇夫人王族莫不慟哭謂女已死欲救無及王謂夫
人曰汝勿哀哭此少女者非我眷屬當是魔怪來生我家朕得除去妖魔
甚可爲喜妙善旣以神力攝至龍山之下環

(27) (16자 紹興本으로 보완; 視無人卽徐步登山忽聞腥穢又念山林)幽寂

安有斯氣山神化爲老人見妙善曰仁者欲往何所妙善曰我欲入此山
修道老人曰此山之中乃鱗介羽毛所居非仁者修行之地妙善曰此名
何山曰龍山也龍居此山故以名之此去西

(28) (16자 소흥본으로 보완; 嶺若何曰龍所居是故龍山惟)二山之中有一
小嶺號曰香山此處清淨乃仁者修行之地妙善曰汝是何人指吾居處
老人曰弟子非人也乃此山神仁者將證道果弟子誓當守護言訖不見
妙善乃入香山登頂四望闃無人

(29) (16자 소흥본으로 보완; 蹤卽自念言此處是吾化緣之地故就山)頂茸
宇修行草衣木食人莫之知已三年矣爾時父王以是罪業故感迦摩羅
疾徧於膚體寢息無安竭國妙醫不能救療夫人王族夙夜憂念一日有
異僧立於內前曰吾有神方可療王病左右

(30) (16자 소흥본으로 보완; 聞語急以奏王王聞召僧入內僧奏貧道)有藥
球王疾病王曰汝有何藥可治吾病僧曰貧道有方應用兩種大藥王曰
如何僧曰用無瞋人手眼可成此藥王曰汝無戲論取人手眼寧不瞋乎
僧曰國有之王曰今在何處僧曰王國西

(31) (16자 소흥본으로 보완; 南有山號曰香山山頂有仙人修行功著)人無
知者此人無瞋王曰如何可得其手眼僧曰他人莫求惟王可得此仙人
者過去與王有大因緣得其手眼王之此疾立愈無疑王聞之乃焚香禱
告曰朕之大病果獲痊平願此仙人施我手

(32) (16자 소흥본으로 보완; 眼無所吝惜禱□卽今使臣)持香入山使臣至
已見茅庵中有一仙人身相端嚴趺坐而坐卽焚妙香宣王勅命曰國王
爲患迦摩羅疾及今三年竭國神醫妙藥莫能治者有僧進方用無瞋人
手眼乃可成藥今者竊聞仙人修行功著諒

(33) (18자 소흥본으로 보완; 必無瞋敢告仙人求乞手眼救王之病使臣再)
拜妙善思念我之父王不敬三寶毀滅佛法焚燒刹宇誅斬尼衆招此疾

報吾將手眼以救王厄旣致念已謂使臣曰汝之國王膺此惡疾當是不
信三寶所致吾將手眼以充王藥惟願藥病

(34) (19자 소흥본으로 보완; 相應除王惡疾王當發心歸向三寶乃得痊癒
言)訖以刀自抉兩眼復令使臣斷其兩手爾時遍山震動虛空有聲讚曰
稀有稀有能救衆生行此世間難行之事使臣大怖仙人曰勿怖勿怖持
我手眼還報於王記吾所言使臣受之還以

(35) (20자 소흥본으로 보완; 奏王王得手眼深生慙愧令僧合藥王乃服之未
及)旬日王病悉癒王及夫人戚里臣庶下逮國人皆生歡喜王乃召僧供
養謝曰朕之大病非師莫救僧曰非貧道之力王無仙人手眼豈得癒乎
王當入山供謝仙人言訖不見王大驚合

(36) (21자 소흥본으로 보완; 掌曰朕之薄緣乃感聖僧來救遂勅左右朕以翌
日往)詣香山供謝仙人明日王與夫人二女宮族嚴駕出城來入香山之
仙人庵所廣陳妙供王焚香致謝曰朕嬰此惡疾非仙人手眼難以痊除
故朕今日親攜骨肉來詣山中供謝仙人

(37) (21자 소흥본으로 보완; 王與夫人宮嬪皆前瞻覩仙人無有手眼悉生哀
念以)仙人身不完具由王所致夫人審問瞻相謂王曰觀仙人形相頗類
我女言訖不覺哽噎涕淚悲泣仙人忽言曰阿母夫人勿憶妙善我身是
也父王惡疾我奉手眼上報王恩王與夫

(38) (21자 소흥본으로 보완; 人聞是語已抱持大哭哀動天地曰朕之無道乃
令我)女手眼不全受茲痛楚朕將以舌舐兒兩眼續我兩手願天地神靈
令兒枯眼重生斷臂復完王發願已口未至眼忽失妙善所在爾時天地
震動光明照輝祥雲周覆天鼓發響乃見

(39) (21자 紹興本으로 보완; 千手千眼大悲觀音身相端嚴光明晃耀巍巍
堂堂如)星中月王與夫人宮嬪觀菩薩形相擧身自撲撫膺號慟揚聲懺
悔弟子肉眼不識聖人惡業障心願垂救護以免前愆弟子從今已往回

向三寶重興佛刹願菩薩慈悲還復本體令

(40) (21자 소흥본으로 보완; 我供養須臾仙人復還本身手眼完具趺坐合掌
儼然)而化如入禪定王與夫人焚香發願弟子供辦香薪闍維聖體還宮
造塔永永供養王發願已乃以種種淨香圍繞靈軀投火然之香薪已盡
靈軀屹然舉之不動王又發願必是菩薩

(41) (22자 紹興本으로 보완; 不肯離於此地欲令一切衆生見聞供養如是
言已與夫)人昇之卽時輕舉王乃恭置寶龕內菩薩眞身外營寶塔莊嚴
葬於山頂庵基之下與宮眷在山守護晝夜不寢久乃歸國重建梵宇增
度僧尼敬奉三寶出內庫財於香山建塔十

(42) (22자 紹興本으로 보완; 三層以覆菩薩眞身弟子蒙師問及菩薩靈蹤
略述大指)若夫菩薩微密應化非弟子所知律師又問香山寶塔今復如
何天神曰塔久已廢今但土浮屠而已人無知者聖人示跡興廢有時後
三百年當重興爾律師聞已合掌贊曰

(43) (22자 紹興本으로 보완; 觀音大師神力如是非菩薩□願廣大莫能顯其
跡非彼土)衆生緣熟不能感其應巍巍乎功德無量不可得而思議乃命
弟子義常之庶傳之不朽云耳

(44) (22자 紹興本으로 보완; 贊曰香山千手千眼大悲菩薩乃觀音化身異
哉元符二)年仲冬晦日余出守汝州而香山實在境內住持沙門懷晝遣
侍僧命予至山安於正寢備蔬膳禮貌嚴謹乘閒從容而言此月之吉有
比丘入山風貌甚古三衣藍縷問之云

(45) (22자 紹興本으로 보완; 居於長安終南山聞香山有大悲菩薩故來瞻
禮乃延館)之是夕僧遶塔行道達旦已乃造方丈謂晝曰貧道昔在南山
靈感寺古屋經堆中得一卷書題曰香山大悲菩薩傳乃唐南山道宣律
師問天神所傳靈應神妙之語敍菩薩

(46) (23자 紹興本으로 보완; 應化之跡藏之積年晚聞京西汝州香山卽菩
薩成道之地)故跋涉而來冀獲瞻禮果有靈蹤在焉遂出傳示晝自晝念
住持於此久矣欲求其傳而未之得今是僧實攜以來豈非緣契遂錄傳
之翌日旣而欲命僧話卒無得處乃曰

(47) (24자 紹興本으로 보완; 日已夕矣彼僧何詣命追之莫知所止晝不知
其凡耶聖耶)因以其傳爲示予讀之本末甚詳但其語或俚俗豈義常者
少文而失天神本語耶然至菩薩之言皆卓然奇特入里之極談予以菩
薩之顯化香山若此而未有碑記此

(48) (27자 縣志本으로 보완; 者偶獲本傳豈非菩薩□囑欲子譔著乎遂爲
綸次刊減俚辭采菩薩)實語著於篇噫天神所謂後三百年重興者豈在
是哉豈在是哉 元符三年歲次庚辰九月朔書 汝陽張□寧□□

(49) (15자 縣志本으로 보완; 住持□祖沙門福滿作偈以紀其意云) 稽首
至大元年歲次戊申秋七月上吉日 香山十方大普門禪寺衆知事等重□

(50) (16자 縣志本으로 보완; 大悲心願力無窮已舊碑風雨殘故重刊)於此
謹識 洛陽閤孝卿 書額 □臺魏伯□刊

( )안은 비문 원문의 행수
(3행) (27자 빠짐) 옛적 宣律師가 終南山 靈感寺에 거주하매 맑은 행실에
감동한 天神이 좌우에서 시중을 들었다. 스님이 하루는 천신에게
물어 가로되 관음보살이 이 땅에 인연이 있다고 하는데 신령한
자취를 찾아보지 못하였다. 어느 곳이 가장 탁월한가 하였다. 천신
이 이르기를 관음보살의 현신은 정해진 곳이 없으나 육신이 자취를
내린 곳은 香山의 인연이 가장 탁월하다. 스님이 묻기를 향

(4) (27자 빠짐) 산은 지금 어디인가? 천신이 답하기를 숭산 남쪽 이백여
리에 세 개 산이 나란히 있는데 그 가운데가 香山인즉 보살이 도를

얻은 곳이라. 산의 동북쪽에 지난날 莊王이라는 왕이 있었는데 부인의 이름은 寶德이었다. 왕은 삿된 것을 좇았고 三寶를 중히 여기지 않았다. 태자가 없이 딸 셋이 있었으니 큰 딸은 妙顏, 둘째는 妙音, 막내는 妙善이라, 두 딸은 이미 출가했고 셋째딸은 (결혼하지 않았다.)

(5) (25자 빠짐) 묘선을 처음 잉태했을 때 부인은 꿈에 달을 삼켰다. 태어나던 저녁에 대지가 진동하고 신이한 향이 방에 그득하고 궁 안팎에 빛이 환해서 나라사람들이 놀라서 궁에 불이 났다고 했다. 그 밤에 태어나니 씻지 않아도 깨끗했고 맑은 얼굴(梵相)이 단아하고 엄숙했다. 상서로운 구름이 그 위를 덮으니 나라사람들이 모두 우리나라에 성인이 나셨는가 하였다. 부왕이 기이히 여겨 묘선이라 이름했다.
장성함에 행동거지가 초연하여 범속함을 벗어났다.

(6) (25자 빠짐) 늘 더러운 옷을 입고 치장하지 않았다. 하루에 한 끼로 그쳤고 마늘 달래 파 등의 훈채를 먹지 않았다. 말할 때가 아니면 말하지 않았고 하면 꼭 권계의 말을 하였다. 因果 無常 幻妄에 대해 많이 이야기하니 궁중사람들이 佛心이라고 일컬었다. 그 가르침을 좇은 사람들은 모두 선하게 되었고 재계하고 수행함에 물러설 뜻이 없게 되었다. 왕이 이를 듣고 부인에게 말하였다. 작은 딸이 궁중에서 나의 嬪들을 가르쳐 모두들 도를 닦아 화장하고 꾸미지를 않으니

(7) (24자 빠짐) 딸에게 이르기를 "네가 이미 장성했으니 마땅히 나의 가르침을 따를지라. 후궁에 있으면서 빈들을 미혹케 하지 말아라. 나는 다스릴 나라가 있고 이런 일을 좋아하지 않는다. 나와 네 어머니는 네게 남편을 들일 것이야. 너는 이제부터 마땅히 正道에 의지하고 사악한 법을 배워 내 나라의 풍습을 무너뜨리지 말아라." 묘선은 부왕의 명을 듣고 미소로 답하여 가로되, "부왕은 보시

(8) (23자 빠짐) 애정의 강물은 넘실거리고 괴로움의 바다는 연못처럼
깊습니다. … 어찌 한 세상의 즐거움을 탐하여 영원의 괴로움에 빠지
겠습니까? 저는 이에 대해 깊이 생각해보니 싫은 마음만 심하게 일어
납니다. 출가 수행하여 도를 배워 성불하고자 합니다. 부모에게 보은
하고 중생을 괴로움에서 건지렵니다. 시집가라는 말씀을 감히 따를
수 없습니다. 원컨대 살펴주시기(哀察) 바랍니다." 왕이 이 말을 듣고
부인에게 이르기를 "아이가…

(9) (20자 빠짐) (*묘선의 대답) "만약 세 가지 근심을 면할 수 있다면
어머니 명을 따르겠습니다." 어머니가 물었다. "무엇을 세 가지 근심
이라 하느냐?" 딸이 말했다. "하나는 세상 사람들이 어린 시절에는
얼굴이 옥이나 달과 같지만 늙음이 이르면 머리털은 희어지고 얼굴은
추해집니다. 가거나 서거나 앉거나 눕거나 모든 일이 어려서와 같지
못합니다. 둘째는 사람들의 사지가 강건하고 걸음도 날아갈듯 하지
만, 한 번 病이 이름에 병상에 누워

(10) 한 가지 기쁜 일도 없게 됩니다. 셋째는 친척이 모여 있고 골육이
앞에 그득해도 한번 죽음이 이르면 비록 부자간의 친함으로도 능히
대신할 수 없습니다. 이 세 가지 근심을 남편이 면할 수 있으면 곧
시집가겠지만, 그럴 수 없다면 나는 맹세코 결혼하지 않겠습니다.
세상 사람들은 이 고통에 빠져 있고 이를 면하는 것은 다만 佛門에
있어 出家에 뜻을 두어야 합니다. 나는 修行 得果하여 모든 이가
이 괴로움을 벗어나게 되기를 바라서 發心

(11) (15자 빠짐) (왕이) 더욱더 분노하여 딸을 후원 가시나무 아래로
물리치고 음식을 금하고 궁중의 여자들이 가까이 하지 못하게 했다.
母夫人이 슬퍼하며 몰래 음식을 가져다주게 했다. 왕이 말했다. "내가
보니 낮추어 후원에 있어도 오히려 죽음을 두려워 않고 먹지를 않으
니, 묘안과 묘음 두 언니를 데리고 가 보고 마음 돌리기를 권해보라.

그런즉 부녀가 서로 볼 것이고 그렇지 않은 즉,

(12) (15자 빠짐) (그들이) 후원에 이르러 보니 묘선은 선에 들어 단정하게 앉아 어머니를 돌아보지도 않았다. 부인이 묘선을 끌어안고 크게 울며 말하기를 "네가 궁을 떠나서부터 내 두 눈이 말라붙고 간장이 찢어진다. 에미를 이렇게 해놓고 너는 어찌 편안하겠느냐? 아버지도 너로 인해 근심이 심해 며칠이나 조회도 못하고 나라일도 다스려지지 않는단다. 두 언니와 나를 함께 보내셨단다. 아버지를 생각해서라도

(13) (13자 빠짐) 묘선이 "나는 여기서도 아무 괴로움이 없는데 부모님께서는 어찌 이에 이르렀습니까? 모든 사람들이 恩情에 얽매어 거기서 빠져나오질 못합니다. 骨肉之親의 만남도 반드시 헤어지게 되어 있습니다. 부모가 백살을 산다고 해도 한번 죽음이 이르면 헤어질 수 밖에 없습니다. 어머니는 마음을 편하게 가지세요. 다행히 두 언니가 있어 잘 모실 것이니 내가 꼭 필요하지는 않을 것입니다. 어머니 궁으로 돌아가세요. 나는 물러날 뜻이 없습니다." 묘안과 묘음이

(14) (14자 빠짐) "출가하여 비구니가 된 사람들을 보아라. 누가 능히 빛을 내고 땅을 움직여 부처가 되고 조상이 되어 위로 부모 은혜를 갚고 아래로 세상사람을 제도하겠느냐? 어찌 예로 사람을 쫓아 가정을 이루지 않고 부모를 이처럼 고뇌하게 하느냐?" 묘선이 듣고 두 언니에게 이르기를 "언니들은 영화를 탐내고 은애에 묶여 눈앞의 쾌락만 취하고 쾌락이 바로 괴로움의 원인임을 모르니

(15) (14자 빠짐) 부모를 모심은 사양할 수 없습니다. 이 때를 맞아서 비록 형부들이라도 언니를 대신할 수 있는가요? 언니들은 각각 한번 生死가 있으니 스스로 잘 돌아보고 나에게 권하지 마세요. 業의 증과는 전에 보였고 공연한 탄식은 유익됨이 없으니 어머니를 모시고

궁으로 돌아가시고 아버지께 허공에는 끝이 있어도 나의 願에는 끝이 없으며 죽고 삶이 오직 부왕의 결정이라고 상주해 주세요. 하니 묘안과 묘음이 돌아와 고하였다.

(16) (14자 빠짐) 부인도 돌아와 함께 왕께 주달하니 왕이 더욱 분노하였다. 이때 혜진이라 일컫는 비구니가 있어 왕이 바로 불러 이르기를 "내 딸 묘선이 儀禮를 따르지 않고 출가를 굳게 기원하니 방법이 없다. 너희들이 내 딸을 잘 회유해라. 막내딸을 너희들이 거하는 곳에 7일간 머무르게 할 것이니 내 딸이 나의 가르침을 잘 좇게 한다면 마땅히 너희의 (수도원을) 잘 꾸며주리라(?)

(17) (14자 빠짐) 너는 무리를 좇아 나머지가 없게 하라(?) 이에 심부름꾼을 보내 여승과 함께 후원에 이르렀다. 딸을 비구니를 좇아 수녀원에 머물게 했다. 오백의 비구니가 묘선을 맞아 들여 상대하여 분향하였다. 다음날 비구니들이 묘선에게 말하였다. "묘선은 왕궁에서 자랐는데 어찌 스스로 적막함을 구하는가? 궁궐로 돌아가는 것이 절에서 고요히 있는 것보다 낫다." 묘선이 듣고 미소를 띠며 가로되 나는 본래

(18) (15자 빠짐) 일체 중생을 구제하고자 한다. 이제 너희 무리가 이처럼 지혜와 식견이 얕고 가벼움을 보았다. 너희는 불문의 제자인데도 이렇게 말을 하니 세속의 사람들이 어찌 나를 괴이하게 생각하지 않겠는가? 부왕이 싫어하시어 너희가 내가 출가하는 것을 꺼리니 까닭이 있음을 어찌 알지 못하는가? 머리를 깎고 가사를 입는 것은 본래 무엇인가? 대저 출가자는 榮華를 싫어해 떠나고 情愛을 해탈하고

(19) (14자 빠짐) (너희들의 행동은) 出家에 상응함이 적다. 우리 세존께서는 출가자는 마땅히 머리를 꾸미지 않고 빛바랜 옷을 즐겨 입으며

손에 바리때를 들고 구걸하여 스스로 살아간다고 명백하게 가르침을 남겼다. 어찌하여 너희 무리는 모두 화려함을 일삼고 행동거지가 요염하며 복식이 아름다우뇨? 함부로 佛門에 들어와 공공연히 깨끗한 계율을 깨뜨리고 헛되이 보시를 받고 세월을 허송하고 있다. 출가라 하는 것은

(20) (14자 빠짐) 너희의 출가의 마음이 도에 따름이 아니라. 비구니들이 묘선의 꾸짖음에 입을 다물고 대답이 없었다. 이때 혜진이 염려하여 묘선에게 고하기를 '묘선을 설득한 비구니들은 왕명을 따라 말한 것'이라 하고 곧 왕의 칙명을 전에 들은 바대로 진술하고 묘선이어서 마음을 돌려 이 비구니들을 구하고 불문의 재앙을 면하게 해줄 것을 부탁했다. 묘선이 말하기를 "너희는 어찌

(21) (15자 빠짐) 마하살타 태자가 절벽에 몸을 던져 호랑이 먹이가 되어 無生의 果를 증득하였음과 시비왕이 살을 베어 비둘기를 구하고 피안에 들어감을 듣지 않았는가? 너희들이 이미 출가를 구하였으니 마땅히 이 幻軀의 덧없고 싫음과 四大가 임시로 모인 것이요 본래 있음이 아님을 알아 생각마다 윤회에서 벗어나고 마음마다 해탈을 구할 것인데 어찌 죽음을 두려워하고 삶을 사랑하여 이 비리고 더러운 가죽 자루를 연모하는가? 어찌 장애됨을 모르는가

(22) (16자 빠짐) 왕의 마음을 얻어 한번 죽음에서 벗어나기를 바라겠지만, 너희는 다만 안심하라. 내가 깨달음을 얻으면 너희를 윤회에서 구하리니 우려의 마음을 내지 말라." 비구니들이 듣고 서로 상의하여 말하기를 "묘선이 궁중에서 나서 바깥의 어려움을 모르고 생각하기를 출가가 즐겁다고 하니 마땅히 수고와 욕됨으로 괴로움을 겪게 하여 후회와 두려움을 알게 하자." 말을 마치고 묘선에게 일러 가로되 "이미 출가하고자 하니

(23) (17자 빠짐) 먼저 부엌에 가서 다른 아무도 할 수 없는 일을 몸소 했다. 비구니가 말했다. "채소밭에 채소가 없으니 네가 마땅히 공급해라. 시간에 맞춰 빠짐없이 공급하라." 묘선이 밭에 들어가 채소가 거의 없음을 보고 생각기를 내일 어떻게 무리를 먹일까 이런 생각을 하고 있을 때 절의 龍神이 神力으로 도와 아침이 되니 밭에 채소가 우수수

(24) (18자 빠짐) 물 길어오기도 매우 힘들어서 묘선은 어찌할꼬. 신이 주방 왼쪽에 나타나 한 개 샘이 솟아나게 하니 맛이 정말 달았다. 혜진이 그 비범함과 능히 용신을 감동하여 도움을 얻음을 알고 왕에게 주달하였다. 이에 부왕이 크게 진노하여 좌우에 말하기를 "짐의 막내딸이 邪法을 오래 익혀 절에 있게 하였는데 요망하여 무리를 어지럽히고 짐을 욕보였다."

(25) (14자 빠짐) 신하가 이름에 묘선이 명을 듣고 비구니들에게 말하기를 "너희들은 속히 피하라 나는 기꺼이 죽겠노라." 묘선이 죽으러 나아가 칼날을 받으려 하니, 龍山 山神이 묘선 즉 큰 능력의 보살이 장차 깨달음을 얻고 중생을 구제하려 함과 무도한 부왕이 잘못하여 참수하려 함을 알고 신통력으로써 하늘이 캄캄해지고 폭풍과 번개 우레를 일게 하여 묘선을 취하여 산 아래 두니

(26) (17자 소홍본으로 보완) 사신이 이미 묘선의 소재를 잃고 왕에게 달려와 아뢰니 왕이 다시 놀라고 분노하여 오백 군사를 몰아 비구니들을 다 죽이고 절을 불살랐다. 부인과 왕족들이 통곡하며 이르기를 "묘선이 이미 죽었으니 구하고자 하여도 소용이 없구나."하니 왕이 부인에게 이르기를 "슬퍼하며 울지 말라 그 아이는 나의 眷屬이 아니다. 분명 마귀가 우리 집에 태어난 것이다. 짐이 마귀를 제거했으니 참으로 기쁜 일이다." 하였다. 묘선은 이미 신력으로 용산의 아래 이르러

(27) (16자 소홍본으로 보완) 두루 살펴보니 아무도 없다. 천천히 산에 올라가니 문득 비리고 더러운 냄새가 났다. 생각하기를 '산림은 고요하고 적막한데 이런 냄새는 어찌된 일일까?' 산신이 노인이 되어 묘선을 보고 말하기를 "어진 이여, 어디로 가고자 합니까?" 하니 묘선이 "나는 이 산에 들어가 수도하고자 합니다." 하였다. 노인이 "이 산은 비늘과 날개 가진 것들이 사는 곳이라 어진 이가 수행할 땅이 아니라."고 하였다. 묘선은 "이름은 무슨 산이라 합니까?" 노인 왈 "용산이라, 용이 이 산에 거하기 때문에 이름지었습니다."

(28) (16자 소홍본으로 보완) "이 서쪽 고개는 어떻습니까?" "그곳도 용이 거하므로 용산인데 다만 이 두 산 가운데에 香山이라고 하는 작은 산이 있으니, 청정하여 어진 이가 修行할 곳입니다." 묘선이 물었다. "어떤 분인데 나의 거처를 일러주십니까?" 노인이 답했다. "弟子는 인간이 아니라 이 산의 신입니다. 어진 이가 장차 도를 증득할 것이라 제자가 마땅히 수호할 것을 서원하였습니다." 말을 마치자 보이지 않았다. 묘선이 향산으로 들어가 꼭대기에 이르니 사방이 고요하여 아무 사람의

(29) (16자 소홍본으로 보완) 종적도 없은 즉 생각으로 말하기를 '이곳이야말로 내가 化緣(중생을 교화하여 제도하는 인연)할 곳이다.' 하고 산꼭대기에 움막을 짓고 수행하였다. 풀옷을 입고 나무에서 나는 것을 먹고 사는 삼년 동안에 아무도 몰랐다.
이때 부왕이 죄업으로 말미암아 가마라 병에 걸렸다. 피부로 퍼져 침식에 편안함이 없었다. 나라 안의 신묘한 의사를 다 하여도 치료할 수가 없었다. 부인과 왕족이 아침저녁으로 근심하였다. 하루는 異僧이 내전에 와 이르기를 "내게 神力이 있어서 왕의 병을 치료할 수 있습니다." 하니 좌우가

(30) (16자 소홍본으로 보완) 듣고 급히 왕에게 주달하였다. 왕이 듣고

중을 안으로 불러들이니 중이 아뢰었다. "貧道가 약이 있어 왕의 병을 치료할 수 있습니다." 왕이 "어떤 약이 있어서 내 병을 치료할 수 있는가?" 물으니 "방책이 있는데 두 종류의 큰 약을 써야 합니다." 하고 중이 답했다. 왕이 "어떤 것인가?" 물었다. 중이 "화내지 않는 사람의 손과 눈을 이용해서 이 약을 만듭니다." 하니 왕이 "너는 희롱의 말을 하지 말아라. 사람의 손과 눈을 취함에 어떤 사람이 화내지 않겠는가?" 했다. 중이 "이 왕국에 있습니다." 하니 왕이 "지금 어느 곳에 있느냐?" 물었다. 중이 말하기를 "왕국의 서

(31) (16자 소흥본으로 보완) 남쪽에 향산이라는 산이 있는데 山頂에 仙人이 있어 수행하여 공력이 있으나 아무도 모릅니다. 이 사람은 화가 없습니다." 왕이 어떻게 그 손과 눈을 얻을 수 있을까 물으니 중이 말했다. "다른 사람은 얻을 수 없고 오직 왕만이 구할 수 있습니다. 이 仙人은 과거에 왕과 큰 인연이 있어서 그 손과 눈을 얻으면 왕의 이 병은 치유될 것임에 의심의 여지가 없습니다." 왕이 듣고 향을 태우고 기도하기를 "짐의 큰 병이 과연 나을 수 있다면 이 선인이 나에게 손과

(32) (16자 소흥본으로 보완) 눈을 베풀어 아까워하지 않을 것인가? 하였다. 기도를 마치고 왕은 사신을 불러 향을 가지고 산으로 가게 하였다. 사신이 이르러 茅屋 가운데 仙人이 단정하고 엄숙하게 가부좌를 하고 앉아 있는 것을 보았다. 나아가 좋은 향을 태우고 왕의 칙명을 전하였다. "국왕이 가마라 병을 앓은 지 3년에 나라의 神醫와 妙藥을 다하여도 치료할 수가 없었다. 한 스님이 方文을 내되 화 내지 않는 사람의 손과 눈을 써서 약을 이룰 수 있다 한다. 이제 가만히 들으니 선인이 수행하여 공력이 있어서 화냄이 없다고 알고 있다.

(33) (18자 소흥본으로 보완) 감히 선인께 고하여 손과 눈을 빌어 왕의 병을 구하고자 한다." 하고 사신이 재배하니 묘선이 생각기를 '부왕께

서 三寶를 경외하지 않고 佛法을 毁滅하고 절을 불사르고 승려를 주살함이 질병의 업보를 불렀구나. 내 장차 손과 눈으로 부왕의 곤액을 구하리라' 하고 사신에게 일러 가로되 "너의 국왕이 이런 악질에 걸림은 三寶를 믿지 않은 까닭이다. 내 장차 손과 눈으로 왕의 약을 이루리라. 오직 바라기는 약과 병이 잘 맞아서

(34) (19자 소홍본으로 보완) 왕의 惡疾을 제거하고 왕이 發心하여 삼보로 歸向하여 쾌유하기를 바란다." 하고 말을 마침에 칼을 들어 스스로 두 눈을 도려내고 사신에게 두 팔을 자르게 하니 이때 온 산이 진동하고 허공에서 소리가 있어 찬미하기를 "드물고 드물도다. 능히 중생을 구함이여, 세간에서 이 일을 행하기 어려운 일이로다." 사신이 크게 두려워하니 선인이 "두려워 말라, 내 손과 눈을 가지고 왕에게 돌아가 내가 말한 바를 기억하라." 사신이 받아 돌아가서

(35) (20자 소홍본으로 보완) 왕에게 아뢰니 왕이 손과 눈을 얻고 부끄러움을 깊이 느꼈다. 중에게 약을 만들게 하여 복용하니 열흘이 못 미쳐 왕의 병이 모두 나았다. 왕과 신하와 친척, 신하, 아래로 모든 나라사람들이 모두 기뻐했다. 이에 왕이 중을 불러 공양하고 사례하여 가로되 "짐의 큰 병이 스승이 아니었으면 나을 수가 없었다." 하니 중이 "빈도의 힘이 아닙니다. 선인의 손과 눈이 없었다면 어찌 나았겠습니까? 왕은 응당 산에 들어가 선인께 사례드리십시오." 말을 마치고는 사라졌다. 왕이 크게 놀라

(36) (21자 소홍본으로 보완) 합장하고 말하였다. "나의 박한 인연이 聖僧을 감동하여 와서 구해주었구나." 좌우에 명하여 "짐이 내일 향산에 예방하여 선인께 사례하겠다." 하였다. 다음날 왕과 부인, 두 딸과 궁 사람들이 수레를 타고 성을 나와 향산 선인의 거소에 들어갔다. 공양할 것을 널리 갖추고 왕이 분향하며 사례하여 이르기를 "짐이 惡疾에 걸려서 선인의 손과 눈이 아니었다면 고치기 어려

웠으므로 짐이 금일 친히 가족을 이끌고 산중을 방문하여 선인께 사례합니다."

(37) (21자 소흥본으로 보완) 왕과 부인, 宮嬪이 모두 앞에 선인이 눈과 손이 없는 것을 바라보고, 선인의 몸이 완전치 못한 것이 모두 왕 때문임에 슬픔이 솟구쳤다. 부인이 잘 살펴 얼굴을 바라보고 왕에게 이르기를 "선인의 형상을 보니 자못 우리 딸과 비슷합니다." 하고는 목이 메고 눈물이 흐르고 울음을 깨닫지 못하였다. 선인이 문득 말하였다. "어머니, 묘선을 생각하지 마세요. 제가 묘선입니다. 부왕의 惡疾에 내가 손과 눈을 바쳐서 부왕의 은혜를 갚았습니다." 왕과

(38) (21자 소흥본으로 보완) 부인이 이 말을 듣고 끌어안고 크게 우니 슬픔이 천지를 흔들었다. "내가 무도하여 내 딸의 손과 눈이 온전치 못하고 이 고통을 겪게 하였구나. 내가 장차 혀로 딸의 눈을 핥고 두 손을 이으리라. 원컨대 천지신령은 내 딸의 마른 눈을 다시 돋게 하고 잘린 팔을 복원하소서." 왕이 발원을 마치고 왕의 입이 묘선의 눈에 닿기 전에 홀연히 묘선의 소재가 사라져버렸다. 이때 천지가 진동하고 광명이 환히 비추고 상서로운 구름이 주위를 덮고 하늘 북이 소리를 내어 보니

(39) (21자 소흥본으로 보완) 千手千眼 大悲觀音이 엄숙 장엄한 모습으로 광명으로 빛이 나고 높고도 당당하여 별 가운데 달과도 같았다. 왕과 부인과 궁빈들이 보살의 형상을 보고 몸을 일으켜 스스로 치며 가슴을 때리고 통곡하여 소리를 높여 참회하며 "우리가 육안으로 성인을 알아보지 못하고 악업이 마음을 가렸던 것이니, 원컨대 구하고 보호하시어 전날의 허물을 면하여 주소서. 제자는 이제로부터 삼보에 회향하고 사찰을 중흥하리다. 원컨대 보살의 자비로 본체로 돌아와서

(40) (21자 소흥본으로 보완) 우리가 공양하게 하소서." 곧 선인이 다시 본래 몸으로 돌아왔는데 눈과 손이 완전하며 가부좌에 합장한 채 엄숙한 모습으로 마치 선정에 들어가듯 입적하였다. 왕과 부인이 분향하며 발원하여 "제자는 향기 나는 나무를 공양하여 聖體를 화장 하겠습니다. 궁으로 돌아가서 탑을 세워 영원히 공양하겠습니다." 왕의 발원이 마치고 갖가지 정결한 향으로 영구를 두르고 불을 넣어 살랐다. 향기로운 나무가 다 탔는데도 영구가 위엄스러운 모양으로 들어도 움직이지 않았다. 왕이 다시 발원하여 "반드시 이는 보살이

(41) (22자 소흥본으로 보완) 이곳에서 떠나고자 아니하고 일체 중생이 이를 보고 듣고 공양하게 함이라." 라고 말하고 부인과 함께 마주 드니 즉시 가벼이 들렸다. 왕이 이에 공경하여 龕室을 세워 안에 보살의 眞身을 안치하고 밖에는 寶塔 莊嚴을 두었다. 산정의 암자 밑에 장사하고 궁궐 권속들과 산에 있으면서 밤낮으로 수호하여 잠을 자지 않은 지 한참 후에 귀국하여 절을 중건하고 승니를 늘리고 삼보 를 경건히 받들고 창고의 재물을 들어내어 향산에 탑

(42) (22자 소흥본으로 보완) 13층을 세워서 보살의 진신을 덮었다. (天神이 말하기를) "제자가 스승의 물음을 입어 보살의 신령한 자취 를 큰 뜻만 약술하였습니다만 보살의 비밀스러운 應化에 관하여는 아는 바가 없습니다." 율사가 또 묻기를 "향산의 보탑은 지금은 어떠 한가?" 천신이 말하기를 "탑은 오래되어 이미 버려졌고 지금은 흙 부도뿐이어서 아는 사람이 없습니다. 성인이 행적을 보임에 흥폐에 때가 있어 삼백년 후에야 중흥될 것입니다." 율사가 듣고 합장하며 찬미하여 가로되

(43) (22자 소흥본으로 보완) "관음대사의 신력이 이와 같구나! 보살의 발원이 광대하지 않았다면 그 사적이 드러나지 않았으리라. 그 땅 중생의 인연이 익지 않았다면 그 應함을 얻지 못했으리라. 높고 높아

라 공덕의 무량함이여! 생각으로 얻을 수가 없도다!" 하고 제자 義常
을 명하여 기록하고 전하여 썪지 않게 하였다. (소흥본에는 '성림
2년 仲夏 15日'이라고 되어 있다. 699년 4월 20일이다)

이 뒤에는 의상의 글이 상세하나 조잡하여 蔣之奇가 수정하여 비를 세웠
다는 내용이 있다. 元符 3년(1100년)의 일이다.

<바리공주> 신화의 다국적 비교

1. 서론

서사무가 <바리공주>는 오구굿 관련 다양한 굿 의례나 문학적인 내용에 관련되어 많은 연구가 이루어졌을 뿐 아니라, 다른 나라에 전하는 설화와의 비교 연구도 거듭 이루어졌다. 서대석과 김영일의 만주의 <니샨> 샤만 무가와의 비교[1], 곽진석의 <니샨>샤만과 타타르의 쿠바이코 설화와의 비교[2], 주종연과 김환희의 유럽의 생명수 탐색담과의 비교[3], 이정재의 우즈베키스탄의 설화 <애견이여 춤춰라>와의 비교[4], 이정재의 네팔 설화 <영리

1) 서대석, 「한국신화와 만족신화의 비교연구」, 『한국신화의 연구』, 집문당, 2002. 441-465면.
김영일, 「<니샨> 샤만 무가의 비교연구」, 『한국문학이론과 비평』 8집. 한국문학과비평학회, 2000. 144-170면.
2) 곽진석, 「한국의 영혼여행담과 시베리아 샤머니즘」, 『구비문학연구』6집, 한국구비문학회, 1998. 329-349면.
3) 주종연, 『한독 민담 비교연구』, 집문당, 1999. 115-141면.
김환희, 「<바리공주>의 보편성과 특수성을 찾아서」, 『동화와 번역』 10집. 건국대학교 동화와번역연구소, 2005. 129-177면.
Hwan Hee Kim, The Shamanist Myth of "Princess Bari" and Its Western Counterparts: A Comparative Study of the Tales of the Water of Life, 『Comparative Koreasn Studies, 비교한국학』.10권1호, 국제비교한국학회, 2002. 1-33면.
4) 이정재, 「실크로드 신화 <애견이여 춤춰라>와 한국무가 <바리공주>의 비교 연구」, 『한국민속학』 43. 한국민속학회, 2006. 387-417면.

한 공주>와의 비교5), 김헌선의 일본의 <天忠姫>와 메소포타미아의 <이난
나> 설화와의 비교6), 강진옥의 불교설화 <지장보살전생담>과의 비교7),
클라크 소렌슨(Clark W. Sorensen)의 중국의 <妙善> 설화와의 비교8) 등이
선행의 비교연구 성과이다.

　김영일은 탈혼과 저승여행의 관점에서 니샨 샤먼 무가와 바리공주가
유사하다고 보고 그 바리공주의 원형을 니샨 샤먼 무가에서 찾을 수 있다고
보았다. 무녀의 타계 여행의 공통점은 크게 수긍되는 것이지만 바리공주가
탈혼으로 이해될 수 있는지 또 바리공주의 중요한 소재인 생명수에 대한
이야기가 없고 무엇보다 효도에 대한 강조라는 점에서 두 이야기의 이질성
도 무시하기 어렵다. 이런 점에서 서대석은 神觀, 生死觀, 女性觀에서 둘의
차이점을 더 부각시켰다. 곽진석도 니샨 샤먼과 쿠바이코가 모두 바리공주
처럼 영혼 여행을 통해 임무 수행을 하는 핵심적인 공통점이 있다는 점과
주동인물을 돕는 보조령이 있다는 점을 지적하고 있다. 이 역시 바리공주의
여행을 영혼 여행으로 볼 수 있는가, 또 괴물과의 싸움을 통해서 오빠의
잘린 머리를 찾아오는 화소는 바리공주의 생명의 약수와는 현격한 차이를
느끼게 한다는 점을 지적하지 않을 수 없다.

　주종연과 김환희는 유럽의 생명수 설화와 비교했다. 주종연은 그림민담
중의 생명수 이야기와 비교를 하고 너무도 동일한 화소에 놀라게 되면서
이 둘의 어떠한 영향관계도 상정하기 어려워 전파론이 아닌 자생론적 입장
을 공고히 하게 된다고 지적했다. 하지만 한편으로 생명수 이야기는 생명수
탐색 자체보다는 세 형제 간의 다툼을 다루는 민담의 전통적 주제와 더

<hr>

5) 이정재, 「한국무조신화와 네팔 설화의 상관성 연구」, 『동아시아 고대학』제17집. 동아시아고대학회, 2008.
　227-259면.

6) 김헌선, 「저승을 여행하는 여신의 비교 연구」, 『비교민속학』 33. 비교민속학회, 2007. 153-198면.

7) 강진옥, 「<바리공주>와 <지장보살전생담>의 제의적 기능과 인물형상 비교」, 『구비문학연구』35집,한국구비문
　학회, 2012, 193-226면.

8) Clark W. Sorensen, Woman and the Problem of Filial Piety in Traditional China and Korea, 『한국학의
　과제와 전망』제2분과, 한국정신문화연구원, 1988. 833-857면.

깊이 연관되어 있다는 느낌을 갖게 된다. 김환희는 유럽의 생명수 설화들이 "부모의 병, 막내 왕자 및 공주의 효, 형제간의 반목, 초자연적인 조력자, 유혹자의 우물지기 내지 약수지기와의 만남, 우물지기와의 결혼, 아들의 탄생, 그리고 부모의 회생"이라는 공통 화소를 가지고 있으며, 특히 아일랜드의 설화 <에린의 왕과 쓸쓸한 섬의 여왕>과 바리공주가 모두 남성위주의 가치관과 가부장적인 세계관이 팽배한 조선왕조와 서구유럽의 심층구조 속에 똑같이 여성성과 남성성의 대극을 초월해서 '자기 전일성'(wholeness of the self)을 추구하는 인간의 보편적인 열망이 존재했다고 심리학적 분석을 행하였다. 그러나 남성 여성의 대극의 합일이라는 주제는 심리학적으로 너무도 보편적인 것이어서 그 둘만의 특수한 공통성을 말하였다고 보기 어렵다. 그 점을 제외하면 <에린의 왕과 쓸쓸한 섬의 여왕>이 바리공주와 그렇게 닮아 있는가 의문스럽기도 하다.

이정재는 먼저 현재의 우즈베키스탄 지역에 전해지는 <애견이여 춤춰라>가 동해안-경상도 권의 바리공주와 同系이므로 동해안-경상도 본을 바리공주의 기본형으로 하여 한국 바리공주의 변이과정을 재론해야 한다는 주장을 폈다. 그러나 이 이야기는 딸을 버린 것도 아니고 딸 때문에 병이 든 것도 아니고 저승을 여행하는 것도 아닌 등 차이점도 만만치 않을 뿐 아니라, 실크로드를 따라 들어온 이야기가 왜 하필이면 동해안 쪽으로 먼저 전해져서 원형이 그대로 남아 있다는 것인지 의문을 자아낸다. 이에 이어서 네팔의 <영리한 공주>가 우즈베키스탄의 설화와 크게 다르지 않으며, 특히 바리공주 동해안-경상도 본이 공주의 '남장과 남장 성공이 같은 모티브를 이루어 동일계통으로 묶을 수 있음이 확인'된다고 하였다. 그러나 전체적으로 보아 바리공주에서 남장 화소가 그렇게 중요한 것인지 의문이 든다. 또 두 편의 연구에서 한국 바리공주의 기본형을 추출하는 것에 비중을 두었는데, 전국의 바리공주를 모아서 공통의 바리공주를 가상한 것과 비교하는 것이 큰 의미가 있는가 의문이다. 그렇게 구연되는 작품은 있을 수 없기 때문이다. 바리공주 각편은 실제 현행되는 각편으로서만 의미가 있다.

국내의 바리공주 구연본들도 내용의 차이를 보인다. 결국 동해안-경상도 본과 더욱 같은 전개를 보인다면, 다른 구연본 전체를 묶은 기본형이라는 것과의 관계에 의문을 가질 수 있다. 동해안-경상도 본은 기본형에 들지 않는가 기본형에 포함되는 것이라면 왜 차이를 부각시키는가? 이 의문은 홍태한과 서대석이 기본형에서 남장 모티브를 설정하지 않았다는 것과 관계있다. 기본형이 되지 못하는 것을 공통점으로 부각시켜 비교하는 방법은 전체 논의의 정합성에 손상을 준다고 할 수 있다.

김헌선은 일본의 <天忠姬>와 메소포타미아의 <이난나>를 저승을 여행하는 여신이라는 점에 초점을 두고 비교하였다. 이계 여행을 통해서 새로운 생명을 구하고 그 이야기가 儀禮의 기원이 되는 점이 같다. 멀리 떨어져 있는 지역의 신화가 큰 틀에서 공통점을 지니고 있음을 보여주었다. 그러나 이 신화들은 세부적인 면에서는 크게 다르기도 하다. 다른 점에 대하여는 언급하지 않았다. 기본적으로 다른 이야기임을 전제로 하기 때문에 다른 점은 언급할 필요가 없었다고 보인다. 따라서 전파니 원형이니 하는 말은 꺼내지 않았다.

강진옥은 <지장보살전생담> 중 <바라문의 딸>이야기가 득죄한 부모와 효성스런 딸, 간절한 효심과 아낌없는 공양, 부모의 존재태의 변환, 이계체험과 중생 구제, 부처님의 원조 등에서 바리공주와 공통되는 점을 가지고 있다고 지적하였다. 그러나 이 이야기 역시 공통점만큼이나 차이점도 크다고 하지 않을 수 없다.

<바리공주> 설화에의 영향 또는 보편성을 주장할 만한 또 한 편의 자료가 있으니 그것은 중국에 전해지는 <妙善> 공주의 설화이다. 이 설화는 관음연기담이어서 흔히 한국의 관음보살 신앙과 연관되고 특히 『삼국유사』 <낙산이대성>조의 관음 이야기 또는 의상과 선묘의 이야기와 연계하여 이해되고 있다. 조현설은 이 설화를 관음의 여성화 사례의 한 가지로 간략히 소개하고 있다.[9] 김용덕은 관음보살이 응현하는 여러 사례 중 '평범한 여인으로 응현'하는 예로 매우 간략히 소개했다.[10] 황금순은 삼국유사의 <낙산이대성>조

설화가, 의상 사후 9세기 정도에 묘선공주의 설화를 포함한 중국의 보타산의 관음신앙이 범일국사의 굴산문과 연계되어 수용된 것이라고 주장하였다.11) 조영록은 의상과 선묘 설화를 묘선공주 설화가 동일한 뿌리에서 나온 두 갈래의 설화라고 주장하였다.12) 그러나 이들은 관음설화라는 점에서 유사하다는 것, 또 묘선과 선묘가 이름이 유사하다는 것 등을 연관짓는 것이어서 문학적 비교로는 미흡하게 여겨진다. 서사구조와 그 기능에서의 유사성까지 고려하며 비교할 필요가 있다.

묘선 설화를 우리의 바리공주와 직접 연관 지어 다룬 사람은 소렌슨(Clark W. Sorensen)이다. 소렌슨은 이 두 편의 설화를 이용하여 전통시대의 중국과 한국에서 여성의 지위와 孝 觀念에 대한 同異點을 개진하였다.13) 여성 젠더와 역할 사이의 모순을 신화적으로 해결하는 공통점과, 묘선은 처녀로 신이 되는 반면 바리공주는 결혼 후에 이루어지는 등 중국에서는 한국에서보다 결혼과 출산이 더 부정적 이미지와 연합되어 있다고 했다. 그러나 이 논문은 중국과 한국의 효 관념을 비교하기 위한 것으로 신화문학적 맥락에 대한 고찰은 충분하지 못하다. 둘을 직접 다룬 글은 이 외에는 없는 것 같다. 이 두 설화에 관해 이보다는 더 정치한 비교 고찰이 필요하다. <묘선> 이야기는 자신을 내친 부모가 죽을병이 들자 자신을 희생하여 낫게 하는 막내딸의 이야기이며 종교적 함의가 유사하여 누구나 쉽게 <바리공주>를 연상하게 된다. 이미 알려져 있는 이 설화를 구비문학의 견지에서 비교 연구한 성과가 아직 없다는 것이 오히려 의아하다.

본고는 이 두 설화를 비교하기 위한 것이다. 중국의 묘선설화를 보다

9) 조현설, 「동아시아 관음보살의 여신적 성격에 관한 시론」, 『동아시아 고대학』제7집. 동아시아고대학회, 2003. 68면.

10) 김용덕, 「관음보살신앙의 설화화양상과 의미연구」, 『한국언어문화』 제30집, 한국언어문화학회, 2006. 33면.

11) 황금순, 「낙산설화와 고려수월관음도, 보타산관음도량」, 『불교학연구』제18호, 불교학연구회, 2007. 106-115면.

12) 조영록, 「향산 묘선공주와 등주 선묘낭자」, 『동아시아 불교교류사 연구』, 동국대학교 출판부, 2011. 330-363면.

13) Clark W. Sorensen, Woman and the Problem of Filial Piety in Traditional China and Korea, 『한국학의 과제와 전망』제2분과, 한국정신문화연구원, 1988. 833-857면.

구체적으로 소개하고 둘의 서사구조와 내용을 비교한다. 다음으로 기존의 연구들을 토대로 <바리공주> 설화 유형의 다국적 비교 고찰로 나아가고자 한다. 유사한 설화들을 어떻게 이해해야 하는지 검토해보기로 한다. 여기서 제시하는 자료는 중국 허난성 바오펑현에 존재하는 1100년에 건립된 '향산 대비탑'의 탁본을 영국의 Glen Dudbridge가 정리한 것이다. <묘선> 이야기의 명확한 자료인 이 비문이 국문학계에 소개된 적은 없는 것 같다.

2. <묘선(妙善)> 이야기의 경개와 서사 비교

묘선 이야기는 중국에 전해지는 『香山寶卷』과 이를 이용한 노래, 그림, 조각 등으로 널리 알려져 있다고 한다.14) 이에 관한 최초의 기록물은 1100년에 세워진 '향산 대비탑'의 비석이다. 『향산보권』 등은 이 기록과 전체적인 맥락은 동일하지만 세부적인 점에서 다른 이야기도 상당수 들어있다.15)

중국 허난성(河南省) 중앙에 있는 지역인 寶豊縣에는 당나라 시절 무렵부터 관세음보살의 성지로 알려지던 香山寺라는 절이 있다. 이 절에는 9층 8각 33미터의 大悲塔이 있는데 이곳에 1100년 1월 한달간 지방관으로 부임해 있던 蔣之奇(1031-1104)가 세운 비석이 있었다고 한다. 이에 대하여 영국의 Glen Dudbridge가 상세한 연구를 했고16), Chun-fang Yu가 이 비문을 영어로 번역하였다17). 본고는 Dudbridge의 책에 부록으로 실려 있는

---

14) Martin Palmer and Jay Ramsay, *Kuan Yin,* Torsons, (London, UK), 1995. 78면.
   우리나라에도 『향산보권』의 이 설화를 편역해 소개한 책이 있다. 정찬주 편역, 『아, 관세음보살』, 동쪽나라, 2000. 206면. 이 책이 품절되어 『관세음보살의 기도』, 솔과학, 2006.으로 다시 나왔다.

15) 위의 Martin Palmer의 책에도 묘선 설화가 소개되어 있는데(63-78면), 아래에 소개할 향산대비탑비의 내용과 다소 차이가 있다.

16) Glen Dudbridge, *The Legend of Miaoshan,*(Revised edition), Oxford University Press. 2004.

17) Chun-fang Yu, "'Biography of the Great Compassionate One of Xiangshan" by Jiang Zhiqi(1031-1104)', Susan Mann and Yu-yin Cheng, eds., *Under Confucian eyes: writings on gender in Chinese history* (Berkeley, 2001). 31-44면.

'Appendix A' 122-133면에 정리 수록된 탁본 자료를 이용한다. 문화혁명으로 훼손된 비석의 상단 일부분은 다른 탁본에 의거 보완하거나 그것도 여의치 않을 때는 결자로 처리하였다고 했다.

묘선 이야기의 개요는 다음과 같다.

香山의 동북쪽에 莊王이 있었는데 부인의 이름은 寶德이었다. 딸 셋이 있었으니 큰 딸은 妙顔, 둘째는 妙音, 막내는 妙善이라, 두 딸은 이미 출가했고 셋째 딸은 결혼하지 않았다.

왕이 딸에게 결혼을 종용했으나 묘선은 "어찌 한 세상의 즐거움을 탐하여 영원의 괴로움에 빠지겠습니까? 출가 수행하여 도를 배워 성불하고자 합니다."하였다. 왕이 분노하여 딸을 후원 가시나무 아래로 쫓아내고 음식을 금하게 했다. 부인과 언니들이 설득했으나 묘선은 허공에는 끝이 있어도 나의 願에는 끝이 없다고 하였다. 왕이 더욱 분노하여 수녀원에서 묘선을 설득하게 했다. 묘선은 비구니들에게 함부로 佛門에 들어와 공공연히 깨끗한 계율을 깨뜨리고 헛되이 보시를 받고 세월을 허송하며 죽음을 두려워하고 있다고 꾸짖었다. 비구니들이 수고와 욕됨으로 괴로움을 겪게 하여 후회와 두려움을 알게 하자 하고 채소밭를 공급하게 했다. 묘선이 밭에 들어가 채소가 거의 없음을 보고 내일 어떻게 무리를 먹일까 하고 있을 때 절의 龍神이 神力으로 도와 아침이 되니 밭에 채소가 우수수 생겨났다. 물 길어오기도 매우 힘들어서 묘선은 어찌할꼬 하니 신이 주방 왼쪽에 나타나 한 개 샘이 솟아나게 하니 맛이 정말 달았다. 혜진이 그 비범함과 용신의 도움을 얻음을 알고 왕에게 주달하였다.

이에 부왕이 크게 진노하여 "짐의 막내딸이 邪法을 오래 익혀 절에 있게 하였는데 요망하여 무리를 어지럽히고 짐을 욕보였다." 하고 묘선을 죽이려 하였다. 묘선이 죽으러 나아가 칼날을 받으려 하니, 龍山 山神이 묘선을 취하여 산 아래 두었다. 산꼭대기에 움막을 짓고 수행하였다. 풀옷을 입고 나무에서 나는 것을 먹고 사는 삼년 동안에 아무도 몰랐다.

이때 부왕이 죄업으로 말미암아 가마라 병에 걸렸다. 피부로 퍼져 침식에 편안함이 없었다. 나라 안의 신묘한 의사를 다 하여도 치료할 수가 없었다. 부인과 왕족이 아침저녁으로 근심하였다. 하루는 異僧이 내전에 와 이르기를 "화내지 않는 사람의 손과 눈을 이용해서 약을 만들 수 있다." 하니 왕이 사신을 산으로 가게 하였다. 묘선이 생각기를 '부왕께서 질병의 업보를 불렀구나. 내 장차 손과 눈으로 부왕의 곤액을 구하리라' 하고 칼을 들어 스스로 두 눈을 도려내고 사신에게 두 팔을 자르게 하니 온 산이 진동했다. 왕이 손과 눈을 얻고 부끄러움을 깊이 느꼈다. 중에게 약을 만들게 하여 복용하니 열흘이 못 미쳐 왕의 병이 모두 나았다. 왕이 성을 나와 향산 선인의 거소에 들어가 사례하였다. 부인이 얼굴을 바라보고 "자못 우리 딸과 비슷합니다." 하고는 목이 메고 눈물이 흐르고 울음을 깨닫지 못하였다. 선인이 문득 말하였다. "어머니, 제가 묘선입니다. 부왕의 惡疾에 내가 손과 눈을 바쳐서 부왕의 은혜를 갚았습니다." 왕과 부인이 이 말을 듣고 끌어안고 크게 울었다. 왕이 "내가 무도하여 내 딸의 손과 눈이 온전치 못하고 이 고통을 겪게 하였구나. 원컨대 천지신령은 내 딸의 마른 눈을 다시 돋게 하고 잘린 팔을 복원하소서."하였다. 천지가 진동하고 광명이 환히 비추고 상서로운 구름이 주위를 덮고 하늘 북이 소리를 내어 보니 千手千眼 大悲觀音이 엄숙 장엄한 모습으로 빛이 나고 높고도 당당하여 별 가운데 달과도 같았다. 13층을 세워서 보살의 진신을 덮었다.

조영록은 이 설화를 의상대사와 관련된 善妙 아가씨 설화와 연관지어보고자 하지만[18] 이름이 유사한 것 외에 큰 유사성은 없어 보인다. 크게 보아 '아버지가 쫓아낸 딸이 자기를 희생하여 아버지의 병을 고치는 이야기'라고 보면, 이 설화는 오히려 우리의 巫祖 설화인 <바리공주>와 서사적 구성면에서 더 가깝다. 그러나 같은 만큼 같지 않은 측면도 있다. 이를

---

18) 조영록, 앞의 논문, 같은 책, 같은 곳.

확인하기 위하여 <바리공주>의 서사 구성과 비교하기로 한다. 묘선 공주와의 비교를 위하여, '바리'가 '바리데기'가 아닌 '바리공주'로 나오는 서울지역의 구송본을 자료로 이용한다. 서울지역에서 가장 먼저 채록되어 일제시대에 간행된 아끼바 채록본인 배경재 구송본[19]을 이용한다. 서울지역의 바리공주는 내용이 전형적이어서 이본간에 큰 차이가 없다. 이순자 구송의 노들제 바리공주 자료[20], 남양주시 퇴계원에서 구송된 이영희의 바리공주 자료[21], 마포 지역에서 전승된 말미 자료[22], 서울새남굿 예능보유자인 이상순의 문서 천근새남말미[23] 등을 함께 고려하지만, 우리의 논의에서 따로 주목해야할 유의미한 변이는 없다.[24] 아울러 바리공주의 내용은 이미 잘 알려져 있는 것이기에 따로 소개하지 않는다.

묘선과 바리공주의 서사 구성을 몇 가지로 정리해서 나란히 견주어 보자.

(1) 아들이 없는 집안에서 아버지와 딸의 관계가 문제가 되고 있다.

묘선공주는 셋째 딸로, 바리공주는 일곱째 딸로 태어난다. 이는 왕국에 문제를 야기한다. 묘선은 장성하여 결혼하라는 아버지에게 결혼하지 않겠다고 하여 갈등을 빚는다. 어뷔대왕은 세자를 바라지만 딸만 내리 일곱을 보아 걱정이 태산이다.

이 최초의 상황은 갈등을 제시하는 부분이다. 이 갈등은 서로 일부러 해코지를 하고자 함이 아님에도 벌어질 수밖에 없다. 삶의 아이러니이다.

---

19) 赤松智城, 秋葉隆, 심우성 옮김, 『조선무속의 연구』, 동문선, 1991. 14-47면.

20) 홍태한, 「노들제 바리공주 자료」, 『한국무속학』제18집, 한국무속학회, 2009. 261- 면.

21) 홍태한, 『한국의 무가』1. 민속원, 2004. 267-319면.

22) 최형근, 『서울의 무가』, 민속원, 2004. 83-115면.

23) 이상순, 『서울새남굿 신가집』, 민속원, 2011. 308-368면.

24) 서울지역의 바리공주는 전형성을 가지고 있고 사설이 '엄정하고 정확하여 이본간에 큰 차이가 없다. 홍태한, 『한국의 무가』1. 민속원, 2004. 81면 참조.

(2) 아버지가 막내딸을 쫓아낸다.

장왕은 아버지의 명을 거역하는 묘선을 궁밖으로 쫓아낸다. 바리공주는 자신이 의도한 갈등은 아니지만, 왕국을 물려줄 아들이 아니라는 이유에서 아버지에게 버림을 받는다.

최초의 상황에서 이어지는 사건이다. 어비대왕이 딸이라고 내다 버리는 것도, 장왕이 위로 결혼한 딸이 둘 있음에도 막내를 강제로 혼인하게 하는 것도 극단적인 해결책이다. 극단적인 해결책으로 끌어나가는 이유는 무엇일까?

(3) 쫓겨난 딸은 죽을 고비를 넘기고 다른 곳에서 자라고 학습하고 수양한다.

바리공주는 석가모니가 구해주고 비리공덕 할미 할아비가 키운다. '上通天文 下達地理'한다. 묘선은 용신이 구해주고 향산 꼭대기에서 수도 정진한다.

아버지에게서 쫓겨나고 죽음의 위협을 겪기까지 하는 것은 보통사람이 겪는 일상적인 상황은 아니다. 이는 세계 곳곳의 영웅이 겪는 전형적인 스토리라인이기도 하다.

(4) 아버지인 왕이 지상의 약으로는 고칠 수 없는 병에 걸린다.

장왕은 불법을 무시하고 훼방한 죄로, 어비대왕은 딸을 버린 죄로 고칠 수 없는 병에 걸린다. 약을 못 찾다가 異僧 또는 무당이 약을 알려준다.

(3)항까지가 起와 承의 구성이었다면 (4)항은 전환이자 위기이다. 이 앞의 서사가 원인이 된 결과이면서도 누구도 예측하지 못했던 새로운 사건이 발생했다. 지상에는 고칠 약이 없다는 설정은 천상계 또는 초월적인 힘의 개입을 요구한다.

(5) 딸이 스스로 약이 되거나 약을 구하러 저승으로 떠난다.

묘선은 아버지의 병에 대해 자신의 눈을 빼고 손을 잘라 약으로 바친다. 바리공주는 여섯 형이 가지 못하는 저승길을 찾아 떠난다.

클라이막스 부분이다. 묘선 이야기에서는 이 부분은 극적이지만 짧게 처리되었고, 바리공주는 저승으로의 여정이 몹시 길고 험하다. 무장승과 만나 혼인하고 자식을 낳기까지 한 후에야 약물을 길어온다.

(6) 왕이 치유된다.

장왕은 병이 낫고, 어비대왕은 죽었던 것을 바리공주가 살려낸다.

이는 대단원이라 할 수 있다. 묘선 이야기는 무도하던 장왕이 회심하고 독실한 불교도가 되는 것에 치유의 의미가 있다. 바리공주에서는 어비대왕이 죽었다 살아난 즐거움이 크게 강조될 뿐이다.

(7) 여주인공이 초월적 존재가 된다.

묘선은 천 개의 손, 천 개의 눈을 가진 천수천안 관음보살로 재생한다. 바리공주는 망자를 저승으로 인도하는 무조신으로 좌정한다.

지상에서는 고칠 수 없는 병을 고치는 존재는 초월적 세계와 지상을 매개하는 존재이다. 초월적 세계의 능력으로 지상에서의 병을 고치는 것이다. 관음보살은 현세에 당면한 고난을 제도해주는 부처이고 바리공주는 죽은 자를 극락으로 인도하는 무조신이다. 여기서의 관음보살은 인도에서의 남신이 아니고, 중국식으로 여성화하는 관음보살의 초기의 모습이라는 점에서 시작의 의미를 바리공주와 공유한다.

이야기는 끝났지만 이야기의 영험은 끝나지 않았다. 이와 같이 이야기의 내적 질서가 현실에 영향을 주는 방식을 유지하고 있다는 점에서 이 이야기들은 신화이다.

이상의 정리로 보아 이 두 편의 설화는 일차적으로 아버지의 병을 고치는 딸, 불치의 병과 지상에 없는 약이라는 화소의 동일성, 딸의 희생과 효라는 주제의 동일성, 그리고 무엇보다 서사 구성의 동일성을 공유하고 있다고 말할 수 있을 것이다. 아버지의 병을 고치는 자식 이야기라는 점에서 유럽의 생명수 설화와 같은 범주에 놓이면서도, 아버지와 딸의 갈등이면서 서사 구성이 이 정도로 유사하고 후반부에서 신으로 좌정하게 되는 부분은 생명수 설화보다 이 두 설화의 친연성이 더욱 강하게 인식되게 한다. 서사 구성이 발단 전개를 거쳐 전환과 위기, 대단원을 거치는 것도 두 이야기가 같은 구조를 가지고 있다고 생각하게 한다.

생명수 설화나 그 밖의 유사한 설화와 결정적인 유사성의 느낌을 주는 것은 무엇보다 이 두 이야기가 아버지와 딸의 갈등과 그럼에도 두드러지게 강조되는 딸의 희생과 효성 때문이다. 앞의 서사 구성 분석에서 제기되었듯이 딸이라는 이유로 또는 결혼하지 않는다는 이유로 내다 버리는, 일상적이지 않은 화소에 대한 해명이 필요한 것이다. 먼저 바리공주가 버려지는 이유는 어뷔대왕이 계속 딸만 낳아 왕국을 이을 후계자가 없다는 상실감에서이다. 장왕도 아들이 없이 딸만 셋 있는 상황이 같다. 어뷔대왕의 상황을 고려하면 장왕도 후계로 삼을 남자가 없다는 문제에 봉착해 있다. 그래서 장왕은 딸들의 혼인을 통하여 후계를 얻고자 한다.25) 아들 없이 딸만 일곱이 있다거나 셋째 딸이 혼인하지 않으려 한다는 것은 모두 후계에 대한 부정이라는 점에서 동일하다. 왕은 자신의 개인적 문제라기보다, 남성 후계자가 자신을 계승해야 한다는 사회 구성의 시스템이 부정되고 있기에 분노하는 것이다.26)

이 시스템에서 딸은 부정된다. 딸은 자식으로서의 정체성도 후계자로서

---

25) 실제로 『향산보권』 계열의 이야기에서는 실망한 왕이 사위 중에서 후계를 선택하고자 한다. Martin Palmer and Jay Ramsay, *Kuan Yin*, 66면.

26) 이렇게 가부장제 하의 부녀 갈등으로 보는 것은 소렌슨의 위의 연구에서 잘 지적되었고 본고도 도움 받은 바 크다.

의 자격도 주어지지 않는다. 이 상황에서 딸은 자기 정체성의 문제에 봉착한다. 왕은 딸을 버리지만, 그 이면에는 딸도 왕을 거부한다. 이러한 상극의 모습이 바로 추방과 헤어짐, 죽임 등으로 상징화되었다고 보인다. 실제로 죽이는 것이 아니라 상징적인 형상화인 것이다.

실제로 추방하고 살해하는 것이 문제가 아니라 이런 상황을 그려낸다는 것 자체가 문제를 제기하는 것이다. 딸이란 무엇인가? 가부장제 하에서 부모에게 인정도 긍정도 얻지 못하는 딸은 부모에게 얼마만큼의 효를 제공할 필요가 있는가? 효를 부정해도 되는 것이 아닌가? 하는 문제를 제기하는 것이다. 바리공주가 자기의 생을 망치면서 저승까지 갔다 와야 하는가? 묘선이 자기 눈과 손을 희생해야 하는가? 답이 아니라 이런 문제 제기 자체에 이 설화의 의미가 있을 것이다.

그런데 이러한 대립이 대립으로 고정되지 않는다. 아버지와 그렇게 대립되는 것은 딸의 마음에 불편을 준다. 나를 낳아준 부모에 대한 거부라기보다 시스템에 대한 거부임을 이해하고 있기 때문이다. 문제가 극단적으로 형상화되었기에 해답도 극단적으로 제시된다. 눈과 손을 희생하고 저승을 다녀온다. 거부감이 크기에 보상 행위도 크다고 이해할 수 있다.[27] 중국과 한국의 가부장제 시스템의 희생자인 여성들이 바로 이 이야기의 주체인 것이다.

이러한 유사성에도 불구하고 차이점 또한 두드러진다. 차이점에서 생성되는 의미도 주목해야 한다. 차이점은 크게 세 가지이다. 첫째는 이야기 첫 부분에서 바리는 태어나자마자 버려지는 반면 묘선은 장성한 후에 쫓겨난다. 둘째 결말에서 바리는 무속의 신이 되고 묘선은 불교의 보살이 된다. 셋째 중간 부분에서 바리는 저승에서라도 혼인을 해오지만 묘선은 끝까지 혼인하지 않는다. 그리고 이러한 차이의 결과 두 작품이 노정하는 '孝'의 성격이 다르다는 점을 검토하기로 한다.

---

27) 소렌슨은 레비스트로스의 방법을 빌려서, 이러한 희생이 이원적 대립을 매개하여 해소한다고 본다.

바리공주는 탄생 후 바로 버려지기에 부모와의 갈등이 표면적으로 드러나지 않는다. 오히려 부모를 그리워한다. 자신을 키워주는 비리공덕할미 할아비에게 참부모를 찾아달라고 부탁하며 '뒷동산 모구나무가 어머니라는 말을 듣고 모구나무에 삼시문안을 극진히 하기까지 한다.'28) 묘선은 찾아온 어머니에게 "두 언니가 있어 잘 모실 것이니 내가 필요하지 않을 것입니다. 돌아가세요. 나는 물러날 뜻이 없습니다."하고 단호하게 거절하고 자신의 修道에 일차적 우위를 둔다. 묘선은 부모가 키워준 공이 있음에도 부모를 거절하고 바리는 그런 공이 없음에도 부모를 찾는다. 이는 孝의 성격에 차이가 있음을 알려준다.

바리는 혼인을 하지만 묘선은 혼인하지 않는다. 묘선 이야기의 전반부에는 묘선이 혼인하라는 부모의 뜻을 거절하는 내용이 길다. 묘선은 늙음, 질병, 죽음이라는 인간의 숙명 앞에서 괴로워하며 결혼이 이 숙명을 개선하지 못한다는 것을 말하고, "어찌 한 세상의 즐거움을 탐하여 영원의 괴로움에 빠지겠습니까?" 한다. 부왕은 나라를 경영하는 사람으로서 현실의 삶에 충실해야 한다는 가치관을 가지고 있는 반면, 묘선은 영원한 기쁨을 위해 현세를 부정하고 있는 것이다. 이 둘의 대립은 바로 이 가치관의 차이에서 비롯한다. 가치관의 대립이 구체적, 표면적으로 드러나는 것이 결혼이라는 화소이다. 바리는 물 삼년, 불 삼년, 나무 삼년의 아홉해를 살고 나서, 생명의 약수를 지키는 무장승이 일곱아들 산전 받아주라는 요청에 "그도 부모 봉양할 수 있다면 그리하성이다."(41면) 하며 혼인한다. 이렇게 보면 바리와 달리 묘선 이야기는 孝가 至上善으로 설정된 것이 아니라고 할 수 있게 된다.29)

이런 끝에 바리는 무속의 신이 되고 묘선은 불교의 신이 된다. 나라의

---

28) 아까마츠 지죠, 아끼바 다까시, 심우성 옮김, 『조선무속의 연구』, 동문선,1991. 33면.

29) 소렌슨은 이 둘의 결혼의 차이를 중시해서 중국과 한국의 사회 구조의 차이에서 비롯한다고 설명했다. 중국에서는 여자와 그 가족이 남자의 문중을 위협하는 존재이며 한국에서는 신분유지를 위해 상대의 문중이 도움이 되기에 결혼이 부정적이지 않다고 한다. 그러나 바리공주는 문중과 별 관계없는 하층민들에게도 큰 위로를 주는 인기 서사물이었다.

반을 주겠다는 아버지의 말에 바리는 죽은 이를 천도하는 '만신의 왕, 만신의 몸주'(44면)가 되겠다고 한다. 이는 효의 의미를 완성하는 것으로 보인다. 현실의 아버지의 나라를 쪼개 가지는 것이 아니라 죽은 이의 나라를 차지하는 것이다. 현실의 아버지의 나라와 짝이 되는 나라를 가짐으로써 이승과 저승의 짝을 완성한다. 저승으로 인해 이승이 의미가 있고 이승의 삶이 저승으로 이어진다. 이 둘은 적대관계가 아니라 보완관계이다. 바리공주는 망자가 죽음을 통해서 갖게 되는 세상에 대한 적대심을, 저승으로의 인도를 통해서 계승과 보완의 관계로 전환하게 하여 恨을 없애는 것이다.

이는 무속의 근원이 조상 섬기기라는 오래된 인류의 유산을 이어받은 것이라는 점에서 더욱 타당하다. 망자천도굿은 죽은 이를 망자로부터 조상신으로 전환하자는 것이다. 죽은 사람인 망자는 현실에서의 한으로 인해 세상에 해코지를 하는 해로운 존재가 되기 쉽기 때문이다. 바리공주가 망자를 저승 시왕에게 잘 인도하여 안착시키면 망자는 조상이 된다. 이 과정은 길게 구술되는 바리공주 말미에 이어 저승길을 의례로 구성한 도령 돌기, 베가르기 하고 가시문을 넘어 저승에 도착한 후에 망자가 비로소 조상으로 좌정하는 굿 구성으로 잘 구현되어 있다.[30]

이렇게 버려진 바리공주가 효의 의무가 없음에도 시종일관 효에 충실한 것은 효를 절대시하는 것이고 이는 멀리 조상숭배의 의식에서 유래한 것이라고 이해할 수 있다면 바리공주 무가를 굳이 조선조의 유교적 효도 관념의 영향에 기인하는 것으로 볼 필요가 없을 것이다. 그러나 다만 조상천도의 의례가 후대의 어느 시기에 서사적 내용을 갖게 되었다고는 할 수 있을 것이다.

묘선 이야기는 바리공주만큼 효를 절대시하지 않는다. 묘선은 자라면서 '늘 더러운 옷을 입고 치장하지 않았다. 하루 한 끼로 그쳤고 말할 때가 아니면 말하지 않았고 因果와 無常, 幻妄에 대해 말했다.' 이는 묘선이

---

30) 이 과정에 대하여는 김헌선, 「서울무속 죽음의례의 유형과 구조적 상관성 연구」, 『서울 진오귀굿 -바리공주 연구』, 민속원, 2011. 149-213면.에서 상세한 설명을 볼 수 있다.

세속적인 삶의 방식에 반대되는 가치관을 가지고 있음을 보여준다. 현세의 일시적 즐거움이 아니라 佛法의 영원한 福樂을 구하고 있다. 다시 말하면 묘선은 효보다는 불법 실행에 더 큰 의미를 두고 있다.

생각해보면 묘선이 관음보살이 된다는 설정 자체가 효의 범주를 벗어나는 것이다. 관음보살은 가족의 범주를 넘어서서 자기를 부르는 모든 사람을 제도해 준다. <관세음보살 보문품>에 제시된 대로 불 물 악인 짐승 천재지변 등 사람이 겪는 모든 재앙에 대해 관세음보살은 즉시로 구원의 손길을 내려준다고 한다. 이러한 관념의 형상화가 바로 묘선의 후생인 천 개의 손, 천 개의 눈을 가진 千手千眼 觀音菩薩의 모습인 것이다. 어떤 사람이든지 곤경과 재액에 처했을 때 묘선 즉 관음을 부르면 구원을 얻을 수 있다는 것이 묘선 이야기의 지향점이다. 관음보살이 어떻게 그러한 힘을 얻게 되었나 하는 연유를 설파하는 하나의 본풀이라고 이해할 수 있다.

이러한 차이점은 소렌슨이 주장한 바, 한중간의 가족 구성의 차이의 설명을 크게 벗어난다. 가족 구성의 차이라기보다는 조상 숭배 의례의 연상선상에 있는 바리공주와 조상의 영역을 벗어나 보편 종교화한 불교의 가치를 구현하려는 묘선의 차이인 것이다.

3. 이야기의 다국적 비교

이렇게 보면 묘선과 바리 이야기는 전체적인 주제나 틀은 유사하지만 세부적인 면에서는 차이가 많이 난다. 세부적인 전개의 차이가 너무 커서 借用은 생각할 수 없다고 소렌슨은 말했다.[31] 소렌슨의 입장이 수긍되면서도, 또 한편으로는 그렇다면 왜 큰 틀은 그렇게 유사한가 되묻지 않을 수 없다. 반대로 종종 큰 틀이 다른 이야기인데 세부는 유사한 것이 나타나

---

31) "In terms of cultural context and theme, then, the two myths are strikingly similar. In terms of details, however, they are so different that borrowing is out of the question." Clark Sorrenson, 위의 논문, 위의 책, 844면.

기도 한다. 한 이야기가 전파되었거나 또는 영향을 끼쳤다는 견해와 인지가 유사하기에 생기는 결과라는 주장이 평행선을 긋고 있고, 둘의 문제는 하나로 귀결되기 어렵다. 이 문제를 해결하기는 어렵지만 이해하는 데 도움이 되는 또 하나의 방안이 있다고 여겨진다. 이를 위하여 여기서는 바리공주를 기준으로 하여 다른 나라의 이야기를 비교하기로 한다. 다음과 같은 이야기 자료를 검토하기로 한다.

한국 ; <바리공주>, 赤松智城, 秋葉隆, 심우성 옮김, 『조선무속의 연구』上, 동문선, 1991.
만주 : <니샨 샤만>, 성백인 역주, 『滿洲 샤만 神歌』, 명지대학출판부, 1974.
중국 : <묘선>, Glen Dudbridge, The Legend of Miaoshan, (Revised edition), Oxford University Press. 2004. Appendix A 122-133면에 정리 수록된 탁본 자료
독일 ; <생명수, The Water of Life>, The Complete Fairy Tales of the Brothers Grimm, Vol 1, Tr. by Jack Zipers, A Bantam Books, 1987. 388-392면.
네팔 ; <영리한 공주>, Günter Unbescheid, Märchen aus dem Nepal, Köln Diederich Verlag. 1987.을 번역 소개한, 이정재, 「한국무조신화와 네팔 설화의 상관성 연구」, 『동아시아고대학』17집, 2008. 부록 네팔자료 253-257면의 번역문
불교전승 ; <바라문의 딸>, 『지장보살본원경』,

이 자료는 모두 머리말에서 언급한 바, 앞선 연구자들이 소개한 것이다.[32] 이 밖에 앞에 소개한 연구자들에 의해 보고된 아일랜드의 <에린왕과 쓸쓸한 섬의 여왕>, 우즈베키스탄의 <애견이여 춤춰라>, 타타르의 <쿠바이코>를 보조적으로 검토한다.

---

32) 각주 11에서 18 참조.

전국의 바리공주 무가 중 가장 채록시기가 오래되고 확실한 1937년 아까마츠, 아끼바가 제공한 서울의 배경재 무녀 구송본을 이용한다. 전국의 바리공주를 모두 대상으로 하여 공통 화소를 추출 정리한 이른바 '모본'이라는 것은 연구 상으로만 존재할 뿐 실제로는 존재하는 것이 아니고, 그것을 기준으로 할 경우는 타국의 것도 구체적인 각편이 아니라 공통 화소의 모본을 대상으로 해야 하기 때문이다. 또한 서대석이 지적한대로 "서울 경기지역의 전승본이 신화적 모습을 잘 보존"[33]하고 있다. 우선 배경재 구송의 <바리공주>의 내용을 정리한다.

(1) 조선국 이씨 주상금 마마가 間卜을 무시하고 불운한 해에 혼인을 한다.
(2) 이 결과로 딸만 내리 일곱을 낳게 된다.
(3) 일곱째 딸을 부인이 후원에 내다버리니 까막까치가 와서 보호해준다.
(4) 아기를 옥함에 넣어 바다에 버리니 금거북이 등에 지고 사라진다.
(5) 석가세존이 구해주고 비리공덕 할미 할아비가 양육하게 된다.
(6) 바리가 할미 할아비에게 자기를 낳아준 부모에 대해 묻는다.
(7) 국왕 부부가 아기를 버린 죄로 죽을병이 든다.
(8) 버린 아기가 무상신선의 약수를 길어 와야 병이 낫는다고 한다.
(9) 신하들이 바리를 찾아, 왕의 엄지와 바리의 무명지가 합해져서 부녀간임을 확인한다.
(10) 약수를 길러 가겠느냐는 부모의 말에 여섯 공주가 거절하고 바리는 孝를 이유로 승락한다.
(11) 男服을 입고 무쇠주령을 짚고 간다. 석가세존의 도움을 받아 바다와 지옥을 지나 무상신선이 있는 곳에 닿는다.
(12) 물 삼년, 불 삼년, 나무 삼년을 보내고 일곱 아들을 낳는다.

---

33) 서대석, 앞의 논문, 앞의책, 460면.

(13) 약수와 숨살이 꽃 등을 얻어 가족과 함께 귀향하는 길에 死者들이 탄 배를 본다.

(14) 부모 상여 나가는 것을 멈추고 약수와 꽃으로 회생시킨다.

(15) 바리가 만신의 몸주 즉 巫神이 된다.

이제 만주족의 신가인 <니샨 샤만>을 보자. 이러한 서사단락을 기준으로 <니샨 샤만>을 정리하고자 할 때 위의 서사 단락 번호를 이용할 수 없다는 것이 바로 드러난다. 구체적인 이야기 전개가 몹시 다른 것이다. 다음과 같이 줄거리를 요약 제시해보면 알 수 있다.

> 발두바얀이란 부자가 큰 아들이 죽고 오래 뒤에 둘째 아들 서르구다이 피앙고를 얻는다. 둘째 아들이 사냥을 나갔다가 갑자기 病死한다. 아버지는 큰 무당 니샨 샤만을 소개받고 아들의 혼을 데려와 달라고 부탁한다. 니샨은 나리 피앙고의 북소리를 들으며 장과 종이 등 인정을 가지고 저승 여행을 떠난다. 인정을 주고 하천과 강을 건너고 관문을 거쳐 염라대왕의 성에 있던 서르구다이 피앙고를 납치해 온다. 인정을 주어 그의 수명을 구십으로 늘린다. 니샨은 돌아오다가 저승에서 불을 때고 있던 남편이 구해달라고 애걸하며 양심을 품자 남편을 풍투성에 버린다. 온 길을 되돌아 발두바얀의 집에 도착한다. 神唱人 나리 피앙고는 니샨의 코 언저리에 스무 지게의 물을 부어 깨나게 한다. 정신을 차린 니샨은 서르구다이 피앙고의 빈 몸에 혼을 불어 넣어 회생시킨다. 남편을 지옥에 버린 죄를 물어 태종황제는 니샨을 향촌 우물에 버리게 한다. 서르구다이 피앙고는 선행을 베풀고 자손들은 대대로 영화롭게 산다.

비범한 능력을 가진 여성이 저승을 다녀와 죽은 자를 되살린다는 점에서 두 이야기는 닮았다. 저승은 강을 건너야 갈 수 있다는 관념도 널리 퍼진 것이다. 김헌선은 두 이야기가 구조적인 공통점을 가지고 있다고 지적하고 있다. 그러나 서대석과 김환희가 지적한 대로 다른 점이 너무 많기도 하다. 우선 바리공주가 니샨처럼 脫魂의 여행을 한다고 생각되지 않는다. 자식이 부모를 살려낸 바리의 효도 강조와 부모의 부탁으로 무당이 자식을 살려낸 니샨의 영험한 능력 이야기는 초점이 각각 다른 데 있는 것 같다. 바리가 저승으로 가서 무상신선과 혼인하여 아들 일곱을 두는 것과 달리 니샨은 저승의 남편을 아예 지옥에 떨궈버리고 온다는 것도 퍽 다르게 느껴진다. 바리는 정성으로 약수를 얻어오는 여성이라면 니샨은 靈力을 과시하며 혼을 탈취해오는 여성이다. 다시 말하면 바리공주와 니샨 샤만은 구조적으로 같은 점도 분명하지만 다른 면도 그만큼이나 분명하다는 것이다. 그런 점에서 김영일이 표방한 바와 같이 니샨 샤만 이야기를 통해 우리 무속 본풀이의 원형을 재구하겠다는 시도는 둘의 비교를 통해서는 쉽사리 달성될 것으로 보이지 않는다.

다음으로는 중국에서 전해지는 <묘선> 이야기를 보자. 앞장에서 살펴보았기에 경개를 따로 제시하지 않는다.

바리공주와 이 이야기는 다음과 같은 점에서 유사하다.

(a) 아들이 없는 집안에서 아버지와 딸의 관계가 문제가 되고 있다.
(b) 아버지가 막내딸을 쫓아낸다.
(c) 쫓겨난 딸은 죽을 고비를 넘기고 다른 곳에서 자라고 학습하고 수양한다.
(d) 아버지인 왕이 지상의 약으로는 고칠 수 없는 병에 걸린다.
(e) 딸이 스스로 약이 되거나 약을 구하러 저승으로 떠난다.
(f) 왕이 치유된다.
(g) 여주인공이 초월적 존재가 된다.

이 역시 구조적으로 유사하다는 느낌을 갖게 되지만 또한 크게 다르다는 것도 알게 된다. 첫째 이야기 첫 부분에서 바리는 태어나자마자 버려지는 반면 묘선은 장성한 후에 쫓겨난다. 둘째 결말에서 바리는 무속의 신이 되고 묘선은 불교의 보살이 된다. 셋째 중간 부분에서 바리는 저승에서라도 혼인을 해오지만 묘선은 끝까지 혼인하지 않는다. 그리고 이러한 차이의 결과 두 작품이 노정하는 '孝'의 성격이 다르다. 무엇보다 바리공주는 저승을 여행하는 것이 무가의 핵이지만 묘선은 저승 여행담이 없다. 이 둘은 효를 강조하지만 효의 성격이 다르고 인간에게 복을 내려다주는 초월적 존재가 되지만 현세의 신과 내세의 신이라는 점에서 달라진다.

다음으로는 유럽의 생명수 설화를 본다. 생명수 설화는 서양에서 널리 알려진 것이어서 스티스 톰슨의 유형분류 551번 '생명의 물'로 등재되어 있다. 대표적인 것 하나는 그림 형제의 민담에 있는 <생명의 물>이다. 이 설화를 요약하면 다음과 같다.

> 고칠 수 없는 병이 든 왕에게 세 아들이 있어서 약을 찾아 탐색에 나선다. 두 형은 난장이를 만났으나 무례하게 굴어 꼼짝없이 갇히고 만다. 막내는 난장이의 도움으로 생명의 물에 접근하는 방법을 알게 된다. 철막대로 문을 열고 빵으로 사자를 달래고 성에 들어가서 공주와 만난다. 일년 안에 돌아오면 공주와 성을 가질 수 있다며 공주는 생명의 물이 있는 샘을 일러주어 갔으나 피곤하여 잠이 든다. 열두시까지 성에서 나와야 하기에 놀라 깨서 얼른 물을 길어 빠져 나온다. 난장이의 경고에도 불구하고 형들을 구해주고 자초지종을 말한다. 귀환 길에 가지고 있는 빵과 칼로 세 나라를 위기에서 구해준다. 동생이 잠들었을 때 형들은 소금물과 생명의 물을 바꿔치기한다. 왕이 막내가 준 물을 마시고 악화된다. 형들이 준 물을 마시고 쾌차한다. 왕은 막내를 죽이라고 내보낸다. 사냥꾼이 살려주어 도망한다. 막내가 구해준 세 나라의 왕들이 와서 사례하자 부왕이 자신의 오해를 감지한다. 형들은 공주가 펼쳐놓은 금으로 된 길로 가지 못해 실패한다. 막내가 공주에게 가서 결혼한다.[34]

---

34) Grimm, tr. by Jack Zipes, *The Complete Tales of the Brothers Grimm*, Bantam Books, USA. 1987. pp.388-392.

이 역시 병든 아버지 왕을 위해 구약 여행을 하고 약을 구해와 아버지를 고친다는 기본적인 내용은 같지만 그 밖의 내용은 다른 점이 많다. 막내딸이라서 태어나자마자 버려진 바리가 언니들이 거부하는 약을 구하러 떠나는 것과 아들 삼형제가 모두 약을 구하러 떠나는 것은 발단부터가 다르다. 생명수 설화는 이 이후는 결국 형제간의 경쟁담으로 전환되고 있기도 하다. 무엇보다도 생명수의 의미가 다르다고 할 수 있다. 바리공주가 얻는 생명수는 긴 여행과 물 삼년 불 삼년 나무 삼년을 보내고 무장승과 살면서 일곱아들을 낳은 뒤에야 주어지는데 그것은 바로 '그대 긷던 물'(조선무속의 연구 상 41면)이었다. 또 그가 매일 베던 나무는 살살이 뼈살이 나무였다. 이는 생명의 물이 다른 특별한 藥水가 아니라, 매일매일 정성을 다하는 일상과 일곱 아들로 함축되는 생명력이 바로 그것이라는 것을 함축하고 있다. 일상의 비루함을 온갖 정성으로 聖化시키는 것이 바리공주가 보여준 기적의 약물인 것이다. 이에 반해 <생명의 물>의 왕자가 얻은 생명수는 큰 어려움 없이 얻어졌다. 난장이에게 친절히 대한 결과 길을 안내받았고 그곳에 가자 바로 공주가 샘물을 일러주었다. 이 설화에서 왕자에게 생명의 물은 최종 목적물이 아니다. 공주와 공주의 왕국이 최종 목표물이다.

김환희가 바리공주와 가장 비슷한 서사구조를 가진 설화의 예로 든 아일랜드의 <에린의 왕과 쓸쓸한 섬의 여왕> 조차도 생명수를 구해오는 여정을 그렸다는 점 외에는 그 자신이 말한대로 '서사적 분위기, 서술적인 상황, 등장인물의 성격 등이 현격한 차이를 보인다.' 생명수 탐색 이야기는 거의 전세계적으로 존재하는 것으로 보인다. 생명수 탐색담만 따로 모아보면 하나의 유형을 상정할 수 없을 정도로 다양한 변이를 가지고 거대한 스펙트럼을 이룰 것으로 예상된다. 이 점은 새로운 연구거리이다.

다음으로 이정재의 연구로 알려지게 된 네팔과 우즈베키스탄의 설화를 살피자. 우즈베키스탄의 <애견이여 춤춰라>는 네팔자료와 비교하여 '이전의 어느것보다 완전한 구조적 일치를 보여주는' 것이므로 여기서는 네팔의

<영리한 공주>를 검토하기로 한다. 요약한다.

> 자식을 바라던 한 王이 요가인과 약속을 한 대로 딸을 얻고 눈을
> 잃는다. 딸을 정성스럽게 키웠고 딸은 자라자 아버지가 눈이 먼
> 이유를 묻는다. 까닭을 듣자 딸은 아버지의 눈을 뜨게 할 방법을
> 찾아 떠난다. 12년만에 한번 피는 꽃이 약임을 알고 남장을 하고
> 베오새를 데리고 동쪽 나라로 찾아 나선다. 강을 건너 동쪽 나라에
> 가서 상인 행세를 하며 왕에게 그 꽃을 달라 하니 왕이 허락한다.
> 신하들이 남자가 아니라 여자인 듯하다 해서 옷을 벗고 헤엄쳐
> 가서 꽃을 따게 하지만 딸은 기지로 이를 넘기고 꽃을 얻는다. 그
> 나라를 떠나면서 남녀 구분도 못하는 멍청이라고 조롱한다. 돌아와
> 아버지의 눈을 낫게 한다.[35]

이 역시 눈이 먼 아버지를 치료하기 위해 약을 구해오는 모험을 하는
딸의 이야기라는 점에서 바리공주와 비견될 만하다. 이정재는 유아유기와
언니들의 구약 거부의 두 단락 외에는 모두 바리공주와 일치하고 있다고
말한다. 특히 동해안 본과 더욱 일치한다고 한다. 그러나 큰 구조는 유사하
지만 다른 점도 그만큼 많다고 해야 할 것이다. 바리 설화는 아들을 얻지
못해 안달인 왕이 막내딸을 유기하지만 영리한 공주는 아들이건 딸이건
자식을 바라는 왕이 자식을 얻는 조건으로 실명하게 된다. 왜 딸을 얻으면
실명을 해야 하는지 설명은 없다. 왕은 딸을 지성으로 키운다. 그 결과
눈을 낫게 된다. 이렇게 줄여보면 이는 심청과 비교해도 구조적 유사성을
지적할 수 있겠다는 생각이 들게 된다. 수동적 심청을 적극적인 성격으로
바꿔놓으면 될 것이다. 12년만에 피는 꽃을 찾아 나서서 동쪽 나라로 가지
만 그것이 바리공주가 저승으로 길고 험한 여행을 하는 것과 비견될 수
있는지도 따져보아야 한다. 물삼년 불삼년 나무삼년의 희생의 의미를 영리

---

35) 이정재, 「한국 무조신화와 네팔 설화의 상관성 연구」, 부록으로 이정재가 번역 제시한 자료임. 앞의 책,
    253-257면.

한 공주에서 찾을 수 있을지 의문이다. 바리가 남장을 했다지만 그것으로 경쟁을 하는 모티브는 없다. 영리한 공주는 남장이 지혜 경쟁의 수단이다. 약을 구해가는 영리한 공주는 왕을 조롱한다. 바리의 성격에는 남을 조롱하는 면이 없다. 앞의 영리한 공주 이야기는 전반부일 뿐이다. 후반부는, 그림 민담의 <생명의 물>처럼, 지혜 경쟁으로 공주가 왕과 결혼하게 되는 과정을 길게 엮는다. 즉 어떤 면에서 생명의 약 이야기는 전체 이야기의 일부일 뿐 핵심 주제가 아니다. 더욱이 이 이야기에는 생명수라고 되어 있지도 않고 꽃을 구해 와서 그것으로 약을 만든다는 설정이어서 생명수라는 원형적인 이미지와 거리가 있다.

다음은 『地裝菩薩本願經』의 제1품 「忉利天宮神通品」의 한 부분으로 들어 있는 지장보살 전생담의 하나로 강진옥이 <바라문의 딸>이라고 한 이야기이다.

> 모든 사람이 공경하고 하늘이 옹호하는 '바라문의 딸'이 있었다. 그 어머니는 마음이 삿되어 삼보를 업신여겨 결국 무간지옥에 혼이 떨어졌다. 딸은 어머니가 악도에 떨어졌을 것으로 짐작해 집을 팔아 공양구를 구해 크게 공양을 올렸다. 한 절에서 부처님 존호를 보고 간절하게 어머니 계신 곳을 구하니 부처님의 인도로 지옥에 이르러 무독귀왕에게 지옥에 대해 자세한 설명을 듣는다. 어머니에 대해 묻자 딸의 지극한 보시 공덕으로 어머니와 다른 이들이 모두 천상에 태어나 낙을 누리게 되었다고 말해준다. 이 바라문의 딸이 지장보살의 전신이다.[36]

강진옥은 득죄한 부모와 효성스러운 딸의 정성, 부모 존재태의 전환, 이계 체험을 하며 지옥의 중생 구제, 원조자가 부처님이라는 점 등에서 두 이야기의 구조가 일치한다고 지적한다. 그러나 유럽의 생명수 탐색담과

---

36) 『알기 쉬운 우리말 지장경』, 우리출판사, 2000. 26-43면.

바리공주의 서사가 유사한 점을 고려하면 이 이야기는 그러한 화소가 없다는 점에서 우선 큰 차이점을 보인다. 죽은 부모를 다시 살려내는 이야기와 죽어서 지옥에 있던 어머니를 극락으로 옮겨놓는 것은 다르다. 이계 체험이라고 해도 바리가 무쇠주령을 짚고 저승을 가는 길고 험한 여행과 바라문의 딸이 집에 앉아서 환영으로 지옥을 보는 것과는 다르다.

<바라문의 딸> 이야기는 서사적 유사성보다도, 연행으로서의 오구굿의 기본 구조와 더 비교됨직하다. 굿을 하는 이유는 산자의 정성으로 죽은자를 지옥이 아니라 극락으로 보낼 수 있다는 믿음 때문이다. <바라문의 딸>이 보여주는 것이 바로 그것이다. 삼보를 무시하고 삿된 믿음을 가졌던 악한 어머니조차도 딸의 보시와 정성으로 극락으로 옮겨질 수 있다니 산자들은 죽은자를 위해 정성을 들여야 할 것이다. 사령굿에서의 기본 전제가 바로 그것이다. 이밖에 제의적 직능적 유사성은 이미 강진옥이 설명한 바와 같다.

이 외에도 우리는 저승 여행이라는 관점에서 김헌선이 제시한 바와 같이 일본의 천충희나 메소포타미아의 이난나 여신과도 비교를 해볼 수 있을 것이다. 타타르족의 <쿠바이코kubaiko>도 누이동생이 죽은 오빠를 회생시키기 위해 他界를 여행하는 신화다. 김환희에 따르면 러시아의 <청춘의 물, 생명의 물, 죽음의 물> 등의 설화, 몽골의 <훈쿠바이와 둥근머리 말>도 <바리공주>와 비교해볼 만한 유사성을 지니고 있다. 하나 또는 둘, 셋 또는 그 이상으로 유사점을 보여주는 설화를 세계 곳곳에서 다양하게 제시할 수 있을 것이다. 그러나 그러한 작업은 산만하게 다양한 자료를 뿌려놓게 되기 쉽다. 조금씩 같고 조금씩 다른 이 이야기들을 어떻게 이해할 것인가 하는 문제를 직접 생각해보기로 한다.

4. 이야기 群과 '가족유사성'

위에서 살펴본 이야기들은 모두 <바리공주>와 유사한 면이 있고 다른 면도 있다. 이를 아래와 같이 한눈에 들어오게 정리해보자.

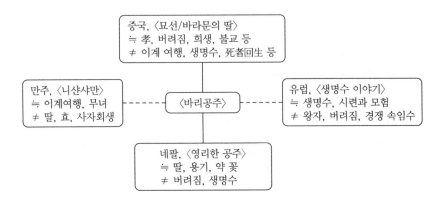

이는 바리공주를 기준으로 보았을 때 만들어지는 구도이다. 다른 설화를 기준으로 하면 또 달라질 것이다. 그런데 비교의 대상이 되었던 이야기들끼리도 닮아 있을까? 그렇지 않아 보인다. 가령 니샨 샤만 이야기는 영리한 공주와 얼마나 닮았을까? 바리공주라는 매개가 없었다면 그 둘을 비교하겠다는 생각을 갖게 될까? 묘선 이야기와 왕자가 생명수를 얻으러 모험하는 이야기도 그다지 유사성이 있어 보이지 않는다.

이들 이야기 공통의 원형을 찾기도 어려워 보인다. 이들 모두가 각각 바리공주의 원형담이라고 주장할 수 있다. 동시에 그렇지 않다고 할 수도 있다. 어느 것이 바리공주에 직접적인 영향을 끼쳤을 수도 있겠지만 그것을 지금 증명하기는 至難해 보인다. 그렇다고 서로간에 아무 관련이 없다고 단정하기도 어렵다. 이러한 곤란한 상황 속에서 우리는 이 상황 자체를 규정지을 개념이 필요하다. 그것은 '家族類似性'이라는 개념이다.

'가족유사성'은 비트겐슈타인이 처음 정리해서 말했다. 비트겐슈타인은

言語의 본성을 이해하기 위해 놀이와 비교하면서, 그의 『철학적 탐구』 65-71항에서 이 개념을 언급했다. '카드놀이, 공놀이, 격투시합 - 이들에는 공통인 무엇이 있으므로 놀이라고 불리겠지만, 무엇이 이 모든 것에 공통적인가?' 테니스와 탁구는 라켓과 공을 이용하고 화투와 장기는 그렇지 않다. 장기와 테니스는 승자와 패자가 하나씩 있지만 화투나 강강수월래는 그렇지 않다. 이런 예는 얼마든지 들 수 있다. 그리고 그는 말한다.

> 그리고 이제 이러한 고찰의 결과는, 우리는 서로 겹치고 교차하는 유사성들의 복잡한 그물을 본다는 것이다. 큰 점과 작은 점에서의 유사성들을.
> 67. 나는 이러한 유사성들을 "가족유사성"이란 낱말에 의해서 말고는 더 잘 특징지을 수 없다. 왜냐하면 몸집, 용모, 눈 색깔, 걸음걸이, 기질 등등 한 가족의 구성원들 사이에 존재하는 다양한 유사성들은 그렇게 겹치고 교차하기 때문이다. - 그리고 나는 '놀이들'은 하나의 가족을 이루고 있다고 말할 것이다.37)

이러한 발언은 기본적으로 본질이 따로 있다는 생각에 대한 부정이 된다.38) 가족의 용모의 부분적 유사성은 제각각이다. '나'는 어머니와는 코 모양이 닮았고 입매는 이모를 닮았다. 걸음걸이는 아버지를 닮았고 긴 목은 외할머니를 닮았다. 어떤 사람은 부모를 닮지 않아 보이는데 증조할아버지와는 닮아 있기도 한 것이다. 이런 경우 때문에 격세유전(隔世遺傳, atavism)이라는 어휘가 있기도 하다. 이 중 어떤 것이 본질이라고 할 수 없다. 얼굴 닮은 것이 본질인가? 걸음걸이 닮은 것이 본질인가?

이러한 생각은 플라톤 식 원형(idea)의 동일성 강조에 대한 반론이다. 모든 책상, 모든 손잡이 등 각개의 다양한 사물들은 각각 하나의 단일한 원형에서 생성된 것이며 따라서 종속적이라는 생각에 반하여, 여기서는

---

37) 루트비히 비트겐슈타인, 이영철 옮김, 『철학적 탐구』, 책세상, 2006. 70-71면.
38) R. 수터, 남기창 옮김, 『비트겐슈타인과 철학』, 서광사, 1998. 51-70면.

그와 같은 사물들을 유사성의 관점에서 본다. 동일성과 유사성은 같지 않다. 동일성 또는 일치성은 질적인 것이며 형이상학적 개념이 된다. 유사성은 그와 달리 정도의 차이에 기인하며 삶의 형식에서 추출되는 경험적인 것이라고 할 수 있다.[39]

이런 생각을 <바리공주>에 적용해보는 것은 적절해 보인다. 위에서 살펴본 대로 <바리공주> 설화는 이계여행이라는 점에서는 <니샨 샤만>과 닮았고, 딸과 꽃이라는 점에서는 네팔의 <영리한 공주>를 닮았다. 효와 자기희생, 버려짐 등에서는 <묘선> 이야기와 닮았고 생명수 이야기라는 점에서는 유럽의 <생명수 이야기>와 닮았다.

바리공주 또는 바리데기 설화를 다른 지역의 설화로부터 영향을 받아서 생성되었다고 보는 것은 비유하자면 나무줄기에서 나뭇가지가 나왔다는 식이 될 것이다. 나무줄기와 같은 하나의 원형 이야기가 있어서 거기서 가지와 같은 파생 이야기가 생겨난다는 것으로 이해해볼 수 있다. 이제까지 이런 나무 모델로 설화의 변이를 생각해왔다고 할 수 있다.

그러나 관점을 달리해보면, 고구마 같은 뿌리줄기 식물은 원형이 따로 없다고 할 수 있다. 서로 서로 연결되어 있을 뿐이며 자꾸 파생되며 자란다. 설화들은 고구마 줄기처럼 서로 어떤 것과도 연관될 수 있다. 가령 잘 알려진 강원도 포수와 명의 유의태 설화를 하나로 묶을 수 있을까? 연구자로서는 생각하기 어렵지만 현지의 구전설화에는 이런 것들이 종종 발견된다. 경주 월성 현곡면에서 김원락 구연의 한 설화는 강원도 포수와 트릭스터 토끼 설화와 명의 유의태를 하나로 묶었다.[40] 유의태가 명의가 된 것이 호랑이를 죽게 하고 도망친 토끼의 산통을 주워왔기 때문이고, 편작이 찾아와 도움을 주며, 지렁이로 인해 임신하는 처녀 설화도 끼어 들어가 있다. 이 중 어떤 것이 원형이라고 말하기 어렵다.

이런 생각은 설화 일반으로 확대할 수 있을까? 김헌선은 계모설화의

---

39) 신상형, 「가족유사성의 의미와 배경」, 『철학논총』 23. 새한철학회. 2001. 165면.
40) 조동일, 『한국구비문학대계』 7-1, 경상북도 경주 월성편. 한국정신문화연구원, 1980, 186-201면.

다양한 유형을 관련지어 고찰한 바 있다. 계모설화라고 할 수 있는 설화들은 칠성본, 콩쥐팥쥐, 손없는 색시, 황화일엽, 우목낭상, 버들도령, 접동새, 사명당 등의 설화이다. 가령 계모가 전실 자식의 간을 먹겠다고 하는 것은 칠성본, 우목낭상, 사명당 등이다. 계모가 의붓자식을 죽이는 설화는 버들도령, 콩쥐팥쥐, 접동새 설화이다. 쫓겨난 딸이 인연을 만나 혼인하는 화소가 있는 것은 손없는 색시, 황화일엽 설화이다. 아버지와 다시 만나는 것은 손없는 색시, 황화일엽, 우목낭상 설화이다.[41] 이 설화들은 외국의 설화들과도 화소 차원의 드나듦이 많다. 우목낭상에서 아버지의 병을 고치기 위하여 자식이 눈을 빼주는 것은 <묘선> 이야기와도 닮아 있기도 하다.

이런 생각은 나무 모델과 달리 뿌리줄기(根莖) 모델이라고 지적한 들뢰즈의 이론과 연결해볼 수 있지 않을까? 그는 이를 '리좀'이라고 부른다. "구성되고 있는 다양성으로부터 유일자를 빼는 것, 이를 n-1이라고 쓰자. 이러한 체계를 리좀(rhizome)이라 명명할 수 있을 것이다."라고 규정했다.[42] 또한 나무 속에는 계보학적인 것이 존재하여 그것은 민중적인 것이 아니라고 지적하기도 했다.[43] 이는 리좀 모델은 나무 모델보다 민중적이라는 말이다. 설화의 속성은 나무 모델보다는 리좀 모델을 통해 이해될 수 있을 것이다.

생명수나 계모이야기 같이 하나의 커다랗고 허술한 공통분모 아래 다양한 화소를 서로 섞으면서 이야기를 구성하기 때문에 이야기들은 서로 많이 닮게 마련이다. 섞으면서 하나의 이야기를 만들었기 때문에 섞은 것을 풀어놓으면 일정한 수의 화소를 추출할 수 있다. 화소들은 각각 어떤 화소와도 접속될 수 있다. 들뢰즈는 이를 접속과 이질성의 원리라고 하며 "리좀의 어떤 점도 다른 어떤 점과 접속될 수 있"[44]다고 한다.

---

41) 김헌선, 『설화연구 방법의 통일성과 다양성』, 보고사, 2008. 237면.
42) 질 들뢰즈, 펠릭스 카타리, 이진경, 권혜원 외 역, 『천의 고원 : 자본주의와 정신분열증』, 제1권, 연구공간 '너머' 자료실, 2000, 11면.
43) 같은 책, 12면.
44) 같은 책, 11면.

이를 확대하면 구전 이야기 문학은 몇 개의 화소들이 그물코들이 되어 하나의 그물을 완결하는 식으로 만들어진다고 생각해볼 수 있다. 더 많은 작업이 이루어져야 하겠지만, '가족 유사성'과 '뿌리 줄기 모델'을 통해서 기왕의 전파론이나 영향론과 다른 설화 구성 방식을 찾아볼 수 있지 않을까? 새로운 이야기가 만들어졌고 완결성이 있지만 그것은 전혀 새로운 것은 아니다. 그런 점에서 우리의 삶을 닮기도 했다. 각각의 삶은 새로운 이야기로 완결되지만 새롭지만은 않은, 과거의 삶들에서 화소들을 빌려다가 짜낸 이야기들이다. 이렇게 닮아 있기에 옛날이야기들은 우리에게 재미있다. 남의 이야기이기만 한 것은 없기 때문이다. 그의 어느 화소는 나의 것과 겹치는 것이다.

5. 맺음말

이 논문은, 첫째 아직 전모가 알려지지 않았던 중국의 <묘선>설화를 소개하고 <바리공주>와 비교한 후, 둘째 <바리공주>와 비교연구된 외국 설화가 여럿 있다는 점과 그 설화들이 바리공주의 연원이 된다고 주장하는 선행연구들이 일리가 있는 만큼 문제점도 있다고 보아 다른 방향에서 비교연구의 방향을 제안해보고자 한 것이다.

이들을 비교해본 결과 중국의 <묘선/바라문의 딸>과 <바리공주>는 孝, 버려짐, 희생, 불교 등에서 닮았고 이계 여행, 생명수, 死者回生 등에서 닮지 않았다. 만주의 <니샨샤만>은 이계여행, 무녀의 면에서 닮았고 딸, 효, 사자회생 면에서 닮지 않았다. 유럽의 <생명수 이야기>는 생명수, 시련과 모험 면에서 닮았고 왕자, 버려짐, 경쟁 속임수의 면에서는 닮지 않았다. 네팔의 <영리한 공주>와는 딸, 용기, 약 꽃의 면에서 닮았고 버려짐, 생명수의 면에서는 닮지 않았다.

이러한 사태는 <바리공주>가 어느 하나의 설화에서 유래했다고 말할 수 없음을 보여준다. 그보다는 이 설화들이 서로 어떤 부분에서는 닮았고 다른 부분에서는 닮지 않았다는 점에 주목하게 된다. 이는 바로 비트겐슈타인이 명명한 바 '가족유사성'의 개념으로 연결된다. 완전히 같은 가족은 없다. 완전히 다르기만 한 가족도 없다. 이는 놀이/게임의 기본적 성격으로 이해되고 있다. 구전설화 또한 가족유사성을 도입하면 서로 닮고 닮지 않은 양상을 이해하게 된다. 이는 특정한 영향관계나 기원 또는 본질 논의로 가지 않고 설화를 이해할 수 있는 방법이 될 수 있다. 이는 프롭의 31개 기능이 가능한 이유를 말해주고, 무엇보다 우리 삶과 설화가 구성의 형식 측면에서 닮아 있음을 보여준다.

이 연구는 좀더 진척되어야 할 것으로 보인다. 이는 설화 연구의 오랜 수수께끼와 연관이 있기 때문이다. 그것은 세계 공통적으로 나타나는 설화 또는 화소에 대한 오랜 논쟁인, 전파에 기인한 것인가 아니면 인간 공통의 체험과 사고방식에 기인한 것인가 하는 문제와 관련된다. 이 두 가지 사고방식은 혹시 설화의 동일성 또는 원형을 전제로 한 문제제기는 아닐까? 그렇다면 가족유사성이라는 개념은 기존의 문제틀 자체에 대한 반성적 검토를 요구하는 것은 아닐까? 이제까지 설화를 나무 모델로 보아오던 것에서, 뿌리줄기(리좀) 모델로 검토해볼 필요도 있지 않을까? 설화에 대한 인식이 확대되는 계기가 될 수 있을 것이다.

본고는 <바리공주>라는 비교적 작은 문제에서 시작되었지만 그 끝은 구비문학의 커다란 문제와 맞물려 있다는 것을 확인하였다. 이에 대한 지속적인 연구가 필요할 것이다.

함흥본 <바리데기>의 죽음의 이해

1. 서론

함경도 함흥지역의 사령굿을 망묵굿이라고 한다. 망묵굿에는 오기풀이라는 제차가 연행되는데 여기에 바리데기 서사무가가 영창된다. 지금까지 알려진 함흥 바리데기는 지금섬 무녀와 이고분 무녀가 연행한 두 종류가 있다. 지금섬의 자료는 임석재가 채록하여 『관북지방무가』(무형문화재 조사보고서 제13호)에 수록하였다. 지금섬의 원래 녹음자료와 연행 영상자료를 취합하여 윤준섭이 교합본을 내기도 하였다.[1] 이고분의 자료는 김태곤이 채록한 것으로 『한국무가집 3』에 실려 있다.[2]

잘 알려진 바와 같이 함흥 지역의 바리데기는 다른 지역의 것들에 비해 이상하게 여겨지는 곳이 많지만 그중에서도 마지막에 여섯 언니와 바리 자신과 어머니 모두 죽어버리는 설정은 여간해서는 납득이 되지 않는 내용이다. 여섯 언니는 욕심꾸러기에 효심이 없어서 죽는다고 하지만 서천서역국까지 가서 약수를 길어온 바리도 죽고 그렇게 애써서 되살려놓은 어머니

---

1) 윤준섭, 「함흥본 <바리데기>연구」, 서울대학교 석사논문, 부록, 2012.
2) 김태곤, 『한국무가집 3』, 집문당, 1992, 124-150면.

도 죽고 마는 것은, 이것이 망자를 인도하자는 굿의 의미에 부합하는 것인지 의아스럽기만 하다. 윤준섭은 바리데기가 왜 무조신이 되고 무조신이 되어서 망자를 천도하는 역할을 수행하는가에 대해 설명하기 어렵다고 하였다.3)

서대석은 서울지역의 <바리공주>가 논리적 구성과 숭고미를 보이는 것에 반해 함흥본은 비속한 표현과 삽화의 독자성, 골계적 성격을 들어 평민의식을 반영했다고 보았다.4) 홍태한은 북한지역의 <바리공주>가 본래의 구조에서 어그러진 것이고 유기적 관계가 미약하다고 보았다.5) 안신영은 함흥본의 바리데기가 공포의 원귀, 파괴적인 여성이라고 보았다.6) 심우장은 함경도의 바리데기는 영웅서사문학의 모습으로부터 탈주하려는 경향을 극대화하였다고 보았다.7) 정제호는 바리공주가 구약여행을 자력으로 하지 못하고 옥황의 도움을 받았으며 환생꽃을 훔친 죄를 지었기에 죽음에 이른다고 보았다.8) 정제호의 해석은 너무 합리적인 현대인의 관점으로 보여서 신화적 의미가 퇴색되는 느낌을 준다. 조현설은 최대의 의문인 결말에 대하여 불교에 대한 무속의 강한 부정의식의 표출이라는 해석을 내놓았다.9) 윤준섭은 함흥본 <바리데기>를 본격적으로 연구했다. 비극적 인물이 희화화되는 특징을 가지며 신성성과 세속성이 공존한다고 지적하고, 조현설과 마찬가지로 비극적 결말은 불교에 대한 강한 적대감의 표현이라고 보았다.10) 일정부분 설명이 되기도 하지만 결말뿐 아니라 전반부부터

---

3) 윤준섭, 앞의 논문, 82면.

4) 서대석, 「바리공주 연구」, 『한국무가의 연구』, 문학사상사, 1980, 210면, 253면.

5) 홍태한, 「무가권에 따른 서사무가의 전승 양상」, 『한국서사무가연구』, 민속원, 2002, 15면.

6) 안신영, 「서사무가 <바리공주> 연구- 서울본과 함경본의 대비를 중심으로」, 서강대학교 석사논문, 1996, 51-53면.

7) 심우장, 「구비문학의 현재적 의의 찾기- <슈렉>과 <바리공주>의 비교를 중심으로」, 『어문연구』59집, 어문연구학회, 2009, 149면.

8) 정제호, 「관북지역 <바리공주>의 '죽음'에 대한 고찰」, 『한국무속학』 25집, 2012, 38면.

9) 조현설, 「관북지역 본 <바리데기>의 유형적 특이성과 불교와의 관계」, 『2010년 한국구비문학회 동계학술대회 발표문』, 한국구비문학회, 2010, 154면.

10) 윤준섭, 「함흥본 <바리데기>연구」, 서울대학교 석사논문, 2012, 89-90면.

도 너무 독특한 성격을 보이고 있어서 그것만으로 해명이 되지 않는다. 이고분 본에는 스님이 아니라 할머니로 되어 있어서 불교적 의미가 약하다. 더욱이 같은 함경도 지역에서 전해지는 서사무가 <짐가제굿>에는 고유한 저승관과 함께 불교적 세계관이 복합되는 면모를 뚜렷이 보여주고 있어서[11] 왜 <바리데기>에만 이렇게 강하게 불교에 대한 반감이 나타나는지 설명되지 않는다. 또한 북한 지역인 평안도에서 전해지는 <제석본풀이>의 일종인 전명수 구연의 <성인노리푸념>의 결말에도 아버지를 찾아 하늘로 갔던 삼형제가 모두 포수의 총에 맞아 죽는다는 내용이 있어서 이도 반불교적 결과인가 의문이 든다. 오히려 주인공이 모두 죽는 설정이 북한지역 서사무가의 한 특징으로 다시 검토되어야 할 것 같은데 지금으로서는 어떤 말도 하기 어렵다. 의례와 연관된 설명이 없는 점도 아쉽다.

서사무가로서 문학적 의미와 함께 굿의 한 부분으로서 이 <바리데기>의 의미를 찾자는 것이 이 글의 목적이다. 우선은 텍스트 중심으로 문학작품으로서의 구성과 의미를 찾아본다. 그리고 의례와 연관지어 우리에게 어떤 의미 있는 해석이 필요하다는 입장에서 작품 이해의 실마리를 규명해보고자 한다. 훗날에는 망묵굿 전체 의례 속에서 <바리데기> 연행의 의미를 찾는 작업도 있어야 할 것이다.

2. 작품의 경개와 분석

함경남도 함흥에서 전해지는 서사무가로 알려진 <바리데기>는 일제 때 일인 학자의 소개로 극히 간략한 줄거리가 소개되었고[12], 온전한 자료로는 해방 후의 임석재 채록본인 지금섬 구송 <오기풀이>와 김태곤 채록본인 이고분 구송 <칠공주>의 두 가지가 알려져 있다. 이 둘은 모두 홍태한

---

11) 김헌선, 「<짐가제굿>의 유형적 특징과 의미」, 『한국무속학』29집, 2014, 53-82면.
12) 적송지성, 추엽융, 심우성 옮김, 『조선무속의 연구 下』, 동문선, 1991, 16면.

편 『서사무가 바리공주 전집 1』에 수록되어 있다.13) 윤준섭은 지금섬 자료의 채록본, 녹음본, 영상본을 취합하여 녹음 채록본인 『관북지방무가』 자료의 오류를 수정하고 교합본을 만들어 석사학위논문 말미에 수록하였다. 이고분 구송본에도 주목해야 할 내용이 있으므로 이 둘을 함께 이용하기로 하고 그 대략적인 서사 전개를 소개한다.

1. 하늘에서 잘못을 저지른 수차랑 선배와 덕주아 부인이 지상으로 유배와 혼인한다.
2. 자식을 얻기 위해 백일기도를 한 후 여섯 딸을 낳고, 수차랑이 부인에게 별거를 제안한다.
3. 벗고 누워있는 부인을 보고 욕정을 참지 못하고 동침하여 7째 딸을 낳는다.
4. 바리가 태어나기 전에 하늘로 올라간 수차랑 선배의 명대로 아기를 용늪에 버린다.
5. 아기를 발견한 수궁용궁 부인이 데려가서 남편인 용왕에게 자신이 낳은 아기라고 속이고 기른다.
6. 15세가 된 바리가 지은 용왕의 관대복을 보고 오제용왕이 바리의 정체를 일러준다.
7. 원래의 집으로 돌아온 바리가 덕주아 부인을 만나 친딸임을 확인받는다.
8. 병든 어머니를 위해 문복하니 서천서역국의 약수를 먹으면 낫는다고 한다.
9. 바리가 서천서역국으로 떠난다.
10. 가는 길에 할머니 등의 죄상을 물어달라는 부탁을 받는다.
11. 동침을 요구하는 사냥꾼으로부터 벗어난다.

---

13) 홍태한, 김진영, 『서사무가 바리공주 전집 1』, 민속원, 1997, 58-116면.

12. 용늪에서 울자 옥황에서 연등을 보냈고 이를 타고 올라가 옥황의 손자와 결혼하고 12명 아들을 낳는다.

13. 남편에게 꽃구경을 시켜달라고 해서 몰래 꽃을 훔치고 약수를 얻어온다.

14. 오는 길에 죄상을 물어달라던 사람들에게 죄상을 일러준다.

15. 모친의 장례행렬을 만나 꽃과 약수로 살려낸다.

16. 기물다툼을 하던 여섯 딸들이 죽는다.

17. 바리가 병들어 죽는다.

18. 바리의 삼일제를 지내러 가다가 만난 서인대사의 말에 속은 덕주아 부인이 재하는 곳을 찾아다니다가 보리그릇기에 넘어져 죽는다.

보다시피 정말 이상한 전개를 보인다. 수차랑 선배가 밤에 벗고 누워있는 부인을 보고 달려드는 장면이나 할미가 등장해 분명히 아들이라며 부인을 속이는 장면 등은 과장된 골계를 보여준다. 마지막에서 부인이 보리그루터기에 넘어져(이고분 본에는 삼년 묵은 조이끄끼 엎어져서) 죽었다는 것도 상식적으로도 말이 되지 않는다.

그럼에도 이 서사무가가 그저 웃자고 하는 이야기가 아니라면 어떤 의미를 가지고 있다고 상정해야 한다. 우선 첫 부분에서, 가장 널리 알려진 서울 경기의 바리공주가 죽은 아버지를 살리는 것이 주 내용이고 엄숙한 분위기에서 가부장적 권위를 내세우고 있는 것과 큰 대조를 보이는 것에 주목해보기로 한다.

함흥본 바리데기는 일체의 가부장적 권위를 보여주지 않는다. 하늘에서 실수를 하여 지상으로 내려온 주인공이 탁월한 능력과 엄숙한 권위를 갖는 일반적 경우와 달리, 수차랑 선배나 덕주아 부인은 범속하고 세속적이다. 여섯 째 딸을 낳고 별거하기로 하고는 욕정을 참지 못하는 모습을 보면 수차랑 선배의 범속함을 우스개처럼 선보이고 있다.

…… 홀딱 벗고 뒤비 누벘는거 보니 …… 소담스럽고 보담스럽고
예쁘고 먹음직하거늘 아이 수탄 맹세를 해 놓구 죽을방 살방 맞아
죽을 각오를 하고 또 달려붙었어. 초방 중방 한바탕 휘였다 하드리
마는 또 애기가 들었어.14)

이런 부인이 임신할 때마다 수차랑 선배는 부인을 위로하고 부인이 먹고
싶다는 것을 모두 구해준다. 부인이 먹고 싶은 것 얘기하는 장면은 자못
애교스럽다. 여섯째를 임신했을 때를 보자.

낳아야지, 산천도 짐작이 있겠지. 뭘 먹구 싶어?
먹었으면, 먹었으면, 이 산에 저 산에 넘어가서, 삼대독자 외나물
채도 먹었으면, 무슨지 단지 메주 콩물도 찍어 먹었으면, 통천 미역
국에 남대천 기저기 나대 이밥을 먹었으면, 노릿노릿 탱가장 장굴도
먹었으면, 둥실둥실 굴망태 장굴도 먹었으면.
아무거나 먹구말구, 아들을 낳소.15)

이러던 수차랑 선배가 일곱째를 임신한 부인을 두고 하늘로 올라가버린
다. 일곱째가 아들이면 찾아오게 하고 딸이면 버리라고 하고 떠난다. 하늘
에서 얻은 죄의 벌이 끝나서 하늘로 돌아간다고 한다. 이를 어떻게 이해해야
할까?
현실적으로 생각하면 수차랑 선배가 죽은 것이다. 하늘로 돌아갔다는
것은 곧 죽었다는 말과 다르지 않다. 덕주아 부인은 남편이 떠나자 곧
병이 든다. 그런데 이 신화는 군이 생이별이라는 말을 강조한다.

애고 애고 이게 무슨 말이오. 이기 무슨 말이더냐. 세상에 죽어
이별은 가문가문 있다마는 살아 생이별은 생초목이 불이 붙네. 내

---

14) 윤준섭, 앞의 논문, 114면.
15) 위의 논문, 111면.

먹겠다는 것 다 해다 멕이든 내 남편이 어디가오. 어디-.[16]

그 부인으는 혼자 대감님이 간질길이 들어서서 발을 동동동 구르면
서리 우는게 천지 짜기 지하에 울어지게 되구
거어, 호늘날 들어서 성인이 대신이 한분이 내려와서
아기에미님 아기에미님 아기에미는 어찌 그리 웁니예
그런게 아닙니다. 우리는 남편으가 오늘이 이별입니다.
그레 어찌 그리 이변임
딸을 많이 나타나니까 그레 이별입니다.[17]

　현실적으로는 죽은 것이지만 신화적 의미를 따로 두었다고 생각된다.
남편이 떠나가는 것은 딸을 너무 많이 낳아서이고 부인이 병이 든 것은
남편과 아이와의 이별에 기인하는 것으로 되어 있다. 아기 탯줄을 끊고는
"그지부터 지금은 부중병만 나서 앓습니다."(이고분 133) 하고, 아기를 버리
고는 "어머니는 지금 앉아서 병 속에 들어 누버서 앓고"(이고분 134면)
하여 부인이 병들었음을 여러 차례 알린다. 지금섬 본에는 부인이 특별히
병들었다는 언급이 없지만 맥락으로 보아 병이 들었다고 보인다.
　남편은 일체의 가부장적 권위를 부리지 않는 다정다감한 사람이고, 부인
은 애교가 있고 남편이 없으면 병이 드는 매우 여성적인 사람이어서 독립성
이 없고, 딸들이 여섯인데 점복이 맞는다고 생각하니 또 하나도 딸일 상황에
서 남편은 떠난다. <여우누이> 설화와도 같이 이 이야기는 다면성을 가진
여성성의 부정적 측면을 잘 보여준다.[18]
　신화 또는 설화에서 여성성은 풍요와 자비로도 나타나지만 파괴와 죽음

----

16) 윤준섭, 앞의 논문, 114면.
17) 이고분 본, 김태곤, 『한국무가집 3』, 집문당, 1992, 131면.
18) <여우누이>는 바리공주와 반대로 아들을 여럿 둔 부부가 딸 낳기를 간절히 기원한 끝에 낳은 딸을 애지중지해
　　키우는 이야기이다. 그 집에 소가 자꾸 죽어나가서 아들들에게 알아보게 했더니 그 딸이 소의 간을 파먹는
　　것이어서 아버지에게 말했다가 집을 쫓겨난다. 이 딸이 결국 여우였고 그 부부를 잡아먹었고 돌아온 주인공을
　　잡아먹으려 하는데 탈출에 성공했다.

으로도 나타난다. 그 대표적 이미지가 인도신화의 칼리여신이다. 칼리는 목에 한 줄로 꿴 인간 해골 목걸이를 하고 악마의 피 묻은 머리를 든 손과 무기를 휘두른다.19) 생명은 태어나기 위해 죽임을 필요로 하기에 칼리의 역할은 세계의 흐름을 나타내지만20) 인간 삶에는 부정적이다. "이 여신의 이름은 검은 존재 곧 칼리다. 별명은 '존재의 바다를 건네주는 나룻배'다."21)

수차랑 선배와 덕주아 부인의 집안22)의 문제는 딸이 일곱이나 된다는 사실이다. <여우누이>나 칼리 신화를 참조하면 이는 여성성의 과잉에서 오는 문제와 연결 지어볼 수 있겠다. 이 집안의 과도한 여성성은 문제를 불러 일으켰고 그것은 수차랑 선배의 떠남과 덕주아 부인의 병으로 표현되었다고 이해해볼 수 있다. 위 인용문에서 "딸을 많이 나타나니까 그레 이별입니다."가 바로 그 표현이다.

이 문제를 해결할 방법이 막내딸을 내보내는 것이었다고 생각된다. 막내를 내보냄으로써 과도한 여성성을 극복해보고자 하는 의지를 보여주었다. 더 중요한 의미는 문제가 내부자들이 해결할 수 없기에 바깥세상을 다녀오게 해야 하기 때문이다. <여우누이>에서도 문제를 해결하는 사람은 집을 나가서 바깥세계의 원조를 통해 누이를 제치하는 막내아들이다. 모든 영웅, 주인공들은 집을 떠나서 세계의 정보와 원조를 가져 와서 내부의 문제를 해결한다. 물론 여기서도 바리가 15세가 되어 귀환하는 것은 입사의식을 마치고 성인이 되었다는 의미를 갖기도 할 것이다. 집에 들어와서는 버려질 때 자른 장가락지를 맞추어보아서 친딸임을 확인받는 의식을 가진다. 이는 남주인공 신화에서는 보통 하늘의 아버지를 찾아가 친자확인을 하는 것과 동치이다. 이는 바리가 입사를 마친 성인임을 보여주는 신화적 장치이다.

---

19) 스티븐 하일러, 김홍옥 옮김, 『인도, 신과의 만남』, 다빈치, 2002, 166면.

20) 세르기우스 골로빈, 이기숙 김이섭 옮김, 『세계신화이야기』, 까치, 2001, 88면.

21) 조셉 캠벨, 이윤기 옮김, 『세계의 영웅신화』, 대원사, 1989, 113면.

22) 함흥본의 배경은 오구국같은 나라가 아니고, 주인공이 왕도 아니다.

언니들도 15세가 될 텐데 아무런 해결책이 없다는 것은 언니들이 입사식을 거치지 못한 존재임과 함께 바리가 가진 외부성에 더 초점을 맞추게 한다. 다른 지역의 바리데기와 달리 여기서는 특히 바리가 수궁세계로 가서 양육된다는 점은 그 이질성을 더욱 강조하는 표현으로 이해해도 무방할 듯하다. 어머니의 병을 낫게 할 방법을 여섯 언니가 가지고 있지 못하다는 것은 작품이 잘 보여준다.

> 그래, 칠공주 앉았다 하는 말이
> 어머니 여러 해를 하두 병석에 누버 이렇게 앓으니 언니네 무슨 약을 썼습니다.
> 세상 약을 다 썼다. 다 써두 안 났구 어머니 이렇게 앓는다.23)

> 맏딸아 너 내 죽으면 어때?
> 죽으면 어때. 신당 요귀 같은 게 썩어도 지지 않구. 썩은 새끼 목을 매서 가시방탕이에 툭 끄시고 댕기다가 가시냉기에 올려 걸어놓구 불을 당가서 이를 앙들이고 타 죽으면 그기 도무지 제일이지. 너도 내 자석이 못된다.24)

이고분 본은 아무 해결책이 없는 여섯 딸을 보여주고, 지금섬 본은 어머니가 죽으면 가시밭에 끌고 다니다가 가시나무에 올려놓고 화장을 한다고 한다. 셋째 딸은 까마귀가 눈깔을 빼먹게 한다고 하여 조장의 모습을 보여주고, 다섯째는 매장을 한다고 한다. 그래서 일곱 째 버려진 딸이 나서게 되는데, 지금섬 본은 언니들에게 점이나 쳐봤느냐고 묻자, "점은 무슨 점을?"하는 대답을 들어서 바리가 어석국 삼무당을 찾아가서 서천서역국 약수물 이야기를 들어온다. 이고분 본은 점치는 화소가 없이 약을 썼느냐고 묻고 온갖 약을 다 써도 소용없었다는 말을 듣자 바로 약수물을 대접했느냐

---

23) 김태곤, 같은 책, 137면.
24) 윤준섭, 119면.

고 묻고 내가 다녀오겠다고 한다.

점을 쳐오는 것도 외부에서 가져오는 정보이고 바리가 약수를 이미 알고 있는 것도 외부세계에 있었기 때문에 언니들이 모르는 것을 아는 것으로 보아야 할 것이다. 약수물 자체도 서천서역국이라고 하는 멀 뿐 아니라 이승과는 차원이 다른 외부세계에서 가져와야 하는 것이다.

바리가 바깥세계에서 성장해서 돌아왔기에 해결책을 강구할 수 있었고, 어머니를 고칠 약도 바깥세계에서 가져와야 한다. 외부인이 되었다가 다시 돌아오는 바리는 내부인의 한계를 벗어날 수 있다. 내부의 문제는 내부에서 해결되지 않고 외부로부터의 정보나 원조가 필요하다. 외부자에 대한 내부자의 적대감이 심한 것은 뚜렷하게 드러난다. 이고분 본은 "어머니 처 오래 앓더니 요물귀신이 왔습니다. 신당요귀 왔습니다."[25]라고 하고 지금성 본도 여귀 객귀 취급을 하고 나가라고 한다.[26]

이 경우에 과도한 여성성이 문제였다는 것은, 바리가 옥황에 가서 옥황의 손자와 혼인하여 아들을 열둘이나 낳는다는 설정과도 맞물리는 것으로 보인다. 과도한 여성성에 대한 보상작용으로 볼 수 있기 때문이다.

그러나 외부로 나간다고 해서 바로 약이 얻어지지는 않는다. 바리는 서천서역국으로 가는 여정에 여러 가지 경험을 해야 하고 판단을 해야 한다. 모르는 길을 떠나자 먼저 살찐 말 마른 말들이 길을 일러준다. 이는 원조자가 동물인 경우로 '두 세계의 중개 기능' 또는 무당의 영적인 원조자로서의 기능을 보여준다.[27] 동물의 원조를 받는 것은 바리가 세계와의 동질성 확보가 가능함을 말한다.

다음으로 생원과 할머니들을 만나며 길을 묻고 그들의 죄상을 알아달라는 부탁을 받고 그렇게 한다. 이는 민담에서 <구복여행담>이라는 것과

---

25) 김태곤, 137면.

26) 윤준섭, 118면.

27) 프로프, 최애리 역, 『민담의 역사적 기원』, 문학과지성사, 1990, 250-251면. 이 책에서는 특히 마술적 원조자 항목에서 말에 대해 많이 언급하고 있다(226-252면). 함흥에서도 바리가 무당의 비조라면 이 무가의 말과 무당의 관계를 이러한 관점에서 바라볼 수 있을 것이다.

구조가 유사하다. 하지만 민담은 해결책이 주인공에게 행복을 가져다준다는 결말인 데 반해 함흥의 <바리데기>는 바리가 얻는 것은 없다. 그냥 과정으로만 나타난다. 그렇다면 이 경우 복을 얻는 것이 목적이 아니라 사람들과 관계를 맺고 그들의 부탁을 들어준다는 그 자체가 의미 있다고 해야 한다. 이들의 죄상을 물어주고 이들을 통해 서천으로 가는 길을 알게 되었다. 일종의 거래인 셈이다. 이러한 타자와의 만남이 바리로 하여금 길을 알게 해주는 것이다.

그러나 만남이 모두 긍정적이지 않다는 경험도 필요하다. 그것은 사냥꾼과의 만남으로 표현된다. 사냥꾼은 바리를 잡아서 아내로 삼아 살려고 한다. 바리는 할아버지 제삿날, 할머니 제삿날, 아버지 제삿날, 어머니 제삿날이라고 하며 며칠을 끌고 또 집을 수리할 나무를 해오라고 보낸 후에 도망에 성공한다. 바리가 보여준 것은 기지이다. 세상에는 악이 있고 이에 대처할 기지가 있어야 한다는 것을 배운다. 이런 모습은 바리가 지옥의 사람들을 만난다는 서울지역과 다르게 현실성을 갖는다고 할 수 있다. 현실 문제를 해결하면서 자신의 능력을 키워나간 것이다. 사람들과의 만남을 통해서 도움을 주고받고 악한 이로부터 도망해 자신을 지키는 지혜를 얻은 바리는 비약을 하게 된다. 그 비약적 발전의 표시가 하늘 옥황으로의 승천이다. 사냥꾼에게서 도망 나온 바리는 용늪에 이르러 통곡을 하고, 이를 들은 옥황이 등을 보내 올려온다. 하늘로 온 바리는 옥황의 손자 또는 선간사람과 혼인한다. 지상의 남성과는 혼인을 거부하지만 하늘의 남성과는 혼인한다는 것은 바리의 성장의 결과로 주어지는 보상이다.

여정에서 얻은 경험은 만남, 기지, 비약으로 줄여 말할 수 있다. 사람들과 만나고 위기를 당해 지혜를 얻는 과정이 곧 비약적 성숙을 가져왔다. 이러한 성숙은 후반부에 그 진가를 발휘한다. 바리는 아들을 열둘이나 낳고 사는 남편에게 꽃구경을 시켜달라고 하는데, 이고분 본에서는 "하두 앙탈하구 물으니까디"(143면) 데려간다. 바리는 여기서 남편 몰래 꽃을 훔친다. 이고분 본에는 단순히 "그거 하나 슬쩍 따서 머리숲이다 여쿠"(143면) 정도이지만 지금섬 본은 도둑질이라고 명시한다.

> 그거 다 피는 꽃도 도둑질하고, 봉우래 진 것두 도둑질하구, 그러기
> 때문에 지하궁에 늙은이만 죽겠는 것 애타법을 줬습니다. 하두 괘씸
> 해가지구. 봉우리가 진 것을 도둑질하기 때문에 이 애들이 죽구,
> 더먼살이한 거 죽은 거 일굽채 바리데기 때문에 구멍이 났습니다.[28]

여기서 주목할 것은 바리와 남편이 부부지만 하나가 아니라는 인식이다.
바리는 남편 몰래 꽃을 훔친다. 남편과 아내는 다른 사람이라는 이미지를
강하게 준다. 이는 바리의 어머니 덕주아 부인과 대조적이기에 주목하게
된다. 덕주아 부인은 남편과 정서적으로 하나가 된 모습을 보여주었다.
어머니에 비해 바리는 여성으로서의 독립성을 유지하고 있다고 보인다.
약수란 바로 바리가 보여준 여성으로서의 독립성일 것이다. 이를 가져와
어머니를 살린 것은 어머니가 과도한 수동성으로 인해 남편에게 종속된
모습을 보임으로써 여성으로서의 독립성을 갖지 못한 것을 부정하는 조치
이기 때문이다. 어머니의 과도한 수동성과 그로 인해 초래되었던 과도한
여성성에서 비롯된 잘못을 바로잡는다는 의의가 있다. 이를 어머니의 입장
에서 보자면, 어머니가 살아나는 것은 과거의 자기자신을 죽였다가 다시
살아나는 것이다. 이는 신화적인 견지에서 흔히 재생이라고 표현된다. 과거
의 자기를 죽이고 새로운 자아로 거듭나는 모습을 보여주기 때문이다.
이 경우 덕주아 부인의 새로운 자아란 여성으로서의 독립성을 갖지 못한
과거의 자기를 죽여서 다시 태어난 것으로 이해될 수 있다.
그런데 여기서 다시 이해하기 매우 어려운 사태로 급전한다. 이렇게
다시 살아난 어머니도 죽고 여섯 딸도 죽고 심지어는 바리조차 죽어버리는
결말의 문제이다. 이를 어떻게 받아들여야 하는가?

---

28) 윤준섭, 123면.

3. 죽음의 신화성과 의례성

이제까지 함흥본 <바리데기>의 구성과 의미를 주로 문학적 견지에서 쫓아가 보았다. 자세히 살핀다 해도 무언가 부족한 느낌을 지울 수 없다. 그것은 이 서사무가가 문학 이전에 굿에서 사용된 의례이기 때문일 것이다. 따라서 의례의 측면에서 다시 검토할 필요가 있다.

우선 이 일곱 모녀가 죽게 되는 사정을 원자료를 통해 자세히 살펴보자. 갓난아기 때 버려졌던 바리는 15세가 되는 해에 용왕국에서 쫓겨나 친어머니가 있는 오구두루이를 찾아온다. 와보니 어머니가 병들어 있어서 점복을 해보니 서천서역국에서 약수를 길어 와야 하게 되었다. 바리가 옥황 손자와 아들 열둘을 낳고 약수를 얻고 생명꽃을 훔쳐 지상으로 내려온다. 이미 죽은 어머니의 관을 열고 다시 살려낸다.

집으로 돌아오니 여섯 언니가 기물을 서로 가지겠다고 다투고 있다. 이를 괘씸하게 본 어머니는 기물을 나누어 주겠다며 딸들을 불러 저승기물을 준다. 여섯이 모두 죽는다. 지금섬 본은 "그 후에 일급채 바리덕이 그날부터 알소."[29]하여 인과관계 없이 바리가 병이 들어 죽는데, 이고분 본은 바리가 "그 언니 쓰러지는 것을 보구 보니 아주 기맥혀 나는 잠깐 잠시에 어머니 자겠습니다."[30]하고 앞뒤 인과로 설명한다.

뜻밖에 바리가 죽자 어머니는 하는 수 없이 바리를 묻는다. 바리가 이렇게 죽어버리고 마는 것은 무조신으로서의 기능에 의문을 제기하는 것이라서 크게 의문을 자아낸다. 한 가지 해결방안은 이를 바리가 신이 되기 위해 반드시 죽어야 할 과정을 제시한 것일 뿐으로 이해하는 것이다 그러나 이후 바리 신에 대한 언급이 없어서 의아스럽다. 다른 방안은 바리가 하늘에서 열두아들에게 신직을 주고 왔기에 더 이상 역할이 필요 없다는 기능적인 면이다. 지금섬 본 끝부분에서는 "옥황에 올라가 아들 열 둘을 낳고 열두

---

29) 홍태한, 『바리공주전집 1』, 민속원, 105면; 윤준섭, 127면.
30) 홍태한, 위의 책, 81면.; 김태곤, 148면.

시왕을 매겨놓구 내려왔으니"(128면)라고 했다. 이고분 본에는 바리가 지상으로 내려오기 전에 아들들에게 신직을 주는 장면을 서술한다.

> 너이가 새명제(삼형제)느는 삼태자(삼태성)를 앉아라. 그 담이는
> 칠성으루 앉아라. 그러구서리 너이 그 담이는 시왕(十王)으루 앉아
> 서 열두시왕으루 다짓을 지어서 앉아라[31]

지금섬 본은 바리를 삼일고개에 묻고 삼일제를 지내러 가다가 서인대사를 만나는데, 이고분 본은 그 부분이 상세하다. 이를 보면 바리의 죽음보다 어머니 덕주아 부인의 죽음 부분이 매우 상세하다는 것에도 의문이 든다.

> 할수 없어서 죽은거는 내가야 되겠구 해서 내다가 붕상으로 높이높
> 이 해서 내다 묻구서리 날이 날마다 그 산이 가서 애고 대고 애고
> 대고 자꾸 운다. 산신이서 신령님이 개가 밤나 앉어 인산개 와서
> 밤나 짖는 거 같다구 시끄럽다고 시끄러와서, 일굽째 바리더기 혼전
> 을 갯다가 꿈일여이러 내보냈거던. 새밀(삼일)만에 들어 삼일재를
> 지내느라구 광주리다 제쌈(제물)을 챙겨서 엄숙히 엄숙히 챙겨서
> 막대를 똑똑똑 끌구서 가거던. 대신님 한 분이 내려와 내려가는
> 대신님 내려가시다가 노인이 하나 광주리다 제참을 챙겨서 막대를
> 똑똑옥 찌구 올나오거던. 할머니 할머니 가지 마시오. 일굽채 바리
> 데기 지금 요물 귀신이 되서 할마니 오면 잡아넉겠다구 합니다.
> 그러니 가시지 마오.
> 그러나 저러나 시게 보내지.
> 내려 오년데 할마니 광주리 이구 갑니다.
> 할마니는 어디 가
> 우리 일굽채 바리데기 제 지내러 가제미요.

---

31) 김태곤, 144면.

408　3장　바리공주 신화

가지 마시오. 일굽채 바리데기 뫼를 한 판 째기구서리 혼신이 꿈이
여이 되어나와서 할마이 오면 잡아 잡수겠다구 지금 앉았습니다.
가지마오.[32]

맥락이 잡히지는 않지만 이렇게 풀어볼 수 있다. 바리가 죽자 어머니는
바리를 묻은 산에 날마다 가서 통곡을 하고 울었다. 산신이 너무 시끄러워서
대신할머니에게 꿈으로 바리가 어머니를 잡아먹으려 하니 오지 말라는
전언을 전하게 한다. 대신할머니가 재를 지내러 오는 덕주아부인을 보고
어디 가냐고 묻고 바리 재를 지내러 간다고 하니 바리가 귀신이 되어서
할머니가 오면 잡아먹으려 한다고 말한다.
  이 말을 들은 덕주아부인은 바로 꼬리를 내린다. 지금섬 본은 위에 이어서
이렇게 나간다.

  그말을 듣지 마시구 큰 목숨이 없어질까봐 그 말을 듣지 말구 그냥
  가셨으면 선간으루 다시 환도를 하갔년데 그말 듣구 목심이 무섭다구
  할마니 고맙습니다 이거 모두 잡수시오.[33]

지금섬 본은 어머니의 태도를 더 세속적으로 표현한다.

  대사 그러면 이 챙계를 가지고 온 소물은 다 잡수시오. 말똥이 구부
  러도 이승이 제일이지 내 어찌 죽겠소. 대사 그것을 다 잡숫소.[34]

  목숨이 아까워서 자기를 되살려준 딸의 공을 무시해버리는 덕주아부인
의 모습은 전혀 선계에서 귀양 온 사람 같지 않고 대단히 세속적이고 평범한
사람일 뿐이다. 더 널리 알려진 '개똥밭에 굴러도 이승이 좋다'는 말대로

---

32) 김태곤, 149면.
33) 김태곤, 149면.
34) 홍태한, 105면.

덕주아부인은 바로 바리를 포기하고 가져온 제물을 대신할머니 또는 서인 대사에게 주어 먹게 한다.

함흥의 바리데기가 골계스럽다고 알려진 대로 여기서도 웃음이 나는 부분이 있다. 대신할머니가 음식을 다 먹고 나서 "할 말이 없구 미안하니까"[35] 우리 절에서 재 할 때 구경오라고 청하고 덕주아부인은 가겠다고 답한다. 그러나 어느 절인 줄 몰라서 사방 절을 찾아다니다가 한 절에 가니 재가 끝났다. 지금섬 본에서는 서인대사가 제물을 다 먹은 뒤 우리 절에 재 구경 오라고 청하는데 "윤동짓달 스무 초하루날"에 오라고 한다. 윤동짓달은 거의 없어서 "윤동짓달 스무하룻날 주겠다"는 말은 빚을 갚지 않겠다는 말이 된다고 한다.[36] 있지도 않은 날에 오라고 한 것이다.

할머니는 "윤돈짓달 스무 초하루날을 찾아 댕기다가 삼년 묵은 보리 그륵기에 업허져"[37] 죽는다. 이고분 본은 돌아다니다가 재가 끝난 절에 가서 음식을 달라고 하니 없다고 해서 "돌아서서 뒤로 돌아가니까디 뜸물동이 안이 모두 찌끼기 있는기 콩나물 찌께미가 배고픈짐이 그저 넋이 없이 긁어 잡수꾸서리 가느라 가다나가 삼년 묵은 조이끄기 엎어져서"[38] 죽었다고 한다.

어딘지도 모르고 언제인지도 모르는 재를 찾아다니다 죽은 것도 어이가 없지만 그 끝에 삼년 묵은 보리 그루터기 또는 조 끄트러기에 엎어져 죽었다니 허무하기만 하다. 할머니 또는 서인대사에게 속아서 죽은 것이다. 여기서 서인대사를 불교의 중으로 보면 이는 "불교에 대한 무속의 강한 부정의식의 표출"[39]이라고 보는 견해가 나온다. 그러나 반불교의식은 이 부분에 한정되어 이해해야 하지 않을까 한다. 바리데기는 왜 죽었으며 덕주아부인

---

35) 김태곤, 149면.
36) 『한국세시풍속사전 冬』, 국립민속박물관, 2006, 363면.
37) 윤준섭, 128면.
38) 김태곤, 150면.
39) 윤준섭, 80면.

f

은 왜 이렇게 허무하게 죽었을까? 이에 대해 이고분 무녀는 자기대로의 해석을 한다.

> 없어지구 보니까 이 옐예(烈女)가 옐예 나는 가문 안이요 훗자손이 좋지 못합니다. 소자(孝子) 나는 가문 안이 훗자식이 좋지 못하니, 열여 충신이 나며는 집안 안이서 좋지 못하니, 열여 충신을 원하지 말구 있습니다.[40]

효자, 열녀가 나는 집안은 훗날이 좋지 않기에 바라지 않는다는 것이다. 이는 조선조의 기본 이념인 충, 효, 열을 부정하는 대단한 발언이다. 조선조에서는 자식의 희생을 요구하면서까지 효를 강조했다. 1434년 세종 16년에 왕명으로 간행한 『삼강행실도』는 바로 백성들에게 충신 효자 열녀의 행실을 교육하자는 조선시대 전반의 윤리 교과서이다. 이 책에서 "효자들은 아버지를 위해 한겨울 앵두를 찾아 혹한 속을 헤매는가 하면 손가락을 끊고 넓적다리 살을 서슴없이 베어내고 있다."[41] 우리가 일반적으로 바리공주를 말할 때에도 효에 초점을 맞춘다. 효는 조선의 이데올로기이며 <바리공주>는 효를 절대화하며 이데올로기화하는 기능을 보여준다고도 볼 수 있다.[42]

바리공주의 아버지 오구대왕은 큰 병에 걸린다. 버려졌던 바리가 저승에 가서 약을 구해와 살려낸다. 외형상으로 유사하지만 의미에 차이가 있다. 오구대왕은 오구국의 왕이다. 왕이 병이 들었다는 것은 사회적 의미를 갖는다. 사회적 질병 국가적 문제가 생겼다는 의미로 읽을 수 있다.[43] 사회가 오래 되면 경직되어 병이 생기게 마련이고 왕을 교체함으로써 이 문제를

---

40) 김태곤, 『한국무가집 3』, 150면.
41) 강명관, 『옛글에 빗대어 세상을 말하다』, 길, 2006,
42) 심우장, 「인문논총」 67집, 서울대학교, 2012, 178면.
43) 『삼국유사』 신라 <처용가> 기사에서 역신이 일으킨 병을 "그 때 문제가 된 병은 나라의 병이다."라는 해석도 참고할 수 있다. 조동일, 『제4판 한국문학통사 1』, 지식산업사, 2005, 235면.

해결하는 것이 인류학적 또는 신화적 방식으로 보편적이다. 바리가 왕을 고친 것은 나라를 되살린 것이다. 여기서 바리의 효가 부각된다. 하지만 나라의 질서라는 해석을 하면 바리 개인의 효가 아니라 효라는 이데올로기로 이해될 수 있다.[44] 효 이데올로기로 다시 나라의 질서를 회복했다.

이는 조선왕조의 역사와 유사한 면모를 보인다. 조선왕조가 임병 양란을 겪고 되살아난 것은 충효 이데올로기와 민중의 희생에 의해서이다. 조선은 건국 후 200년이 되자 관료화된 경직성을 보였고 임진왜란과 병자호란을 맞게 된다. 이웃의 중국과 일본은 이 사태로 인해 나라가 바뀌고 왕조가 바뀐다. 조선은 충효 이데올로기로 무장되어 국난을 이겨내고 조선을 되살려냈다. 서울의 바리 신화가 조선시대에 재편된 것이라면[45] 효와 충이라는 국가적 이데올로기의 강건함을 보여준다고 할 수 있다. 굳건한 충효 이데올로기의 밑받침과 민중의 희생으로 조선이 되살아난 것과 유비될 수 있다.

그렇다면 함흥본 <바리데기>는 어떤가? 욕정을 참지 못하는 아버지는 떠나고 어머니는 병이 들지만 이 서사의 배경에는 골계와 무질서가 배태되어 있다. 기껏 약수를 구해오지만 아무 보람이 없다. 오히려 약수로 인해 언니도 죽고 어머니도 죽고 바리 자신도 죽는다. 그리고 무당의 서사는 효자 열녀를 바라지 않는다고 한다. 죽음을 무릅쓴 효의 결과는 한마디로 허망하고 부질없다. 함흥 바리데기의 죽음은 충효 이데올로기를 정면에서 배반하는 것으로 읽힌다.[46]

함흥본 바리데기가 종잡을 수 없게 비논리적이고 골계적이고 세속적인 것은 서울 경기의 <바리공주>가 논리적이고 숭고함과 신성성을 보여주고 사건들이 주제를 향해 집약된다[47]는 것과 크게 대조된다. 마치 함흥본은

---

44) 심우장은 <바리공주>가 효를 절대화하며 이데올로기화하는 맥락을 검토했다. 심우장, 「바리공주에 나타난 숭고의 미학」, 『인문논총』 67집, 서울대학교, 2012, 178면.

45) 조동일은 서울의 바리공주가 조선왕조의 공주인 듯이 생각되게 하고 그 서사시는 조선왕조의 서사시처럼 만들어졌다고 지적하였다. 조동일, 『동아시아 구비서사시의 양상과 변천』, 문학과지성사, 1997, 127면.

46) 심우장은 이 부분에 대하여 "열이나 효가 그렇게 추구해야 할 미덕이 아닐 수 있음을 강조하고 있는 것이다. 이야말로 그로테스크 미학에서 추구하는 상반된 가치의 불가분성을 적나라하게 보여주는 핵심부분"이라고 했다. 심우장, 앞의 논문, 156면.

서울의 <바리공주>를 일부러 뒤틀어놓기라도 한 것처럼 보이는 것이다. 이 중 가장 큰 뒤틀림이 효를 부정하는, 여성들의 죽음이다.

그러나 이 죽음은 새로운 가치를 배태하기 위한 필요조건이었을 것이다. 함흥의 바리가 보여주는 세속성과 골계미 또한 경직화된 사회 이념을 뒤틀어놓기 위한 선행조건일 것이다. 골계는 기존 질서가 가진 엄숙함을 흔들고 죽음은 노사이건 희생사이건 새로운 질서를 요구한다. 그러나 이를 사령굿의 범주에서 처리하면서, 새로운 생명을 보여주거나 새로운 이념을 제시하지는 못한 것이 함흥 <바리데기>의 한계일 것이다.48) 이는 또한 서울 바리가 무조가 되어 철저하게 종교성을 가짐으로써 현실사회에서 눈을 돌려버린 것과 대조된다.

그런데 함흥지역의 바리는 자식의 희생으로 이루어지는 효도가 무의미하며 허무하다는 것이니 이는 조선조의 효 이데올로기에 대한 반항이라는 정치적 의미를 띤다고 보게 되는 것이다. 그러나 이 서사무가가 망자를 위한 굿에서 불린다는 점을 다시 고려하면 그렇게 보기에는 개운치 않은 면이 있는 것도 사실이다.

그래서 원문을 다시 살펴면, 이고분 본은 신화성에 대한 강조가 지금섬 본에 비해 약하다는 것을 알 수 있고, 지금섬 본에는 바리 서사가 끝난 후에 굿이 이어지는 노래가 채록되어 있다는 점에 주목하게 된다. 이 부분에서 새로운 해결책을 찾아보자.

지금섬은 처음에 독창으로 하는 노래 중에 "사적에 근본 말삼이 있습니다."49)라고 하고 이어서 말로 "옛날 옛 시절에 나무들이 말을 하고 구렁뱀이 새를 갈길 적 그때 그 시절에"하고 바리 서사를 시작한다. 역사보다는, 시간의 흐름을 무화시키는 신화적 출발이다. 나무들이 말을 하는 등의 상황은 창세의 시기이고 이를 언급하는 것은 이 굿이 세계의 처음 상황으로

---

47) 서대석, 『한국무가의 연구』, 문학사상사, 1980, 207면.
48) 이런 역할은 가령 민중종교로서의 동학이 맡았다고 생각해볼 수 있다.
49) 홍태한, 84면.

돌아가는 것과 관계있음을 천명하는 것이다.

그런데 바리 서사를 끝낸 지금섬은 이어지는 노래에서 다시 신화적 태초의 시간을 언급한다.

> 대탈광으 시절에
> 사람이 나도 크게 나고
> 짐승이 나도 크게 나고
> 소탈광으 시절에느
> 사람이 나도 잘게 나고
> 짐승이 나도 잘게나고
> 대탈광으 시절에는
> 옷이라고 입은 것이
> 짓이는 석 자 세 치
> 섶으느 석자라
> 소탈광으 시절에는
> 옷이라고 입는 것이
> 짓이느 세 치로다
> 섶으느 닷 분이요[50)]

이 부분은 1923년 8월 손진태가 함흥에서 채록한 김쌍돌이 무녀의 창세가와 닮았다. 창세가에서는 하늘과 땅 사이에서 미륵이 탄생하고 붙어 있던 하늘과 땅을 기둥을 세워서 나누고 해 달 별을 만드는 이야기에 이어서 미륵의 거인됨을 노래한다.

> 착 장삼을 마련하니
> 전필이 지개요 반필이 소맬너라
> 다섯 자이 섭힐너라, 세 자이 짓일너라

---

50) 홍태한, 106면.

마리 곡갈 지어되는
자 세치를 씌치내여 지은즉은
눈무지도 안이 내려라
두자 세치를 씌치내여 지은즉은
귀무지도 안이내려와[51]

즉 대탈광 시절을 노래하는 것은 창세의 최초의 시간을 되살려내는 것이
다. 이는 엘리아데가 알려준 바와 같이 창세신화는 병자를 치료하는 굿에서
도 불리고 특히 죽음의 때에도 낭송된다는 것과 관계된다. "왜냐하면 죽음
이 창조적이 되려면 그에 부응하여 받아들여지지 않으면 안 되는 새로운
상황을 구성하고 있기 때문이다."[52]

이는 지금섬이 덕주아부인이 삼년 묵은 보리그루터기에 엎어져 죽었다
고 한 후 바로 이어서 "그래 죽으니 인간 사람이 사다가 노다가 명부 황천에
돌아가면 그 터전 그 마전에 와서 오기탈을 받기 법을 냈소."라고 하는
말과 통한다. 덕주아 부인의 죽음은 오기탈을 벗고 전생탈을 벗는 의례를
위한 죽음인 것이다. 이는 지금섬이 대탈광 시절을 말한 후 또 하나의
작은 서사무가를 부르는데 그 끝에 각종 탈을 거두어내는 노래를 부르고
나서 이렇게 마감하는 데에서도 확인된다.

인생탈 전생탈 다 걷었소 …… 오기 탈을 걷어주오 시왕 탈을 걷어주
오 인간탈을 걷어주오 황천탈을 걷어주오 인생 탈 전생 탈 다 걷었
소. 금일 망령 극락세계 인도하오.[53]

이 굿의 목적이 망자의 혼을 극락으로 인도하는 것임을 천명한다. 그런
데 왜 그런 식으로 다 죽고 마는 것인가? 그 죽음이 극락 인도와 어울리지

51) 김헌선, 『한국의 창세신화』, 길벗, 230면.
52) 미르세아 엘리아드, 이은봉 역, 성균관대학교출판부, 1994, 46면.
53) 홍태한, 113면.

않기에 더 설명이 필요하다. 무가에서는 말해주지 않기에 우리가 해명해야 한다.

지금섬은 바리 서사 이후에 다시 작은 서사무가를 하나 부른다. 그 내용은 아주 흥미롭다.

대탈광 시절에 까마귀에게 불로초를 찾아오게 한다. 까마귀가 불로초를 소나무 아래 두었더니 소나무가 먹었다. 소나무가 늘 푸른 이유이다. 조금 남은 걸 까마귀 자신이 먹었더니 까맣게 되었다. 까마귀가 까맣게 된 이유이다. 가져갈 게 없어진 까마귀는 명두할망을 데려가기로 한다. 며느리에게 밀어도 보았으나 결국 명두할망이 가게 된다. 마지막 가는 길이라고 자식집을 찾아본다. 아들 집에 갔더니 며느리가 준 쌀밥을 한 수저 떴더니 아래는 모두 조밥이었다. 딸 집을 찾아가니 딸은 쌀밥 위에 살짝 조밥을 얹어서 주었다. 그러나 쌀밥을 본 사위가 쌀밥이 웬 말이냐고 타박하여 나온다. 손자 집을 찾아가니 외손주는 예뻐하고 아들손주는 구박하더니 왜 찾아왔느냐고 한다. 명두할망은 "거기 앉아 조삭조삭 자부더니 깜짝 별세하였구나." 하고 명두할망이 죽는 것으로 끝난다.

이 이야기는 태초에 까마귀가 불로초를 잃어버리고 그 대신에 명두할망을 저승으로 불러가는 이야기로, 결국 사람이 어떻게 죽게 되었는가 하는 유래담이다. 이야기 앞에서 소나무가 늘 푸르고 까마귀가 까맣게 된 연유처럼, 사람은 까마귀가 저승으로 불러 가기에 죽게 되는 것이다.

이 서사물 구연은 세 가지 면에서 앞의 바리 이야기와 구조가 같다. 하나는 이야기 시작에 태초의 시간을 제시한다는 점이다. 바리 이야기는 "옛날 옛 시절에 나무들이 말을 하고 구렁뱀이 새를 갈길 적"이고, 명두할망 이야기는 "대탈광으 시절"에 있었다는 이야기이다. 둘째는 주인공들이 문득 죽어버리는 결말이다. 죽어서 어떻게 되었다는 말도 없다. 셋째는 이야기 끝나면 무녀가 하는 말이다. 명두할미 이야기 끝에는 "어 받을 데 없습니다. 오늘으느 오기 탈을 벗고 그 터전 그 마전에", 바리 이야기 끝에는 "인간 사람이 사다가 노다가 명부 황천에 돌아가면 그 터전 그 마전에 와서 오기탈을 받기 법을 냈소." 한다. 이는 이 이야기 속의 죽음이 오기탈, 인생탈, 전생탈을 벗고 극락세계로 가기 위한 죽음이라는 점을 드러낸다.

다시 말하면 오기풀이의 서사무가 두 편은, 다른 지역에서 바리가 망자의 혼을 극락으로 인도하는 역할을 보여주는 것과 달리, 망자의 탈을 벗기기 위한 것이며 그 탈을 벗기는 것의 궁극적인 모습은 탈의 근거지인 신체를 없이 하는 것, 즉 죽음을 보여주는 것으로 이해된다. 그것은 이 이후의 무가가 보여주는 사태와 일치한다. 지금섬 오기풀이의 마지막 노래는 망자를 극락세계로 인도한다고 시작하는데 망자가 가는 길은 저승이 아니라 山所일 뿐이다.

> 아 산천 질을 닦아두 가오 / 아 높은 데르 지겨두 간다
> 아 낮은 데루 미꿔두 가오
> ......
> 어 저기 가는 저 행차는 / 아 어디서 오는 행차더냐
> 아 항경도에 살아가던 / 아 금일 망령에 온다더니
> 아 히나 만사택 들이시고 / 아 관음 같이도 들어도 간다
> 아 행차 같이도 나라도 오네[54]

망자가 오는 길을 닦고 망자를 맞아들이는 내용이다. 그런데 그 곳은 천상이 아니다. 가시문을 넘어서 연지당으로 가는 여정을 보여주기는커녕, "길양귀" 즉 나침반을 옆에 차고 명산을 찾아서 인부를 갖추어 땅을 파고 무덤을 만드는 과정으로 이어진다. 황토색이 짙은 땅 속을 보니 명당자리가 분명하다고 한다.

---

54) 홍태한, 113면; 윤준섭, 131면.

아 그대여 장손들이 / 아 우리 아버지르 보시겠소
아 만년 횟집을 디리겠소 / 아 이천석 띳징 밑에
아 삼천석 횟쪽 아래 / 아 천지 글함을 디릿구나
아 우리 아버지를 모시놓고 / 아 우천개를 덮었구나
아 지절(상석) 앞에다 문을 내고 / 아 지절 뒤에다 질을 내고
이 상돌 놓고 상식 놓고 / 아 좌우 저켄에 동자로다
아 비석문을 그렀구나55)

이 뒤는 이 명당자리에서 百子千孫이 나고 만석부자 효자 충신이 나기를
기원하는 내용이어서 일반적인 굿의 모습과 일치한다.56) 함흥의 바리데기
무가가 망자가 극락으로 가기를 목적으로 하지만 그 전제로 망자가 삶의
탈을 벗어야 한다는 것을 강조하고 있다고 보인다. 이러한 설명은 함흥의
바리가 약수를 구하러 가면서 할머니들과 생원의 죄상을 물어와 답을 알려
주자 그들이 구렁이, 실뱀, 말, 산신 등이 되는 것은 전생의 업에 대한
결과에 따라 탈 벗기의 사례들로 제시된 것이 아닌가 이해하게 한다. 구복여
행 설화와 구조가 비슷하지만57), 설화에서는 가령 여의주 하나를 주인공에
게 줌으로써 용은 욕심을 버려서 승천하고 주인공은 여의주를 얻어서 행운
을 얻는 서로 좋은 결과를 가져오는 데 반해 이 서사에서는 그런 관계가
성립하지 않는다. 다만 삶의 업에 따라 몸의 형태가 달라지게 되는 것,
즉 전생의 탈을 벗고 다른 모습으로 태어나는 것만을 제시하는 것으로
보인다. 이는 이 서사에 보이는 등장인물의 죽음 또한 다른 형태로 태어나기
위한 전제라는 것과 닮은 점이 있다.

함흥의 바리데기가 망자를 극락이 아니라 무덤으로 인도하는 것은 이

---

55) 홍태한, 114면; 윤준섭, 131면.

56) 이는 이고분본에서 "소자(효자) 나는 가문 안이 홋자식이 좋지 못하니, 열여 충신이 나며는 집안 안이서
좋지 못하니 열여 충신을 원하지 말구 있습니다."라며 바리데기 서사를 마감하는 것과 큰 차이를 보여준다.
굿의 목적을 고려하면 지금섬본이 더 원래의 모습을 보여주고 이고분본은 바리데기에 대한 다른 해석을
보여준 것으로 보인다. 이를 해명하기 위해서는 별도의 논문이 필요할 것이다.

57) 윤준섭, 42면.

바리 서사가 장례법의 기원을 이룬다고 보는 견해와도 상통한다. 이수자는 이 서사가 "어머니를 위한 입관예법 만들기"를 보여준다고 보았다.[58] 바리는 어머니를 위해 3일 건조예법, 사일 성복, 오일 성왕제, 초하루 삭망지법, 2년 소상예, 3년 대타상법 등을 시행하겠다고 말했기 때문이다.

함흥의 바리데기에서 등장인물들이 모두 죽을 뿐 아니라, 마지막까지 극락으로 인도하는 내용이 아니라 무덤으로 인도하는 낯선 내용이지만 그래도 사령굿으로서의 기능은 마찬가지라고 본다면, 다른 지역의 바리공주와 달리 함흥의 바리데기는 세 가지 점에서 차별성을 갖는다고 보아야 한다.

하나는 바리데기 무가의 기능이 일차적으로 망자를 저승으로 인도하는 것이 아니라 망자의 전생탈, 이승탈을 벗기는 것이고 탈에서 벗어나는 궁극적인 방법은 죽음이기에 등장인물이 모두 죽는 것으로 설정된다. 둘째는 바리가 신격으로 좌정하지 않으면 누구에게 이 역할이 주어지는가 할 때 그것은 바리가 옥황에서 낳은 열두 아들이라고 할 수 있다. 바리는 생명수와 생명꽃을 가지고 지상으로 내려오기 전에 아들들에게 신직을 수여한다.

> 그래가지고 아들 열둘을 시왕에 매겠소. 맞아들은 짐광대왕을 차지하고, …… 다섯채 아들은 염라대왕을 차지하고 …… 열한채 아들은 열시왕을 차지하고 열두채 아들은 두명감을 매겨놓고 약쉬물을 질러 가지고 집으로 돌아옵니다.[59]

> 너이가 새명제 느는 삼태자를 앉아라. 그담이는 칠성루 앉아라. 그리구서리 너이 그 담이는 시왕으루 앉아서 열두시왕으루 다짓을 지어서 앉아라. 그러구 은동이를 이구서리 영득등이 앉아 자즌등이 앉아 내려왔습니다.[60]

---

58) 이수자, 「임석재채록 무가자료의 특징과 의의」, 한국구비문학회 발표논문집, 2008년5월3일(토), 동국대학교 문화관 3층, 99면.
59) 홍태한, 101면.

바리가 신이 되는 것이 아니라 열두아들에게 신직을 부여하고 지상으로 내려왔다가 죽어버린다는 것은 다른 지역에서 바리가 하는 일을 열두 아들이 하는 것으로 설정했기 때문으로 볼 수 있다. 바리의 역할은 망자의 혼을 저승으로 인도하는 것이 아니라 죽음을 가져오기, 사람을 죽게 하는 것까지만인 것으로 보인다. 지금섬 본에서 대신할머니가 "바리데기 지금 요물 귀신이 돼서 할마니 오면 잡아넉겠다구 합니다. 그러니 가시지 마오."[61] 하는 데 암시되어 있다. 존중받는 신이 아니라 요물 귀신이 되었다고 한다. 그렇다면 이 무가는 바리데기가 자기 역할인 인간의 죽음을 가져오는 기능에 충실한 무가이며, 이 이야기에 나오는 대다수의 등장인물은 그 기능에 따라 죽음을 맞는다는 설정으로 이해된다.

셋째로 망자의 혼을 인도하는 것은 바리가 아니라 망묵굿의 다른 역할들의 몫으로 전이된다. 가령 정제호가 잘 지적했듯이 <도랑선배 청정각시>에서의 이계여행담으로 보아 청정각시의 역할이 있을 것으로 생각된다.[62] 또한 타성풀이에서는 사자가 직접 망자를 염라대왕에게 인도한다.[63] 이 과정에서 동갑들이 도와주는 모습은 동갑적계라는 무가로 마련되어 있다.[64] 이렇게 역할을 떠맡기고 <바리데기> 무가에서는 저승으로 가는 혼을 몸에서 떼어놓기 위하여 죽음을 분명히 강조하는 것으로 보인다. 지상에서 살아있던 삶들은 일단 죽어야 혼백이 극락으로 갈 수 있기 때문이다. 육신과 혼백의 역할을 분명히 갈라서 육신은 무덤으로 가고 혼백은 극락으로 가는 구조를 가지고 있다고 생각된다. 함흥에서는 바리데기의 오구풀이가 그렇게까지 중요하게 다루어지지 않았다는 생각도 하게 된다. 임석재의 『함경도 망묵굿』(한국의 굿 8) 에도 오구굿 사진은 실리지도 않았다. 이는 "바리

---

60) 김태곤, 144면.

61) 김태곤, 149면.

62) 정제호, 앞의 논문, 36면.

63) 김태곤, 『한국무가집 3』, 집문당, 108-112면.

64) 위의 책, 106-107면. 타성풀이와 동갑적계 언급은 윤준섭 선생의 지적으로 보완하였다.

데기는 죽으나 신으로 승화하는 것은 서술하지 않는다. 그리고 오구굿은 망자를 안주처로 인도하는 거리인데, 함흥 등지에서는 망자의 이승탈 저승탈을 벗기기 위한 거리로 되어 있어, 기능면에서 다른 지역과 차이가 있다."65)는 지적과도 일치한다. 함흥 오구굿의 목적은 망자의 탈을 벗겨내자는 것이고 이는 죽음을 전제로 하기에 등장인물도 망자처럼 죽음을 겪는 것으로 이해된다.

사령굿의 신격으로 이해되는 바리와 생명수로 재생한 어머니조차 죽음으로 몰고가는 설정은 모든 인간에게 죽음은 필연적이고 그 죽음은 육신의 탈을 벗기는 과정이라는 점을 강하게 부각하는 문학적 형상화로 읽을 수 있을 것이다. 나아가 육신의 탈을 벗어야 혼백이 저승으로 가고 육신은 무덤으로 간다는 이분법은 영혼보다 육신을 더 가볍게 여기는 사고방식으로 연결될 수 있을 것 같다. 이것이 이 무가의 골계성을 설명해주는 것은 아닐까? 세속적인 삶을 지탱하는 육신과 그 죽음을 가볍게 여기고 희화하는 것은 육신은 벗어버려야 할 탈이기 때문이라고 생각해보는 것이다.66) 또한 지금섬 본 말미에 있는 사람이 어떻게 죽게 되었는가 하는 유래담 무가가 같이 구연되는 이유도 이해할 수 있다. 그것은 결국 소나무가 늘 푸르고 까마귀는 검게 된 것처럼 인간은 모두 필연적으로 죽음에 이른다는 것을 형상화한 것이라는 점에서 같은 주제 아래 놓이기 때문이다.

김태곤이 채록한 이고분 본은 지금섬 본과 여러 가지 점에서 차이를 보인다. 주목되는 것은 바리 서사만 채록되어 있어서 그 뒤의 명두할망 서사나 탈 벗기기, 명당찾아 모시기 등의 내용이 전혀 없다는 점이다. 우선 첫대목에서 태초의 시간을 제시하는 말이 없다. 단순히 "칠공주 어머니 아버니가 옛날 옛적이버터 내리오시는 길이오다."67)이다. 바리의 아버지 어머니가 선간 사람이었는데 사소한 실수로 인해 지상으로 내려와 부부가

---

65) 임석재, 「이승과 저승을 잇는 신화의 세계」, 『함경도 망묵굿』,(한국의 굿 8), 열화당, 1985, 84면.
66) 이는 일부 민속에서 산사람들이 자신의 나쁜 탈을 망자에게 주어 보낸다는 탈과는 성격이 다르다.
67) 김태곤, 124면.

되었다. 제목은 '칠공주'이지만 왕실의 이야기로 되어 있지는 않다.

윤준섭이 지적한 바와 같이 지금섭 본만큼 사설이 다양하거나 풍부하지 않다. 더 의미 있는 것은 골계적인 부분이 거의 없다는 것이다. 딸 여섯을 낳고 부부관계를 하지 않겠다고 각방을 쓰자던 남편이 덕주아부인이 벌거벗고 누워있는 모양을 보더니 "소담스럽고 예쁘고 먹음적하여 숫탄 맹세를 해놓고도 맞어죽을 솜하고 초방 중방 상방 휘여다 나드리 또 달라 부르니 또 애기 들었소."[68] 라거나, 아들을 소망하는 덕주아부인에게 방치 뚝떡을 해 먹으면 자지가 생기고 동지오그래 떡을 먹으면 불알이 생긴다니 그 떡을 해먹는 모습 등 부부의 세속적이고 꾸밈없는 생활 양태의 골계스러운 장면이 이고분 본에는 나타나지 않는다.

지금섭은 바리가 옥황 꽃밭을 구경하면서 도둑질을 해서 꽃들을 숨겼다고 여러 차례 반복했는데 이고분은 도둑질이라는 말을 쓰지 않고 두 번만 "슬쩍" 따서 넣었다고 한다. 이런 것을 보면 이고분은 더 점잖게 표현하는 것 같다. 윤준섭은 지금섭 쪽 채록 환경이 좋았기 때문이라고 보았는데, 그보다는 이고분이 깔끔하게 뼈대만 노래하지 살을 붙이지 않는 성격이어서인 듯하다. 김태곤은 이고분을 1964년에 처음 만났는데 "그의 주소나 이름 성까지도 묻기조차 어려울 정도로 쌀쌀하고 신경질적이었다"[69]고 했다. 빈굿이나 조작된 굿은 할 수 없다고 해서 더 이상의 채록은 못했다고 한다.

김태곤과 같은 학교에 근무했던 황순원이 쓴 장편소설 『움직이는 성』[70]에는 함흥지역 바리를 채록하는 장면이 나온다. 그 마지막 부분에서 "옛날 옛적부터 옛날이라 젯날이라 역사가 망넹이 들어서 일곱째공주가 망넹이 들어서"라는 노래가 나오니 바로 이고분 본을 채록하는 모습이다. 채록자인 민구는 이 결말을 이해할 수 없어서 "노파를 달래어 몇 번 되풀이해 시켜봐

---

68) 홍태한, 91면.
69) 김태곤, 『한국무가집 3』, 71면.
70) 황순원, 『움직이는 城』, 문학과지성사, 1989.

도 똑같았다."[71]고 하는 장면이 나온다. 이것이 혹시 이고분 본 채록 모습을 김태곤에게 듣고 쓴 것이라면, 채록 환경이 좋지 않아서가 아니라 원래 이렇게 불렀던 것이 아닌가 하는 방증이 된다.

무엇보다 큰 차이는 결말이다. 이고분은 바리 서사에 해석을 가한다.

> 없어지구 보니까 이 옐예(烈女)가 옐예 나는 가문 안이요 훗자손이
> 좋지 못합니다. 소자(孝子) 나는 가문 안이 훗자식이 좋지 못 하니,
> 열여 충신이 나며는 집안 안이서 좋지 못하니, 열여 충신을 원하지
> 말구 있습니다.[72]

충 열 효를 부정하는 발언이 무가 끝에 나온다. 이에 이어서 창으로 "역사가 망넝이 들어서 일곱째공주가 망넝이 들어서" 하고 무가가 끝난다. 이 결말 때문에 특히 함흥 바리 무가를 조선의 충 효 이념에 대한 저항으로 이해하는 설명이 나오게 된다. 이 설명의 최초는 황순원의 그 소설에서 채록자인 민구의 생각으로 나온다. 민구는 본래 함경도는 대륙과 인접해 있어서 외적이 침입이 빈번했고, 조선시대에는 유배지로 충신 효자들이 억울한 누명을 쓰고 왔으며 이런 것들이 효자나 충신에 대한 불신을 불러 일으켰고 그게 오구굿 무가에까지 반영되었다고 했다。또 선과 악도 죽음 앞에서 평등하므로 죽음에 의한 평준화를 얻고 그것으로 구원을 얻으려고 한 것은 아닐까 생각했다.[73]

윤준섭은 지금섬 본을 중심으로 보아서 이런 점에 대한 설명은 없고 서인대사의 속임수로 인한 덕주아부인의 죽음이 불교에 대한 무속의 강한 적대감을 보여준다고 지적했다.[74] 심우장은 이고분본의 이 부분을 적시하면서 "열이나 효가 그렇게 추구해야 하는 미덕이 아닐 수 있다는 점을

---

71) 황순원, 210면.

72) 김태곤, 『한국무가집 3』, 150면.

73) 황순원, 『움직이는 城』, 문학과지성사, 1989. 212면.

74) 윤준섭, 앞의 논문, 80면.

강조"[75])한다고 볼 수 있음을 말했다.

그러나 이러한 해석은 이고분 본의 예외적 현상일 수 있다. 굿은 현세와 내세에서의 복락을 추구하는 것이 본질이라고 볼 때 이고분이 충신 효자가 나면 집안이 좋지 않아서 원하지 않는다고 말하는 것은 굿의 목적에서 어긋나는 발화이다. 이것은 굿의 일반적 모습이라고 보기 어렵다. 대부분은 효자 열녀 충신 나라는 사설을 가지고 있기 때문이다.

이고분 본은 바리 사설만 채록되어 있을 뿐 의례에 대한 정보가 전연 없다. 본문에서 살펴본 것처럼 지금섬 본은 바리 사설 뒤에도 또 하나의 서사무가와 창이 있어서 여러 가지 정보를 준다. 지금섬 본으로 보면 바리 무가는 굿이라는 의례, 사령굿으로서 망자를 인도하는 과정을 보여준다. 사령굿으로서의 바리공주는 일반적으로 바리공주 자신이 무신이 되어서 망자의 혼을 저승으로 인도하는 역할을 하는 데 반해, 함흥지역 본은 바리가 신으로서의 역할을 하지 않는다. 그래서 신이 된 그 아들들이 망자를 받아들이는 역할을 하는 것으로 해석해 보았으며, 이 무가는 저승으로 가기 위해 이승에서의 탈을 벗기는 데 초점을 맞추는 무가로 이해하였다. 이승에서의 탈을 벗기 위해서는 그 근거인 육신의 죽음이 전제되기에 등장인물들이 모두 죽는다는 설정이 필요한 것으로 이해하였다.

4. 맺음말

이제까지의 논의를 요약하면 다음과 같다.

첫째, 상식적으로 이해하기 어려운 함흥본 <바리데기> 서사는 다음과 같이 이해하였다. 과도한 여성성으로 인한 사회적 질병의 문제를 바리를 외부로 보내어 해결책을 찾아오게 하였다. 바리는 서천으로 가는 여정에서 다른 사람들을 만나고 위험에서 지혜를 얻어 내면이 비약적으로 성장하였

---

75) 심우장, 「구비문학의 현재적 의의 찾기」, 『어문연구』59, 어문연구학회, 2009,156면.

다. 남편과 아들 열둘을 낳아도 남편 몰래 꽃을 훔쳐오는 것은 남편과 하나가 아닌 여성의 모습을 보여주며 이는 어머니가 남편과의 관계에서 독립성을 잃어버린 것과 대조적인 모습이다. 과도한 여성성을 부정한 바리는 돌아와서 어머니를 살린다.

둘째, 이상의 전반부와 등장한 모든 여성이 죽고 마는 결말의 서사는 결이 다르다. 결말 부분은 서울 경기의 바리공주가 보여준 효 이데올로기를 부정하고 있다. 효의 결과는 부질없어서 기껏 살아난 어머니도 곧 죽고 만다. 모든 여성이 죽고 마는 것은 효 이데올로기의 전면적 부정으로 보인다. 처음부터 보이던 골계와 무질서가 삼년 묵은 보리 그루터기에 엎어져 죽었다는 허망함으로 이어져서 효 자체를 희화화하고 있다.

셋째, 서사작품으로의 틀을 넘어서, 함흥본 <바리데기>가 굿이라는 목적 지향성이 강한 의례라는 점을 주목하면 이 무가의 기능이 다른 지역의 바리데기와 달리 일차적으로 망자를 저승으로 인도하는 것이 아니라 망자의 전생탈, 이승탈을 벗기는 것이고, 탈에서 벗어나는 궁극적인 방법은 죽음이기에 등장인물이 모두 죽는 것으로 설정된다는 점을 지적했다. 벗어나야 할 육신의 탈이기에 몸과 죽음에 대한 희화가 가능했다고도 보인다. 또한 바리가 망자를 인도하는 역할을 하지 않고 죽음을 가져오는 같은 역할까지만 하며, 망자 인도는 청정각시나 저승사자 또는 동갑의 몫으로 전이되었다. 바리가 신이 되지 못하고 죽기에 그것은 옥황에서 낳은 열두 아들의 몫으로 이전되었다고 이해된다.

아울러 함흥본 <바리데기>는 수용자에 의한 역사적 재해석을 엿볼 수 있다는 점에서 흥미롭다. 이고분 본 맨 끝에는 '역사'라는 단어가 나온다.

> 옛날 옛적이번터(부터) 옛날이라 젯날이라
> 역사가 망녕굿이 가서
> 일굽채 바리더기 망녕굿이 들어서[76)]

---

76) 김태곤, 150면.

이 '역사'가 우리가 상식적으로 사용하는 말과 같은 의미라면 이 지역의 무당들에게 역사가 잘못되었다는 인식이 있었다고 볼 수 있다. 이 역사는 조선의 것이면서 동시에 함경도의 역사일 것이다.

함경도는 역사적으로 독특한 곳이었다. 특히 조선조에 심한 차별을 받았다고 알려졌다. 서울의 <바리공주>가 서울의 양반집 여성들의 비호 속에서 궁궐 예법을 차용하고 바리의 용모를 거룩하게 장식하고 효를 특히 강조했다면, 함흥의 <바리데기>는 서울의 그러한 시도를 골계 속에서 무화시키는 것처럼 보인다. 효가 부질없는 이데올로기일 뿐 아무 효험도 없다고 하며 조선조의 기본 이데올로기를 부정하는 것은 함경도의 역사적 체험과 깊은 관련이 있을 것으로 여겨진다. 대표적인 유배지였다는 점도 고려할만하다. 소설가 황순원도 소설 속 등장인물인 민속학자의 생각을 통해 '유배 오는 잘난 사람들을 보면서 유교 윤리에 대한 불신을 가지게 되고 그것이 오구굿 무가에까지 반영된 것은 아닐까'하는 의견을 제시한 바 있다.77) 유교 사상에 반기를 들고 유교의 엄숙함에 골계로 대응하는 함흥 바리의 노력은 조선조와 다른 대체 이념을 만들기 위한 선행되는 노력이었을지 모른다. 변방에 있는 함경도 민중의 예감이 민중의 구비 서사문학으로 재생되었다고 생각한다.78)

그런 점에서 최근에 창작된 바리 소재 현대소설들79)은 바리의 노력이 큰 효험을 보이지 않는다는 설정을 하고 있어서, 함경도의 <바리데기>와 유사한 모습을 보여준다. 함흥의 바리가, 중세의 바리를 현대소설 속의 바리로 이어주는 다리 역할을 하고 있는 것은 아닌가 검토하는 것은 새로운 과제이다.

---

77) 황순원, 『움직이는 城』, 문학과지성사, 1989, 212면.
78) 함경도 지역의 다른 서사무가는 유교문화에 대한 반감을 보이지 않는다는 반론이 가능하다. 모든 서사무가가 그랬다면 그것은 문학이 아니라 사회운동일 것이다. 서사무가는 사회의 일반적 도덕을 답습하는 것이 많지만, 이 작품과 그에 대한 무녀의 해석은 문학으로서는 이에 대한 비판적 견해를 조금씩 드러내기 시작하는 시금석으로서의 성격을 갖는 것에 의미를 둘 수 있을 것이다.
79) 송경아의 <바리 — 길 위에서> 등 바리 연작 4편이 대표적이다.

<바리데기>에서 <진주낭군>까지
'빨래' 모티프의 비교

1. 서론

<바리데기>는 우리나라의 대표적인 서사무가이고 <진주낭군>은 주로 영남지역에서 길쌈할 때 여성들이 부르던 서사민요이다. <진주낭군>은 1980년대 대학가에서 널리 불리기도 했다. <진주낭군>에는 남편도 없는 집에서 시집살이하던 새댁이 진주 남강에 빨래하는 대목이 서정적으로 펼쳐진다. 산도 좋고 물도 좋은 강변에서 흰 빨래는 희게 빨고 검은 빨래 검게 빨아서 집으로 돌아온다는 내용이다.

<바리데기> 혹은 <바리공주>에도 저승으로 약을 구하러 가는 바리가 빨래하는 할머니 또는 아주머니를 만나는 대목이 나온다. 그런데 모든 <바리데기>에 나오는 것이 아니라 동해안 지역의 연행본에만 나온다. 그래서 동해안을 따라 빨래 모티프가 전승된 것으로 보일 수도 있겠다. 그런데 서사무가 <바리데기>에는 <진주낭군>과 반대로 흰 빨래는 검게 빨고 검은 빨래는 희게 빤다고 하는 작품이 많다.

같은 동해안 지역을 따라 전승되는 빨래 모티프가 서사민요와 서사무가에서 반대로 나타나는 현상이 보편적인지, 그렇다면 그 이유가 무엇인지

살펴볼 필요가 있다. 서사무가와 서사민요가 서민들의 문학의식을 나타낸
다고 하면 그 의식의 일단을 이해할 수 있을 것이다. 누구도 빨래 모티프를
어떻게 노래하라는 지침을 내렸을 리는 없으니 이는 온전히 노래를 전승하
는 사람들이 무가와 민요를 어떻게 인식하고 있는지 보여줄 수 있다.

김종군은 <진주낭군> 민요가 진주 기생 월정화 고사에서 비롯되었다고
보고 사설을 검토했으나 빨래에 대하여는 언급하지 않았다.[1] 길태숙은
'여성적 말하기'로써의 죽음을 살펴보면서 진주낭군의 며느리 또한 "불합
리한 현실과 절망적인 자신의 삶을 인식하고 자기 표현의 수단으로 죽음을
선택"한 것이면서 동시에 "부인의 죽음을 슬퍼하는 남편의 모습에서 위안"
을 삼은 카타르시스 효과가 있다고 지적하였다.[2] 서영숙[3]과 이정아,[4] 박지
애[5]의 연구도 시집살이 민요를 다루면서 <진주낭군>을 언급하고 있지만
빨래의 의미에 대해 이야기하지는 않았다.

서사무가 <바리공주> 또는 <바리데기>에 대한 연구성과는 매우 많은데
홍태한은 이를 검토하면서 서사단락 23, "바리공주는 도중에 주어진 과업
을 해결한다" 항에서 "빨래를 씻어주거나, 밭을 갈아주거나, 밭을 매주는
일을 해주고 길안내를 받는다."로만 정리하고 빨래에 대해 더 이상의 언급
을 하지 않았다.[6] 빨래 자체에 관심을 표명한 연구는 보이지 않는 것 같다.

그러나 <바리데기>와 <진주낭군>에서의 빨래 모티프는 작지만 뚜렷한
대조 속에서 민중이 보여주는 삶의 인식, 문학 갈래의식 등을 살펴볼 수
있는 좋은 소재가 될 수 있다고 보인다.

---

1) 김종군, 「<진주낭군>이 전승 양상과 서사의 의미」, 『온지논총』29, 온지학회, 2011, 67-93면.
2) 길태숙, 「민요에 나타난 "여성적 말하기"로써의 죽음」, 『여성문학연구』9권, 한국여성문학학회, 2003, 208면.
3) 서영숙, 『시집살이 노래 연구』, 박이정, 1996.
4) 이정아, 『시집살이 노래와 말하기의 욕망』, 혜안, 2010.
5) 박지애, 「<시집살이요>의 언술방식과 시공간의식」, 『한국민요학』10, 한국민요학회, 2002. 147-163면.
6) 홍태한이 이를 정리한 바 있다. 홍태한, 「<바리공주>의 연구성과 및 무가권의 구획」, 김진영 홍태한, 『바리공주
전집』1., 민속원, 1997, 30면.

2. 서사민요 <진주낭군>의 빨래 모티프

서사민요 <진주낭군>은 주로 경상북도와 경상남도에서 전해지는 민간 부녀요이다. 비교적 단순한 서사여서 각편이 여럿이어도 서사 구성의 차이점은 별로 없다. 시집살이 3년 만에 낭군이 온다고 하여 진주 남강에 빨래하러 갔다는 내용 다음에 이런 사설이 나타난다.

> 하늘같은/진주낭군
> 채판겉은/갓을씨고
> 구름겉은/말을타고
> 진주낭간에/행하면서
> 본체만체/하였더라
> 담방귀가/어이없어
> 껌은빨래는/껌기빨고
> 흰빨래는/희기빨아
> 두덩덩두덩덩/씨쳐가주
> 통에다담아/두서이고
> 자기의집에/행하오니

이것은 『한국구비문학대계』 7-2, 경상북도 월성군에 전해지는 민요이다. 다른 각편에도 진주 남강에 빨래하러 가서 흰 빨래는 희게 빨고 검은 빨래는 검게 빨아 돌아온다는 모티프가 거의 예외 없이 들어 있다. 한국구비문학대계를 예로 들면 색인(진주 난봉가, 진주 남강, 진주 낭군, 진주 낭군가)에 보이는 30편 중에 27편이 그렇다.[7] 반대로 검은 빨래 희게 빨고 흰 빨래는 검게 빤다는 것은 1편(7-8 480)만 있다. 1편은 파형의 내용이어서 빨래가

---

[7] 권수와 면수를 차례로 든다. 진주난봉가: 5-7 233/ 5-7 670/ 8-14 404/ 8-14 601/ 진주남강: 7-4 278/ 7-14 433/ 1-15 648/ 7-16 176/ 진주낭군: 3-1 481/ 5-2 674/ 7-1 510/ 7-4 347/ 7-5 201/ 7-5 235/ 7-5 375/ 7-7 646/ 7-12 561/ 7-13 856/ 7-16 217/ 7-17 665/ 7-17 688/ 7-18 221/ 8-11 766/ 8-13 173/ 8-13 429/ 진주낭군가: 6-8 755/ 6-8 790.

들어갈 자리가 없고(7-5 194), 1편은 "임의 서답 희게 씻고 이내 서답 검게 씻"는다는 것이다(8-11 301). 조동일이 경상북도에서 채록한 자료에도 11편 중 9편이 흰 빨래는 희게 빨고 검은 빨래는 검게 빤다고 되어 있다. 1편은 빨래 모티프가 없는 파형이고(C4. 이순녀), 다른 하나는 "임에 서답 양지에 널고 이내 서답 음지에 널고"라고 해서(C8, 권금남) 희고 검은 것을 암시만 했다.[8]

서사민요 <진주낭군>의 대다수의 각편에서 "흰 빨래는 희게 빨고 검은 빨래는 검게 빤다"는 내용의 전승에 착오가 거의 없다고 할 수 있다. 다시 말하면 거의 모든 사람들이 이 노래에서 흰 것은 흰 것이고 검은 것은 검은 것이라는 사실을 지적하고 있다고 할 수 있다. 이 말의 의미를 조금더 천착해보자. 그러기 위해 서사 전개를 다시 살펴본다.

<진주낭군>의 주인공은 진주낭군의 젊은 아내이다. 신랑은 과거 보러 서울로 떠나가 있는, "울도 담도 없는" 가난한 집에서 시집살이를 하고 있던 어느날, 시어머니가 빨래하러 가라고 해서 진주 남강으로 나간다. 산도 좋고 물도 좋은 곳에서 빨래하고 있는데 우당탕탕 말발굽 소리가 나더니 높은 갓을 쓴 신랑이 못 본 듯이 지나갔다. 흰 빨래는 희게 빨고 검은 빨래 검게 빨아 집으로 돌아와 보니 신랑은 사랑방에서 기생첩을 옆에 끼고 술자리가 한창이다. 이것을 본 며늘아기가 돌아나와 약을 먹고 목을 매어 죽자, 신랑이 뛰어 나와 후회하며 운다고 하는 내용이다. "남편과 아내의 처지가 너무 다르다는 것을 잘 나타내고, 남편의 배신에 대한 항변이 준엄하다. 짧으면서도 묘미가 있는 서사민요이다."라는 평가가 적실하다.[9]

"흰 빨래는 희게 빨고 검은 빨래 검게 빤다"는 것은 일상이고 상식적이다. 서사 민요는 농민 여성의 일상을 소재로 하고 그들의 "생활적 이념을 문학적으로 표현"[10]한 것이다. 여기서의 일상과 상식은 있는 것이 제 자리를

---

8) 조동일, 『서사민요연구』<자료편>, 계명대출판부, 1983, 226-235면.

9) <진주낭군> 항목, 한국민족문화대백과사전, 한국학중앙연구원.

10) 조동일, 앞의 책, 166면.

지키고 있을 때 가능하다. 그 점은 이 민요에서 세 차원으로 제시된다.

우선 빨래하는 장면 자체이다. 진주 남강으로 빨래를 가니 그곳은 경치도 좋은 곳이다. "물도 좋고 돌도 좋아 투닥투닥 씻다가니"(조동일, C7. 231). 강으로 빨래를 하러 가는 것은 일상적인 일이고 그 곳은 물도 좋고 돌도 좋다고 하니 빨래하기에 좋은 곳이다. 그리고 그 빨래는 흰 것은 희게, 검은 것은 검게 하여 원래의 자리를 회복하고 확인하는 행위이다. 빨래하는 동안은 아무런 위기가 없다. 둘째, 사달이 난 것은 이와는 반대 상황이 벌어졌기 때문이다. 집으로 돌아온 며느리가 보니 신랑이 기생첩을 옆에 끼고 술자리를 벌이고 있다. 며느리는 곧바로 나와서 죽고 만다. 이 사태는 있을 것이 제 자리에 있지 않기 때문에 생겼다. 가난한 집에서 시집살이를 하며 신랑을 기다리던 며느리는 신랑이 기생첩을 끼고 있기에 있을 곳이 없게 되었다. 셋째, 이에 바로 이어서 신랑은 "버선발로 뛰여 나와 첩으야 정은 삼년이고 본처야 정으는 백년이라/ 아이고답답 웬일이고."(조동일, C2 227)라며 한탄한다. 이는 본래의 자리를 확인하는 결말이다. 있을 것이 제 자리에 있도록 돌려놓는 것이다.

<진주낭군>에서 빨래하는 묘사는 노래 전체의 주제를 집약하는 서정적 집약구이다. 서사민요이기에 이야기는 시간의 결을 따라 흘러가지만 빨래하는 부분은 시간의 변화를 무화시킨다. 자연인 진주 남강의 물과 돌이 늘 그 자리를 지키고 그것으로 아름답듯이 빨래를 통해 제 자리를 확인하는 인간의 행위를 드러내었다. 자연과 달리 인간은 그 자리를 지키지 못하기에 비극적인 일이 일어났다.

다른 말로 하면 여기서의 빨래는 동일률의 세계를 나타낸다. 같은 것은 같은 것이어야 하고 다른 것과 섞여서는 안 된다고 할 수 있다. 같은 것은 같은 것으로 유지되어야 삶의 안정성이 확보된다고 보는 것이다. 같아야 할 것에 다른 것이 개입되었으므로 며느리는 있을 곳이 없게 되었다. 우리의 일상은 대부분 동일률에 의거해 이루어진다. 같은 것은 늘 같은 것으로 있기를 소망한다. 변화는 두려운 것이다. 변화는 이 노래에서처럼 심지어

죽음을 가져오기까지 하기에 두렵다고 생각한다. 이 노래는 이런 점에서 많은 사람들의 공감을 얻었다고 보인다.

3. 서사무가 <바리데기>의 빨래 모티프

서사무가 <바리데기>는 제주도를 제외한 전국에서 전승되지만 빨래하는 모티프가 나타나는 것은 주로 동해안을 따라서이다. 서울 경기 호남 쪽으로는 모두 바리데기가 길을 떠나서 바로 저승 세계로 들어가고 동수자를 만나는 것으로 되어 있는데, 동해안 지역에서는 바리가 궁을 떠났지만 저승을 어떻게 가는지 길을 몰라서 사람과 짐승들에게 길을 묻고 과제를 수행한 끝에 도달하는 것으로 되어 있다. 하나의 예를 보인다. 속초 탁순동 본이다.

> 얼매나만침 당도하니 어떤 부인이 빨래를 씻는구나
> 부인님네요 어데로 가면은 서천서역국으로 갑니까 가르쳐주오
> 아니 이 빨래는 언제 다 씻고 서천서역국을 가르쳐줍니까
> 이 빨래를 다 씨주면 서천서역국을 가르쳐주리
> 그 빨래를 씻어주는데 동지섣달 설한풍에 얼음을 깨며
> 빨래를 씨니 허연건 시커멓게 씻어달라 하네요.
> 시커먼건 허옇게 씻어 달라 하네요.11)

어떤 구연본에서는 그렇게 빨래를 할 뿐 아니라 검은 숯을 희게 씻어주어야 약수물 있는 곳을 알려주겠다고도 한다12). 이처럼 검은 빨래를 희게, 흰 빨래는 검게 빨아달라는 모티프는 동해안 지역에 일반적이다. 그 양상을 『바리공주전집』에서 추려보면 다음과 같다.

---

11) 김진영 홍태한, 『바리공주전집 2』, 민속원, 1997, 224면.
12) 같은 책, 48면. 김해 강분이본.

『바리공주전집1』:
함흥 이고분 73면. "흰 수꾸 흰 서답을 걸기시구 검은 서답을 희게
씨치먼서리"

『바리공주전집2』;
안동 송희식. 16면. "거먼 빨내 희도록 다 서줌 갈쳐주지"
"거믄 수경 희도록 다 시어지독"
통영 박복개. -----
김해 강분이. 48면. "껌동 빨래 희도록 씻기어"
"이 검등 숯 희도록 씻거주이먼"
명주 신석남. 82면. "검은 빨래를 마 희게 씻고/ 흰 빨래를 마 검게
씻고"
강릉 송명희. 161면. 부처님의 새벽 공덕으로 검은 빨래는 희게
되어/ 흰 빨래는 검빛이 되어
속초 신석남. -- 무가의 전반부만 있음 ---
속초 탁순동. 224면. 허연건 시커멓게 ... 시커먼건 허옇게 씻어달라
하네요
양양 지경숙. 245면. 새까만 빨래 갖다 놓고.... 그 빨래를 하얗기
빠래지니
영일 김석출. 335면. 검은 빨래 저거로 희게 씻가야 ... 흰 빨래로
껌은 색이 나게 씻가야
동래 김경남. 414면. 이쪽 빨래는 하도 흐게 백설같이 씻고.... 빨래
한 통이 껌아지네
영일 김복순. 467면. 검은 저고리에 검은 빨래를 백설같이 씨겨주면
내 가리켜주마

『바리공주전집3』;
울주 유일순. 361면. 검은 숯을 흰 빛 나도록 씻을 겁니다

살펴보면 속초 신석남 것은 무가의 전반부만 있어서 서역국으로 가는

내용이 없기에 빨래 이야기는 나타나지 않고, 통영 박복개 본은 호남지역처럼 떠나자 바로 서천 꽃밭의 선관을 만나 함께 사는 것으로 되어 있다. 구연전승본과는 달리 필사본들에는 빨래 이야기는 빠져 있는 것이 많다.

동해안을 따라 원산 북쪽에 있는 함경남도 함흥에서 전하는 바리데기 이본인 <칠공주>에도 이 화소가 나타난다. 바리가 어머니 약을 구하기 위하여 서천서역국으로 가면서 길을 여러 사람에게 묻는데 그중 한 사람이 "한 길에 들어서 흰 수꾸 흰 서답을 겅기시구 검은 서답을 희게 씨치면서리 있는 아주머니"[13]이다.

이들 작품에서 우선 눈에 뜨이는 것은 서사민요인 진주남강과는 반대로 무가에서는 흰 빨래는 검게, 검은 빨래는 희게 빤다는 내용이 일관되게 나타난다는 점이다. 진주남강에서는 흰 빨래는 희게, 검은 것은 검게 빨았다고 했다. 이 차이의 의미는 무엇일까? 우선 진주낭군에서처럼 바리데기에서의 빨래 모티프의 양상을 살펴보자.

<진주낭군>과 비교해보면 우선 <바리데기>의 빨래는 일상적 빨래가 아니다. 상식적이지도 않다. 그것은 바리에게 시험으로 주어진다. 흰 빨래를 검게 빨고 검은 빨래는 희게 빨라는 것은 불가능한 것을 이루어내는 능력이 있음을 보여달라는 것이다. 때로는 더욱 극적으로 검은 숯을 하얗게 씻으라고도 한다.

그런데 이를 해 내는 능력은 바리 자신의 힘으로 나타나기도 하지만 대부분은 신령 또는 부처의 신비로운 도움으로 처리된다.

> 빨래판에 떡 걸터 앉아 암만 씻거니 검은 게 희기 되고
> 흰 기 검은 게 될 리가 있는겨
> 그 때 인자 수미산 사십팔 봉사 스님의 공덕으로 염불공덕으로
> 한 번 씻거봅시다
> ---(정구업진언 서두)----

---

13) 김진영 홍태한, 『바리공주전집 1』, 민속원, 1997, 73면.

정구업진의 서둔데 구업지는 눈을 감고 떠올 동안에
부처님의 새벽 공덕으로 검은 빨래는 희게 되어 흰빛이 나고
흰 빨래는 검빛이 되어 흑빛이 나네[14]

　동래 김경남 본에서는 빨래하는 중 옆에 보니 할머니가 자는데 그 몸에
이가 버글버글한 것을 보고 바리가 빨리 끝내고 할머니 이를 잡아줘야겠다
는 동정심을 내자 바리 주위로 흰 눈이 내리면서 빨래 색이 변하였다고도
한다.[15] 이런 발상은 흰빨래를 검게 빠는 것이 불가능하기에 초월적인
힘의 도움이나 기적이 있어야 해결될 수 있다고 하는 무녀들의 생각이
반영되었다고 할 수 있다. 그러나 이는 납득할 수 있게 인과관계를 설정하려
는 노력으로 불교적 또는 초월적 힘을 그 원인으로 제시하자는 것이다.
사실은 초월적 힘의 설정 이전에 빨래 모티프의 의미가 있다는 것을 이해하
지 못하고 부가적으로 해설을 붙인 것이다.
　무속 연행자들이 이 의미를 이해하지 못한 것은 함흥본에서도 나타난다.
함흥본의 바리는 서천서역국으로 생명수를 구하러 가는 도중에 여러 사람
들에게 길을 물었고 그중에서 흰빨래를 검게 빠는 아주머니에게 죄상을
알아오는데, "아주머니 죄상이는 무시긴가 하너먼 나무 싹 빨래를 하게
되며는 싹빨래는 존 거는 가주고 나쁜 거는 다 씨쳐서 잘 뒤드려서 다린
그죄랍니다."[16] 남의 빨래를 해 주면서, 좋은 것은 자기가 가진 것에 대한
벌이라는 것이다. 흰 빨래를 검게 빨고 검은 빨래를 희게 빠는 것은 일상에
서는 있을 수 없는 너무도 힘든 일이어서 나쁜 짓에 대한 벌로 주어지는
것이라고 생각하게 되었다고 여겨진다.
　그러나 그 의미의 생성은 바리가 저승으로 여행하고 있다는 사실에서
말미암는다. 저승으로 간다는 것은 결국 죽는다는 말이다. 죽음을 통과하여

---

14) 강릉 송명희본. 앞의 책, 161면.
15) 동래 김경남본. 같은 책, 414면.
16) 김진영 홍태한, 『바리공주전집 1』, 민속원, 1997, 78면.

다시 살아야 한다. 삶과 죽음이라는 이승에서의 명백한 구분을 무화시켜야 한다. 삶이 죽음이고 죽음이 삶인 과정을 통과해야 바리는 저승으로 들어갔다가 다시 나올 수 있다.

다른 한편으로는 바리가 가려는 저승은 세속의 발이 닿지 않은 신성한 곳이다. 바리도 강을 건너 저승에 이르는 것으로 되어 있다. 강은 이승과 저승이 단절된 공간임을 보여준다. 신성한 공간을 나타내기 위해 우리 민속에서 왼새끼를 사용하는 것을 생각해볼 수 있다. 왼새끼는 금줄로 이용되어 일상적 공간이 아닌 "신성한 제장이나 기타 잡인의 출입을 삼가는 장소 또는 아기 낳은 때도 치게 된다."17) 일상에서는 오른새끼를 쓰지만 일상이 아닌 곳에는 왼새끼를 쓴다. 바리가 가는 곳은 일상이 아닌 곳이기에 일상을 뒤집어놓는 제의가 필요한 것이다.

제주도 굿에서도 이러한 생각을 찾아볼 수 있다. 시왕맞이 굿에서 불리는 <차사본풀이>가 있다. 강림이 원님의 명령으로 저승에 다녀와야 하는데 원이 일종의 증명서를 써주었는데 잘못되었다면서 이렇게 말한다. "셍인(生人)의 소지(所志)는 흰 종이에 감온(黑) 글이나 저승 글이야 어찌 이리 뒈옵네가? 붉은 종이에 흰 글을 써 줍서. 원님이, '올타 나가 실수 뒈엿구나'."18) 저승은 현실의 일상을 그대로 적용할 수 없다. 현실이 뒤집혀 있는 곳이다.

결국 동해안 지역에서 전승되는 <바리데기> 무가에서 빨래 모티프는 바리의 샤만으로서의 통과제의적 의례를 상징적으로 집약해 표현한 것으로 보인다. 바리가 죽음의 세계로 들어가면서 다시 태어나는 샤만으로서의 능력을 나타내는 것이다. 그러나 이 부분이 불교적 윤색을 입어 그 의미가 희석되었다고 할 수 있다. 이 모티프가 서울 등 다른 지역 바리데기에서는 나타나지 않는 것도 이 모티프가 그렇게 중요한 의미가 있는 것은 아닐 수 있다는 생각을 하게 한다. 그런데 이 의미가 희석되지 않고 민중적

---

17) 한국민족문화대백과, 한국학중앙연구원.
18) 현용준, 『개정판 제주도무속자료사전』, 각, 2007, 209면.

사고가 그대로 이어지는 설화가 있어서 흥미롭다. 그것은 전국에서 채록되는 <구렁덩덩신선비> 설화이다.

4. 구전설화 속의 빨래와의 비교

<구렁덩덩신선비>는 잘 알려진대로 그리스 로마 신화의 <큐피드와 싸이키>와도 같은 내용으로 세계적으로는 <잃어버린 남편을 찾아서>(The search for the lost husband, AT425) 유형의 설화이다. 이 설화에 빨래 모티프가 나타난다.

구렁이 허물을 벗은 신랑이 서울로 과거를 보러 떠나고 언니들의 꼬임에 빠져 뱀허물을 태우자 신랑은 돌아오지 않는다. 각시는 신랑을 찾아 길을 떠난다. 이 과정에서 동물, 농부, 빨래하는 여인을 만나 그들의 요구를 들어주고 신선비의 집을 찾는다. 새신부와 신부경쟁을 한 끝에 다시 부부가 되어 잘 살았다는 내용이다. 그중에서 빨래 부분을 간단히 하나 들어보인다.

> 노인네가 요마한한 동달(옹달)샘이서 빨래를 허더라. 그래서 인제 빨래를 허면서 이렇게 앉었이닝개, "할머니, 나 구렁덩덩 소선비 가신 질이 워딩가 좀 일러달라."구. 그러닝개, "그러머넌, 내 거먹 빨래를 희게 해주구 흰 빨래를 검게 해주먼 일러주마."구. 그래 자기가 그걸 했다 인저.[19]

보다시피 상당히 간략하게 처리되어 있다. 동해안 <바리데기>가 이 부분을 장황하고 초월적 힘을 끌어들여 설명한 것과 다르다. 『한국구비문학대계』에서 이 모티프가 나타나는 각편을 찾아보면 다음과 같다.

---

19) 한국구비문학대계 4-5. 충청북도 부여군편, 한국정신문화연구원, 1984, 359면.

1. 대계 1-9. 200-205면. 오수영 구연. 구렁덩덩 신선비

2. 대계 1-9. 453-460면. 권은순 구연. 구렁덩덩 신선비

3. 대계 4-5. 162-165면. 박용애 구연, 구렁덩덩 소선비

4. 대계 4-5. 355-362면. 황필녀 구연. 구렁덩덩 소선비

5. 대계 4-6, 178-188면. 유조숙 구연. 구렁덩덩 신선비

6. 대계 4-1 357-360면. 손양분 구연, 구렁이를 낳은 할머니

8. 대계 5-4. 827-833면. 고아지 구연. 구렁덩덩 신선비

9. 대계 8-10. 597-606면. 김수영 구연. 구렁선비

10. 대계 8-11, 440-446면. 박연악 구연, 구렁이 신랑

11. 대계 8-13. 558-564면. 우두남 구연. 구렁덩덩 신선비

『한국구비문학대계』에는 이 유형의 설화가 49편 등록되어 있는데 서사
단락을 모두 갖춘 것은 18편 정도이다. 대다수는 짧게 줄거리를 소개한
것이 많고, 신랑을 찾아 떠난 각시가 바로 신랑이 사는 집이나 마을로
들어오는 것으로 되어 있어서 그 과정에서 동물과 노인의 시험과정을 상세
히 보여주는 것은 그리 많지 않다. 이 중에서 <10. 대계 8-11, 440-446.
박연악 구연, 구렁이 신랑>만 흰 빨래는 희게 빨고 검은 빨래 검게 빠는
것으로 되어있고 나머지는 모두 흰 빨래는 검게 하고 검은 빨래는 희게
하는 것으로 되어 있다.

여행 과정에서 길을 물어보느라고 빨래를 하고 밭을 갈아주고 하는 등의
모티프가 나타나지 않는 것도 많다는 점은 <바리데기>에서도 마찬가지였
다. 바리도 궁을 떠나서 바로 부처를 만나거나 저승으로 들어가 동수자를
만나는 각편이 많다. 민담에서는 문제를 해결하는 것이 일차적인 목적이므
로 목적지로 바로 들어간다고 볼 수 있다. 그렇다면 그 과정에서 길을
물으면서 시험을 당하는 모티프는 이차적이어서 생략되는 경우가 많다고
해야 할 것이다.

본고에서 주목하는 것은 그럼에도 불구하고 그 모티프가 나타나면 거의

반드시 검은 빨래는 희게 빨고 흰빨래는 검게 빤다는 역전의 사고가 나타난다는 점이다. 진주낭군에서는 거의 반드시 흰 빨래는 희게 빨고 검은 빨래는 검게 빤다는 동일률적 사고가 지배적인 것과 반대로 이 경우에는 모순 또는 역설적 사고를 노정한다는 점이다. 그 이유는 무엇인가?

<바리데기>의 경우는 <바리데기>가 신화이므로 신화적 사고의 반영이라고 할 수 있다. 위에서 본 것처럼 신의 세계 또는 저승은 이승과 반대라는 사고와 이승과 다른 신성한 공간이라는 생각에서 이승의 것이 역전되어야 하는 것이고 바리는 그 과정을 통과해야 하므로 역전의 과정을 몸으로 겪어내야 한다는 것을 보여준다.

<구렁덩덩신선비> 설화의 경우도 같은 의미를 갖는다고 보인다. 지금은 민담으로 처리되지만 <구렁덩덩신선비>는 신화에서 파생된 것으로 여겨진다. 같은 유형의 이야기인 <큐피드와 싸이키>가 신화로 수용되는 것과 같다. 서대석은 구렁이를 업신으로서 용신과 함께 가정에서 숭앙되는 수신으로 이해해야 한다고 주장하였다.[20]

이 과정을 마친 색시는 샘에 빠지게 되고 그러자 구렁덩덩신선비가 사는 곳에 이를 수 있게 된다. 이 부분은 의미심장하다.

> 아 그래 그럭허구 나닝깨. 은복주께, 그 은복주께라능 게, 은 은식기에 덮는 뚜껑이 은복주께지요. 그걸 샘이다 둥실둥실 떠 주면서, "여기를 올라슬 것 같으면 만난다."구 그래요. 그래 인제 '죽으면 대수냐?'구 하라는대루 거기 올라가서 인제 풍덩 빠지닝께 용궁에 들어가. 땅바닥에 발이 다, 보니까, 물은 간 곳 욱구서 어느 고루거각 솟을 대문 앞이 사랑 마당이 가 닸단 말여.[21]

밥그릇 뚜껑을 배 삼아 타고 앉자 샘 아래로 풍덩 빠지고, 그 길이 바로

---

20) 서대석, 『이야기의 의미와 해석』, 세창출판사, 2011, 227면.
21) 대계 4-6, 185면. 유조숙 구연.

신랑을 만나는 길이었다. 이 화자는 특히 '인제 죽으면 대수냐'하고 물에 빠진다고 하여 죽어서 다시 태어나는 재생의 의미를 강조하고 있다. 이 세계에서 저 세계로 옮아가는 과정에 시험을 겪고 강을 건너는 모티프는 <바리공주>에서 나왔었다. 바리데기에서도 강을 건너자 약수가 있는 세계로 들어간다. 여기서 『그림 민담』의 헨델과 그레텔이 강을 건너 집으로 가는 것을 비약적인 성장으로 보는 베텔하임의 착상을 연관지어보게 된다.22) 같은 방식으로 강은 바리데기나 색시의 비약적인 성장을 의미한다고 보면, 빨래를 포함한 과정은 저 세계로의 이행 자격을 얻는 학습 과정을 나타낸다.23) 저 세계로의 이행은 이 세계를 역전시키는 과정이다. 이 세계에서의 죽은 자는 저 세계에서의 산 자이기 때문이다.

바리의 경우는 삶과 죽음을 하나로 포용하는 존재로 거듭남을 보여주고 구렁덩덩 색시의 경우는 죽음과도 같은 성숙의 과정을 겪고서야 신랑을 만나는 것으로 변화되어 있다. 이는 바리는 신화로서의 성격을 유지하는 반면, 구렁덩덩 색시는 민담화하면서 자아를 죽여서 사는 여성의 성숙을 강요하는 사회적 요구의 반영으로 변이된 것으로 이해할 수 있을 것이다. 강이 옹달샘으로 작아지고 배로 건너던 것이 밥주발 뚜껑을 탄다고 하는 것도 여성의 왜소화 맥락에 따라 그 의미를 축소하고 희화화했기 때문일 것이다.

여기서 다루는 빨래 모티프의 축소화는 조마구 설화에서도 찾아볼 수 있다. <꽁지 닷발 주둥이 닷발>이라고도 하는 <조마구> 설화는 '조마구' 또는 '꽁지 닷발 주둥이 닷발'이라고 하는 새 형상의 괴물이 어머니를 죽였다고 하자 그 아들이 괴물의 거처를 찾아가서 죽여서 어머니의 복수를 한다는 내용이다. 아들이 첩첩산중에 있는 괴물의 거처를 찾아가는 과정에서 빨래하는 여인을 도와주고 길을 묻는 화소가 나타나는 각편이 약간 있다.

---

22) 유종호, 「문학과 심리학」, 김우창 김흥규 편, 『문학의 지평』, 고려대학교 출판부, 1983. 213-232면.

23) 신연우, <구렁덩덩신선비> 설화의 결혼상징과 의미>, 『한국고전여성문학연구』25집, 한국고전여성문학회, 2012, 121-150면.

이 설화 유형은 이제까지 12편의 각편이 조사되었는데[24], 이 중에서 빨래 화소가 나타나는 각편은 세 편이다. 그중 두 편[25]은 빨래를 씻어서, 헹구어서, 농 안에 넣는다는 것으로 희고 검은 빨래에 대한 언급이 없다. 한 편만이 빨래 화소가 나오면서 동시에 "이 빨래를 다-껌은 빨래는 희게 해주고 흰 빨래는 껌게 해주고 이럭하면 내 가르쳐 준다."[26]고 한다. 이는 신화적 요소가 희석되는 과정을 보여준다고 하겠다. 흰 것과 검은 것의 역설을 드러내는 각편이 있는 것은 신이한 세계로 진입하는 이 설화의 성격에 기인한 것이지만, 그 각편이 하나뿐이고 두 편은 단순하게 빨래 이야기로 전이되는 것은 그 역설의 의미가 이해되거나 수용되지 못하여 사라지는 과정을 보여준다. 대부분의 각편에서는 빨래 화소 자체가 사라져 버린다. 조마구의 집을 찾아가는 과정 자체가 축소되거나 사라지기 때문이다. 이는 과정보다는 조마구가 살고 있는 숲 속 또는 지하세계의 의미, 또는 복수가 더 중요한 것으로 수용되었기 때문인 것으로 생각된다.

<바리데기> 각편 중에서 울주 지방 것은 빨래가 아니라 검은 숯을 희게 하라는 내용으로 변해있다. 숯을 희게 한다는 화소는 제주도 시왕맞이굿 안의 <차사본풀이>와, 전국적으로 전해지는 설화 <동방삭> 이야기에 들어 있다. 먼저 <차사본풀이>에서 해당 부분을 보자. 염라대왕은 삼천년이 되어도 죽어서 저승으로 오지 않는 동방삭을 잡으러 강림차사를 지상으로 내려 보낸다. 강림이가 냇가에서 숯을 물에 씻고 있으려니 지나가던 동방삭이 무슨 일로 숯을 씻느냐고 묻고 강림은 검은 숯을 하얀 숯으로 씻으면 약이 된다고 해서 씻고 있다고 대답한다. 이에 동방삭이 "내가 동방색이 삼천년을 살아도 그런 말 들어본 도레 웃노라." 하자, "강님이가 방끗 웃으멍 옆의 찼단 홍사(紅絲)줄을 내여놓고 동방색이 스문절박"(四肢結縛)을 한

24) 이 자료 목록은 다음 논문에 정리되어 있다. 오정아, 「<조마구 설화> 연구」, 경기대학교 석사논문, 2008, 10면.

25) <꼬랭이 닷 발 주딩이 닷 발>, 『한국구비문학대계』 8-2, 한국정신문화연구원, 1981, 322-326면.
   <열댓발 되는 새>, 임석재 편, 『한국구전설화』 10, 평민사, 1987, 346-347면.

26) <조마구>, 『한국구비문학대계』 1-4, 한국정신문화연구원, 1981, 36-40면.

다.27) 이렇게 해서 강림의 꾀로 동방삭을 잡아서 저승으로 데려갔다는 이야기이다.

이를 <바리데기>와 비교해보면 흥미로운 점이 발견된다. <차사본풀이>의 강림도 바리공주처럼 지상에서 저승으로 갔다가 다시 돌아오는 존재이다. 이런 점이 이유가 되어 제주도 굿에는 <바리공주>가 전승되지 않는다고 이해되기도 한다. 강림이 첫째 부인의 도움으로 저승으로 떠날 때 이승과 저승은 법이 거꾸로 되어 있다는 점이 드러난다. 강님이 원님에게서 받아온 저승본짱이 흰종이에 검은 글씨로 되어 있는 걸 본 부인이 달려가서 따져서 바꿔 온다. "생인(生人)의 소지(所志)는 흰 종이에 감은 글이나 저승 글이야 어찌 이리 뒈옵네까? 붉은 종이예 흰 글을 써 줍서."28) 양창보 심방 구연본에는 이 대목이 "아이고 저싱과 이싱은 정-반대라 허엿십네다. 저싱 가는 적폐지랑 붉은 종이에 흰 글을 씌돼 직함 베슬 노멍 씌어줘사 저승데러 간다헙디다."29)라고 하여 이승과 저승은 법도가 반대라고 한다.

바리데기와 비슷하게 저승을 다녀오는 강림차사 이야기에서는 빨래가 아니라 숯이 등장하는 것이다. 빨래는 검은 것이 희게 되거나 흰 것이 검게 되는 것이 가능하다고 인정할 수 있지만 숯을 희게 씻을 수는 없는 일이다. 숯을 희게 씻는다는 것은 동방삭을 잡기 위한 강림의 꾀일 뿐이지 실제로 있을 수는 없는 일이라는 점을 본풀이 내에서도 누구나 인정하고 있다. 그러니까 신화적 인식에서는 바리데기 무가나 차사본풀이나 삶과 죽음이 섞이는 과정을 거쳐서 이승과 반대인 저승으로 갔다 오는데, <바리데기>에서는 빨래 화소를 통해 신화적으로 역전과 역설이 더 강조되는 반면 <차사본풀이>에서는 돌아갈 뿐 돌아오지는 못하는 인간적 상황이 더 강조되는 것이라고 이해할 수 있다. 동방삭은 삼천년이나 죽음을 피해왔지만 결국은 저승으로 가야 한다는 것이다. 인간이란 저승으로 가고 말게

---

27) 현용준, 『개정판 제주도무속자료사전』, 각, 2007, 228면.

28) 같은 책, 209면.

29) 허남춘 외, 『양창보심방 본풀이』, 제주대학교 탐라문화연구소, 2010, 241면.

된다는 인간의 죽음에 대한 인식이 강조되고 있다고 이해된다. <바리데기>에서는 죽음이 다가 아니고 세발 심지를 통해 환생을 점쳐보는 과정을 마련해둔 것처럼 다음 생이 있다는 신화적 인식이 강조되는 것이다. 그 점은 바리데기 무가를 부르기 전 사재삼성 거리의 중디 노랫가락에서 "속비신 고향나무에 새 잎 나라고 우짖느냐/ 겉잎은 이울어졌으면 새 속잎 날까"30)하는 것처럼 환생이 전제되고 있다는 것으로 방증될 수 있다. 빨래 화소에서 숯 화소로의 변이는 우연한 것이 아니라 신화적 사고의 강조와 인간적 상황의 강조의 차이가 빚어놓은 것임을 알 수 있다.

<동방삭> 설화는 『한국구전설화 경기도편』에 1편, 『한국구비문학대계』에 29편이 전하는데31), 이야기의 후반부가 강림차사 이야기와 같다. 전반부는 주로 동방삭의 욕심이나 심술 등과, 짧은 수명을 알게 되어 저승명부에서 이를 고쳐서 수천 년을 살게 되는 과정의 이야기이다. 그러나 결국은 동방삭을 잡으러 내려온 저승사자가 냇가에서 숯을 씻고 있으려니 지나가던 동방삭이 그것을 보고 호기심에 이유를 묻고, '삼천년을 살아도 숯을 희게 씻는다는 말은 처음 듣는다'고 말하게 되어 결국 저승으로 잡혀간다.

이 설화가 제주도 굿에 수용된 것인지 굿의 이야기가 설화로 떨어져나갔는지는 말하기 어렵지만, 이 설화도 인간이 죽음을 피할 수 없으며 이승에서 저승으로 갈 뿐 돌아오는 것은 아니라는 인간적 상황에 초점을 둔 것이라는 점에서 빨래보다는 숯을 소재로 이용한 것을 이해할 수 있다.

더 흥미로운 것은 이 설화는 중국의 <동방삭> 설화가 우리나라로 전래된 것이겠는데, 중국의 이야기에는 숯 화소로 인해 동방삭이 죽게 되었다는 내용이 없다는 점이다.32) 중국 <동방삭> 설화는 선도복숭아를 먹고 장수하게 된 사연과 장수로 인해 생기는 일들이 주를 이룬다. 죽어서 신선이나

---

30) 김헌선, 『서울지역 안안팎굿 무가자료집』, 보고사, 2006, 175면.

31) 손지봉, 『한국설화의 중국인물 연구』, 박이정, 1999, 55면.

32) 손지봉은 다양한 중국 문헌에서 21편의 동방삭 설화를 찾아 소개하였는데 그 안에 숯 화소는 하나도 언급되어 있지 않다. 손지봉, 위의 책, 61-73면.

용이 되었다고도 한다. 모두 신비함을 강조할 뿐이다. 그러고 보면 빨래 모티프는 우리나라 설화의 특징 중 하나가 아닐까 하는 생각이 든다.『삼국유사』<탈해>설화로부터 근대의 최제우의 아버지인 <근암공 최옥> 설화까지 빨래하는 할머니 모티프가 흔하게 나타나는 것이 우연이 아닐 수 있다. 이에 대하여 상고를 필요로 할 것이다.

5. 결말에 비추어본 빨래의 의미

이상의 검토를 요약하면, 검은 빨래는 희게 빨고 흰 빨래는 검게 빤다는 화소가 <바리데기>에서 삶과 죽음을 하나로 감싸 안는 바리의 모습으로 제시되었고, <구렁덩덩신선비>에서는 시련을 거쳐서 여성성을 획득한다는 발상으로 여성적 삶의 왜소화와 억압을 암시한다면, 서사민요인 <진주낭군>에서는 그만큼의 역설도 용납하지 않는 현실적 여성의 생활을 그리기에 흰 빨래는 희게 빨고 검은 빨래는 검게 빤다고 볼 수 있다. 이 세계에서 저 세계로 이행해 나아가는 과정을 그리기에 <바리데기>와 <구렁덩덩신선비>에서의 빨래는 서사성이 두드러지는 반면, <진주낭군>에서는 집과 빨래터라는 현실 공간에서 시간이 큰 의미를 갖지 않기에 빨래 대목은 서정성이 두드러진다. 흰 빨래는 희게 빨고 검은 빨래는 검게 빤다는 부분은 모든 것이 이 상태로 정리되기를 바라는 화자의 소망을 보여준다. 집에 없었던 신랑이 돌아오고 자신은 신랑과 신부로 고정되고 안정된 자리를 갖게 될 것임을 소망하는 화자의 심정의 표현이라고 할 수 있다.

그러나 결말은 화자의 소망과 반대로 전개된다. 빨래를 마치고 집으로 돌아온 며느리는 사랑방에서 "오색가지 안주를 놓고 기생첩을 옆에나 찌고 희희낙락 하는" 신랑을 본다. 그 다음 행은 "건너방에 건너나와서 석자시치 멩지수건 목을 매여서 내죽었네"[33]이다. 흰 것은 희고 검은 것은 검다는

---

33) 조동일, 『서사민요연구』 227면. C2 박필숙 구연.

현실의 상식적 세계관은 돌변하는 세계 앞에 속수무책이라는 점을 보여준다. 죽은 아내 앞에서 남편이 후회한다는 내용이 이어지지만 아내에게는 부질없을 뿐이다. 돌도 좋고 물도 좋다는 며느리의 인식은 같은 것이 유지되어야 한다는 것을 흰 빨래는 희게 빠는 것으로 확인하고자 하였지만 그러한 안정성이 유지되지 못하는 것이 세상이고 그 결과는 자신의 죽음으로 나타났다.[34]

　　<바리데기>와 <구렁덩덩신선비> 설화는 다른 결말을 보여준다. 바리도 저승을 무사히 다녀와 생명수를 가져와 부모를 살리고 자신은 무신이 된다. 구렁덩덩신선비의 색시도 신랑이 사는 곳을 찾아가 신부시험을 치른 후에 신랑과 잘 살았다고 한다. 이들이 행복한 결말을 보여주는 이유는 물론 바리나 색시의 정성과 공력 때문이겠지만 그 하나의 표현은 바로 빨래 화소이다. 검은 빨래를 희게 빨고 흰 빨래를 검게 빠는 것은 현실에서는 인정되지 않는 모순과 부조화를 보여주지만 그것을 수용했기에 이들은 좋은 결과를 얻었다. 현실은 안정되어 있지 않은 것이다. 흰 것은 희게만 둘 수 없고 검은 것도 그렇다. 세계는 늘 바뀌기에 오늘 흰 것은 내일 검을 수 있다. 검은 것은 검지만 않고 희기도 하다. 사람은 선하거나 악하기만 하지 않고 악하기도 하고 선하기도 하다. 이런 세계의 모순과 부조화를 경험하고 끌어안는 자세를 배운 바리와 색시는 삶의 과제를 해결할 수 있었다고 보인다.

　　물론 전승 주체들이 이러한 의미를 생각하며 노래하고 이야기한 것은 아니다. 그러나 우선 <진주낭군>에서는 흰 빨래는 희게 빤다는 동일률적 표현이 일관되게 나타나고 <바리데기>와 <구렁덩덩신선비>에서는 흰 빨래는 검게 빤다는 모순적 표현이 일관되게 나타난다는 점을 볼 때 이는 전승자들이 무의식적으로라도 <진주낭군>에서는 현실의 상식적 논리가

---

34) 서영숙은 며느리의 죽음이 시어머니의 통제 속에서 남편과의 소통의 부재에 기인한다고 본다. 본고에서는 그것도 상식적 세계관을 넘어설 수 없는 현실 속 며느리의 한계에 대한 무의식적 인지로 본다. 서영숙, 『한국서사민요의 날실과 씨실』, 역락, 2009, 119면.

우세하며 신화나 민담에서는 현실을 뒤엎는 역설의 논리가 우세하다는 것을 인지하고 있음을 보여준다. 신화와 민담은 자아의 승리를 보여주는 서사갈래이다. 세계와의 대립 과정이 전개되지만 결국은 세계와 화합하거나 일방적으로 자아의 성취를 얻어낸다. 이에 반해 서사민요는 자아와 세계와의 대립은 잘 보여주지만 대결은 잘 드러나지 않는다. 대결을 할 만큼 여성들의 권리가 보장되어 있지 않고 여성들의 힘이나 인식이 현실을 역전시킬 가능성이 없다고 인식한 결과일 수 있다. 전승주체들이 이러한 내용을 이해하고 전승하지는 않았지만 그 결과는 이러한 인식을 보여주고 있다는 것을 이 글에서 지적하고자 한 것이다.

4장

신화와 설화

『삼국유사』 <신라시조 혁거세왕> 기사 '오릉(五陵)' 신화의 '지상적(地上的)' 의미

1. 서론

『삼국유사』에 전하는 박혁거세 신화의 결말은 우리 건국신화로서는 예외적이고 특이해서 이해하기 쉽지 않다. 해당 항목은 다음과 같다.

> 나라를 다스린 지 61년에 왕은 승천했다. 7일 후 遺體가 땅으로 흩어져 떨어졌다. 왕후도 세상을 떠났다. 나라 사람들이 모아서 묻으려하자 큰뱀이 쫓아다니며 막았다. 머리와 사지를 각각 따로 묻고 五陵이라고 하였다. 또는 蛇陵이라고 하니 담엄사 북쪽의 능이 이것이다.[1)]

경주 서쪽 오릉의 유래담을 재미있게 만들었다고 하면 그만이지만, 그걸로 그칠 수 없는 의문이 상당히 크다. 이 대목의 이해는 우리가 풀어야 할 숙제의 하나여서 조현설도 <혁거세의 이상한 죽음>이라 하며 『우리신화의 수수께끼』라는 책의 한 항목으로 넣었다.[2)] 박태상은 7일은 영혼이 분리

---

1) 理國六十一年 王升于天 七日後遺體散落于地 後亦云亡 國人欲合而葬之 有大蛇逐禁 各葬五體爲五陵 亦名 蛇陵 曇嚴寺北陵是也. 『삼국유사』, 「기이 1」, <신라시조 박혁거세>.

되는 기간이며, 농업사회의 신이란 비를 내리는 존재라는 장덕순의 지적[3]
과 인간희생물의 살점을 밭에 뿌리던 제의를 연관지어서, 큰뱀이 나타나
오체를 각각 장사지낸 것은 시신의 분장이 곡물신의 매장형식이라는 원리
에 따라 풍요의 소망을 나타낸 것이라 하였다.[4] 권우행은 큰뱀이 혁거세
왕릉을 지키는 사신이며, 혁거세의 죽음은 "승천과 함께 天地人의 새로운
질서를 수렴하는 동시에 지상을 수호하는 신"[5]이 된다고 하였다. 무라야마
는 이는 혁거세의 시신을 나무 위에 풍장한 것으로 7일이 지나 그 뼈가
땅에 뿔뿔이 떨어진 것을 매장한 것이라 하였다. 그러면 뱀은 무엇이며
왜 합장하지 않았는지 설명하지 않았다.

그 자체만으로 납득이 되지 않기에 이집트 신화에서 몸이 열 네 조각으로
갈라져 땅에 묻힌 오시리스나 파푸아뉴기니의 서세람 섬에 전해오는 곡물
기원신화의 하이누웰레와 연관지어 이해하려는 노력이 있어왔다.[6] 감자
같은 곡물을 잘라서 심는 것처럼 시신을 나누어 매장하는 것이 농업의
생산을 소망하는 풍요주술로 널리 인정된다. 그래서 가장 나은 설명으로
받아들이고 있다. 먼저 혁거세 신화와 오시리스 신화의 해당부분을 상세히
비교해서 타당성의 정도를 검토해보자.

혁거세 신화의 큰뱀과 유사한 행위를 보여주는 것이 이집트 신화의 세트
이다. 세트는 왕인 형 오시리스를 시기하여 속임수를 써서 그를 살해하여
나일강에 버린다. 오시리스의 아내인 이시스가 오시리스의 시신을 찾아놓
았지만, 세트는 "잠자는 오시리스를 발견하고는 오시리스의 몸을 열네 조각
으로 잘라 이집트 이곳저곳에다 뿌려놓았다."[7] 그래서 "오늘날까지도 이집

---

2) 조현설, 『우리산화의 수수께끼』, 한겨레출판, 2006, 116-125면.

3) 장덕순, 『한국설화문학연구』, 서울대출판부, 1978, 108-109면.

4) 박태상, 『한국문학과 죽음』, 문학과지성사, 1993, 92면.

5) 권우행, 「삼국유사에 나타난 죽음의 유형 연구」, 『인문과학연구』특집호, 동아대학교 인문과학연구소, 1996, 123면.

6) 김열규, 「민속신앙의 생생력상징」, 『한국민속과 문학연구』, 일조각, 1980, 249면.
   황패강, 「박혁거세 신화 논고」, 『한국서사문학연구』, 단대출판부, 1982, 161면.

7) J. F. 비얼레인, 현준만 옮김, 『세계의 유사신화』, 세종, 1996, 294면. 아래의 책도 참조.

트에는 오시리스의 '무덤'으로 알려진 곳이 열네 군데나 있다."8)

혁거세의 시신이 다섯으로 나뉘어 따로따로 무덤을 만들게 되었던 것처럼, 오시리스의 시신도 열네 조각으로 나뉘어 열네 곳의 무덤이 만들어졌다. 그러나 혁거세의 경우에는 하늘에서 잘려 내려온 시신을 뱀이 방해하여 합치지 못하게 했는데, 오시리스의 경우에는 세트가 시신을 잘랐고, 이시스가 나중에 시신을 하나로 합해서 살아나게 되어 지하세계를 다스리게 된다. 오시리스 신화는 두 가닥으로 전개되었다. 하나는 오시리스가 지하세계를 다스리는 왕이 되어서 망자를 인도하는 사후세계 신앙을 이루기 위해 전개된다. <死者의 書>에 따르면 망자 자신이 오시리스로 인정되어 오시리스가 있는 저승세계로 이행하는 과정을 밟는다. 다른 하나는 오시리스의 열네 곳의 무덤이 오시리스 사원이 되어 오시리스의 죽음이 곡물 생산 제의로 연결된다. 밀로 해체된 오시리스 신체상을 만들어 물을 주고 사원에 묻는다. 축제의 첫날에는 곡물로 만들어진 나체의 이시스가 눕혀지고 물로 적셔진다. 이런 모든 의례는 오시리스 신앙이 곡물 생산 신앙임을 명료하게 보여준다.9) 프레이저는 이시스는 옛 곡물정령이고 오시리스는 새로운 곡물정령이라고 설명한다.10)

혁거세 신화의 경우는 잘라진 시신을 다섯 곳에 묻었다는 것으로 이야기가 종결되어서, 그것이 곡물신앙과 연결되지도 않고 죽은자의 세계로 인도하는 사후신앙으로 연결되지도 않는다. 그저 오릉의 유래담으로서의 기능만 가질 뿐이다. 그나마 『삼국사기』에서는 박혁거세, 2대 남해왕, 3대 유리왕, 5대 파사왕 등을 사릉에 장사지냈다고 되어 있으니 삼국유사의 오릉 이야기는 사실이 아닐 가능성이 크다. 오체 산락이나 뱀의 방해나 사실이 아니다. 그래서 민긍기는 서쪽에 있어서 '볼미'였던 것이 ㅂ미, 비미가 되어,

---

서규석 편저, 『이집트 사자의 서』, 문학동네, 2006, 78면,

E.A. Wallis Budge, *The Egyptian Book of the Dead*, Tess Press(New York), 2007, Introduction, li.

8) J. F. 비얼레인, 위의 책, 같은 곳.

9) https://en.wikipedia.org/wiki/Osiris#Early_mythology

10) 프레이저, 이용대 옮김, 『황금가지』, 한겨레신문사, 1994, 511면.

여기에 한자어 릉이 붙어서 비민릉 즉 뱀릉, 한자로 蛇陵이 되었다고 보았다.11) 그렇게 종결되고 마는 것이 납득되지 않는 일이므로 오시리스의 시신의 사례로 미루어 혁거세 신화도 곡물기원신화와 연관되는 것이 아닌가 추측할 뿐이다.

그럼에도 불구하고 신체를 매장하여 곡식이 나서 자라는 신화는 세계 도처에 있어서 혁거세의 시신 분장을 그 연결선상에서 보는 것은 충분히 의미가 있다. 세람섬의 하이누웰레도 처녀의 시신을 잘라서 나누어 묻은 곳에서 식용 구근 작물이 생겨났다고 한다.12) 우리나라의 경우에도 제주도에는 악한 계모가 응징되어 그의 몸이 잘라진 것이 소라 전복 말미잘 등이 되는 무속신화가 있으며,13) 아버지 병을 고치기 위해 살해한 사람 무덤에서 밀이 나타났다는 밀 기원 신화도 있다.14)

그러나 그렇다고 해도 아직은 확실한 물증이 없는 상태이다. 한편으로는 풍요 기원 신화로서의 가능성을 배제하지 않으면서도 혁거세 신화 원문에 보다 충실한 검토를 통해서 의미를 찾아보려는 노력이 더 중요한 때이다. 특히 주몽 신화가 보여주는 승천 화소와의 비교를 통해서 이 신화에 대한 다른 의미를 생각해 볼 수 있다고 여겨진다. 『삼국사기』에 보이는 바 오릉의 주인이 혁거세가 아니라는 점과 관련하여 역사학계의 연구도 아울러볼 필요가 있다.

2. 주몽신화와의 비교

승천했던 박혁거세의 시신이 쪼개져서 땅으로 떨어졌다는 것, 모아서

---

11) 민긍기, 「진해시 웅동 도미묘에 관하여」, 『유천 신상철박사 화갑기념 국어국문학 논총』, 문양사, 1996, 601면.

12) 옌젠 외 1, 이혜정 옮김, 『하이누웰레 신화』, 뮤진트리, 2014, 114면.

13) <문전본풀이>, 장주근, 『제주도 무속과 서사무가』, 역락, 2001, 200면.

14) 김헌선, 『옛이야기의 발견』, 보고사, 2013, 122-123면에 밀의 기원 또는 술의 기원 설화가 14편 소개되어 있다.

합장하려 하자 큰뱀이 이를 막았기에 따로따로 무덤을 만들었다는 것이 도대체 어떤 의미인지 혁거세 신화 본문만으로는 이해할 수 없는데, 이 내용과 대조되어 바로 떠오르는 것이 있으니 바로 주몽의 승천이다. 『삼국유사』에는 주몽의 죽음 이야기가 없고『삼국사기』에는 41세에 승하해서 용산에 장례 지냈다고만 되어 있다. 주몽의 승천이 언급된 것은 이규보의 <동명왕편>이다.

> 재위 19년에 승천하고 내려오지 않았다.(가을 9월에 왕이 승천하고 내려오지 않으니 나이가 40이었다. 태자는 남기신 옥편을 용산에 장사하였다고 한다.)[15]

주몽이 승천해버렸기 때문에 유리태자는 아버지의 시신 대신 옥채찍으로 장사를 지냈다는 것이다. 승천까지는 같은데 주몽은 돌아 내려오지 않았고 혁거세는 몸이 다섯 조각으로 나뉘어 땅으로 떨어졌다. 두 신화가 이렇게 뚜렷한 대조적 결말을 보여주고 있어서, 앞의 부분도 더 살펴볼 필요가 있다.

우선 주몽과 혁거세 모두 알에서 태어났다는 공통점이 있다. 그러나 주몽인 알은 상서롭지 못하다고 버려지고 혁거세인 알은 모두의 환호 속에 등장한다. 주몽인 알은 '사람이 새알을 낳았으니 이는 불길한 일'이라며 마굿간에 버리고 산 속에 버린다. 이와 대조적으로 혁거세가 태어났을 때는 사람들은 놀라고 기이하게 여겨서 동천에 목욕을 시키니 몸에서 빛이 났다고 하고 새와 짐승들이 춤을 추었고 천지가 진동하고 해와 달이 밝아졌다고 한다.

아버지를 모르거나 아기 때 버려져서 인연이 끊기거나 해서 영웅은 아버지의 영향로부터 벗어난 존재라는 의미를 전달하는 것은 신화의 오래되고

---

15) 在位十九年。升天不下莅(秋九月。王升天不下。時年四十。太子以所遺玉鞭，葬於龍山云云). 이규보, 『동국이상국집』 권3, 古律詩, <동명왕편>

널리 알려진 이야기 방식이다. 영웅은 아버지보다 위대한 존재이므로 미미한 아버지의 존재를 감추거나 그로부터 벗어나는 것이다. 궤네기또 같은 더욱 고대적 영웅은 약한 아버지를 힘으로 물리치기도 한다. 혁거세는 그럴 필요가 없었다. 아마 이미 존재하던 6부의 촌장이 혁거세를 초치했고 혁거세는 이들을 물리칠 수 없었을 것이다.

이는 또한 주몽은 태양신인 해모수와 지상 여인인 유화 사이에서 태어났고 혁거세는 6촌장의 和議 끝에 하늘에서 내려왔다는 점과 관련 있을 수 있다. 이 신화들이 건국의 과업을 수행하던 고대의 영웅들 이야기이고 이는 남성적 질서로 세계를 재편하던 시기였음을 연관 지어볼 때, 주몽의 경우는 아버지는 감추어져 있고 지상의 여자에게서 태어난 점이 부각되어 괄시를 받았다고[16] 볼 수 있다. 현실적으로 말하면 미혼모의 자식이었기에 대접을 받지 못했던 것이다. 혁거세는 여자에게서 태어나지 않고 바로 하늘에서 내려왔기에 남성적 질서에 적합한 것으로 인정되었다는 뜻으로 볼 수 있다. 6촌장의 회의 뒤에 모셔진 것으로 혁거세의 아버지는 6촌장으로 상징되는 남성적 이미지라고 할 수 있다.

이후의 행적 또한 뚜렷한 대조를 이룬다. 잘 알려진 바와 같이 주몽은 어려서부터 핍박을 받았고 투쟁을 통해 자기를 성취해 나간다. 대소 형제와의 싸움 끝에 부여를 떠났고 송양과의 싸움 끝에 고구려를 확립한다. 이와 달리 혁거세는 태어나는 것 자체가 큰 관심거리였고 태어나서는 환영을 받았고 그 일생에서 가장 중요한 기사는 계룡에게서 태어난 알영과 짝이 되는 이야기이다. 알영은 땅에서 태어나서 하늘에서 내려온 혁거세와 대조를 이룬다. 혼인으로 하나가 되는 것은 하늘과 땅의 결합으로 이해된다. 하늘과 땅의 결합은 인간에게 이로운 결과를 가져올 것이고 이 결합은 조화로울 때 가장 의미가 크다. 『삼국유사』에서 혁거세와 알영은 같은

---

16) 주몽의 아들인 유리도 아비 없는 자식이라고 욕을 먹고, "일정한 아버지가 없으면 장차 무슨 면목으로 세상에 서겠습니까?"하고 자살하려 하였다. 주몽은 아버지가 알려지지 않아서 세상의 인정을 받지 못했다는 것을 버려졌다는 화소의 의미로 이해할 수 있을 것이다.

날 태어나 같은 해에 왕과 왕비가 되었다. 『삼국사기』에서는 알영의 행실이
어질어 내조를 잘 하니 사람들이 二聖이라고 불렀다고 한다.

주몽은 12세에 고구려를 세웠고 혁거세는 13세에 왕으로 추대되었다.
물론 실제 나이는 아닐 것이다. 알에서의 탄생을 청년이 입사식을 통해
사회적 자아로 다시 태어나는 것으로 본다면, 입사식 후 12년 또는 13년
만에 왕이 되었다고 볼 수 있다. 이후 40 또는 41세에 주몽은 하늘이 마련해
준 궁성으로 승천했고, 혁거세는 83세에 승천했는데 혁거세의 신체가 흩어
져서 땅으로 떨어졌다는 것이다.

이를 정리해보자.

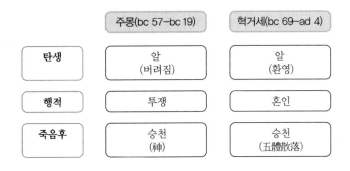

알로 태어나는 시작은 같은데 결말은 너무도 큰 차이를 보인다. 주몽은
승천하여 천신이 되고 혁거세는 땅으로 떨어져 그의 신체가 오릉으로 나뉘
어 묻혔다. 일반적으로 보아 지상에서 투쟁을 겪고 승리하여 건국의 영웅이
되고 죽어서는 신으로 승격되는 것이 자연스럽게 여겨진다. 지상에서의
과업을 다 이룬 영웅이 죽어서 신이 되는 것은 지상에서 인간 세상의 일이
종료되었음과 함께 이제 지상의 인간들의 일을 해결해주고 소원을 들어주
는 초월적 존재가 되었음을 말해준다. 오늘날 사령굿에서 굿을 마치면
망자가 조상신이 되는 것처럼 죽은 영웅도 신이 되어 초월적 위치에서
인간과 관계를 맺는다. 그런데 혁거세는 승천하였지만 다시 땅으로 떨어질

뿐 아니라 몸이 다섯 조각으로 나뉘어 떨어졌고 합칠 수도 없게 되어 따로
5개의 무덤을 만들었다는 것이니 이해하기 어렵다.

투쟁 끝에 승리하여 승천하는 주몽과, 지상의 여인과 혼인으로 화합을
보여주지만 승천에 실패하고 지상의 존재로 남는 혁거세는 뚜렷한 대조를
보인다. 승천은 대립과 투쟁의 승리에 대한 결과라면, 지상과의 화합의
결과는 지상에 남는 것으로 보인다. 혁거세의 혼인이 하늘과 땅의 혼인이고
하늘과 땅의 혼인이 농업과 생산의 의미를 갖는다면 혁거세 신화는 보다
지상적이고 인간적인 관심사를 보여준다고 생각된다. 이에 반해 주몽은
승리를 통해 세계를 제압하는 일원적 질서의 모습을 더 보여준다.

이렇게 생각해보면 혁거세 신화에서 굳이 혁거세가 하늘로 가버리지
않고 그의 시신이 나뉘어 묻힌다는 것은 지상적 의미를 강조하는 것으로
읽을 수 있다. 몸이 다섯으로 나뉘었다는 것은 하나가 다섯으로 분화되었다
는 말이다.17) 주몽이 그대로 하늘로 가버린 것은 지상의 몸조차 버리고
영적인 존재가 되었다는 말이다. 육신도 한계가 명확한 것이어서 신이
되어서는 한계를 갖지 않는 존재라는 점을 하늘로 올라갔다고 나타냈다.
즉 주몽 신화는 지상으로 내려오면서 몸을 가졌던 주몽이 죽어서 다시
하늘로 올라가면서 초월적 존재 추상적 존재로 통합되는 측면이 부각된다.
이에 반해 혁거세의 시신은 분화된다. 이를 통합과 분화라는 대조적인
개념으로 이해할 수 있다. 죽은 주몽은 초월적 존재로 우주와 통합되고
죽은 혁거세는 통합이 아니라 분화되어 지상에 남았다.

---

17) 박태상은 이를 영혼과 육체의 분리로 보았다. 영혼 없는 육체만 땅에 남았다면 그 육체의 의미는 무엇일까?
거의 무의미할 것이다. 영혼과 육체를 이렇게 나눌 수 있는지 의문이다. 주몽의 승천은 육체까지 올라간
것이어서 지상에는 장사지낼 신체가 없었다. 영육으로 나눈다면 주몽의 영혼은 승천했지만 신체는 땅에
있어야 할 것이다. 박태상, 앞의 책, 90-91면.

3. 통합과 분화의 의미

통합은 신적인 존재와 더 관련된다. 이해를 쉽게 하기 위해 인도의 창세신화 하나를 보자. 최초의 자아(Self)는 혼자 있는 것이 불행하다고 느껴서 자신을 나누어 여자를 만들었고 그녀와 교합하여 인간을 낳았다. 여자는 한 몸이었던 그와 교합하는 것이 마땅하지 않다고 생각하여 암소로 변했다. 그러자 그는 수소로 변하여 이에 소들이 생겨났다. 암말로 변하고 암사슴으로 변하고 …… 이와 같이 하여 세상에 모든 짐승과 만물이 생겨났다. 그는 "내가 만물을 지었으니 내가 곧 창조로다."하고 생각했다.[18] 기독교의 창세기도 같은 구도의 신화이다. 야훼신은 하나인 존재이다. 그가 하늘과 땅을 나누고 빛과 어둠을 나누고 온갖 동물과 식물 그리고 인간을 남녀로 만든다. 즉 하나인 신에게서 만물이 분화된다. 하나는 신적인 것이고 만물은 지상의 것이다.

이와 같은 신화들은 창조란 하나에서 여럿이 분화되는 과정으로 이해하고 있음을 보여준다. 하늘의 초월적인 존재는 하나이고 이로부터 지상의 만물이 비롯된다. 하늘은 一이고 지상은 萬이다. 이런 원리가 일관되게 지속된다면, 주몽이 죽어서 하늘로 올라가는 것은 다시 하늘과 통합한다는 것을 말해준다. 하늘과 통합하여 하늘과 하나가 된 자라야 지상과 인간의 한계를 넘어서는 초월적인 힘을 가질 수 있을 것이다. 지상적 존재가 갖는 육체적 한계 지역적 한계를 벗어나 보편성 근원성을 갖는다. 이와 달리 혁거세는 하늘로 올라가지 못하고 지상으로 떨어진다. 더욱이 몸이 다섯으로 나뉜다. 이는 분화를 강조하는 형상화로 이해할 수 있다. 분화는 지상적 원리이다.

하늘이 통합을 나타내고 땅이 분화를 나타내는 원리는 매우 보편적인 것이어서 중국의 오랜 경전들에도 언급되고 있다. 가령 『老子』 42장에는 "道生一 一生二 二生三 三生萬物"이라고 하고, 주렴계의 <太極圖說>에는

---

18) 조셉 캠벨, 이윤기 옮김, 『세계의 영웅신화』, 대원사,1996, 273-274면.

無極인 太極으로부터 陰陽의 兩儀가 나오고 양의가 변합해서 五行이 나오고 이것이 다시 남녀의 원리에 따라 만물이 화생한다는 도식을 도출하였다. 이런 원리는 신화는 형상을 구체화시켜서 이야기로 나타냈고 철학은 추상화된 표현으로 압축적으로 진술했다는 차이가 있을 뿐이다.[19)]

이렇게 보면 주몽신화의 결말은 천상의 통합적 원리를 나타내며 혁거세 신화의 결말은 지상적 분화의 원리를 나타내는 것으로 보인다. 앞에서 보인 도식에서 주몽은 투쟁 후에 신이 되고 혁거세는 결혼 이후에 몸이 나뉘는 구조의 대립도 이와 관련된다. 같은 알에서 출발했지만 주몽의 생애는 자아와 세계로 나뉘어 대립하고 투쟁하는 과정을 겪은 후에 죽음을 통해 통합된다. 혁거세는 알영과의 혼인을 통해서 세계와 화합하는 과정을 보여준 후에 죽음을 통해 다시 분화된다. 나뉜 것은 통합되고 통합된 것은 나뉘었다. (혁거세를 천신족으로 보거나 분열된 신라를 하나로 통합하는 一者의 역할을 나타내는 말로 임시로 '하늘의 원리'라고 하기로 한다. 대조적으로 원래의 신라를 토템 족으로 보거나 강한 호족 세력의 분화된 통치방식을 나타내는 말로 임시로 '지상적 질서' 또는 '지상의 원리'라고 하기로 한다.)

혁거세 신화가 지상의 원리를 나타낸다는 점을 다시 잘 보여주는 것이 뱀 화소이다. 삼국유사 원문에 "나라 사람들이 모아서 묻으려하자 큰뱀이 쫓아다니며 막았다. 머리와 사지를 각각 따로 묻고 오릉이라고 하였다. 또는 사릉이라고 한다.(國人欲合而葬之 有大蛇逐禁 各葬五體爲五陵 亦名 蛇陵)"는 것이다. 여기서 큰뱀이 하는 역할이 무엇인가? 바로 합체를 막는 일이다. 다시 말하면 통합을 막는 일이다. 혁거세가 하늘로 올라가는 것을 막는 원리이고, 이는 바로 지상의 원리, 만유의 원리이다. 지상은 분화되어 존재하는 것들로 이루어져 있다. 나누어져 있는 것이 지상의 원리이다. 하늘의 원리가 통합인 것과 반대된다.

---

19) 이에 대한 논의로 상세한 것은 조동일, <원시의 신화에서 고대의 철학으로>, 『철학사와 문학사 둘인가 하나인가』, 지식산업사, 2000, 65-86면.

뱀이 그 일을 하는 것은 바로 뱀이 지상의 존재를 대표할 수 있기 때문일 것이다. 뱀은 날개는커녕 다리도 없다. 날기는커녕 뛸 수도 없는 존재이다. 온 몸을 지상에 붙여서 기어 다니고 지표면 아래에 들어가 쉰다. 뱀에 대한 수많은 설화들은 뱀이 지상적 존재임을 드러낸다. 다시 창세기의 뱀을 생각해볼 수 있다. 이 뱀으로 인해 아담과 하와는 하느님과 단절하고 지상적 존재가 된다. "너는 흙이니 흙으로 돌아가라"는 선고를 받는다. 북유럽의 신화집 『에다』에는 이그드라실이라는 거대한 세계수가 유명한데 그 나무의 맨 아래 뿌리 죽은자의 세계에는 니그호드라는 용이 거하고 있고 그 위로 인류가 거주할 수 있으며 난장이와 거인의 땅인 중간세계에는 요르문간드라는 뱀이 살고 있다. 이런 신화에 나타나는 뱀에 대하여 이경재는 "지모신 자연은 …… 뱀이 자신의 꼬리를 물고 있는 이미지를 갖는다."[20]고 지적한다.

'五陵'이라는 말도 혁거세의 무덤이 지상적 질서를 가리킨다는 것을 암시한다. 혁거세의 오체를 장례지내 오릉을 만들었다고 했는데 오체는 흔히 머리와 사지를 가리킨다. 거의 모든 번역본이 그렇게 번역했고 '오체투지'의 오체와 동일한 뜻으로 보았다. 그러면 정작 혁거세의 몸은 언급이 되지 않은 것이다. 혁거세의 오체라는 말은 몸 자체를 가리키기보다 상징적 의미를 가지고 있다고 볼 수도 있다.

오체라는 말이 상징적이라 함은 오체가 동서남북과 중앙의 五方을 가리킬 수 있기 때문이다. 동서남북과 중앙은 세계의 질서를 나타내는 대표적 표현이다. 우리 무가에서도 천지개벽을 흔히 닭이 날개를 들고 일어나면 부리와 꼬리, 양날개가 동서남북을 이루는 것으로 나타나는 것과 같다. 세계의 질서는 나누어 놓는 것으로 시작되는 것이다. 하늘은 온통 하나여도 되지만 지상은 산과 강으로 나뉘고 인간에 의해 세분된다. 동서고금 사람은 자기가 사는 곳이 중앙이고 그 사방을 동서남북으로 나누어 이해한다.

---

20) 이경재, 『신화해석학』, 다산글방, 2002, 240면.

혁거세의 무덤이 오릉이라는 것은 사실이라기보다는 혁거세의 신적 질서가 지상적 질서의 원천이며 영향을 지속적으로 끼치고 있음을 나타내는 상징적 표현으로 보아야 할 것이다.21)

오체라는 말을 땅에 떨어진 것은 사지와 머리이고 몸은 하늘에 있다고 보면, 우선 혁거세가 죽은 후에 하늘에 올랐다가 7일만에 유체가 떨어졌다는 것이 이해된다. 몸은 하늘에 있고 머리와 사지만 떨어졌다고 이해되는 것이다. 몸이 하늘에 있는 것은 혁거세의 몸이 분화되어 지상과의 연결이 이어지고 있음을 나타낸다고 보인다. 그렇지만 머리와 사지는 땅에서 일을 하고 생각을 하여 지상적 질서를 구체화해나간다는 의미로 볼 수 있다. 이 경우 혁거세의 신적인 자격과 함께 지상적 영향을 아울러 나타낼 수 있을 것이다. 그러나 구체적인 행위와 생각은 지상에 있는 머리와 사지이니 주안점이 지상에 있다고 하겠다.

혁거세 신화의 말미 부분은 分化가 지상적 질서라는 것을 나타내는 암시적 표현으로 보면 뜻밖에도 새로운 사실을 찾아내게 된다. 그것은 오릉의 주인의 행적이 지상적 관심과 통치를 보여준 인물들이라는 점이다. 오릉의 주인은 박혁거세와 알영, 남해왕, 유리왕, 파사왕이다. 4대임금인 탈해는 오릉에 묻히지 못했다. 이 점은 고구려 초기 왕들과의 대비를 통해 그 의미가 명확히 드러난다.

혁거세의 경우와 대비적으로, 주몽의 승천이 천상적 질서에 대한 지향을 보인다고 할 때, 그 이후 왕들도 그런 성격을 지속적으로 보여준다는 점을 먼저 고려해보아야 한다. 주몽의 아들인 2대 유리왕도 신화의 주인공이다. 아버지를 찾아와서 신화적 능력을 보여준 일도 그렇지만 왕이 된 후에도 사냥 갔다가 겨드랑이에 날개가 달린 사람을 만나 등용하고 돼지가 도읍 옮길 장소를 알려주는 등 신화적 행적이 계속 나타난다. 3대 대무신왕

---

21) 김선주는 오릉이 신라 초기 것이 아니라 마립간 기에 범부족적인 차원에서 국가 시조로 혁거세를 내세우는 과정에서 계획적으로 정비된 것으로 이해했다. 김선주, 「신라의 오릉과 시조인식」, 『신라사학보』33, 신라사학회, 2015, 10-21면.

때도 마찬가지이다. 대무신왕 4년에 부여를 칠 때, 비류수 가에서 솥을 가지고 노는 여인이 있어 가보니 솥만 남아 있어서 그 솥으로 밥을 지으니 불을 때지 않았는데도 밥이 지어졌다. 전투에서 곤경에 처하자 하늘에 도움을 빌었더니 갑자기 짙은 안개가 끼어 7일 동안 지척에서도 인물을 구분하지 못할 정도였다. 이 왕 때 유명한 사건 하나는 낙랑의 자명고와 왕자 호동 이야기이다. 이때까지도 적이 오면 스스로 운다는 자명고를 통해 신화적 요소가 지속되고 있음을 보여준다. 시조 주몽의 승천으로 보여주는 신화적 질서가 계속 유효하다는 인식이 있었기에 가능한 사건들이라고 생각된다.

신라 쪽 사정은 전혀 다르다. 먼저 혁거세와 알영은 신화적 인물임은 분명하다. 그러나 앞에서 해명한 바와 같이 신체가 다섯으로 나누어 묻힌다는 것이 지상적 질서의 의미를 갖는다고 할 때 그 이후 오릉에 묻힌 임금들도 그러한 성격이 농후하다.[22] 2대임금은 남해차차웅이다. 원년에 낙랑이 경주를 포위한 일이 있었다. 이때 남해왕은 자신이 부덕하기 때문이라고 말한다. 전혀 신화적인 맥락이 없다. 남해왕도 차차웅이라 했으니 명칭에서 종교적 의미도 가지고 있지만 3년째에는 친누이 아로로 하여금 시조 혁거세 사당의 사철 제사를 주관하게 했다고 하니 제정분리가 되고 있음을 알 수 있다.

3대왕은 유리이사금이다. 이때 도솔가가 지어졌는데 그 연유가 널리 알려져 있다. 왕이 순시하다가 할머니 하나가 굶어 죽게 생긴 것을 보고 "내 잘못이다"라고 하며 자기 옷을 벗어 입혀주고 자기 먹을 것을 먹이고 "유사에게 명하여 홀아비, 홀어미, 고아, 늙은이, 병자를 급양하게 하니 백성들이 즐겁고 편안하게 되어 도솔가를 지었다는 것이다. 이는 신화적 질서가 아니라 지상적 통치의 원리로서 德治를 표방하는 것이다. 5대 파사이사금 때에는 이웃나라의 국경 문제로 난처해지자 왕은 나이가 많은 수로

---

[22] 혁거세의 오체산락을 시베리아 샤먼의 신체절단체험과 유사하다고 볼 수도 있으나, 샤먼은 통합이 필수 전제이지만 혁거세는 분화가 필수라는 점에서 성격이 다르다.

왕을 초대해 의견을 물어 해결한다. 나이가 있어서 경험이 많은 것을 문제 해결의 열쇠로 인식하는 것은 이미 유리가 왕이 된 까닭으로 제시된 바 있다. 초월적인 능력이 아니라 경험과 덕으로 나라를 다스린다는 생각이 거듭 나타난다.

중간의 4대 탈해이사금은 오릉에서 빠진 것도 같은 맥락이라고 이해할 수 있다. 탈해는 대표적 건국신화의 주인공이기 때문이다. 동쪽 한 나라에서 알로 태어나서 버려져서 신라까지 오고 트릭스터로서 호공의 집을 빼앗는 등 신화적 인물의 행적이 농후하여 지상적 질서를 드러내는 데 적합하지 않은 인물이다. 탈해가 외지인이기 때문이라고 볼 수도 있으나 혁거세도 외지인이라는 점을 보면 이 경우는 탈해의 신화적 성격이 부각되었다고 보인다.

이렇게 보면 오릉에 묻힌 임금들은 신화적 통치가 아니라 지상 세계 인간을 향하는 현실적 통치를 지향하는 사람들이었다는 공통점이 있다. 고구려 초기 임금들이 여전히 신화적 능력을 보여주는 것과 대조된다. 이러한 차이는 시조 임금의 죽음의 형식의 차이와 같다. 주몽의 승천이 보여주는 천상적 원리가 유리왕과 대무신왕으로 이어졌고, 혁거세의 오릉이 보여주는 지상적 원리가 남해왕, 유리왕, 파사왕의 지상적 원리로 이어졌다고 볼 수 있다.

이렇게 해서 삼국사기의 오릉과 삼국유사의 오릉이 만난다. 삼국유사의 오릉은 사실의 기록이 아니라 신라 초기 통치의 탈신화적, 지상적 원리를 함축하는 상징적 기사인 것이다. 하나와 다섯, 一과 多라는 통합과 분화의 상징적 의미, 혁거세의 오체와 오릉이 지상성을 부각하는 상징이라는 것은 신라사회의 성격을 드러내는 다른 면에도 적용이 가능해보인다. 가령 신라는 고구려가 주몽의 고씨 일계로 이어지는 것과 달리 초기부터 박, 석, 김의 세 가지 성을 가진 왕들이 통치하게 된다. 해외에서 들어온 탈해까지 왕이 되는 다양성이 사회의 근간을 이루어서 하나보다는 다양성이 부각되었다. 혁거세가 태어나고 신라가 생겨난 것 자체도 이미 있던 6촌 촌장의 합의에 의해서였다. 혁거세가 왕이 되었지만 6촌 촌장의 역할은 지속되었을 것이고 혁거세가 혼자서 나라 일을 결정하지 않았을 것이다. 그것이 화백제도, 화백회의로 나타났다. 화백은 28대 진덕왕 대에 김유신이 이 회의에 참석한 것으로(삼국유사 기이 진덕왕) 나타나므로 상당히 오랜 기간 지속되었다. 이런 모습들은 초기 신라가 하나로 집중되는 것이 아니라 多의 양상을 근간으로 하는 사회였음을 말해준다. 오릉 설화는 이러한 신라 초기의 사회적 모습이 상징적으로 표현된 것이다. 이러한 사회는 다툼을 하나의 초월적 원리로 해결하는 것이 아니라 현실적 타협에 의해 해결할 것이다. 초기에는 고구려가 강력했지만 후기로 갈수록 신라의 힘이 커진 데에는 이러한 자세, 타협과 회의에 의해 실제 문제를 해결해 나가는 현실적 태도가 큰 기여를 했다고 보인다.

이러한 견해는 있을 수 있는 의문에도 답한다. 그 의문은 이런 것이다. 고구려가 하나로서의 천상적 질서를 지향하고 신라가 여럿의 지상적 질서를 지향한다고 했는데, 여럿은 다툼의 근원이니 신라는 다툼을 보여야 하고 하나는 통합의 근원이니 고구려가 조화를 구현해야하지 않는가? 그러나 이 질문은 원론적이고 관념적인 것이다. 앞에서 지적한 것처럼 초기신라의 현실은 신라인으로 하여금 지상적 문제를 떠날 수 없게 했다. 지상적 문제는 대립이고 다툼이다. 그러나 신라는 이를 회의와 타협으로 해결하고자 했다. 실제로는 다툼도 많았지만 타협과 조화를 강조하는 쪽을 보여주었다. 혁거세와 알영의 혼인도 실제로는 부족간의 혼인이라면 많은 갈등이 있었을 것인데 우리가 보는 것은 화합뿐이다. 고구려의 하나됨은 다툼과 투쟁의 결과이다. 하나는 초월적이고 관념적이어서 현실 문제에서는 강압적인 통일을 이루었을 것이다. 심지어 주몽 이전 해모수와 유화의 혼인에서도 둘의 화합보다는 갈등과 대립이 부각되었다. 이런 대립을 힘으로 해소하고 하나로 집약한 것이 주몽이다. 여기에는 신화적 능력이 지속적으로 요구되었다고 보인다. 초기 고구려가 하나의 통일성을 강조하고 신화를 지속하는 통치의 천상적 원리를 구현하고자 했다면, 초기 신라는 다양한 것의 현실적 싸움 속에서 실제적인 타협을 찾는 지상적 통치원리를 제시했다고 할 수 있다.

4. 역사적 사실과의 연관성

또 하나의 의문은 땅으로 떨어질 오체는 왜 처음에 하늘로 승천했다가 떨어지는가 하는 점이다.

이는 혁거세의 근본과 관련된다. 6부의 촌장이 임금을 모시자는 화의를 거친 후 혁거세는 알의 모습으로 출현한다. 곁에는 하늘에서 내려온 흰색 말이 무릎을 꿇고 있었고 사람들이 나타나자 말은 하늘로 승천하였다. 그러니 혁거세는 하늘과 연관되어 있다고 인정된다. 61년을 다스린 혁거세는 다시 원래의 상태인 하늘로 돌아가고자 했다. 그러나 결국 지상에 머물게 되었다.

이 수수께끼를 푸는 열쇠는 역사적 사실과 관련되어 있다. 오릉은 혁거세의 신체가 다섯으로 나뉘어 묻힌 무덤은 아니다. 그것은 신화적인 메시지일 뿐이다. 이런 신화적 메시지는 언제 누가 만들었는가에 대해 역사가 답해준다. 오릉 가운데 표주박형 무덤이라든가 적석목곽분이 있어서 이는 신라 초기의 무덤이 아니라 마립간이라 불리던 19대 눌지왕에서 22대 지증왕으로 대표되는 4세기 전반기부터 6세기 초엽까지의 약 200년간의 무덤이다.[23] 이에 따라 김선주는 후대 김씨 세습왕조의 성립 시기에 혁거세를 시조로 하는 시조 전승 신화가 형성되었으며, 오릉 경내에는 알영이 태어났다는 알영정이 있고, 능호에 보이는 뱀이 수신적 지모신의 성격을 가진다는 것, 오릉의 위치인 수변지역과 알영의 용 전승이 관련을 가지고 있다는 점 등에서 오릉은 오히려 알영과의 연관성이 더 크다고 말한다.[24] 마립간

---

23) 최병현, 『신라고분연구』, 일지사, 2008, 378면.
24) 김선주, 「신라의 알영 전승 의미와 시조묘」, 『역사와 현실』76호, 한국역사연구회, 2010, 181-189면.

기에 시조묘에서 신궁으로 전환되는 등 큰 변화가 있었고 이때 국가적인 차원에서 신화 정비 사업이 있었다고 본다.[25] 혁거세 신화는 사로국 시대가 아니라 4세기 후반에 형성된 신라의 건국신화로 보는 것이다.[26]

이렇게 보면 신화 마지막의 큰뱀(大蛇)는 알영을 낳았던 계룡의 다른 이름이다. 뱀과 용은 서로 통하는 것인데 오릉이 북의 남천, 서의 서천과 연접해 있어서 오릉은 물가에 자리잡고 있다. 물과 관련된 큰뱀이 용일 터이니 오릉의 뱀 신은 곧 용신이다. 이는 혁거세가 하늘로 올라가는 백마와 관련되어 있는 것과 대조적이다. 이런 점에서 김선주는 오릉 즉 사릉은 원래 용/뱀인 알영의 무덤이었으며, 후대에 혁거세를 중심으로 건국신화가 재편되었다고 보았다.[27]

역사학계의 연구를 수용하면, 오릉은 알영 쪽 즉 수신이나 지신 쪽에 더 친밀관계가 있다고 할 수 있다.[28] 알영의 근거지로서 하늘보다는 땅의 질서가 강조되는 지역이다. 여기에 외지에서 수용된 혁거세 집단의 신화가 결합되었다고 생각된다. 6촌과 알영집단은 사로 지역의 통합을 위해서 혁거세 집단을 수용했다고 보인다. 통합은 하나로 만드는 행위이며 이는 앞에서 살펴본 것과 같이 추상적, 천상적 원리에 근거한다. 혁거세가 태어날 때 온 세상이 환영의 빛을 보인 것은 이러한 통합이 하늘의 뜻이라는 신화적 의미를 가진다. 그리고 혁거세는 알영과 함께 조화롭게 나라를 다스렸다. 같은 날 태어나 13세에 함께 왕과 왕후가 되었다는 설정도 그 둘의 병존을 가리킨다.

그러나 주몽 사후의 고구려와는 달리, 하늘에서 내려온 혁거세 계가

---

25) 김선주, 「신라의 오릉과 시조인식」, 『신라사학보』33, 신라사학회, 2015, 1-30면.
26) 선석열, 「사로국의 지배구조와 갈문왕」, 『역사와 경계』80집, 2011, 4면.
   김두진, 『한국고대의 건국신화와 제의』, 일조각, 1999, 270-288면.
27) 김선주, 「신라의 알영 전승 의미와 시조묘」, 186-187면.
28) 왜 '알영신화'가 되지 못했는가 하는 질의가 있었다. 아마도 신라사회가 급속히 남성중심 사회가 되었기 때문이 아닌가 한다. 불교를 수용하고 율령국가가 되는 등 중세국가로 정비되는 과정이 남성 중심의 사회 재편이었을 것이고 이는 신화에도 영향을 끼쳤을 것으로 생각된다.

하늘 원리를 끝까지 밀고 가지는 못했다고 보인다. 신라 초기의 화합은 뒤로 가면서 실은 지상적 원리, 알영 집단의 영향을 벗어나지 못했다. 하늘 원리를 밀고 가려는 노력이 바로 승천 화소일 것이다. 그리고 다시 떨어지는 것은 알영 집단으로 융화된 결과를 나타낸다. 혁거세를 추대했지만 알영 집단의 토속적 권력을 넘어설 수는 없었다고 보인다. 뒷날 신라의 토속신앙이 오랫동안 지속되며 새로 유입되는 불교와 끊임없는 알력을 보인 사실과 맥을 같이 한다. 혁거세를 맞으면서 신화성을 강하게 부각했지만 그의 사후에는 다시 알영의 지상적 통치 원리로 회귀하던 사정을 이해할 수 있다.

결국 대조적인 두 세력이 화합을 이루어 초기 신라를 형성하였으나, 뒤로 가면서 하늘 원리에 입각한 혁거세 세력은 자기 입지를 강화하지 못하고 4세기 마립간 시기에 이르면 알영 세력의 땅의 원리에 융화되어 버리게 된 역사적 과정을 신화적으로 나타낸 것이 혁거세의 오릉 신화라고 이해할 수 있다. 뒷날 마립간 시기에 신라를 거국적으로 재편하면서 나라 전체의 시조로 혁거세 신화를 통해 신라 통합의 원리를 제시하였으나, 끝부분의 오릉 신화는 실제 초기의 역사적 전개였던 토착 세력의 승리와 그 통치 방식으로서의 지상적 원리의 구현을 드러냈다고 보인다.

5. 맺음말

이 글은 신라 시조 박혁거세 신화의 말미에 보이는 오릉 이야기를 이해해 보자는 시도이다. 범세계적으로 보면 사체를 분장하여 풍요를 기원하는 신화에 속한다고 하겠지만, 혁거세가 농업과 관련된 어떤 언급도 없어서 그렇게 단정지을 수 없기도 하다. 이 글은 우선 우리 신화 와 역사의 체계 내에서 오릉 부분을 이해해보고자 하였다.

주몽신화와 비교해보면 승천과 산락의 대비가 명확히 드러나고 그 앞부분에서 알로 태어났으나 투쟁 끝에 승리하고 승천하는 주몽과 혼인으로 대표되는 화합을 보여주고 승천에 실패한 것으로 보이는 혁거세가 뚜렷하게 대조된다. 주몽의 승천이 하늘로 돌아가 하늘과 하나가 되는 '하나'의 의미를 갖고, 혁거세의 산락은 多의 의미를 보여주는데 그것은 분화가 특징인 지상적 원리를 나타내는 것으로 보았다.

혁거세의 오릉 즉 사릉에 묻힌 후대 2, 3, 5대왕은 모두 신화적 영향에서 벗어나는 특징을 보여주었다. 신화의 주인공인 4대 탈해는 사릉에 안치되지 못했다. 이는 승천하는 주몽의 후예인 2대 유리왕과 3대 대무신왕이 지속적으로 신화적 능력을 보여주는 것과 대비되었다.

하늘의 초월성보다는 지상적 분화의 특징을 더 많이 보여주는 신라 초기 왕조는, 알영 쪽의 김씨족이 혁거세의 박씨족과 합하면서 통합의 원리가 일시적으로 강조되었으나, 통합의 노력보다는 결국 김씨족의 영향 아래 포섭되어버린 역사적 과정과 일치한다. 혁거세 신화는 마립간 시기 김씨 왕조가 신라를 거국적으로 재편하면서 당시의 통합 과정을 재진술한 신화이고,[29] 오릉 신화는 결국 통합의 원리가 분화의 원리로 포섭되었음을 보여주는 상징적 표현으로 생각된다.

지상적 의미가 강조되는 혁거세 오릉 신화는 큰뱀을 계룡과 연관지어 보면 알영집단의 영향력을 보여준다. 알영 집단의 영향력이 그렇게 클 수 있었던 것은 용이 보여주는 풍요의 상징 때문일 수 있다. 따라서 이왕의 논의에서 제기되었던 바, 풍요 제의의 관점에서 용의 역할과 함께 혁거세의 몸의 산락되어 분장되는 것을 풍요 신화로 연결할 수 있을 것이다.[30]

주몽신화의 결말이 주몽의 승천이고 혁거세 신화는 지상으로의 귀환으로 대조적이라는 점은 단군신화와도 흥미롭게 대비된다. 단군신화에서는

---

29) 신라 초기 사회 지배세력이 이원적 구도를 가지고 있었음은 널리 인정된다.
  김철준, 「신라 상대사회의 Dual Organization」, 『역사학보』 1집, 1952, 23-35면.
30) 『삼국유사』 <가락국기>에는, 혁거세와 유사한 성격이 있는 김수로왕의 경우에도 무덤을 훼손하려는 도둑들에게 큰 뱀(大蟒)이 나타나 막았다는 기록이 있으나, 그 의미를 같이 비교할 수 있는지는 다시 생각해보아야 할 것이다.

환웅이 웅녀와 혼인하지만 그 둘의 통합이 일시적일 뿐이다. 자식을 얻기 위해 기도하는 웅녀에게 하늘의 환웅이 잠시 내려와서 인간으로 변신해서 혼인해 주었(假化而婚之)을 뿐이다. 하늘의 환웅에게 지상은 임시로 거처하는 곳이고 하늘의 환웅과 지상의 웅녀는 임시로만 통합될 뿐이다. 이는 주몽이나 혁거세에 비해 중간적인 상태라고 할 수 있다. 환인의 임시 혼인은 주몽의 투쟁과 혁거세의 혼인 사이에 있다. 이러한 구조는 "산신이 되었다(後還隱於阿斯達爲山神)"는 단군신화의 결말과 맞아떨어진다. 주몽이 하늘로 갔고 혁거세가 땅에 있다면 중간적 과정을 보여준 단군은 산에 있는 것이다. 이 구도와 의미에 대해서는 다른 글이 필요하다.

<구렁덩덩신선비> 설화의 결혼 상징과 의미

1. 서론

   <구렁덩덩신선비> 설화는 <뱀신랑>이라고도 하는 널리 알려진 이야기이다. 우리나라 전역에서 채록되는 이 설화는 그리스 로마 신화에 보이는 <큐피드와 싸이키> 이야기와 같은 유형으로 일찍부터 주목 받아왔다. 사건 전개가 매우 흥미로울 뿐 아니라 내용도 깊이 있어 보인다. 그러나 상징적 표현이 너무 많아서 이해가 쉽지 않다. 재미있는데 무슨 내용인지 꼭 짚어 말하기는 어려운 것이다. 가령 할머니가 구렁이를 낳았다는 초두의 설정부터가 의문이다. 뱀이 허물을 벗고 사람이 되었다는 것, 허물을 태웠더니 신랑이 집에 돌아오지 않는다는 것, 색시가 중 차림을 하고 찾아 나선다는 것, 까치 등의 부탁을 들어주는 설정, 신랑의 새신부와의 경쟁 등 이야기 전체가 상징으로 전개되어 이해하기 어렵다.

   당연히 흥미로운 연구 성과가 여럿 나왔다. 연구의 맥을 처음 잡은 이는 최래옥이다. 최래옥은 이 설화의 줄거리를 12단락으로 나누고, 통일정서, 망각과 환기, 휴식과 반복, 태도 등의 관점에서 구술의 특성과 문제점을 지적하였다.[1] 구연자를 주목하는 연구는 후에 조은상으로 이어졌다. 조은

상은 구연자의 상황에 따라 완결형 등 하위유형 구술이 이루어진다는 점에 주목하여 이를 자기서사라로 명명하였다.2) 이는 문학치료의 관점에서 이루어진 것으로 본고의 시각과는 거리가 있다.

서대석은『한국구비문학대계』와 기타 출전으로부터 35개의 각편을 찾아서 공통서사단락을 12항으로 정리하고 이를 <큐피드와 싸이키>와 비교한 후, 이 설화의 신화적 성격을 제시하였다. 구렁이를 水神으로 보고 색시를 무당으로 보아 신이 사라진 것을 무당이 다시 찾아옴으로써 대지의 생산력을 회복하고 지상의 재해로부터 사회를 구원하는 의미라고 풀었다.3) <큐피드와 싸이키>와의 비교는 임석재의 연구4)를 이은 것이고, 일관되게 무속신화의 관점에서 이 설화를 읽어냈지만, 이 설화는 이미 민담화된 것이므로 신화로만 해석하기에는 무리인 점도 있다. 김환희가 지적한대로 신맞이는 이 설화의 골계적이고 해학적인 분위기와 너무도 동떨어져 보이는 것이다. 신화적 해석에 앞서서 우선 문맥에 충실하게 민담의 시각으로부터 온전한 풀이가 선행되어야 할 일이다.

곽의숙은 할머니가 뱀을 낳는 것은 인간의 자연스러운 性的 衝動, 여성의 부정적 아니무스 등으로 보았고, 뱀서방의 脫殼은 성인식의 상징으로 보았다.5) 앞은 심리학적 분석이고 뒤는 인류학적 분석으로 분석의 일관성에 대한 해명이 더 필요한 상태이다. 신해진도 분석심리학 방법을 이용하였다. 구렁이는 여성의 무의식 속의 남성상인 아니무스이며 셋째 딸은 신선비를 찾아가는 과정을 거쳐서 무의식과 의식의 합일을 하게 된다고 보았다.6)

---

1) 최래옥, 「설화 구술상의 제문제에 대한 고찰 - 蛇郎譚 구렁덩덩신선비의 채록을 중심으로」, 『한국민속학』 4권 1호. 한국민속학회, 1971. 67-92면.

2) 조은상, 「<구렁덩덩신선비>의 각편유형과 자기서사와의 관련 양상」, 『겨레어문학』 46. 겨레어문학회, 2001. 291-327면.

3) 서대석, 「「구렁덩덩 신선비」의 신화적 성격」, 『고전문학연구』제3집, 한국고전문학연구회, 1986. 172-227면.

4) 임석재, 「구렁덩덩 신선비 설화와 큐피드 싸이키 설화와의 대비」, 구비문학국제연구발표회 개요. 인하대학교 인문과학연구소, 32-36면.

5) 곽의숙, 「<구렁덩덩신선비>의 상징성 고찰」, 『국어국문학』 25. 문창어문학회, 1988. 223-234면.

6) 신해진, 「<구렁덩덩신선비의 상징성-여성의식세계를 중심으로」, 『한국민속학』 27, 민속학회, 1995. 209면,

너무 일반적인 결론의 확인이어서 이 설화만의 특성에 대하여 설명이 더 필요하다. 이기대는 정신분석학의 방법을 적용하여 이 이야기가 성에 대한 부정과 금기를 극복하고 수용하는 것으로 보았다.[7] <미녀와 야수>를 해석한 베텔하임 식 적용이라고 할 것이다. 그러나 성에 대한 인식이라면 왜 첫째 둘째 언니가 있는데 셋째딸이 먼저 성을 인식하는지 의문이 드는데 더욱이 셋째의 행위를 오디푸스 갈등으로 해석하는 것은 다소 기계적 적용으로 보인다. 대부분의 각편에서 구렁이가 칼과 불을 들고 나온 곳으로 들어가겠다고 한 것을 이기대는 나무와 불이라고 보고 해석한 것도 자료 이해에 대한 의문을 갖게 한다.

김환희와 김헌선은 비교문학적 고찰을 했다. 김환희는 서구 여러 나라의 유화를 제시하고 특히 프랑스의 <뱀과 포도재배자의 딸>과 비교한 후, 결국 여성의 아니무스로서의 뱀을 수용하는 신부의 성장이라는 분석심리학의 해석으로 이끌었다.[8] 김헌선은 인도네시아 세람 섬의 원시부족이 전하는 <뱀남자> 설화와 비교하여 공통점과 차이점을 추출하고 뱀과 여자를 자연과 문화의 대립과 공존의 경계면이라는 관점에서 토테미즘의 속성으로 이끌어갔다.[9]

이들 선행 연구는 구연자에 주목하고 서사 단락을 분석하여 해석하고 심리학적 이론을 적용하기도 하고 비교연구를 통하여 시야를 크게 확대해 주었다. 그러나 그럼에도 불구하고 작품 자체의 여러 다양한 상징에 대한 일관성 있는 해석의 전모를 보여주지는 않았다. 민담으로서 작품 자체의 얼개를 따라가면서 보다 미세한 단위의 해석 요소들에 주의를 기울여야

221면.

7) 이기대, 「<구렁덩덩신선비>의 심리적 고찰」, 우리어문학회 편, 『한국문학과 심리주의』 우리어문학회, 2001. 311-341면.

8) 김환희, 「「구렁덩덩신선비」와 외국 뱀신랑설화의 서사구조와 상징성에 대한 비교문학적 고찰」, 『동화와 번역』4. 건국대 동화와번역연구소, 2002. 101-123면.

9) 김헌선, 「<구렁덩덩신선비>와 서세람 섬 <뱀남자>(Der Schlangenmann)의 비교연구」, 한국구비문학회 2012년 추계학술대회 발표논문집, 2012. 11. 17. 경기대학교. 61-92면.

할 것이다. 의문을 자아내는 여러 요소들을 가능하면 빠짐없이 해석할
수 있을 때 해석이 온전하다고 할 것이다.

2. <구렁덩덩신선비> 이야기의 큰 틀과 결혼의 문제

『한국구비문학대계』에는 이 설화가 '611-1 뱀에게 시집간 셋째 딸' 항목
에 모두 49편 등록되어 있다.[10] 완형과 변이형, 축소형 등이 있지만, 이
설화의 기본 서사 단락은 최래옥과 서대석이 말한 대로 12개로 정리된다.[11]
12개 서사단락을 구비하는 것은 18편 정도이지만 이마저도 엄정한 것은
아니다.[12] 할머니가 어떻게 해서 구렁이를 낳게 되는지가 빠진 것도 있고,
신랑 찾아 가는 길의 시련이 제대로 갖추어지지 않은 것도 있고 새보는
아이를 만나는 대목이 빠진 것도 있다. 오히려 서사적으로 짜임새 있고
시기적으로 가장 오래된 것은 임석재 채록본이다. 말미에 기재된 것을

10) 조동일 외, 『한국구비문학대계 별책부록 1 한국설화유형분류집』, 한국정신문화연구원, 1989. 522-524면.
11) 49편의 12개 서사단락 구현 양상은 이기대, 위의 논문, 317-320면에서 잘 정리해 놓았다.
12) 18편은 다음과 같다.
   1. 대계 1-9. 200-205면. 오수영 구연. 구렁덩덩 신선비
   2. 대계 1-9. 453-460. 권은순 구연. 구렁덩덩 신선비
   3. 대계 4-5. 162-165. 박용애 구연, 구렁덩덩 소선비
   4. 대계 4-5. 355-362. 황필녀 구연. 구렁덩덩 소선비
   5. 대계 4-6, 178-188. 유조숙 구연. 구렁덩덩 신선비
   6. 대계 4-1 357-360, 손양분 구연, 구렁이를 낳은 할머니
   7. 대계 5-3. 466-473. 김계님 구연. 구렁덩덩 신선비
   8. 대계 5-4. 827-833. 고아지 구연. 구렁덩덩 신선비
   9. 대계 5-5. 395-397. 김학기 구연, 구렁덩덩 시선부
   10. 대계 5-7. 174-182. 김판례 구연, 구렁덩덩 신선비
   11. 대계 7-6. 578-588. 조유란 구연. 뱀서방
   12. 대계 7-10. 631-640. 안금옥 구연. 뱀 아들의 결혼.
   13. 대계 7-12. 140-144. 최금순 구연. 구렁이 허물 벗은 선비
   14. 대계 8-5. 50-54. 이남이 구연. 뱀신랑
   15. 대계 8-7. 638-645. 김태영 구연. 뱀 신랑과 열녀 부인
   16. 대계 8-9. 999-1006. 김순이 구연. 동동시선부
   17. 대계 8-10. 597-606. 김수영 구연. 구렁선비
   18. 대계 8-13. 558-564. 우두남 구연. 구렁덩덩 신선비

보면 1917년 1월 정읍군 이씨, 1918년 12월 순창군 라씨, 1923년 7월 고창군 이점례 등으로부터 채록한 것이다.[13] 가장 오래된 채록본이어서 좋아 보이지만 화자를 세 사람 함께 들고 있어서 원형의 구연담 확보가 이루어지지 않아 쉽게 사용하지 못한다. 대계의 자료를 이용하기로 하고 필요한 경우 임석재 채록본도 참고한다.

이 설화는 시각에 따라 차이가 있겠지만 대략 12개 서사 단락으로 정리되는데 거의 모든 서사단락마다 의문점이 있다.

1. 할머니가 구렁이를 낳는다.
2. 장자네 셋째 딸만 신선비를 낳았다고 말한다.
3. 구렁이가 셋째 딸에게 청혼한다.
4. 결혼한 구렁이는 허물을 벗고 훌륭한 신랑이 된다.
5. 허물을 잘 간수하라는 금기를 신부에게 주고 과거보러 떠난다.
6. 색시는 허물을 저고리 동정에 감추었으나 언니들이 빼앗아 허물을 태운다.
7. 선비가 돌아오지 않는다.
8. 색시가 중차림을 하고 신랑을 찾아 떠난다.
9. 여정의 시련 (빨래, 까치, 돼지, 논일 밭일 등)
10. 색시가 물(샘)으로 빠진다.
11. 들에서 새 보는 아이에게 물어 신랑을 만난다.
12. 후처와의 경쟁(호랑이 눈썹, 물길어오기 등)에서 이겨 신랑과 잘 살게 된다.

이 의문 투성이의 재미있는 이야기를 어떻게 이해할 것인가? 왜 할머니가 왜 구렁이를 낳는가? 왜 셋째 딸만 신선비를 알아보고 혼인하는가? 허물은

---

13) 임석재전집7, 『한국구전설화』 전라북도1, 평민사, 1990. 289-293면.

무엇인가? 왜 허물을 지켜야 하고 왜 지키지 못하는가? 여정에서 만나는 시련의 의미는 무엇인가? 색시가 옹달샘에 빠지는 의미는 무엇인가? 왜 새보는 아이를 만나는가? 왜 새로운 여자와 경쟁해야 하는가? 이런 문제에 답해야 한다.

이를 위해 우선 이 12개 단락을 네 개의 결절점으로 크게 묶어볼 수 있다. 1. 할머니가 구렁이를 낳았다. 4. 구렁이가 셋째딸과 결혼한다. 7. 선비가 돌아오지 않는다. 12. 신랑과 재결합하여 잘 산다. 이렇게 보면 구렁이의 탄생, 셋째 딸과의 혼인 및 이별 그리고 재결합의 이야기라고 할 수 있다. 즉 탄생-결혼/ 이별-재결합으로 단순화할 수 있다. 다시 말하면 이 이야기는 결혼을 가장 중요한 주제로 삼고 있는 것인데, 특히 첫 번째 결혼이 아니라 이별 뒤의 재결합에 비중을 둔 것이다. 이는 특별한 의미가 있다. 왜냐하면 대부분의 민담은 여러 가지 어려움을 극복하고 결혼하는 것으로 끝마치는 이야기들이기 때문이다. 그와 달리 이 이야기는 결혼한 뒤의 문제를 다루는 민담인 것이다. 결혼 뒤에는 결혼 생활이 이어진다. 그리고 문제는 결혼 자체가 아니라 결혼 생활에서 생긴다. 결혼은 초년기 인생 목표의 성취일 수 있지만 초년 이후의 삶을 구성하는 것은 결혼 생활이다. 이 설화는 결혼과 결혼 생활을 구분하고 결혼 생활의 어려운 점을 본격적으로 지적하는 설화로서 크게 주목할만 하다. 이것이 발전하면 정신분석학자 알렌 치넨이 말하는, "왕자가 늙어 대머리가 되고 공주가 중년의 위기에 처하면 어떻게 될 것인가?"를 다루는 '중년의 설화'로 발전될 것이다.14)

그리고보면 두 번의 결혼의 서사는 앞과 뒤가 닮아 있기도 하다. 구렁이가 허물을 벗고 새신랑이 되는 것은 색시가 시련 끝에 자기 탈바꿈을 하는 것과 대응된다고 보인다. 앞의 결혼은 구렁이 편의 결혼서사이면서 셋째 딸의 이야기가 조금 들어 있고 뒤의 결합은 신부의 이야기이면서 신랑

---

14) 알렌 치넨, 이나미 옮김, 『인생으로의 두 번째 여행』, 황금가지, 2000,13-19면.
  알렌 치넨, 김승환 옮김, 『어른스러움의 진실』, 현실과 미래, 1999, 9면.

이야기가 조금 들어 있다. 다시 말하면 처음 결혼은 남자 쪽에 더 큰 영향을 미치고 뒤의 결합은 여자 쪽에 더 큰 영향을 미친다는 것을 이렇게 나타냈다고 보인다.

이런 시각에서 이 이야기는 결혼이란 무엇인가의 문제를 정면에서 다루는 민담으로 이해하고 이 틀에서 세부적인 이해가 가능한가 검토하기로 한다.

3. 허물, 벗기와 지키기

<큐피드와 싸이키>나 프랑스 민담 <뱀과 포도재배자의 딸> 등에는 남성이 우위에 있고 여자가 약자로 나타나는 것에 비해 남자가 구렁이로 태어나서 장자네 셋째딸과 결혼한다는 설정은 우리만의 특성인 듯하다. 구렁이로 태어났다는 것은 일차적으로는 천한 신분으로 태어났다는 것으로 이해해 볼 수 있다. 대계 8-13, 우두남 구연본에서는 어머니가 "우리는 천한 사람이라서" 그 집에 청혼할 수 없다고 말한다. 또는 여러 각편에서 가난한 집이라는 것이 강조되기도 한다. 이런 이야기로 대표적인 것은 <서동> 설화이다. 그런데 이 이야기에서는 가난하거나 천한 남자 주인공이 부잣집 귀한 딸과 결혼하기 위해서 크게 노력이나 행운이 따른다는 설정이 아니다. 어머니에게 불과 칼을 들고 나온 곳으로 들어가겠다고 협박하는 것이 다이다. <서동>, <내 복에 산다> 유화와 달리 구렁이의 상징적 성격은 가난이나 천함 이상의 것이다.

다음으로 구렁이를 신으로 이해할 수 있다. 특히 간짓대를 타고 와서 결혼한다는 모습은 구렁이 업을 간짓대로 받아서 주저리를 씌워 굴뚝 아래 모신다고 하는 민속 신앙과 겹치기에 가능성이 있다. 그러나 바로 이어지는 허물벗기와 태우기와 민속신앙이 연결되지는 않아서 일관성 있는 해석이 어렵다.

이와 달리 구렁이 형상 그대로 동물적 함의를 인정하고 볼 수 있다. 뱀에 대한 다양한 상징을 소개하고 있는『세계문화상징사전』에서 말하는 바, "뱀은 남근 상징이며 남성적 창조력", "영적 재생과 육체적 재생", "원초적 본능 즉 다스려지지 못하는 미분화한 생명력의 용출을 나타내며 잠재적 활력, 영적 활성력", "궁극적으로 통일되는 이원적 대립" 등은 바로 우리의 논의와 연관되는 지적들이다.15) 뱀은 대지와 연결되어 있다. 다리가 없는 것은 특히 대지와 밀착되어 있는 것으로 이해될 수 있다. 대지와 밀착되어 있다는 것은 자연성에 대한 강조이고 뱀이 인간이 되는 것은 자연으로부터 독립해 문화적 존재로 변화함을 보인다. 뱀은 남성 여성 모두의 상징으로 이용될 수 있지만, 이 설화에서는 구렁이가 색시와 혼인하게 되므로 남성적 캐릭터로 상정된다. 이런 관점에서 구렁이가 남성의 동물적 본성을 나타냈다고 보면 다른 화소와 어울리는 것이 많다. 구렁이의 모습을 남성적 속성과 연결시키는 것은 형태상 자연스럽다. 우리나라 해몽담에서 구렁이는 남성으로 이해된다.

<구렁덩덩신선비> 설화에서 남성으로 특화되는 구렁이는 인간이 되고 문화적 존재가 되고자 하는 과정에서 여성적 힘을 필요로 한다. 구렁이가 허물을 벗는 것은 대립적인 것을 통해서 새로운 존재로 거듭나는 의미의 형상화이다. 구렁이 허물은 남성이 지니고 있는 동물적 본성이며 남성은 이를 여성과의 만남을 통해서 제거함으로써 자연 상태의 동물성을 버리고 문화 상태로 전이하는 것으로 설정해볼 수 있다. 이 문화는 남성적 규범과 사회 질서를 지향하게 된다.

이때 어머니가 할머니로 나타나는 것도 이해된다. 할머니는 원초적 대지이지만 문화가 발전함에 따라 위축되는 여성성을 보여준다. 구렁이는 남성성의 확대이다. 여성성과의 온전한 관계를 맺을 수 없이 남성성만 강조된 것이 구렁이라고 할 수 있다. 지나친 남성성은 올바른 여성성과의 만남을

---

15) J. C. 쿠퍼, 이윤기 역, 『세계문화상징사전』, 까치, 1994, 354-357면.

통해서 인간으로 새로워진다. 지나친 남성성으로 태어난 구렁이는 자연의 산물 자체이다. 자연의 동물성을 순화시키지 못한 상태이다. 자연의 산물임을 나타내기 위해 할머니로 인식되었다고 볼 수 있다. 이 경우 할머니는 어머니의 어머니인 할머니가 아니라 보다 큰 어머니인 '한 어머니'라는 의미의 할머니이다.[16] 자연에서 바로 태어나서 아직 문화적 순치를 경험하지 못하는 것이 할머니가 구렁이를 낳았다는 초입 부분의 의미로 이해된다. 남성은 세계의 일면이다. 다른 일면인 여성과의 관계를 통해서 온전한 인간이 된다는 의미를 함축하고 있다.

따라서 구렁이가 이웃집 딸과 혼인하려는 것은 자신의 존재를 문화적으로 순치하여 재생하려는 인간적 노력이다. 이것은 당연히 자신의 자연적 또는 동물적 본성을 포기하고 새사람으로 거듭나는 것을 요구한다. 즉 구렁이가 새사람으로 거듭나기 위해서는 장자네 딸과 결혼을 함으로써 동물성을 벗어야 하는 것이다. 이는 자신 안에 있는 과도한 남성성을 장자네 딸의 여성성으로 순화시켜야 함을 말한다. 사람 사이의 음과 양의 조화로운 결합이 사회의 문화를 생성하는 토대가 되기 때문이다.

이런 점에서 구렁이가 혼인이 성사되지 않으면 "한 손에 불을 들고 또 한 손에 칼을 들고 나온 곳으로 되돌아가겠다."고 하는 말을 이해해볼 수 있다. 이 말은 일차적으로는 결혼 못하면 죽어버리겠다는 말로 쉽게 이해된다. 그러나 왜 불과 칼인가? 불과 칼은 무속에서 흔히 사용되는 도구이다. 불과 칼을 들고 원초적인 카오스의 공간, 대지로 돌아가겠다고 한다. 대지에서 나왔으므로 가능한 말이다. 불과 칼을 강렬한 남성성의 상징으로 이해할 수도 있다. 순치되지 않은 남성성이 문제인 그대로 대지에 머물러 있겠다고 하는 것이다. 그것은 정체이고 죽음이다. 생산도 발전도 없다. 이를 알고 있는 구렁이는 장자네 딸과의 혼인을 통해서 문제를 해결하고자 한다.

---

16) 서대석도 "어머니의 뱃속은 바로 大地를 상징한다."고 하면서도 대부분의 구연자들이 할머니라고 분명히 말하는 것을 주목하지 않고 단지 '어머니'라고만 인식했다. 서대석, 위의 논문, 위의 책. 197면.

그런데 왜 막내딸인가? 흔히 민담의 주인공은 셋째 또는 막내이기 일쑤이기 때문이라고 할 수 있다. 또는 3의 법칙에 따라 셋째가 주인공이 된다고 할 수도 있다. 그러나 여기서는 새로운 의미가 있어 보인다. 이 막내딸의 모습이 혼인 전과 후에 달라지는 양상을 눈여겨보자. 결혼 전에는 우위에 있던 여성이 결혼 후에는 종속적인 모습을 보이게 된다. 이는 현실을 반영한 것이라고도 할 수 있지만 그 현실이 언제부터 그렇게 되었는가 되돌아볼 수 있다.

막내딸을 중심으로 볼 때 막내딸은 구렁이의 잠재력을 알아보았으며 우위에 있으면서 허물을 벗겨주는 존재이다. 이는 온달 설화에서 평강공주가 바보 온달을 장수 온달로 탈바꿈시킨 것과 유사하다. 평강공주에 의해서 바보 온달은 바보의 껍질을 벗고 장수 온달로 다시 태어났다. 온달 설화는 공주가 우위에 있는 상태가 변하지 않고 이야기를 마친다. <서동>설화와 같은 <내 복에 산다> 설화류의 막내딸도 집에서 쫓겨나지만 남자로부터 신부 시험을 강요받지는 않는다.[17] 삼국유사, 삼국사기에 전하는 삼국시대 초기 배경의 이 설화들은 <구렁덩덩신선비> 설화의 막내딸과 다른 모습이다.

<구렁덩덩신선비> 설화의 막내딸은 결혼 후에 오히려 남자를 얻기 위해 수동적이고 시련을 겪으며 신부 자격시험을 치러야 하는 존재가 된다. 이는 평강공주와 달라진 시대의 여성상을 보여준다. 여성이 주체적이고 능동적인 시대가 마감되고 시련과 시험을 통해서 신부의 자격을 얻어야 하는 시대로 전환되는 것이다. 또는 생리로 증명되는 여성성이 아니라 남성이 부여하는 시험을 통해서 여성성이 부여되는 새로운 시대의 도래라고 할 수 있다. 이렇듯 새로운 시대를 맞이하는 것은 당연히 더 어린 사람의 몫이다. 이것이 이 설화의 막내딸의 의미일 것이다.

---

17) 김대숙은 <평강공주>와 <내 복에 산다> 설화가 "부가장권이 강화되는 과정에서 아버지와 경제적인 주도권을 놓고 다투고 집을 나온" 이야기이며, "야장과 샤먼이 결합한 이야기인 이 설화의 원형은 금속문화와 밀접한 연관을 가진 신화였으리라고 추정"하였다.
김대숙, 「여인발복설화의 연구」, 『한국설화문학연구』, 집문당, 1994, 106면.

결국 구렁이는 허물을 벗고 '새 선비' 즉 '신선비'가 되었다. 이 허물은 새 선비로 거듭나기 위해 벗어나야 할 것이었다. 동물이 인간이 되는 것은 동물성을 벗어날 때 가능하다. 벗어난다는 점을 강조할 때 뱀의 허물은 유사성으로 인해 훌륭한 은유적 관련을 갖는다. 유사성은 여기까지이다. 허물이 은유를 넘어 상징이 되는 데에는 유사성뿐 아니라 차이도 중요하다. 실제의 뱀에게는 허물은 벗어던지면 그만이다. 신선비는 실제 뱀이 아니다. 그에게 허물은 자신이 벗어던져야 할 것을 의미하는 상징으로 이용되면서 동시에 자신의 근원으로도 이해된다. 뿌리를 잃어버리지 않아야 문화적 존재로서 인간이 된다고 볼 수 있다. 이런 점에서 이 허물을 남성의 원초적 자연성 또는 동물성으로 이해할 수 있다.

그러나 이는 여성에게 이중적 작용을 한다. 동물성에서 벗어나게 함으로써 남성을 인간화하는 동시에 이 허물을 지켜야 하는 금기와 그 억압 아래 놓이게 된다. 남성으로서는 사회적 규율의 문화를 만들어나가는 것인 과정이 여성에게는 여성성을 부정당하는 역사적 과정과 일치한다.

이 허물을 왜 지켜야하는가? 동물성은 원초적 자연의 힘이기에 버려야 할 것이면서 동시에 남성성의 근거이면서 힘이기 때문이다. 이는 칼 융이 말하는 그림자에 비견해볼 수 있다. 그림자는 부정적인 것이지만 자신의 에너지의 근원이다. 극복되어야 하지만 버려지거나 망각하는 것이 아니라, 잘 이해하고 간직해야 하는 것이다. 이 설화에서 그것은 벗겨내야 하지만 불살라 없애서는 안 되는 것으로 나타났다. 이 힘이 없는 남성은 여성화되기만 한 남성이다. 그는 돌아올 수도 돌아올 필요도 없다.

여성으로서도 이 허물을 잘 간직해야 한다. 이것을 간직하는 한 그의 남성됨을 막내가 수용하고 있음을 말한다. 허물을 저고리 동정에 숨기는 것은 바로 가슴으로 허물을 지켜내는 것의 형상화이다. 가슴의 사랑으로 허물을 지켜야 하지만 이 설화는 유감스럽게도 그것만으로는 허물을 지켜낼 수 없다고 말해준다. 신랑을 지키기 위해서는 가슴만이 아니라 손과 머리도 필요하다고 후반부에서 말하는 것에 대하여는 다음 항에서 살펴보자.

결국 훌륭한 신랑을 둔 막내에 대한 시기와 질투로 언니들은 저고리를 뺏고 동정을 풀어서 허물을 화로 또는 부엌에서 태워버린다. 허물을 태우는 필연성을 구성하기 위해 언니를 끌어들인 것은 서사적으로 탁월하다. 현실적 개연성이 있다고 수용하게 되기 때문이다. 또는 위에서 언니들을 구시대적 인물로 본 대로 보면 막내를 남성으로부터 다시 찾아오고자 하는 여성 주체의 반전을 위한 행동일 수 있다. 남성 우위로 전환되는 과정을 다시 뒤집어서 남성을 멀리 보내고자 하는 것이다. 그러나 어찌되었건 결과적으로 허물을 태우게 된 것은 막내의 잘못으로 간주된다. 각편에 따라서는 막내가 스스로 실수하여 허물을 화로에 떨어뜨려 태우게 되기도 하는 것이다. 따라서 허물을 지키지 못한 것은 결국 신랑의 남성성, 근원적 힘을 끝까지 지켜주거나 인정하지 않은 막내딸의 태도에 기인하는 것이다. 여성 셋의 강한 여성성이 신랑의 남성성을 부정하는 것이다. 이 힘은 순치되어야 하지만 부정되어야 할 것은 아니라는 사실을 이해 또는 인식하지 못했다. 자신의 껍질이 타는 냄새를 멀리서 맡은 신선비는 집으로 돌아오지 않는다. 자기가 부정되었다는 의식이 그를 돌아오지 못하게 한다. 문화적 존재로 거듭난 신선비가 왜 자기 허물을 지키려 하는가? 남성성이 대지적 원초성으로부터 떨어지고 동물성으로부터 벗어나는 동시에, 자신의 힘의 근원인 동물성을 지켜야 하는 모순의 합일이 이 설화의 신화성과 연관된다고 여겨진다.[18] 이 설화는 막내에게 문제가 있었음을 후반부에서 보여준다. 단순히 실수라고 하면, 신랑이 돌아오지 않고 다른 곳에서 사는 것은 지나친 정도를 넘어서 잔인한 처사이다. 실수는 잠재적 의도라고 프로이트는 이해했다. 뒤에서 설명했듯이, 후반부에서 신부가 혹독한 시련을 겪는 것은 실수에 대한 보상이 아니라 삶의 태도를 전환해야 하는 필수적 과정이다.

---

18) 서대석 등 여러 연구자들이 이 설화를 신화의 관점에서 해석하는 것은 정당하다.

4. 색시, 떠남과 성숙

신랑이 돌아오지 않자 색시는 신랑을 찾아 집을 떠난다. 그러고 보니 신랑이 색시 집으로 들어왔던 것이지 색시는 집을 떠나본 일이 없다. 신랑은 자기 집을 떠나 색시 집으로 장가를 갔던 것이 어른이 되는 필수 과정이었다. 자기 집을 떠나야 어린 자기를 버리고 어른이 되는 것으로 이해된다. 그런 관점에서 보자면 색시는 아직 어른이 되는 과정을 겪지 않았다. 여지껏 집에만 있었던 것이 문제일 수 있다. 남편은 과거를 보러 나가 있는데 아내는 집에만 있었기에 그 전까지 문제되지 않았던 것이 문제로 떠오른 것이다. 문제는 남편에게 있을 수도 있지만 아내에게 있을 수도 있다. 이 설화에서는 아내의 문제를 집중적으로 다룬다. 결말부를 미리 생각해본다면, 색시는 결국 신랑과 재결합하여 집을 이룬다. 어린 시절 부모의 집을 나와서 드디어 자기 자신의 집을 만든 것이다. 이는 이제 색시 편의 성숙에 관한 이야기로 후반부를 읽어야 함을 말해준다.

그런 점에서 중 차림을 하고 나서는 것이 이해된다.

> 인제 여덟 폭 처매 마 한 폭 따가 고깔 짓고 두 폭 따가주 바랑 짓고. 그래가주 이래 지이가주고 인제 머리를 깎고 이래가주고 절에 중겉이 해가주고.[19]
> 열두 폭 치매를 뜯어서 바랑 짓고 고깔 짓고 행전 짓고, 메고 메고 바랑 메고 씨고 씨고 고깔 씨고 짚고 짚고 구렁 짚고 집을 떠나갔어.[20]

왜 중인가? 과거의 자기를 버려야 하기 때문이다. 중은 기존의 자기 삶을 버리고 새 사람으로 태어난다. 그러기에 새로운 이름, 법명을 받고 새 이름으로 산다. 색시는 중처럼 과거의 자기를 버려야 신랑을 만나게 된다.

---

19) 대계 7-12. 142면. 최순금 구연.
20) 임석재 전집7.『한국구전설화, 전라북도 1』, 292면.

과거의 자기의 어떤 면을 버리라는 것인가? 그것은 색시의 여정을 통해 드러난다. 색시가 신랑이 간 길을 물으며 겪어야 하는 체험들이 나열된다. 거의 빠지지 않고 등장하는 것은 빨래해주기이다. 흰 빨래는 검게 빨고 검은 빨래는 희게 빨아야 한다. 이것이 무엇인가? 왜 색시에게 하필이면 이 과제가 주어지는가?

이는 다분히 신화적 뉘앙스를 띤다. 검은 것은 검게 빨고 흰 빨래는 희게 빨아야 하는 것이 일상에서의 상식이다. 집을 떠나 정신적 성숙의 과제를 떠맡은 각시에게는 그 상식을 넘어서야 하는 과정이 필요하다. 그것은 희고 검은 것은 독립되어 있는 것이 아니고 서로 관계되어 있으며 흰 것은 검은 것이 되고 검은 것은 흰 것이 되는 역설의 상황이 삶의 과정임을 이해하는 것이다. 검기만 한 것도 없고 희기만 한 것도 없다. 검다고 싫어할 것도 희다고 좋아할 것도 아니다. 삶의 본질은 이들이 섞여서 존재하는 것이다. 이를 깨닫는 것은 삶을 이해하는 데 필수적이다. 그것은 바로 색시가 흰 빨래는 희게 빨고 검은 빨래는 검게 빨아야 하는 흑백이 분명하게 나뉘어야 하는 세계관 속에 있었기 때문이다.

이를 신랑과의 관계로 옮겨보자. 신랑은 동물적 본성을 가진 남성이다. 신부는 이를 수용하여 결혼했다. 그런데 신부는 신랑의 동물성을 용인하지 않았다. 인간으로만 있을 것을 요구하는 것이다. 이는 인간은 인간이고 동물은 동물이라는 이분법이 명확하기 때문이다. 색시가 고쳐야 할 것은 바로 이것이다. 일상적 삶은 이분법으로 운영되지만[21] 근원적 삶은 이분법적 명확성을 거부한다. 동물적 에너지를 인정하고 수용하지 않으면 인간적 에너지도 공급받을 곳이 없다. 인간도 근원적으로 동물에 포함되기 때문이다. 이를 부정하기만 하는 것은 존재의 뿌리를 부정하는 것과 같다. 여성과 다른 남성을 이해하고 수용하고 인정해주는 여성으로 성숙해야 할 필요가

---

21) 일상적 삶이 이렇게 규정되는 것은 서사민요 <진주낭군>을 보면 알 수 있다. 그 노래는 일상의 삶을 다루는 것이다. 대부분의 각편에서 며느리는 진주 남강으로 빨래 가서 "흰빨래는 희게 빨고 검은 빨래 검게 빨아" 집으로 돌아온다. 여기서는 검은 것과 흰 것은 섞이지 않아야 하는 것이다.

있는 것이다.

그 연장선상에 있는 것이 까치 또는 까마귀를 만나는 장면이다. 그들은 구더기 또는 벌레를 씻어달라고 요구한다.

> 한참 가니랑께 까마구가 흡신 많이 모여서 구데기를 주워먹고 있었어. "까마구야 까마구야, 구렁덩덩 시선부 어디로 갔는지 너그들은 모르냐?" 허고 물응께 까마구들은 이 구데기를 웃물에 가 씻고 아랫물에 가 헹궈서 가운뎃 물에 바쳐서 주면 갈쳐주지. 그리서 각시는 그 많은 구데기를 웃물에가 씨쳐서 아랫물에 가 헹궈서 가웃뎃 물이다가 바쳐서 옥같이 깨끗허게 시쳐서 주었더니 저 고개를 넘어가더라고.[22]

부잣집에서 귀하게 컸을 색시가 길을 나와서 해야 하는 것은 생각도 못해봤을 일, 구더기를 씻어 오는 것이었다. 구더기의 더러움, 벌레의 징그러움을 색시는 극복해야 했다. 이것은 삶의 요구이다. 삶은 깨끗함만으로 이루어지지 않는다. 더러운 것, 징그러운 것이 같이 더불어 있는 것임을 수용해야 한다. 뱀의 징그러움은 수용했으면서도 색시는 허물을 태움으로써 그러한 태도를 벗어버렸음을 보여주었다. 결혼 후 안정과 청결을 바라는 것은 인지상정이겠지만 삶은 밝은 면과 함께 어두운 면을 포함한다. 색시는 다시 삶의 어두운 면을 수용해야 할 것이기에 이러한 과제를 부여받았다.

또 길을 가다가 멧돼지를 만난다. 멧돼지에게 "이 산에 있넌 칡뿌리를 다 캐서 주"었다. 이는 안정에 대한 지향성의 부정이다. 집에만 있던 각시가 험한 산에 가서 험한 동물인 멧돼지를 만나 산을 헤집고 다니면서 칡을 모두 캐어 주어야 한다. 집안에 있기만 해서는 알 수 없었던 세상살이의 험난함을 이해하는 과정이다. 평화롭게 생각되던 삶의 모습이 실은 멧돼지

---

22) 임석재전집 7, 292면. 같은 내용이지만 말이 재미있게 잘 짜여 있어서 임석재 전집 7의 것을 이용한다. 아애의 몇 인용문도 그러하다.

와 만나는 경험처럼 험한 것임을 아는 것이 성숙의 표징이다.

색시가 겪는 과업 중에는 농사일을 하는 것도 있다. "이 논 저 논 다 갈아서 씨를 뿌려서 모를 내고 지심을 매고 나락을 훑어서 나락을 찧어서 옥백미같이 실어서 독 안에다 담어" 주었다. 이는 깨달음과 함께 필요한 것이 일상의 삶을 위한 노동의 긍정적 수용이라는 것을 알려준다. 일년 농사를 자기 일로 알고 전 과정을 섭렵해 본 각시는 삶을 이루는 노동의 실천적 의미를 수용한 것이다.

이분법적 사고를 벗어나 세상은 여러 다양한 것이 섞여 존재하는 것임을 이해하고 삶을 이루어 나가는 노동을 긍정적으로 수용한 각시는 이제 비약적인 성숙을 하게 되었다는 것을 샘을 건너는 것으로 형상화하였다.

> 아 그래 그럭허구 나닝깨. 은복주께, 그 은복주께라능 게, 은 은식기에 덮는 뚜껑이 은복주께지요. 그걸 샘이다 둥실둥실 떠 주먼서, "여기를 올라슬 것 같으면 만난다."구 그래요. 그래 인제 '죽으면 대수냐?'구 하라는대루 거기 올라가서 인제 풍덩 빠지닝께 용궁에 들어가. 땅바닥에 발이 다, 보니까, 물은 간 곳 웂구서 어느 고루거각 솟을 대문 앞이 사랑 마당이 가 닿단 말여.23)

은뽁지개를 타고 옹달샘을 건넌다는 것은 이 세계에서 저 세계로 넘어가는 상징으로 쓰이는 보편적인 이미지이다. 요단강이나 스틱스강처럼 죽은 자가 건너서 저 세상으로 가는 강의이미지를 차용한 것으로 볼 수 있다. 독일 민담 <헨델과 그레텔>에서 과자 집으로 퇴행했던 아이들이 마녀를 자기들 힘으로 죽이고 나오자 집에서 올 때는 보이지 않았던 강이 있어서 그 강을 넘어오는 것이 바로 성숙의 비약을 나타내는 것이다.24)

---

23) 대계 4-6, 185면. 유조숙 구연.
24) Bruno Bettelheim, *The Use of Enchantment, Meaning and Importance of Fairy Tales,* Vintage Books, New York, 1977, p. 164.
    유종호, 「문학과 심리학」, 김우창 김흥규 편, 『문학의 지평』, 고려대학교 출판부, 1983. 213-232면.

이 성숙이 여성성의 확보임은 흔히 나타나는 강이 아니라, 옹달샘과 은뽁지개로 보여준다고 하겠다. 여러 과정을 거쳐서도 각시는 남성화되지 않았다. 여성으로서의 정체성을 확보하고 있다. 아니 오히려 이런 힘든 과정을 거치면서 여성성의 의미를 더욱 확실히 다지게 되었다고 볼 수도 있다. 삶의 본질을 이해하고 노동을 실천하는 여성을 이 설화는 요구하고 있는 것이다.

그가 성숙했음을 보여주는 것이 은뽁지개가 뒤집어지면서 이르게 된 곳이 바로 벼가 익어서 추수하게 된 논인 것으로 나타난다. 임석재 본에는 이를 "나락이 누렇게 익어 있"는 벼라고 표현하였는데, 이 이미지는 바로 정신적으로 익은 각시의 상태를 외화시킨 것이다. 그 벼는 무엇에 쓸 것인가? 바로 새 쫓는 "쬐깐한 지집아"가 노래하는 대로 "구렁덩덩 시선부 장개 가는디 떡쌀 숩쌀"로 쓰일 것이다. 이 벼는 구렁덩덩 신선비 장가가는 데 쓰일 것이니 바로 성숙한 자아로 성장한 각시가 신선비를 만나게 될 것을 암시하고 있다.

신선비의 집에 도달한 각시는 동냥을 하여 얻은 쌀을 일부러 쏟아서 저녁이 되도록 시간을 끌고 그 집 마루 밑에서 자게 해달라고 하여 신랑을 만난다. 다시 쌀을 매개로 그 집 안에 들어가고 달을 매개로 그와 만나는 것이다. 쌀은 여성적 생산성을 말해주고 달은 각시가 얻은 정신적 높이를 보여준다. 둘 다 여성성과 깊이 관계되어 사용되는 원형 심상이다.

각시를 떠났던 신선비는 달을 보고 각시를 생각하게 된다. 특히 이 각편에 서는 신선비가 먼저 달을 보고 '저 달은 각시를 보련마는 나는 어이해서 못보나'(임석재 294면)하고 안타까워한다. 떠났던 신선비가 먼저 각시를 생각하게 되는 것은 각시가 성숙했기 때문이다. 다시 말하면 구렁이 허물을 함부로 했던 철없는 각시로부터 떠났던 것이고 이제 각시가 성숙했기에 신선비는 돌아오게 되었다. 달처럼 환하고도 높아졌기 때문이다.

그러나 각시는 신선비의 새각시와 경쟁을 하게 된다. 이 삽화의 기능은 무엇인가? 같은 여성을 경쟁 상대로 놓고 이기게 하는 것은 여성성을 주제로 하는 이야기에 걸맞지 않아 보인다. 그러나 경쟁이 있는 것이 사실이고 이 경쟁에서 각시가 이긴다. 왜 각시가 이기는가? 바로 앞에서 구더기 썻기, 칡 캐서 멧돼지 주기, 빨래하기, 농사짓기 등의 삶과 생활의 과정을 거쳤기 때문이라는 것이다. 정신적 성숙과 생활을 이루는 노동을 수용하였기에 각시는 신선비를 차지할 수 있었다.

두 각시의 경쟁의 내용은 하루해에 싸리나뭇단 열 단을 해오기, 석자 세치 굽 높은 나막신을 신고 물 한 방울 흘리지 않고 한 동이를 길어오기, 호랑이 눈썹을 뽑아오기 등이다. 앞의 두 가지는 생활 현장에서의 노동을 요구하는 것이다. 세 번째는 설정 자체가 비현실적이어서 초점이 다르다. 각시는 주저하지 않고 산으로 가고 산에서 호랑이를 자식으로 둔 할머니를 만난다. 각시가 이렇게 할 수 있는 힘은 바로 저 앞에서 산에서 멧돼지의 요구를 들어주며 얻은 경험 때문이라고 할 수 있다. 그런 경험을 통해서 전체로서의 삶을 이해하고 삶에 대한 두려움에 눌리지 않게 된 각시는 세상을 이길 수 있다. 새각시는 그럴 수가 없었기에 동네에서 개눈썹을 뽑아오고 만다.

일종의 신부 시험인 이 삽화에서 각시가 이기는 것은 실제의 여성과의 경쟁이라기보다는, 여성이 삶의 전체성과 노동을 이해하는가 그렇지 못한 가를 비교하여 제시하는 의미가 있다고 하겠다. 다시 말하면 경쟁자인 색시는 사실은 과거의 자신이기도 한 것이다. 함께 결혼 생활을 하지만 생활은 몰랐던 자신을 스스로 물리친 아내의 이야기라고 이해할 수 있다.

아내가 감정적이고 이상주의적인 결혼생활에서 벗어나 삶과 생활로서의 결혼을 수용하게 되었음을 보여주는 각편이 있다.

> 그래 인저 사는 거여. 사는데 빨랠 뜬는데 첩년은 송곳으로다 버선
> 을 뜬구, 큰 마누라는 이빨루 뜬더랴. 부득부득 뜯어 첩년이 앉아서
> 하는 말이, "아이유, 서방님 버선에는 씨암탉 삶는 내가 나네."
> 그러니깐 "씨암탉 삶는 내가 어서 나? 고린내가 나지." 입으로 부득

부득 뜯더랴. 그래서 첩년은 여우스럽다고 내쫓고 큰 마누랄 데리고
살더래여.[25]

발고린내와도 같은 삶의 비속함을 거리낌 없이 수용하게 된 색시는 현실
문제에 아무 주저됨이 없다. 이 힘이 그를 현실에서 부딪치는 여러 문제와
시험을 이겨내게 했던 것이다.

다시 정리해 보자. 뱀인 신랑을 알아보고 받아들였다는 점에서 각시는
훌륭하지만, 신랑의 과거의 모습 또는 본질적인 특질에 대한 이해와 배려가
부족했기에 신랑과의 거리가 멀어진다. 이를 해결하기 위해서 각시는 세상
을 보는 전체적인 틀을 바꾼다. 허물의 더러움, 뱀의 위험함 등을 수용하는
존재가 된다. 그 과정이 구더기, 멧돼지, 빨래, 농사 등으로 나타났다. 더러
움과 깨끗함, 안정과 불안정 등 삶을 이루는 것들에 대한 편향성과 이분법을
넘어서고 삶을 이루는 노동을 긍정적으로 수용하자 신랑을 다시 찾을 수
있었다.

이는 전통시대 여성의 삶에 대한 일반적 인식에 부합한다고 생각된다.
지금도 삶을 전체성으로 이해하고 노동을 긍정적으로 수용하는 여성은
많은 사람들이 기쁨을 줄 수 있고 자신도 행복하다고 느낄 수 있다.

그러나 이에 대한 반론이 있을 수도 있다. 이는 남자인 신선비는 색시가
겪는 고난을 겪지 않는다는 점에서 나온다. 왜 여자만 이런 고통을 겪고서야
온전한 결혼 상태를 갖게 되는가? 그것은 결국 남성 이데올로기를 드러내는
것뿐 아닌가?

그럴 수 있다. 앞에서 언급했듯이 이 이야기는 여성 주체의 사회가 남성
위주로 전환되면서 여성에 대한 종속적 가치관을 여성적 덕목으로 구성해
나가는 시대의 이야기일 수 있다. 이러한 여성적 가치는 여성 스스로에
의해서도 내면화되었다. 부녀자의 예절 교재인 『士小節』을 지은 이덕무
같은 남성뿐 아니라 특히 조선 시대의 여성인 인수대비의 『內訓』 같은

---

25) 대계 1-9, 460면. 권은순 구연.

책은 그런 견지에서 볼 수 있다. 이러한 시각에 대한 반감이 설화 내에서 나타나는 경우가 있어서 또한 흥미롭다. 경남 울주군에서 전하는 각편은 나막신을 신고 물 한동이 이고 간지껭이 쌓아놓고 그 위로 올라가서 북을 치고 오는 시험이었다. 이 요구에 대한 반응은 이렇다.

> 못 살았으면 못 살지 이거 참 도저히 할 생각 없어. 못 살아 안돼.
> 그래 가 고거는 뽀르르 올라가더란다. 올라가 북을 두 찰로(차례를)
> 때리더란다. 때리고 내려오는데, 총을 놔 뿌이 예수더란다.(여우더
> 란다). 예수고. 그래 이 사람하고 잘 살더라 캅디더.[26]

그 어려운 시험을 치러내는 것은 사람이 아니고 여우라는 인식이다. 그런 식으로 여성에게 가해지는 억압에 대해 차라리 못살겠다고 항의하고 그런 것을 해내는 것은 여우일 뿐이라고 항변한다. 이렇게 보면 이런 예외적인 각편은 나름대로 또 의미가 크다.

또 다른 반론은 여성의 개인적 자아의 성취는 어디 있는가 하고 묻는 것이다. 자아의 성취가 삶의 전체성을 이해하는 바와 다르지 않다고 하는 사람도 있다면 그와 달리 개인의 자아 성취는 그것만으로 이루어지지 않는다고 보는 사람도 있을 수 있다. 그래서 다른 대답이 필요한데 설화는 그러한 대답도 마련해 두었다. 그것은 <손 없는 색시> 이야기이다.

5. <손 없는 색시>와 비교

같은 전라북도 채록이며 가장 오래된 것인 임석재, 『한국구전설화』 전라북도 2, 소재의 <계모와 전실 딸>을 들어 살펴본다.

계모가 전실 딸의 손을 잘라서 집에서 쫓아낸다. 손이 잘린 처녀는 사실은

---

26) 대계 8-13, 564면. 우두남 구연.

일할 수 없는 모습을 보여주는 것이다. 일하지 않고도 색시는 신랑을 만나고 결혼을 한다. 또는 자아의식의 상실이라고 볼 수도 있다. 전인적 여성이 아니라 남자와 성적으로 대립되는 의미에서 여자이기만 해도 결혼은 가능하다. 그러나 결혼이 아니라 성숙이 필요하다고 설화는 말한다.

이 각편에서는 감을, 혼히는 배를 먹고 싶어서 나무 위에 또는 아래 앉아 있었더니 꿈에서 선녀를 본 이 부잣집 총각이 선녀 같은 이 처녀를 데려다가 색시를 삼았다. 노동하지 않아도 남성의 일방적인 사랑으로 결혼이 이루어졌다. 과일을 먹고 싶어 하는 것은 처녀의 욕망을 상징한다. 처녀는 이미 다 자란 사람이고 성과 결혼에의 욕망이 있었다. 감을 따 먹고 싶어서 감나무 아래 앉아 있다가 잠이 들었다.

처녀가 혼인을 하고 아들을 낳았어도 손이 다시 생기지 않았다. 처녀는 시집에 살면서 손 없이 지낼 수 있었다. 그러다가 남편이 서울로 과거를 보러 떠난다. 손이 없는 채 아기를 낳은 색시는 그 소식을 서울로 알리다가 중간에 계모가 편지를 바꿔치기 하는 바람에 집에서 쫓겨나게 된다. 아기를 업고 떠돌아 다닌다.

이 이야기는 결혼을 해도 여성의 손이 생기지 않는다는 데 초점이 있다. 처음 집을 나온 때나 마찬가지로 손 없는 채 아내가 되고 엄마가 되었다. 남성의 일방적 보호 아래 손 없이도 살 수 있었던 것이다. 엄마가 될 수도 있다. 그러나 엄마가 된다는 것은 다른 의미를 갖는다. 여성이 그대로 손 없는 존재로 살아갈 수만은 없음을 이야기는 보여준다.

손이 없기에 색시는 계모의 흉계에 아무런 대책도 세울 수 없다. 또는 반대로 계모에게 아무 대책도 세우지 못하는 것이 바로 손이 없다는 것과 마찬가지라고 할 수 있다. 색시는 집에서 쫓겨난다. 남편은 좋게 말했지만 계모에 의해 오해를 받고 쫓겨난다. 처녀 때 집을 나왔듯이 시집에서도 나가야 하게 되었다. 두 경우 모두 손이 없는 상태이다. 색시는 손이 없기에 남편이 하라는 대로 하고 있었다. 아기를 낳으면 서울로 알리라는 남편의 말대로 했지만 계모에 의해 집에서 쫓겨나고 말았다.

색시는 손 없이 방황하다가 샘을 만난다. 물을 마시려고 몸을 굽히는 순간 등에 업었던 아기가 샘에 빠지고 색시는 자신도 모르게 팔을 내뻗었고 물에 닿은 팔에 손이 다시 생긴다. 샘이 또는 물이 재생의 기능을 하는 원형 심상으로 이용되었다.

아기를 구하기 위해 손을 뻗은 것은 자기만의 삶에서 아이를 위한 삶으로의 전환을 암시한다. 손 없이도 살 수 있었던 색시는 아이를 위해서 손을 가져야 했다. 자아의 확대이다. 어머니가 되는 것은 아이를 낳기만 하는 것이 아니라 아이를 위해서 사는 것이다. 그 아이는 반드시 자기 아이는 아닐 수 있다. 어느 경우든 어머니가 된다는 것은 자아의 협착함에서 벗어나 다른 사람을 위해 살 줄 아는 성숙함으로의 변화이다.

손이 생겨나서 생기는 더 중요한 변화는 일을 하게 되는 것이다. 주막집에서 할머니를 도와주며 생계를 해결하게 된다. 대구에서 채록된 각편에서는 색시의 기지와 근면으로 베짜기로 생계를 보다 윤택하게 한다. 자신의 생계를 해결할 뿐 아니라 부를 이루기까지 한다. 자기 자신도 돌보지 못하던 사람이 이제 가족과 남까지도 돌보는 사람이 된다. 이것이 바로 손이 하는 일이다.

손의 의미를 모르던 색시는 결혼을 하고 아이를 낳아도 온전한 여성이 아니었다. 노동을 통해 남을 돕고 자기를 실현하는 데 이르러야 온전한 여성으로 거듭난다는 이야기로 이해할 수 있다. 여성의 자아는 자기만의 자아가 아니라 이렇게 남을 도울 수 있는 사람이 되었을 때 완성된다.

이 설화에는 대단히 흥미로운 설정이 있다. 과거 보러 떠난 남편이 색시를 찾으러 다닐 때는 엿장수 또는 황아장수가 되어 있는 것이다. 색시가 손이 없이 시집에 있을 때는 남편은 과거를 보러 갈만큼 높은 사람이었다. 그러나 색시가 스스로 생계를 해결하고 아이를 돌보자 남편은 엿장수의 위치로 낮아졌다. 엿장수의 위치를 비천하다고 할 것이 아니라 색시의 성숙의 정도에 따라서 남편의 크기를 느끼는 양상에 변화가 왔다는 것으로 이해하면 될 것이다.

그래서 이 설화도 여성이 결혼으로 성숙이 완성되는 것은 아니라는 주제를 동일하게 전달하고 있다고 할 수 있다. 결혼은 일차적인 성숙일 수 있다. 그러나 자아의 역할에 대한 의식 없이 여자이기만 해서는 진정한 성숙이 있을 수 없다. 집을 나와서 더 큰 자아를 찾는 노력과 경험을 통해서 다시 신랑을 만난다는 설정이 동일하다.

그러나 이 둘은 다르기도 하다. <구렁덩덩신선비> 설화에서는 색시가 집을 나온 이유가 남편을 찾기 위해서이다. <손 없는 색시>에서는 남편을 찾기 위해서가 아니다. 다시 남편을 만나는 것은 부수적인 것처럼 여겨진다. 그래서 <손 없는 색시>의 색시는 여성으로서의 자아 찾기에 더 초점이 맞추어져 있다고 보인다. 자아를 성취하면 남편은 자신을 찾아온다.[27]

6. 맺음말

본고는 선행 연구의 도움을 받아 <구렁덩덩신선비> 설화에 관한 몇 가지 새로운 점을 해명했다. 구렁이가 허물을 벗어 새사람이 되는 전반부와 색시가 시련을 겪고 새사람이 되어 신랑과 재결합하는 후반부를 모두 결혼의 의미를 탐색하는 구성으로 이해했다. 대지에서 나온 남성의 자연 상태의 특성은 아직 인간적으로 또는 문화적으로 세련되지 못하여 동물성을 가지고 있는 것을 구렁이와 그 껍질로 이해했다. 여성을 만나서야 껍질을 벗고 새로운 인간으로 거듭날 수 있었다. 그러나 동물성의 원초적인 남성적 힘은 버리지 않고 가지고 있고 싶어 했다.

색시는 껍질을 태워버리게 됨으로써 남성성을 일방적으로 부정하는 결과를 가져왔다. 이로 인해 결국 신랑을 잃었고 다시 찾으러 나섰다. 안정과 청정을 바라는 여성적 요구만으로 결혼이 유지되지 않았던 것이다. 신부는

---

27) 손없는 색시에 대하여는 여러 논문이 있다. 김혜정의 논문에서 자료와 기존연구를 들었다. 본고와 가장 관계가 깊은 것은 다음 논문이다. 신연우, 「<손 없는 색시> 설화와 여성 의식의 성장」, 『우리 설화의 의미 찾기』, 민속원, 2008, 32-51면.

비로소 집을 나와서 삶을 경험하게 된다. 빨래, 논일, 까마귀의 구더기 등을 통해서 현실을 영위하는 데 필요한 노동과 이분법을 거부하는 삶의 자세를 새로 배웠다. 현실적 능력과 정신적 비약을 통해서 색시는 과거의 자기를 버리고 새로운 사람이 되어 신랑과 재결합하게 되었다.

이러한 관점으로 흥미로우나 수수께끼 같던 까다로운 여러 상징적 표현들을 일관되게 이해할 수 있었다. 이 과정에서 전반부의 여성의 우위가 후반부의 여성의 열세로 전환되는 역사적 변이를 반영하고 있다는 관점도 갖게 되었다. 그것은 온달설화의 평강공주 같은 여성 주체가 오히려 남성이 주도하는 시험을 통과해야 신부가 되는 시대가 되었음을 보여준다. 이는 결과적으로 전통시대의 현실을 반영하게 되었다. 전반부의 구렁이는 보다 쉽게 결혼한다. 결혼한 날 쉽게 탈바꿈하여 인간이 된다. 또한 혼인만으로 우위에 놓이는 남성의 모습을 볼 수 있다. 결국 이 이야기는 후반이 강조되어 보다 성숙한 여성으로의 과정을 보여주는 것이지만 이는 동시에 혼인의 자격이 있는 현명한 여성의 조건을 남성 위주로 펼쳐보인 것으로 이해할 수도 있다. 이에 대한 부분적인 반론이 <손 없는 색시> 같은 설화로 제기되었다.

그러나 <구렁덩덩신선비> 설화는 본고에서 제시한 이해의 폭을 넘어서는 깊이가 있다. 이러한 설화는 하나의 해석으로 이해가 완결될 수 없다. 신화학이나 심리학, 민속학, 비교문학 등 다양한 측면에서 종합적으로 검토될 필요가 있다. 그 과정에 본고는 부분적이라도 진전이 있도록 노력을 하고자 한 것뿐이다.

<구렁덩덩신선비>와 인도네시아 <뱀 남자>에
보이는 샤먼의 설화적 변모

1. 서론

<구렁덩덩신선비> 설화는 우리에게뿐 아니라 세계적으로도 유명하다. 아르네-톰슨 유형분류에 'AT425, 잃어버린 남편을 찾아서(The Search for the Lost Husband)' 항으로 올라 있다. 여기에 속하는 설화 중 가장 잘 알려진 것은 그리스 신화로 전하는 <큐피드와 푸시케(싸이키)>일 것이다.[1] 그런데 이 항목명에서 보듯이, "이 설화의 다양한 각편들은 하나로 수렴된다. 소녀는 결혼을 강요받게 되고 남편이 괴물이나 마음에 맞지 않는 동물이라고 하는 사실에도 불구하고 여주인공은 이 결혼에 대해 만족스럽게 여길 뿐만 아니라 곧바로 그 이상한 남편을 사랑하게 된다."[2]는 이야기이다. 그래서 이 설화에 대한 연구는 흔히 여성의 결혼이나 여성 심리의 변화, 뱀의 성적 상징 등으로 이해되는 경우가 많다.[3]

---

1) <큐피드와 싸이키>라는 명칭은 2C 아플레이우스의 『황금당나귀』에서 비롯되었다. <큐피드와 싸이키>는 『황금당나귀』 4장-6장에 걸쳐 이야기되는데 5장의 제목이 「신화의 시작, 쿠피도와 프쉬케의 사랑이야기」이다. 루키우스 아플레이우스, 송병선 역, 『황금당나귀』, 매직하우스, 2008.
스티스 톰슨, 윤승준 최광식 공역, 『설화학원론』, 계명문화사, 1992, 119면.

2) 스티스 톰슨, 위의 책, 120면.

3) 곽의숙, 「<구렁덩덩신선비>의 상징성 고찰」, 『국어국문학』 25. 문창어문학회, 1988. 223-234면.

여기에 대해 서대석은 일찍부터 이 설화가 '농경생산신 신화'로서 신맞이 굿의 내용이 본질이라고 보았다. 구렁이를 水神이고 색시는 무당으로, 사라진 신을 무당이 다시 찾아는 이야기이며, 구렁이의 허물과 냄새는 황폐한 대지와 지상의 재해이며 이로부터 사회를 구원하는 의미라고 풀었다.4) 김호성도 이 설화가 "업신화"를 서사적으로 구성한 것이라고 밝혔다.5) 그러나 이 설화는 신화로만 해석하기에는 무리라는 지적이 있다. 김환희가 지적한 대로 신맞이는 이 설화의 골계적이고 해학적인 분위기와 너무도 동떨어져 보이는 것이다.6)

또한 서대석이 그리스 신화 <싸이키와 큐피드>와 비교했던 것처럼, 김환희는 분석심리학의 관점에서 프랑스의 민담 <뱀과 포도재배자의 딸>과 비교 연구를 했다. 스티스 톰슨은 서유럽에서 이미 50편 이상의 각편이 보고되었다고 하고 인도나 뉴멕시코 등에서 소수 보이지만, "원시부족들에게서는 이러한 이야기가 발견되지 않는다."7)고 했다. 그런데 옌젠과 니게마이어는 1937년에 인도네시아의 몰루카 제도의 세람 섬에 거주하는 원시부족에게서 <뱀 남자> 또는 <뱀 남편>이라는 몇 편의 설화를 조사 보고했다.8) 이 원시부족에게서 전해지는 <뱀 남자>설화에는 우리 <구렁덩덩신선비>

신해진, 「<구렁덩덩신선비>의 상징성-여성의식세계를 중심으로」, 『한국민속학』 27, 민속학회, 1995. 209면, 221면.

이기대, 「<구렁덩덩신선비>의 심리적 고찰」, 우리어문학회 편, 『한국문학과 심리주의』 우리어문학회, 2001. 311-341면.

신연우, 「<구렁덩덩신선비>의 결혼 상징과 의미」, 『한국고전여성문학연구』25, 한국고전여성문학회, 2012, 121-150면.

4) 서대석, 「「구렁덩덩 신선비」의 신화적 성격」, 『고전문학연구』제3집, 한국고전문학연구회, 1986. 172-227면. 임석재가 이미 간략하게 이를 지적했다. 임석재, 「구렁덩덩 신선비 설화와 큐피드 싸이키 설화와의 대비」, 구비문학국제연구발표회 개요. 인하대학교 인문과학연구소, 32-36면.

5) 김호성, 「<구렁덩덩신선비>의 업신화적 성격」, 『한국무속학』38집, 한국무속학회, 2019, 85-111면.

6) 김환희, 「「구렁덩덩신선비」와 외국 뱀신랑설화의 서사구조와 상징성에 대한 비교문학적 고찰」, 『동화와 번역』4. 건국대 동화와번역연구소, 2002. 101-123면.

7) 스티스 톰슨, 앞의 책, 121면.

8) 아돌프 옌젠.헤르만 니게마이어, 이혜정 옮김, 『하이누웰레 신화』, 뮤진트리, 2014, 462-487면. 세람 섬은 '하이누웰레' 신화로도 유명한 곳이다.

나 그리스, 프랑스의 동종 민담과 같은 화소를 가지고 있다. 이에 대해 김헌선이 비교연구를 했다. 그는 두 설화의 공통점과 차이점을 밝히고 뱀과 여자를 자연과 문화의 내립과 공존으로 파악하고 토테미즘의 속성으로 이끌어갔다.[9] 본고는 이 설화가 농경신 구렁이를 맞이하는 의례나 레비스트로스 식 자연과 문화의 대립으로 보기보다는 이승과 저승의 대립과 교통이라는 주제를 더 잘 드러내는 것으로 이해하고 그 과정을 보이고자 한다. 이를 통해 <구렁덩덩신선비> 설화의 의미도 보다 명료해지기를 기대한다. <구렁덩덩신선비>는 신화로 해석되기도 하고 결혼과 여성 성숙의 심리학으로 해석되기도 한다. 어째서 그런가를 <뱀 남자>설화를 매개로 해서 이해할 수 있다고 생각한다.

2. <뱀 남자> 설화의 샤먼적 속성

옌젠과 니게마이어의 책에는 3장 동물 아래에 다양한 뱀 이야기가 들어 있다. 우리가 볼 <뱀 남자> 설화는 220-226번의 7편이다(466~480면). 각 편의 내용을 간략히 정리해서 공통의 문제점을 추출하기로 한다. 220번 이야기가 가장 많은 화소를 가지고 있다. 220. <뱀 남자>를 기준으로 다음과 같이 화소를 정리해보인다.

A. 막내딸만 뱀 남자와 결혼한다.
B. 아내가 뱀껍질을 태운다.
C. 남자가 알과 피낭열매 주고 떠난다.
D. 언니들이 막내를 바닷물 속으로 빠뜨려 죽인다.
E. 물 속에서 악어가 막내를 돌봐준다.

---

9) 김헌선, 「<구렁덩덩신선비>와 서세람 섬 <뱀남자>(Der Schlangenmann)의 비교연구」, 한국구비문학회 2012년 추계학술대회 발표논문집, 2012. 11. 17. 경기대학교. 61-92면.

F. 피낭나무가 자라고 그 위에 닭이 올라앉는다.

G. 남편이 돌아오는 길에 닭이 우는 소리에 아내가 죽은 것을 안다.

H. 악어에게 선물을 주고 아내를 구한다.

I. 막내가 숨겨온 칼로 언니들을 죽인다.

J. 남자가 뱀기름으로 언니들을 살린다.

K. 뱀을 구해달라는 큰언니가 뱀을 안으려다 죽는다.

L. 남편이 뱀기름으로 언니를 살린다.

  우리쪽 <구렁덩덩신선비> 설화의 화소를 다음과 같이 정리할 수 있다. 『한국구비문학대계』에는 이 설화가 '611-1 뱀에게 시집간 셋째 딸' 항목에 모두 49편이 있지만 변이, 축소된 것을 제외하고, 서사단락을 구비하는 것은 18편 정도이다.10)

  1. 할머니가 구렁이를 낳는다.

  2. 장자네 셋째 딸만 신선비를 낳았다고 말한다.

---

10) 18편은 다음과 같다.
    1. 대계 1-9. 200-205면. 오수영 구연. 구렁덩덩 신선비
    2. 대계 1-9. 453-460. 권은순 구연. 구렁덩덩 신선비
    3. 대계 4-5. 162-165. 박용애 구연, 구렁덩덩 소선비
    4. 대계 4-5. 355-362. 황필녀 구연. 구렁덩덩 소선비
    5. 대계 4-6, 178-188. 유조숙 구연. 구렁덩덩 신선비
    6. 대계 4-1 357-360, 손양분 구연, 구렁이를 낳은 할머니
    7. 대계 5-3. 466-473. 김계님 구연. 구렁덩덩 신선비
    8. 대계 5-4. 827-833. 고아지 구연. 구렁덩덩 신선비
    9. 대계 5-5. 395-397. 김학기 구연, 구렁덩덩 시선부
    10. 대계 5-7. 174-182. 김판례 구연, 구렁덩덩 신선비
    11. 대계 7-6. 578-588. 조유란 구연. 뱀서방
    12. 대계 7-10. 631-640. 안금옥 구연. 뱀 아들의 결혼.
    13. 대계 7-12. 140-144. 최금순 구연. 구렁이 허물 벗은 선비
    14. 대계 8-5. 50-54. 이남이 구연. 뱀신랑
    15. 대계 8-7. 638-645. 김태영 구연. 뱀 신랑과 열녀 부인
    16. 대계 8-9. 999-1006. 김순이 구연. 동동시선부
    17. 대계 8-10. 597-606. 김수영 구연. 구렁선비
    18. 대계 8-13. 558-564. 우두남 구연. 구렁덩덩 신선비

3. 구렁이가 셋째 딸에게 청혼한다.

4. 결혼한 구렁이는 허물을 벗고 훌륭한 신랑이 된다.

5. 허물을 잘 간수하라는 금기를 신부에게 주고 과거보러 떠난다.

6. 색시는 허물을 저고리 동정에 감추었으나 언니들이 빼앗아 허물을 태운다.

7. 선비가 돌아오지 않는다.

8. 색시가 중차림을 하고 신랑을 찾아 떠난다.

9. 여정의 시련 (빨래, 까치, 돼지, 논일 밭일 등)

10. 색시가 물(샘)으로 빠진다.

11. 들에서 새 보는 아이에게 물어 신랑을 만난다.

12. 후처와의 경쟁(호랑이 눈썹, 물길어오기 등)에서 이겨 신랑과 잘 살게 된다.

보다시피 많은 부분이 공통된다. 인간 여성과 뱀 남성이 혼인한다. 언니들은 거부하는 혼인을 막내는 용인한다. 아내가 뱀 껍질을 태우자 남편이 집을 떠난다. 언니들의 시기심이 작동한다. 남편이 돌아와 아내와 화합한다. 이러한 공통점이 있어서 두 설화를 비교하는 것은 무리가 없다. 전혀 관계를 맺어본 일이 없었을 두 문화에 이만큼이나 공통된 부분을 공유하는 설화가 있다는 것이 뜻밖이기에 더욱 흥미가 생기게 된다.

220번 설화를 기준으로 221~226번 설화에 나타나는 화소의 들고남을 보이면 아래와 같다.

	220	221	222	223	224	225	226
A.	0	(0)≠뱀	(0)개구리	0	0		0
B.	0	×	0	0	0		0(개미가 먹음)
C.	×	0	0	×			정신잃고 쓰러진 남편을
D.	0	0	0	×			남은 뱀껍질을 문질러
E.	0	×	×	×			살려냄.
F.	×	0	0	×			
G.	×	0	0	×			
H.	0	×	0	×			
I.	0	0	0	×			
J.	×	×	×	×			
K.	×	×	×		0	0	
L.	×	×	×		0	0	

정리는 이렇게 하였지만 사실은 각편에 따라 구체적인 내용은 조금씩 또는 상당히 다르다. 다른 점에 관하여는 조금 뒤에 더 검토하기로 한다. 225번은 B 아래의 "다음 부분은 앞의 이야기와 거의 같다. 맏언니는 파톨라-뱀과 결혼했으나 잡아먹혔다. 장인이 죽은 다음에 뱀 남자가 족장이 되었다."라고 옌젠이 주를 달아놓았다. 226번은 이야기 전개 자체가 간략화되어 있다. 따라서 220-224의 5편으로 논의를 진행한다.

모든 이야기는 막내가 뱀 또는 개구리 청년(223번)과 결혼하는 것으로 시작하고 곧이어 뱀(개구리) 껍질을 태우거나 버린다. 이로 인해 남자가 떠난다. 이때 피낭나무 열매와 알 하나를 준다. 막내를 시기한 언니들이 막내를 물에 빠뜨려 죽인다. 남편이 돌아와 아내를 살려낸다. 220~223은 아내를 살리는 화소가 들어 있다. 220번과 224번은 뱀을 따라갔다 죽은 큰언니를 다시 살려내는 이야기를 끝이다.

이 이야기는 무엇을 말하고 있는 것일까? 우리의 <구렁덩덩신선비>와 비교하면 막내딸이 뱀 신랑과 혼인한다는 큰 틀은 동일하지만, 언니들이

막내를 죽이기까지 하고 또 죽은 언니를 다시 살려낸다는 화소가 우리에게
는 나타나지 않는다는 점을 생각하며 다음 사항을 주목해볼 수 있다. 첫째로
뱀과 결혼한 막내딸이 바닷물에 빠져 죽었다가 살아난다는 점과, 221-223
은 언니들을 죽이는 것으로 끝나지만 220과 224는 언니를 다시 살리는
것으로 끝난다는 점이다. 둘째로 우리 설화와 마찬가지로, 거의 모든 각편
에서 공통적으로 뱀 껍질을 태우는 화소가 나타난다는 점이다. 먼저 언니를
살리는 뱀 남자를 살펴보자.

> 한 달 뒤, 뱀 남자는 그 뱀을 찾으러 길을 떠났다. 그는 한 곳에서
> 큰언니의 유골을 발견했다. 그는 뼈들을 모아서 뱀기름으로 문질렀
> 다. 그러자 큰 언니가 다시 살아났다.(220번, 469면)
> 그들은 세미나를 찾아다니다가 길에서 뼈를 보았다. 그들은 그 뼈가
> 세미네의 뼈라고 생각하고 뼈들을 주워모아 제자리에 맞춰놓고
> 그 위에 뱀기름을 부으며 뱀 남자가 말했다. "일어나라!" 그러자
> 세미네는 다시 살아났다. 그러나 직접 걸어가기에는 아직 너무 힘이
> 없어서 뱀 남자가 그녀를 어깨에 짊어지고 집으로 돌아왔다.(224
> 번, 475면)

언니를 살리는 것을 확대하여 아내를 살리는 것까지 포함해볼 필요가
있다. 아내를 살리는 이야기까지 포함하면 220, 221, 223의 세 편, 언니를
살리는 것은 220, 224, 225의 세 편, 쓰러진 남편을 살리는 것은 226의
한 편이다. 이렇게 보면 이 이야기군은 뱀남자와 결혼한다는 화소로부터
시작하여 아내나 언니 또는 남편이 죽었다가 다시 살아나는 이야기라고
설정해볼 수 있다.

그러나 이 정도로는 요령부득이기는 마찬가지이다. 그래서 이 요약부분
이 가장 선명하게 드러난 각편인 224번을 상세히 분석하기로 한다. 224.<막
내딸이 뱀과 결혼하다.>의 내용을 간추린다.

강 왼쪽에 7자매가, 오른쪽에 7마리 뱀들이 살았다. 뱀들이 청혼했으나 막내딸만이 받아들였다. 그녀가 음식을 권하자 막내 뱀이 남자로 변해서 함께 먹었다. 아내는 뱀껍질을 태웠다. 언니들이 신랑을 보고 막내를 시기했다. 큰언니 제미네가 뱀을 잡아 와 음식을 주었으나 먹지 않았다. 같이 누웠으나 뱀은 그녀를 먹었다. 뱀남자와 막내가 그녀를 찾아다니다가 뼈를 보고 주워 모으고 뱀기름을 뿌리고 일어나라고 하자 제미네는 다시 살아났다.

이 이야기는 상당히 간략해서 아내가 죽는 화소가 없다. 아내를 살리는 부분이 공통되게 나타나는 220, 222, 223 중 223의 그 부분을 함께 보자.

막내딸은 물속으로 가라앉았다. 그러나 그녀는 머리카락이 바위에 휘감겨 밖으로 나오지 못했다. 그녀는 매우 오랫동안 바닷물 속에 있었으며 그 사이에 피낭 열매에서 나무가 자라나고 알에서는 수탉이 부화했다. 수탉은 매일 나무 위에 올라 앉아 꼬끼오 하고 울었다. 6척의 배가 그 앞을 지나갔으나, 아무도 닭이 우는 소리를 듣지 못했다. 마침내 7번째 배가 왔으며, 수탉은 다시 꼬끼오 하고 울었다. 그 배를 타고 있던 개구리 남편은 수탉이 우는 소리를 들었다. 그리고 피낭나무와 수탉을 보고, 자신의 아내가 바다 속에 있다는 것을 알게 되었다. 남편은 즉시 물속으로 들어가 아내를 위로 데리고 올라왔다.

이 부분의 이미지는 두 가지 점에서 주목된다. 하나는 바다 위에 나무 한 그루가 있고 그 나무 위에 수탉이 앉아 우는 그림이다. 바다 위에 떠오른 한 그루 나무나 나무 위에 앉아 우는 한 마리 수탉은 우리에게 어떤 원초적인 세계상의 이미지를 떠오르게 한다. 제주도 초감제 베포도업침에서는 옛날옛적 하늘과 땅이 하나로 붙어 있던 시절에 하늘과 땅이 갈라지는 모습을 이렇게 말한다.

"천왕둑은 목을 들러, 지왕둑은 눌갤 치와, 인왕둑은 촐릴 칠 때,
갑을 동방 늬엄 들러 먼동 금동이 터 올 때"11)
"ㅎ롯날은 동방으로 머릴 들러 서방으로 초릴 들러 남방으로 눌갤
들러 북받으로 눌갤 들러"12)

이런 점에서 세람 섬의 뱀남자 설화는 옛적의 신화적 상상과 연관되어
있다고 생각해볼 수 있다. 그러나 신화적 문맥은 많이 사라져 있다.
두 번째로는 죽은 자를 살려내는 모습에 눈이 간다. 깊은 물 속에 머리카
락이 휘감겨 나오지 못하는 망자를 불러내오는 것은 우리의 사령굿에서
사제자의 모습과 역할을 떠올리게 한다. 뱀 남자는 죽은 자를 살려 내는
특별한 능력을 가진 자인 것이다.
신화적인 속성과 죽은 자를 살려내는 사제자의 모습을 이 설화가 가지고
있다는 점을 기반으로 하여 224번 설화를 다시 살펴보자.
이 설화는 강 왼쪽의 7 자매와 오른쪽의 7 뱀이 살고 있다고 이야기를
시작한다. 이들 사이에 강이 있다는 것은 인간과 뱀의 구분이 있다는 뜻으로
이해할 수 있다. 그러나 뱀과 소녀들은 이야기를 나누고 뱀은 청혼을 하는
것으로 보아 두 집단 사이의 차이는 근본적이지 않다. 외모라든가 어떤
특징 정도의 차이로 인식할 수 있다. 동물과 인간은 말을 나누고 결혼하는
사이이니 근본적인 구분이 없었다. 인간과 동물이 차이가 없는 신화시대를
나타내는 세계적으로 보편적인 구성이기도 하다.
이 중에 막내 우아나이가 뱀과 결혼한다. 우아나이는 음식을 만들어
뱀남자에게 권한다. 그는 "우아나이와 함께 음식을 먹기 위해 뱀 껍질을
벗었다."는 진술은 주목할만하다. 뱀은 이제 나는 "다시 뱀이 될 수 없고
영원히 남자로 있게 될 거요."하고 말한다. 이 부분은 동물이었던 뱀이

---

11) 정주병 구연본, 김헌선, 『한국의 창세신화』, 길벗, 1994, 429면.
12) 강일생 구연본, 김헌선, 『한국의 창세신화』, 422면.
  참고로, 근대 시인 이육사도 시 <광야>에서 "까마득한 날에/ 하늘이 처음 열리고/ 어데 닭 우는 소리 들렸으랴"
  하고 닭을 창세와 연관지었다.

<구렁덩덩신선비>와 인도네시아 <뱀 남자>에 보이는 샤먼의 설화적 변모   **501**

인간이 되는 과정을 말하고 있으며 그 과정에 음식이 개입했다고 하는 것이다. 동물과도 같았던 인간이 동물성을 벗게 되었다고 이해한다면 그 과정에 개입한 것은 바로 음식으로 대변되는 문화이다.

막내딸인 우아나이가 만든 음식을 생각해보면, 인간이 문화를 통해서 동물에서 인간으로 변할 수 있었던 것에는 여성의 역할이 컸다는 역사적 사실을 재진술한 것으로 이해할 수 있다. 우아나이가 7형제 중의 막내라는 사실도 의미가 있다. 위의 6 언니는 과거의 역사이다. 이제 새로운 사회 질서가 필요하게 되었으며 구질서는 물러나야 하게 되었다. 막내는 구질서의 마지막 존재이면서 새로운 질서를 가져올 수 있는 연속성을 확보할 수 있기 때문이다.

이야기의 다음 단계는 언니들이 막내의 남자를 보고 부러워하며 시기하게 된다. 그러나 이미 새로운 사회가 되었기에 언니의 뜻대로 되지 않는다. 언니는 동생처럼 뱀남자를 얻고 싶어한다. 뱀에게 음식을 주었으나 뱀은 먹지 않았고 같이 누웠으나 뱀은 언니를 삼켜버리고 만다. 이는 다음 단계의 역사를 진술하는 것으로 보인다. 이제 더 이상 동물과 인간이 자연스럽게 통하던 시대가 아니게 된 것이다. 이미 문화를 통해서 인간과 동물은 멀리 떨어졌다. 마치 길가메쉬 서사시에서 半동물이어서 동물들이 스스럼 없이 다가왔던 엔키두가 인간과 어울려 성교를 하자 동물들이 더이상 가까이 오지 않게 되었다는 이야기와 통한다. "그의 몸은 느려서 예전처럼 **빠를** 수는 없었으나 '이해력'은 사람처럼 넓어졌다."(최초의 신화 길가메쉬 서사시 87면) 동물들과 살 수 없게 된 엔키두는 사람 사는 마을로 내려오고 맥주와 빵을 먹는다.

언니는 구세대의 인물이므로 새로운 질서를 알지 못했다. 과거와 같은 방법으로 살고자 했기에 뱀에게 먹힌다. 동물 또는 자연과 인간의 거리가 그만큼 멀어진 시대가 되었음을 이러한 방식으로 표현하고 있다. 그럼에도 인간은 자연과 통하는 길을 찾는다.

또 하나 언급해야 할 것은 문화로서 해결될 수 없는 실존의 문제인 죽음에 부딪힌다는 점이다. 인간이 동물과 하나였을 때에는 죽음에 대한 인식도 크게 비극적이지 않았을 것이다. 문화가 발달하고 이해력이 넓어지자 죽음이 커다란 문제가 되었고 이를 극복할 심리적인 기제가 필요하게 되었다고 보인다. 이 문제에 대한 해결은 동물에서 사람이 되었던 남자가 가져올 수 있다. 동물과 사람이 하나였던 체험을 아직도 가지고 있는 사람에 의해 죽었던 언니는 다시 살아난다. 이 남자는 우리가 샤먼이라고 부르는 사람이다.

"언니의 뼈들을 제자리에 맞추어놓고 그 위에 뱀기름을 부으면서 뱀남자는 말했다. '일어나라!' 그러나 제미네는 다시 살아났다." 이 광경은 전형적인 샤만의 이미지를 전달해준다. 자신의 몸과 뼈를 해체당하고 다시 살아나는 체험에 대해서는 여러 사례가 있다. "이런 경우 후보자는 자기의 해골을 바라보는 등의 삶과 부활의 모티프를 체험하게"[13] 된다. 아메리카 대륙 블랙풋 족의 이야기에서는 들소와 결혼한 여자 이야기가 있다. 이 여자가 들소에 의해 죽은 아버지의 뼈를 찾아서 그 위에 담요를 깐 다음 소생의 노래를 부르자 아버지가 다시 살아난다. 들소들은 자기들이 죽었을 때도 그렇게 해달라고 한다. 황소 머리와 들소 가죽을 입고 춤을 추고 노래를 불러서 자신들을 다시 살려달라고 한다.[14] 이것은 인디언들이 행하는 들소 춤의 유래이고 이 의례를 행하는 사람을 우리는 샤먼이라 한다.

224번 이야기를 간략히 정리하자. 동물 또는 자연과 인간이 하나였던 시절이 있었다. 이들은 서로 결혼할 수 있었다. 인간이 동물성을 벗어버리는 계기가 있었다. 이는 음식으로 대표되는 바 문화라고 지칭할 수 있다. 이렇게 해서 인간과 자연은 완전히 분리되었다. 그러나 죽음이라는 실존의 문제를 더욱 의식하게 된 인간은 죽음을 극복할 수 있는 샤먼의 존재를

---

13) 미르치아 엘리아데, 이윤기 옮김, 『샤마니즘』, 까치, 61면.
    우노 하르바, 박재양 옮김, 『샤머니즘의 세계』, 보고사, 2014, 439면, 442면. 참조; 동물의 뼈를 간직하는 것도 인간의 경우와 마찬가지이며, "신들은 뼈에 새로이 살이 생겨나게 할 수 있다고 믿었다."
14) 조셉 캠벨, 이진구 옮김, 『신의 가면 1, 원시신화』, 까치, 325-328면.

요구했다. 동물과 인간의 체험을 두루 가진 사람이 샤먼의 역할을 맡았다.

이 설화는 세람 섬의 주민들이 오랜 세월에 거쳐 겪었을 이러한 역사적 전개를 종합해 설화화한 역사로 이해할 수 있다. 이런 설화가 짧고 단순하면서도 깊이 있는 흥미를 가지고 있는 이유가 바로 이런 데 있을 것으로 생각된다.

224번 이야기에는 다른 이야기에 들어 있는, 뱀과 결혼한 막내딸이 죽었다가 다시 살아나는 부분이 없다. 이제까지의 이해를 기초로 하여 그 부분을 이해해보자. 뱀남자는 막내딸과 결혼했고 막내는 뱀껍질을 태워버렸다. 이는 뱀남자가 동물성, 원시성을 탈피한 것으로 이해할 수 있다. 이들은 문화를 알고 소유하게 된 집단이다. 언니들은 막내를 시기하여 바다에 빠뜨려 죽인다. 이는 언니 집단과 새로운 문화 집단 간의 갈등과 알력이 심각했음을 말한다고 보아도 좋다. 껍질을 태우자 남편이 "이제 언니들이 시기해서 당신을 죽이려 할 거야."라고 말하는 것은 이 갈등에 대한 의식이 이미 있었음을 말해준다.

언니 집단은 아직 다수이다. 막내의 문화는 아직 어리고 약하다. 언니들은 이 새로운 집단을 공격했고 막내는 죽었다. 남편은 이 문제를 해결할 새로운 방법을 찾는다. 알 하나와 피낭열매 하나를 아내에게 준다. 이들을 가진 채 죽은 아내는 그대로 죽지 않을 것이다. 알과 나무 열매는 그녀가 가진 문화의 씨앗들이다. 이는 다시 발견되고 되살아날 것이다. 남편은 얼마 뒤 돌아온다. 그는 세계를 태초의 모습으로 되돌려 놓는다는 방법을 알아냈다.

바다 위에 자라나는 나무 한 그루는 바로 세계 나무이다. 바다는 아무것도 존재하지 않았던 태초의 모습이며 나무는 그 곳이 세계의 중심 공간임을 나타낸다. 거기서 닭은 세계의 새벽이 왔음을 알리는 울음을 운다. 최초의 상태로 돌아감으로써 죽은 자도 다시 최초의 상태, 즉 삶으로 돌아간다. 샤먼은 이러한 세계관을 만들고 시행한 사람이다.

이러한 체험이 있었기에 언니들을 쉽게 살려낼 수 있다. 이제 샤먼은 갈라진 세계에 살면서 자연과 인간, 동물과 인간, 죽은자와 산자 등의 구분을 일정 부분 소거하는 기능을 갖는다.

그러나 여섯 언니들은 막내에 의해 죽게 된다. 이는 문면으로는 단순히 보복 차원으로 설정되지만 그 이면은 바로 막내의 문화에 의해 구세대가 사라짐을 말해준다. 이들은 새로운 시대에 맞추어 다른 사람으로 다시 태어나야 한다. 이것 또한 샤먼의 기능이기도 하다. 샤먼은 그 사회의 질서를 잡는 역할을 했다. 220번 설화에서 여섯 언니들을 다 죽이고 살렸다가 다시 죽은 큰언니를 또 살려내는 것은 샤먼의 기능이 안정적인 상태에 접어들었음을 보여준다. 이렇게 되면 이제 종교의 단계로 접어들게 될 것으로 생각된다.

한편, 221, 222, 223의 이야기들은 언니들을 죽이는 것으로 끝을 낸다. 이는 220에서 언니들을 죽였다가 다시 살려내거나 224에서 죽은 언니를 살려내는 결말과 퍽 다르다. 이를 어떻게 이해할 것인가?

220이나 224는 결말의 화합이 인상적이다. 특히 224에서는 언니들을 죽이는 부분이 없어서 갈등이 심하지 않다. 220에서는 막내가 여섯 언니들을 죽이고 남자가 다시 살려낸다. 큰 언니가 다시 죽지만 뱀남자가 다시 살려낸다. 이는 중간의 갈등에도 불구하고 세계와의 화합을 강조하는 결말이다. 자아는 세계와의 화합을 추구한다고 보겠다. 세계와의 갈등 구도를 지나 결국은 화합을 이루는 이야기는 바로 신화적 특성이다.

그러나 이 이야기들은 신화적 특성이 약화되는 모습을 보인다. 다른 이야기들에서 언니들에게 복수하고 끝나는 것은 신화적 특성이 이해되지 않는 시대 사람들의 사고방식을 보여준다. 당한 것에 대하여 복수하는 것이 마땅하다는 것은 세계와 자아의 갈등이 화해에 이르지 않는 모습을 보여준다.

자아와 세계가 대립하여 어느 한쪽의 승리로 귀결될 때 전설 또는 민담이 된다. 이 이야기들은 자아가 일방적으로 승리하므로 민담적 귀결이라 볼 수도 있지만 그렇지 않다. 그러기에는 자아의 활동이 너무 미약하다. 죽었다가 살아나는 것 외에는 자아가 능동적으로 하는 일이 없다.

자아나 세계가 일방적으로 승리하지 못하는 것은 그 사이에 샤먼이 개입해야 하기 때문이다. 자아의 활동을 확대시키지 않고, 또 세계의 일방적 힘을 용납하지도 않는다. 이는 이 이야기들이 이 둘 사이의 갈등을 샤먼이 중재하는 사회의 산물임을 말해준다.

이들 이야기에서 샤먼의 역할이 부정될 때 이야기는 이야기의 논리로 살아남을 것인데 그 변형 중의 하나로 생각해볼 수 있는 것이 바로 우리의 <구렁덩덩 신선비> 또는 그리스의 <싸이키와 큐피드> 이야기이다. 여성 주인공이 세계와의 싸움에서 승리하는 과정을 그리는 데 중점을 두는 방식인 것이다. 특히 그리스에서 이 싸움은 신과의 싸움에서도 자기 뜻을 관철하는 약한 아가씨의 이야기로 구성되어 전형적인 민담의 틀을 갖게 되었다.

3. <구렁덩덩신선비> 설화 해석의 이중성

많지 않은 작품 수임에도 변이가 나타나지만 <뱀 남자> 이야기는 죽은 사람을 살리는 화소를 두 번 되풀이한다. 첫 번째는 태초의 세계를 복원함으로써 아내를 재생시켰고 두 번째는 뱀 기름으로 언니를 재생시켰다. 바다 위 나무와 닭이라는 이미지로 구현되는 태초의 복원은 의례적이지만 뱀 기름으로 망자를 재생한다는 것은 다분히 주술적이다. 복잡한 의례보다는 단순한 주술이 더 보편적이 되는 과정까지도 보여준다고 할 수 있다. 이 설화는 <구렁덩덩신선비>처럼 뱀 남자와의 혼인이 있지만 혼인보다는 재생의 무게가 훨씬 크다고 하겠다. 그래서 이 설화는 <구렁덩덩신선비>와는 달리 혼인이나 여성의 성숙이라는 심리적 해석의 여지가 거의 없어 보인다. 그러나 <구렁덩덩신선비>에도 신화적이고 의례적인 흔적은 뚜렷하게 남아 있다. 김호성은 이 설화가 "뱀신을 모시는 여성 사제자의 풍농제의 상징을 담은 이야기이다."라고 정리하였다.15)

우선 서대석이 지적한 대로 이 설화는 구렁이 신을 맞이하는 색시를 제의를 진행하는 무녀로 볼 수 있다. 할머니는 구렁이를 낳자 굴뚝 밑에 삿갓을 씌워 덮어놓는데, 이는 바로 터주 항아리에 삿갓 모양의 지붕을 덮어놓고 터주신으로 섬기는 것을 그린 것이다.그 업으로서의 구렁이 신을 알아보고 맞이하는 것이 셋째딸이며, 그들의 혼례는 입무식이나 내림굿과 같은 성격으로 볼 수 있다.16)

이 과정에서 구렁이 즉 뱀 신랑이 집을 떠나버리자 색시는 남편을 찾기 위해 길을 나선다. 여기서는 중이 되어 떠나는 것으로 나타난다.

인제 여덟 폭 처매 마 한 폭 따가 고깔 짓고 두 폭 따가주 바랑 짓고. 그래가주 이래 지이가주고 인제 머리를 깎고 이래가주고 절에 중걸이 해가주고.17)
열두 폭 치매를 뜯어서 바랑 짓고 고깔 짓고 행전 짓고, 메고 메고 바랑 메고 씨고 씨고 고깔 씨고 짚고 짚고 구렁 짚고 집을 떠나갔어.18)

무조신인 바리공주도 유사하게 부모의 생명수를 구하러 저승으로 떠날 때 "사승포 고의 적삼, 오승포 둘우막이 짓고 쌍상토 짜고 세패랭이닷죽, 무쇠주량 집으시고"19) 궐문 밖으로 나간다. 이 길이 그대로 저승으로 가는 길이다. 무당이 망자를 위해 감당해야 할 길이다. 김호성도 이계로 가기 위해 중의 복장을 하고 많은 과제를 수행하는 모습은 바리공주와 닮았다는 점을 지적하고 있다.20)

---

15) 김호성, 「<구렁덩덩신선비이 업신화적 성격」, 『한국무속학』38집, 한국무속학회, 2019, 103면.

16) 서대석, 앞의 논문, 196면.

17) 대계 7-12. 142면. 최순금 구연.

18) 임석재 전집7.『한국구전설화, 전라북도 1』, 292면.

19) 적송지성 추엽융, 심우성 옮김, 『조선무속의 연구』, 동문선, 1991, 38면.

20) 김호성, 앞의 논문, 99면.

중이 되는 것은 민중에게 불교가 투영되었기 때문으로 보인다. 중요한 것은 자기를 버리고 새로운 사람이 되었다는 것이다. 이렇게 떠나서 색시가 겪는 일은 구더기를 씻고, 흰 빨래는 검게 검은 빨래는 희게 빠는 일이다. 이는 삶은 깨끗함 만으로 이루어지지 않고 더러움과 함께 있는 것이며, 흰 것과 검은 것은 나누어지지만 않고 서로 교통할 수 있어야 함을 자각하고 실천하는 것이다.21) 이것은 세속이 이분법의 논리를 벗어나는 신의 세계로의 진입니다. 이러한 과정을 이수한 색시는 드디어 이계로 들어선다.

> 아 그래 그럭허구 나닝깨. 은복주께, 그 은복주께라능 게, 은 은식기
> 에 덮는 뚜껑이 은복주께지요. 그걸 샘이다 둥실둥실 떠 주면서,
> "여기를 올라슬 것 같으면 만난다."구 그래요. 그래 인제 '죽으면
> 대수냐?'구 하라는대루 거기 올라가서 인제 풍덩 빠지닝께 용궁에
> 들어가. 땅바닥에 발이 다, 보니까, 물은 간 곳 욱구서 어느 고루거각
> 솟을 대문 앞이 사랑 마당이 가 닿단 말여.22)

색시는 은뿍지개(주발 뚜껑)를 타고 옹달샘에 빠지니 물 속 다른 세계에 이르렀다. 이러한 과정이 색시를 남편에게 이르게 하는 필요 과정이다. '여사제자가 신성한 존재를 받아들이는'23) 과정에서 자신이 새로이 태어나게 된다는 제의적 모티프를 이야기로 풀었다고 할 수 있다. 그러나 이 이야기는 그렇게 남편과 만나 혼인하는 것으로 귀결되었다. 신화적인 맥락은 감춰지고 결혼이 주제가 되었다. 남편과 만나서 신부 시험을 거쳐서 혼인에 이르는 것은 그만큼 민담적 주제로 변이되었다는 증거이다. 무녀로서 다른 사람을 살리는 역할을 하는 것을 남편을 만나 혼인하는 것으로 축소시키고 흥미 요소를 증대했다.

---

21) 신연우, 「구비 서사문학에 나타난 '빨래' 모티프 비교 연구」, 『민속연구』33, 안동대학교 민속학연구소, 2016, 183-207면.
22) 『한국구비문학대계』4-6, 185면, 조숙 구연.
23) 김호성, 앞의 논문, 102면.

<뱀 남자> 설화에서는 남자가 길을 떠난다. 아내가 뱀 허물을 태우자 아내를 남겨두고 혼자 바다를 향해 떠난다. 임신한 아내에게 피낭나무 열매 하나와 하얀 알을 하나 주면서 이걸 언제나 지니고 다니라고 하고 떠났다. 그리고 아내는 언니들에 의해 물속에 빠져서 그 속에서 아이를 낳고 산다. 일년이 지나 남편이 돌아오는데 그 동안 자란 피낭나무 위에서 닭이 "뱀, 뱀" 하면서 울고 남편이 그 소리를 듣고 아내가 죽은 걸 알게 되었다. 남편이 아내를 물 속에서 구하는 방법은 우리나라 해안 지역 사령굿에서 죽은이의 머리카락을 끌어올리는 것을 연상하게 한다. 뱀 남자는 아내를 구해오라고 한 남자를 밧줄에 묶어서 아래로 내려보냈다.

> 그러나 그 남자는 여자를 구해내지 못했다. 왜냐하면 그녀의 머리카락이 돌에 꽉 묶여 있었으며 이를 악어가 지키고 있었기 때문이다. 아내가 말했다. "악어야, 내 머리를 풀어줘.""내가 도와줄 수는 있지. 그러나 너는 나에게 선물을 주어야 해. 그렇지 않으면 잡아먹어버릴거야." 악어는 사롱(치마)과 윗옷 그리고 칼 하나를 달라고 했다.(220번, 468면)

남편은 이를 다 들어주었고 아내는 궤짝에 담겨서 위로 올라온다. 저승의 악어에게 공물을 주고 망자를 데려오는 남편은 죽은 자를 되살리는 무당으로서의 역할을 충실히 보여주었다. 이렇게 보면 <뱀 남자>에서는 남편이 무당의 역할을 하는 데 반해 <구렁덩덩신선비>에서는 색시가 그 역할을 했던 차이는 있지만, <뱀 남자>에서는 망자를 되살리는 과정을 상세히 보여주었고, <구렁덩덩신선비>에서는 색시가 여행을 통해서 무녀로서의 자격을 얻는 과정을 상세히 보여주었다고 할 수 있다.

여기서 색시가 여행을 통해 무당의 자질을 획득하고 그 역할을 하게 되는 것으로 미루어서, 뱀 남자의 경우에, 그 과정이 상세히 나타나지는 않지만, 일 년의 여행을 마치고 돌아왔기에 죽은 아내를 되살릴 수 있었다고 생각해볼 수 있다. 그 여행은 그가 무당으로서 그런 능력을 지닐 수 있게 한 수련의 시간이었다고 할 수 있다. 다시 말하면, <구렁덩덩신선비>의 색시가 여행을 통해서 영적인 능력을 획득하여 남편을 만나 결혼한 것처럼, 뱀 남자는 여행을 통해서 죽은 아내를 살릴 능력을 얻었다고 볼 수 있을 것이다. 이 여행을 통해서 색시나 뱀남자는 샤먼으로서 새롭게 태어났다.

4. 샤먼 기능의 전후 사정

그런데 문제는 <뱀 남자>처럼 죽은 사람을 살려주는 샤먼의 역할을 하는 사람이 나오는 설화가 『하이누웰레』에 더 이상 나오지 않는다는 점이다. 이혜정은 『하이누웰레』 전체 433편 이야기는 "다양한 형태로 만물의 탄생과 기원이 죽음을 바탕으로 하고 있음을 이야기"하고 있다.고 정리하고, 이어서 "『하이누웰레』의 창세신화는 여타 창세신화와는 다르게 우주적 관념이나 창조신에 대한 관념은 매우 희박하다."고도 지적하였다.[24] 이 점은 '하이누웰레' 설화의 고장 세람섬이 아직 창세신화나 창조신을 구비할 만큼 발전한 사회는 아니었다는 점을 말해준다. 그뿐 아니라 아직 샤먼의 역할이 정립되지도 않은 구석기 시대의 면모를 보여주고 있다고 할 수 있다. 저자들도 서문에서 이 이야기들은 태고시대의 이야기에서 벗어나는 이야기가 거의 없다는 점에서 놀랍다고 한다.[25]

샤먼의 역할과 관련해서 『하이누웰레』에서 주목할 설화는 죽은자의 나라에서 돌아온 사람들 이야기들과 정령 설화이다. 전자에는 '죽은 남편이 아내를 찾아오다' 류와 '고아가 죽은 부모를 찾아 가다', '죽었다가 다시 살아난 여자' 류의 이야기가 많다.(160~192면) 이에 따르면 죽은자의 나라는 산자의 나라와 이어져 있다. 그 둘이 구분되어 있고 산자가 죽은자의

---

24) 옌젠, 니게마이어, 이혜정, 『하이누웰레』, 앞의 책, 788면. 「옮긴이의 말」

25) 같은 책, 72면.

나라에 가고 싶어하지는 않지만 왕래가 가능하다. 그래서 죽은자를 되살리기 위한 무당이 필요하지 않다.

정령 이야기도 상당수 있는데(253~414면), 이는 정령들이 사람들의 생활에 지배적인 역할을 하기 때문이다. 할리타라고 하는 정령이 마을을 몰살시키기도 하고, 마을 사람들이 여자 할리타를 죽이기도 한다. 저자들은 "이런 종류의 이야기들은 많은 부분 개인적인 경험을 바탕으로 하고 있다"[26]고 말했다. 이 점은 시사적이다. 즉 인도네시아 발리 섬의 설화 세계에는 산 자, 죽은 자, 정령이 모두 하나의 세계 속에서 살아가며, 산 자가 이들과 맺는 관계는 개인의 문제로 이해되고 있다는 것이다. 개인이 세계의 경이에 직접 부딪히는 것이다.

이런 상황에서 <뱀 남자> 설화는 각별하다. 주술적 수단을 이용해서 죽은자를 살리는 매개자라는 생각은 다른 설화에서는 찾기 어렵기 때문이다. 가령 고아들이 죽은 부모를 찾아가자 부모가 아이들을 함께 살게 해주었다는 이야기가 다수 전하는데, 이는 결국 아이들도 죽었다는 이야기로 이해된다.[27] 이외 다수의 동물 설화에서 동물, 정령, 인간은 서로 변하고 혼인도 하는데 이들 또한 서로 직접적인 관계를 통해서만 이루어진다. 대다수의 이야기들이 개인이 직접 경이로운 세계와 만나는 경험을 말한다. 그런 점에서 샤먼적 기능을 보여주는 <뱀 남자>이야기는 주목된다.

<뱀 남자>가 죽은 사람을 살리게 되는 것도 뱀이 갖고 있는 "죽음과 생식력 사이의 연관관계"[28] 때문일 것이다. 이는 창세신화의 성격을 구존하고 있는 것이다. 투왈레라는 신이 이 세상과 인간을 만들고 이승과 저승을 나누어놓았다는 창세신화의 전개 뒤에, 산 자와 죽은 자의 세계는 나뉘었지만 뱀이라는 특별한 존재는 두 세계의 매개자로서의 기능을 한다는 것은 보편적인 생각을 공유하는 것이다. 이 매개 기능이 샤먼적 역할과 직결된다.

---

26) 같은 책, 256면.
27) 같은 책, 178면. 해설 참조.
28) 같은 책, 39면.

이에 반해 <구렁덩덩 신선비>에서는 남자가 뱀신랑이지만 샤먼의 역할을 하는 것은 색시로 상정되었다. 그러나 뱀신랑도 신으로 이해되지만 샤먼적 속성도 보여준다. 뱀이 삶과 죽음을 매개하는 존재라는 관점에서 신선비를 다시 보자면, 우선 그는 할머니에게서 태어났다는 점에 주목하게 된다. 생식력이 소진된 할머니에게서 뱀으로 태어났다는 것은 뱀이 가지고 있는 생식력을 보여준다. 또, 이웃집 셋째딸에게 장가들지 못하면 한 손에는 칼을 들고 한 손에는 불을 들고 나온 곳으로 돌아가겠다고 하는 것도 그가 삶과 죽음의 경계선을 오갈 수 있는 존재라는 점을 부각시킨다. 무엇보다도 그는 색시가 옹달샘에 빠져서 저 세계로 이행하도록 하는 존재라는 점을 주목할 수 있다. 색시가 샘에 빠져서 다른 세계로 가는 것은 죽음을 거쳐서 다른 존재로 태어나는 것을 상징한다. 이는 무당이 되는 필수적인 과정을 함축한다. 신랑은 결국 색시를 무당이 되는 길로 인도하는 존재라고 할 수 있다.

그럼에도 색시 또한 무당으로서의 기능을 잘 보여준다. 간짓대로 뱀신을 맞이하는 굿에 해당하는 뱀맞이의 제의적인 모습이라든지, 과거의 자기를 죽이고 삶의 과제들을 차례로 배워나가는 모습이며 옹달샘을 통하여 거듭난 존재로 다시 태어나는 것은 역시 무당이 되는 과정을 잘 보여준다.

다시 말하면 <구렁덩덩 신선비>설화는 무당의 모습을 이원화하여 보여주었다. 신랑의 서울로의 여행은 그가 샤먼적 기능에서 멀어져감을 보여준다. 후반부의 뱀신랑은 신적인 기능을 잃고 그저 아내를 그리워하는 평범한 남자로 나타나고 오히려 어머니에게 매인 아들로 보인다. 색시의 여행은 갈수록 과거의 자기를 버리고 새로운 존재로 거듭나는 과정을 보여주어 크게 대조된다. 그런데 그 과정이 결국은 시집에 자기를 맞추는 여성적 삶의 과정으로 변모되었다.

이는 <뱀 신랑>이 창세신화적 면모를 떨구지 못한 채 샤먼의 기능을 세상에 나타내는 설화라면, <구렁덩덩 신선비> 설화는 샤먼적 역할이 약화되며 결혼의 과정으로 치환되는 양상을 보여준다. 이는 한편으로는 우리나라의 경우 "바리데기"에서 보여주는 강력한 샤먼 신화로 강화되는 반면에, 이 이야기처럼 입사식의 민담으로 약화되는 양상을 보이는 쪽으로 가는 이원화가 이루어진 것이라고 볼 수 있을 것이다. 다음과 같이 도식화할 수 있다.

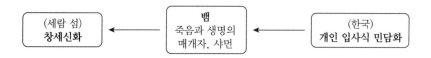

5. 맺음말

뱀이 가지고 있는 죽음과 생명의 이중성은 이 이야기들이 기본적으로 입사식을 반영하는 것을 가능하게 한다. <뱀 남자>설화는 뱀 남자가 입사식을 통해 무당의 능력을 가지게 되어 물속에 있는 망자를 되살리는 샤만 의례를 구현하고 있고, <구렁덩덩신선비>는 색시가 무당이 되는 과정을 잘 보여주지만 민담화되면서 무녀로서의 구실보다는 혼인으로 귀결되는 이야기로 전환되었다고 보인다. <뱀남자>는 창세신화에서 보이는 생명의 탄생과 접속되어 있고, <구렁덩덩 신선비> 설화는 보다 개인적인 삶의 전환을 보여주는 것으로 접속되어 있다고 할 수 있다. 이 전환이 가능한 근거는 바로 입사식의 대표적인 사례가 바로 결혼이기 때문이다. 의례에 있어서는 비밀결사나 샤먼이 되는 종교적 의미의 입사식이 대표적이지만, 민담에서는 결혼이 입사식을 나타내는 가장 대표적인 화소이기 때문이다.

이렇게 보면 <구렁덩덩신선비> 설화를 신화적 해석과 결혼과 여성의 성숙 과정이라는 심리학적 해석이 동시에 가능한 이유를 이해할 수 있다. 이 둘은 동떨어진 것이 아니라 이 설화가 <뱀 남자> 설화와 같이 샤만의 행적을 그리는 유래를 가지고 있으면서 동시에 신화적 맥락이 약화되면서 민담화되어 생긴 결과임을 수용할 수 있기 때문이다. 인도네시아 세람 섬의 <뱀 남자> 설화를 이해하면서 이를 통해 <구렁덩덩신선비> 해석의 이중성을 잘 이해할 수 있게 되었다.

이러한 관점은 <구렁덩덩신선비>를 넘어서 <큐피드와 싸이키>를 비롯해 유럽의 동종 설화에까지 적용할 수 있을 것이다. 아르네-톰슨의 'AT425, 잃어버린 남편을 찾아서'에 소속되는 여러 각편들이 같은 유래를 공유하고 있을 것 같다. 그러나 그 의미는 유형명에서처럼 잃어버린 남편 찾기에 국한되지 않고 더 오래된 것이어서, 원형적인 무속적 사고방식과 역사를 품고 있는 유서 깊은 설화임을 알 수 있다.

<딸의 인연을 망치는 계모> 설화의 세 층위

1. 서론

　『한국구비문학대계』 설화유형분류표의 4유형은 "바르고 그르기"로 선인과 악인의 행적을 주제로하는 설화 유형인데, 그 하위유형으로 441-6항 "딸의 인연을 망치는 계모(딸과 만나는 남자를 죽인다)"이 있다. 여기에 속하는 설화는 제목이 제각기 다 다르지만 내용은 거의 같다. 이 설화는 <연이와 버들잎도령>이라는 이름으로도 알려져 있는데1) 출처는 모호하다. 가장 이른 시기의 채록물인 정인섭 책의 주인공 이름을 딴 것이라고도 하지만 그 책에서도 <연이와 계모>라고 되어 있다.2) 박연숙은 "고민 끝에 '버들잎소년'을 '버들도령'으로 바꾸어 유형명칭으로 삼았다."고 하였다.3)
　김헌선이 보고한 18편의 각편에서 "정에 정도령"만 2회 등장하고, "반번 버들잎아 최공시야 문열어라"와 "반반버들잎 초공시와 엽엽이" 정도가

---

1) 『연이와 버들잎도령』이라는 제하의 동화책이 두 종 나와 있다. 1. 하원희 지음, 도서출판 아들과 딸, 2016.; 2. 김민섭 지음, 한국슈타이너, 1995. 이 외에 이현미, 『반반버들잎 도령과 연이』, 웅진씽크빅, 2011.이 있다.

2) 정인섭, 최인학 강재철 편역, 『한국의 설화』, 단국대출판부, 2007, 134면.

3) 박연숙, 「한국과 일본이 계모설화 비교연구」, 계명대 박사논문, 2009. 96면.
　박연숙이 집필한 『한국민속문학사전 설화 2』, 국립민속박물관, 2012, 526면의 해당항목에도 『연이와 버들잎도령』으로 표제를 삼았다.

유사한 제목으로 나타날 뿐이다. 전체 설화에서 "계모"라는 말이 들어간 각편이 10편으로 가장 많다.("서모" 1회 포함) 따라서 이 설화는 『한국구비문학대계』 설화유형분류표의 명칭대로 "딸의 인연을 망치는 계모"라고 하는 것이 적절하다고 생각된다.

의붓딸을 학대하는 계모가 겨울에 있을 리 없는 나물을 구해오라고 산속으로 내보내는데 소녀는 신비한 도령을 만나서 나물을 얻었지만 그 도령을 계모가 죽이면서 사건이 극대화된다는 내용의 이 설화는 계모 설화의 한 유형으로 누구나 들어보았을 것 같은 익숙한 느낌을 준다. 미당 서정주의 시 <무슨 꽃으로 문지르는 가슴이기에 나는 이리도 살고 싶은가>에 인용되어서 더 널리 알려지기도 했다.[4]

이 설화는 내용만으로도 재미있고 계모 설화라는 커다란 유형의 한 부분이어서 익숙하게 여겨지기도 한다. 그러나 그 의미가 무엇인지는 선명하게 설명하기 어렵다. 계모가 의붓딸을 나물을 구해오라고 한겨울에 내보내는 것 정도는 계모의 학대로 현실감 있게 받아들일 수 있지만, 소녀가 신비한 곳에 가서 나물을 구해오는 것이라든지, 계모가 도령을 죽여버리기까지 하는 이유는 무엇인지 말하기 어렵다. 그래서인지 선행연구가 그리 많지는 않다. 이 설화를 꽃 원형을 구현한 <이공본풀이> <바리공주>등과 연계하여 화소 연구의 대상이 되기도 했고[5], 세계적으로 유명한 계모설화인 <신데렐라> 유형의 하나로 신성함이 효행으로 변이된 특징을 보인다고 하는 연구도 있다.[6] 학술논문은 아니지만 고혜경은 계모에 초점을 두었다. 원형으로서의 계모는 내면의 어두운 측면으로, 이 설화는 열려진 바위 문 안에서 내가 진정으로 만나야 할 것이 있을 것이라는 설명을 해주었다.[7]

---

4) 서정주 지음, 윤재웅 엮음, 『미당서정주 대표시 100선, 무슨꽃으로 문지르는 가슴이기에 나는 이리도 살고 싶은가』, 은행나무, 2020, 47면. "정해 정도령아/ 원이 왔다 문 열어라/ 붉은 꽃을 문지르면/ 붉은 피가 돌아오고/ 푸른 꽃을 문지르면/ 푸른 숨이 돌아오고"

5) 김헌선 변남섭, 「구비문학에 나타난 꽃 원형」, 『구비문학연구』28집, 한국구비문학회, 2009, 1-22면.

6) 홍연표, 「신데렐라 유형으로 본 연이와 버들도령」, 『한국문학이론과 비평』73집, 한국문학이론과비평학회, 2016, 81-111면.

본고와 직접 연관이 되는 것은 김정애와 김헌선의 연구이다. 김정애는 이 유형의 설화가 효행담에서 나타났던 것임을 주목하면서 효행담으로부터 '부모로부터 독립하는 서사'로 전개되는 것이지만 계모의 개입으로 진정한 남녀 서사로 진입하지 못한다고 보았다. 다만 <정에 정도령> 한 편은 <구렁덩덩 신선비>설화의 후반부와 동일한 전개를 보여, 상대방의 선택을 배려하며 인내하는 과정으로 건강한 연애서사가 되고 있다고 보았다.[8] 그러나 이 각편은 지나치게 예외적이어서, 이 각편만으로는 그런 해석이 용인되지만, 설화 유형 전체에 대한 언급으로는 적절치 않다. 그렇다면 유형 전체로는 '실패한 연애서사'라는 것인데 과연 그렇게 보아야 할지 의문스럽다. 대부분이 혼인이거나 의남매가 되는 것으로 끝이 나는 것과 또 행복한 결말을 보이는 민담 일반의 양상도 고려해야 할 것 같다.

김헌선의 연구는 내용보다는 유형에 관한 것이지만 후반부에서 이 설화를 "의식과 무의식 차원에서 진짜 엄마와 가짜 엄마 사이의 진가혼란을 일으키고 있는 여자아이가 …… 내면의 심성적 원형을 찾아가는 길이다."라며 결국 "성숙한 인격적 자아로 성장하는 과정을 그린 것"으로 해석하였다.[9] 이는 타당하지만 지나치게 간략하다. 이 설화가 갖는 개별적 작품적 성격을 더 보강해야 할 것으로 보인다. 본고는 이 점을 염두에 두고 이 설화를 일관된 시각으로 보다 상세하게 분석하고 의미를 추출하고자 한다. 그 과정에서 이 설화의 함축된 의미가 단일하지 않고 여러 층위로 복합적으로 이해될 수 있음을 보이고자 한다.

---

7) 고혜경, <연이와 버들소년>, 『선녀는 왜 나무꾼을 떠났을까』, 한겨레출판, 2006, 177-201면.
8) 김정애, 「<겨울나물 구해준 도령>에 나타난 남녀관계의 특성과 긍정적 연애서사의 가능성」, 『고전문학과 교육』19, 고전문학과교육학회, 2010, 31-57면.
9) 김헌선, 「<반반버들잎 초공시와 엽엽이> 유형 설화 연구」, 『설화연구방법의 통일성과 다양성』, 보고사, 2008, 293면.

2. 계모와 결혼의 함수; 민담적 층위

설화 내용을 간추려 소개한다.[10]

(1) 계모가 의붓딸을 구박하며 산다.
(2) 한겨울에 참나물, 상추, 고사리 등 구할 수 없는 것을 구해오라고 내보낸다.
(3) 소녀가 산을 헤매다가 바위 문을 통해 도령의 집에 이른다.
(4) 도령이 참나물 등을 마련해 준다.
(5) 도령이 이곳의 문을 여는 주문을 알려준다.
(6) 도령이 죽은 사람 살리는 꽃/생명수를 알려준다.
(7) 이상하게 여긴 계모가 소녀를 몰래 따라가 도령을 죽이고 돌아온다.
(8) 다시 찾아간 소녀가 죽은 도령을 꽃/생명수로 살려낸다.
(9) 소녀가 도령 있는 곳으로 가서 함께 산다.(오누이 또는 부부로)

물론 이를 세계적으로 보편적 분포를 보이는 계모설화의 한 변형으로 볼 수 있다. 우선 사실과 관계없이, 계모가 전실자식을 구박하는 것은 현실적인 맥락을 갖는다고 생각되기 쉽다. 최기숙은 어린이 이야기를 폭넓게 검토하면서 이 설화를 포함하는 계모설화의 현실적 인식을 설명했다. 계모는 '이미 완성된 경험을 가진 가정 안으로 끼워 넣어진 존재로서, 자기를 가다듬는 대신 자기를 방해하는 기존 체계의 일부를 거부함으로써 세계를 재편'하려 하기에 전실 자식들은 희생당한다고 지적하였다.[11] 우진옥은 계모가 의붓딸을 소유하고 착취하여 물질적인 대가를 얻는 현실을 반영하는 것으로 보았다.[12] 현실적으로 타당한 지적일 수 있지만 이 설화를 그렇

---

10) 김헌선이 보고한 18편 외에 더할 각편이 없으므로 각편에 대한 언급은 따로 하지 않는다.
   김헌선, 「<반반버들잎 초공시와 엽엽이> 유형 설화 연구」, 위의 책, 273면.

11) 최기숙, 『어린이 이야기, 그 거세된 꿈』, 책세상, 2001, 37면.

12) 우진옥, 「고전서사 속 '나쁜 엄마'의 유형과 자녀의 유형에 대한 연구」, 건국대석사논문,2015, 52면.

게만 설명하고 말기에는 이 설화의 개별성이 도드라진다. 주문으로 열리는 신비한 공간과 죽은 이를 되살리는 꽃, 도령을 살해하는 계모, 도령과의 혼인으로 끝맺지 않고 의남매가 되는 각편의 존재 등 길지 않은 설화지만 주목되고 해명되어야 할 화소가 많기 때문이다. 우진옥의 논문은 문학치료를 목적으로 하고 있어서 현실적인 차원에서 전개될 필요가 있다는 점에서 이해가 되기도 하지만, 우진옥의 지적과는 반대로 도령까지 이용해서 계속해서 나물을 가져오고 수입을 창출할 수 있는데 죽여버림으로써 그 길을 막았다고도 할 수 있다. 우리는 계모설화의 일반적인 모습에서 벗어나서 이 설화를 새롭게 이해하는 길을 모색할 필요가 있다.본고는 이 민담이 현실을 반영하는 측면과 함께 현실 너머에 있는 것을 조망한다는 점을 말하고자 한다.

이야기의 전체적인 방향을 잡기 위해 우선 시작과 끝이 '(1) 계모가 의붓딸을 구박하며 산다'와 '(9) 소녀가 도령 있는 곳으로 가서 함께 산다.(오누이 또는 부부로)' 로 되어 있는 점을 보자. 계모 입장에서 보면 최기숙이 지적한 대로 계모가 집안에서 자기의 위상을 정립하고 가정의 새로운 질서를 잡기 위해 기존 질서인 전실 딸을 구박하는 것으로 이해할 수 있다. 그러나 종결항을 고려하면 이 이야기는 소녀가 결혼하는 이야기임에 주목하게 된다.13)

결혼을 완결 상태로 본다면 첫 항의 소녀는 미완으로 결핍된 단계의 존재라고 할 수 있다. 결핍은 그 가정 안에서 생긴 것이다. 소녀가 결혼을 완성하기 위해서는 집 밖으로 나가야 한다. 이 설화는 결국 딸이 나가서 도령을 만나서 혼인하는 이야기인 것이다. 이때 계모는 집 안에 있는 소녀를 집 밖으로 내보내는 역할을 한다고 볼 수 있다. 집 밖으로 나가기 싫어하는 소녀는 아직 결혼에 대한 욕망을 강하게 느끼지 않는 단계일 수 있다. 그러나 계모는 소녀를 강제로 나가게 한다.

---

13) 김헌선이 보인 18편 중 결혼으로 마감하는 것이 15편이고 의남매가 되는 결말이 3편이다. 본고에서는 15편의 결말이 보편적인 것으로 본다. 3편인 의남매 화소의 의의는 따로 언급한다.

이 계모를 진짜 계모로 볼 수 있을까 의문을 갖게 된다. 전통 시대의 어느 가정에서라도 적절한 나이가 된 딸을 집 밖으로 내보내고 결혼하게 하는 것은 상식적인 일이고 부모가 마땅히 해야 할 일로 여겨졌다. 그런 점에서 이 설화에서 계모가 한 일은 친모가 하는 일과 다르지 않다. 그렇다면 이 계모를 친모로 볼 수 있을까?

독일의 정신분석가 브루노 베텔하임의 연구에서 도움을 얻을 수 있다. 그는 설화에서 계모는 실제 어머니의 두 모습 중 하나라고 한다. 현실에서도 어린이는 다정한 진짜 어머니와 고약한 가짜 어머니를 분리시켜서 착한 어머니 상을 훼손하지 않음으로써 어머니에 대한 분노나 미움에 대한 죄책감을 느끼지 않게 하는 안전장치를 마련한다고 한다.14) 가령 <헨델과 그레텔>의 계모는 남매를 버렸다. 그러나 남매는 마녀의 집에서 스스로를 지킴으로 성숙되었다는 점이 드러난다. 마녀의 집으로 갈 때는 없던 강이, 마녀를 죽이고 나오자 강이 있고 오리를 타고 강을 건너는 화소로 드러나는 것이다. 이는 부모가 해야 할 일로 자녀의 성숙과 독립의 과제를 수행하는 것이며 이 과정에는 부모로부터 떨어져 나와야 하는 자녀의 고통이 수반된다. 전통설화에 나타나는 계모는 이와같이 친모를 분리해 만들어낸 투영된 이미지로 볼 수 있다.

이런 관점으로 이 설화를 읽으면 많은 것들이 해명된다. (2)에서 계모는 한겨울에 참나물, 상추, 고사리 등 구할 수 없는 것을 구해오라고 의붓딸을 내보낸다. 이는 불가능한 과제 부여라고 할 수 있다. 현재의 삶에 만족하고 머물러 있는 어린이나 청소년에게 삶의 다음 단계로의 이행은 매우 힘겨운 것이다. 성인이 되는 것이 어렵기에 전통 부족사회에서는 입사식(入社式, 入門式, initiation)이라고 하는 공동체적 의례를 거행하는 곳이 많았다. 이 설화에서도 혼인이라는 것은 바로 성인이 됨을 의미하는 것이니 소녀에게 입사식의 의례에 해당하는 시련이 주어진다고 생각해볼 수 있다. 한겨울

---

14) 브루노 베텔하임, 『옛이야기의 매력』, 시공출판사,

유종호, 「문학과 심리학」, 김우창 김흥규 공편, 『문학과 심리학』, 고려대출판부, 1983, 224-226면.

추위라는 시련, 겨울에 있을 리 없는 나물 즉 불가능하다는 인식을 극복해야 함을 보여준다.15)

민담에서 불가능한 과제가 주어지고 이를 주인공이 다른 사람의 도움을 받아서 해결한다는 설정은 매우 흔하다. 불가능하다고 생각되는 것이 사실은 가능한 것이라는 발견, 세상은 내 힘으로 바꿀 수 없어 보이지만, 결국 세상은 보이는 것만큼 견고한 것만은 아니라는 발견이 민담의 기능 중 하나라고 할 수 있다. 민담은 가능성의 세계를 탐색하는 것이다.16) 주인공은 겨울 절벽처럼 보이는 세계를 자기 혼자 직면하고 감당해야 한다.

(3)에서 소녀는 추위 속에 산속을 헤매다가 도령이 있는 곳을 찾게 된다. 이는 앞에서 말한 바 시련의 의미이지만 또한 행동하고 있는 소녀를 보여주기도 한다.

> 치운 저슬게(겨울에) 상추가 어디 있겠는가마는 어매 명령이라 상추
> 를 뜯으로 나왔는데 바깥은 눈이 장설(丈雪)같이 쌓여서 질도 없고
> 어디가 어딘지 알 수 없었다.17)

시련 속에서 길조차 잃었을 때라야 길을 찾을 수 있다. 눈에 보이기로는 막혀있는 세계지만 늘 구멍을 마련해놓고 있어서 행동하는 자아는 이를 종종 찾아낸다.

> 눈을 헤쳐감서 자꼬 가는디 어디만침 강게 날은 져서 어둑어둑히졌
> 다. 어디 몸도 녹이고 쉴 디가 없는가 허고 이리저리 둘러봉게 저쪽
> 에 큰 바우가 있는디 그 바우 밑이는 눈도 없어서 쉴 만히서 그리

---

15) 박연숙은 이 설화의 일본 전승에서는 나물이 아니라 딸기임을 지적했다. 부식인 나물과 기호품인 딸기의 차이가 흥미롭다. 박연숙, 앞의 논문, 107면.

16) 조동일은 '무너뜨릴 수 없을 것 같은 세계의 장벽을 자아의 가능성을 믿고 대결하여 무너뜨리는 민담적 가능성'을 지적했다. 조동일, 『한국소설의 이론』, 지식산업사, 1977, 171면.

17) <반반버들잎 초공시와 엽엽이>, 임석재전집7, 『한국구전설화 전라북도편1』, 평민사, 1990, 245면.

가서 몸을 뇍여볼까 힛넌디 바우 밑이는 굴이 뚫려있고 그 굴에는
돌문이 있었다. 돌문을 열고 들어강께 거그는 눈도 없고 포도동
날리갈듯한 초당이 있었다.18)

집 안에 있기만 해서는 이러한 새로운 공간을 찾을 수 없다. 눈도 없고,
날아갈 듯한 초가집에서 나오는 "이쁘게 잘생긴 도령"(246면)을 만날 수
없다. 소녀는 남성과의 만남이라는 새로운 세계에 진입했다. 이는 순탄하기
만 하지 않다.

베텔하임은 <미녀와 야수> 설화에서 야수는 소녀에게 아직 남성이 야수
로만 여겨지는 상태를 보여준다고 한다. 미녀는 그 야수가 멋진 도령으로
변하는 것을 보게 된다. 베텔하임은 이를 성에 대한 인식이 미성년에서
성년으로 옮아가며 생기는, 야수와 같은 성을 이해하는 변화를 그린다고
지적한다. 소녀는 남성을, 성의 세계를 수용한다.

우리 이야기에서는 도령은 처음부터 '이쁘게 잘생겼'다고 했으니 야수로
서의 남성성보다는 순화되어 있다. 그러나 남성을 받아들이는 것은 혼자만
의 결정이 아니다. 여기에도 여러 단계와 시련이 개입된다.

(4)에서 도령은 소녀가 구하는 나물을 구해준다. 소녀에게 필요한 것,
소녀가 원하는 것을 이루어주는 도령을 보여준다. 앞에 인용한 각편에서는
소녀의 말을 들은 도령이 소녀를 초당 안으로 들어오게 한다.

그날밤은 거그서 자고 아침이 돼서 초당문을 열고 봉게 초당 앞이는
상치밭이 있어 상치가 무성허게 자라고 있었다.(246면)

도령의 초당에서 하룻밤을 자고 나니 상치가 무성하게 자라 있다고 한다.
이는 놀랄 만한 일이다. 이 놀라움을 더 상세히 표현하는 각편도 있다.
소녀의 사정을 들은 정도령이 쌀을 씻어 밥을 해주고 나서 이렇게 했다.

---

18) 같은 책 같은 곳.

먹고 나이, 그 쌀 씪어(씻어) 벘는데 참나물 구마(그만)(손을 얼굴 높이까지 들어보이며) 이렇게 나요. (청중 감탄하며 : 하이고 우야 꼬) 그렇게 나이, 한 보따리 비(베어) 주고싸 주, 싸 주그덩.[19]

쌀 씻은 물을 버린 곳에 참나물이 높이 무성하게 자라났다는 것이다. 한겨울에 쌀씻은 물을 뿌렸다. 쌀은 생명력의 상징이다. 농촌에서는 해산할 때 볏짚을 곁에 두기도 하였다. 그 물로 갑자기 참나물이 자란다. 사람 얼굴 높이까지 크게 자랐다. 이 놀라움에 청중도 참여하여 "하이고 우야꼬" 하며 감탄했다. 이러한 놀라움은 다른 한편으로, 소녀가 알지 못하던 세계, 남성을 만난 놀라움을 표현하는 것으로 볼 수 있다. 쌀씻은 물이 보여주는 상징적 이미지를 성적인 연관성을 가지고 있는 것으로 해석이 가능하다. 도령과의 만남은 소녀에게 새로운 세계의 놀라움을 느끼게 했다고 보인다. 베텔하임의 시각으로 본다면, 사춘기 소녀의 성 발견의 놀라움이라고도 할 수 있겠다.[20]

(5)와 (6)에서 도령은 돌문을 여는 주문을 알려주고, 죽은 사람을 살리는 꽃에 대해서도 알려준다. 그러고 보면 소녀가 알지 못하던 문을 열었다는 것 자체가 새로운 세계로의 진입을 암시하는 것이었다. 도령이 있는 곳으로 의 진입은 처음에는 우연이었지만 그 다음부터는 일정한 주문에 의해서 이루어진다. 그것은 도령이 정해준 것이었다. 도령의 질서 안으로 편입되어 야 도령을 만날 수 있다. 일반적으로 남성 중심 사회에서 여성이 남성의 질서를 수용함으로써 관계를 유지한다는 현실의 반영으로 이해할 수 있다. 그러므로 돌문을 여는 신비와 함께 도령이 정해놓은 질서를 수용한다는 점에서 이 주문은 이중적 기능을 보여준다.

이 주문이 필요하다는 점은 인상적이어서 거의 모든 각편에서 주문을

---

19) <정에 정도령>, 『한국구비문학대계』7-3, 한국정신문화연구원, 1980, 458면.
20) 일본의 전승에서는 딸기로 되어있는 것은 성적으로 더 개방되어 있는 일본 문화의 반영으로 이해될 수도 있다.

빠뜨리지 않고 언급한다. 그러면서 각편마다 주문이 조금씩 다 달라서 일치하는 것이 없다는 점에 주목하게 된다. 거의 모든 각편에서 주문에 '문 열어라'라는 말은 들어 있지만 그 내용은 다 다르다. 주문이 필요하다는 것은 흔한 일상이 아니라 일상에서의 비약이 필요하다는 뜻이다. 그것은 합리적이라기보다 비합리적이다. 새로운 세계로의 진입, 남녀의 만남이라는 세계는 이성적이 아니라 감성적인 세계, 비합리적 비약으로 이루어진다는 점을 나타낸다.

그러면서도 그 주문이 일률적이 아니라 각편마다 다르게 나타난다는 것은 그 과정이 일정한 방식으로 정해진 것은 아님을 말해준다. 문 열어달라는 말은 공통이지만 그 앞의 내용은 다 다르다. 몇 가지만 들어본다.

> 반반 버들잎아 최공시야 연이 나 왔다 문 열어라(한국구전설화 7)
> 정에 정도령 문 열어라 월례 왔다 문 열어라(한국구비문학대계 7-1)
> 병벽이 잦은 골에 있으면 문 열어 주시오(한국구비문학대계 7-10)
> 배나무골 이도령님 이도령님(최운식, 한국의 민담)

그것은 모든 남녀 관계가 같으면서도 다르다는 점을 보여준다. 남성이 정해 놓은 질서 안으로 들어가기 위해 주문을 사용한다는 점은 같지만, 그 속에서도 그 양상은 매번 다르다. 버들잎 도령도 있고 정도령, 이도령도 있다. 버드나무와 배나무는 다르다. 호칭이 없기도 하다.

도령은 소녀에게 죽은 사람을 살리는 꽃에 대해 일러준다. 계모가 명령한 나물은 도령에게로 이끌었고 이제는 생명꽃으로 소녀를 인도했다. 소녀는 생명을 회복하게 하는 여성성을 확보한다고 보인다. 이를 알려 준 것은 남성인 도령이다. 남성은 직접 생명을 살게 할 수 없다. 여성이 가진 생명력을 알려주는 역할을 했다. 그럼으로써 자신도 되살아난다. 생명꽃은 남성의 밭에서 자라지만 그것으로 사람을 살리는 것은 여성이 한다. 이는 남녀의 상생 역할을 잘 보여준다. 억지로 나물을 구하러 온 소녀였지만 자신과 반대 성인 도령을 만나서 자신이 가진 잠재력의 확대가 이루어졌다. 소녀에게 자신의 생명꽃을 알려줌으로써 도령은 자신도 되살아나게 되었다.

둘의 만남 자체가 생명꽃일 수 있다. 소녀는 도령과의 만남이 계기가 되어 새로운 생명력을 알고 갖게 되었다. 그것은 소녀의 성숙을 함의한다. 성숙한 여성이 된 소녀는 후반부에서 죽은 도령을 살리기까지 한다. 도령에게서 알게 된 꽃으로 도령을 살린다. 소녀는 몇 차례 더 동굴 안으로 가서 도령을 만난다. 소녀와 도령의 만남이 소녀의 생명력을 발견하게 했지만 그것을 실제로 사용하게 되기에는 현실의 시간과 시련이 필요하다.

(7)은 충격적이다. 불가능한 과제를 수행하는 의붓딸을 의심한 계모는 그녀를 미행하여 도령이 나물을 구해준 것을 알게 되었고 급기야 도령을 죽여버린다. 충격적이기도 하지만 무엇보다 납득하기 어렵다. 계모는 왜 도령을 죽였나. 이 화소의 의미는 무엇인가.

표면상으로는 계모는 의붓딸을 도와주는 도령이 미워서 죽인 것이다. 그렇다고 죽이기까지 하는 것은 납득하기 어렵다. 이 죽임은 뒤에 죽은 사람을 살려내는 소녀의 역할을 위해 필요하다고 볼 수도 있다.

초반부에서 딸을 내보내는 악역의 어머니 역할이 있었던 것을 상기하자. 이것이 실은 딸을 부모로부터 독립시키는 과제로 이해할 수 있다고 했다. 이번에는 어머니가 딸이 만나는 남자를 죽였다고 한다. 그 이유도 어머니의 이중성으로 이해할 수 있다고 보인다. 어머니는 딸을 독립시키고자 하면서 동시에 딸을 심하게 감시한다. 딸이 남자를 함부로 만나서는 안 된다고 하고 딸이 만나는 남자를 불신하고 거부한다. 제주도 <초공본풀이>를 포함해 전국의 <제석본풀이>에서는 같은 여성이라 더 잘 알 수 있던 어머니가 처녀인 딸의 임신을 알게 되자 온갖 욕을 퍼부어대고 딸을 쫓아내버린다.

우리가 살펴보는 이 설화에서는 도령을 보고 온 계모가 "이년, 시집도 안 간 년이 서방질하로 댕기는구나. 나는 다 안다. 이 행실 나쁜 년아. 이 상추도 니 서방이 주었지?"(임석재전집 7, 246면)하고 욕을 한 뒤에 동굴로 가서 도령을 죽인다.

남성 중심 사회에서 어머니는 딸에 대하여 이중적인 태도를 갖는다. 하나는 딸이 독립해서 결혼하여 어른으로서의 자기 인생을 살기 바라는 것이고 다른 하나는 딸이 자신의 욕망이 아니라 사회적 규범에 맞는 바른 결혼 생활을 하기 바라는 것이다. 사회적 규범이라 함은 한 남자에만 충실하게 정절을 지키는 것이다. 여자가 남자 집으로 시집을 가는 것은 남자 쪽은 자기 자식임을 확보하고 여자가 바람을 피는 것을 막을 수 있게 하는 제도이다. 여자 쪽은 그 대가로 안정적으로 자식을 양육할 수 있기를 요구한다. 남성 중심 사회의 어머니는 이러한 사회 제도에 내적으로 동화되어 있다. 남성이 바라는 여성이 되기를 요구하기에 결혼 이전의 남자 관계를 부정하고 거부한다. 사회적으로 용인되는 합법적인 혼인 관계가 아닌 것을 용납하지 못하는 것이다.

계모는 딸이 성숙하고 독립하기를 바라지만 사회적이고 합법적으로 용인되는 남자와의 결합만 인정할 수 있다. 도령은 어디서 왔는지 알 수 없다. 깊은 숲속에서 자연인으로 인간관계도 없이 혼자 사는 총각을 딸에게 맺어줄 수는 없다. 『한국구비문학대계』7-1의 이선재 구연본 정도에만 도령이 하늘에서 소녀를 도우러 내려온 것이라고 하였다. 대부분은 숲속에 살다가 계모에게 죽은 뒤 소녀가 다시 살려내는 것으로만 되어 있다. 어떤 뒷배도 출신도 사회적 위상도 알 수 없는 정체불명의 남자에게 딸을 줄 수 없을 것이다. 계모는 이 남자를 부정하고 거부했다.

도령의 죽음은 물론 문자적인 그대로는 아닐 것이다. 계모로부터 거부당하고 소녀와 단절된 도령의 상태가 죽음으로 표현되었을 것이다. 처음으로 바깥세상과 맺게 된 인연이고 소녀와의 만남을 통해서 자아의 확대를 경험했던 도령은 그 관계의 단절이 모든 것을 무화시키는 경험이 되었을 것이고 이것이 바로 도령의 죽음으로 이해할 수 있다. 다양한 설화에서 나타나는 이른바 '사위 시험'의 극단적 표현일 수도 있다.

그러나 소녀는 계모를 완전히 떠나고 도령을 찾아 산으로 온다. 와서 도령이 죽은 것을 보고 도령이 알려준 생명꽃으로 그를 살려낸다. 소녀가 도령을 찾아온 것만으로도 도령은 다시 살아난다. 관계가 이어졌기 때문이다. 소녀는 그 자신이 생명꽃이다. (9)에서 중요한 것은 소녀가 어머니를 떠나서 도령을 다시 찾아왔다는 것이다. 어머니와의 완전한 독립을 보여주어 자신의 힘으로 자신의 남자를 택하고 자신의 삶을 살겠다는 단호한 결심의 행위이다. 이러한 정신적 성숙이 도령을 살려내는 생명꽃의 역할로 나타났다. 동시에 그녀의 성숙은 자신의 문제만을 해결하는 단계를 넘어서 다른 사람을 구하는 차원에까지 이른 것을 보여준다. 성숙이란 만남을 통한 관계 맺음과 타인의 생명에 도움이 되는 행동과 마음가짐을 가리킨다고 할 수 있다. 이는 단순한 성장이 아니라 보다 정서적이고 정신적인 의미를 갖는 성숙이라는 말이 적당하다.

이제 이러한 성숙을 보인 소녀는 도령과 혼인하는 것으로 이야기를 마감한다. 계모에 대한 징치가 나오는 각편은 없다. 같은 계모 설화인 <손없는 색시> 등에서 계모를 징치하는 것과 대조된다. 계모 징치가 없는 것은 앞에서 설명한 바와 같이 계모가 친어머니의 다른 모습이기 때문일 수 있다. 어머니와의 갈등이 깊었지만 결국은 해소될 것이지 징치될 것은 아니기 때문이다.

또한 세 편의 각편에서 혼인이 아니라 의남매를 맺는 결말을 보이는 것도 이해할 수 있다. 이것은 예외적인 각편으로 보기보다는 같은 내용을 강조점을 달리하면서 나타난 변화로 이해할 수 있다. 그것은 소녀의 성숙이 정신적인 것이라는 점을 강하게 나타내기 위함이다. 단순히 성장했다고 혼인하는 것이 아니라 자신이 역경을 이겨내고 남을 구해주는 삶을 택했다고 하는 것, 정신적인 정서적인 성숙의 순수성을 강조하기 위해, 육체관계를 배제하고 의남매라는 정신적 관계로 나타낸 것이다. 결혼관계에서 육체적인 면보다는 정신적인 성숙에 더 관심이 있음을 강조하기 위해 남녀관계를 남매로 귀결지었다. 이 설화는 그만큼 여성 성숙의 과제를 육체적이기보다 정신적인 지향에 두고 있음을 보인다고 하겠다.

3. 꽃과 치유; 신화적 층위

죽은 도령을 소녀가 꽃 또는 생명수로 되살려 놓는 것은 아마 이 설화에서 가장 특징적이고 인상적인 장면일 것이다. 물론 이 화소는 바리공주 등 다른 설화에도 등장하고 넓게 보면 세계적으로 잘 알려진 생명수 설화의 차용 또는 변용이라고 할 수 있다. 그러나 그 점을 지적하여 공통점만 드러내는 것은 이 설화의 특수성을 감추는 것이다. 이 설화는 공통 화소를 차용하지만 또한 이 설화만의 특수한 변용을 보인다는 점을 또한 설명해야 할 것이다.

이를 위해 다시 설화의 큰 틀로 돌아가자. 이 설화는 어머니로부터 집에서 쫓겨나간 소녀가 산속에서 도령을 만나 혼인하는 이야기로 읽을 수 있었다. 이 과정에서 소녀는 어머니가 요구한 나물을 구했다. 나물은 어머니가 요구한 것이었다. 과제를 수행한 딸에게 더 필요한 것은 없을 것이다. 그런데 도령은 소녀에게 생명꽃을 일러준다. 이 점은 서사 맥락 상 의아한 부분이다. 알려달라고 부탁하지도 않았는데 왜 이를 알려주나? 이야기 뒷부분에서 도령이 죽을 테니 그때 와서 나를 살려달라는 전제가 있는 것인가?

꽃이 그냥 꽃이 아니라 생명꽃이라는 점에 초점이 있을 것이다. 그러나 그 의미가 애매모호하다. 다시 이야기로 돌아가보자. 이 설화는 소녀의 결혼 이야기이다. 소녀가 낯선 남성을 만나서 그의 세계로 편입되는 것이다. 여기에 앞에서 한 번 인용한 바 계모가 "이년, 시집도 안 간 년이 서방질하로 댕기는구나. 나는 다 안다. 이 행실 나쁜 년아. 이 상추도 니 서방이 주었지?" (임석재전집 7, 246면)하고 욕을 퍼붓는 장면을 연결해보자. 이는 소녀가 도령을 만났다는 것이 남자를 알게 되었다는 것을 암시한다고 보인다. 적실하게 표현하면 소녀가 성을 알게 되었다는 것으로 읽을 수 있다. 이는 베텔하임이 <미녀와 야수>에서 미녀가 처음에는 야수를 무서워하고 싫어하지만 나중에는 야수가 청년으로 변한다는 것을 해석한 것과 통한다. 야수는 소녀에게 낯설고 무서운 성이었지만, 혼인을 통해 아름다움으로 변한다는 것이다.

소녀의 경우 나물은 삶의 과제였지만 꽃은 과제의 의무감을 넘어서는 아름다움과 생명력의 상징이다. 결혼하는 여성에게 성의 변화하는 이미지를 보여준다. 꽃을 알게 된 소녀는 집으로 돌아갔고 계모는 소녀를 '서방질'한다고 욕한다. <미녀와 야수>에서는 아버지와 지나치게 친한 딸이 성에 대한 무지와 두려움에서 결혼을 통해 벗어나는 이야기인 것과 대비되는 점 하나는 아버지와의 친밀의 반대로 계모의 학대가 소녀의 성을 억압했다는 것이다. 딸의 성을 억압하는 것은 전통적인 가정에서 흔한 일이었다. 결혼까지는 성에 대해 무지하게 만들었고 두려워하게 하였던 것을 반영한다고 할 수 있다.

그러나 성은 그대로 생명력이기도 하다. 성을 안다는 것은 미성년에서 성년으로의 전이를 함의한다. 특히 여성에게 성은 생명을 낳는 능력과 동치이다. 소녀가 죽은 도령을 살리는 것은 이 능력의 표현이기도 하지만, 단순한 여성의 차원을 벗어난다는 점에 착목해야 한다. 이 설화의 소녀는 일반적인 소녀의 입사식을 포함한다고 해석할 수도 있지만 죽은 자를 살린다는 점은 그녀를 다른 차원에서 재조명해야 할 필요성을 말해준다.

다시 설화로 돌아오면, 소녀가 소년을 만나게 되는 곳이 일상의 공간이 아니다. 딸은 나물을 구하러 산으로 또는 숲으로 들어간다. "짚은 산꼴"[21]로 들어가서 길을 잃었다가 우연히 바위 아래 '돌문'을 통해 다른 세계로 진입했다.

> 몸을 뇍여볼까 힛넌디 바우 밑이는 굴이 뚫려있고 그 굴에는 돌문이
> 있었다. 돌문을 열고 들어강께 거그는 눈도 없고 포도동 날리갈듯한
> 초당이 있었다.[22]

---

21) 『한국구비문학대계』7-1, 344면.
22) 『한국구전설화』 전라북도편1. 246면.

이 공간은 일상의 삶으로 구성되는 세속과는 구분된다. 처음에는 우연히 들어왔을지 몰라도 그 문으로 들어가기 위해서는 주문이 필요하다. 주문은 일상의 시간과 공간을 단절시켜 신비하고 성스러운 시공간을 빚어낸다. 이 설화의 여러 각편에서 거의 빠짐 없이 그 문을 통과하는 주문을 요구한다는 사실은 이 설화가 그 특별한 성화된 공간에서의 이야기라는 점을 보여주는 듯하다. 숲은 민담에서 특별한 의미를 갖기도 한다는 점을 프로프는 "이야기의 숲은 한편으로는 제의의 장소로서, 다른 한편으로는 죽은자들의 나라에로의 입구로서, 숲의 기억을 반영한다."[23]고 지적한다.

꽃은 여기에서 자란다. '생명꽃이 자라는 꽃밭'이라는 화소는 우리 설화 특히 신화에서 종종 보았던 것이다. 가장 널리 알려진 것은 물론 <바리공주>이다. 바리공주는 저승에 가서 부모를 살릴 생명수와 꽃을 가져온다. 제주도의 <이공본풀이>에서 한락궁이는 죽은 어머니를 살릴 꽃을 하늘나라 서천꽃밭에서 가져온다. <차사본풀이>에서 강림이가 저승에 가서 모셔온 염라대왕은 꽃으로 죽은 삼형제를 되살린다. 즉 생명꽃은 저승 또는 하늘나라에서 가져오는 것이다.

이렇게 신화적 맥락에서 보면 소녀가 이른 공간, 생명꽃이 자라는 곳은 이승이 아닌 저승 또는 하늘나라이다. 소녀는 이승과 저승을 넘나드는 인물이다. 이는 이 소녀가 무녀(巫女)일 수 있다는 가능성을 제기한다. 소녀가 죽은 도령을 되살린다는 것은 무녀이기 때문에 가능하다고 하면 이야기가 순탄하게 이해된다. 무당은 아픈 사람을 낫게 하는 사람이고 그 능력의 극대화된 표현이 죽은 사람을 살리는 것이다. 유명한 바리공주 무가와 그 제의인 진오귀굿은 죽은 부모를 살린다는 이야기이다. 버려진 아이가 오히려 저승까지 험한 길을 가서 생명수와 꽃을 가져온다. 이 무가와 의례는 망자를 저승으로 안내하는 역할을 하는 바리공주의 정당성을 부여한다. 바리공주가 저승을 다녀온 사람이기에 망자를 저승으로 인도하는

---

23) 프로프, 앞의 책, 87면.

역할을 잘 수행한다는 것을 알고 그 행적을 노래하는 과정에서 산자들을 망자의 혼이 잘 안착하여 저승에서 새로운 생명으로 살아가게 되었다는 것을 알게 된다. 더이상 망자에 대한 죄책감을 갖지 않고 마음의 안정을 얻는다. 다시 산 자의 질서가 회복된다. 이것이 치유이다. 일상의 삶을 지속할 수 있게 된다.

민담의 화소를 신화적으로 해석하는 것은 타당한가 하는 질문이 있을 수 있다. 민담 속에서 신화적 또는 무속적 흔적을 찾는 것은 종종 있어 왔다. 구렁덩덩신선비 설화나 나무꾼과 선녀 이야기는 신화를 내포하고 있다고 인정된다.[24] 반대로 우리나라의 많은 무속신화는 민담에 기원을 두고 있다. 이런 사례를 들기보다 더 보편적인 지적은 블라드미르 프롭의 견해이다. 그는 민담을 다루면서 무속 신화적 관점을 종종 드러낸다.

> 주인공의 본성이라는 문제이다. 그는 누구인가? 죽은자들의 나라로 여행을 떠나는 산 자인가 아니면 그의 모험들이 방황하는 영혼이라는 개념을 반영하는 죽은자인가? 첫 번째 경우에서 주인공은, 죽은자나 병든 자의 영혼을 찾아 떠나는 무당에 비교될 수 있을 것이다. …… 하지만 이러한 언명에 진실의 일부가 들어 있다 하더라도, 궁극적인 연구는 그것이 지나치게 단순화되어 있으며[25]

<딸의 인연을 망치는 계모> 설화도 신화라고 주장하는 것이 아니라 신화적 차원의 맥락이 들어와 있다고 해석할 여지는 없는지 검토하고 있는 것이다. 문제는 "그것이 지나치게 단순화되어 있"어서 이제까지 해석의 열쇠로 작동하지 않았다는 점이다. 본고는 이 점을 하나의 작은 열쇠로 이 설화 전체를 다시 조망할 수 있지 않을까 하는 작은 시도이다. 이미

---

24) 서대석, 「구렁덩덩신선비의 신화적 성격」, 『고전문학연구』3, 한국고전문학회, 1986, 172-205면.
　　신태수, 「나무꾼과 선녀의 신화적 성격」, 『어문학』89, 한국어문학회, 2005, 157-178면.
　　진영, 「선녀와 나무꾼의 신화적 재해석」, 「동아시아고대학」42, 동아시아고대학회, 2017, 221-242면.
25) V. Y. 프로프, 최애리 역, 『민담의 역사적 기원』, 문학과지성사, 1990, 78면.

김헌선은 이러한 가능성에 대해 언급하고 있다. 그는 이 설화를 '<바리공주>의 전통이 계승되어, 계모형 설화로 재생'했으며 "민담적 해결 가능성이 민담 자체의 방식으로 추구되었다기보다는 신화적 상징에 의해서 해소된 점 역시 무속적 사고의 확장과정으로 이해해야 마땅하다."26)고 지적했다. 이 이상의 언급이 없어서 아쉽지만 본고는 이러한 관점을 <바리공주>를 넘어서 신화 일반의 특성과 연관지어 이 설화를 해명하고자 한다.

이 설화의 가장 큰 대립은 계모와 의붓딸이지만 가장 강한 이미지는 도령이 살해되고 다시 살아나는 것이다. 그리고 도령을 살리는 것은 의붓딸이다. 도령은 흔히 천상에서 온 인물로 그려지고, 그가 있는 숲 동굴은 인간의 일상을 넘어서 있는 곳이다. 이러한 구도는 다분히 무속적으로 보인다. 원시사회에서 죽은자 또는 죽어가는 자를 되살리는 것은 무속 담당자의 일이었다고 할 수 있다. 죽은자의 혼을 찾아 저세상으로 여행하여 그 혼을 다시 데려온다는 이야기는 시베리아쪽 무속의 주요기능을 이룬다.27) 민담에서 죽은자를 되살리는 것은 흥미를 넘어서기 어렵지만, 무속에서의 그것은 절실함을 내포한다. 이 설화에 보이는 지나치게 강한 대립, 계모가 도령을 살해하고 꽃이나 생명수로 그를 되살린다는 강한 이미지는 민담의 흥미 차원을 흥미 차원을 넘어서, <바리공주>나 <차사본풀이> 등의 신화적 맥락과 접맥하면 보다 잘 이해된다고 여겨진다. 계모가 도령을 살해하는 동기 또는 도령의 죽음의 의미를 민담적으로 해명하기 어렵다고 본다.

무당이 갖는 가장 중요하고 일반적인 기능은 병을 고치거나 죽은자를 되살리는 것, 치유의 기능이라고 할 수 있다. 『삼국유사』<처용가>에서부터 오늘날 제주도 무속의 '넋들임'에 이르기까지, 그리고 우리나라에서부터 만주, 티베트 무속에 이르기까지 치유는 무당이 하는 일이다. <처용가>는 개인의 병뿐 아니라 나라의 병에 대한 굿으로 읽을 수 있고, 무당이 하는

---

26) 김헌선, 앞의 책, 288면.
27) 미르치아 엘리아데, 이윤기 옮김, 『샤마니즘 고대적 접신술』, 까치, 1992, 205면.

병고침은 육체적인 것뿐 아니라 정신적인 것도 큰 비중을 갖는다.

우리가 다루는 <딸의 인연을 망치는 계모> 설화는 무속 신화가 아니라 기본적으로 민담이다. 무속 신화의 영향을 받았더라도 민담 차원의 이야기이다. 그럼에도 소녀의 모습에서 무당의 흔적은 뚜렷하다. 신화의 영향을 받은 것인지 신화가 민담으로 축소된 것인지 논쟁할 수도 있겠지만 우선은 이들 설화가 민담으로 존재한다는 점은 분명하다. 그러나 많은 민담이 신화적 요소를 포함하고 있다는 점도 사실이다. 바리공주는 지상에 살던 부모를 되살렸지만 소녀가 살린 도령은 원래부터 신성 공간에 있던 인물이기도 하다. 신성 공간의 신성한 존재를 살해한 계모는 세속 공간에서 온 사람이다. 그러므로 죽은 자를 살린다는 화소를 문자적으로 이해하기 어렵다. 아마 무속신화에서 치유의 효용성이 약화되거나 망각된 결과일 수 있다. 그럼에도 이 설화가 그런 치유적 성격이 있음을 현대에 와서 잘 보여준 시가 미당의 <무슨 꽃으로 문지르는 가슴이기에 나는 이리도 살고 싶은가>이다. 고향을 잃고 현실 속의 불행한 삶을 살던 화자는 죽은 소녀들을 떠올리며 하늘에 대해 생각한다. 그 소녀들이 꽃을 가지고 가시에 찔려 아파하는 화자의 상처를 문지를 때 그는 이 주문을 찾는다.

정해 정해 정도령아
원이 왔다 문 열어라
붉은 꽃을 문지르면
붉은 피가 돌아오고
푸른 꽃을 문지르면
푸른 숨이 돌아오고

시인은 문을 여는 주문과 꽃으로 숨과 피를 돌아오게 하는 내용을 하나로 묶었다. 이 소녀들은 미당 소년 시절의 소녀들이겠지만 이 시에서 설화의 소녀와 하나가 되어 같은 역할을 한다. 이렇게 꽃으로 가슴을 문지르자 화자에게는 감동적인 생의 욕구가 회생한다.

> 소녀여, 비가 개인 날은 하늘이 왜 이리도 푸른가, 어데서 쉬는
> 숨소리기에 이리도 똑똑히 들리이는가
> 무슨 꽃으로 문지르는 가슴이기에 나는 이리도 살고 싶은가

시인은 우리가 설화를 읽고 들으며 느낀, 막연한 감정을 명료하게 지적하고 표현해주었다. 집에서 쫓겨난 소녀가 삶의 길을 잃고 산속을 헤매지만, 돌문을 열고 들어간 눈도 없는 그곳에서 도령과 나물과 꽃을 알게 되었고 소녀가 그 꽃으로 죽은 도령을 살려냈다는 이야기가 함축하고 있는, 삶의 시련과 신성한 힘이 우리를 돕고 있다는 자각과 이제 소녀는 다른 사람을 살리는 일까지 하게 되었다는 설정이 우리에게 표현하기 어려운 공감과 위안을 주었다는 것을 시인이 대신 말해주었다.

생명수로 도령을 살리는 각편도 여럿 있다. 꽃과 같은 기능을 한다고 볼 수 있다. "꽃과 물이 사람을 살리는 전통은 모두 무속적 사고에 기반하고 있다."[28] 바리공주에서뿐 아니라 진도 씻김굿에서 향물 잿물을 이용해 망자의 저승길을 인도하는 것을 상기할 수 있다. 신성한 공간에만 존재하는 생명수를 관장하는 존재, 이 땅으로 가져와서 사람을 살리는 무속적 기능이 같기에 혼용되었다고 하겠다.

이와 함께 흥미 있는 것은 생명꽃 또는 생명수로 도령을 살리면서 뼈에 뿌리거나 댄다고 하는 점이다. 전라북도 전승본에서는 "도령은 죽어서 불에 타고 뼈만 남아서 그 뼈를 잘 감장하고" 나서 생명수를 구해와서 살려낸다.[29] 1952년에 정인섭이 채록해서 영어로 간행한 『한국의 설화』를 한국어로 재간행한 데에는 이 부분을 이렇게 그려내고 있다.

---

28) 김헌선, 앞의 책, 288면.
29) 임석재 전집7, 『한국구전설화』, 전라북도편1,247면.

"그녀는 뼈를 모으고 나서 완전한 골격을 갖추도록 맞췄다. 그러고 나서 병을 꺼내 뼈 위에 흰 병의 액체를 뿌렸다. 단번에 새 살이 돋아났다. …… 마지막으로 푸른 병의 것을 뿌리니 그는 눈을 뜨고 미소를 지었다."[30]

이는 북유럽신화에서 로키가 매일 저녁이면 염소를 삶아 먹고서는 아침에는 그 뼈를 모아서 다시 살려낸다는 이야기나 조셉 캠벨이 소개한 바, 아메리카 인디언 블랙풋 족의 신화에서 추장의 딸이 죽은 아버지의 뼈 한 조각을 찾아서 살려내는 것과 유사하다.[31] 이 딸은 물이나 꽃이 아니라 뼈를 놓고 생명 소생의 노래를 불러서 아버지를 살려낸다. 들소를 다시 살아나게 하는 들소춤 의례의 기원이고 이 의례를 주관하는 것은 샤만이다.

"많은 신화가 최초의 인간이 돌에서 나왔다고 얘기한다."[32]는 엘리아데의 말을 연과지어보면, 인간 생명과 돌, 뼈가 연관이 된다. 그리스 홍수신화에서 살아남은 데우칼리온 부부가 뒤로 던진 돌을 어머니의 뼈라고 불렀고 그 돌들이 인간이 되었다. 뼈는 곧 생명의 시작이라는 신화적 인식을 공유한다고 할 수 있다.

죽은 사람을 살려내는 것이 무당이 하는 일임과 죽은 자의 뼈에는 소생의 가능성이 있다고 보는 우리 민간의 의식이 들어 있다고 보인다. 우리나라 전역에 있었다고 하는 이중장(초분)에서 몇 년 뒤 육탈되고 깨끗하게 남은 뼈만 다시 제대로 장례지내는[33] 풍속에서도 조상의 뼈가 후손에게 복을 주는 힘이 있다는 생각이 들어 있다는 점에서 뼈를 생명력 있는 존재로 생각하는 것을 볼 수 있다. 이 설화는 이러한 전통적 뼈 숭배의 민속적 전승이 반영되었을 것으로 이해할 수 있다.

도령이 죽었다 살아나는 이야기를 신화적으로 이해할 수 있는 근거를

---

30) 정인섭, 최인학 강재철 역편, 『한국의 설화』, 단국대출판부, 2007, 137면.
31) 조셉 캠벨, 이윤기 옮김, 『신화의 힘』, 고려원, 1992, 161면.
32) 미르치아 엘리아데, 이재실 옮김, 『대장장이와 연금술사』, 문학동네, 1999, 46면.
33) 『한국일생의례사전』, 국립민속박물관, 2014, 639면.

프로프도 들고 있다. <능지처참과 재생>이라는 항목에서 프로프는 원시문화에서 무당의 죽음과 재생이 고대국가 단계에서는 "능지처참되는 것은 무당이 아니라 신이나 영웅"으로 형태가 바뀐다며 오시리스, 아도니스, 디오니소스를 예로 든다. 그리고 이어서 "능지처참과 재생이라는 모티프는 이야기에서도 매우 흔히 나타난다." "중요한 것은 능지처참이 숲속의 집에서 이루어진다는 사실"이라고 지적한다. 즉 무속과 신화에서 보였던 죽음과 재생이 <푸른 수염>같은 민담의 그것으로 나타난다는 것이다. 이러한 검토 끝에 프로프는 "여기서 해보았던 간단단 분석만으로도 이야기와 제의 사이에 존재하는 관계가 드러난다."[34]

의붓딸이 죽었던 도령을 소생시키고 혼인을 하거나 남매가 되는 결말은 무언가 일상을 벗어난 신성한 느낌을 준다. 이 느낌을 구연자가 이렇게 표현하기도 한다. "도령과 이 처재는 둘이 오누이으 남매으 이를 맺고 무지개를 타고 하늘로 올라가서 하늘서 잘 살았다고 한다."[35] 무지개를 타고 하늘로 올라가는 의붓딸은 지상에서의 시련을 떨치고 전혀 다른 차원의 세계로 진입한다. 삶의 온전함을 얻는다는 설정이 바로 의붓딸을 통해서 얻는 삶의 온전함에 대한 청자의 인식을 통한 치유의 기능을 한다고 여겨진다. 막스 뤼티가 말하듯이 민담이란 신성한 감정이 없다는 특징이 있다. "못된 계모, 나쁜 시어머니 또는 장모가 종종 마녀같은 솜씨를 발휘하기도 한다. 그러나 일반적으로 …… 분명히 현세의 영역에 속한다. …… 민담에서는 현세의 존재가 피안의 존재를 만날 때 다른 차원과 마주친다고 느끼지 않는다."[36] <딸의 인연을 망치는 계모> 설화에서는 다른 차원을 느낀다. 세속의 갈등과 대립을 넘어서는, 무언가 온전하고 초월적이고 충만한 세계로의 진입인 것이다.

이러한 검토는 우리가 살피고 있는 설화 또한 무속 또는 신화적 맥락으로

---

34) 프로프, 앞의 책, 135면.

35) 임석재, 『한국구전설화 7』, 전라북도편1, 평민사, 1990, 247면.

36) 막스 뤼티, 김홍기 옮김, 『유럽의 민담』, 보림, 2005, 27-28면.

조명될 필요가 있음을 이해하는 데 도움이 된다. 그러나 이러한 신화적 무속적 면모는 거의 사라지고 이야기 속에서 단순히 죽었다가 살아나는 흥미있는 민담 요소로만 남아있게 되었다고 보인다. 무엇보다 이러한 해석이 필요한 것은 기존의 민담적 시각만으로는 이 설화의 의미가 해명되지 않기 때문이다.

4. 계모의 학대; 역사적 층위

앞에서 계모는 어린이들이 친모의 좋은 이미지를 유지하고 정신적 조화를 찾기 위해 친모의 부정적인 측면을 강화한 내면적 인물로 해석해보았다. 또한 바리공주 때와 달리 도령은 신성 공간에 있었지만 죽임을 당했다가 재생했다는 점도 지적했다. 그럼에도 여전히 더 해결되어야 할 문제가 있다. 신성 공간에 있던 도령은 왜 죽은 걸까? 계모는 왜 그렇게까지 도령에게 적대적인가? 이 점에 대하여 앞에서 살펴 본 바, 소녀가 무녀의 기능을 가지고 있고, 그를 다시 살려냈다는 것으로부터 도령의 죽음을 이해할 수 있다.

계모가 미워한 사람은 의붓딸이지만 죽이기까지 한 사람은 산속의 도령이다. 이 둘의 대립을 부각시켜 보자. 도령은 신성공간의 존재라면 계모는 세속의 인물이다. 의붓딸은 두 공간을 오가는 샤만의 역할을 한다. 계모는 신성한 공간에 대한 이해가 없다. 샤만적 특성을 보이는 의붓딸을 계모는 매우 싫어한다. 신성공간의 도령은 샤만적 능력의 원천이다. 세속에서는 불가능한 겨울 나물 따오기를 가능하게 하고 있다. 계모가 도령을 죽이는 것은 신성을 부정하는 세속의 관점을 대변한다고 할 수 있다. 신성한 세계라는 것은 합리(合理)로 운영되는 세속의 논리와 달리 비합리적으로 여겨지기 때문이다. 합리적 세계를 만들기 위해서 비합리를 제거해야 한다는 인식은 어떤 점에서는 자연스럽기도 하다. 특히 유교나 근대과학이 합리를 전제로 비합리, 기적, 신성함 등을 제거해 왔다는 것은 널리 인정될 수 있다.

이는 무속을 탄압한 우리 역사 속 현실의 반영으로 이어진다고 볼 수 있다. 먼저, 『삼국유사』에는 무속을 부정적으로 보고 대립하는 내용의 기사가 여럿 있다. <사금갑(射琴匣)>에서 재래신앙과 불교가 대립하는 모습을 본다면 이차돈 순교 이야기에는 순교를 통해서라도 재래신앙을 누르고 불교를 공인하려는 법흥왕의 노력을 보인다. 조동일은 유교와 불교는 공존할 수 없을 것 같지만, 그 당시 모두 "신화적 질서가 불신되면서 생긴 사상적 공백을 극복하는 구실을 함께 담당"했으며, "신화에서는 경험적인 것과 초경험적인 것, 합리적인 것과 초합리적인 것이 미분화의 상태에 머물렀으나, 신화 시대가 종말을 고하면서 경험적이고 합리적인 것과 초경험적이고 초합리적인 것이 구분되었다."37)고 지적하였다. 이러한 대립은 이후로 지속되었고 특히 유교가 득세한 고려후기 이후 무속에 대한 탄압으로 확대되었다고 보인다.

유학의 이념으로 무속을 타파하자는 시도는 여러 차례 있었다. 고려시대 이규보의 「노무편(老巫篇)」에 보이는 굿 비판이나, 『고려사』 열전에 안향이 무속인을 물리치는 기사38)는 오히려 약하고, 조선조에 들어와서는 무속을 물리쳐야 한다는 강한 주장의 기사가 여러 차례 등장한다.39)

> 이후도 음사(淫祀)를 상행하면서 신당(神堂)이라 이름하여 리중(里中)을 따로 세우는 경우가 있으면 하나같이 소훼(燒燬) 통리(痛理)토록 해야 한다.40)
> 태조7년 무인 여름 4월 경인. 요망한 인물 복대가 처형당했다. 복대는 문주 사람으로 여자 옷을 입고 무당 노릇을 하면서 어리석은 백성들을 현혹하고 어지럽혔다.41)

---

37) 조동일, 『한국소설의 이론』, 지식산업사, 1977, 160면.

38) 『고려사 하』, 아세아문화사, 1983. 322면.

39) 고려시대, 조선시대 무당 축출과 무속 탄압에 대한 자료는 이능화, 서영대 역주, 『조선무속고』, 창비,2008,에 상세하다.

40) 『태조실록』권27, 태종14년 正月 癸巳. 이태진, 『한국사회사연구』, 지식산업사, 1986, 129쪽. 재인용.

41) 『태조실록』권13, 이능화, 앞의 책 183면에서 재인용.

여기 '음사'라는 것은 산천신(山川神) 성황신(城隍神) 등에 대한 민간의 사신행위로서 불교와는 직접적 관계가 없는 말이다.[42] 태조 때에는 굿에서 신을 대감이라고 부르는 것을 금지시켰다. 중종조에도 유학도들의 대대적인 무속훼파운동이 있었다. 조선후기 이형상은 제주목사로서 "온 고을의 음사와 아울러 불상을 모두 불태웠으니 이제 무격(巫覡) 두 글자가 없어졌다"[43]고 했다. 이후 왜정 시대와 박정희 때에도 지속적으로 무속을 탄압했다.

특히 유학적 정치는 부모를 자처하면서 백성을 자식같이 다스린다고 표방했지만, 무속에 대하여는 많은 학대를 자행하여 계모 같은 행동을 했다. 무당은 조선 초기부터 도성에서 쫓겨났고 심하게 천대받았고 살해되기도 했다. 도성에서 쫓겨나 산속으로 시골로 들어갔다. 탄압이 심하면 거의 죽은 것과 마찬가지가 되기도 했다.

그럼에도 불구하고 무속은 회생하곤 했다. 지속적인 탄압이 있었다는 것은 지속적으로 무속이 다시 성행하게 되었기 때문이다. 고려말부터 시작한 조선조의 유학 정치는 합리성을 내세워서 무속을 탄압했다. 유학의 도덕으로 민생을 다스리려 했다. 그러나 민생은 합리로만 삶을 영위하지 않는다. 유학은 종교적인 욕구에 대한 답이 되지 못했기 때문이다.

신성한 세계를 이해할 수 없었던 계모는 신성한 공간의 도령을 살해한다. <딸의 인연을 망치는 계모> 설화에서 도령을 살해하는 계모의 행동은 이러한 역사적 맥락을 반영하고 있다고 볼 수 있을 것 같다. 물론 확실한 것은 아니지만, 도령에 대한 계모의 이해하기 어려운 적대감과 살해행위를 역사적 맥락에서 이해할 수 있지 않을까 하는 것이다. 이는 더 나은 답이 나오기까지의 잠정적인 해명 정도의 의의가 있을 것이다.

---

42) 이태진, 같은 책, 같은 곳.

43) 이형상, 「탐라순력도 서」, 『탐라순력도』, 국립제주박물관, 2020, 212면.

5. 맺음말

이상으로 <딸의 인연을 망치는 계모> 설화를 민담적 층위, 신화적 층위, 역사적 층위의 세 층위로 정리해 보았다. 흥미로운 설화지만 이해하기에 어려운 점이 있어서 단계적으로 설명해보았다. 이 설화가 어려운 이유는 단일한 내용이 아니기 때문임을 알 수 있었다. 세 층위의 이야기가 혼용되어 있어서 각 층위를 분리해서 정리하니 어느 정도 소명이 되었다고 하겠다.

첫 번째 층위는 주인공 소녀가 계모에게 학대를 당하지만 결국 혼인으로 귀결된다는 전체 구도 속에서 계모가 결국은 소녀의 혼인을 돕는 역할을 하고 소녀는 시련 끝에 하늘에서 내려온 것과 같은 남성을 만나 결혼에 이르는 이야기로 이해했다. 이는 단순한 성장을 넘어서, 내적 자아의 탐색을 거쳐 얻게 되는 소녀의 성숙을 주제로 한다고 할 수 있다. 둘째 층위는 도령의 신성공간과 계모의 세속공간을 대비시키면서 소녀가 두 공간을 오가는 무녀의 역할을 한다는 것을 신화 전승을 참고하여 해명하였다. 소녀가 생명꽃 또는 생명수로 사람을 살리는 것이 샤만의 중요한 치유 기능을 상징한다. 셋째 층위는 무당으로서의 소녀와, 계모가 도령을 죽이기까지 하는 과한 행위의 이유를 연관 지어볼 때, 이를 정치가 무속을 탄압하여 죽음에 이르게까지 했던 우리 역사를 일정부분 반영하고 있는 것으로 볼 수도 있음을 보였다.

첫째 층위는 비교적 명확하여 개연성을 인정하기 쉽고 둘째 층위는 신성 공간이라는 생각을 수용하면 받아들일 수 있다. 셋째 층위의 해석은 과한 느낌을 준다. 그러나 지금으로써는 계모가 도령을 살해한다는 과도한 설정을 이해하기 위한 방편으로 제시되었다. 더 나은 해명을 찾는 노력을 지속해야 할 것이다.

<녹두영감>과 <팥죽할멈> 설화의
문화사적 이해

1. 서론

임석재 선생이 1927년에 채록한 경상북도 청도의 설화에 <녹두영감과 토끼>라는 것이 있다. 녹두 농사를 방해하는 토끼를 혼내주려던 영감이 오히려 토끼에게 속아 자기 손자를 삶아먹고, 살던 집마저 화재로 잃는다는 내용의 설화이다. 영감과 토끼의 적대관계가 예사롭지 않고 지나치게 잔인하여 충격적이다. 여러모로 주목해야 마땅하지만 유감스럽게도 이해하기 쉽지 않다.

이 설화는 『팥이 영감과 우르르 산토끼』[1], <녹두영감과 꾀보 토끼>[2], <녹두영감>[3] 등 어린이용 동화로 다시 각색되어 사랑을 받고 있다. 그러나 이 동화들은 어린이에게 들려주기 어려운 잔인한 장면을 삭제하고 笑話로만 읽히도록 각색을 하여서, 원본 설화의 본질적인 면모에 접근하기 어렵게 되어 있다. 동화가 아닌 설화로서 검토되어야 할 일이지만 아직까지는

1) 박재철 글·그림, 『팥이 영감과 우르르 산토끼』, 길벗어린이, 2009.

2) 서정오, 『옛이야기 보따리』, 보리. 2011.

3) 임혜령 편·김정한 그림, 『다시 읽는 임석재 옛날이야기1』, 한림출판사, 2011, 49-57면.

연구 성과가 거의 마련되어 있지 못하다.[4] 다만 김기호는 토끼 설화를 전반적으로 검토하는 자리에서 이 설화를 언급하였다. 삐아제의 아동 심리 발달 과정 이론을 이용하면서 이 설화 유형의 트릭스터 토끼는 자기중심성을 벗어나지 못하는 단계를 보여주는 것이라고 하였다.[5] 토끼 설화를 전반적으로 해명하는 데에 심리학적 설명이 유용한 면도 있지만 <녹두영감> 설화[6] 자체의 본질적인 의미를 분석하는 것이 우선적으로 필요해 보인다. 성숙하지 못한 단계의 자기중심성을 보여주는 트릭스터 이야기들을 가령 북미 원주민들은 왜 그렇게 많이 이야기하는가? 성인인 그들이 성숙을 위해서 그렇게 한다고 말할 수는 없다. 그보다는 이 이야기의 대결과 공격성은 사회적 성격을 갖는다고 생각해볼 수 있다. 본고는 의미를 해명하기 어려운 이 설화를 대상으로 우선 해석의 첫걸음을 떼어놓는 작업이다.

이와 유사한 성격의 설화로 같이 살펴보아야 할 것에 <팥죽할멈> 이야기가 있다. 이 역시 어린이용 도서로 여러 차례 출판되었고[7] 어린이들이 좋아할 만하게 편집되었다. 그러나 이 설화도 원래는 어린이용으로 생성된 것 같지 않다. 이에 대하여는 유아교육 쪽에서 한 차례 연구가 있었다. 신혜선은 이 설화를 재창작한 동화들을 대상으로 하여, 심리학, 사회학, 기호학 세 관점에서 분석하였다.[8] 그러나 그 결과가 "강자인 지배자가 약자를 괴롭히면 벌을 받게 된다는 신화를 내포하고 있다"(484면)는 식이어서 지나치게 단순한 결론으로 유도되고 있다. 유아용 교훈으로 마감되어,

---

4) 『한국민속문학사전 : 설화』, 국립민속박물관, 2012,에도 이 설화에 관한 항목이 없다.

5) 김기호, 「트릭스터 토끼설화군의 계통」, 『한국사상과 문화』 40집, 한국사상과문화학회, 2007, 87-88면.

6) 이하 논의에서는 <팥이 영감과 우르르 산토끼>, <녹두영감과 꾀보 토끼>, <녹두영감> 등의 제목을 <녹두영감>으로 통칭하기로 한다.

7) 소중애, 『팥죽할멈과 호랑이』, 비룡소, 2010.
박윤규, 『팥죽할멈과 호랑이』, 시공주니어, 2007.
양재홍, 『팥죽할멈과 호랑이』, 교원, 2000.
서정오, 『팥죽할멈과 호랑이』, 보리, 2003.

8) 신혜선, 「전래동화 「팥죽할멈과 호랑이」의 의미 분석」, 『열린유아교육연구』,14권6호, 한국열린유아교육학회, 2009, 467-487면.

설화 원전에 대한 검토의 필요와 함께, 설화 본래의 의미에 대한 천착이 필요함을 일러주고 있다. 권혁래도 이 설화 항목을 기술하면서 '호랑이는 탐욕스러운 권력자이고 할머니와 물건들을 민중으로 보아 약한 존재라도 지혜와 힘을 합치면 어려움을 해결할 수 있다는 교훈'을 주는 것으로 파악했다.[9]

그러나 이 설화들은 이러한 소박한 주제 이상의 의미를 가지고 있다고 생각된다. <팥죽할멈>설화를 <녹두영감>설화와 함께 對比하면 유의미한 결과를 얻을 수 있다고 보아 연구를 진행하고자 한다. 겉보기로는 할아버지가 토끼를 이기고 호랑이가 할머니를 이기는 것이 현실적으로 당연하다고 하겠지만, 이 설화들은 정반대의 결말을 보여준다. 할아버지는 지고 할머니는 이긴다. 이것을 자연과의 대응으로 보아서 겉보기보다 깊고 중요한 의미를 찾아보고자 한다. 별개의 것으로 바라볼 때 막연하던 것이 대조를 통해서 의미가 선명해진다고 생각해서 그 과정을 보이고자 한다.

2. <녹두영감> 설화 자료와 의미 추정

먼저 <녹두영감> 설화를 살펴본다. 이 설화는 『임석재 전집』과 『한국구비문학대계』에 다음과 같이 채록되어 있다.

① 임석재 전집 1, 『한국구전설화』, 평안북도편1, 24면. <노파와 토끼>
② _____, 97면. <토끼와 호랑이와 할머니>
③ 임석재 전집 7, 『한국구전설화』, 전라북도편1, 179면, <팥이영감과 토끼>
④ 임석재 전집 10, 『한국구전설화』, 경상남도편1, 96면. <토끼와 영감>

---

9) 권혁래, <팥죽할멈과 호랑이>, 『한국민속문학사전, 설화2』, 국립민속박물관, 2012, 762면.

⑤ _____, 96면. <할아버지와 토끼>
⑥ 임석재 전집 12, 『한국구전설화』경상북도편, 57면. <녹두영감과 토끼>
⑦ _____, 59면. <녹두영감과 토끼>
⑧ 『한국구비문학대계』 7-4, 경북 성주, 225면, <어리석은 녹두영감과
   꾀 많은 토끼>
⑨ 『한국구비문학대계』 7-10, 경북 봉화, 870면, <토끼에게 당한 녹두첨
   지>
⑩ 『한국구비문학대계』 7-13, 대구, 40면. <토끼 잡아 봉변당한 노부부>
⑪ 『한국구비문학대계』 8-5, 경남 거창, 93면, <꾀 많은 토끼>

이들 각편으로부터 내용을 종합하여 <녹두영감과 토끼> 이야기의 서사
구성을 제시하면 다음과 같다.

(가) 영감이 녹두를 심었다. 토끼들이 자꾸 따 먹는다.
(나) 영감은 입, 항문, 콧구멍을 대추, 곶감, 밤 등으로 막고 죽은 척하고
    밭에 누웠다. 토끼들이 죽은 줄 알고 초상을 치러주는데 영감이
    갑자기 일어나서 토끼 한 마리를 잡았다.
(다) 영감이 토끼를 솥에 넣고 불을 빌리러 간 사이에 토끼는 방에서
    자고 있는 손주를 솥에 넣고 손주 자리에 가 눕는다. 영감이 솥에
    불을 때고 손주를 삶아 먹는다. 토끼가 튀어 나오며 손주를 삶아
    먹는다고 조롱한다.
(라) 토끼가 영감에게 자기를 잡는 법을 거짓으로 일러준다.(다리, 장독,
    나락, 지붕). 결국 토끼에게 속아 영감의 집까지 불이 나 타버린다.
    토끼는 영감을 놀리며 사라진다.

①은 앞부분 서사가 제거된 간략한 축약본이며 주인공도 영감이 아니라
노파로 되어 있다. 결말은 자기가 아이를 삶은 것을 알게 된 노파가 슬퍼서

울다가 죽었다. ②는 호랑이를 속이고 태워 죽여 먹은 토끼 이야기에 이 설화를 이어놓아 길어졌다. 토끼가 호랑이에 이어 노친네를 속여먹는 이야기로 일관되어 있다. ③은 녹두가 아닌 팥으로 되어 있으나 서사 구성은 완결되어 있다. ④와 ⑤는 녹두가 아니라 풀이며 기본 서사를 갖추고 있다. ⑥은 내용이 풍부하고 상세하다. ⑦은 ⑥의 핵심만 기술한 것 같이 되어 있으며, 영감은 대추 등으로 몸의 구멍을 막는 장면이 없이 바로 죽은 체 한다.

⑧과 ⑨는 전형적인 녹두영감 이야기이다. 영감은 누더기를 쓰고 죽은 체 하기도 한다. ⑩은 주인공이 영감 할멈 부부로 설정되어 있으며 녹두 화소가 없이 토끼를 잡았다가 봉변을 당했다고 하면서 "그라이 인자 산짐승을 잡으마 안 딘다 카는기라."라는 교훈이 결말 부분에 있다. ⑪도 역시 부부가 주체이며 녹두 이야기가 빠져 있고 잡은 토끼 때문에 집안이 망한 이야기로만 되어 있다. 『임석재 전집』12의 ⑥과 『한국구비문학대계』7-4 의 ⑧이 이야기로서의 구성이 탄탄하고 내용이 풍부하다.

이 설화가 임석재 전집에 가벼운 笑話들과 함께 수록되어 있지만, 단순히 우스갯소리로만 간주하고 넘어가기에는 미심쩍은 측면이 있다. 가장 눈에 띄는 것은 영감과 토끼의 적대적 관계이다. 토끼를 잡으려던 영감은 토끼의 꾀에 넘어가서 자기 손자를 삶아 먹고 만다. 둘째로 주목하게 되는 것은 이 둘의 싸움이 물리적인 싸움이 아니라 속고 속이기의 지적인 싸움이라는 것이다. 영감은 토끼를 잡으려고 죽은 척을 하고 토끼는 연이어서 영감을 속여 먹는다. 사냥으로 동물을 잡던 모습이 아니다. 동물과의 관계에 어떤 변화가 일어난 것은 아닌가 생각해보게 한다. 셋째로는 이 둘의 싸움이 농사일을 두고 시작된다는 점이다. 농사란 무엇인가? 더 이상 사냥하던 자연이 아니라는 것, 자연을 변형시키기 시작하는 인간의 모습이 바로 농사와 더불어 비롯된다는 것을 고려하게 된다.

이런 문제들을 일관성 있게 이해하는 방법은 무엇일까? 다시 설화의 처음으로 돌아가 보자. 토끼와 영감은 녹두를 놓고 다툼을 벌인다. 영감은 녹두를 밭에 심는데 토끼들은 와서 자꾸 녹두를 먹어버린다. 여기서 심각한 갈등이 빚어졌다. 영감은 자신이 재배한 녹두를 가지려고 하는데 토끼가 그것을 가로채자 화가 나서 토끼를 잡으려 한다. 토끼는 동물을 대표해서 나왔다. 영감이 밭과 녹두를 소유하려고 하는데 동물이 그것을 방해하는 것으로 보아 이 이야기는 농경에 접어드는 시기, 인간이 닥친 자연-동물계와의 적대적 어려움이 그 배경이 되고 있지는 않은가 가정해볼 수 있다. 수렵에서 농경으로의 이행기에 인간이 겪은 혼란과 실패의 기록으로 이해해보고자 하는 것이다.

영감은 밭을 경작하여 녹두를 심는다.[10] 그러나 여의치 않다. 토끼가 와서 먹어버리기 때문이다. 토끼는 인간의 밭 경작을 방해하는 동물 또는 자연이다. 밭은 자연이 아니다. 인간의 노력으로 가공된 인공물이다. 그것은 문화로 나아가는 걸음을 보여준다. 자연 속에서 밭을 일구어 농경에 접어드는 것이 용이하지 않았음을 토끼를 통해 보여준다. 영감은 꾀를 내본다. 죽은 체하여 토끼를 잡기로 하고 성공했다. 자연을 이겨낸 첫 모습이다. 솥에 삶아 죽이고자 한다. 이 둘의 적대감은 이토록 강하다. 둘은 서로 용납될 수 없는 것이다. 단순히 토끼와 영감의 笑話로 이해할 수 없게 한다.

그러나 불을 빌리러 간 사이에 토끼는 솥에서 나와 오히려 손주를 솥에 넣어버린다. 영감은 결국 삶아진 손주를 토끼인 줄 알고 먹는다. 토끼는 영감을 놀린다. 이 역시 토끼에게도 영감에 대한 적대감이 가공할 만한 것임을 보여준다. 그것은 현대에서 돌이켜볼 때, 인간이 자연을 개발하며 망가뜨려 동물의 삶의 터전을 붕괴시킨 것을 고려해보면, 토끼나 동물의 입장에서 보아 인간의 밭이 넓어질수록 자신들의 삶이 위태로워진다는 것을 알았기 때문일 수 있다. 인간이 문화를 창조하는 역사의 시작은 자연,

---

10) "우리나라에서는 부소산성(扶蘇山城)내의 백제 군창지에서 출토된 바 있으므로 청동기시대에 이미 재배가 시작된 것으로 추측된다."("녹두" 『한국민족문화대백과사전』, 한국학중앙연구원.)고 하는 것도 이 이야기가 녹두를 통하여 유서가 오래된 것임을 보여주는 것으로 이해해볼 수 있다.

곧 동물의 세계가 위축되고 파멸하기 시작하는 역사의 시작에 다름 아니다. 한 인류학자는 중석기시대의 인류를 묘사하기를 "인간의 약탈로부터 안전할 수 있는 것이 없을 정도였고, 인간은 어떤 종의 동식물을 완전히 멸종시켜버리기도 하였다."[11]고 지적하였다. 그러나 그들은 여전히 '종속적인 지위에 머물러 있었다'고 하면서 그는 이어서 이렇게 말한다. "자연의 번창 여부는 그들에게도 똑같은 식으로 영향을 미치게 되었다. 음식물을 제공해 줄 식물들을 말려죽인 한발과 동물의 떼를 휩쓸어버린 질병은 인간에게 직접적으로 영향을 미쳤"다.[12] 이를 자연의 복수라고 생각해보면 설화적인 맥락이 잡힐 수도 있다.

영감이 가지고 있는 불과 솥이라는 도구에도 불구하고 영감은 결국 토끼에게 패한다. 손주를 삶아 먹게 하는 것은 자연과 인간의 적대 관계가 극대화되어 있음을 보여준다. 자연과의 적대적 갈등에서 인간의 패배는 사실 인간이 자초한 것이기도 한다. 영감은 인류의 초기 농경 역사에서 그러했듯이 본래 토끼의 영역이었을 자연을 어떠한 사전적 양해 없이 무단으로 점거하고 개간하고 농작물을 경작했을 것이다. 어쩌보면 토끼가 영감이 경작한 녹두를 먹어치우는 것은 자연적 존재의 지극히 자연스러운 먹이 활동일 뿐이다. 그러나 영감은 토끼가 자신의 농경을 방해하고 작물을 망친 주범으로 인식한다. 영감은 어떠한 대화나 타협적 시도 없이 토끼를 처치하고 말겠다는 극단적 방법을 취한다. 이야기 속에서 토끼는 인간처럼 말을 할 수 있는 존재라고 설정되어 있다. 그럼에도 영감은 농경과 경작물, 농토와 자연에 대해 토끼와 대화를 통해 함께 어울려 사는 조화로운 삶을 꾀하는 대신 그 모든 것을 혼자의 것으로 독점하기 위해 토끼를 처치하는 극단적인 방법을 강구한다.

그러나 영감이 토끼에게 패하고 마는 결말을 통해 자연에 대한 인간의 적대적 투쟁은 결코 성공할 수 없음을 확인할 수 있다. 토끼는 영감의

---

11) 슈스키/컬버트, 이문웅 역, 『인류학개론』, 일지사, 1981(1998영 10쇄), 124면.
12) 같은 책, 같은 곳.

손자를 죽음으로 몰고 가며, 또한 삶의 터전인 집마저 화재로 소실시킨다. 여기에서 손자의 죽음과 집의 소실은 중요한 상징적 의미가 있어 보인다. 영감에게 손자가 있는 것으로 보아 그 손자의 부모, 즉 영감의 아들 내외 역시 함께 살고 있는 것으로 볼 수 있다. 그러나 자료에서 영감의 아들 내외의 모습은 명시적으로 드러나지 않는다. 토끼와 갈등하던 영감의 불행이 아들 내외가 아닌 손자에게 미치고 있다. 이러한 祖孫의 설정은 극의 재미를 극대화하는 장치 이외에 자연에 대한 조상의 적대적 행위가 결국은 그 후손에게 부정적인 결과를 초래하고 만다는 자연의 이치를 보여주는 것으로 이해할 수 있다. 자연과 타협하고 조화하지 않는 인류의 독단적이고 적대적인 행위는 결국 자연을 황폐화시켜 인류의 미래마저 위기로 내몰게 되는 결과를 초래하게 될 것이다. 이런 관점에서 영감의 삶의 터전이 집이 화재로 소실되는 사건도 이해할 수 있다. 자연과 공존을 꾀하지 않는 인간의 욕심과 독단은 인류의 존폐마저 위협하는 불행을 자초하게 되는 것이다. 인간은 결코 적대적인 방법으로 자연을 이길 수 없는 것이다.

<녹두영감>에서 보이는 이러한 인간과 자연의 갈등은 인간이 자연을 문화로 개척해나가기 시작하던 초기의 모습으로도 이해된다. 자연의 일부로서의 인간이 막 자연에서 벗어나던 찰나, 인간은 조화와 공존이 아닌 비타협과 극단의 방식의 자연에 맞서고 있음을 알 수 있다.

이 지점에서 왜 하필이면 토끼인가 하는 질문을 할 수 있다. 이 이야기는 전체가 꾀를 쓰기, 속이기에 대한 이야기이다. 동물 중에서는 토끼가 지혜로운 동물로 알려져 있다. 영감이 처음에 꾀를 썼듯이 인간은 결국은 꾀 즉 지혜를 이용해서 자연을 극복하고 동물을 제어한다. 동물 중에서 지혜의 상징인 토끼를 끌어들여 인간의 싸움이 힘이 아니라 지혜의 싸움이었음을 말한다고 보인다.

더 적극적으로 토끼의 의미를 고찰해볼 수 있다. 이 이야기에서 토끼는 음식 탐하기, 속이기, 변신, 훔치기, 욕설하기, 죽이기 등을 자행하는 동물로서, 이 이야기는 전형적인 토끼 트릭스터(trickster)담이다. 이만큼 전면적으로 트릭스터의 면모를 드러내는 이야기는 우리에게 그리 많지 않다. 트릭스터는 혼란과 무질서를 가져오는 존재이다. 트릭스터담에 보이는 혼란은 하나의 시대에서 다음 시대로의 이행기가 이유인 것으로 생각한다. 기존의 질서가 무너지고 아직 다음의 질서는 나타나지 않은 시대에 트릭스터가 활동한다.[13] 새로운 질서를 재창조하기 위하여 무질서와 파괴와 혼란을 가져온다. 이 이야기에는 나타나지 않지만 트릭스터의 정 반대의 측면은 창조이기도 하다. 파괴와 창조가 트릭스터의 역할이다. 이행기의 경계성, 이중성을 트릭스터가 담보하기 때문이다. 우리나라 설화에서 트릭스터 동물은 흔히 토끼 또는 호랑이이다. 호랑이를 내세웠다면 속고 속이기보다는 물리적인 싸움의 양상으로 진행되기 쉽기에, 꾀를 강조하는 이 이야기에서는 힘보다는 꾀를 드러내는 트릭스터로서 토끼가 주인공으로 선택되었다고 보인다.

그런데 영감은 여기서 실패했다. 즉 영감의 단계는 인간이 자연을 문화로 전환시키는 과정에서 대립하고 갈등하던 시기의 것으로, 인간이 지혜를 제대로 발휘하여 대화와 조화를 꾀하고 결국은 동물세계까지 제압하는 단계까지는 이르지 못하고 있다. 그 단계를 보여주는 것은 <팥죽할멈> 유형이다. 임석재 전집에서 종종 <녹두영감과 토끼> 이야기 바로 뒤에 자리 잡는 <날파리 밤 송곳 멍석 지게가 도와준 할머니>는 바로 팥죽할멈 이야기이다.

3. <팥죽할멈> 설화와의 대비적 고찰

<팥죽할멈> 이야기의 자료는 다음과 같은 것들이 있다.

---

13) 그 대표적인 사례가 무속서사시인 <창세가>의 미륵과 석가의 꽃피우기 경쟁에서 보이는 석가의 트릭스터적인 면모일 것이다. 그 비슷한 사례는 제주도 무속서사시인 <천지왕본풀이>에서도 확인된다.

① 임석재 전집 2, 『한국구전설화』, 평안북도편2, 58면. <할머니를 잡아 먹으려던 호랑이>

② 임석재 전집 4, 『한국구전설화』, 강원도편, 165면. <할머니를 구해준 총알 송곳 맷돌 덕석 지게>

③ 임석재 전집 5, 『한국구전설화』, 경기도편, 121면. <할머니를 구해준 지게 쇠똥 바늘 맷돌 달걀>

④ 임석재 전집 6, 『한국구전설화』, 충청북도편, 67면. <할머니와 호랑이>

⑤ 임석재 전집 7, 『한국구전설화』, 전라북도편1, 181면. <노인과 호랑이>

⑥ _____, 182면. <여인을 도운 계란 자라 절구통 멍석 지게 작대기>

⑦ _____, 184면. <할머니를 도운 계란 자라 물개똥 송곳 절구통 멍석 지게>

⑧ 임석재 전집 9, 『한국구전설화』, 전라남도편, 62면. <할머니를 도와준 파리 바늘 달걀 게 절구 덕석 지게>

⑨ 임석재 전집 10, 『한국구전설화』, 경상남도편1, 97면. <할머니를 도운 파리 달걀 게 덕석 지게>

⑩ 임석재 전집 12, 『한국구전설화』, 경상북도편, 59면. <날파리 밤 송곳 지게 멍석 지게가 도와준 할머니>

⑪ 『한국구비문학대계』 8-4, 경상남도 진주시, 308면. <호랑이와 할머니>

⑫ 『한국구비문학대계』 8-5, 경상남도 거창, 175면. <내기한 호랑이와 할머니>

⑬ 손진태, 『조선민족설화의 연구』, 135면, <쇠똥에 자빠진 범>

이 외에 『한국구비문학대계』에 유사한 이름의 설화가 있다. 2-6, 강원도 횡성, 560면. <팥죽할멈과 호랑이>/ 7-10, 경상북도 봉화, 331면. <팥죽할머

니>/ 7-12, 경상북도 군위, 144면. <팥죽할머니 이야기>가 있지만 이들은 <해와 달이 된 오누이>의 변형으로 4장에서 언급하기로 한다.

이 설화 유형에서 가장 보편적인 것은 할머니가 혼자 팥밭을 매거나 팥을 거두고 있는데 호랑이가 와서 잡아먹겠다고 하니 팥죽을 쑤어 먹은 후에 잡아먹으라며 호랑이를 돌려보내는 각편이다. 이 설화 유형은 이렇게 정리될 수 있다.

(가) 팥죽할멈 혼자 힘겹게 팥밭을 맨다.
(나) 호랑이가 와서 밭을 매주고(또는 밭매기 내기를 하고) 할머니를 잡아먹으려 하자 추수해서 팥죽을 쑤어 먹고 나서 잡아먹으라 한다.
(다) 추수를 하고 난 할머니가 이제 죽을 일만 남아 울고 있자, 날파리 달걀 바늘 작대기 송곳 멍석 지게 등이 와서 이유를 묻고 팥죽을 주면 도와주겠다고 한다.
(라) 호랑이가 오자 날파리 달걀 바늘 송곳 멍석 지게가 도와주어서 호랑이를 죽이고 할머니는 잘 살았다.

<녹두영감> 설화처럼 이 이야기도 주인공이 농사를 짓고 동물과 대결하는 이야기이다. 그래서 이 이야기도 유사하게 농경이 시작되는 시점을 배경으로 한다고 가정해볼 수 있을 것 같다. 밭매기 내기를 하는 장면은 특히 이 둘이 자연의 생산성을 놓고 경쟁한다고 볼 수 있을 것 같다. 가령 ⑨의 자료에서는 할머니가 팥밭을 매고 있는데 호랑이가 와서 내기하자고 한다. "밧을 매는데 불범은 뒷발로 허비고 앞발로 헤비고 해서 이깄다."[14]고 한다. 앞발 뒷발로 밭을 매는 호랑이에게 쭈그리고 앉아 일하는 할머니는 내기에 지고 만다. 인간이 호랑이와 같은 짐승보다 자연적인 능력에서 뒤떨어지는 것을 그렸다고 볼 수 있다. 그래서 할머니는 패배하게 되어

---

14) 임석재 전집 10,『한국구전설화』, 경상남도편1, <할머니를 도운 파리 달걀 게 덕석 지게>, 97면.

있다. 녹두영감과 같이 꾀를 써 보아도 결국 지고 말 것으로 예상할 수 있다.

그런데 이 이야기에서는 할머니는 호랑이를 물리치고 잘 살게 되어 할머니의 승리로 귀결된다는 큰 차이를 보여준다. 그 까닭은 무엇일까?

먼저 녹두 영감이 꾀를 낸 것의 양상을 보자. 녹두 영감은 "똥궁기다 꽂감을 찡기고 콧궁기다 대추로 찡기고 입에대가 밤을 물고 눈이다가 엿으로 봉하고 녹디밭이 가서 떠억 드누었다."[15] 영감이 사용한 것은 대개가 자연물 그 자체이다. 자연에 가까운 토끼와의 대결에서 자연물을 그대로 사용하여 패배를 자초했다. 영감은 동물과의 경쟁에서 꾀를 썼지만 토끼가 오히려 한 수 위였다. 영감은 도구보다는 아직 자연에 더 익숙했거나 아직은 자연물밖에 이용할 수 없는 단계일 수 있다. 아직은 도구 없이는 꾀로 동물을 이길 수 없었다.

이에 반해 팥죽할멈이 도움을 받은 것은 대개가 인공적 도구들이다. 날파리와 달걀도 있지만 바늘 송곳 지게 멍석 들이다. 모두 집 안에서 집 안에서 할머니와 지내는 도구들이다. 날파리와 달걀도 집 안에 있어서 인간과 친화되어 있다. 바늘 송곳 멍석 지게 같은 도구를 이용하는 것은 할머니가 보다 문화화되어 있음을 말해준다. 인간은 이런 도구들을 이용해서 자연을 극복해왔다. 호랑이같이 적대적이고 무서운 동물을 이겨왔다.

⑬의 자료는 1928년 1월에 이은상이 전해주었다는 이야기인데 할머니가 꾀를 써서 도구들을 배치한다는 점에서 특별한 자료이다. 녹두영감처럼 꾀를 쓰지만 숯불 바늘 덕석 등을 제 자리에 배치해 둔 것이다. 물론 이 자료에도 결국은 도구들이 능동적으로 움직인다. 가령 범은 "쇠똥에 미끄러져 벌떡 나자빠졌다. 그러자 마당에 있던 덕석이 와서 범을 돌돌 말아서 지게에게 주니 지게는 그것을 냉큼 짊어지고 바다로 가서 물 속에 내버렸다."[16]

---

15) 임석재 전집 12, 『한국구전설화』 경상북도편, <녹두영감과 토끼>, 57면.
16) 손진태, 『조선민족설화의 연구』, <쇠똥에 자빠진 범>, 을유문화사, 1991, 135면.

이 설화의 특징은 도구들의 능동성이다. 위의 각편에서 서두부분과 함께 어떤 사물들이 할머니를 돕는지 보이면 다음과 같다.

①은 팥밭 매고 있는 할머니에게 백호 하나가 와서 잡아먹겠다고 한다./ 막대기 멍석 지게 송곳 달걀 자라 개똥.

②는 일하러 가는 할머니에게 호랑이가 잡아먹겠다고 한다./ 총알 송곳 맷돌 덕석 지게

③은 할머니가 사는 곳에 호랑이가 와서 오늘 저녁에 잡아먹겠다고 한다./ 지게 쇠똥 바늘 맷돌 달걀

④는 팥밭을 거두고 있는 할머니에게 호랑이가 와서 잡아먹겠다고 한다./ 달걀, 송곳 동아줄 멍석 지게

⑤는 호랑이가 팥죽을 한 솥 끓여달라고 해서 할머니가 내일 오라고 하고, 호랑이를 쫓기 위해 물건들을 배치해 놓는다./ 달걀 송곳 맷방석 지게 작대기

⑥은 식구를 다 잡아먹은 호랑이를 기다리며 팥죽이나 실컷 먹고 죽어야겠다고 팥죽을 쑤는 것으로 되어있다./ 계란 자라 절구통 멍석 지게 작대기

⑦은 팥밭을 매는 할머니에게 호랑이가 와서 잡아먹겠다고 하자 팥을 거두어서 팥죽이라도 먹은 후에 잡아먹으라고 한다./ 계란 자라 물개똥 송곳 절구통 멍석 지게

⑧은 내기에 진 할머니가 호랑이에게 잡아먹힐까봐 울고 있으니 바늘이 말을 한다./ 파리 바늘 달걀 게 절구 덕석 지게

⑨은 팥밭 매기 내기에서 져서 호랑이가 할머니를 잡아먹겠다고 한다./ 파리 달걀 게 덕석 지게

⑩은 팥밭을 매는 할머니에게 호랑이가 밭을 매주고 잡아먹기로 한다./ 날파리 밤 송곳 지게 멍석 지게

⑪은 팥밭 매는 할머니와 호랑이가 밭매기 내기를 해서 할머니가 진다./ 파리 달걀, 게 지게 덕석

⑫는 영감이 죽고 나서 혼자 된 할머니 밭을 매고 있다가 호랑이와 밭매기 내기를 하게 되는 앞부분이 상대적으로 길게 서술되어 있다./ 달걀 게 파리 물통 덕석

⑬은 할머니가 호랑이를 꾀어 집으로 오게 하고, 집에 숯불, 고춧가루물통, 쇠똥, 바늘, 덕석을 배치해두어 호랑이를 처치한다는 점에서 특별한 양상을 띤다.

⑬을 제외한 나머지 자료들은 모두 할머니는 수동적인데 오히려 도구들이 알아서 호랑이를 물리치고 할머니를 잘 살게 도와준다. 이는 녹두영감의 꾀와 대조가 된다. 꾀는 인간이나 동물의 내면에 있는 것인 반면에 도구는 내면의 생각이 외면화, 객관화된 것이다.

바늘이나 송곳, 작대기 등은 인간의 손의 기능을 확대한다. 손으로 때리면 호랑이를 물리칠 수 없지만 송곳으로 찌르고 작대기로 때리면 그럴 수 있다. 손으로는 호랑이를 들어 내칠 수 없지만 멍석이 둘러싸고 지게가 들고 가면 그럴 수 있다. 이런 점에서 인공의 사물만 도구가 되는 것은 아니다. 날파리, 달걀이나 쇠똥 같은 자연물도 할머니의 의도대로 이용되면 도구가 된다. 파리가 불을 꺼서 호랑이를 당황하게 하고 쇠똥에 미끄러지게 하는 것은 할머니가 파리나 쇠똥을 도구로 이용한 것으로 간주된다. 꾀 자체가 아니라 도구가 인간을 강하게 하여 동물과의 경쟁에서 승리하게 했다. 도구들과의 친연성은 이들에게 팥죽을 한 그릇씩 먹여주는 것으로 형상화되어 있기도 하다.

녹두 영감은 아직 도구를 이용하지 못함을 재미있게 보여준다. 토끼는 쫓겨 가면서 자기 다리 대신 울타리를 잡게 하고 돌로 장독을 깨게 하고 나락에 불을 지르게 한다. 이로 보면 영감은 울타리, 장독, 볏나락 등을 소지하고 있는 인물이다. 그럼에도 불구하고 토끼를 이기지 못한다. 오히려 토끼에게 당하는 빌미가 된다.

이것은 농경 시대에 접어들면서 남성적 원리의 부적절함에 대한 은유로

볼 수 있다. 녹두영감이 토끼와 대결하는 것은 사냥으로 다져진 남성적 적대성을 보인다. 할멈은 주변 생활도구들과의 화합으로 도움을 얻어 호랑이를 물리친다. 적대적 대결의 시대가 지나가고 도움과 화합의 시대로 접어들었음을 영감은 알지 못한 것이다. 그것이 <녹두 영감> 설화의 주체가 영감인 것에 반해 이 이야기의 주체는 할머니로 나타나는 이유이다. <녹두 영감> 설화에도 할머니가 나오지만 주체는 영감으로 일관되게 구성되어 있다. <녹두 영감> 설화는 남성이 자연과 대립하고 적대적으로 행동하다가 파멸하는 모습을 보여주고 있다면, <팥죽할멈> 설화는 여성이 자연과 대화와 타협을 시도하고 주변과의 조화를 통해 자연을 슬기롭게 개척하는 모습을 대비적으로 보여준다 하겠다. 이는 여성이 초기 농경에 큰 역할을 했을 것이라는 역사적 상황과 맞는다고 볼 수 있다.

할머니가 혼자 팥밭을 매거나 거두는 곳에 호랑이가 와서 말을 건다는 설화 초입 부분은 아직도 동물들과의 관계가 밀접했던 수렵시대의 자장 안에 있음을 말해준다고 볼 수 있다. 그러나 결말에서 할머니는 도구들의 도움을 받아 호랑이를 물리친다. 이는 인간이 자연에 종속되어 있던 시기를 끝내고 능동적으로 먹거리를 마련하고 문화적 삶을 개척해나가는 단계로 진입했음을 보여준다. 녹두영감이라면 호랑이와 직접 대결을 했을 것이다. 그리고 패했을 것이다. 토끼와의 싸움에서도 지게 된 영감은 호랑이를 이기지 못했을 것이다. 호랑이를 이기는 방법은 정면 대결이 아니라 도구를 이용하는 문화적 방법이었던 것이다. 이는 남성적 대결의 원리에서 여성적 문화의 원리로 이행되는 과정으로 이해해도 좋을 것이다

초기 농경이 여성의 손에서 발전했을 것임은 여성이 생명을 낳는 존재라는 상징성과도 깊은 관계를 맺는다. 캠벨이 정리해준대로, 수렵시대에 부족의 생계를 책임지는 것은 남성이었지만, 기초 신석기 시대에 접어들면서 여성의 경제적 기여가 더 중요하게 되었다. "여성은 씨를 뿌리고 곡물을 수확하는 일에 참여하였으며 또한 생명을 낳고 기르는 자로서, 대지의 생산성을 상징적으로 돕는 존재로 간주되었다."[17]

여기서 우리는 설화 구성의 민중적 지혜로움에 대해 생각해볼 수 있을 것이다. 우선 이야기의 기본 소재가 되는 현실 상황으로 보자면, 노인 영감은 힘없는 토끼를 물리치는 데 큰 어려움이 없을 것이고 호랑이는 산 속에 혼자 사는 할머니를 쉽게 잡아먹었을 것이다. 그러나 승리와 패배에 관한 설화의 결말은 정반대이다. 이길 것 같은 영감은 지고 질 것 같은 할머니는 이긴다. 겉으로 보이는 것과 삶의 실상은 일치하지 않을 수 있다는 점을 지적하는 것이 이러한 설화가 갖는 지혜의 하나이다. 그런데 이 설화는 역사적 의미와 관련되어 있다. 영감은 자연의 대응을 자연으로 응대했기에 실패했다. 그것은 수렵시대의 사고방식으로 여겨진다. 동물과 인간이 적대적 관계에 놓이고 인간은 동물이 서로 사냥을 하듯이 동물을 사냥했다. 이것은 세계관의 패러다임 전환이라고 할 것이다. 이런 방식은 할머니가 제시한 도구를 이용한다는 문화적 단계로 이행하면서 의미가 퇴색했다고 보인다. 할머니는 도구를 통해서 자연과 간접 대응 관계로 접어들었다. 도구는 인간의 지혜와 능력을 배가시켜주었다. 상식적 또는 피상적 세계 인식을 벗어나고 있음을 이러한 역사적 사실 자체를 통해 제시함으로써 세계를 바꾸어나가는 인간에 대한 이해를 높인다.

여기에는 또한 인간만이 아니라 토끼의 입장도 이해할 수 있게 하는 지혜가 있다. 토끼 편에서는 인간이 자신의 세계를 침범하는 적대자이다. 토끼의 입장을 이해함으로써 자연에 대한 일방적인 수탈이 옳기만 한 것은 아니라는 것을 이해할 수 있다. 자신의 입장을 상대방의 입장에서 객관화시켜볼 수 있는 지혜를 암시한다.

4. <해와 달이 된 오누이> 설화에 대한 새로운 이해

그런데 손진태는 <팥죽할멈> 설화가 <해와 달이 된 오누이> 설화에 연결

---

17) 조지프 캠벨, 이진구 옮김, 『신의 가면 1, 원시신화』, 까치, 2003, 165면.

되어 있는 것이 몽고에 있다고 지적하고 있다. 손진태는 일본 사람인 鳥居君子夫人이 蒙古의 왕녀로부터 들은 이야기를 모은 책에서 두 가지 설화를 소개하고 있다. 하나는 <해와 달이 된 오누이> 설화인데 결말에 해와 달이 되는 화소가 없다. 둘째 것은 전반부에서 노파가 아이들에게 문을 열어달라고 하는 부분까지는 <해와 달이 된 오누이>와 같고, 그 이후는 계란 맷돌 가위 바늘 돼지머리 등이 아이들을 도와 노파를 해치운다. 그 다음 항목에서 손진태는 자료 ⑬ <쇠똥에 자빠진 범>을 들고 이들은 "원래는 불전에서 나온 모양" "서장에서 몽고를 통하여 조선에 들어오게 된 모양"이라고 언급하였다.[18]

우리 설화자료에도 오누이가 해와 달이 되는 결말이 있는 설화도 있고 그렇지 않은 설화도 있다. 이지영은 이 설화 유형 전체를 하나로 보았을 때, 호랑이가 어머니를 잡아먹는 첫째 삽화, 심술궂은 호랑이 물리친 할머니 유형의 둘째 삽화, 오뉘가 일월이 되는 셋째 삽화가 결합된 것으로 보았다.[19] 성기열과 서대석도 결말의 日月 되기는 본 이야기에 첨가된 것으로 이해하였다.[20]

또한 『구비문학대계』 2-6, 강원도 횡성, 560면. <팥죽할멈과 호랑이>/ 7-10, 경상북도 봉화, 331면. <팥죽할머니>/ 7-12, 경상북도 군위, 144면. <팥죽할머니 이야기>는 <해와 달이 된 오누이>에서 결말이 없는 이야기들인데 어머니가 팥죽할머니인 것이 특이하다.

<팥죽할멈>과 <해와 달이 된 오누이>는 어떤 관계일까? 단순히 결말이 후에 첨가된 것으로 보기보다 두 삽화의 결합에 대한 보다 근본적인 해명이 요구된다. 또한 <녹두영감>과 <팥죽할멈>을 현실의 반영으로 본 시각을 <해와 달이 된 오누이>에도 적용할 수 있는지의 여부도 생각을 요한다.

---

18) 손진태, 앞의 책, 133-136면.

19) 이지영, 「<해와 달이 된 오누이>의 전승과 그 특징에 관한 연구」, 『한국문화연구』15, 이화여대 한국문화연구소, 2008, 171-215면.

20) 성기열, 『한일 민담의 비교연구』, 일조각, 1979, 184-185면.
서대석, 「한국신화와 민담의 세계관 연구」, 『국어국문학』101, 국어국문학회, 1989, 23면.

결말이 본 이야기와 필연적인 관계가 없다면 <해와 달이 된 오누이> 설화는 두 유형으로 나누어볼 수 있다. 하나는 아이들이 호랑이를 퇴치하는 것으로 그치는 것이고 다른 하나는 아이들이 해와 달이 되는 것이다.

전자의 경우를 보자. 아이들이 호랑이를 퇴치하기는 현실적으로 어렵다. 그것은 할머니가 혼자서 호랑이를 물리치기 어려운 것과 같다. 여기에 필요한 것이 설화적으로 하늘의 도움이거나 도구의 도움이다. 도구의 도움으로 위기를 극복하는, 위의 ⑬으로 손진태가 소개한 <쇠똥에 빠진 범>과 같은 것이 『구비문학대계』8-1, 310면 <호랑이와 범벅>으로 전한다. 김열규의 전언으로도 전하는 경남 거제의 전승도 있다.[21] 어머니를 잡아먹은 호랑이가 아이들까지 잡아먹으러 오자, 재 속의 밤, 바늘, 계란, 덕석, 지게가 호랑이를 물리쳤다고 한다.[22] 하늘의 도움이어도 도끼와 참기름을 이용하여 호랑이로부터 벗어나는 오누이의 모습에는 도구를 이용하는 인간의 모습이 부각되어 있다. 도구를 이용해서 자연과 동물의 위협을 벗어나던 인간의 모습이 이 설화에 투영되어 있다고 생각해볼 수 있다. 그런 점에서 <팥죽할멈> 설화와 <해와 달이 된 오누이>설화는 통하는 면이 있고 그런 연유로 설화 전승자의 의식 속에서 두 설화가 하나로 결합될 수 있다고 여겨진다.

후자의 경우, 결말의 해와 달이 된 이야기를 창세신화와 연결지을 수도 있지만[23], 현실적인 맥락에서 읽어보자면 결국 호랑이에게 쫓긴 아이들이

---

21) 김열규, 『한국민속과 문학연구』, 일조각, 1971, 40-42면.

22) 이 점에 대하여 이지영의 사실확인 정도의 언급이 있었을 뿐, 선행연구에서 해명하지 않았다. 일제 강점기에 이미 소개된 손진태의 자료가 있는데 이 점에 대한 연구가 없는 것은 그 자체만으로 해명하기 어려웠기 때문일 것이다. 이를 <녹두영감>과 <팥죽할멈> 설화와 견주어봄으로써 이해의 단서를 마련할 수 있다고 보인다.
   조현설, 「<해와 달이 된 오누이>형 민담의 창조신화적 성격 재론>, 『비교민속학』33집, 비교민속학회, 107-130면.
   박종성, 「<해와 달이 된 오누이> 유형들의 견주어읽기」, 『한국문학논총』 44집, 한국문학회, 2006, 5-32면.
   이지영, 「<해와 달이 된 오누이>의 전승과 그 특징에 관한 연구」, 『한국문화연구』 15집, 이화대학교 한국문화연구원, 2008, 171-215면.

23) 조현설은 <해와달이 된 오누이> 설화의 본질을 창조신화로 보고 있는데, 이는 이 설화의 결말 부분에 해당하는 것으로 타당한 지적이지만, 그 결말이 그 앞의 화소들과 필연적으로 연결되지는 않는다. 조현설,

죽었다는 것으로 이해하게 된다.[24] 호랑이에게 쫓겨 죽은 아이들이 해 신 달 신이 되었다는 식으로 보면 우리 서사무가에서 흔히 원통하게 죽은 사람이 신으로 좌정하는 이야기에 가깝게 된다. 같은 유형의 중국이나 몽고 설화에는 해와 달이 되는 결말이 없다는 사실[25]도 이 결말의 결합이 우리식 정서일 가능성을 말해준다고 하겠다.

결국 <해와 달이 된 오누이> 설화는 호랑이라는 무서운 동물 앞에서 약한 사람이 죽음을 피할 수 없었던 과거의 실상을 담고 있는 설화로 보인 다. 그 죽음은 설화적으로 미화되거나 신격화되어 해와 달의 근원설화로 이어졌다고 생각해볼 수 있다. 그러나 <팥죽할멈> 설화에서 보았듯이 사람 은 도구를 이용해서 자연을 이겨나간다. <해와 달이 된 오누이> 설화에서의 혹독한 현실은 도구를 이용하는 인간의 모습을 띠면서 호랑이를 퇴치하는 아이들의 이야기로 변개가 가능하다. 도구의 도움으로 호랑이를 물리치는 <팥죽할멈> 이야기는 호랑이를 물리치는 아이들의 이야기와 결합할 가능 성이 있었다고 보이는 것이다.

이렇게 보면 <해와 달이 된 오누이>에서 어머니나 아이들이 호랑이에게 잡아먹힌다는 각편의 설화들은, 인간과 동물의 적대적 관계와 인간의 패배 라는 점에서 <녹두영감>을 닮아 있고, 호랑이를 물리치는 것으로 귀결되는 각편들은 <팥죽할멈>과 유사한 설정이라고 할 수 있다. 물론 <해와 달이 된 오누이> 전반부의 배경은 농경과 연관되어 있지는 않다. 그러나 호랑이 가 어머니에게서 떡을 **빼앗아** 먹는다는 것은 <녹두영감>의 녹두를 토끼가

「<해와 달이 된 오누이>형 민담의 창조신화적 성격 재론>, 『비교민속학』33집, 비교민속학회, 107-130면.

24) 박정세도 "이 이야기의 역사적 현실은 여기에서 종결된 것으로 보인다. 오누이는 잡아먹힐 수 밖에 없는 것이 실제적 상황이요, 이러한 여건들은 끊임없이 반복되어 왔다고 하겠다."라고 하며, 이 설화의 역사적 현실을 일제 강점기의 횡포와 희생으로 연관짓고 있다. 이 설화가 일제 때 생겨난 것이 아니라면 이 해석에는 무리가 있으나, 설화의 배경을 역사적 현실 상황에서 비롯된 것으로 이해하는 시각은 동일하다.
박정세, 「해와 달이 된 오누이 민담에 투영된 역사적 현실과 민중의 희망」, 『신학사상』 94집, 한국신학연구소 1996, 203면.

25) 이지영, 「<해와 달이 된 오누이> 설화의 동북아지역 전승과 그 특징」, 『동아시아고대학』20집, 동아시아고대학 회, 2009, 305면.

빼앗아 먹는 것과 대비될 수 있다. 또 호랑이가 수수와 관련을 맺게 되는 결말에서도 우리는 호랑이의 죽음과 식물의 재배라는 배타적 관계 인식에 주목하게 된다. 수수가 신석기 시대, 우리나라에서는 청동기 시대부터 재배되던 이른 시기의 작물이라는 점을 고려해보면, 농경 초기에 작물 재배와 동물과의 적대적 관계를 떠올리게 되기 때문이다. 그리고 이는 바로 녹두영감이 부딪혔던 문제였다.

이상의 논의를 통해서 이 세 유형의 동떨어진 설화들은 인간과 동물의 갈등, 농경과 자연에 대한 인간의 대응과 변화를 공통적으로 보여준다는 점에서 비교 연구의 타당성을 인정받을 수 있을 것이다.

5. 맺음말

<녹두영감>과 <팥죽할멈> 설화에 관한 본고의 해석은 지나치다고 비판받을 수 있다. 笑話에 지나지 않는 것인데 과중한 의미 부여에 천착했다는 말을 들을 수 있다. 그러나 세 자료 모두 인간과 자연의 갈등, 농경, 자연에 대한 인간의 대응, 인간의 자연에 대한 인식과 그 변화 등을 공통으로 보여주고 있기에 비교 연구의 대상으로 충분한 자격이 있다. 이를 통해서 이들 설화와 <해와 달이 된 오누이> 설화까지 새로운 시각으로 이해해볼수 있었다.

그 발단이 된 것은 <녹두영감> 설화에서 보여준 동물과 인간 사이의 적대적 싸움과 인간의 패배에 대한 해석이었다. 손자를 할아버지가 삶아먹게 하여 할아버지에게 극심한 고통을 주는 내용들은 소화라고 웃고 지나가기에는 너무 심한 적대감이 부각되어 있다. 이 점에 대한 해명 없이는 이 설화를 이해했다고 할 수 없기에 녹두를 심는 영감과 그것을 빼앗아가는 토끼의 싸움을, 자연 이용을 놓고 인간과 동물이 벌이게 되는 경쟁으로 생각해보았다. 논이나 밭은 자연이 아니다. 논밭이 늘수록 동물의 터전은

줄어든다. 논밭은 결국 문명으로 발전할 것이었고 이제 동물의 힘은 보잘 것 없어졌다. 그러나 초기에는 동물과 인간의 갈등이 필연적이었을 것으로 상정된다. 인간이 논밭을 만들려 할 때마다 동물들이 방해를 했을 것이다. 호랑이 같은 무서운 동물로부터 토끼 같은 꾀많은 동물까지 동물들은 인간의 활동을 방해하고 생산물을 놓고 다투었을 것이다. 이 점이 이 설화에 반영되었다고 보았다. 역사 현실을 설화적으로 반영하고 있다고 해석한 것이다.

<팥죽할멈> 설화의 팥밭을 일구던 할머니는 <녹두영감> 설화의 영감과 달리 호랑이의 위협을 물리치고 팥죽을 맛있게 먹을 수 있게 되었다. 그것은 할머니 혼자의 힘이 아니고 바늘이며 멍석, 지게 등과 같은 집안에서 사용하는 도구들의 도움으로 가능했다. 녹두영감이 혼자서 토끼와 싸우다가 실패한 것과 대조되게 팥죽할멈 곁에는 다양한 집안 도구들이 있었다. 도구들은 인간의 내적 소망과 가능성을 외적으로 확대한 것이다. 인간은 도구를 이용해서 동물과 자연을 개발해왔다고 할 수 있다. 녹두영감의 논밭과 혼자만의 지혜로는 이루지 못했던 성과를 도구를 이용한 할멈은 이루었다. 할머니로 설정된 것은 농경 초기 단계 여성의 역할과 기여를 보여주는 것으로 보아도 무방할 것이다.

이와 같은 현실주의적 해석은 <해와 달이 된 오누이> 설화를 새롭게 조명해 주었다. <해와 달이 된 오누이> 설화가 연결되는 것은 <팥죽할멈> 설화와 묶여 있는 것이 여럿 전하기 때문이다. 전반부는 <해와 달이 된 오누이> 설화에서 아이들이 있는 집으로 찾아온 호랑이까지이고 후반부는 집안의 도구들이 협동해서 호랑이를 물리치는 <팥죽할멈> 설화이다. <해와 달이 된 오누이> 설화에서 오누이가 해와 달이 되는 결말 부분은 호랑이의 위협을 받는 할머니, 어머니, 아이들의 이야기인 전반부와 소종래가 다른 것이 결합한 것으로 보인다. <녹두영감>과 <팥죽할멈> 설화를 보았던 시각을 연장해 적용해보면 <해와 달이 된 오누이> 설화는 실제로 호랑이 같은 짐승으로부터 위협을 당하고 살던 시기의 인간의 모습을 그린 것으로 이해

된다. 이 설화를 흔히 심리학적으로 해석하거나 신화적 의미 부여를 해왔는데, 그런 해석은 오늘날의 것이고 일차적으로는 이 설화는 동물의 위협을 받으며 싸워 나가던 문명 초기 인간의 모습을 보여준다고 생각된다.

원래 호랑이에게 희생되는 것으로 끝나던 이야기는 그 자체로 끝나는 각편이 많다. 거기에 다른 결말이 첨가된 이야기들이 두 종류 있다. <해와 달이 된 오누이> 설화 중 오누이가 해와 달이 된 결말은 아이들이 호랑이에게 희생된 것을 신화적으로 처리한 것으로 이해할 수 있다. 그 결말 대신에 <팥죽할멈> 설화와 연결되는 것은 도구를 이용해서 동물을 제압하고 문명을 이루어나가던 인간의 모습을 그리는 것이라 할 수 있다.

5장

신화의 재구성

윤대녕 소설 『옛날 영화를 보러갔다』에 보이는 재생 신화 모티브 분석

1. 서론

윤대녕의 장편소설 『옛날 영화를 보러갔다』는 처음 보기에 난해하게 여겨지는 일면을 갖고 있다. 그것은 화자 자신을 잘 아는 어떤 타자의 정체가 무엇인가 하는 것과 누에로 나타나는 죽었던 여자인 유진의 변신은 무엇을 의미하는가가 일상의 상식적 맥락으로는 해명될 수 없는 것이기 때문이다. 그런데 이러한 의문은 신화적 모티브의 맥락에서 바라보면 일관성 있게 설명될 수 있는 것임에 주목할 필요가 있다. 결론적으로 말하면 그 어떤 타자는 바로 자기 자신의 이중 자아였고, 누에로 변하는 유진을 통해서 화자는 재생 즉 거듭남의 체험을 얻은 것이다. 이것은 한편으로는 철저히 개인적 성격을 띠는 것이고, 다른 한편으로는 현대를 살아가는 사람들의 내면 의식의 황폐함 무의미함을 극복해보려는 노력의 소산인 것이다.

삶의 공허함과 무의미함의 원인은 사회와의 관계에 비롯하는 것일 수 있지만 그것을 극복하는 노력은 일차적으로 철저히 개인적인 과제이다. 자신의 정체성이 무엇인가를 내면에서 묻는 작업이 되기 때문이다. 그래서 남진우가 그의 작품의 비사회성을 경고1)한 것은 차라리 당연하다 할 것이다. 김동식은 윤대녕이 80년대를 괄호 안에 넣음으로써 사회와 이념이 아니라 존재론적 자리에 대한 물음을 던졌다고 했다.2) 물론 이들 평자는 그의 소설이 갖는 '존재의 시원성'(始原性)에 대한 아름다운 탐구의 모습을 사랑하기에 일말의 우려를 던진 것에 지나지 않는다. 김주연이 새로운 시대의 새로운 소설의 모습이 그에게서 벌써 성공적으로 나타났다고3) 한 말은 많은 사람이 공감하는 바이다. 그중에서도 남진우가 그의 소설의 특징을 '존재의 시원성으로의 회귀'라고 파악한 것은 탁월한 지적이어서, 이후 윤대녕 소설을 언급할 때 그 지적은, 표현은 때로 다르지만, 빠지지 않고 나타난다.

그러나 그의 소설의 강점인 존재론적 물음을 진지하고 아름답게 탐구하고 있다는 것 자체는 아직 막연하고 너무 일반적인 지적이라는 점을 고려할 때가 되었다. 많은 소설들이 그러한 질문을 던지고 지속되는 탐구를 멈추지 않는다. 윤대녕이 갖는 강점은 그 사실을 자기만의 방법으로 보다 구체화시킨 데 있다. 그것은 자기자신과의 만남의 방법과 과거를 기억하는 재생에의 욕구라는 방식이다. 그리고 이 탐구는 고대 서사문학에서부터 오랜 연원을 갖는 모티브였던 것이다. 이 점을 본고에서는 그의 첫 장편소설 『옛날 영화를 보러갔다』를 중심으로 고찰해 보고자 하는 것이다.4)(이하에서는 간단히 『옛날 영화』라고만 표기하도록 한다. 인용문 뒤에 이 책의 면수를 밝힌다.)

---

1) 남진우, 「존재의 시원으로의 회귀」, 윤대녕소설집 『은어낚시통신』, 문학동네, 1995.
2) 김동식, 「사막으로 들어가는 길」, 윤대녕작품집 『지나가는 자의 초상』,(중앙일보사, 1996.) 권말 해설.
3) 김주연, 「차가운 시간과 자기 동일성에의 열망」, 『가짜의 진실, 그 환상』, 문학과 지성사, 1998.
4) 윤대녕, 『옛날 영화를 보러갔다』 중앙일보사, 1995.

2. 자신과의 만남의 과제

윤대녕의 다른 소설들에서와 마찬가지로 『옛날 영화』에서도 주인공은 떠나고 방황한다. 아내와 이혼하고 과거를 찾기 위해 방황한다. 이는 자신의 자아를 찾지 못한 모습의 형상화이다. 그것은 어떤 면에서 성장과정에 있는 사람의 모습을 드러내는 것이다. 주인공이 삼십대의 성인 남자라고 해도 그는 아직 자신의 정체성을 확신하지 못하고 있기에 탐색하는 자아이다. 이 탐색- 생의 의미와 자아의 정체성의 획득을 위한 탐색-은 우선 자기와 관련된 모든 것들과의 떠남으로 시작한다.5) 떠나는 것은 찾기 위한 때문이다. 이 떠남의 원래적 모습은 기아(棄兒)의 모습으로 나타났다. 무속 서사신화인 바리공주는 태어나자마자 버림을 받는다.6) 이 버림받은 자만이 자신의 모습으로 저승에를 다녀올 자격이 생기는 것이다. 저승까지의 멀고도 험한 길을 이겨내고 약초와 약수를 얻어올 수 있는 자격은 부모의 보호하에 편안하게 자란 사람에게는 주어지지 않는다. 그들은 자신만의 자아를 형성할 기회를 얻지 못했기 때문이다.

마찬가지로 고주몽은 태어나기도 전에 아버지 해모수는 하늘로 떠나버리고, 알로 태어나자 곧바로 길거리에 버려졌다.7) 다시 거두어들여 사람으로 탄생한 것은 그가 실제로 사회적 존재로서의 역할을 감당할 수 있게 되었다는 것을 말한다. 그는 하늘 천제의 아들이었지만 지상에서 온갖 어려움을 겪고 그것을 극복할 자아를 형성하고 능력을 기른다. 그의 아들인 유리까지 신화적 후광을 입는 인물인데, 그도 어려서 아버지인 주몽이 부여를 탈출하는 바람에 아버지 없이 자라게 된다. 그로 인해 모욕을 당하고 수수께끼를 풀어 아버지를 찾아가는 자아 형성의 과정을 보여준다. 뒤에 언급하겠지만 그러한 자아의 새로운 형성은 과거의 자신을 죽이고 새로운

---

5) 조셉 켐벨은 이를 '모험에의 소명'이라고 불렀다. 이윤기 옮김, 『세계의 영웅신화』, 대원사, 1989. 54면.
6) 赤松智城 외, 심우성 옮김, 『朝鮮巫俗의 硏究』, 동문선, 1991. 15-47면.
7) 이규보, 박두포 역, 『동명왕편·제왕운기』, 을유문화사, 1984년4판, 53-82면.

자아로 거듭나는 것으로 형상화되기 일쑤이다.

이러한 신화적인 상상력은 『옛날 영화』에서 주인공이 자신의 자아를 찾으려 방황하는 모습과 일치한다. 그것은 기시감(旣視感)이라는 이름으로 주어지는 자아상실감과 새떼가 날아가는 소리를 소설 첫머리에 함께 놓는 것으로 우선 명확히 드러난다. 겨울로 접어드는 때에 종로 거리에서 느닷없이 새떼가 날아가는 소리가 '귀청을 때리며 들려왔다'는 것에서 우리는 죽음과 상실을 나타내는 겨울과, 생명과 비상을 나타내는 새떼의 상반되는 이미지의 결합을 본다. 이 함께 있을 수 없는 것이 함께 있을 수밖에 없는 존재의 문제를 윤대녕은 다룬다. 이것은 일상적 자아를 죽이고 새로운 자아로 거듭나는 삶, 죽음을 통한 재생이라는 오래된 문제의 한 끝에 물려 있는 문제이다.

그러나 우선 더 선명하게 제시되는 것은 기시감이다. 새떼 소리 자체도 기시감의 표현이지만 기시감이라는 말을 직접 드러내는 것은 그 바로 다음 장면 즉 새떼 날아가는 소리를 듣고 레코드점으로 슬그머니 들어가는 순간 이다. '지금은 뚜렷이 기억할 수 없는 과거의 어느 순간이 돌연 내 눈앞에 현현되어 있음을 보게 된 것이다.'(17면) 그리고 기시감은 이 소설의 뼈대를 이룬다. 번역을 의뢰한 기업체의 간부를 기다리며 혼자 술을 마시게 된 형섭은 '유리문 밖으로 웬 여자가 스윽 지나가는 것을 문득 바라보는 순간 느닷없이 따귀를 얻어맞은 것처럼 정신이 번쩍 들었다. 그녀는 구면인 여자였던 것이다. 기시감……이라고 웅얼거리며 나(형섭)는 뻐근해진 머리 를 혼들어댔다.'(35면)

이때로부터 이 소설은 전체가 기시감의 구도 속에 놓이게 된다. 그 어디서 본듯한 여자가 누구인가를 현실에서 찾는 것이 형섭이 해야 할 일이 된다. 그것은 바로 형섭의 과거를 재구성하는 일이고 형섭의 현존재의 의의를 확인하는 일이 된다. 형섭은 과거를 잊고 살아왔던 사람인 것이다. 그러나 이제는 잊었던 과거를 찾음으로써만이 현재를 구성할 수 있음을 자각하고 있다.

그래서 다른 말로 하면 기시감이란 현존재의 정체성 불안이기도 하다. 주변 세계의 정확한 모습, 정체를 찾아내지 못한 자아의 혼란이 기시감으로 나타난다. 자기 정체성의 혼란이 자아가 세계를 명료히 인식하는 것을 막고 있는 것이다.

형섭은 왜 이런 혼란 속에 빠지게 되었는가? 이 소설 『옛날 영화』에서는 성장과정과 이혼의 개인적인 사건으로만 처리되어 있다. 그러나 이 혼란의 원초적인 모습은 거대담론의 붕괴와 일상에 파묻힌 소시민성에 기인하는 것이었다. 그의 초기 소설에서는 이런 혼란이 사회적인 것이었음을 내보인 일이 있다. 그리고 가장 최근에 간행한 『달의 지평선』[8]에서 다시 과거 운동권에 몸담았던 창우와 철하, 강익수, 김혜정 등의 뒤틀린 현재의 삶의 원인이 사회적으로 규정된 자아에 기인하는 것이었음을 보여주었다.

> "서형, 학교 다닐 때 운동권였소?"
> 그 말투 속에는, 나도 그때는 돌멩이 꽤나 던졌더랬소라는 뜻이 담겨져 있었다. 따라서 그 빈정거림이란 자조적이기에 앞서 자괴적으로 들렸고 자괴적이기에 앞서 숨긴 상처를 들춰낸 자에 대한 분노처럼 들렸다. 나는 그의 말에 대꾸할 수가 없었다. 우리들은 이미 타협하지 않은가. 명함과 양복과, 구두와, 은행신용카드와, 운전면허증과, 최저생계비와, 예금통장과 기타 가정이라는 또 하나의 질서체계에서 가장의 권위를 부여받는 대신 일찌감치 일선에서 물러나기로 도장을 찍은 자들이 아닌가. 그런데 이제와서 새삼스럽게 민자당이 어떻고, 국가보안법이 어떻고, 광주가 어떻고, 대학생 분신이 어떻다고 떠들다니 가증스런 일이 아닌가. 내가 백번 만번 실수했다. 남기수에게 나는 용서를 구해야 하리라.(「그를 만나는 깊은 봄날 저녁」[9])

---

8) 윤대녕, 『달의 지평선』1,2., 해냄, 1998.
9) 윤대녕, 『지나가는 자의 초상』, 중앙일보사, 1996.에 수록된 작품.

'우리 모두에게 90년대는 불길한 시대같아. (중략) 자넨 어떻게 생각
해?'
'아비 없는 사람들처럼 살고 있지. 위아래의 연속성이 없는 삶 말이
야. 못난 아비라도 그 아비한테서 내가 비롯됐다는 것을 잊고들
사는 것 같아. 이제는 저마다 전후 사방을 밝히고 살 때라고 생각해.'
'전후 사방. 그래 우린 사이키 조명이 번쩍거리는 도가니 안에서
살고 있지. 차라리 캄캄하면 자기라도 들여다보려고 할텐데 사방이
너무 요란스러워.'(『달의 지평선』 2권. 220면)

『옛날 영화』는 이 둘 사이에 있다. 80년대까지는 사회적으로 규정된
자아에 따라 살아가는 것이 정당한 가치였다. 그러나 그것을 잃어버리고
난 뒤에 생겨난 방향 없는 삶의 모습의 근원을 찾아보고, 다시 새로운
삶의 방향을 찾아보려는 노력이 그로 하여 존재의 시원을 탐구하는 모습을
띠게 했다.

윤대녕의 여러 단편들이 인간들의 메마른 삶을 보여주는 작품들이라는
점을 생각하면 『옛날 영화』가 보여주는 방황은 그 메마른 삶에서 벗어나고
픈 자아의 모색임을 쉽게 짐작할 수 있다. 김남석은 '떠나는 여자들은
초토화된 남자의 내면풍경을 보여주는 은유일 뿐이다.……현대를 살아가
는 의식적/내면적 거점이, 진정한 이해를 결여한 불모지에 지나지 않는다
는 자기 비하의 산물이다.'[10]라고 지적했는데, 바로 그 때문에, 그 자기
비하에서 벗어나기 위해 자기의 본 모습이 무엇인가를 탐구하지 않을
수 없는 것이다. 과거의 자기를 기억의 무덤에 묻고 새로운 자아의 모습을
확립하는 모습을 우리는 신화의 오래된 주제인 재생이라는 개념으로 정리
할 수 있는 것이다.

여기서 그가 새로운 방법으로 추구하는 것은 만남의 방법이다. 그것은
사회와의 만남이 아니라 과거의 자신과의 만남이다. 이것이 이 소설이

---

10) 김남석, 「여자들이 스러지는 자리」, 중앙일보 1999년 신춘문예 평론당선작, 『문예중앙』

비사실주의 경향의 난해함과 모더니즘 기법의 자아탐구를 공유하게 되는 이유이다. 소설의 처음부터 등장하여 형섭뿐 아니라 독자까지도 의혹에 빠지게 하는 E라는 인물은 결국 결말 부분에 가서야 자아의 하나의 분신에 지나지 않는 타자였음이 밝혀진다. '그리고 최근에 와서야 나는 E라는 존재가 사실은 내 마음 깊은 곳에 숨어 나를 지배하고 있던 또 하나의 나일 수도 있다는 생각을 하고 있었다. 이를테면 내 마음의 배후'(261면)

고등학교 때의 친구이기도 했던 E는 과거의 자신을 찾게하는 현재의 나의 타자인 것이다. 그렇다면 소설 처음부터 역시 의혹의 존재였던 기시감 속에서 보았던 여인도 마찬가지일 것이다. 그는 고등학교 때 죽은 유진의 현재의 모습일 터이고 동시에 현재 만나는 선주의 타자일 것이다.

형섭은 아내와 별거하고 직장을 사퇴하고 그리고 이들을 만난다. 그는 삶의 가장자리에 서 있었다. 일반적 의미의 만남을 통한 정상적이고 원만한 생활이 사라지고 개인적 생존일 뿐인 생활에서 오는 위기감이 고조되어 있을 때 그는 과거의 친구들, 현재의 자기의 다른 한 모습들을 찾는다. 그것이 능동적이라면 작위적 느낌을 주었을 터인데 수동적으로 설정되어 작위적이지는 않지만 어쩔 수 없이 난해함을 지니게 되었다.

과거의 자기와는 어떻게 만나고 만남의 의미는 무엇인가 하는 점이 이제 우리의 탐구의 과제가 된다. 그것은 우선 '벌레구멍'을 통해서 가능하다고 그는 썼다. 이 말은 같은 차원에서의 만남이 아니라 다른 차원과의 만남을 가능하게 하는 개념이다. 같은 시간과 공간과 역사를 공유하는 사람들과의 만남이 아니라 다른 평면과 다른 차원에 존재하는 사람과의 만남을 꿈꾸는 것이다. 자기를 만나기 위해서는 그럴 수밖에 없다. 현실 공간에서 잠시 눈을 감고 우주에 나 있듯이 자기 내면에 있는 벌레 구멍을 찾는 수밖에 없다. (이 점이 윤대녕이 초기소설 이후 「은어낚시통신」으로 대표되는 바, 사회와의 평면적인 만남보다는 존재의 시원, 시원의 회복을 꿈꾸는 소설 주제를 집요하게 추구하는 이유이다.) 항상 만날 수 있는 것은 아닌데 소설 속의 형섭은 운이 좋은 편이다. 그는 E를 만났다.

그러나 한동안 형섭은 E를 알아볼 수 없었다. 그는 베일에 싸인 인물로 등장하고 좀처럼 정체를 밝혀주지 않았다. 그것은 E가 이미 나와는 다른 존재가 되어버렸기 때문이다. "그렇다네, 나는 지금 거기에 있지만 '여기에 있는 거기'에 있네. 반대로 자네는 '거기에 있는 여기'에 있는 거지. E라는 이름으로."(264면) 형섭은 현재에 속해 있으면서 거기인 과거를 찾고 있고, E는 과거에 있으면서 현재의 형섭을 찾아와 있다. 이 둘은 공간이 같으면 시간이 다르거나 시간이 같으면 공간이 다른 서로 '다른 차원'의 존재들이기 때문에 알아보기 어렵다. E는 과거를 아는 존재이기에 형섭을 보다 쉽게 알아보지만 E는 현실에 아무런 힘을 가질 수 없다. 형섭은 그를 알아보는 데 오래 걸렸지만 그를 알아보자 이제 자기가 해야 할 일을 바로 안다.

> 오늘 난 한 편의 옛날 영화를 보러왔네, 영화가 끝나면 나는 내
> 공간으로 돌아갈 작정이네, 현실의 공간으로 말이지. 여기가 바로
> 내 벌레 구멍일세. 과거를 회복한 공간 말일세.(267면)

그는 이제 바로 현실로 돌아올 수 있었다. 그러면 그는 이제까지는 현실에 있지 않았다는 말인가? 그렇게 말할 수 있다. 그는 '여기' 있었지만 실은 '거기' 있는 존재였기에 현실에서의 결혼에 실패하고 방황하는 존재가 되었던 것이다. 그는 과거의 유진의 기억 속에 갇혀 있었기에 '여기'의 결혼을 선택했지만 이미 거기의 사람이 아니었기 때문에 그 결혼은 유지될 수 없었던 것이다. 형섭은 신상무의 딸과 결혼을 한다. 그녀는 FM 방송에서 클래식 음악 프로를 담당하고 있고 지적이고 감각 있는, 그러나 정신과 치료를 받고 있는 여자였다. 그 점은 형섭의 기억에 있는 유진의 모습, 지적이고 감각 있는 빼어난 여성이면서 현실에 적응하지 못하고 죽고마는, 정신적으로 치료를 요하는 유진의 또다른 모습을 하고 있었던 것이다. 그는 자신도 의식하지 못하는 상태에서 유진과 동일한 속성을 내재하고 있는 아내를 받아들이고 만다. '그때만 해도 나는 그녀가 일주일에 한 번씩

정신과 치료를 받는다는 사실을 대수롭지 않게 생각하고 있었다.(중략) 나 또한 그같이 어두운 그림자가 내 과거 어딘가에 잠복해 있다는 어렴풋한 자각을 하면서 상대의 그런 증세를 문제시하지 않고 슬쩍 넘겨버리고 있었다.'(75면) 결국 둘은 결혼하지만 원만한 생활로 이어지지 않고 별거하게 된다. 이것은 그가 과거를 기억하고 있지 못하면서 과거에 지배되었기 때문에 생긴 일인 것이다.

 이 한 번의 실패 뒤에 형섭은 자기 내면에 있는 벌레 구멍을 통해 과거의 친구의 모습을 한 현재의 자신의 타자를 만나게 된다. 이 이미 달라져버린 두 존재는 어떻게 해서 만남이 가능한가? 그것은 '영원회귀'(永遠回歸)의 관념을 통해서이다. 이미 다른 차원에 존재하는 과거의 자기를 만나기 위해서는 내면의 벌레 구멍을 이용할 수 있지만, 벌레 구멍을 찾아 과거로 가기 위한 전제로 영원회귀의 관념이 먼저 설정되어야 한다. 영원회귀란 루마니아 태생의 종교학자 엘리아데의 주요관념이다. 작가는 이를 소설 속에 인용하기까지 한다.

 이러한 신앙은 세계가 완전히 파괴되었다가 재창조되는 순간에 시간의 소거가 가능하리라는 희망을 의미한다. 시간의 소거가 가능해지면 그때 죽은 자와 산 자의 모든 벽이 깨져버리고 만다. 이것이 원초적인 카오스의 재현이 아니겠는가. 그렇게 되면 죽은 자는 되돌아올 수 있게 된다. 아니 가능할 뿐만 아니라 죽은 자가 되돌아온다고 하는 것은 분명한 일일 수밖에 없다. 왜냐하면 그때 그 역설적인 순간에 시간이 정지될 것이기 때문이다. 그러므로 죽은 자들은 다시 산 자들과 동시대적일 수 있으며 더욱이 그때 새로운 세계의 창조가 마련되고 있기 때문에 그들은 지속적이고 구체적인 삶에의 복귀를 희망할 수 있는 것이다.(93면)

 소설 속에서 이 구절은 형섭이 번역한 것으로 되어 있다. 그는 자신이 이것을 번역했다는 사실조차 이미 잊고 있었지만 사실은 자신도 모르게 이 관념에 끌려들고 있었다는 것이다. 형섭은 왜 이 관념에 다가가는 것인가? 현재의 시간의 소거를 꿈꾸기 때문이다. 현재를 몰각하여 원초적인 카오스 쉽게 말해 처음으로 되돌아가려는 소망인 것이다. 처음부터 다시 시작하기... 이제까지 비틀어진 삶을 물리고 다시 시작할 수 있는가? 있다는 것이다. 그 단순한 형태는 새해를 맞는 우리들의 모습에서 모형으로나마 재현되고 있다. 매년 맞는 새해 아침에 지난해의 어리석음을 몰각하고 우리는 완전히 새로 다시 시작하고 싶어하는 것이다. 새로운 계획을 짜고 ,오래 못 가는 일이 많지만, 그래도 얼마동안 실천하려고 애를 쓴다. 기독교 적으로는 침례 또는 세례를 통해서 거듭남으로써 삶을 다시 시작하고 싶어 한다. 그것은 그 이전의 삶을 부정하는 것이다. 이전 삶의 무질서함, 비틀어 짐, 파괴적임, 무의미함, 가치 없음 등을 몰각하고 '지속적이고 구체적인 삶에의 복귀를 희망'하는 것이다.

아내와 별거하고 곧 이혼하게 될 형섭은 자신의 삶을 다시 시작하고 싶은 것이다. 그것은 그 때까지의 그의 삶에 대한 부정에서 시작해야한다. 이것은 그가 고등학교 이후의 과거를 모두 망각하고 살고 있다는 것과 아내와 별거라는 것으로 설정되어 있다. 그러나 과거를 모두 잊는다는 것이 진정한 해결책이 될까? 윤대녕은 아니라고 보는 것 같다. 그것은 우리 가 표면 의식에서는 과거를 잊을 수 있어도 저 깊은 의식에서는 과거에 지배당할 수밖에 없기 때문이다. 그래서 그는 계속 현재에도 실패하게 된다. 그가 살아나는 길은 과거를 명확히 인식하고 과거에서 놓여나는 방법을 통해서 만이다. 이것은 과거와 현재의 자신에 대한 죽음이면서 동시에 살아남이다. 이를 우리는 재생(再生)이라 부른다.

3. 과거를 기억하는 재생

윤대녕 소설의 주제로 흔히 지적되는 시원으로의 회귀는 그 자체로 의미가 있기도 하지만, 그 카오스로의 회귀의 목적이 재생이었음을 지적하는 것이 시원의 뜻을 밝히는 데 기여하는 바가 더 크다. 「은어낚시통신」 「그를 만나는 깊은 봄날 저녁」 「신라의 푸른 길」 「추억의 아주 먼 곳」 「피아노와 백합의 사막」 등의 일련의 작품을 통해서 선명해진 주제인 시원으로의 회귀는 그 자체가 목적이 아니라 시원에서 다시 시작함 즉 거듭남의 근거를 찾기 위한 노력으로 의미가 있는 것이었음을 우리는 이 소설 『옛날 영화』를 통해 분명히 알 수 있게 되었다. 이 거듭남이라는 용어는 이미 지은이 자신도 소설에서 사용하고 있다. '때로 혼란이 오고 단절의 순간이 오고 그때마다 깊은 어둠 속에서 고통을 받기도 하지. 하지만 이윽고 거듭나게 되지. 살아있는 것들과 다시 만나게 되고 시간과 박자를 맞춰 또 미래로의 여행을 계속하는 거야.'(141면) 형섭의 이 말은 우리가 위에서 보았던 루마니아의 종교학자의 말과 흡사하다. 그가 바라는 것은 종교적이기까지 할 정도의 새로운 삶의 시작인 것이다.

그러나 이러한 주제가 몇마디 말로 '설명'되는 것은 소설적이지 못하다. 윤대녕은 이 주제를 선주와의 만남의 과정 속에서 여러 차례 '보여'준다. 형섭이 처음에 환청에 가까운 새떼 소리를 들은 것은 선주의 레코드 점에서였다. 앞에서도 지적했지만 그 계절은 겨울이었다. 겨울의 정적과 새의 비상은 상반되는 이미지이다. 겨울의 정적 속에 놓인 그림인 형섭을 선주는 새의 비상하는 소리를 매개로 만난다. 겨울, 죽음과도 같은 차갑고 보람없어 보이는 삶은 형섭의 어지러운 방과 '쇠처럼 무거워진 머리'(42면)로 표현된다. '혼자 산다는 일은 어떤 일이 생겨도 그것을 증언해 줄 사람을 찾을 수가 없다는 사실이다.'(42면) 관계를 끊고 사는 인간의 삶은 더 이상 인간적 삶이라고 하기 어렵다는 자각이 있기에 그는 다시 새로운 관계를 꿈꾸고 선주를 만나게 된다.

다음으로 선주와 함께 본 옛날 영화에서 비로소 그는 과거의 문을 두드리게 된다. 그날 본 영화를 그는 언젠가 보았었다는 막연한 기억을 하게 되고 '나는 그때 영화를 보고 나와서 곧장 레테의 강을 건너 혼자 이쪽 세상으로 떠나온 것 같아. 그러니까 영화를 보러가기 전의 저쪽 세상을 문득 잃어버린 거야.' 라고 하며 현실 삶의 정체감 상실과 과거의 어떤 일과의 연관성을 처음으로 느끼게 된다. 또한 선주가 데려간 올림픽공원 야외미술관에서 형섭은 '심한 현기증, 몸 속에서 울리는 정오의 사이렌 소리, 시간의 문이 열리면서 기억의 한 장면이 눈앞에 번쩍하고 나타'(137, 138면)나는 경험을 한다.

그리고 그는 잠실 선착장에서 배를 타고 가다가 '느닷없이' '누에나루'에 대해 묻고, 집에 돌아와서 누에 꿈을 꾼다. '새 우는 소리를 듣다 얼핏 잠이 들었나봐. 나는 누에 꿈을 꾸고 있었어. 큰 누에, 누에 꿈을 꾸고 있는 동안 누군가 내 옆을 지나간 듯해.'(152면)

새보다도 훨씬 강하게 누에는 재생의 이미지를 전달한다. 그래서 이 소설에서 누에의 역할은 특히 중요하다.

형섭은 처음에 술집 '산수유'에서 얼핏 본 여인을 돌아가는 택시 안에서 다시 보게 되고 그이가 선주가 아닌가 생각한다. 이것도 기시감으로 처리되어 있다. 이 두 여인은 다른 사람이면서 같은 사람이기도 하다. 우선 이 둘은 다른 사람이다. 선주는 형섭이 새로 만나게 된 아가씨이고, 산수유의 여인은 과거 고등학교 시절 사귀던 유진의 변신이다. 유진은 한동안 모습을 드러내지 않다가 산수유의 종업원의 눈에 뜨인다. 그러나 그 모습은 상식을 벗어난 것이었다. 바로 누에의 모습이었다. '누에는 그 남자 옆에 앉아 있었어요. 하얀 얼굴로, 물끄러미, 저를 쳐다보면서 말예요. 저는 숨이 막혀 그 자리에 붙박여 서 있었죠. 꿈틀꿈틀하는 커다란 누에에게서 눈도 떼지 못하고 말예요.'(249면)

독자는 이 누에가 그 얼마 앞에서 유진의 죽음과 함께 등장했던 누에임을 안다. 고등학교 때 형섭은 유진과 뽕나무밭을 지나간 일이 있다. 그때 유진은 말한다. '누에는 이상한 벌레야, 뽕잎을 먹고 비단을 만드니 말이야. 나도 가끔은 그 고요한 흰 방에 들어가 누워 있고 싶어.'(233면) 둘은 잠사에 들어가고 유진은 형섭에게 자기가 이 세상을 빠져나갈 수 있게 도와달라고 부탁한다. 결국 그녀는 그 일로 인해 며칠 뒤 이 '세상을 기어이 **빠져나가고** 말았다.' 그 장면은 따로 인용할 필요가 있다.

> 그녀는 우리로서는 도저히 알 길 없는 '저쪽'으로 영원히 가버리고 만 것이다. 바로 그 잠사에서였다. 그녀는 온몸에 하얗게 명주실을 감고, 장독만한 고치가 되어, 시렁 위에 올라앉아 있었다. 아무도 그게 유진인 줄 몰랐다. 어떻게 제 몸에 수십 결의 실을 감고 흰 방을 튼 다음 그 안으로 들어가 구멍을 막아버렸는지 누구도 아는 사람이 없었다. (병원으로 끌려간 형섭은 병실을 빠져 나와 그 잠사 창문을 뜯어내고 안으로 들어갔다.) 그 순간, 고치를 틀고 안에 들어가 있던 누에들이 마침내 수만의 나방이 되어서는, 제 집을 뚫고 나와, 창문 밖으로 하얗게 날아 나오고 있는 게 보였다. ……
> 나는 은하수로 유유히 날아가는 백조 한 마리를 보고 있었다.(238,239면)

이 잃어버렸던 장면을 기억해 낸 형섭은 비로소 '현실의 나를 보고 있다.'(240면) 과거를 기억함으로써 자기를 알 수 있게 된 것이다. 그래서 심지어는 '모든 존재의 비의와 신성은 과거로부터 온다. 그러니까 한시바삐 과거를 복원해야 한다. 매일매일 모래 위에 시간의 집을 지을 수는 없는 노릇이다.'(240면)라고 말하기까지 한다.

여기서 누에 여인과 선주는 같은 사람이 된다. 누에 여인 유진은 형섭의 청소년기를 끝맺고 재생하게 한 사람이고 선주는 장년이 된 형섭의 삶에 새로이 들어와 새로운 삶을 살게 한 여인이다. 형섭에게 이 두 사람의 여인은 한 겹으로 포개진다.

그러나 과거의 복원이 그 자체로 현재의 삶의 지표가 될 수 있을까? 과거의 복원은 과거를 이어 현재를 과거화할 뿐이다. 여기서 우리는 재생의 이면이 죽음일 수 있음을 다시 상기한다. 유진과의 만남으로 이루어진 형섭의 청소년기의 성장의 끝은 죽음의 성격이 더 강하다. 그것은 소설 처음에서 이혼을 앞둔 형섭의 삶이 겨울로 표상되는 것과 마찬가지이다. 청소년기까지의 삶을 형섭은 기억하지 못한다. 과거의 자기 없이 현재와 그 앞만을 보고 살아왔다. 이제 새로 만난 선주를 통해서 형섭은 새로운 삶을 생각해보게 된다. 그러나 그것은 새로운 삶이면서 동시에 과거의 자기의 죽음으로 가능한 것이다. 유진과 연결되어 있던, 어른이 된 지금까지도 의식 깊은 곳에서 그를 지배했던 청소년기의 자기를 죽임으로써 비로소 형섭은 선주와 새로운 삶을 시도할 수 있다.11)

그것은 유진과 한 패로 함께 다니던 친구 희배의 모습으로 다시 나타난 자기의 분신인 E를 형섭이 단호히 거부하는 것으로 강조된다. '나는 신음하듯 중얼거렸다. "자네는 전생의 허깨비야. 말하자면 살아있는 주검 같은 존재지."'(266면) E를 거부함으로써 형섭은 현실의 공간으로 나간다.(267면)

이것은 과거의 복원이자 소거이다. 과거를 복원하지 않고는 완전히 소거할 수 없다는 역설을 이 소설은 제시한다. 반대로 과거에 대한 기억 없이 현재만 사는 것은 무의미함을 말하기도 한다. 이 점을 이해해야 이 소설이 옛날 영화 「해바라기」를 그렇게 오래 줄거리를 따라가며 보여주는 이유를 알 수 있다. 러시아 전선에서 부상당한 안토니오가 그를 구해준 아가씨와 결혼해 사는 모습을 보고 절망해 돌아온 죠반과 오랜 후에 죠반을 다시 찾았으나 그녀도 결혼해서 아이와 함께 사는 모습을 보는 안토니오는, 어쩔 수 없는 삶의 조건 속에서 그 사실을 망각하기는커녕 철저히 알고 확인하면서도, 과거를 버리고 현재에 사는 것이 인간의 모습이라는 점을 드러내 보이는 것이다.

마찬가지로 형섭은 현재의 상실 때문에 과거를 찾는다. 그러나 그것은 과거로의 귀환이 아니다. 과거의 나를 만나 과거의 나를 죽임으로써 현재의 나를 찾는 것이다. 그것이 바로 재생이며, 특히 '과거를 기억하는 재생'이라

---

11) 여기서 다음과 같은 신화학자의 말을 참고할 수 있다. '신화에는, 심연의 바닥에서 구원의 음성이 들려온다는 모티프가 있어요, 암흑의 순간이 진정한 변용의 메시지가 솟아나오는 순간이라는 거지요. 칠흑 암흑에서 빛이 나온다는 겁니다.' 조셉 캠벨, 『신화의 힘』, 고려원, 1992. 92면.

고 이름 지을 만한 것이다.

과거에 대한 기억 없이 재생만을 꿈꾸다 실패한 좋은 예를 우리는 영화로 재현되어 널리 알려진 토마스 해리스의 소설 「양들의 침묵」에서 본다. 주인공 남자가 어두운 집에서 누에를 수집하고 여자를 죽여 그 가죽으로 옷을 해 입는 것은 모두 재생에의 욕구이다. 그러나 그 소설 또는 영화에서는 그 남자의 과거 정신의 상흔(傷痕)을 탐색하는 작업이 보이지 않으며, 결국 그는 범죄자로 파멸하고 만다. 그 남자는, 형섭이 지적한대로, '과거가 없는 인간은 늘 실종 상태라는 걸'(240면) 몰랐다. 반대로 과거를 기억하는 재생의 한 단순한 예를 보이는 것도 있으니 트리나 폴러스의 「꽃들에게 희망을」 같은 것이다. 애벌레는 고치로 상징되는 죽음을 무릅쓰고 나서야 나비로 화할 수 있었으며 그에게는 애벌레 시절을 기억하던 성충 나비의 인도가 있었던 것이다. 그러나 나비와 애벌레의 삶은 그 차원 자체가 다른 것이다. 현존재를 형성하는 시원의 모습으로 기억은 해야 하지만 이어져서는 안되는 것이다. 『옛날 영화』는 이 오래된 신화 주제인 재생을 다룬 작품이며 가장 탁월한 모습으로 현대화하는 데 성공한 작품이다.

우리가 가지고 있는, 가장 오래된 재생신화는 물론 삼국유사의 단군신화이다. 곰은 세상과 격절되어 햇빛을 보지 않고 동굴에서 금기의 삼칠일을 보낸다. 여기서 굴은 바로 무덤을 의미하는 것이다. 곰은 짐승으로서의 자신을 죽임으로써 새로운 존재로 다시 태어날 수 있었다. 환웅은 곰에게 100일간을 굴에서 금기하라고 했는데 곰은 삼칠일만에 사람으로 재생하였다. 100일이나 삼칠일은 같은 의미이다. 100일은 우리말로 '온 날'이며 그것은 꽉 찼다는 것을 의미한다. 삼칠일은 하늘과 땅과 사람이 완성되기 위한 충만한 시간을 의미한다. 단군신화에서는 그 과정을 그저 '온 날' '삼칠일'로만 언급하고 지냈지만 그것은 바로 개인으로서는 죽음의 시간이고 방황의 역정이다. 윤대녕의 이 소설은 그 죽음과 방황의 과정을 단군신화와 달리 아주 상세히 보여주는 소설인 것이다.

이런 상세함이 바로 신화나 중세 산문과 다른 현대소설의 본질이다.

신화에서는 방황과 죽음의 제의의 과정보다는 그 결과로 나타나는 새로운 탄생에 더욱 큰 의미를 부여하는 것이고, 현대소설은 그 과정을 자세히 보여주는 데 비중을 둔다.

4. 마무리

소설 첫머리, 겨울 종로 한복판에서 새떼가 날아가는 소리를 듣는 형섭은 소설 마지막 장에서 다시 되새떼가 시베리아로 돌아갔다는 사실을 신문에서 읽는다. 그것은 긴 여행을 끝낸 선주가 찾아온 아침의 일이었으며. '겨울의 끝을 알리는 소식이었다.'(272면) 다시금 이 소설은 겨울을 지내고 재생하는 형섭을 보여주는 것으로 작품을 끝내는 것을 알 수 있다.

이 소설은 자아의 마음의 변화를 읽어내는 일을 포기하면, 결혼에 실패한 한 남자가 어느 해 겨울을 지내며 새로운 여자와 맺어지게 되었다는, 통속적인 물기 없는 줄거리를 가졌을 뿐이다. 그러나 그 과정이 그 남자에게는 죽음과도 같은 통과의례의 과정이었고 진정한 자아를 회복하는 여정임을 이해해야 그 이야기가 형섭 만의 이야기가 아니라 우리 모두가 겪을 수 있는 삶의 과정임을 이해할 수 있는 것이다. 또는 역으로 우리가 형섭을 이해할 수 있는 것은 우리 모두가 그러한 죽음과 재생을 통해 거듭나는 삶을 희구하는 존재이기 때문이다. 과거로의 귀환이 아니라, 과거의 나를 만나 과거의 나를 죽임으로써 현재의 나를 찾는 끊임없는 삶의 여정에서 언제든지 만날 수 있는 우리들의 모습을 보여주기 때문인 것이다.

신화에서 유래하는 이러한 죽음과 재생의 모티브는 이 소설의 경우 재생이라는 결과보다는 죽음과 방황의 과정이 더 상세하게 드러나 있다. 과거 신화의 주인공은 자아 확립과 재생의 결과 나라를 건국하는 영웅들이었지만, 현대소설의 주인공은 자신의 삶을 재편하는 데 그칠 뿐이기 때문이다. 물론 개인으로서는 그것만으로도 큰 의미가 있는 것이겠지만, 서사문학의 주인공이 점차적으로 왜소해졌다는 사실과 관계가 있을 것이다. 그래서 이 소설의 주인공은 자신의 문제를 해결하는 데만 치중해있는 구도를 갖는다.

그럼에도 불구하고 이 소설의 형섭은 자신의 삶을 찾았지만 그것은 지나치게 개인적 자아 탐구의 모습을 보여 여러 평자의 염려를 들었다. 그것이 역사의 짐을 짊어지고 80년대를 걸어온 독자들의 재생까지 요구하기에는 역부족이었음이 사실인 것이다. 그것은 거듭 지적했듯이 이 소설의 기본 구도가 일차적으로 자아의 발견과 확인을 통한 거듭남이기 때문이다. 이런 과정을 겪지 않고 섣부르게 사회화한 인물을 제시하는 것은 시대적일 수는 있어도 시대를 넘어서는 문제의식을 공감하게 하지는 못할 수 있다. 사회를 먼저 드러내야 한다는 시각은 과거 신화에서와 마찬가지로 재생의 결과만을 드러내고자 하는 의도에서 비롯된 것일 수 있다. 윤대녕의 이 소설과 같이 그 과정을 겪는 자아를 상세히 드러내 보이는 것도 하나의 방법인 것이고, 이를 넘어선 자아가 비로소 사회와의 관련을 재정립하는 데 관심을 기울일 수 있을 것이다.

이를 의식하기라도 한 것처럼 윤대녕은 『달의 지평선』을 후속타로 발표했다. 거기서 창우와 철하는 80년대의 짐을 내려놓고 새로운 삶을 시작하려 한다. 그런 점에서 이 두 권으로 된 장편소설은 『옛날 영화』를, 그 구도를 따고 그 주제를 사회화했다. 그러나 그 사회적 주제는 미약한 것이었고, 재생이라는 신화적 주제를 깊이 있게 재구하는 데는 소홀할 수밖에 없었다. 『옛날 영화』가 보여주었던 변신과 분신과 자아와 죽음과 재생이라는 문제를 상징적으로 보여주면서, 『달의 지평선』이 갖고 있는 사회적 주제를, 개인을 넘어서는 진정한 사회적 주제로 확산하기를 요구하는 것은 지나친 바람만은 아닐 것으로 기대한다.

처용설화 잇기의 두 갈래

1. 처용설화의 두 측면

『삼국유사』권 2 <처용랑 망해사조>에 원문이 실려 있는 처용설화는 처용의 이름으로부터 설화의 전체적 의미에 이르기까지 여러 방면으로 연구되어 왔다. 전반부의 동해용과 처용의 등장은 반중앙 지방 호족세력과의 관계와 인질로 서울에 오게된 처용이라는 정치적 해석이 설득력을 얻고 있다. 후반부 역신과 아내와 처용의 관계에 대하여도 질병의 신을 물리치는 굿의 기록으로부터 벽사진경의 의례로 정립되는 민속적 과정으로 잘 이해될 수 있다.

처용설화를 소재로 한 현대 소설은 여러 편 창작되었다. 김춘수의 소설 <처용>[1]이나 김장동의 <이미 앗아간데야>[2], 신상성의 <처용의 웃음소리>[3], 구광본의 <처용을 어디서 다시 볼꼬>[4], 윤대녕의 <신라의 푸른 길>[5]

---

[1] 김춘수, 『김춘수 전집 3』, 문장, 1983.

[2] 김장동, 『소설 향가』, 태학사, 1993.

[3] 신상성, 『멀리서 만나는 평행선』, 태학사, 1998.

[4] 구광본, 『처용을 어디서 다시 볼꼬』, 세계사, 1994.

[5] 윤대녕, 『남쪽 계단을 보라』, 세계사, 1995.

등 여러 작품들이 있다. 그러나 처용설화 원문의 긴장감을 확보할 수 있는 작품은 많지 않다. 이들은 흔히 지나치게 선명한 주제 제시로 교훈적인 느낌마저 주거나 인간 존재의 근원성에 대한 지나치게 보편적인 문제의식으로 인해 이완된 느낌을 주는 경향이 있다. 윤대녕의 작품은 소품의 성격이 짙어서 처용설화가 갖고 있는 갈등의 면모는 크게 축소되어 있다.

본고는 김소진의 <처용단장>6)과 이인성의 작품 <강어귀의 섬 하나 - 처용환상>7)을 살펴보고자 한다. 이 작품들은 현실성과 환상성, 정치성과 개인성, 사회와 심리 등의 문제를 놓고 처용설화를 보다 깊이 있게 현재화하는 데 성공했다고 생각된다. 그것은 처용의 외부적 현실과 내부의 심리적 갈등과 성장의 모습으로 정리될 수 있다. 처용설화와 이들 소설을 연관지어 살펴보면 이상의 <날개>8)가 그 끝에 놓여 있음도 알게 된다.

2. 변절한 처용 - <처용단장>

김소진의 <처용단장>은 신라 처용 이야기를 변절의 이야기로 현대화한 것이다. 화자의 친구 희조가 쓴 희곡 '처용단장'의 처용은 향가를 불러 고달픈 사람들의 위안을 주던 민중 가수였다. 그러나 헌강왕의 권력을 지켜주고 출세의 길을 걷는 변절자가 되었고, 헌강왕은 처용의 아내와 간통한다. 처용은 체념하고 말았으나 헌강왕은 자객을 보내 처용을 죽이려 하고 도망 중 거꾸러지는 것으로 희조의 작품은 끝이 난다.

희곡 속의 처용은 소설 속의 화자의 삶을 닮아 있다. '나'는 순수한 운동권 학생이었으나 사법고시를 통해 입신출세의 길을 선택했다. 아내는 나를 뒷바라지해주지만 외로움을 느낀다. 아내는 희조와 간통을 하지만 나는

---

6) 김소진, 『처용단장』, 도서출판삼성, 1995. 9-59면.

7) 이인성, <강어귀에 섬 하나>, 『강어귀에 섬 하나』, 문학과지성사, 1999년. 107-156면.

8) 이상, 「날개」, 한국현대문학전집 12, 이상 김유정, 『十二月十二日 外』, 삼성출판사, 1981년 중판, 112-130면.

체념하고 없던 일로 하기로 한다. 내가 체념하고 마는 것은 희곡 속의 처용이 체념하고 마는 것과 동궤이다. 희조가 처용 이야기를 나에게 들려주는 것이 의도적이라는 것을 나도 깨닫고 있다. "나는 문득 그의 이야기가 나를 겨냥하고 있을 수도 있음을 깨달았다."(40면) 희조도 나에게 말했다. "우리 시대에 바로 처용 같은 이들이 많이 나오고 있잖아. 너도 그중 한 사람이라는 생각이 안드니?"

작자는 희조의 말을 통해서 이 소설의 주제를 이렇게 제시했다.

> "당대의 모순에 온 몸으로 고민했던 처용이라는 한 지식인의 고뇌와 결단 그리고 좌절과 변절의 역정을 살펴보는 것도 나름대로 의미가 있다는 생각이 안 들어?"

이 말은 지식인의 변절이라는 점에서 자기 희곡의 처용이나 지금의 너나 마찬가지라는 것이고 그것은 지금 시대의 소설의 주제가 될만하다는 것이다. 지식인이 민중과 역사를 망각하고 자기 이익에 눈이 팔리면 처용과 같은 꼴이 된다는 것을 말하고 싶었는지 모르겠다.

그러나 이 소설에는 다른 면으로 주목해야 할 부분이 있다. 그것은 신라 처용 이야기에서 나오는 역신의 역할이다. 신라 처용 이야기에서 역신은 전염병이나 전염병 귀신일 수도 있다. 이 소설에서는 그것이 변형되어 나타난다.

우선 이 소설에는 처용처럼 오쟁이 진 남자들이 여러 모양으로 반복된다는 점을 지적할 필요가 있다. 우선 소설 앞부분의 날치기가 그렇다. 그는 감옥에 가있는 동안 바람이 난 아내를 찾고 있다. 희조의 아버지도 그렇다. 희조의 아버지는 노름에 팔려 아내가 매춘을 하는 것을 모른 척 한다. 희조 희곡의 처용은 헌강왕에게 아내를 빼앗겼다. 무엇보다 이 소설의 화자인 나 또한 희조에게 아내를 빼앗겼다.

날치기, 노름꾼과 왕족의 후예인 처용과 사법시험 출신의 나. 전자는 돈이 문제가 되는 사람들이다. 날치기의 아내는 "또 으떤 쇳가루 풍기는 개아덜 놈이랑 배때기가 맞아 떨어"(15면)진 사람이다. 돈에 씌운 사람은 역병에 씌운 사람과 같은 구도이다. 희조 아버지는 노름 돈 때문에 아내의 불륜에 눈을 감는다. 이 두 사람의 경우는 아내의 불륜의 직 간접적인 원인은 돈이다. 돈은 이 경우에 역신의 역할을 한다. 역신이 아내를 빼앗았듯이 돈으로 인해 아내를 빼앗긴다.

후자의 둘은 지식인이다. 희곡 속의 처용은 헌강왕이 나누어준 권력을 누리기 위해 왕과 아내의 불륜을 눈감으려 한다. 오히려 왕이 불안해하며 처용을 죽이기로 한다. 이 경우 역신의 역할을 하는 것은 헌강왕이다. 그러나 그 상황을 만든 것은 변절한 가수 처용의 권력욕이다. 그 자리를 물러나오고 마는 체념의 이유도 권력을 헌강왕과 나누고 있기 때문이다. 화자인 나는 이제 사법고시를 통해 권력에 진입하고 있다. 이 과정에서 아내의 욕구는 무시되었다. "닫힌 화덕처럼 억눌려온 아내의 내연하는 욕구"의 억압으로 상징되는 아내의 자아의 억압은 아내를 희조와의 간통으로 이끌었다. 아내의 외로움은 결국 나의 권력에의 진입 시도에 따른 필연적인 결과였던 것이다. 이 경우 권력 욕망은 처용설화에서의 역신의 역할을 했다고 할 수 있다.

그런데 이 넷 중에서 복수를 꿈꾸는 사람은 날치기뿐이다. 노름에 미친 희조 아버지는 아내의 불륜을 방조한다. 처용은 체념하고 돌아서고 모르는 체 하려 한다. '나'는 희조와의 일을 없었던 것으로 하고 아내와의 화해를 꿈꾼다. 나는 소설 첫머리에서 날치기가 아내를 만나서 "이번엔 아조 결딴을 내뿌리고 말"(15면)하지만, 사실은 "그가 자신의 마누라와 홍감스런 재회를 열렬히 꿈꾸고 있는 것은 아닐까(16면)"하는 생각을 한다. 그것은 화자 자신이 이미 사랑과 미움이 혼재하는 "愛憎"(16면)의 감정을 갖고 있기 때문일 것이다.

결국 이 소설은 아내와의 화해를 꿈꾸지만 그것은 화자 자신만의 꿈이 아닐까 하는 의문을 자아낸다. 희조 아버지나 처용의 경우는 모르는 체

하지만 그것은 문제의 해결이 아니다. 처용은 결국 자신의 죽음을 불렀고, 희조 아버지는 노름판에서 손가락을 잘리는 형벌을 받는다. '나'가 아내와의 화해를 바라지만, 그것은 날치기의 경우도 그럴 거라는 바람과 같은 것이다. 그 구도도 유사하게 설정되어 있다. 소설 앞부분에서 날치기가 칼을 들고 아내를 결딴내겠다고 하고 나는 그것이 흥감스런 재회가 될 것이라고 생각하는 것처럼, 소설 후반부의 '나'는 "우리는 더 이상 안돼. 정말이지. 암만 애를 써도."라고 생각하고 아내와 헤어질 것을 생각하지만, 끝내는 처용의 해탈을 생각하며 골목이 떠나갈 듯 아내의 이름을 크게 불러제낀다.

그러나 날치기도 결국은 아내와 흥감스런 화해를 하고 말 것이라고 생각하는 것은 나의 생각일 뿐이다. 이 같은 상황에서 아내에의 복수를 공언하는 날치기가 정신적으로는 더 건강해 보인다면 '나'의 일방적인 화해의 꿈은 비열해 보인다. 그것은 '나'가 권력을 위해 변신한 것처럼, 이번에는 생활을 유지하기 위해 아내의 간통을 모르는 척 하는 것이기 때문이다.

이렇게 아내와의 화해의 길이 먼 이유는 무엇일까? 그것은 '나'의 일방적인 이기성 때문이다. '나'는 사법고시에 합격할 때까지 아내를 생활전선에 내보낸다. 아내는 자신이 어부에게 이용당하는 쁘조새(가마우지)라고 생각하면서도 그것이 생활의 일부가 되어버렸으므로 포기할 수 없다. 고시에 합격한 '나'는 일방적으로 아내에게 직장을 그만두고 "집안에 들어앉으라"(21면)고 한다. 아내에게는 직장이 처음에는 그저 밥벌이 수단일 뿐이었지만 이제는 자신의 삶의 일부가 되어버린 것이므로, "내 삶의 본질적인 부분까지 다시 손대겠"(22면)다는 발상의 이기성에 질리는 것이다.

'나'의 이기성이 '나'가 화해할 수 없는 이유임은 소설 결말에 더 잘 드러난다. '나'는 희조와 아내의 관계를 확신하고 갈등하지만 희조가 밉다는 생각이 들지는 않고 아내와는 헤어질 생각을 한다. "쁘조새의 목에 감긴 줄을 비로소 풀어주겠노라고."(58면) 마음먹는다. 이것은 갈등의 맺힌 줄을 아예 끊어버리는 것이지 푸는 것이 아니다. 희조가 밉다는 생각이 들지 않는 것은 희곡 속의 처용이 헌강왕을 이해하는 것과 같은 구도이다. 권력의 단맛을 봬 준 왕이기에 처용은 "여자를 사이에 둔 질투심에 세간의 필부와 군왕이 다를 바가 무엇이 있겠는가."(52면)하며 체념하고 모른 척한다. 희조는 나와 마찬가지로 운동권 학생에서 제도권의 중심으로 향하고 있는, "우리 시대에 바로 처용 같은 이들이 많이 나오고 있고, 당대의 모순에 온몸으로 고민했던 지식인의 고뇌와 결단, 그리고 좌절과 변절의 역정"을 함께 겪고 있는 '동지'이기 때문인 것이다.

그러나 무엇보다 상황이 나쁜 것은 이 상황에서 '나'가 아내와의 문제를 해결하는 길을 "풍자냐 해탈이냐" 하는 식으로 바라본다는 것이다. 풍자든 해탈이든 어느 쪽이든 아내에 대한 고려는 전혀 들어있지 않다. 그것은 화합의 길이 아니다. '나'는 해탈을 생각하고 큰 소리로 아무 일도 없는 듯이 아내의 이름을 크게 불러제끼지만, 그것은 문제의 본질을 비껴나가는 행위이다.

'나'가 아내와 화해하는 길은 무엇일까? 처용은 결국 죽음에 이르렀지만, '나'는 아직 아니다. '나'가 화해하는 길은 아내의 외로움을 치유하는 데 있다. 그러나 '나'가 그것이 성적인 외로움이라고 생각한다면 화해의 길은 멀다. 아내는 자신이 학창시절 학생운동가가 될 것인지 운동가의 아내가 될 것인지 고민했다. 혁명에의 순수한 의지를 가졌던 아내가 절망한 것은 남편인 나의 변절 때문일 것이다. 동지를 잃은 외로움을 아내는 견딜 수 없었던 것이다.

소설은 이 점에 대하여는 말하고 있지 않다. 소설의 중점은 남성인 '나'의 자의식에만 놓여있다. 그러나 이러한 구도에서 화해를 말하려면 아내의 말을 더 들어보아야 할 것이다. 언제가 될 지 알 수 없지만 다음에 나오는 처용설화의 변용 소설은 처용 아내의 말이 되어야 하지 않을까 하는 생각이 든다.

결국 이 소설은 이렇게 간단히 정리할 수 있다. 이 소설에는 처용설화와 같은 삼각관계가 네 차례 거듭된다. 소매치기와 아내와 아내의 정부, 나

서영태와 아내와 희조, 희조의 아버지와 어머니와 어머니의 남자, 희조 희곡 속의 처용과 아내와 왕 등이다. 그런데 이 소설의 주제는 이러한 외부적 현실의 삼각관계가 이번에는 화자인 서영태의 심리적인 내부의 삼각관계로 들어선다. 나는 민중의 가객이었으나 변절한다. 그것은 민중과 나의 관계에 왕이 개입되면서이다. 나와 민중과의 관계는 파탄에 이른다. 그것은 내가 권력인 왕과 사통했기 때문이다. 진짜 불륜을 저지른 것은 아내나 다른 여자들이 아니라 변절한 지식인인 영태 자신이다.

3. 자기 안의 처용 - <처용환상>

이인성의 <강어귀에 섬 하나 - 처용 환상>은, 그의 다른 소설들이 그런 것처럼, 어렵다는 첫인상을 줄 것이다. 오래된 옛이야기인 처용설화 자체도 명확한 의미를 전해주지 않는데다가, 부제로 드러냈듯이 환상이라는 설정은, 현실적 구체성을 처음부터 捨象하고 들어가기에, 디딜 데 없는 공중에서 헛발질을 하다가 제풀에 지치고 마는 허탈함을 주기까지 할 것이다.

그럼에도 이 소설은 매력적이다. 강어귀의 풍경 묘사도 일품이지만, 미지의 공간에서 각양의 탈들과 벌이는 춤과 性合과 끝없이 방으로 이어지는 공간의 상상력 등 독자를 끌어들이는 요소가 복잡하면서도 정확한 문장과 함께 제시된다. 또한 미로에 놓여진 것과 같은 화자의 어지러움의 정체가 무엇인가 하는 호기심을 놓지 않게 함으로써 소설을 살아있게 한다.

그러나 무엇보다 이 소설이 의미하는 바가 무엇인가를 해명하는 것이 우선 중요한 일일 터이다. 五里霧中이라더니, 강어귀의 안개와 같고 소설 끝머리의 독수리의 飛翔처럼 종잡을 수 없는 이 소설의 주제는 무엇인가? 그것은 처용설화와 어떤 관계에 있는가? 고대 설화의 이러한 변용을 통해서 얻은 것은 무엇인가? 이런 질문에 대한 상세한 대답이 필요하다.

이 소설의 난해함 때문에 세부적 사항을 설명하려 들기보다는 먼저 전체적 구도를 감 잡아 보는 것이 유리할 것이다. 이 소설은 특이한 공간에서의 일을 길게 보여주고 있다. 강어귀에 있는 그 공간은 화자가 갈 때마다 층수가 높아지고 때로는 천장이 없고 사방 벽이 다시 문이 되어 한없이 열려지고 수많은 탈과 탈을 쓴 사람들의 춤이 어우러지는 곳이다. 화자는 이 곳을 떠나 어딘가 '먼 곳'으로 가야 하게 되어 있다. 여러 사연을 겪은 화자는 결말에서 독수리에게 들려져 다른 곳으로 옮겨진다. 그곳에서는 "발 밑에, 웬 새알 하나가 떨어져 있었다."(156면)

이 특이한 공간을 중심으로 보면 일상에서의 단절과 이상한 경험들 그리고 다시 공간 밖으로 추방되어 다시 일상의 공간으로 되돌아오는 세 단계의 모습을 보인다. 이는 이 소설이 <분리 - 전이 - 통합>이라는 통과제의의 고전적 구도를 닮아 있음을 보여준다. 통과제의를 통해 거듭난다는 메카니즘은 참으로 오래되고 널리 알려진 인류 공통의 문화 유산이다. 이러한 추측에 확신을 주는 것은 결말의 문장, 웬 새알 하나를 제시하는 그 문장이다. 알은 무엇인가? 그것은 탄생의 보장이다. 여기서 그것은 처음 태어나는 것이 아니라 화자가 겪은 경험으로 인해 다시 태어나게 되는 再生의 의미를 갖는 것으로 보인다. 재생은 심리학과 인류학의 오랜 주제이다. 이 소설은 전체적으로 화자의 재생을 다루는 것으로 볼 수 있을 것이다.

여기서 재생의 의미는 무엇인가 하는 문제를 이해하기 위해서 그 특이한 공간 안에서 화자가 겪는 경험을 분석해야 할 것이다. 화자는 그 안에서 만희라는 여자를 만나 性合을 나누고, 자기 탈을 만들고, 열병을 앓고 격한 탈춤에 참여한다. 우선 탈 만들기라는 경험을 살피자.

이 탈 만들기가 제의적 의미를 갖는 것은 마지막에 피를 먹이는 것으로 드러난다. "언제나처럼 촛불과 향불이 켜진 거실에서, 얼굴 위의 탈에 침을 바르는 그녀의 혀에 피가 묻어났다. 탈에 피를 먹였으니 이젠 다 됐어. 이게 마지막 종이 탈이야."(147면) 피는 희생의 징표이다. 무엇인가를 죽였기에 피를 먹일 수 있고, 피를 먹음으로써 제의는 완료된다. 제의의 완료는 그 과정을 통한 정신적 성장의 표시가 된다. 그 죽음이 바로 자기 자신의 것일 때 이는 바로 자기 자신의 재생의 문제가 된다. '나'는 피를 통한 죽음의 상징을 겪고 있던 것이다. 만희는 말한다. "너는 너를 죽이고 싶었던 거야. 그리고 필경, 아직도 더 죽이고 싶을 거야. 하지만, 죽더라도 간신히 살아날 수는 있게 죽어야 해."(142면) 그리고 두 페이지 뒤, 파계승 탈은 '나'인 처용탈을 날카로운 도끼날로 베었다. "그건 환상의 피가 아니라 진짜 피였다."(145면) 이 과정의 마지막이 만희가 탈에 피를 먹였으니 이젠 다 됐다고 말하는 것이다.

'나'는 피 먹인 탈을 씀으로써 '나'를 완성하게 된다. 그 과정에는 자기 자신을 죽임이라는 제의적 행위가 들어 있어야 한다. 그것은 예수가 물에 잠김으로써 과거의 자기를 죽이고 하나님의 사람으로 다시 태어남과 완전히 똑같은 의례인 것이다. 단군신화의 웅녀가 햇빛이 없는 동굴, 무덤을 상징하는 그곳에서 짐승인 자신을 죽이고 사람으로 다시 태어나는 것과 똑같은 과정인 것이다. 그리고 '나'의 탈이 완성됨으로써 나는 이 공간을 떠날 때가 된다.

나의 탈은 이중적이다. 여러 겹의 탈이 여러 번에 걸쳐 덧씌워지는 것이고, 또 다른 탈과의 만남 속에서 이루어지는 것이기도 하다. "처용의 탈은 분명 여러 겹이었을거야. 여러 얼굴이 쌓여 하나가 된 거지."(127면), 또한 만희를 찾기 위해 허공을 더듬으며 다녔던 어둠의 벽에는 수없이 많은 탈이 걸려 있었고 '나'는 그제야 깨닫는다. "그러니까 저 온갖 얼굴들을 다 겹쳐 처용 얼굴을 만들었단 말인가."(151면)

이것은 처용의 탈이 처용 하나의 단독의 것임이 아님을 보여준다. 즉 처용은 수많은 탈들 속에서, 탈들과의 관계 속에서 탄생하는 것이다. 이것을 무엇이라 할까? 관계적 자아 즉 사회적 자아의 탄생이라고 우선 이름지어볼 수 있을 것이다. 그 이전에도 자아는 있었다. 그것은 자기 고유의 이름을 가진 고유한 자아였다. 그러나 여러 겹으로 이루어진 탈을 만들어 쓴다는 것은 자기 본래의 이름을 없애고 다른 자아로 재생하는 것이다. 그것은 "진정으로 이름을 지우는 길"(136면)이다.

그렇다면 탈의 의미는 상당히 알려졌다. 자기 고유의 자아로는 사회적 관계를 맺을 수 없다. 탈을 통해서만 사회적 자아로 다시 태어날 수 있다. 고유의 자아를 버리고, 죽이고, 사회적 자아로 거듭나야 한다. 이 소설의 주제는 바로 사회적 자아로의 거듭남이다. 그것이 소설 결말의 새알이 제시되는 이유이다.

　이 모든 과정을 이끌어 가는 것은 만희이다. 만희는 이 특이 공간 내에서만 존재한다.(만희는 이 소설에서 유일하게 작가가 만들어낸 이름이다. 나머지는 다 신라 처용설화에 나오는 인물과 장소 이름을 따르고 있다. 아마 이 이름은 '마니'를 나타내는 것이 아닌가 한다. 마니는 용왕의 뇌에서 나왔다고 하는 여의보주이다. 이 구슬을 얻으면 소원성취한다고 한다. 자기의 소원을 이루어주는 구슬로서의 만희는 자기 안의 소망의 다른 모습이다.) 만희는 너와 같이 떠나고 싶었다고 하지만, 그것은 아니다. 만희는 '나'의 탈이 만들어지고 '나'가 떠나도록 돕는 <처용환상>의 환상적 장치이다. 그 역할은 무엇인가?

　이 공간에 들어선 다섯째 날 혹은 일곱째 날, 만희는 '나'도 몰랐던 나의 과거를 상기시킨다.

> "그렇게도 바다가 그리웠어?" "나보다도 시인이었던 자기가 더 그리울텐데, 아니야?" "그립다면 기억이 있어야 되는데, 떠오르질 않는걸." "천 백년전의 기억이니까." "뭐라구?" "언젠가는 기억나게 될 거야. 그때 자긴 바다에서 왔어."(116면)

　만희는 신라의 처용인 '나'도 모르는 나를 알고 있는 존재이다. 그것은 집단의 기억을 자기의 기억으로 갖고 있는 존재이다. 그것은 달리 말하면 의식 속의 '나'는 기억하지 못하는 '무의식' 속의 나이다. 그것은 나와는 다른 성으로 나타나기 쉽다. 융이 말하는 아니마가 그것일 터이다. 자기 전 존재를 알고 있고 의식적 자아를 성장시키는 밑바탕이 되는 힘으로서의 또 하나의 자아인 것이다. 남성의 경우 자기 안의 여성과의 원만한 타협을 통해서 바르게 성장한다.

'나'가 겪는 가장 격렬한 체험은 만희와의 性合이다. 결합의 가장 극적인 모습인 성합은 이 경우 또 다른 자신과의 만남이 격렬하고도 필연적임을 보여준다. 남성 성장기의 성적인 충동 또한 이 과정에서 해결되어야 할 것이기에 격렬하고도 필연적인 것이다. 그러나 그것은 아직 인간적으로 완성되지 못한 것이다. 그것은 '흘레'로 지칭된다. 흘레는 짐승 사이의 교미이다. 아직 사회적 자아의 자격을 갖지 못한 성은 동물적 자아의 모습을 가질 수밖에 없다. 그것이 흘레로 지칭되는 것이며, 또한 그녀와의 성합의 표징으로 여러 차례 등장하는 것이 짐승인 뱀인 이유이다. 뱀은 자기 꼬리를 자기가 무는 형상으로 인해, 자기 자신과의 결합을 의미하고, 껍질을 벗는 것으로 인해 부활과 재생의 의미를 갖는 오래된 상징물이다. 이 경우 자아의 성이 뱀으로 등장한 것은 바로 만희와의 결합이 자아의 성의 문제라는 것이며 이를 통해 사회적 자아로의 재생의 의미를 담는다는 것의 상징적 표현인 것이다.

이 공간이 죽음의 공간인 동시에 성합의 공간으로 나타나는 이유는 무엇인가? 그것은 성과 죽음이 같은 뿌리이기 때문이다. 프로이트를 참고하면 생의 욕구로서의 성(에로스)와 죽음에의 욕구(타나토스)는 동전의 양면이다. 프로이트는 文明을 해명하면서 이러한 개념을 사용하지만, 자아의 경우에도 유용하다. 자아를 죽이는 것은 재생의 삶을 위한 것이다. 과거의 자기를 죽임으로써만 다시 태어날 수 있는데, 그 과정을 집약한 것이 성합이다. 성합은 죽음의 경험과 재생의 경험을 집약한 본능이다.

그 이중성을 달리 표현한 것이 내가 겪는 춤과 열병이다. '나'는 이 공간에서 여러 탈과 춤을 추고, 탈을 만드는 과정에서 여러 번 열병을 앓는다. 춤은 삶의 밝은 쪽이고 열병은 어두운 쪽이다. 그리고 그것은 재생을 위한 과정에서 필연적으로 겪는 두 모습이다. 춤은 기쁨이고 병은 아픔이다. 그것은 성의 기쁨과 죽음의 아픔을 일상화된 표현으로 드러낸 것이다.

이 과정이 자기 자아 내의 것임은, 신라 처용과 달리, 열병에 걸리는 것이 여자가 아니라 '나'인 것으로도 나타난다. 나는 몇 차례 열병에 걸린다. 그리고 그것을 낫게 하는 것은 만희이며 나 자신이다. 만희는 여러 탈을 보여주며 이 중에서 네 열병을 고쳐줄 무당탈을 나에게 고르게 한다. "네 열병은 무병인가?, 무병이라면 무당에게 맡길 수밖에"(126면) 하고 무당탈을 고르게 하고 다시 탈을 한 겹 씌워준다.

여기서도 무병을 앓는 것은 나이면서 고쳐주는 것은 만희이다. 즉 나는 신라 처용설화의 처용이면서 역신이면서 열병을 앓는 아내이다. 이 모든 것은 내 안에 있다. 이 역신은 뱀의 모습으로 다시 등장한다. 이 극의 절정이 되는 장면이 있다. 찾지 말라는 만희를 찾아 여러 방을 헤맨 끝에 나는 이불 더미 아래로 "다리가, 넷"(151면)인 장면에 이른다. 처용의 노래를 저절로 부르며 돌아나오는 내가 알게 된 것은 그 다리는 처음의 뱀이었다는 것. 만희는 말한다. "둘은 내 다리고 둘은 네 다리였어. 그 뱀. 내가 품고 있던 너…"(152면) 결국 만희를 품고 있던 역신인 뱀은 나 자신이었던 것이다.

탈은 완성되었고 역신이 나 자신임을 알게되었다면, 만희 또한 내 안의 만희이다. 만희의 역할은 일단락되었다. 나의 탈을 만들어주고 나의 성을 대상화할 수 있게 되었으므로 나는 이제 그 공간을 떠나게 된다. "이 뱀도 네가 데려가. 너였으니까."(153면) 이 뱀은 자아의 성숙으로 인한 과거의 자아의 껍질이다. 만희는 거적 위에 뱀을 올려놓았는데 그것은 바로 나였다. 나의 의식 속의 性이었던 뱀이 자기 자신임을 알고 실체화할 수 있었음으로 이제 더 이상 처용탈은 필요하지 않게 되었다. 그것은 이름과 같은 것이었기 때문이다. "이름이란 게 저리로 건너가선 필요 없다 하더라도 여기선 필요한 거 아닐까? 뭐랄까, 저기로 가는 길을 찾는 이정표 같은 거랄까…"(136면) 만희는 이제 탈이 필요 없다며 탈을 남기고 가게 한다. 그것은 새로 생성된 자아를 무의식에 편입시키는 행위이다. 무의식을 풍성하게 함으로써 자아도 생명력을 얻는 것이기 때문이다.

이 모든 과정에서의 성숙과 비약은 두 단계의 이미지로 제시되었다. 하나는 그 공간이 날마다 갈 때마다 층수가 높아지는 것이다. 다른 하나는 마지막에서 거적에 싸인 나를 독수리가 하늘 높이 들어올린 것이다. 올 때는 강가로 걸어 들어왔지만 나갈 때는 독수리의 날개로 들려 나가는 것은 정신의 비약을 나타내는 효과적인 방법이다. 그것은 헨델과 그레텔 동화에서 집에서 나와 마녀의 집에 이를 때에는 강이 없다가, 마녀를 물리치고 집으로 돌아갈 때에는 강을 건너는 설정이 아이의 정신의 비약적 발전을 의미하는 것과 같은 기능을 한다.

작가는 소설 첫머리에 정현종의 <섬>을 인용해 두었다. "사람들 사이에 섬이 있다/ 그 섬에 가고 싶다" 이 소설은 사람들 사이에 있는 섬에 가는 과정을 보여주는 소설이기 때문이다. 사람들 사이에 있지 않은 섬의 자아가 사람들 사이에 있는 섬으로 가기 위해, 자기 안의 여성을 만나고 탈을 만들어 쓰고 여러 탈들과 관계를 맺고 성을 대상화하고, 이런 과정을 통해 사회적 자아로 다시 태어나는 과정을 아름답게 그린 소설이다.

4. 거세된 처용 - <날개>

이상의 <날개>는, 날개를 잃어버린 아기장수 이야기의 변용이겠지만, 처용의 다른 모습으로 이해할 수도 있다. <날개>는 몸을 파는 아내에 얹혀 살며 자기 의식을 갖지 못한 무능한 남자가 겨드랑이의 날개로 상징되는 새로운 인간으로 다시 태어나기의 주제를 보여준다. 이것은 <처용단장>과 <처용환상>이 한 부분씩 보여주었던 양상이 함께 나타나며 새로운 의미를 갖는 경우이다.

우선 <날개>가 처용설화의 변용 작품인 <처용단장>과 <처용환상>과 맥이 닿아 있음은 보다 구체적인 장면에서 지적될 수 있다. <처용단장>에서 서영태는 아내와의 관계를 이렇게 표현한다. "우린 뭔가 주파수가 서로

맞지 않았다. 나사산이 헤먹은 볼트와 너트처럼 겉돌았다."(23면). <날개>
의 '나'는 이렇게 말한다. "우리 부부는 숙명적으로 발이 맞지 않는 절름발이
인 것이다."(130면). 서로 이가 맞지 않는 암나사와 수나사의 관계는 숙명적
으로 발이 맞지 않는 절름발이 부부와 관계가 같다. 이것은 동해바다에서
올라온 처용이 경주 서울에서 왕이 내려준 아내와도 비견될 수 있다. 처용가
처음의 "밤들이 노니다가"라는 어구는 아내를 혼자 있게 하고 결국 역신을
들여놓게 되는 설정으로 이해되는 것이다.

    <처용단장>의 서영태는 아내와의 관계를 새롭게 설정해야 한다는 것을
안다. 그러나 그 방법은 모른다. 집으로 들어가는 길에 그는 "그래 나는
서른살의 처용이다. 하루에 한번쯤은 해탈을 할 나이이다. 그런데 해탈은
어떻게 하는 거지?"(59면) 한다. <날개>의 '나'도 결말 부분에서 고민한다.
"그러나 나는 이 발길이 아내에게로 돌아가야 옳은가 이것만은 분간하기가
좀 어려웠다. 가야 하나? 그럼 어디로 가나?"(130면). <처용단장>의 서영태
는 집으로 돌아가 부부가 아니라 '독립된 존재로서의 참된 만남[9]'을 암시하
고 있다. 그러나 그것은 일방적이고 임시방편적인 느낌을 준다. 문제의
본질은 서영태 자신의 본질이 변한 데 있는 것이고 부부 관계는 그 현상의
측면에 지나지 않는데, 현상을 치유한다고 해서 본질이 변하는 것이 아니라
면 이 화해는 일시적인 것에 지나지 않을 것이기 때문이다. <날개>의 '나'는
보다 근본적이다. 그는 자기의 골방으로는 돌아가지 않을 것이다. 날개는
골방에서는 필요하지 않기 때문이다. 날개야 다시 돋아라 한번만 더 날자꾸
나 하고 외쳐보고 싶은 '나'에게는 광장이 필요한 것이다.

    <처용환상>에서 화자가 집 혹은 방에서 새의 날갯짓과 함께 하늘 아득한
곳으로 옮아가 "멀었던 눈이 갑자기 트이"(155면)는 경험을 하는 것은 <날
개>의 '나'가 방에 갇혀 있다가 광장으로 나와 날갯짓을 꿈꾸는 것과 같은
기능을 한다. 방이라는 폐쇄된 공간을 뛰쳐 나와야 자아가 성장할 수 있다.

---

9) 황도경, 「우리 시대의 처용」, 김현실 외, 『한국 패러디 소설 연구』, 국학자료원. 1996. 100면.

그러나 그 안에서의 과정은 서로 다르다. <처용환상>은 개인의 심리적 성장을 의미하기에 그 방은 그 안에 끝까지 갇혀있지만 않으면 자기 성장을 위한 준비를 하는 공간이다. <날개>의 방은 처음부터 사회성을 박탈하는 곳이기에 자아를 위축시키기만 하는 퇴행 공간이다. 그러나 어느 편이건 자아는 그 공간을 벗어나야 한다. 그 안에 있기만 해서는 자아를 찾아 정립하지 못하는 것이다. 마지막 장면이 새의 모습으로 설정되어 있는 것도 공통된다. <처용환상>에서 새가 내 얼굴을 쪼아 "내 얼굴을 풀어주"고, 나를 끌고 하늘 아득한 곳으로 올라가고 새의 눈이 나의 눈이 되어 세상을 내려다보는 것, 다시 알의 이미지를 제시하는 것은 재생의 의미를 나타내는 데 새가 사용된다는 점에서 주목되는 것이다. <날개>에서 화자의 재생이 다시 돋아나는 날개로 설정되는 것도 새로 상정되어 있기 때문이다. 새의 알은 주몽 신화나 혁거세 신화 등에서 보듯이 새로운 자아로 탄생한다는 이미지를 전달하는 오래된 문학적 설정이다. 이 소설들은 이러한 오래된 문학 관습을 잇고 있는 것이다.

그러나 보다 중요한 것은 전체적인 구도에서의 유사성이다. <처용단장>의 서영태는 운동권에서 사법고시를 보아 권력에 진입한 인물이다. 서영태의 변질은 아내를 억압하는 사람의 모습으로 나타난다. 아내는 서영태의 친구인 희조와 관계하여 서영태를 처용의 처지로 만든다. 서영태는 이에 대해 무력할 뿐이다. 희조의 희곡 속의 처용과 마찬가지로 자신이 권력의 편에 깃든 변절자라는 점, 결국 자신도 아내와 마찬가지로 불륜을 저지른 처지이므로 아내를 정죄할 자격을 갖지 못함을 알고 있기 때문이다. 사법고시에 합격한 영태에게 친척들이 하는 말, 시국사범으로 나랏밥 신세를 진 것이 오히려 득이 된다며, 예전에는 "타도의 대상으로 넘겨짚던 축들의 사타구니에 코를 쑤셔박곤 그곳이 조청이라도 처바른 절편인 양 알랑알랑 핥고 빨 기세라는 거 아냐, 저쪽도 그런 사정을 아니깐 여보란듯이 생색을 내며 좀 천한 표현으루다 개씹에 보리알 끼듯 구색맞춰 방을 붙이는 것 아니겠어?"(20면) 하는 말은 바로 영태의 자의식을 드러낸다. 서영태는 운동권 학생에서 사법고시 합격자로 변신하면서 변절했고, 그로 인해 자기 정체성을 상실했다는 것이 요체이다. 자기 정체성을 상실한 서영태는 아내를 만족시킬 수 없다. "닫힌 화덕처럼 억눌려온 아내의 내연하는 욕구의 출구를 활활 열어 젖히고 힘찬 풀무질을 해줄 의무가 내겐 있다고" 여기지만, "현실은 생각 먹은 대로 잘 돌아가 주지 않았다. 우린 뭔가 주파수가 서로 맞지 않았다."(23면) 서영태는 친구 희조와 아내의 관계를 묵인할 수밖에 없다.

몸을 파는 아내의 행위가 무엇을 의미하는지조차 이해하지 못하는 골방의 남자, 아내에게 야단을 맞는 <날개>의 '나'는 바로 자기 정체성의 상실로 인해 무기력해진 인물을 극대화한 형상이라 할 수 있다. 이는 사회와의 관계 설정이 잘못되었기 때문이었다. '나'는 사회와 절연된 골방에서 거울놀이 등을 하며 지낸다. 다시 나를 회복하는 것은 골방을 나와 사회화를 시도하면서부터이다. 자기 정체성을 상실하게 된 이유가 나타나 있지는 않다. 그러나 서문 에피그램 첫머리에 "박제가 되어버린 천재를 아시오?" 했을 때, 그것은 화자의 지금 모습이 박제 즉 거세되고 무기력해진 상태의 화자를 가리키며 원래의 모습은 아니라는 것을 알 수 있다. 1930년대의 <날개>에서 그 사유가 생략되었던 이 부분은, 김소진의 <처용단장>은 1980년대 들어 정치적 민주화가 이루어지면서 운동권 지식인들이 정치권에 편입되고 초기의 도덕적 순수함을 상실해 가는 현실 맥락에서 그 구체성을 담보할 수 있었던 것이다.

동시에 <날개>는 재생의 희망을 이야기한다. 마지막에서, 자신에게도 날개가 있었음을 상기해내고 날자 한번만 더 날자꾸나 하고 되뇌는 것은 무기력해진 자신을 버리고 새로운 자아로 재생하는 모습의 극적인 표현이다. 이렇게 재생이 가능한 것은 두 가지 단계로 설정되어 있다. 하나는 외출과 돈에 대한 인식이다. 화장실에 갖다 버리던 돈을 누군가에게 주고 싶어하고 그러기 위해서 외출을 감행하는 것은 돈의 사회적 기능에 대한 인식이고 사회화가 다시 시작되었음을 보여준다. 다른 하나는 상징적인 죽음을 거치는 과정이다. 자기 방에서 아내가 준 아달린을 먹던 것과는 달리 이번에는 스스로가 공원 벤치에서 아달린 여섯 개를 한꺼번에 먹고 내리 일주야를 잔다. 이는 상징적인 죽음의 과정을 거쳤음을 보이는 것이다. 과거의 자신은 죽고 새로운 자아로 재생하기 위한 필연적인 과정이다.

이렇게 자아가 죽음을 거쳐 재생하는 것은 이인성의 <처용환상>의 주제와 같다. 위에서 상세하게 보았듯이 <분리 - 전이 - 통합>이라는 통과제의의 구도를 갖고, 이제 과거로는 되돌아갈수 없다는 것을 깨닫지만 떠나가는 그 자리에 새 알 하나가 있었다는 마지막 설정은 이 소설이 과거의 자기를 떠나 새로운 자아로 재생하는 모습을 여실히 그려내고 있다. 그러나 <처용환상>의 재생은 개인적인 성장 과정의 성격이 강한 데 반해 <날개>의 재생은 사회적 재생이라는 점은 다르다. 이상의 작품들이 모더니즘적 개인주의 성향을 가지면서도 시대 상황으로 인해 필연적으로 사회성을 갖게 되는 것과 달리, 이인성의 작품은 "자기 의식 내부에서의 경험"을 소재로 하여 "자의식을 동시에 자의식하는 언어기호"[10]로서 개인의 내면세계에의 탐색 작업으로 일관되는 것과 맥을 같이 하는 것으로 이해할 수 있다. 물론 이인성의 내면주의적 개인 탐구는 그 자체가 보편성을 가져서 현실을 재구성하는 힘을 가질 수 있을 것이다.

5. 맺음말

김소진과 이인성의 작품은 같은 처용설화를 이용했으면서도 추구하는 방향은 전혀 달랐다. <처용단장>은 처용이 자기 외적 세계와의 관계 속에서 삶을 대하는 태도를 문제삼았고, <처용환상>은 자기 내적 체험 속에서 자아의 성숙의 과정을 문제로 삼았다고 여겨진다. 이러한 태도는 물론 처용설화 자체가 갖고 있는 성격 중 한 부분씩을 확대한 것이다. 처용설화가

---

10) 이광호, 「치명적인 사랑의 실험」, 이인성, 『강어귀에 섬하나』 발문, 문학과지성사, 280면.

갖고 있는 모호성과 애매함이 현대에 와서 계속 재해석의 여지를 주고 있고, 그 해석의 폭을 얼마만큼 다양하게 이용할 수 있는가 하는 것은 작가의 역량일 것이다. 이 두 소설은 반대 방향의 해석을 각각 대표하는 것으로 보인다.

이런 시각으로 처용설화를 이해하면 이상의 <날개>가 처용설화의 또 하나의 변용 작품임을 알 수 있다. 자기 외적 세계와의 관계 설정에 실패한 자아가 다시 사회적 자아로 재생하는 자아의 성숙 문제를 다루고 있는 것으로 이해된다. 그러나 그 과정에는 서로 차이들이 있었다.

이 세 소설을 검토함으로써 고전 설화를 성공적으로 현대화해 나가는 틀을 고찰해 보았다. 이러한 작업은 앞으로 이루어질 처용설화의 현대화와, 나아가서 고전 설화 또는 고전소설을 이용한 현대작품의 다양한 창작의 진행을 어떻게 이해해야 하는가 하는 문학사적 문제의식과 동궤의 것이다. 또한 고전문학과 현대문학을 잇는 연구분야로 주제비평의 한 예시적 작업이 될 수도 있을 것이다.

그런 점에서 김장동의 <이미 앗아간데야>와 신상성의 <처용의 웃음소리>도 함께 살펴볼 수 있을 것이다. 앞의 소설에 비해 이들은 그 주제가 선명하게 드러나기에 이 자리에서 논의하지 않았지만, 전자는 전체 사회의 도덕적 타락 문제를 헌강왕 당시를 배경으로 재진술하고 있고, 후자는 정신병원의 처용 연극이라는 설정을 통해 현대인의 불신과 집착에서 벗어나 관용과 화해를 주장하고 있다. 이 네 편의 현대판 처용 이야기는 그러므로, 신라 당대와 현대의 한 축, 개인 내면의 문제와 사회의 문제라는 또 하나의 축으로 정리해볼 수 있다. 신상성과 이인성은 현대인의 내면 문제로 이야기를 이끌었고, 김소진과 김장동은 사회적 문제로 이해했다. 김장동은 신라 당대를 배경으로 했고, 김소진은 현대와 신라 시대를 섞었고, 나머지는 현대를 배경으로 했다. 물론 신라를 배경으로 한 이야기도 현대를 이해하기 위한 것임은 말할 것도 없다. 그러나 그 방법적 차이의 선택에 대한 주제나 미학적 차이에 대한 고려가 이어져야 한다.

이러한 가설은 설화를 이용한 현대소설이 취할 수 있는 방법의 큰 틀로 이해될 수도 있을 것이다. 앞으로 우리가 살펴야 할 작품들은 많다. 개인적 차원에서 희생의 죽음과 극복에 대한 소망이 드러나는 바리공주 설화가, 근원적 치유에 대한 불신으로 현대적 상황을 제시하는 송경아의 <바리이야기> 연작11)이 되었다가, 최인석12)에 이르면 개인과 사회의 대립이 치유 불가능하다는 비극적 인식으로 확대되는 양상을 볼 수 있다. 관군-아기장수 -부모의 삼각형 구도가 황석영의 <장사의 꿈>13)에서는 부모 요소가 빠지고, 김동리의 <황토기>14)에서는 부모도 관군도 빠져나가고 그 자리에 풍수 지리와 운명론이 자리잡는 양상도 선명하게 보일 수 있다. 아랑설화는 김영하15)에 의해 진실이 어떻게 구성되고 파악되는가의 문제로 현대화되고, 김탁환16)은 황진이 이야기를 통해 근대역사학의 꿈인 미시사라는 분야를 소설이 어떻게 구성할 수 있는지 보여주었고, 『서러워라, 잊혀진다는 것은』17)에서는 움베르토 에코처럼 중세의 자료를 통해 지적이면서도 흥미로운 시대와 인간 이해의 가능성을 실험하고 있다. 이들은 다 다른 이야기들이지만 현대와 과거, 사회와 개인이라는 큰 축을 어떻게 이용하여 이야기를 엮어나가는가 하는 기본 구성에 대한 이론적 성찰이 현대문학 공부의 하나의 과제임을 보여준다.

앞으로도 설화와 고전문학이 현대문학과 문화의 새로운 활로로 이용될 가능성에 대해서는 되풀이하여 강조될 것이다. 음악이나 미술, 무용 분야에도 지속적인 변용의 재창조가 이루어질 것이다. 그러나 그 구체적인 방법과

11) 송경아, 「바리 - 불꽃」, 「바리 - 동수자」, 「바리 - 돌아오다」, 『엘리베이터』, 문학동네, 1998. ; 「바리 - 길 위에서」, 『책』, 민음사, 1996.
12) 최인석, 「포로와 꽃게」, 『구렁이들의 집』, 창작과비평사, 2001.
13) 황석영, 「장사의 꿈」, 『객지』, 창작과비평사, 1989.
14) 김동리, 「황토기」, 『김동리대표작선집 1』, 삼성출판사, 1967.
15) 김영하, 『아랑은 왜』, 문학과지성사, 2001.
16) 김탁환, 『나, 황진이』, 푸른역사, 2002.
17) 김탁환, 『서러워라, 잊혀진다는 것은』, 동방미디어, 2002.

방향에 대한 논의는 아직 시작도 되지 않았다. 설화를 이용하는 양상은 스펙트럼의 빛처럼 다양하다. 그러나 그 다양함이 아직은 무질서로 여겨지고 그 속에 어떤 질서가 숨어 있는지 체계화되지 못하고 있다. 이를 위해서는 우선 세심하고도 구체적인 작품론의 성과가 축적되어야 한다. 그 체계를 이해하고 구성하여, 우리 문화의 진폭을 확대하려는 시도는 앞으로 꾸준히 지속되어야 할 일이다.

김희선 소설 『무한의 책』
; '세계 구하기'의 신화

　김희선의 장편소설 <무한의 책>은 정신질환자의 기록이다. 그가 사는 연립주택 "헤븐하우스"는 실은 정신병원의 이름이다. 하지만 미친 리어왕이 하는 말에 에드가는 한탄하지 않았던가, "먹구름 사이로 치는 번개처럼, 광란 속에서도 지혜는 번뜩이며 세상을 꿰뚫어보는구나!" 이 소설 역시 허황하고 당황스럽지만, 그리고 무엇보다 재미있지만, 그 속에서 커다란 진실을 찾자고 한다.

　전체적으로 정신병자의 망상이지만 그 안에는 현실이 그대로 드러난다. 아니 거꾸로 그의 현실이 그를 정신질환으로 몰고 갔다. 그는 어찌해야 하나. 현실의 무게에 짓눌려 죽지 않으려고 그는 환상을 생산한다. 그 환상은 자기를 구원하자는 것이다. 그런데 프로이트나 융이 정신질환자를 치료하기 위해서 신화를 공부한 것에서 알 수 있는 것처럼 이 환상은 다분히 신화적이다. 신화의 시각을 통해서 이 작품을 이해해보자. 클리나멘과 브리꼴라쥬, 평행우주라는 관점에서 소설의 형식적 특성은 복도훈교수의 해설에 상세하기에 따로 언급하지 않는다. 이런 형식과 수법이 이 소설의 특징이고 장점이지만, 이 소설에서는 환상이 현실에서 비롯하는 것이므로, 서사의 순서와 달리 내용의 순서를 따라 설명한다.

성철(스티브)의 아버지 박영식은 폭력 가장이다. 그는 돼지 도살을 업으로 하고 있고 집에서는 아이들을 때린다. 집에는 도살장에서 쓰는 칼을 갖다 두었다. 여기서 더 나아가 그는 1980년 광주학살에서 많은 사람을 죽였다. 어린애를 죽였고 보고를 주저하는 정하사까지 죽였다.

이런 아버지가 장애아인 동생 성호를 때리는 날 성철은 도살 칼로 아버지를 죽인다. 성철은 경찰에게 진술하지만 그의 말은 종잡을 수 없고 망상이 섞여 있어서 혐의를 벗어난다. 어머니 유정숙은 모든 걸 자신이 떠맡고 감옥에 갇힌다. "넌 가만히 있으렴. 모두 내가 알아서 할 테니."

이 사건 전부터 성철은 자기 안에 분신 디디를 만들어 대화를 했다. 디디와 함께 대화하면서 환상을 현실로 간주할 수 있었다. 그의 환상의 정점이 2015년 12월 21일 신들이 하늘에서 내려온다는 것이다. 신들은 세계가 곧 멸망할 것이고 그것을 피해 세상을 구할 수 있는 사람이 바로 성철이라고 알려준다.

자신이 세계를 구한다는 망상. 뒤집어보면 이는 곧 성철이 자기를 구하기 위한 환상이었다. 성철은 미친 속에서도 자기를 찾으려 노력한다. 성철과 디디가 하나이면서 둘인 것을 보여주는 대화 기법은 독보적이다. 성철은 다중인격인 디디를 없애기 위해 디디가 래퍼를 암살한 죄로 사형이 되어 세상에서 사라졌다는 환상을 만들어 자기의 자아를 회복한다. 이런 성철이 자기희생으로 세계의 멸망을 막는다는 환상을 갖는 것은 그 환상으로 자아를 구하기 위한 노력으로 읽힌다.

세계의 종말을 이 소설에서는 여러 경우를 들어 보인다. 고대 마야 달력에서 말하는 2012년 12월 21일, 소행성과 충돌한다는 2015년 12월 21일. 그리고 광주학살과 성철 집에서의 학살. 종말은 성철의 환상에서뿐 아니라 현실 세계에서도 중요한 문제였다.

세상의 멸망을 막기 위해 무엇을 어떻게 해야 하나 하는 질문이 당연히 떠오른다. 그 답으로 마련한 것이 사태가 빗나가기 시작했던 과거로 돌아가 크랙을 없애는 것이다. 그는 2015년에서 1958년의 용인으로 되돌아가 이제

8살인 자신의 아버지 박영식을 찾는다. 자신은 죽어 없어질 것을 알면서도.

이렇게 되면 타임워프 이야기가 되어 역시 SF 소설이 되겠지만, 이 소설은 그보다는 희생과 세계의 재생이라는 신화적 모티프를 더 부각시킨다. 성철의 양 옆으로 선을 그어 다음과 같이 나타내보자.

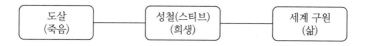

주목할 것은 성철도 아버지와 마찬가지로 돼지 도살업에 종사하게 된다는 점이다. 성철은 아버지처럼 돼지를 죽일 뿐 아니라 아버지를 죽였다. 그는 아버지와 동격이다. 아버지처럼 자신도 도살자이면서 아버지와 달리 구원자가 되려고 환상을 만들어 내는 것이다. 그 과정에 요구되는 것이 자신을 희생자로 삼는 것이다. 자신을 희생하여 세계를 구원한다는 생각은 사실은 세계를 구함으로써 자신이 구원된다는 말을 뒤집은 것이다.

잔혹한 현실 아래에서 정신이상이 되고 환각을 보는 성철은 자기희생을 통해서 다시 현실로 돌아와 현실을 원래의 바른 모습으로 되돌려 놓아야 새로운 삶을 얻을 수 있다. 이러한 생각은 창세신화의 논리라고 엘리아데가 알려주었다. 세상이 악하고 잘못되어 있을 때 그 세상을 고치는 방법은 아직 세상이 잘못되기 이전의 창조 이전의 시간으로 되돌아가서 창조를 다시 하는 것이다. 굿할 때 창조신화를 부르는 것은 바로 태초의 시간으로 굿하는 장소를 되돌려 놓기 위해서이다. 특히 관심을 끄는 것은 가령 아메리카 나바호 인디언의 경우처럼, 사람이 병이 들면 병을 고치기 위해서도 창조신화를 노래하는 것이다. 아프다는 것은 몸이 뭔가 잘못된 것이고 이를 바로잡기 위해서는 원래의 상태, 태초의 시간, 창조가 일어나기 전으로 되돌아가야 하기 때문이다. 이런 점에서 성철이 계속 어린 아버지에게로 돌아가야 하는 것은 치유의 과정이기 때문이다. 굿에서도 실질적으로 효과가 있는 질병은 정신질환이다. 굿은 늘 세계의 처음으로 돌아가서 시작한다.

요즘의 게임에서도 같은 맥락이다. 게임을 하다가 내가 잘못되면 다시 처음으로 돌아가면 된다. 다시 하면 처음 원래의 시작 상태가 된다. 정작 진짜 삶은 리스타트가 되지 않는다. 성철은 자기 인생을 리스타트하기 위해 시작점을 찾는다. 그것은 자기 아버지, 아직 어린이인 그를 찾는 것이다.

책에서도 말하는 것처럼, 이 어린이는 커서 똑같이 도살자가 될까? 그렇게 되지 말라고, 아버지가 다른 삶을 살아야 자신도 질곡에서 벗어나기에 성철은 아버지를 찾았다. 그러나 그 어린 아버지가 어떤 삶을 살지는 성철도 모르고 신도 모른다.

신(神)들은 성철에게 아버지를 만나 세계를 구원하는 담당자가 성철임을 알려주었고 그 방법도 일러 주었다. 소설은 신에 관해 많은 분량을 할애한다. 신이 새 또는 깃털 달린 파충류라는 주장은 우리에게도 충격을 준다. 신 또는 천사가 날개를 달고 날아다니려면 엄청난 가슴 근육이 있어야 한다. 새들처럼. 날개와 가슴 근육 외의 신체는 몹시 빈약해져야 한다. 이러한 생각은 수천년 동안 관념적으로 상상되던 신의 모습을 망가뜨린다. 진선미(眞善美)로서의 신은 더 이상 없다.

그래도 신은 인류가 멸망하지 않기를 바라고 그 방지책을 알려준다. 신 자신도 사실은 파충류였다. 소행성과의 충돌로 멸망하게 된 지구를 구하기 위해 최후의 파충류는 자신의 몸을 우주 전체로 흩어지게 한다. 우주에 편만한 자신이 신이 되었음을 알게 된다. 지금도 신은 지구의 위기가 닥치면 깃털 달린 파충류 새의 모습으로 인간에게 나타난다. 신이 파충류라는 점은 신이 지상적 존재라는 말이다. 신이 새라는 말은 신이 초월하는 존재라는 말이다. 신은 도살로 상징되는 세계의 멸망을 구하는 방법을 일러주어 삶이 생성되고 세계가 지속되도록 한다. 이를 신을 중심으로 이렇게 도식화할 수 있다.

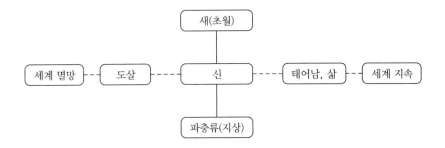

신은 이 모든 것의 중심에 있다. 그러나 신은 중심이지만 나타난 모든 것에 간여되어 있다. 그래서 신은 하나이면서도 수없이 많은 새로 이 지상에 출몰한다. 달리 말하면 신은 개념적으로 중심에 있지만 현실적으로는 모든 곳에 있다. 모든 곳은 중심과 같은 주파수로 연결되어 있다. 신은 모든 곳에서 인간이 삶을 지속하도록 북돋는다.

그러나 소설 속에서 또 하나의 새의 모습은 히에로니무스 보스의 지옥도의 것이다. 아버지의 방에도 있었고 로버트의 책에도 있던, 사람을 잡아먹는 흉측한 새. "반은 물고기이고 반은 사람이거나, 혹은 머리는 새에다 몸통은 사람인 채로 사디즘적 쾌락에 빠져 인간을 찌르고 배를 가르고 끓고 있는 커다란 항아리에 던져넣는 저 괴이하고 끔찍한 존재들"(66면), 그 속에 아버지도 있을 것으로 성철은 생각한다. 후에 성철은 아버지를 죽이고 그 속에서 새를 끄집어내려고 한다. 그 지옥을 벗어나야 하는 것이다. 사람들을 지옥에서 벗어나게 해야 할 일이다.

새는 하늘의 존재이지만 지옥에도 있다. 신은 세계를 만들지만 멸망시키기도 한다. 신의 이중성 속에서 인류는 구원을 위해 신의 선을 장려해야 한다. 신과 대화해야 한다.

성철은 정신질환 속에서 이러한 생각을 했다. 성철은 이를 아는 사람이기에 세계를 구할 자격이 있다. 그러나 동시에 자신을 희생할 의무도 있다. 성철은 자신이 가족을 죽인 사람이라는 것을 알지 못한다. 그 사실을 피하기 위해 그 대신에 돼지를 도살하고, 멸망할 지구를 구하는 희생자로 나선다.

성철은 이러한 현실 – 자신이 만든 환상 속의 현실 –이 사실은 꿈일 뿐이라는 것을 알고 있지는 않았을까? 그에게 들리는 오래된 노래, 1959년 최무룡이 불렀던 <꿈은 사라지고>는 작품 속에서 6번 나온다. 그 효과는 막강해서 한 열 댓번 나온 것 같은 느낌을 받았다.

> 나뭇잎이 푸르던 날에 뭉게구름 피어나듯 사랑이 일고
> 끝없이 퍼져나간 젊은 꿈이 아름다워
> 귀뚜라미 지새울고 낙엽 흩어지는 가을에
> 아, 꿈은 사라지고 꿈은 사라지고 그 옛날 아쉬움에 한없이 웁니다.

성철에게는 나뭇잎이 푸르던 날이 있었던가? 뭉게구름같은 사랑이 있었던가? 없는 꿈을 아름답다고 기억하는 것은 현실을 받아들일 수 없기 때문일 것이다. 성철에게 있는 꿈은 바로 자기가 만들어낸 환상의 꿈이다. 신들이 내려오고 지구의 멸망을 알려주고 자신의 희생으로 인류가 구원받는 꿈. 그러나 그 꿈은 불안하다. 현실에 없는 것임을 무의식이 알려준다. 그건 사라진 꿈이다. 성철은 한없이 운다. 그의 일생은 슬픈 것이었고 그 꿈이 환상일 뿐 현실이 아니라는 것도 슬픈 것이었다.

이 모든 것이 결국 꿈이라는 것. 모두 사라진다는 것....

그럼에도 성철의 결말은 죽음으로 종결되지는 않는다. 신들의 예언과 달리 성철은 그 자리에서 죽지 않고 그냥 산다. 인간이 미래로 가는 또 하나의 방법은 그냥 하루하루를 사는 것이다. 그러노라면 1958년에서 어느덧 2015년이 되는 것이다. 성철은 어디에선가 하루하루를 살아서 미래로 오고 있다.

그래서 이 소설에서 반복하는 화소 중 하나가 지구의 종말이 와도 자기의 사과나무를 심는 사람들, 신들이 내려와도 자기 일을 하는 청소부와 편의점 종업원에 대한 찬미이고, 또 하나는 암호 기능을 하며 여러 차례 반복되는 다음의 대화이다.

Q ; Trust no 1.

A : I want to believe.

　"아무도 믿지 마."라는 말에 대한 대답을 성철은 오래 찾아 헤맸다. 그 말에 대한 자신의 대답은 바로 "나는 믿고 싶어."였다. 이 대답이 완성되는 곳은 편의점 "Every time every where"였다. 이 편의점은 그야말로 언제나 어느 곳에서나 문을 열고 있는 모든 곳에 있는 장소이다. 트럭에 치어 부상을 입은 성철은 그곳을 찾아가서 대화를 완성한다.

　성철은 무엇을 믿고 싶은 것일까?

　꿈 노래와 이 대화를 연결해보자. 꿈이었던 모든 것이 사라지고 나서도 성철은 세계에 대한 믿음을 갖는다. 아무도 믿지 못할 세계에서 성철은 허황하기만 한 신의 말을 믿고 이웃집 로버트의 말을 믿고 자신이 세계를 구할 것을 믿는다. 그렇게 꿈과 세계는 사라지고 다시 계속될 것이다. 사라지고 다시 생겨나는 세계, 삶.

　그리고 세계를 다시 생겨나게 한 사람이 성철임을 아무도 모른다. 이런 일이 지구 역사에 수없이 반복되었다. 내 곁의 누군가가 그 사람일지도 모른다.

　그것은 성철이 한 일인가? 성철은 어린 시절 폭력 가장인 아버지에게서 나왔고 자신이 아버지를 죽였고 도살업에 종사하게 되었고 인류를 구하는 환상을 갖게 되었다. 이것이 성철의 본질인가? 그렇지 않다. 성철은 관계 속에서 만들어졌을 뿐, 자기 본성을 가지고 한 일은 아니다. 관계 속에서 생성된 삶과 정신질환, 이 모두 성철의 탓은 아니다. 그럼에도 이들은 생겨나고 사라진다. 신들의 조작인가? 그렇지도 않다. 신들도 세계를 다 알지는 못한다. 신들에게 세계를 맡겨둘 수는 없다.

　그래서 이 소설을 읽고 우리가 기억해야 할 것은 하나이다. 세계는 여하튼 생성된다는 것, 누군가의 또는 나의 삶이 우주를 생성한다는 것이다. 비록 이 세계가 환영(幻影)일지라도. 원점으로 되돌아가서 폭력 없는 아버지가 되고 광주학살 없는 나라가 되기를 성철은 희망한다. 이 소설처럼 과거를 고칠 수는 없지만 성철과 함께 우리는 미래의 과거인 현재가 잘못되지 않기를 간절히 바란다.

신화 구조의 응용적 분석으로 본
김기림의 시 <바다와 나비>

1. 서론

김기림(金起林)은 1930년대 한국시단에서 이른바 모더니즘의 기수로 평가받는다. 이른 나이에 일본 유학을 마치고 돌아와, 1920년대의 감상적 낭만주의의 병폐를 일소하는 데 온 힘을 기울였다고 한다. 주정주의와 감상주의를 근절하기 위해 도시문명적, 주지주의적 모더니즘을 제창한 것이다.

그런데 그의 문명지향적 주지시의 대표작인 장시 <기상도(氣象圖)>가 실패작이라는 평가[1]를 받는 것과 달리, <바다와 나비>라는 짧은 한 편의 서정시는 흔히 그의 대표작으로 인정을 받아오고 있다.[2] 왜일까?

이 시에 대해서는 대략 두 종류의 해설이 주류를 이루고 있다. 유종호는 "거창한 바다와 가녀린 나비의 대비가 인상적"이라고 했고[3] 이어령은 이러

---

1) 김윤식, 「정지용과 김기림의 작품세계」,『낯선 신을 찾아서』, 일지사 1988, 261면.
   조동일, 『한국문학통사5』, 지식산업사, 1994, 416-417면.
2) "김기림의 모더니즘의 시에서 그래도 색다른 감동을 주는 것은 <바다와 나비> 정도가 아닌가 싶다." 조병춘, 『한국현대시사』, 집문당, 1981년재판 210면.
   그 외에도 이동순, 「한국현대시사의 변증법적 확충을 위하여」,『권영민 편, 『월북문인연구』, 문학사상사, 1989, 274-288면. 이어령, <다시 읽는 한국 시>, 조선일보 1966년 10월 22일. 21면.
3) 유종호, 『문학이란 무엇인가』, 민음사, 1989, 358면.

한 대비를 기호론적으로 파악하여 섬세하게 발전시켰다.4) 이와 달리 김종철은 "선진문화의 엄청난 유혹 때문에 자기 문화의 원천을 간과한 김기림 자신의 모습"을 보이고 있다고 했고5), 김윤식은 선진문화를 얕보고 덤벼들었으나 실패한 근대인 이상의 모습을 잘 보여주는 시라고 적용시켰다.6) 다 근거 있는 해명이고 설득력 있는 해설이다.

필자는 이 두 경향을 근원적으로 하나로 결합할 수 있는 내적 논리가 시 자체 내에 존재하는 것은 아닐까 하고 생각하고 있다. 기호론적 대립은 설명은 깔끔하게 되지만 감동의 근원까지 해명하는 데는 부족하기 쉬우며, 시인 자신이나 인물로의 적용은 사람에 대한 정감적 이해를 돕기는 하지만 문학 자체의 역동성을 깊이 있게 드러내는 데는 또한 아쉬운 감을 주기 때문이다. 본고에서 필자는 우리 신화와 전설에서 이 시를 이해할 수 있는 열쇠를 찾아볼 수 있을 것으로 상정한다. 작가 개인에게 투영되는 문학의 전통은 집단적일 수 있기 때문이다. 개인은 그 사실을 의식하지 못할지 모르지만 우리는 작가를 포함해 모든 문화적 요소가 그 자체로 존재하는 것이 아니라 유구한 과거 전통의 축적되어가는 거대한 흐름 속에서만 온전히 그 기능을 다할 수 있는 것이라고도 생각한다. 기호론적인 정밀한 분석이 있었으니, 전체 문학사 속에서 이 작품을 조망해보는 작업이 있어야 그 짝이 맞을 것 같다.

2. 신화적 자아와 "나비"

(1) 작품 제시

김기림의 세 번째 시집의 표제이기도 한 <바다와 나비>는 1934년 4월

---

4) 이어령, 앞의 글, 조선일보
5) 김종철, 「30년대의 시인들」, 『시와 역사적 상상력』, 문학과지성사, 1978.
6) 김윤식, 앞의 글, 앞의 책.

『여성(女性)』지에 발표된 다음 시이다. 전문을 보인다.

　　아모도 그에게 水深을 일러준 일이 없기에
　　힌나비는 도모지 바다가 무섭지 않다

　　靑무우밭인가 해서 나려갔다가는
　　어린 날개가 물결에 저러서
　　公主처럼 지쳐서 도라온다

　　三月달 바다가 꽃이 피지 않아서 서거푼
　　나비 허리에 새파란 초생달이 시리다[7]

　제목이 말해주고, 모든 비평가들이 지적하는대로 이 시에서 가장 중요한
단어는 '바다'와 '나비'이다. 이들은 서로 대립적으로 인지되는 세계이다.
나비가 처음에 바다로 내려간 것은 청무우밭인줄 알았기 때문이었다. 곧이
어 물결에 젖어서 놀라고 지쳐서 돌아온다. 처음 나비는 세계를 무서워하지
않는 나비였는데, 뒤의 나비는 세계에 지친 나비로 나타난다. 같은 나비이
지만 이를 구별해 표기하면 나비1과 나비2이다. 나비1은 꽃이 핀 바다,
청무우밭으로 표상되는 세계를 쫓는 나비이다. 나비2는 추구했던 세계와
화합하지 못하고 실패로 지친 나비이다.

　바다 위를 날다가 지쳐서 돌아오는 나비의 이미지는 동화적이다. 모험을
찾아 집을 떠난 '公主'처럼 가냘프고 철모르는 주인공이다. 그러나 그 동화
는 축소된 신화의 이미지를 보유하고 있기도 하다. '나비 허리에 새파란
초생달이 시리다'는 마지막 행은 동화의 단순 구도를 벗어나 있다. 삶의
고단함이 그저 낙관적 전망에 의해서 보장되지 못하는 현실의 모습을 비극
적 이미지로 제시하고 있다.

---

7) 『김기림 전집1, 시』, 심설당, 1988. 174면.

이 나비는 무엇인가를 찾아다니는 자아이다. 신화의 주인공들은 무엇인가를 찾아다닌다. 아버지를 찾고 잃어버린 보물을 찾고 납치된 공주를 찾고 집을 찾는다. 신화의 주인공들은 자신의 뛰어난 능력으로 또는 조력자의 도움을 받아 찾아내는 일에 성공한다.

근대 서정시의 주인공들도 무엇인가를 찾아다니는 것은 마찬가지이다. 그러나 그 세계는 더 이상 세계 자체에 있지 않고 자신의 마음 속에 있다. 그는 자신의 능력으로 또는 조력자의 도움으로 자신이 찾아야 할 것을 찾는다. 그러나 때로 찾지 못하는 경우도 있으며, 그 경우가 점점더 많아지고 있다.

김기림의 나비는 무엇을 찾아다녔고, 결국 찾지 못했을까?

(2) 물과 자아의 결합

이 문제는 '바다'에 대한 해명과 맞물려 있을 듯하다. 나비는 어쨌거나 바다를 향해서 날아갔기 때문이다. '바다' 또는 '물'이란 문학적으로 어떤 의미가 있을까? 물이 등장하고 주인공이 물과의 결합을 이루는 우리 문학의 전통의 기저를 형성하는 것에 <심청가>와 <동명왕편>이 있다.

<동명왕편>은 주지하다시피 고구려 주몽 신화를 고려시대 이규보가 서사시로 재창작한 것이다. 이 신화는 크게 두 부분으로 나누인다. 해모수와 하백의 딸인 유화와의 결합과 유화의 고난, 그리고 둘의 결합으로 알이 탄생되는 부분까지가 첫부분이고, 부여를 탈출하여 강을 건너서 송양왕을 홍수로 몰아내고 고구려를 건국하는 결말까지가 둘째 부분이다.

이 신화에서 우리는 세 가지를 주목해볼 수 있다.[8] 하나는 하늘을 상징하는 해모수가 물의 신의 딸인 유화와 결합해서 주몽을 낳는 것이다. 유화는 신화 뒷부분에 가면 주몽에게 오곡 종자를 보내주는 대지, 지모신으로서의

---

8) 이 신화를 보는 관점은 주로 민긍기의 다음 글에 따른 것이다. 민긍기, 「설화문학론1」, 『창원대학논문집』제10권 2호, 1988.; 「설화문학론2」, 『사림어문연구』6집, 창원대 국어국문학회, 1988.; 「설화문학론3」, 『창원대학논문집』 11권 1호, 1989.

역할을 하는 것으로도 드러난다. 물과 대지는 유화에게서 통일되는 것이다. 대지는 하늘과 짝을 이룬다. 이 신화는 하늘의 질서와 대지의 질료성이 결합하여 주몽이라는 영웅을 낳았다는 것이다. 주몽은 그러므로 두 세계의 결합의 산물 즉 하늘의 천상적 질서와 대지라는 지상적 재료의 두 가지 결합으로 세계가 구성되었음을 아는 자이다.

그래서 우리는 둘째로 주몽이 알로 태어난다는 것의 의미를 알 수 있다. 그것은 주몽의 탄생이 단순히 갓난아기로 태어나는 진짜 탄생의 이야기가 아니라, 세계에 대한 인식을 이룬 자, 앎을 지닌 자의 태어남이라는 의미인 것이다. 그것은 주몽이 태어나자 곧바로 말을 하고 활을 쏠 줄 알더라는 화소를 해명해주기도 한다. 이것은 진짜 아기로 태어나는 생물적 탄생으로 는 설명할 수 없다. 지금도 남아 있는 바 원시부족의 젊은이들이 입사식, 일정한 통과의례를 거쳐야 어른, 사람으로 인정받는 것, 그 전에는 사회의 정식 구성원으로 인정받지 못하는 것을 생각하면 쉽게 이해가 간다.

셋째로 이렇게 새롭게 탄생한 주몽은 자신의 앎을 근거로 새로운 세상을 만들어 나간다는 사실이다. 고구려는 주몽의 꿈의 소산이고 주몽을 꿈은 고구려라는 나라로 구체화되어 드러났다. 이 둘은 하나로 결합되었다. 현대 의 서사문학과 달리 신화는 바로 자아와 세계가 화합을 이루는 문학갈래라 는 점을 여기서도 확인할 수 있다.

<심청가>도 두 부분으로 크게 나누인다. 태어나서 고난을 겪다가 인당수 에 인제수로 희생되면서 동시에 재생하는 부분이 하나이고, 재생 후 아버지 의 눈을 뜨게 하고 함께 살게되는 소원을 이루는 부분이 둘째이다.

주몽이 알로 태어나는 화소에 해당하는 것이 이 작품에서는 죽음과 재생 으로 표현되었다. 심청이 바닷속 용궁에 있던 기간이 바로 주몽이 알로 존재하던 시간과 일치한다. 재생 후에야 심청은 자신의 꿈을 이룰 수 있다. 눈 뜬 아버지와 함께 사는 것은 주몽이 고구려를 건국한 것과 같은 성취이 다. 다시 말하지만, 이러한 성취를 위해서 심청은 죽음이라는 극한의 고난 을 맛보았고 재생의 경험을 했다. 이 죽음을 이루는 소재로 사용된 것은

인당수 물이다. 물은 죽음을 가져오며 동시에 재생을 마련한다. 해모수가 대지인 유화를 만나 주몽을 낳았듯, 심청은 인당수 물과 만나서야 재생을 경험한다.

심청이 인당수 물에 죽는 것은 단순한 소재, 얼마든지 변경 가능한 소재일 뿐이라고 할 수 있다. 물론 그럴 수 있다. 중요한 것은 그 많은 다양성 가운데서 물이 선택되었다는 사실이고, 그것에 의미를 두어야 한다는 사실이다. 심청이 물과 만나서 재생을 이룬다는 사실에 주목하는 것이, 해모수가 물과 대지인 유화를 만나 주몽을 낳고, 주몽이 강물에서 물의 신의 도움을 받아 자라와 물고기가 만들어준 다리를 건너 목숨을 건지고, 나아가 새로운 도읍지에서 송양왕을 물로 멸망시키고 고구려를 건국한 사실에 연결된다는 점을 파악하고 그 문학적 전승의 의미를 고찰할 수 있는 길이 된다. 이 점은 『삼국유사』 혁거세왕 조에서도 확인된다. 혁거세가 알에서 깨어나자, 사람들은 기이하게 여겼으며 곧 동천(東川)에 목욕을 시키고서야 혁거세는 임금이 되는 것이다. 동천물에 들어갔다 나오는 의식으로 인간세계에 동참하여 군왕이 되어 능력을 보일 수 있는 것이다.

이렇게 보면 판소리 <심청가>가 신화적 구조의 변형임을 알 수 있을 것이다. 세부사항이야 많은 변개가 있었지만 전체적 구조는 그 틀을 유지하고 있다. 그것은 또한 판소리가 무당들의 굿노래에서 유래했고, 지금도 동해안 지방의 굿에서 심청굿이 전해지고 있는 이유를 짐작할 수 있게 한다. 무당들의 굿노래의 신화 구조가 그대로 남아 있는 것이다.

(3) 물과 자아의 분리

주인공과 물 또는 대지의 결합은 우리 문학의 오랜 전통의 하나이다. <바다와 나비> 또한 그 구도를 따온 것으로 여겨진다. 김기림이 전통을 부정한 서구문학파이고 모더니스트라는 말을 굳이 놓을 필요는 없다. 여기서 말하고자 하는 바는 작가가 의식했건 그렇지 않건 작품에 보이는 구조의 동일성을 지적하는 것뿐이다. 그래서 바다와 나비의 대립쌍은 바로 해모수와 유화, 하늘의 질서와 대지의 질료성의 대립쌍, 심청과 바닷물의 대립쌍과 같은 구도 위에 놓인다는 것을 지적하는 것이다. 바다로 날아드는 나비의 모습은 물, 대지와의 결합으로 새로운 탄생, 재생을 이루기 위한 해모수나 심청의 모습으로 투영된다.[9]

그러나 또한 많이 다르기도 하다는 점에 주목해야 이 시를 이해할 수 있다. 주몽신화에서 심청가로의 변형이 있듯이 김기림의 이 시는 위의 서사문학의 구도에서 많이 달라져있다. 한 마디로 말해서 나비는 바다와 결합하지 못하는 것이다. 나비는 바다가 바다인줄도 모르고 청무우 밭인줄만 알고 다가갔으니 제대로 세계를 인식하지 못한 자로 그려져있다. 주몽과 심청의 세계를 인식하여 새로 태어나는 경험을 하지 못한 것이 나비의 결정적 한계이다. 그는 인식의 결함으로 인해 세계의 모습을 파악하는 데 실패한 주인공이다.

그런데 우리 문학의 전통에는 주몽신화의 또하나의 변형으로 세계인식에 실패하는 것으로 보이는 주인공의 모습을 그린 것이 있어 주목된다. <장자못 전설>이라고 부르는 것이다. 여러 이야기가 조금씩 다르게 전승되기는 하지만 전체적이고 공통적인 줄거리는 우리가 이미 다 알고 있다. 어느 마을에 옹고집에 심술쟁이인 영감이 산다. 도승 하나가 시주를 부탁한다. 영감은 욕을 하며 동냥 바가지를 깨고 그를 쫓아내버린다. 이걸 본 며느리가 시아버지 몰래 곡식을 시주한다. 도승은 며느리에게 얼마뒤 비가 내리면 뒷산으로 도망하라고 알려준다. 절대로 뒤를 돌아보아서는 안된다는 것도 주의시킨다. 얼마뒤 비가 쏟아져내리고 며느리는 산 위로 도망하다가 자기 집이 너무 궁금해 뒤를 돌아보고 만다. 집은 다 물에 잠겼고 며느리는 즉시 돌이 되었다.

---

9) 김기림과 같은 시대의 시인인 양운한(楊雲閒)의 시 <나라간 나의 딸>에는 마치 심청과 김기림의 나비를 연결시키는 듯한 부분이 있다. "끝끝내 개일 줄을 몰으는 / 검푸른 검푸른 이 하늘 아래서 / 엄마 아빠는 가슴에 멍이 들었다 / 청(晴)아, 나비처럼 날아간 나의 딸아". 죽은 딸은 이름으로 심청을 연상시키고, 나비처럼 날아간 모습은 김기림의 나비를 연상시킨다. 『납·월북시인총서』11권, 동서문화원, 1988, 457면.

이 전설이 창세신화의 변형 또는 파편화된 창세신화라는 것은 이미 여러 학자들이 지적한 바와 같다. 창세신화로서이 이 전설은 사실은 비극적인 내용을 전달하려는 것은 아니다. 이 전설에 보이는 큰 못과 며느리가 변한 바위의 모습은 창세신화임을 나타내는 기호이다. 이는 같은 류의 창세신화의 변형일 것으로 추정되는 '선류몽'담이나, 다른 종류의 연못 전설과의 비교를 통해 알 수 있다. '선류몽'담은 『삼국유사』 권1 태종춘추공 조에 보이는 보희의 꿈을 시초로 그 이후에 거듭해서 유사 건국신화로 등장한다. 이 신화의 주인공들은 서악(西岳) 등의 산에 올라가 소변을 보고 그 결과 아래 마을이 모두 물에 잠기게 되었다는 공통점을 갖는다. 이는 권태효가 밝힌 바와 같이 창세신화의 후대적 변용이다.[10] 또한 분명한 창세신화의 형태를 갖는 전설들에 동일한 기호가 나타나는 것도 주목할 수 있다. 가령 평안남도 순천군 은산면의 수원리(水源里) 전설에서는 선녀와 혼인한 장선 이라는 사람이 옥황상제의 명으로 지상에 비를 내리게 하는 병(瓶)을 받아 왔는데, 장선이 그만 잘못하여 떨어뜨리고 말았다고 하며 그 결과 "하늘 아래 세상은 며칠이고 며칠이고 계속하여 비가 내려와서 산은 무너지고 내는 넘쳐 제마음대로 흘러서 그 근처는 전혀 모양이 바꾸어져 버렸다. 비가 그친 뒤 그곳 근처 마을사람들이 나와보니 그곳에는 없던 산이 하나 있고 또는 강이 하나 되어 있었다."[11]

혼히 강 또는 연못과, 산 또는 바위 모양으로 나타나는 천지창조 신화는 그 생성적 성격으로 인해 건국신화와 연결되기 쉽다. 앞에서 말한 '선류몽' 담은 모두 비정상적 과정으로 왕이 되는 사람들에게 집중적으로 연결되었 다는 점은 그러한 생각을 방증한다.[12] 또한 함경북도에 전하는 '노라치' 전설은 그 연결을 보다 직접적으로 보여준다. 노라치는 아버지가 두만강가 연못에 사는 수달이었다. '어느날 그는 아버지인 수달의 못 가에 앉아 있노

---

10) 권태효, 「'선류몽'담의 거인설화적 성격」, 『구비문학연구』2집, 한국구비문학회, 1995.
11) 최상수, 『한국민간전설집』, 통문관, 1984, 386면.
12) 권태효, 위의 논문.

라니까 한 사람의 길 가는 중이 와서 말하기를, 나는 지상사(地相師)인데 이 못 가운데 와룡석(臥龍石)이 있어 그것은 실로 좋은 땅으로서 그 돌의 왼쪽 모퉁이에는 天子의 터가 있고, 오른쪽 모퉁이에는 왕후의 터가 있다.'고 했다. 이 정보의 결과 노라치는 한이라는 아들을 낳았는데 그가 나중에 청나라 태조가 되었다고 한다.[13] 이와 같은 창세신화 또는 건국신화가 그 본질이 비극일 리는 없는 것이다.

그러면 장자못 전설의 비극적 현상의 이유는 무엇일까? 그것은 창세 또는 건국 신화의 주인공이 건국의 과정에서 겪는 시련과 연관이 있다. 신화의 주인공은 의식적 죽음의 과정을 거쳐 새로 거듭나야 한다, 단군신화의 곰이나 석탈해, 주몽 등은 모두 죽음으로 상징되는 과정을 겪고 나서야 자신이 영웅임을 보이고 나라를 세울 수 있다. 이러한 죽음은 물론 상징적인 것이지만 실제적인 신체적 고통을 수반하기도 하고 심지어는 죽기도 한다.[14] 장자못 전설의 며느리는 새로운 세계를 만들어 나가는 영웅이었을 것이다. 그러나 신화시대가 지나자 신화의 의미가 불투명해지면서 그러한 죽음의 고통이 그대로 비극적인 사건으로 자리매김되어 오늘에 이른 것으로 보아야 할 것이다. 이것은 죽음이 그 자체가 아니라 사후의 다른 세계와 연결되어 있다는 생각 방식이 종말을 고하고 죽음은 그것으로 그만이며 존재의 종말일 뿐이라는 인식이 확산된 과정과 일치할 것이다.

다시 본 이야기로 돌아가자. 우리가 관심 있는 것은 며느리의 모습이다. 이 전설을 비극으로 해석하는 일반적인 관점에서 이야기를 계속 진행해보자. 이 며느리는 누구인가? 바로 주몽신화의 앞부분에서 쫓아오는 해모수에게 쫓겨 달아나던 유화의 모습, 아직 새 세계를 받아들일 준비가 되지 못하여 도망하던 그 유화의 모습이 아니겠는가? 그러나 유화는 결국 해모수

---

13) 최상수, 위의 책, 467~470면.
14) 시몬느 비에른느, 이재실 옮김, 『통과제의와 문학』, 문학동네, 1996.
    프레이저, 장병길 역, 『황금가지』, 삼성출판사, 1977.」
    엘리아데, 정진홍 역, 『우주와 역사』, 현대사상사, 1884년 4판.

를 받아들여 주몽이라는 새로운 질서의 어머니가 되었지만, 장자못 전설의 며느리는 도승의 가르침을 끝까지 받아들이지 못하는 불완전한 유화, 방황하는 유화의 모습을 보이고, 도승으로 표상되는 새로운 질서를 수용하는 데 실패하고 말았던 것으로 보이게 되었던 것이다.15)

위에서 말한대로 장자못 전설은 그저 새로운 천지창조의 모습을 전하는 신화였을 뿐이다. 그러나 그 죽음을 비극적인 것으로 수용하게 되면서 이 신화 자체를 비극적인 것으로 인식하여 생긴 해석의 오해였던 것이지만, 어쨌거나 결과적으로는 일반적으로 이 신화는 비극적인 것으로 널리 받다들여지게 되었다.

쏟아붓던 비와 물은 도승의 새로운 질서였다. 도승과 그 질서를 온전히 받아들이지 못했던 그녀는 한 덩이 바위가 된다. 기존의 질서인 시아버지의 세계가 저지를 잘못을 고치고 새로운 세계를 꿈꾸어보았지만 며느리는 결국 실패하고 말았다는 것으로 해석되었다.

며느리가 도승과 시아버지의 세계 사이에서 방황했듯이, 김기림의 나비는 바다와 청무우밭 사이에서 방황한다. 그러나 바다와 청무우 밭은 같은 것의 다른 현상이라는 사실을 나비는 몰랐다. 해모수를 피해 달아나는 유화와 해모수를 그리워하는 유화가 같은 사람이고, 물의 신의 딸인 유화와 대지의 지모신인 유화가 동일 존재의 다른 모습인 것과 같다. 세계에 대한 인식이 불완전했던 나비는 청무우밭과 바다가 같은 것인 줄 몰랐다. 나비는 청무우밭만 자신을 감싸는 대시, 친근한 대지로 받아들이고자 했다. 그러나 그 대지는 동시에 분열된 모습을 보이는 대지로 나타나기도 한다는 사실을 몰랐거나 회피했다. 그 두 가지가 같은 것이라는 점은 작가가 끝연에서 그 둘을 결합하여 '꽃이 피지 않은 바다'라고 한 것으로도 드러난다. 바다는 꽃이 피는 대지인 것이다.

주몽과 심청이 분열된 세상을 극복하고 자아와 세계를 다시 하나로 결합

---

15) 그리스 신화에서 신 아폴로를 받아들이지 못하고, 아무런 생산 없이 계수나무가 되어버리고 만 처녀 다프네의 답답한 이야기도 참고할만하다.

하는 데 성공한 것과 달리, 나비는 며느리와 같이 분열된 세계를 자기 안에서 통합하는 데 실패하였다.

이제 조금더 확실히 말할 수 있다. 나비는 누구인가? 바로 주몽신화에서 출발했으나, 그와는 달리 세계와의 결합에 실패한 며느리의 모습이 김기림의 시에서 또한번 변형된 것으로 보인다. 그 나비는 며느리처럼 '어린 날개가 물결에 저러서/ 공주처럼 지쳐서 도라온' 것이고, 그 허리에는 '새파란 초생달이 시리다'는 아픈 경험을 한 것이다. 둘이 된 아픔과 나비의 '시린 허리'의 아픔은 같은 아픔이다.

그러나 다시 강조하지만 이러한 해석은 장자못 전설을 비극으로 보는 오해에서 온 것이었다. 순수한 창세신화로 또는 건국신화와 연결될 가능성을 가진 것으로 인식하지 못하고, 오히려 세계아 분열되어버린 자아의 모습을 그리는 것으로 이해한 결과이다. <바다와 나비>는 신화의 본 모습을 근대적 합리성으로 해석하는 일반적 견해의 연장선상에 놓여서 그 비극성이 강조된 시라고 할 수 있을 것이다.

3. 바다와 나비의 변모 양상과 의미

(1) 김기림 시에서 바다와 나비의 변모 양상

그런데 이 아픔은 김기림의 시에서 처음부터 보였던 것은 아니다. 김기림의 시에는 바다가 많이 등장하는데 초기 시에는 비교적 긍정적이고 낙관적인 바다를 우리에게 보여주고 있으며, 다음과 같은 시는 <바다와 나비>의 선행적 모습을 보인다.

> ……
> 탄식하는 벙어리의 눈동자여
> 너와 나 바다로 아니 가려니?

녹슬은 두 마음을 잠그러 가자
土人의 여자의 진흙빛 손가락에서
모래와 함께 새어버린
너의 행복의 조약돌을 집으러 가자
바다의 인어와 같이 나는
푸른 하늘이 마시고 싶다

페이브먼트를 따리는 수없는 구두소리
진주와 나의 귀는 우리들의 꿈의 육지에 부딪치고
물결의 속삭임에 기울어진다.

오 --. 어린 바다여, 나는 네게로 날아가는 날개를 기르고 있다16)

이 날개는 바로 나비의 날개였던 것이다. 희망에 차서 네게로 가겠다고
말하는 화자는 바다를 '어린 바다'로 본다. 세계보다 자아의 가능성에 더
눈길을 주었던 것이다. 그 바다로 가면 마음의 녹을 풀어버릴 수 있고
잃어버린 행복의 조약돌을 다시 주울 수 있고, 푸른 하늘을 마실 수 있다.

그러나 다음 시집인 『바다와 나비』에 이르러 그 나비는 이미 힘을 잃고
비관적인 모습으로 변한다. 우리가 살펴본 바와 같이, 그 나비는 바다에
이르렀으나 그 수심을 알 수 없었고 지쳐서 돌아오고 돌아오는 나비 허리에
는 새파란 초생달이 시린 아픔을 겪고 있었다.

이 아픔은 그래도 아픔을 느낀다는 점에서는 아직 연민을 불러일으키고
희망을 져버리지 않았다. 다음 시에서는 바다를 바라보는 눈이 형편없이
비관적으로 바뀐 것을 본다.

일요일 아침마다 양지 바닥에는
무덤들이 버섯처럼 일제히 돋아난다

---

16) <꿈꾸는 眞珠여 바다로 가자>, 시집 『태양의 풍속』에서, 『김기림전집1 시』, 심설당, 1988, 34면.

상여는 늘 거리를 돌아다보면서
언덕으로 끌려 올라가군 하였다

아무 무덤도 입을 벌리지 않도록 봉해버렸건만
묵시록의 나팔소리를 기다리는가 보아서
바람소리에조차 모두들 귀를 쫑그린다

조수(潮水)가 우는 달밤에는
등을 일으키고 넋 없이 바다를 굽어본다[17]

이 무덤들은 바다에서 지쳐서 시린 허리를 안고 돌아와 누워있는 나비의 모습이 변형된 것은 아닐까? 그는 더 이상 행복의 조약돌을 찾은 생각을 하지 않을 뿐 아니라 공주처럼 지칠 일도 없다. 입을 봉한 채, 그저 '넋 없이 바다를 굽어보고' 있을 뿐이다.

이후 김기림은 『새 노래』라는 시집을 상재했는데, 새마을 노래같은 작품이 많이 수록되어 있어서 서정시로서의 작품성 측면에서는 낮은 평가를 받곤 하게 되었다.[18]

결국 <꿈꾸는 진주여 바다로 가자>에서 희망의 날갯짓으로 날아올랐던 김기림의 나비가, <바다와 나비>에서는 지치고 피곤한 귀환을 거쳐서 급기야 <공동묘지>에 이르러서는 입을 봉한 무덤이 되어 넋 없이 바다를 굽어보는 좌절과 체념을 노정한다고 정리할 수 있을 것이다.

(2) 변모의 의미

이러한 변화에는 어떤 의미가 있을까? 여기서 이 현상의 의미를 여러 평자가 지적하는대로, 김기림 시의 변화 – 주지시에서 서정시로의 변화와

---

17) <공동묘지>, 시집 『바다와 나비』 중에서. 『김기림전집1, 시』 심설당, 1988, 177면.
18) "<새 노래>는 작품의 예술적 가치가 거의 없는 좌경적인 정치주의 시이다." 문덕수, 『한국모더니즘 시 연구』, 시문학사, 1981, 154면.

연관지어 볼 필요가 있다. 김기림은 처음 스물의 이른 나이에 일본 유학을 마치고 귀국하여[19] 우리 시단을 크게 개혁해야 할 필요를 느꼈다. 그는 1933년 발표한 <시의 모더니티>라는 글에서 '과거의 시'는 독단적, 형이상학적, 국부적, 순간적, 감정의 편중, 유심적, 상상적, 자기중심적이라 하여 낡은 세계의 산물로 배척되어야 하고, '새로운 시'는 비판적, 즉물적, 전체적, 경과적, 정의와 지성의 종합, 유물적, 구성적, 객관적이라 하여 필연적으로 시는 새로운 계단으로 전진할 것이라 확언하였다.[20] 그가 감상주의 시의 대안으로 내세운 것은 주지주의 시였다. 이때의 그는 대단히 희망적으로 시작 활동을 하였다.

그의 활동과 시는 대단한 반향을 불러일으켰으며 우리 근대 시단의 새로운 조류로 자리잡았다. 그러나 한편으로는 전통문화를 송두리째 부정 또는 거부하거나 이식문화만을 인정하던 다른 시인 작가들과 마찬가지로 그의 전통에 대한 거부는 큰 한계를 갖는다. 이는 문덕수가 다음과 같이 말한 것으로 정리될 수 있다.

> 김기림은 전통을 찾는 주지주의의 기본 태도를 가지지 못했고, 더욱이 전통을 동양 문명의 맥락 속에서 찾는 일은 엄두도 낼 일이 못되었던 것이다. 그의 <기상도>에는 '쫓겨난 공자님이 잉잉 울고 섰다'는 대목만 보인다. 유교적 인문주의의 지성, 그 전통을 찾는 시도를 해보지 못했던 것이다.[21]

이러한 견해는 일견 이육사와 같은 시인이 보였던 것과 같은 한시문화적 전통을 김기림이 시도하지 못한 점을 유감스럽게 여기는 것으로 받아들여진다. 그러나 한편으로는 전통을 꼭 유교적 전통으로 든 것이 또한 불만스럽

---

19) 김기림은 1930년에 일본 니혼대학 문학예술과를 졸업하고 귀국했으며, 다시 1936년 일본에 거너가 1939년 토오후쿠 대학 영문학과를 졸업했다. 『김기림전집 6』, 연보

20) 『김기림전집 2 시론』, 심설당, 1988, 84면.

21) 문덕수, 「김기림론」, 『한국모더니즘 시 연구』, 시문학사, 1981, 244면.

게 여겨질 수 있다. 그는 공자의 세계는 의식적으로 거부했던 것이기 때문이다. 그러나 그는 우리가 위에서 살펴본 바와 같이 자신도 모르게 전통의 세계에 발을 들여놓을 수밖에 없었다.

얼마뒤 그는 스스로 주지주의만을 고집하는 경향에서 한 걸음 물러선다. 1940년 8월 10일자 조선일보에 실은 평론문인 <시의 장래>에서 김기림은 '지성과 정의(情意)의 세계를 가르는 것은 낡은 요소 심리학'이라고 썼다. '시의 궁전'은 지성과 감성의 세계를 통합할 때만 가능한 전체성으로서의 세계라는 것을 지적했다. 김학동은 이를 풀어서 "감성을 배제한 투명한 지성이란 쉽사리 부서질 수 있다는 것을 보았기 때문에, 우리는 지와 정이 합일된 전체 인간으로서 체득되는 균형을 이루어야 한다는 것이다."라고 해설하고, 이어 "시집 『바다와 나비』에 이르러서는 다분히 주정적이고 정감적인 시세계를 보인 것이라 할 수 있다"고 지적했다.22)

이제 이를 정리해보자. 김기림의 시는 주지주의로부터 서정적 감성의 시를 통합하는 경향의 시로 옮아갔다. 이 옮아가는 과정에서 김기림은 자신도 모르게 전통의 요소에도 이끌린 것으로 보인다. 서정의 회복과 함께 자신도 모르게 우리 신화 전통의 상징으로 끌려들어갔다. 주지주의란 의식화된 의식의 세계로서 항상 지성의 검열을 거친 세계만을 보여주지만, 서정시란 애초에 의식화되지 않은 의식, 의식화 이전의 의식, 의식화될 수 없는 의식의 세계를 검열 없이 자신도 모르게 드러내는 것이다. 김기림 자신이 신화 세계를 의식했다고는 말하기 어렵다. 그러나 그는 유교 전통을 힘있게 거부했지만 그보다 더 원초적인 신화세계의 상징을 내면적으로 자신이 잇고 있다는 것은 상상도 하지 못했을 것이다. 그것은 오늘날 우리에게 와서야, 즉 우리 신화를 다시 보고 김기림의 시를 다시 읽은 오늘에 와서야 비로소 눈에 뜨이는 일이었기 때문이다.

이 회귀는 몹시 어려운 길이었다. 나비와 바다의 상징적 의미, 원초적

---

22) 김학동, 「태양, 태풍, 바다의 심상과 공동체 의식 — 김기림론」, 『현대시인연구1』, 새문사, 1995.

상징성까지는 들어갈 수 있었지만, 그 두 세계가 결합 내지 화합하는 데까지는 이르지 못하였다. 이미 그 두 세계는 화합할 수 없고 분열되어버린 시대라는 것을 그가 인식했다는 것을 시 <바다와 나비>는 잘 보여준다. 나비는 수심도 모르면서 달려들기만 하는 철없는 모습으로 드러나며, 결국 공주처럼 지쳐서 바다로부터 돌아온다. 이 나비는 아직까지는 바다를 향해서 다가간다는 점에서 긍정적이었다. 청무우밭의 꿈을 바다에서 보기도 하며 그 바다에 꽃이 피기를 기다리고 있기도 하다.

우리가 본 대로 <공동묘지>의 세계에 와서는 그러한 희망의 흔적도 사라지고 만다. 입을 봉한 무덤이 되어 넋 없이 바다를 굽어본다는 진술에서는 어떤 희망도 보이지 않는다. 그의 시는 주지시에서 출발하여 서정시로 이행했고, 서정시의 출발에서 신화적 전통의 요소를 찾았으나, 신화가 가지고 있는 세계와의 화합, 결합이라는 원대한 꿈은 결코 얻지 못했다.

그것은 일제 식민지라는 시대적 배경으로 보아 당연한 일일 수 있다. 분열된 세계, 어긋나버린 질서 속에서 일방적 화합을 노래하는 것은 기만일 뿐이기 때문이다. 주지주의적 희망으로 세계의 질서를 회복하고 세계와 화합할 수 없었기에 그는 서정시로 옮아갔지만, 그 세계는 어차피 조화로운 화합이 불가능한 시대에 들어와 있었다는 것을 보여주었다. 그것은 고대 어느 한 때, 장자못 전설의 며느리가 겪었던 돌이 되는 아픔의 재현이었던 것으로 김기림은 받아들였을 것이다.

4. 맺음말

이제까지 살펴본 것은 두 가지이다. 먼저 김기림의 시 <바다와 나비>가 가지고 있는 신화적 구조의 틀을 고찰했다. 신화와 근대시를 연결하는 것이 의외라고 생각할 수 있지만, 우리 근대의 역사라 그렇게 길기만 한 것이 아니라는 점을 기억할 필요가 있다. 아직도 우리 서정시에는 전통적 요소, 신화적 구성, 주술적 언어의 사용을 즐겨 이용하고 있다. 그런 요소들을 드러나게 표현하는 시인도 있지만, 대부분 그러한 요소는 감추어져 있다. 시를 창작하는 것이 개인적인 작업이기도 하지만, 전통을 등에 업고 이루어지는 것이기도 하며, 엘리어트 식으로 말하면 훌륭한 시에는 개인적 재능보다 전통의 후광이 더 두드러지는 것이라는 점을 기억하면 이러한 고찰이 갖는 의의가 분명하다.

다음으로 김기림 시의 변화 과정이 갖는 의의에 대해 생각해보았다. 그는 주지주의 시에서 서정시로 옮아가는 과정에 자신도 모르게 신화 전통의 구조를 차용했지만 그 결과로 신화 전통의 화합된 세계까지는 얻을 수 없었으며 그것은 일제라는 분열된 시대의 반영이었을 것으로 이해되었다. 이러한 이해는 그의 시에 대하여 일방적으로 긍정적이거나 부정적인 평가를 내리기 전에, 그의 시에 대한 보다 깊이 있는 이해를 가능하게 해준다.

이러한 고찰의 의의도 두 가지이다. 하나는 현대시 비평이 일반적으로 그러하지만 공시적인 면의 고찰로 시의 이해가 이루어지는 것에 대해 통시적인 고찰의 근거가 제시될 수 있다는 점을 보인 것이다. 공시론적인 접근의 대표적인 것은 기호론 계통의 비평일 것이다. 대립의 쌍을 선명히 제시하는 점은 큰 장점이다. 이어령이 그랬듯이 나비와 바다에서 점과 면의 대조, 흰나비와 청무밭에서 백색과 청색의 전통적 색조합을 읽어낼 수 있다. 그러나 다른 한편으로 문학작품이 주는 감동은 대립을 찾아내는 것보다 큰 것에서 오는 것 같다. 대립쌍은 인식한 감동을 체계적으로 설명할 때 더 유효한 구실을 하지, 그 자체가 감동을 주는 요인이라고는 할 수 없다. 이에 대해 한편의 시가, 더욱이 <바다와 나비>와 같은 짧기만 한 한 편의 서정시가 갖는 큰 감동의 원천은 보다 뿌리깊은 것이며, 우리 내면에 집단적 무의식의 반영으로 갖추어져 있는 것을 다시 드러내 보여주었기 때문인 점도 지적되어야 한다고 생각한다. 공시적, 기호론적 접근과 함께, 이와같은 문학사적인 접근도 필요하다.

두 번째 의의는 이식문학사에 대한 또 하나의 반론을 제시할 수 있는 점이다. 김기림 자신이 그러했듯이 전통을 힘써 거부했던 세대에조차 그 전통은 내면화되어 있었기에 시로 나타날 수 있었다. 일제 때 우리 문학이 외세의 영향을 받은 것은 사실이지만 그 변화는 피상적이었다고 할 수 있다. 그 이전에 깊고 깊은 문학사의 전통이 자리잡고 있었기에 빨리 우리 문학의 모습을 되찾을 수 있었는데, 김기림은 그 보기가 되고 있다. 이러한 고찰은 문학사의 전통을 확인하고 계승하는 보다 큰 작업으로 확대되어야 할 것이다.

한국 신화의 해명

초판 1쇄 인쇄 | 2025년 1월 10일
초판 1쇄 발행 | 2025년 1월 15일

지은이 | 신연우
펴낸이 | 조승식
펴낸곳 | (주)도서출판 **북스힐**

등 록 | 1998년 7월 28일 제22-457호
주 소 | 서울시 강북구 한천로 153길 17
전 화 | (02) 994-0071
팩 스 | (02) 994-0073

홈페이지 | www.bookshill.com
이메일 | bookshill@bookshill.com

정가 28,000원

ISBN 979-11-5971-650-8